魯迅 루쉰전집

20

루쉰전집 20권 부집

초판 1쇄 발행 _ 2018년 4월 30일
엮은이 · 루쉰전집번역위원회

펴낸이 · 유재건 | 펴낸곳 · (주)그린비출판사 | 신고번호 · 제2017-000094호
주소 · 서울시 마포구 와우산로 180, 4층 | 전화 · 702-2717 | 팩스 · 703-0272

ISBN 978-89-7682-290-1 04820 978-89-7682-222-2(세트)
이 도서의 국립중앙도서관 출판시도서목록(CIP)은 서지정보유통지원시스템 홈페이지(http://seoji.nl.go.kr/ecip)와 국가자료공동목록시스템(http://nl.go.kr/kolisnet)에서 이용하실 수 있습니다.(CIP제어번호: CIP2018012436)

루쉰 전집

20

부집

루쉰 연보
전집 편목색인
전집 주석색인

루쉰전집번역위원회 엮음

그린비

| 일러두기 |

1 이 책은 중국에서 출판된 『魯迅全集』 1981년판과 2005년판(이상 北京: 人民文学出版社) 등을 참조하여 번역한 한국어판 『루쉰전집』이다.

2 『루쉰전집』 20권은 '루쉰 연보'와 '색인'(찾아보기)으로 구성된 부집이다. 색인은 전집에 수록된 각 글(편목색인)과 주석에 대한 것(주석색인)으로 '권수, 페이지수, 주석번호'로 표기했다. 예를 들어 전집 1권 72쪽의 주석 5번에 있는 플라톤을 지시할 경우, '플라톤 ① 72.5'와 같이 표기했다.

3 루쉰전집 관련 참고사항을 그린비출판사 블로그(https://blog.naver.com/greenbeebooks) 내 '루쉰전집 아카이브'에 실어 두었다. 번역 관련 오류와 오탈자 수정사항 또한 이 아카이브를 통해 계속 업데이트할 예정이다.

『루쉰전집』을 발간하며

루쉰을 읽는다, 이 말에는 단순한 독서를 넘어서는 어떤 실존적 울림이 담겨 있다. 그래서 루쉰을 읽는다는 말은 루쉰에 직면直面한다는 말의 동의어가 되기도 한다. 그런데 루쉰에 직면한다는 말은 대체 어떤 입장과 태도를 일컫는 것일까?

2007년 어느 날, 불혹을 넘고 지천명을 넘은 십여 명의 연구자들이 이런 물음을 품고 모였다. 더러 루쉰을 팔기도 하고 더러 루쉰을 빙자하기도 하며 루쉰이라는 이름을 끝내 놓지 못하고 있던 이들이었다. 이 자리에서 누군가가 이런 말을 던졌다. 『루쉰전집』조차 우리말로 번역해 내지 못한다면 많이 부끄러울 것 같다고. 그 고백은 낮고 어두웠지만 깊고 뜨거운 공감을 얻었다. 그렇게 이 지난한 작업이 시작되었다.

혹자는 말한다. 왜 아직도 루쉰이냐고. 이에 대해 우리는 이렇게 대답할 수밖에 없다. 아직도 루쉰이라고. 그렇다면 왜 루쉰일까? 왜 루쉰이어야 할까?

루쉰은 이미 인류의 고전이다. 그 없이 중국의 5·4를 논할 수 없고 중국 현대혁명사와 문학사와 학술사를 논할 수 없다. 그는 사회주의혁명 30년 동안 누구도 건드릴 수 없는 성역으로 존재했으나 동시에 사회주의 이데올로기의 금구를 타파하는 데에 돌파구가 되었다. 그의 삶과 정신 역정은 그가 남긴 문집처럼 단순하지만은 않다. 근대이행기의 암흑과 민족적 절망은 그를 끊임없이 신新과 구舊의 갈등 속에 있게 했고, 동서 문명충돌의 격랑은 서양에 대한 지향과 배척의 사이에서 그를 배회하게 했다. 뿐만 아니라 1930년대 좌와 우의 극한적 대립은 만년의 루쉰에게 선택을 강요했으며 그는 자신의 현실적 선택과 이상 사이에서 끝없이 방황했다. 그는 평생 철저한 경계인으로 살았고 모순이 동거하는 '사이주체'間主體로 살았다. 고통과 긴장으로 점철되는 이런 입장과 태도를 그는 특유의 유연함으로 끝까지 견지하고 고수했다.

한 루쉰 연구자는 루쉰 정신을 '반항', '탐색', '희생'으로 요약했다. 루쉰의 반항은 도저한 회의懷疑와 부정否定의 정신에 기초했고, 그 탐색은 두려움 없는 모험정신과 지칠 줄 모르는 창조정신에서 비롯되었다. 또한 그의 희생정신은 사회의 약자에 대한 순수하고 여린 연민과 양심에서 가능했다.

이 모든 정신의 가장 깊은 바닥에는 세계와 삶을 통찰한 각자覺者의 지혜와 존재하는 모든 것들에 대한 허무 그리고 사랑이 있었다. 그에게 허무는 세상을 새롭게 읽는 힘의 원천이자 난세를 돌파해 갈 수 있는 동력이었다. 그래서 그는 굽힐 줄 모르는 '강골'强骨로, '필사적으로 싸우며'(쩡자掙扎) 살아갈 수 있었다. 그랬기에 '철로 된 출구 없는 방'에서 외칠 수 있었고 사면에서 다가오는 절망과 '무물의 진'無物之陣에 반항할 수 있었다. 그는 자신을 둘러싼 모든 것과 대결했다. 이러한 '필사적인 싸움'의 근저에는 생명과 평등을 향한 인본주의적 신념과 평민의식이 자리하고 있다. 이것이 혁명인으로서 루쉰의 삶이다.

우리에게 몇 가지 『루쉰선집』은 있었지만 제대로 된 『루쉰전집』 번역본은 없었다. 만시지탄의 감이 없지 않지만 이제 루쉰의 모든 글을 우리말로 빚어 세상에 내놓는다. 게으르고 더딘 걸음이었지만 이것이 그간의 직무유기에 대한 우리 나름의 답변이 될 수 있기를 희망해 본다.

번역저본은 중국 런민문학출판사에서 출판된 1981년판 『루쉰전집』과 2005년판 『루쉰전집』 등을 참조했고, 주석은 지금까지의 국내외 연구성과를 두루 참조하여 번역자가 책임해설했다. 전집 원본의 각 문집별로 번역자를 결정했고 문집별 역자가 책임번역을 했다. 이 과정에서 몇 년 동안 매월 한 차례 모여 번역의 난제에 대해 토론을 벌였고 상대방의 문체에 대한 비판과 조율의 과정을 거쳤다. 그러므로 원칙상으로는 문집별 역자의 책임번역이지만 내용상으론 모든 위원들의 의견이 문집마다 스며들어 있다.

루쉰 정신의 결기와 날카로운 풍자, 여유로운 해학과 웃음, 섬세한 미학적 성취를 최대한 충실히 옮기기 위해 노력했지만 많이 부족하리라 생각한다. 독자 제현의 비판과 질정으로 더 나은 번역본을 기대한다. 작업에 임하는 순간순간 우리 역자들 모두 루쉰의 빛과 어둠 속에서 절망하고 행복했다.

2010년 11월 1일

한국 루쉰전집번역위원회

| 루쉰전집 전체 구성 |

- 1권 _ 무덤(墳) | 열풍(熱風)
- 2권 _ 외침(吶喊) | 방황(彷徨)
- 3권 _ 들풀(野草) | 아침 꽃 저녁에 줍다(朝花夕拾) | 새로 쓴 옛날이야기(故事新編)
- 4권 _ 화개집(華蓋集) | 화개집속편(華蓋集續編)
- 5권 _ 이이집(而已集) | 삼한집(三閑集)
- 6권 _ 이심집(二心集) | 남강북조집(南腔北調集)
- 7권 _ 거짓자유서(僞自由書) | 풍월이야기(准風月談) | 꽃테문학(花邊文學)
- 8권 _ 차개정잡문(且介亭雜文) | 차개정잡문 2집 | 차개정잡문 말편
- 9권 _ 집외집(集外集) | 집외집습유(集外集拾遺)
- 10권 _ 집외집습유보편(集外集拾遺補編)

• 11권 _ 중국소설사략(中國小說史略)

• 12권 _ 한문학사강요(漢文學史綱要) | 고적서발집(古籍序跋集) |
역문서발집(譯文序跋集)

• 13권 _ 먼 곳에서 온 편지(兩地書) | 서신 1

• 14권 _ 서신 2

• 15권 _ 서신 3

• 16권 _ 서신 4

• 17권 _ 일기 1

• 18권 _ 일기 2

• 19권 _ 일기 3 (일기 주석집)

• 20권 _ 부집(附集)

| 루쉰전집 20권 · 목차 |

『루쉰전집』을 발간하며 … 5

• 루쉰 연보

루쉰 연보 … 13

루쉰 사후 저·역서 간행 개황 … 45

• 루쉰전집 편목색인

전집 편목색인 … 47

루쉰 필명 찾아보기 … 77

•루쉰전집 주석색인

인명 찾아보기 … 82

서명, 편명, 총서명, 작품명 등 찾아보기 … 159

신문, 잡지, 부간 등 정기간행물 찾아보기 … 261

국가, 민족, 지명, 기관, 단체, 유파 등 찾아보기 … 271

당대 사건, 사회 사항, 루쉰 행적 등 찾아보기 … 289

고적, 고사, 풍속, 인용 등 찾아보기 … 316

기타 사항 찾아보기 … 349

루쉰 연보

1881년(청 광서光緖 7년, 신사년辛巳年) 1세

9월 25일(음력 8월 초사흘) 저장성(浙江省) 사오싱부(紹興府) 콰이지현(會稽縣) 둥창팡(東昌坊) 어귀 신타이먼(新臺門) 저우(周) 집안에서 출생하다. 이름은 장서우(樟壽), 자는 위산(豫山)이라 짓다. 후에 이름을 수런(樹人), 자를 위차이(豫才)로 개칭하다.

1887년(광서 13년, 정해년丁亥年) 7세

가숙에 들어가 공부하다.

1892년(광서 18년, 임진년壬辰年) 12세

삼미서옥(三味書屋)에 입학하여 공부하다. 스승은 서우징우(壽鏡吾).

어린 시절 자주 어머니 루루이(魯瑞)를 따라 시골의 외할머니댁에 가서 농민의 삶을 경험하다.

1893년(광서 19년, 계사년癸巳年) 13세

가을걷이 이후 할아버지 저우푸칭(周福淸, 자는 제푸介孚)이 과거부정행위 사건으로 투옥되다. 저우 집안은 부동산을 팔아 생계를 유지하다. 루쉰은 친척집으로 피신하다.

1894년(광서 20년, 갑오년甲午年) 14세

봄 집으로 돌아와 삼미서옥에서 공부하다.

겨울 할아버지의 과거부정행위 사건에 연루되어 파면당하여 집에 있던 아버지 저우펑이(周鳳儀, 일명 원위文郁, 자는 보이伯宜)의 병세가 악화하다. 의원을 부르고 약을 사느라 전당포와 약방을 자주 드나들다.

1895년(광서 21년, 을미년乙未年) 15세

이해 전후 방과 후에 고서를 수집하고 베끼는 흥미가 날로 높아져 『촉벽』(蜀碧), 『계륵편』(雞肋編), 『명계패사휘편』(明季稗史彙編) 등의 야사와 잡설을 대충 읽다.

1896년(광서 22년, 병신년丙申年) 16세

10월 12일(음력 9월 초엿새) 아버지가 병으로 세상을 떠나다. 향년 37세.

이해부터 일기를 쓰기 시작하였다가 1902년 일본으로 유학을 떠날 즈음에 중단하다(이 기간의 일기는 일실되었다).

1898년(광서 24년, 무술년戊戌年) 18세

5월 난징(南京)에 가서 강남수사학당(江南水師學堂)에 시험을 쳐서 후보생으로 입학하다. 후에 정규생으로 충원되어 기관반(管輪班)에 편입되다.

10월 강남수사학당의 보수성과 부패에 불만을 품고 강남육사학당(江南陸師學堂) 부설의 광무철로학당(礦務鐵路學堂, 광로학당이라 약칭)에 시험을 쳐서 입학하다.

이해 「자젠성 잡기」(戛劍生雜記)라는 단문 네 토막과 「시화잡지」(蒔花雜志)라는 단문 두 토막을 짓다.

1899년(광서 25년, 기해년己亥年) 19세

이해 광로학당에서 공부하다.

1900년(광서 26년, 경자년庚子年) 20세

3월 귀향하여 겨울방학을 지낸 후 구체시 「아우들과 이별하며」(別諸弟)를 짓다.

이해 구체시 「연밥」(蓮蓬人) 한 수를 짓다.

1901년(광서 27년, 신축년辛丑年) 21세

2월 겨울방학을 맞아 귀향하여 세밑을 보내면서 구체시 「경자년 조왕신을 보내며 지은 즉흥시」(庚子送竈卽事) 한 수를 짓다.

2월 18일(음력 경자년 섣달 그믐날) 「책의 시에게 올리는 제문」(祭書神文)한 편을 짓다.

4월 겨울방학을 마친 후 구체시 「중제의 송별시 원운에 화답함과 아울러 발문을 쓰다」(和仲弟送別元韻幷跋)를 짓다.

11월 7일(음력 9월 27일) 광로학당의 급우를 따라 칭룽산(青龍山) 탄광(지금의 난징 관탕官塘탄광 상산象山광구)에 가서 실습하다.

광로학당 재학시절 옌푸(嚴復)가 영국인 헉슬리(T. H. Huxley)의 저서 『진화와 윤리』(*Evolution and Ethics*)를 번역·서술한 『천연론』(天演論)을 읽다.

1902년(광서 28년, 임인년壬寅年) 22세

1월 27일(음력 신축년 12월 8일) 광로학당을 졸업하다.

2월 중순부터 3월 중순 귀향하여 가족을 만나다.

3월 24일(음력 2월 15일) 강남독련공소(江南督練公所)의 심사 및 양강총독(兩江總督)의 비준을 거쳐 일본 유학길에 오르다. 이날 난징에서 배에 올라 상하이(上海)를 거쳐 일본으로 향하다.

4월 4일(음력 2월 26일) 일본 요코하마(橫濱)에 도착하여 도쿄(東京)로 향하다.

4월 30일 도쿄의 고분학원(弘文學院) 보통과(普通科) 강남반(江南班)에 입학하다.

11월 쉬서우창(許壽裳), 타오청장(陶成章) 등 100여 명과 더불어 도쿄에서 저장(浙江)동향회를 조직하고 월간 『저장의 조수』(浙江潮)를 출판하기로 결정하다. 이 잡지는 이듬해 2월 17일에 창간호를 발행하다.

이해 수업이 끝나면 늘 "회관에 가고 서점에 달려가고 집회에 참석하고 강연을 듣고", 재일중국인의 각종 민족민주혁명활동에 참가하다.

1903년(광서 29년, 계묘년癸卯年) 23세

3월 변발을 잘라내고 단발한 모습을 사진으로 남기다.

6월 『저장의 조수』 제5기에 「스파르타의 혼」(斯巴達之魂)의 전반부, 그리고 프랑스의 위고(Victor-Marie Hugo)의 수필을 번역한 「슬픈 세상」(哀塵)을 「「슬픈 세상」 역자 부기」(「哀塵」譯者附記)를 덧붙여 발표하다.

8, 9월 여름방학을 맞아 귀향하여 가족을 만나다.

10월 『저장의 조수』 제8기에 「라듐에 관하여」(說鉭)와 「중국지질약론」(中國地質略論)을 발표하다.

10월 쥘 베른(Jules Verne)의 공상과학소설 『달나라 여행』(月界旅行)을 「『달나라 여행』 변언」(『月界旅行』辨言)을 덧붙여 도쿄 신카샤(進化社)에서 출판하다.

11월 혁명을 고취하는 '절학회'(浙學會, 광복회光復會의 전신으로서, 원래 항저우杭州에서 창설되었다)가 일본 도쿄에서 전개한 활동에 참가하다.

12월 쥘 베른의 공상과학소설 『지구 속 여행』(地底旅行)의 첫 2회를 『저장의 조수』 제10기에 발표하다. 1906년 3월에 완역하여 난징(南京)의 치신서국(啓新書局)에서 출판하다.

이해 7언 절구 「자화상」(自題小像)을 변발을 자른 사진 뒷면에 써서 쉬서우창에게 주다.

1904년(광서 30년, 갑진년甲辰年) 24세

4월 고분학원(弘文學院)을 마치다.

9월 센다이(仙台)의학전문학교에 입학하다.

이해 여가에 『세계사』(世界史), 『북극탐험기』(北極探險記) 및 『물리신전』(物理新詮)(2장만)을 번역하다. 위의 원고들은 모두 발표되지 않은 채 일실되다.

1905년(광서 31년, 을사년乙巳年) 25세

센다이의학전문학교에서 계속 공부하다.

봄 미국의 루이 스트롱(Louise J. Strong)의 공상과학소설 『조인술』(造人術)을 번역하여 1905년 『여자세계』(女子世界) 제4, 5기 합간호에 발표하다.

1906년(광서 32년, 병오년丙午年) 26세

1월 세균학 강의를 받기 시작하다. 수업 중의 '러일전쟁 교육 환등회(幻燈會)'에서 일본 병사가 중국인을 살해하는데도 중국인이 얼빠진 표정으로 구경하고 있는 장면을 보고 크게 자극받아 의학을 버리고 문학으로 돌아서 문예로써 중국인의 정신을 개조하기로 결심하다.

3월 센다이의학전문학교를 중퇴하다. 후지노(藤野) 선생이 사진을 주고 이별을 아쉬워하다. 도쿄로 와서 쉬서우창 등과 문예운동의 제창을 논의하다.

5월 구랑(顧琅)과 함께 엮은 『중국광산지』(中國礦産志)를 상하이 보급서국(普及書局)에서 출판하다.

6월 학적을 '도쿄독일어협회'에 부설된 독일어학교에 두다. 이즈음 외국 문학작품, 특히 피압박민족문학과 민주혁명사상을 담은 러시아문학을 대량으로 구하여 읽다.

여름 가을 사이 어머니의 명에 따라 귀국하여 사오싱부(紹興府) 산인현(山陰縣)의 주안(朱安)과 결혼하다.

1907년(광서 33년, 정미년丁未年) 27세

여름 쉬서우창 등과 문예잡지 『신생』(新生)을 창간하려 하였으나 뜻을 이루지 못하다.

이해 영국의 해거드(H. Rider Haggard)와 앤드류 랭(Andrew Lang)이 공저한 『홍성일사』(紅星佚史, 원저명은 『세계의 욕망』世界的欲望, *The World's Desire*) 가운데의 시 16절을 번역하여 저우쭤런(周作人)이 번역한 『홍성일사』에 수록하였으며, 이 역서는 12월 상우인서관(商務印書館)에서 출판되다.

이해 허난(河南) 출신의 유학생이 출판하는 월간지 『허난』(河南)에 「인간의 역사」(人間之歷史, 1926년 문집 『무덤』墳에 수록할 때 「人之歷史」로 제목을 바꿈), 「마라시력설」(摩羅詩力說), 「과학사교편」(科學史教篇), 「문화편향론」(文化偏至論)을 쓰다.

1908년(광서 34년, 무신년戊申年) 28세

여름 쉬서우창, 첸쉬안퉁(錢玄同), 저우쭤런 등과 함께 장타이옌(章太炎)을 청하여 민보사

(民報社)에서 문자학 강의를 매주 한 차례, 약 반년간 듣다.

이해 월간지 『허난』을 위해 헝가리 라이히(Emil Reich)의 「페퇴피 시론」(裴象飛詩論)을 번역하고 「파악성론」(破惡聲論)을 쓰다. 이 두 글은 월간지의 정간으로 인해 끝마치지 못했다.

1909년(청 선통宣統 원년, 기유년己酉年) 29세

3월 저우쭤런과 공역한 『역외소설집』(域外小說集) 제1권을 출판하고, 7월에 제2권을 출판하다.

4월 러시아 안드레예프(Л. Н. Андреев)의 「붉은 웃음」(紅笑)을 번역하였으나 출판되지 못한 채 일실되다.

4, 5월 사이 저우쭤런이 번역한 러시아 알렉세이 톨스토이(Aleksey. K. Tolstoy)의 소설 『세레브랴니 공작』(謝歷勃里亞尼公爵, Князь Серебряный)를 위해 서문을 쓰다. 이 서문은 발표되지 못한 채 현재 「『질긴 풀』 번역본 서문」(『勁草』譯本序)이라는 제목으로 남아 있다.

8월 일본에서의 유학생활을 마치고 귀국하다. 항저우 저장양급사범학당(浙江兩級師範學堂)에서 생리학과 화학 교사가 되어, 재직 중에 생리학 강의안인 「인생상효」(人生象斅), 「생리실험술요략」(生理實驗術要略) 등을 쓰다.

1910년(선통 2년, 경술년庚戌年) 30세

7월 저장양급사범학당의 교직을 사임하고 사오싱으로 돌아오다.

9월 사오싱부중학당(紹興府中學堂)의 박물학 교원 및 감학(監學)을 맡다.

이해 수업 틈틈이 당(唐) 이전의 일문(후에 『고소설구침』古小說鉤沉으로 엮음) 및 콰이지(會稽)와 관련된 향토사 자료(후에 『콰이지군 고서잡집』會稽郡古書雜集으로 엮음)를 집록하기 시작하다.

1911년(선통 3년, 신해년辛亥年) 31세

5월 저우쭤런 부부의 귀국을 재촉하기 위해 일본에 가서 반달 남짓 머물다.

여름 사오싱부중학당을 사직하다.

10월 신해혁명이 일어나다. 얼마 후 사오싱부중학당의 교장이 사임하자 학생들의 요구에 의해 원래의 직무로 잠시 복귀하다.

11, 12월 사이 왕진파(王金發)를 수장으로 하는 사오싱군정분부(紹興軍政分府)의 위임을

받아들여 저장산콰이(浙江山會)초급사범학당의 교장이 되다.

겨울 진보적 청년의 문학결사인 웨사(越社)가 『웨둬일보』(越鐸日報)를 창간하는 것을 지지하여 '명예 편집장'을 맡다.

이해 문언 단편소설 「옛날을 그리워하며」(懷舊)를 짓다. 당대(唐代) 유순(劉恂)의 박물지 『영표록이』(嶺表錄異)를 집록·교감하고 「교감기」(校勘記)를 썼으나 간행되지 못하다.

이해 『신이경』(神異經) 등 일곱 종류의 이문(異文)을 집록하는 작업을 끝마치고 『소설비교』(小說備校)라는 제목을 부치다.

1912년(중화민국 원년) 32세

1월 3일 『웨둬일보』 창간호에 「『웨둬』 발간사」(『越鐸』出世辭)를 발표하다.

2월 루쉰 편집에 의해 『웨사총간』(越社叢刊) 제1집이 출판되고, 여기에 「신해유록」(辛亥游錄, 콰이지會稽 저우차오펑周喬峰이라 서명), 「『고소설구침』 서」(『古小說鉤沉』序, 저우줘런이라 서명)를 수록하다. 『고소설구침』은 이때 이미 집록과 교정이 끝나다.

2월 산콰이초급사범학당을 사직하다. 중화민국 임시정부 교육총장인 차이위안페이(蔡元培)의 요청에 따라 난징에 가서 교육부 직원이 되다.

3, 4월 공무의 여가에 늘 강남(江南)도서관에 가서 고서를 열람하고 집록·교감하다. 당대 심아지(沈亞之)의 『심하현문집』(沈下賢文集) 중에서 「상중원사」(湘中怨辭), 「임몽록」(異夢錄), 「진몽기」(秦夢記) 세 편을 채록하여 후에 『당송전기집』(唐宋傳奇集)에 수록하다.

4월 하순 사오싱으로 돌아와 집안일을 정리하여 임시정부의 베이징 이전에 따른 준비를 하다.

5월 초 난징을 떠나 베이징으로 향하다. 5일에 베이징에 도착하고, 이날부터 다시 일기를 쓰기 시작하다. 6일 쉬안우먼(宣武門) 밖 난반제(南半截)골목 사오싱현관(紹興縣館) 내의 텅화관(藤花館)에 거처를 정하고 이날 교육부에 도착을 보고하다.

6월 21일 교육부가 주최한 하기강연회에서 「미술약론」(美術略論)을 강연하고, 이후 잇달아 세 차례 강의하였으나 강연 원고는 일실되다.

7월 22일 판아이눙(范愛農)을 애도하는 시 세 수(「哀范君三章」)를 짓다.

8월 21일 교육부 첨사로 임명되다. 26일 사회교육사(社會教育司) 제1과 과장에 임명되다.

8월부터 공무의 여가에 계속해서 고서를 집록하다. 이해에 집록·교감한 삼국시대 오(吳) 사승(謝承)의 『후한서』(後漢書), 진(晉) 사심(謝沈)의 『후한서』(後漢書)를 모두 이듬해 3월에 끝마침과 아울러 서문을 쓰다.

1913년(중화민국 2년) 33세

2월 교육부에 의해 독음통일회(讀音統一會) 회원에 임명되다.

2월 「미술보급에 관한 의견서」(儗播布美術意見書)를 발표하다.

3월 「『사승후한서』 서문」(『謝承後漢書』序), 「『사심후한서』 서문」(『謝沈後漢書』序), 「왕집본 『사승후한서』 교감기」(汪輯本『謝承後漢書』校記), 「『우예진서』 서문」(『虞預晉書』序)을 쓰다.

5월부터 11월까지 일본 우에노 요이치(上野陽一)의 논문 「예술감상 교육」(藝術玩賞之教育), 「사회교육과 취미」(社會教育與趣味), 「아동의 호기심」(兒童之好奇心)을 잇달아 번역하여 이해 『교육부편찬처월간』(教育部編纂處月刊)에 발표하다.

6월 1일 남송 장호(張淏)의 『운곡잡기』(雲谷雜記)를 집록·교감하고 발문을 쓰다. 이듬해에 교감을 계속하여 3월 11일에 서문을 쓰다.

6월 19일부터 8월 상순까지 사오싱에 돌아와 어머니를 뵙다.

10월 15일 명대 오관(吳寬)의 총서당본(叢書堂本) 『혜강집』(嵇康集)을 저본으로 여러 판본을 교감하다. 20일에 교감을 마친 후 「『혜강집』 서」(『嵇康集』跋)를 쓰다. 후에 여러 차례 교정을 보다.

1914년(중화민국 3년) 34세

3월 11일 「『운곡잡기』 서」(『雲谷雜記』序)를 쓰다.

4월부터 불학 서적을 지속적으로 대량 구입하여 공무 여가에 불교사상을 연구하다.

10월 「『콰이지군 고서잡집』 서문」(『會稽故書雜集』序)을 쓰다.

11월 27일 일본 다카시마 헤이자부로(高島平三郎)의 논문 「아동관념계의 연구」(兒童觀念界之研究)의 번역을 마치고 이듬해 3월에 출판된 『전국아동예술전람회기요』(全國兒童藝術展覽會紀要)에 발표하다.

이해 「『범자계연』 서」(『范子計然』序), 「『위자』 서」(『魏子』序), 「『임자』 서」(『任子』序), 「『광림』 서」(『廣林』序)를 쓰다.

1915년(중화민국 4년) 35세

1월 15일 어머니의 60세 생신을 축하드리기 위해 금릉각경처(金陵刻經處)에 부탁하여 『백유경』(百喩經)을 찍어 내다.

6월 『콰이지군 고서잡집』(會稽故書雜集) 각본을 사오싱에서 찍어 내다.

8월 3일 통속교육연구회(通俗教育研究會)에 참가하라는 교육부의 명령을 받다. 9월 1일

통속교육연구회 소설부 주임으로 임명되다.

이해 공무 여가에 금석탁본, 특히 한대(漢代) 화상(畫像) 및 육조(六朝) 조상(造像)을 수집하여 연구하기 시작하다.

1916년(중화민국 5년) 36세

5월 6일 사오싱현관 텅화관에서 관내의 부수서옥(補樹書屋)으로 옮기다.

8월 『교육부참사설첩』(敎育部參事說帖)에 위안스카이 대총통 당시에 제정된 「교육요강」(敎育要綱)에 대한 의견을 기록하고, 이 「요강」의 '폐지를 공표'하자고 주장하다.

12월 상순부터 이듬해 1월 상순까지 사오싱에 돌아와 어머니를 뵙다.

1917년(중화민국 6년) 37세

7월 3일 장쉰(張勛)의 복벽에 격분하여 교육부를 사직하다. 난이 평정된 후 16일에 복귀하여 근무하다.

1918년(중화민국 7년) 38세

4월 2일 「광인일기」(狂人日記)를 완성하여 5월 『신청년』(新青年) 제4권 제5호에 발표하고, '루쉰'이라는 필명을 사용하기 시작하다. 같은 호에 신시 「꿈」(夢), 「사랑의 신」(愛之神), 「복숭아꽃」(桃花)을 발표하다. 1921년 8월까지 『신청년』에 소설, 신시, 잡문, 번역, 통신 등 50여 편을 발표하다.

6월 11일 「『여초묘지명』 발」(『呂超墓地銘』跋)을 쓰다.

7월 20일 논문 「나의 절열관」(我之節烈觀)을 쓰다.

7월 29일 「여초묘에서 출토된 우췬 정만의 거울에 관한 고찰」(呂超墓出土吳郡鄭蔓鏡考)을 쓰다.

9월 『신청년』 제5권 제3호의 「수감록」(隨感錄)란에 잡감문을 발표하기 시작하다('수감록 25'부터).

겨울 소설 「쿵이지」(孔乙己)를 짓다.

이해 『신청년』의 편집에 참여하다.

1919년(중화민국 8년) 39세

3월 30일 『매주평론』(每週評論)에 「수감록」 3토막을 발표하다.

4월 25일 소설 「약」(藥)을 짓다.

6월 말 혹은 7월 초 소설 「내일」(明天)을 짓다.

8월 12일 베이징의 『국민공보』(國民公報) '촌철'(寸鐵)란에 단평 4토막을 발표하다.

8월 19일부터 9월 9일까지 「혼잣말」(自言自語)이라는 제목의 산문시 7편을 잇달아 발표하다.

10월 논문 「지금 우리는 아버지 노릇을 어떻게 할 것인가」(我們現在怎樣做父親)를 쓰다.

11월 21일 쉬안우먼 밖 사오싱현관에서 시즈먼(西直門) 안의 궁융쿠(公用庫) 바다오완(八道灣) 11호로 이사하다.

12월 1일부터 29일까지 사오싱으로 돌아와 일가족이 베이징으로 이주하다.

12월 1일 소설 「작은 사건」(一件小事)을 발표하다.

1920년(중화민국 9년) 40세

8월 5일 소설 「야단법석」(風波)을 짓다.

8월 10일 독일 니체의 『차라투스트라의 서언』(察拉圖斯忒拉的序言)의 번역을 마치고 이해 9월 『신조』(新潮) 제2권 제5기에 발표하다.

8월 베이징대학, 베이징고등사범학교의 강사로 초빙되다. 베이징대학에 출강하는 기간에 이 대학의 연구소국학문위원회(研究所國學門委員會) 위원을 겸임하다.

10월 10일 소설 「두발 이야기」(頭髮的故事)를 발표하다.

이해 교학을 통해 중국소설사를 체계적으로 연구하다.

1921년(중화민국 10년) 41세

1월 후스(胡適)는 『신청년』의 "색채가 지나치게 선명하다"고 여겨 천두슈(陳獨秀), 리다자오(李大釗), 루쉰 등에게 잇달아 편지를 보내 "정치를 논하지 말자"고 주장하다. 루쉰은 이에 찬성하지 않았으며, 이로 인해 『신청년』의 분화는 불가피해지다.

1월 「고향」(故鄕)을 쓰다.

12월 4일 소설 「아Q정전」(阿Q正傳)을 베이징의 『천바오 부간』(晨報副刊)에 연재하기 시작하여 이듬해 2월 2일에 마치다.

1922년(중화민국 11년) 42세

1월 28일 『예로센코 동화집』의 편집을 마치고 서문을 쓰다. 이 책은 루쉰이 번역한 9편 외에 후위즈(胡愈之), 왕푸취안(汪馥泉) 등의 번역을 수록하고 있으며, 이해 7월 상하이 상우인서관에서 '문학연구회총서'(文學硏究會叢書)의 하나로 출판되다.

2월 9일 잡문「『쉐헝』에 관한 어림짐작」(估『學衡』)을 발표하다.

5월 아르치바셰프(Михаил Арцыбашев)의 소설 『노동자 셰빌로프』(工人綏惠略夫)를 번역하여 상우인서관에서 '문학연구회총서'의 하나로 출판하다. 1927년 6월에 다시 상하이 베이신서국(北新書局)에서 '웨이밍총간'(未名叢刊)의 하나로 재판되었다.

5월 저우쭤런, 저우젠런(周建人) 등과 공역한 『현대소설역총』(現代小說譯叢)이 상우인서관에서 '세계총서'(世界叢書)의 하나로 출판되다. 이 안에 러시아의 아르치바셰프와 치리코프(Евгений Николаевич Чириков), 핀란드의 알키오(Arkio), 불가리아의 바조프(Иван Минчов Вазов) 등의 소설 9편이 수록되어 있다.

6월 소설「흰 빛」(白光)과「단오절」(端午節)을 짓다.

9월 일본 무샤노코지 사네아쓰(武者小路實篤)의 극본 『한 청년의 꿈』(一個靑年的夢)을 번역하여 상우인서관에서 '문학연구회총서'의 하나로 출판하다. 1927년 7월 상하이 베이신서국에서 '웨이밍총간'의 하나로 재판되다.

10월 소설「토끼와 고양이」(兎和猫),「오리의 희극」(鴨的喜劇),「지신제 연극」(社戲)을 짓다.

11월 17일 잡문「'눈물을 머금은' 비평가를 반대한다」(反對'含淚'的批評家)를 발표하다.

11월 역사소설「부저우산」(不周山, 후에「하늘을 땜질한 이야기」補天로 개칭)을 짓다.

12월 3일 소설집 『외침』(吶喊)의 편집을 마치고 서문을 쓰다. 이듬해 8월 베이징 신조사(新潮社)에서 '문예총서'(文藝叢書)의 하나로 출판되다.

1923년(중화민국 12년) 43세

6월 저우쭤런과 공역한 『현대일본소설집』(現代日本小說集)을 상우인서관에서 '세계총서'(世界叢書)의 하나로 출판하다. 이 안에 모리 오가이(森鷗外), 아쿠타가와 류노스케(芥川龍之介), 기쿠치 간(菊池寬) 등 6명의 소설 11편이 수록되어 있다.

7월 러시아 예로센코의 동화극 『연분홍 구름』(桃色的雲)을 번역하여 베이징 신조사에서 '문예총서'의 하나로 출간하다.

7월 저우쭤런의 관계가 파국을 맞아 8월 2일 바다오완 11호에서 좐타(磚塔)골목 61호로 이사하다.

7월 베이징여자고등사범학교의 강사로 초빙되어(이듬해에 교수로 초빙됨) 10월 13일부터 중국소설사와 문예이론을 강의하다.

9월 17일 베이징세계어전문학교 이사회 임원에 임명되고, 이 학교에서 중국소설사를 1925년 3월까지 강의하다.

12월 11일 강의안을 엮은 『중국소설사략』(中國小說史略) 상책(제1편부터 제15편까지)을 베이징 신조사에서 출판하다.

12월 26일 여자고등사범학교에서 「노라는 떠난 후 어떻게 되었는가」(娜拉走後怎樣)를 강연하다.

1924년(중화민국 13년) 44세

1월 17일 베이징사범대학 부속중학 교우회에 가서 「천재가 나오기 전에」(未有天才之前)를 강연하다.

2월 7일 소설 「축복」(祝福)을 짓다.

2월 16일 소설 「술집에서」(在酒樓上)를 짓다.

2월 18일 소설 「행복한 가정」(幸福的家庭)을 짓다.

3월 22일 소설 「비누」(肥皂)를 짓다.

5월 25일 좐타골목 61호에서 푸청먼(阜成門) 내 시싼탸오(西三條) 21호로 이사하다.

5월부터 6월까지 지청(集成)국제어언학교에서 매주 한 차례 6월 말까지 강의하다.

6월 10일 「『혜강집』 서」(『嵇康集』序)를 쓰다. 또한 거의 같은 시기에 「『혜강집』 일문에 관한 고증」(『嵇康集』逸文考), 「『혜강집』 저록에 관한 고증」(『嵇康集』著錄考)을 쓰다. 1913년부터 여러 차례 교감을 해온 『혜강집』은 이때에 이르러 기본적으로 마무리되다.

6월 20일 『중국소설사략』 하책(제16편부터 제28편까지)을 베이징 신조사에서 출판하다. 이 책은 이듬해 9월 베이징 베이신서국에서 합권하여 재판되다.

7월 7일 시베이(西北)대학 및 산시성(陝西省) 교육청의 요청에 따라 하기학교 강의를 위해 시안(西安)에 갔다가 8월 4일 시안을 떠나다. 시베이대학에서 7월 27일부터 29일까지 11차례에 걸쳐 「중국소설의 역사적 변천」(中國小說的歷史的變遷)을 강의하다.

8월 12일 베이징으로 돌아오다.

9월 산문시 「가을밤」(秋夜), 「그림자의 고별」(影的告別) 등을 쓰기 시작하고, 후에 『들풀』(野草)로 묶다.

9월 22일 일본 구리야가와 하쿠손(廚川白村)의 문예논문집 『고민의 상징』(苦悶的象徵)의 번역을 시작하여 10월 10일에 끝마치고 이해 12월에 출판하다. 베이징 신조사에서 '웨이밍총간'의 하나로 발매하다.

10월 28일 잡문 「뇌봉탑이 무너진 데 대하여」(論雷峰塔的倒掉)를 쓰다.

11월 17일 주간 『위쓰』(語絲)가 베이징에서 창간되다. 이 잡지의 주요 기고자로 활동하다.

1925년(중화민국 14년) 45세

1월 15일 이날부터 「문득 생각나는 것」(忽然想到)이란 제목의 잡문을 잇달아 쓰기 시작하여 6월 18일까지 모두 11편을 쓰다.

2월 6일 잡문 「다시 뇌봉탑이 무너진 데 대하여」(論雷峰塔的倒掉)를 쓰다.

2월 9일 잡문 「거울을 보고 느낀 생각」(看鏡有感)을 쓰다.

2월 10일 『징바오 부간』(京報副刊)의 요청에 따라 「청년필독서」(青年必讀書)를 쓰다.

2월 28일 소설 「장명등」(長明燈)을 짓다.

3월 18일 소설 「조리돌림」(示衆)을 짓다.

3월 21일 잡문 「전사와 파리」(戰士與蒼蠅)를 쓰다.

4월 4일 잡문 「여름 벌레 셋」(夏三虫)을 쓰다.

4월 12일 런궈전(任國楨)이 편역한 『소비에트러시아의 문예논전』(蘇俄的文藝論戰)을 위해 「서문」(前記)을 쓰다.

4월 중하순 주간 『망위안』(莽原)을 창간하고 편집하다.

4월 22일 잡문 「춘말한담」(春末閑談)을 쓰다.

4월 29일 잡문 「등하만필」(燈下漫筆)을 쓰다.

5월 1일 소설 「가오 선생」(高老夫子)을 짓다.

5월 5일 「잡감」(雜感)을 쓰다.

5월 12일 여자사범대학의 학생자치회에서 개최한 교원학생연석회의에 출석하여 교장 양인위(楊蔭楡)에 반대하는 학생들의 운동을 지지하다.

5월 27일 마위짜오(馬裕藻), 선인모(沈尹默) 등 7명과 연명으로 「베이징여자사범대학 소요사태에 관한 선언」(對於北京女子師範大學風潮宣言)을 『징바오』(京報)에 발표하다.

5월 30일 잡문 「결코 한담이 아니다」(幷非閑話)를 써서 여자사범대학의 소요사태를 공격한 천시잉(陳西瀅)의 글(주간 『현대평론』現代評論에 발표)을 반박하다.

6월 16일 「잡다한 추억」(雜憶)을 쓰다.

7월 22일 논문 「눈을 크게 뜨고 볼 것에 대하여」(論睜了眼看)를 쓰다.

8월 7일 여자사범대학의 교원과 학생이 조직한 교무유지회(教務維持會)에 참가하여 월말까지 10여 차례 회의에 참석하다.

8월 14일 교육총장 장스자오(章士釗)에 의해 교육부 첨사직에서 불법으로 파면되다.

8월 20일 잡문 「KS군에게 답함」(答KS君)을 쓰다.

8월 22일 장스자오를 고소하는 고소장을 평정원(平政院)에 제출하다.

여름 웨이쑤위안(韋素園), 차오징화(曹靖華), 리지예(李霽野), 타이징눙(臺靜農), 웨이충우

(韋叢蕪) 등과 더불어 외국문학저작의 번역 및 출판을 종지로 하는 웨이밍사(未名社)를 조직하다.

9월 10일 리밍(黎明)중학에서 가르치기 시작하여 석 달 남짓 강의하다.

9월 18일 다중(大中)공학에서 가르치기 시작하여 두 달 남짓 강의하다.

9월 21일 여자사범대학이 교육부에 의해 강제로 해산된 이후, 일부 학생이 쭝마오(宗帽)골목에서 자주적으로 대학을 유지하다. 이날 여자사범대학의 새로운 터전에 가서 개학식에 참가하다.

9월 23일 중국대학에서 강의를 시작하여 이듬해 5월까지 강의하다.

10월 17일 소설 「고독자」(孤獨者)를 짓다.

10월 21일 소설 「죽음을 슬퍼하며」(傷逝)를 짓다.

10월 쉬광핑(許廣平)과의 애정관계를 확정하다.

11월 3일 소설 「형제」를 짓다.

11월 3일 『열풍』(熱風)의 「제목에 부쳐」(題記)를 쓰다. 잡문집 『열풍』을 이달에 베이징 베이신서국에서 출판하다.

11월 6일 소설 「이혼」(離婚)을 짓다.

11월 18일 잡문 「민국 14년의 '경전 읽기'」(十四年的'讀經')를 쓰다.

12월 2일 장딩황(張定璜)과 함께 베이징의 『국민신보』(國民新報)의 요청으로 부간 을간(乙刊, 즉 문학예술판)의 편집을 맡아 1926년 4월까지 편집하다.

12월 3일 「『상아탑을 나와서』 후기」(『出了象牙之塔』後記)를 쓰다. 1924년 말부터 구리야가와 하쿠손(廚川白村)의 문예논집 『상아탑을 나와서』를 번역하기 시작하여 이달 웨이밍사(未名社)에서 '웨이밍총간'의 하나로 출판하다.

12월 8일부터 20일까지 「이것과 저것」(這個與那個) 4토막을 쓰다.

12월 18일 잡문 「'공리'의 속임수」('公理'的把戱)를 쓰다.

12월 29일 논문 「'페어플레이'는 아직 이르다」(論'費厄潑賴'應該緩行)를 쓰다.

12월 31일 잡문집 『화개집』(華蓋集)의 편집을 마치고 「제기」(題記)를 쓰다. 이듬해 6월에 베이징 베이신서국에서 출판하다.

1926년(중화민국 15년) 46세

1월 16일 장스자오(章士釗)를 고소한 재판에서 승소하여, 교육부는 "저우수런(周樹人)을 잠시 본부의 첨사로 임명하고" "면직처분은 위법하므로 취소해야 마땅하다"고 발령하다.

1월 25일 잡문 「자그마한 비유」(一點比喩)를 쓰다.

2월 21일 회상산문 「개·고양이·쥐」(狗·猫·鼠)를 쓰기 시작하다. 후에 『아침 꽃 저녁에 줍다』(朝花夕拾)로 묶다.

3월 18일 '3·18'참사가 발생하다. 잡문 「꽃이 없는 장미 2」(無花的薔薇之二)를 쓰다.

3월 25일 여자사범대학에 가서 '3·18'참사에서 희생당한 류허전(劉和珍), 양더췬(楊德群)의 추도회에 참석하다. 잡문 「'사지'」('死地')를 쓰다.

3월 26일 베이양(北洋)군벌정부의 수배자 명단에 이름이 올랐기에 자택을 떠나 망위안사, 야마모토의원(山本醫院), 독일의원(德國醫院), 프랑스의원(法國醫院)을 돌아다니며 피신하다. 5월 2일 자택으로 돌아오다.

4월 1일 산문 「류허전 군을 기념하며」(記念劉和珍君)를 쓰다.

6월 2일 웨이충우(韋叢蕪)가 번역한 러시아 도스토예프스키의 소설 『가난한 사람들』(窮人)의 교정을 끝마치고 「짧은 머리말」(小引)을 쓰다.

6월 25일 이날부터 「즉흥일기」(馬上日記), 「즉흥일기 2」(馬上日記之二), 「즉흥일기 속편」(馬上支日記)을 잇달아 쓰다. 7월 8일까지 모두 12토막이다.

7월 21일 후샤오(胡斅)가 번역한 러시아 블로크(Александр Александрович Блок)의 장시 『열둘』(十二個)을 위해 「후기」(後記)를 쓰다. 아울러 트로츠키(Лев Давидович Троцкий)의 『문학과 혁명』(文學與革命) 중의 한 절인 「알렉산드르 블로크」(亞歷山大·勃洛克)를 번역하여 이 역서의 첫머리에 수록하다.

7월 28일 샤먼(廈門)대학의 초빙을 받고 국문과 교수 겸 국학원 연구교수에 임명되다.

8월 1일 『소설구문초』(小說舊聞鈔)의 교정을 끝마치고 서문을 쓰다. 이달에 베이징 베이신서국에서 출판하다.

8월 22일 여자사범대학 파괴 일주년 기념회에 출석하여 강연을 하다. 강연의 기록원고는 「루쉰 선생의 말씀을 기록하다」(記魯迅先生的談話)라는 제목으로 공개적으로 발표되고, 후에 『화개집속편』(華蓋集續編)에 「강연 기록」(記談話)으로 바뀌어 수록되다.

8월 26일 쉬광핑과 함께 기차편으로 베이징을 떠나 샤먼(廈門)으로 향하다. 쉬광핑은 광저우(廣州)로 가다.

8월 소설집 『방황』(彷徨)을 베이징 베이신서국에서 출판하다.

9월 4일 샤먼에 도착하여 잠시 샤먼대학 생물학원 3층에 일시 거주하다. 25일에 지메이러우(集美樓)로 거처를 옮기다.

10월 14일 샤먼대학의 주례모임에서 "중국책을 적게 읽고" "학생은 호사가(好事之徒)가 되어야 한다"는 내용의 강연을 하다.

10월 14일 잡문집 『화개집속편』(華蓋集續編)의 「소인」(小引), 「교정을 마치고 적다」(校訖記)를 쓰다. 이 책은 이듬해 5월 베이징 베이신서국에서 출판되다.

10월 30일 논문집 『무덤』(墳)의 편집을 끝마치고 「제기」(題記)를 쓰다. 이듬해 3월에 웨이밍사에서 출판되다.

11월 4일 「『혜강집』고」(『嵇康集』考)를 쓰다.

11월 11일 광저우(廣州) 중산(中山)대학의 초빙서를 받다. 「『무덤』 뒤에 쓰다」(寫在『墳』後面)를 쓰다.

11월 14일 둥추팡(董秋芳)이 번역한 러시아 단첸코(Владимир Иванович Немирович-Данченко) 등의 단편소설집 『자유를 쟁취한 파도』(爭自由的波浪)를 위해 「서문」(小引)을 쓰다.

11월 샤먼대학 문학청년의 문학단체인 '양양사'(泱泱社)와 '구랑사'(鼓浪社)가 각각 월간 『보팅』(波艇)과 주간 『구랑』(鼓浪)을 출판하는 것을 지지하고 지도하다.

12월 3일 평론 「『아Q정전』을 쓰게 된 연유」(『阿Q正傳』的成因)를 쓰다.

12월 30일 역사소설 「달나라로 도망친 이야기」(奔月)의 창작을 끝마치다.

12월 31일 샤먼대학의 교직을 사임하다.

9월부터 12월까지 강의안 『중국문학사략』(中國文學史略, 후에 『한문학사강요』漢文學史綱要로 개칭)을 편집하다.

1927년(중화민국 16년) 47세

1월 16일 배편으로 샤먼을 떠나다.

1월 18일 광저우에 도착하다. 이튿날 중산대학으로 옮겨 다중러우(大鐘樓)에 거처를 정하다.

1월 27일 중산대학 사회과학연구회(중국공산당 중산대학 지부 주최)의 초청을 받아 강연하다. 이즈음에 공산당원과 자주 접촉하고 그들로부터 『소년선봉』(少年先鋒), 『무엇을 할 것인가?』(做甚麽?) 등의 간행물을 증정받다.

2월 10일 중산대학에서 문학계주임 및 교무주임으로 임명되다.

2월 18일 홍콩에 가다. 당일 및 이튿날 잇달아 「소리 없는 중국」(無聲的中國)과 「케케묵은 가락은 이제 그만」(老調子已經唱完)을 강연하다. 20일 광저우로 돌아오다.

3월 29일 중산대학 다중러우에서 바이윈로(白雲路) 바이윈러우(白雲樓) 26호 2층으로 이사하다.

4월 1일 청팡우(成仿吾) 등과 연명으로 「영국 지식인 및 일반 민중에 대한 중국문학가의 선언」(中國文學家對於英國知識階級及一般民衆宣言)을 발표하여, 이날 출판된 반월간 『홍수』(洪水) 제3권 제30기에 실리다.

4월 3일 역사소설 「미간척」(眉間尺, 후에 「검을 벼린 이야기」鑄劍로 개칭)의 창작을 마치다.

4월 6일 잡문 「중국인의 얼굴」(略論中國人的臉)을 쓰다.

4월 8일 황푸(黃埔)군관학교에 가서 「혁명시대의 문학」(革命時代的文學)을 강연하다.

4월 10일 잡문 「상하이와 난징 수복 경축 저편」(慶祝滬寧克復的那一邊)을 쓰다.

4월 15일 국민당 우파가 광저우에서 '4·15'사변을 일으켜 민중을 체포하고 학살하다. 이에 중산대학에서 열린 주임긴급회의에 참석하여 체포된 학생을 구하려 하였으나 뜻을 이루지 못하다.

4월 21일 중산대학에 사표를 제출하다. 이후부터 5월 25일까지 네 차례에 걸쳐 편지로 사임의 뜻을 견지하다.

4월 26일 산문시집 『들풀』(野草)의 편집을 마치고 「제목에 부쳐」(題辭)를 쓰다. 이해 7월에 베이징 베이신서국에서 '오합총서'(烏合叢書)의 하나로 출판하다.

5월 1일 회상산문집 『아침 꽃 저녁에 줍다』(朝花夕拾)의 편집을 마치고 「머리말」(小引)을 쓰다. 이듬해 9월 웨이밍사에서 '웨이밍신집'(未名新集)의 하나로 출판하다.

5월 26일 작년 7월에 번역하기 시작한 네덜란드의 프레데리크 반 에덴(Frederik van Eeden)의 장편동화 『작은 요하네스』(小約翰)의 원고 정리를 마치고 31일에 「서언」(引言)을 쓰다. 이듬해 1월에 웨이밍사에서 '웨이밍총간'의 하나로 출판하다.

6월 6일 중산대학 위원회에서 편지를 받고 사임에 동의하다.

7월 16일 즈융(知用)중학에 가서 「독서 잡담」(讀書雜談)을 강연하다.

7월 23일 광저우 하계학술강연회에 가서 「위진 풍도·문장과 약·술의 관계」(魏晉風度及文章與藥及酒之關系)를 강연하고, 다 마치지 못하여 26일에 이어 강연하다.

8월 22일부터 24일까지 『당송전기집』(唐宋傳奇集)을 편집하고 독서 메모인 「패변소철」(稗邊小綴)을 쓰다. 9월 10일 편집을 끝마치고 「서례」(序例)를 쓰다. 이해 12월 및 이듬해 2월에 상하이 베이신서국에서 상하로 나누어 출판하다.

9월 4일 「유헝 선생에게 답함」(答有恒先生)을 쓰다.

9월 14일 잡문 「밉살 죄」(可惡罪)를 쓰다.

9월 24일 잡문 「사소한 잡감」(小雜感)을 쓰다.

9월 25일 타이징눙(臺靜農)에게 편지를 보내 노벨문학상 후보 추천을 거절하다.

9월 27일 쉬광핑과 함께 여객선 '산둥호'(山東號)편으로 광저우를 떠나 상하이로 가다. 10월 3일 도착하다.

10월 8일 여관에서 둥헝방로(東橫浜路) 징윈리(景雲里) 23호로 이사하여 쉬광핑과 동거생활을 시작하다.

10월 10일 문예평론 「어떻게 쓸 것인가 — 밤에 쓴 글 1」(怎麼寫 — 夜記之一)을 발표하다.

10월 21일 「혁명문학」(革命文學)을 발표하다.

10월 25일 노동대학(勞動大學)에 가서 「지식계급에 관하여」(關於知識階級)를 강연하다.

11월 7일 노동대학의 요청에 따라 '문학강좌'를 강의하다. 한 달 뒤에 사직하다.

12월 3일 마이커양(麥克昂, 궈모뤄郭沫若) 등과 연명으로 상하이의 『시사신보』(時事新報)에 『창조주보』(創造週報)의 복간 광고를 내고, 이 잡지의 특약기고자로 활동하다.

12월 17일 주간 『위쓰』(語絲)가 펑계(奉系)군벌에 의해 봉쇄되자 베이징에서 상하이로 옮겨 속간하기로 하고, 루쉰이 편집을 맡았다가 이듬해 11월에 사임하다.

12월 17일 산문 「종루에서 — 밤에 쓴 글 2」(在鐘樓上 — 夜記之二)를 발표하다.

12월 18일 차이위안페이(蔡元培)의 초빙을 받아 국민정부대학원의 특약저술원을 맡다. 1931년 12월에 해약되다.

12월 21일 지난(暨南)대학에 가서 「문예와 정치의 기로」(文藝與政治的歧途)를 강연하다.

12월 23일 잡문 「문학과 땀 흘림」(文學與出汗)을 쓰다.

1928년(중화민국 17년) 48세

2월 11일 일본 이타가키 다카오(板垣鷹穗)의 『근대미술사조론』(近代美術史潮論)의 번역을 끝마치다. 1929년 상하이 베이신서국에서 출판하다.

2월 23일 「'취한 눈' 속의 몽롱」('醉眼'中的朦朧)을 쓰다.

4월 3일 일본 쓰루미 유스케(鶴見祐輔)의 수필집 『사상 · 산수 · 인물』(思想 · 山水 · 人物)의 번역을 끝마치다. 이 책은 1925년 4월에 번역하기 시작하였으며, 모두 20편을 골라 번역하여 1928년 5월 상하이 베이신서국에서 출판하다.

4월 4일 「문예와 혁명」(文藝與革命, 둥펀冬芬에게 답하는 편지)를 쓰다.

4월 10일 잡문 「공산당 처형의 장관」(鏟共大觀)을 쓰다.

4월 20일 잡문 「나의 태도와 도량, 나이」(我的態度氣量和年紀)를 쓰다.

6월 20일 위다푸(郁達夫)와 함께 엮은 월간 『분류』(奔流)를 창간하다.

8월 10일 「문학의 계급성」(文學的階級性)을 쓰다.

9월 9일 징윈리(景雲里) 23호에서 18호로 이사하다.

10월 잡문집 『이이집』(而已集)이 상하이 베이신서국에서 출판되다.

12월 6일 주간 『조화』(朝花)가 창간되다. 이 잡지는 루쉰, 러우스(柔石), 추이전우(崔眞吾),

왕팡런(王方仁), 쉬광핑 등으로 구성된 조화사(朝花社)에서 발행되다. 조화사는 순간 『조화』, 판화총간 '예원조화'(藝苑朝花) 및 『근대세계단편소설집』 등을 잇달아 엮어 간행하다.

12월 9일 펑쉐펑(馮雪峰)이 찾아와 '과학적 예술론 총서'의 편집을 논의하다.

이해 창조사, 태양사(太陽社)의 일부 성원과 루쉰 사이에 '혁명문학'을 둘러싸고 논쟁이 벌어지다.

1929년(중화민국 18년) 49세

1월 20일 편집한 『근대목각선집 1』(近代木刻選集1)을 위해 「소인」(小引)을 쓰다. 3월 10일에 『근대목각선집 2』를 위해 「소인」(小引)을 쓰다. 이 두 책은 잇달아 이해 1월과 3월에 조화사에서 출판되다.

1월 24일 편집한 일본의 『후키야 고지 화보선』(蕗谷虹兒畵選)을 위해 「소인」(小引)을 쓰다. 이달에 조화사에서 출판되다.

2월 14일 일본 가타가미 노부루(片上伸)의 논문 『현대신흥문학의 제문제』(現代新興文學的諸問題)의 번역을 끝마치고서 「소인」(小引)을 쓰다. 이해 4월에 상하이 다장서포(大江書鋪)에서 '문예이론소총서'(文藝理論小叢書)의 하나로 출판되다.

2월 21일 징윈리(景雲里) 제2열 제1동 17호로 이사하다.

4월 20일 편집한 영국 『비어즐리 화보선』(比亞玆萊畵選)을 위해 「소인」(小引)을 쓰다. 이달에 조화사에서 출판되다.

4월 20일 「『벽하역총』 소인」(『壁下譯叢』小引)을 쓰다. 이 책은 루쉰이 1924년부터 1928년까지 번역한 러시아의 케벨(Raphael von Koeber), 일본의 구리야가와 하쿠손(廚川白村) 등의 문예논문 25편의 합집이다. 이달 상하이 베이신서국에서 출판되다.

4월 22일 소련 루나차르스키의 논문집 『예술론』(藝術論)의 번역을 끝마치고 「소인」(小引)을 쓰다. 이해 6월 상하이 다장서포에서 '예술이론총서'의 하나로 출판되다.

4월 26일 「『근대세계단편소설집』 소인」(『近代世界短篇小說集』小引)을 쓰다. 이 책은 루쉰과 러우스 등이 공역하여 1, 2 두 책으로 나뉘어 이해 4월과 9월에 조화사에서 출판되다.

5월 13일 상하이를 떠나 어머니를 뵈러 베이핑으로 가다. 15일에 베이핑에 도착하다.

5월 22일 옌징(燕京)대학에서 「오늘날의 신문학 개관」(現今的新文學的槪觀)을 강연하다.

5월 29일, 6월 2일 베이징대학 제3원(일기에는 제2원이라 적혀 있다) 및 베이핑(北平)대학 제2사범학원, 제1사범학원에 가서 강연하다. 강연 제목은 확실치 않다.

6월 3일 베이핑을 떠나 5일 상하이에 도착하다.

6월 맑스주의 문예이론을 소개한 '과학적 예술론총서'를 잇달아 출판하기 시작하다. 루쉰은 이 총서의 편역자의 한 사람이다.

7월 28일 「예융친의 『짧은 십 년』 머리말」(葉永蓁作『小小十年』小引)을 쓰다.

8월 16일 소련 루나차르스키의 논문집 「문예와 비평」(文藝與批評)의 편역을 끝마치고 「역자부기」(譯者附記)를 쓰다. 이해 10월 상하이 수이모(水沫)서점에서 '과학적 예술론총서'의 하나로 출판되다.

8월 20일 「러우스의 『2월』 서문」(柔石作『二月』小引)을 쓰다.

9월 8일 추어 뮐렌(Hermynia Zur Mühlen)의 동화 『어린 피터』(小彼得) 역본의 교정을 끝마치고, 15일에 서문을 쓰다. 이 책은 쉬샤(許遐, 쉬광핑許廣平)가 번역하고 루쉰이 교정하여 이해 11월 상하이 춘조(春潮)서국에서 출판되다.

9월 27일 아들 하이잉(海嬰)이 태어나다.

12월 4일 지난(暨南)대학에서 「이소와 반이소」(離騷與反離騷)를 강연하다.

12월 22일 산문 「나와 『위쓰』의 처음과 끝」(我和『語絲』的始終)을 쓰다.

12월경 잡문 「부랑배의 변천」(流氓的變遷), 「신월사 비평가의 임무」(新月社批評家的任務)를 쓰다.

연말 펑쉐펑(馮雪峰)과 더불어 '중국좌익작가연맹'(中國左翼作家聯盟)의 조직에 대해 여러 차례 논의하다.

1930년(중화민국 19년) 50세

1월 1일 펑쉐펑과 함께 편집한 『맹아월간』(萌芽月刊)이 창간되다.

1월 16일 일본 이와사키 아키라(岩崎昶)의 논문 「현대영화와 부르주아」(現代電影與有産階級)의 번역을 끝마치고 「역자부기」(譯者附記)를 쓰다.

1월 24일 문예평론 「'경역'과 '문학의 계급성'」('硬譯'與'文學的階級性')을 쓰다.

2월 8일 문예평론 「문예의 대중화」(文藝的大衆化) 및 「『문예연구』 예언」(『文藝硏究』例言)을 쓰다. 『문예연구』는 루쉰이 편집하여 이해 5월경에 다장서포에서 출간된 잡지로, 1기만을 발행하다.

2월 13일 중국자유운동대동맹(中國自由運動大同盟)의 성립대회에 발기인의 한 사람으로 참가하다. (이 단체의 '선언'에는 발표 일자가 '15일'로 되어 있다.)

2월 16일 중국좌익작가연맹의 주비회의에 참가하다. 회의에 참가한 이는 펑나이차오(馮乃超), 러우스(柔石), 샤옌(夏衍), 펑쉐펑 등 13명이다.

2월 22일 잡문 「장쯔핑 씨의 '소설학'」(張資平氏的'小說學')을 쓰다.

2월 25일 편집한 『신러시아 화보선』(新俄畵選)을 위해 「소인」(小引)을 쓰다. 이해 5월 상하이 광화(光華)서국에서 출판되다.

2월부터 3월 사이 중화예술대학, 다샤(大夏)대학, 중국공학(中國公學) 분원에서 네 차례 강연하다. 강연 제목은 각각 「회화잡론」(繪畵雜論), 「예술에서의 사실주의 문제」(美術上的寫實主義問題), 「상아탑과 달팽이집」(象牙塔與蝸牛廬), 「미의 인식」(美的認識)이다. 강연원고는 일실되다.

3월 1일 잡문 「습관과 개혁」(習慣與改革), 「비혁명적인 급진 혁명론자」(非革命的急進革命論者)를 쓰다.

3월 2일 중국좌익작가연맹('좌련'左聯이라 약칭)의 성립대회에 출석하여 상무위원으로 선임되고, 「좌익작가연맹에 대한 의견」(對於左翼作家聯盟的意見)을 강연하다.

3월 19일 국민당정부에 의해 수배되었다는 소식을 듣고 거처를 떠나 잠시 피신하였다가 4월 19일에 거처로 돌아오다.

4월 11일 순간 『빨치산』(巴爾底山, 좌련 주관)이 창간되고, 이 잡지의 '기본 성원'으로 이름을 올리다.

4월 11일 상하이 신주국광사(神州國光社)와 '현대문예총서'를 편역하기로 계약을 맺어 소련 문학작품을 소개하다. 후에 서점의 해약에 의해 4종만 간행하고 중지되다.

4월 12일 『문예정책』(文藝政策)의 번역을 끝마치고 후기를 쓰다. 이 책은 문예정책에 관한 소련의 문헌들을 모은 것으로, 이해 6월 상하이 수이모(水沫)서점에서 '과학적 예술론 총서'의 하나로 출판되다.

4월 17일 잡문 「'호정부주의'」('好政府主義')를 쓰다.

4월 19일 잡문 「'집 잃은' '자본가의 힘없는 주구'」('喪家的''資本家的乏走狗')를 쓰다.

5월 5일 저우젠런(周建人)이 엮어 번역한 『진화와 퇴화』(進化與退化)를 위해 「서언」(小引)을 쓰다.

5월 7일 줴루(爵祿)반점에 가서 당시 공산당의 지도자인 리리싼(李立三)을 만나다.

5월 8일 번역한 러시아 플레하노프의 논문집 『예술론』(藝術論)을 위해 서문을 쓰다. 이해 7월 상하이 광화서점에서 '과학적 예술론 총서'의 하나로 출판되다.

5월 12일 징윈리(景雲里) 17호에서 베이쓰촨로(北四川路) 194호 라모쓰(拉摩斯)아파트(지금의 베이촨北川 아파트) A3동 4호로 이사하다.

6월 7일 중국혁명호제회(中國革命互濟會, 원명은 중국제난회中國濟難會)에 기부금을 내다. 루쉰은 1927년 상하이에 온 지 얼마 되지 않아 이 단체와 접촉하다.

6월 16일 러우스가 번역한 러시아 루나차르스키의 극본 『파우스트와 도시』(浮士德與城)를 교열하고 후기를 쓰다.

8월 6일 하계문예강습회에 가서 문예이론 문제에 관해 강연하다. 강연 원고는 일실되다.

8월 30일 소련 야코블레프(Александр Степанович Яковлев)의 소설 『10월』의 번역을 끝마치고 후기를 쓰다. 1933년 2월 상하이 신주국광사에서 '현대문예총서'의 하나로 출판되다.

9월 16일 허페이(賀非)가 번역한 소련 숄로호프(Михаил Александрович Шолохов)의 소설 『고요한 돈강』(靜靜的頓河, 제1권)을 교열하고 후기를 쓰다.

9월 17일 좌련이 발기한 루쉰 50세 기념회에 참석하다.

9월 27일 편집한, 독일 판화가 메페르트(Carl Meffert)의 『시멘트 그림』(士敏土之圖)을 위해 서문을 쓰다. 이듬해 2월 '삼한서옥'(三閑書屋)의 명의로 간행되다.

10월 18일 일본 가리요네 다쓰오(刈米達夫)의 『약용식물』(藥用植物)의 번역을 끝마치고 이해 10, 11월에 월간 『자연계』(自然界) 제5권 제9, 10기에 발표하다. 후에 1936년 상하이 상우인서관에서 '중학생 자연연구총서'(中學生自然研究叢書)의 하나로 출판된 『약용식물 및 기타』(藥用植物及其他)에 수록되다.

11월 25일 『중국소설사략』의 수정을 끝마치고 「제기」(題記)를 쓰다. 수정본은 이듬해 7월 상하이 베이신서국에서 출판되다.

12월 26일 소련 파데예프(Александр Александрович Фадеев)의 『훼멸』(毁滅)의 번역을 끝마치다. 이듬해 9월 상하이 다장서포에서 출판되다. 10월 '삼한서옥'의 명의로 재판될 때, 서언과 후기를 싣다.

12월 30일 한스헝(韓侍桁)이 번역한 소련 이바노프(Всеволод Вячеславович Иванов)의 『철갑열차 Nr. 14-69』(鐵甲列車 Nr.14-69)를 교열하고 후기를 쓰다.

1931년(중화민국 20년) 51세

1월 20일 러우스, 인푸(殷夫), 후예핀(胡也頻), 펑겅(馮鏗)과 리웨이썬(李偉森) 등이 17일에 체포되었다는 소식을 들은 후, 거처를 떠나 황류로(黃陸路) 화위안장(花園莊)여관으로 잠시 피신하다. 2월 28일에 거처로 돌아오다.

2월 28일 피신처에서 7언 율시 「긴 밤에 길이 들어 봄을 보낼 제」(關於長夜過春時)를 짓다.

4월 1일 쑨융(孫用)이 번역한 헝가리 페퇴피(Petőfi Sándor)의 장시 『용사 야노시』(勇敢的約翰)의 교열을 끝마치고 「교열 후기」(校後記)를 쓰다.

4월 17일 상하이 퉁원서원(同文書院)에서 「부랑배와 문학」(流氓與文學)을 강연하다. 강연

원고는 일실되다.

4월 20일 펑쉐펑과 함께 『전초』(前哨) 창간호('전사자 기념 특집호')를 편집한 후 식구들을 데리고 펑쉐펑의 가족과 함께 기념사진을 찍다.

4월 25일 『전초』 창간호에 「중국 프롤레타리아 혁명문학과 선구자의 피」(中國無産階級革命文學和前驅的血)를 발표하다. 이즈음 미국 스메들리(Agnes Smedley)와의 약속에 따라 미국 잡지 『신대중』(新大衆)을 위해 「암흑 중국의 문예계의 현상」(黑暗中國的文藝界的現狀)을 쓰다.

5월 22일 「이바이사 습작전람회의 서문」(一八藝社習作展覽會小引)을 쓰다.

7월 20일 상하이 사회과학연구회에 가서 「상하이 문예의 일별」(上海文藝之一瞥)을 강연하다.

7월 20일 리란(李蘭)이 번역한 미국 마크 트웨인(Mark Twain)의 소설 『이브의 일기』(夏娃日記)의 교열을 끝마치다. 9월 27일 「서문」(小引)을 쓰다.

7월 30일 펑쉐펑과 딩링(丁玲)이 방문하여 잡지 『북두』(北斗)의 창간을 도와 달라고 부탁하다.

8월 17일 일본 미술교사 우치야마 가키쓰(內山嘉吉)에게 중국의 젊은 미술가들을 위해 목판화 기법을 강의해 달라고 부탁하고 22일까지 스스로 통역을 자임하다.

9월 21일 '9·18'사변에 관하여 「문예신문사의 물음에 답함」(答文藝新聞社問)을 쓰다.

10월 10일 세라피모비치(Александр Серафимович Серафимович)의 소설 『철의 흐름』(鐵流, 차오징화曹靖華 번역)을 위해 후기를 쓰다. 이 책은 루쉰의 교열과 출자에 의해 이해 12월에 '삼한서옥'의 명의로 출판되다.

10월 23일 논문 「'민족주의문학'의 임무와 운명」('民族主義文學'的任務和運命)을 발표하다.

10월 29일 잡문 「찌꺼기가 떠오르다」(沉滓的泛起)를 쓰다.

10월 일본프로문화연맹에 의해 명예위원으로 선임되다.

11월 13일 『혜강집』(嵇康集)을 다시 교정하다.

12월 11일 좌련의 간행물 『십자가두』(十字街頭)가 창간되다. 이 잡지의 편집에 참여한 루쉰은 정치풍자시 「잘난 놈 타령」(好東西歌), 「공민교과 타령」(公民科歌)을 창간호에 발표하다.

12월 20일 잡문 「'우방의 경악'을 논함」('友邦驚詫'論)을 쓰다.

12월 25일 문예평론 「소설 제재에 관한 통신」(關於小說題材的通信)을 쓰다.

12월 27일 문예평론 「북두 잡지사의 질문에 답함」(答北斗雜誌社問)을 쓰다.

1932년(중화민국 21년) 52세

1월 23일 구체시 「무제(無題) — 피는 중원을 비옥하게 만들고 질긴 잡초를 살찌운다」(血沃中原肥勁草)를 짓다.

1월 30일 '1·28'사변의 전투로 인해 거처가 전화의 위협을 받자 우치야마서점(內山書店) 3층으로 피신하다. 2월 6일 영국 조계의 우치야마서점 지점으로 옮겨 피신하고, 3월 13일 다시 다장난(大江南)반점으로 옮기다. 3월 19일 거처로 돌아오다.

2월 3일 마오둔(茅盾), 위다푸(郁達夫), 후위즈(胡愈之) 등과 함께 「상하이 문화계가 세계에 알리는 글」(上海文化界告世界書)에 서명하여 일본제국주의의 침략과 만행에 항의하다.

4월 20일 「린커둬의 『소련견문록』 서문」(林克多『蘇聯聞見錄』序)을 쓰다.

4월 24일 잡문집 『삼한집』(三閑集)의 편집을 마치고 서문을 쓰다. 이해 9월 상하이 베이신서국에서 출판되다.

4월 26일 잡문집 『이심집』(二心集)의 편집을 마치고 서문을 쓰다. 이해 10월 상하이 허중(合衆)서점에서 출판되다.

5월 6일 잡문 「우리는 더 이상 속지 않는다」(我們不再受騙了)를 쓰다.

9월 9일 러우스, 차오징화와 공역한 소련단편소설집 『하프』(竪琴)를 위해 서문을 쓰고, 이튿날 후기를 쓰다. 이듬해 1월 상하이 량유(良友)도서인쇄공사에서 '량유문학총서'의 하나로 출판되다.

9월 18일 원인(文尹, 양즈화楊之華)과 공역한 소련단편소설집 『하루의 일』(一天的工作)을 위해 서문을 쓰고, 이튿날 후기를 쓰다. 이듬해 3월 상하이 량유도서인쇄공사에서 '량유문학총서'의 하나로 출판되다. 후에 다시 『하프』와 합권하여 『소련작가 20인집』(蘇聯作家二十人集)이란 제명으로 1936년 7월 상하이 량유도서인쇄공사에서 '량유문학총서 특대본'의 하나로 출판되다.

여름~가을 사이 상하이에서 치료 중이던 홍군의 장군 천경(陳賡)을 만나다.

10월 10일 문예평론 「'제3종인'을 논함」(論'三種人')을 쓰다.

10월 12일 구체시 「자조(自嘲) — 화개운이 씌웠으니 무엇을 바라겠소만(運交華蓋欲何求)」을 짓다.

10월 25일 문예평론 「'이야기그림'을 변호하여」('連環圖畫'辯護)를 쓰다.

10월 26일 예펑화회(野風畫會)에 가서 「미술의 대중화와 구형식 이용의 문제」(美術的大衆化與舊形式的利用問題)를 강연하다. 강연원고는 일실되다.

11월 11일 상하이를 떠나 어머니를 뵈러 베이핑에 가다. 13일 베이핑에 도착하여 30일 상하이로 돌아오다.

11월 22일 베이징대학 제2원에 가서 「식객문학과 어용문학」(幇忙文學與幇閑文學)을 강연하고, 또 푸런(輔仁)대학에 가서 「올 봄의 두 가지 감상」(今春的兩種感想)을 강연하다. 24일 여자문리학원에 가서 「혁명문학과 준명문학」(革命文學與遵命文學)을 강연하였으나 강연원고는 일실되다. 27일 베이징사범대학에 가서 「'제3종인'을 재론하다」(再論'第三種人')를 강연하였으나 강연원고는 일실되다. 28일 중국대학에 가서 「문예와 무력」(文藝與武力)을 강연하였으나 강연원고는 일실되다.

11월 베이핑 체류 중에 베이핑 '좌련'의 성원과 만나 북방좌익문화운동의 상황을 듣다.

이달 하순 취추바이(瞿秋白) 부부가 거처로 찾아와 약 한 달간 피신하다. 이후 이들은 여러 차례 거처로 와서 피신하다.

12월 10일 「욕설과 공갈은 결코 전투가 아니다」(辱罵和恐嚇決不是戰鬪)를 쓰다.

12월 14일 「『자선집』 서문」(『自選集』自序)을 쓰다. 『루쉰자선집』(魯迅自選集)은 이듬해 3월 상하이 톈마(天馬)서점에서 출판되다.

12월 16일 『먼 곳에서 온 편지』(兩地書)의 편집을 끝마치고 서문을 쓰다. 이듬해 4월 상하이 베이신서국에서 '칭광서국'(靑光書局)의 명의로 출판되다.

12월 30일 잡문 「중러 문자 교류를 경축하며」(祝中俄文字之交)를 쓰다.

12월 류야쯔(柳亞子), 마오둔(茅盾), 저우치잉(周起應), 선돤셴(沈端先), 후위즈(胡愈之) 등과 연명하여 「중소 복교를 위해 중국 저작가가 소련에 보내는 전보」(中國著作家爲中蘇復交致蘇聯電)를 발표하다.

이해 마스다 와타루(增田涉)를 위해 『중국소설사략』 등의 서적의 의문점과 난점을 설명하거나 해설하는 작업을 시작하여 1935년까지 계속하다.

1933년(중화민국 22년) 53세

1월 6일 중국민권보장동맹(中國民權保障同盟) 임시집행위원회 회의에 출석하다. 17일 상하이 분회 집행위원으로 선임되다.

1월 28일 「'재난에 맞섬'과 '재난을 피함'에 대하여(論'赴難'和'逃難')—『파도소리』 편집자에게 부치는 서신(寄『濤聲』編輯的一封信)」을 쓰다.

1월 30일 『선바오』(申報) 「자유담」(自由談)에 가명으로 잡문을 발표하기 시작하다. 이듬해 9월까지 발표된 잡문은 130여 편이며, 사용한 가명은 40여 종이다.

2월 7, 8일 산문 「망각을 위한 기념」(爲了忘却的記念)을 쓰다.

2월 17일 쑹칭링(宋慶齡)의 거처에 가서 영국 작가 버나드 쇼(George Bernard Shaw)를

환영하는 오찬에 참가하다.

2월 21일 미국 작가이자 기자인 에드거 스노(Edgar Snow)를 만나다.

2월 28일 취추바이와 함께 엮은 『상하이에 온 버나드 쇼』(蕭伯納在上海)를 위해 서문을 쓰다. 이 책은 야초서옥(野草書屋)에서 3월에 출판되다.

2월 하순 「고바야시 동지의 사망 소식을 듣고」(聞小林同志之死)를 써서 피살당한 일본 혁명작가 고바야시 다키지(小林多喜二)에게 애도의 뜻을 표하다.

3월 5일 「나는 어떻게 소설을 쓰게 되었는가?」(我怎麽做起小說來)를 쓰다.

3월 22일 「영역본 『단편소설선집』 자서」(英譯本『短篇小說選集』自序)를 쓰다.

4월 10일 잡문 「중국인의 목숨 자리」(中國人的生命圈)를 쓰다.

4월 11일 라모쓰(拉摩斯)아파트에서 스가오타로(施高塔路, 지금의 산인로山陰路) 다루신춘(大陸新村) 9호로 이사하여 세상을 뜰 때까지 거주하다.

4월 29일 잡문 「글과 화제」(文章與題目)를 쓰다.

5월 11일 차오징화가 번역한 소련 네베로프(A. C. Неверов)의 『바른 길을 걷지 못한 안드룬』(不走正路的安得倫)을 교열하다. 13일에 「서문」(小引)을 쓰다.

5월 13일 쑹칭링, 차이위안페이, 양싱포(楊杏佛) 등과 함께 중국민권보장동맹을 대표하여 상하이 독일영사관에 가서 「독일 파시스트의 민권유린과 문화파괴에 대한 항의서」(爲德國法西斯壓迫民權摧殘文化的抗議書)를 전달하다.

5월 16일 잡문 「하늘과 땅」(天上地下)을 쓰다.

5월 29일 「『서우창전집』 제목에 부쳐」(『守常全集』題記)를 쓰다.

6월 4일 문예평론 「다시 '제3종인'을 논함」(又論'第三種人')을 쓰다.

6월 20일 빈의관(殯儀館)에 가서 국민당 특무에 의해 암살당한 양싱포의 장례에 참석하다. 밤에 구체시 「양취안을 애도하며」(悼楊銓)를 짓다.

6월 26일 잡문 「중·독의 국수보존 우열론」(華德保粹優劣論)을 쓰다. 28일 잡문 「중·독의 분서 이동론」(華德焚書異同論)을 쓰다.

6월 30일 산문 「나의 우두 접종」(我的種痘)을 쓰다.

7월 12일 잡문 「모래」(沙)를 쓰다.

7월 19일 『거짓자유서』(僞自由書)의 「서문」(前記)을 쓰다. 30일에 후기를 쓰다. 이해 10월 상하이 베이신서국에서 '칭광서국'(靑光書局)의 명의로 출판되다.

8월 6일 벨기에 화가 마세렐(Frans Masereel)의 연환판화 『어느 한 사람의 수난』(一個人的受難)의 영인본을 위해 서문을 쓰다.

8월 16일 잡문 「기어가기와 부딪치기」(爬和撞)를 쓰다.

8월 18일 마오둔, 톈한(田漢)과 연명으로 「반전대회 국제대표를 환영하는 선언」(歡迎反戰大會國際代表的宣言)을 발표하다. 제국주의전쟁반대세계위원회는 이해 9월 30일에 상하이에서 극동회의를 개최하여, 루쉰은 회의 주석단 명예주석으로 선임되었으나 회의에 출석하지 못하다.

8월 23일 잡문 「'논어 1년'」('論語一年')을 쓰다.

8월 27일 잡문 「소품문의 위기」(小品文的危機)를 쓰다.

9월 11일 문예평론 「번역에 관하여」(關於飜譯)를 쓰다.

10월 28일 이자(易嘉, 취추바이瞿秋白)가 번역한 소련 루나차르스키의 극본 『해방된 돈키호테』(解放了的堂·吉訶德)를 위해 후기를 쓰다.

10월 30일 「『베이핑 전지 족보』 서문」(『北平箋譜』序)를 쓰다. 『베이핑 전지 족보』(정전둬鄭振鐸와 함께 엮음)는 이해 12월에 출판되다.

12월 25일 거친(葛琴)의 소설집 『총퇴각』(總退却)을 위해 서문을 쓰다.

12월 28일 「양춘런 선생의 공개서신에 대한 공개답신」(答楊邨人先生公開信的公開信)을 쓰다.

12월 31일 잡문집 『남강북조집』(南腔北調集)의 편집을 끝마치고 「제목에 부쳐」(題記)를 쓰다. 이듬해 3월에 상하이 롄화서국(聯華書局)에서 '퉁원서국'(同文書局)의 명의로 출판되다.

1934년(중화민국 23년) 54세

1월 20일 편집한 소련 판화집 『인옥집』(引玉集)을 위해 후기를 쓰다. 이해 3월에 '삼한서옥'(三閑書屋)의 명의로 출판되다.

1월 31일 일본 가이조샤(改造社)에 일본어 원고 「중국에 관한 두세 가지 일」(關於中國的兩三件事)을 부치다.

3월 4일 이전 「국제문학사의 질문에 답함」(答國際文學社問)을 쓰다.

3월 10일 『풍월이야기』(准風月談)의 서문을 쓰다. 10월 27일 후기 작성을 마치다. 이해 12월 상하이 롄화서국에서 '싱중서국'(興中書局)의 명의로 출판되다.

3월 14일 청년 목판화가의 작품집 『무명목각집』(無名木刻集)을 위해 서문을 쓰다.

3월 23일 『짚신』(草鞋脚, 영역 중국단편소설집)의 「서문」(小引)을 쓰다.

5월 2일 문예평론 「'구형식의 채용'을 논함」(論'舊形式的采用')을 쓰다.

5월 30일 구체시 「술년 초여름에 우연히 짓다」(戌年初夏偶作)를 짓다.

6월 4일 잡문 「가져오기주의」(拿來主義)를 쓰다.

7월 16일 산문 「웨이쑤위안 군을 추억하며」(憶韋素園君)를 쓰다.

7월 17일 잡문 「결산」(算賬)을 쓰다.

7월 18일 중국 목판화 선집인 『목판화가 걸어온 길』(木刻紀程)의 편집을 끝마치고 「머리말」(小引)을 쓰다. 이해 쇠나무예술사(鐵木藝術社)의 명의로 출판되다.

8월 1일 산문 「류반눙 군을 기억하며」(憶劉半農君)를 쓰다.

8월 6일 잡문 「독서 잡기」(看書瑣記) 2편을 쓰다. 22일에 「독서 잡기(3)」을 쓰다.

8월 9일 월간 『역문』(譯文)의 창간호를 편집(제1기부터 제3기까지 루쉰이 편집)하고, 「『역문』 창간호 전언」(『譯文』創刊前記)을 쓰다.

8월 13일 잡문 「유행을 따르는 것과 복고」(趨時和復古)와 「안빈낙도법」(安貧樂道法)을 쓰다.

8월 17일부터 20일 논문 「문밖의 글 이야기」(門外文談)를 쓰다.

8월 23일 우치야마서점(內山書店) 직원이 국민당 당국과 연계된 조계경찰에게 체포된 일로 말미암아 거처를 떠나 첸아이리(千愛里, 지금의 산인로山陰路 2룽弄)로 잠시 피신하였다가 9월 18일에 거처로 돌아오다.

8월 역사소설 「전쟁을 막은 이야기」(非攻)를 짓나.

9월 4일 마오둔과 함께 천왕다오(陳望道)의 요청에 따라 반월간 『태백』(太白)의 창간을 논의하다. 루쉰은 이 잡지의 주요 기고자로 활동하다.

9월 24일 평론 「중국어문의 새로운 탄생」(中國語文的新生)을 쓰다.

9월 25일 잡문 「중국인은 자신감을 잃어버렸나?」(中國人失掉自信力了嗎?)를 쓰다.

10월 31일 잡문 「얼굴 분장에 대한 억측」(臉譜臆測)을 쓰다.

10월 잡문집 『이심집』 가운데 여러 편의 글이 국민당 심사기관에 의해 게재를 금지당하다. 허중서점(合衆書店)이 남은 부분을 『습영집』(拾零集)이라 개칭하여 이달에 출판하다.

11월 2일 잡문 「되는대로 책을 펼쳐 보기」(隨便翻翻)를 쓰다.

11월 14일 「주간 『극』 편집자에게 답하는 편지」(答『戲』週刊編者信)를 쓰다.

11월 18일 「주간 『극』 편집자에게 부치는 편지」(寄『戲』週刊編者信)를 쓰다.

11월 19일 잡문 「욕해서 죽이기와 치켜세워 죽이기」(罵殺與捧殺)를 쓰다.

11월 21일 잡문 「중국문단의 망령」(中國文壇上的鬼魅)을 쓰다.

12월 11일 잡문 「아프고 난 뒤 잡담」(病後雜談) 4토막을 쓰다.

12월 17일 잡문 「아프고 난 뒤 잡담의 남은 이야기(病後雜談之餘)—'울분을 토하는 것'에 대하여(關於'舒憤懣')」 4토막을 쓰다.

12월 20일 「『집외집』 서언」(『集外集』序言)을 쓰다.

12월 21일 산문 「아진」(阿金)을 쓰다.

12월 「『십죽재전보』 패기」(『十竹齋箋譜』牌記)를 쓰다. 루쉰과 시디(西諦, 정전둬鄭振鐸)가 '판화총간회'(版畫叢刊會)의 명의로 번각한 명대 호정언(胡正言)의 『십죽재전보』 제1책이 이달 베이핑에서 간행되다.

1935년(중화민국 24년) 55세

1월 1일 소련 판텔레예프(Леонид Иванович Пантелеев)의 소설 『시계』(表)의 번역을 시작하여 12일에 끝마치고서 「역자의 말」(譯者的話)을 쓰다. 이해 7월 상하이 생활서점에서 '역문총서 삽화본'(譯文叢書揷畫本)의 하나로 출판되다.

1월 16일 「예쯔의 『풍성한 수확』 서문」(葉紫作『豐收』序)을 쓰다.

1월 23일 『소설구문초』(小說舊聞鈔)의 교정을 보고 재판 서문을 쓰다. 이해 7월 상하이 롄화서국(聯華書局)에서 재판되다.

2월 15일 러시아 고골(Николай Гоголь)의 소설 『죽은 혼』(死魂靈) 제1부를 번역하기 시작하여 10월 6일에 끝마치다. 먼저 '세계문고'(世界文庫)에 연재되고, 이해 11월 상하이 문화생활출판사(文化生活出版社)에서 '역문총서'의 하나로 출판되다.

2월 20일 편집한 『중국신문학대계(中國新文學大系)·소설 2집(小說二集)』을 위해 서문을 써서 3월 2일에 끝마치다. 이해 7월 상하이 량유(良友)도서인쇄공사에서 출판되다.

3월 16일 문예평론 「풍자에 관하여」(論諷刺)를 쓰다.

3월 28일 「톈쥔의 『8월의 향촌』 서문」(田軍作『八月的鄕村』序)을 쓰다.

3월 31일 「쉬마오융의 『타잡집』 서문」(徐懋庸作『打雜集』序)을 쓰다.

4월 14일 이날부터 「문인은 서로 경시한다」(文人相輕)를 주제로 하는 잡문을 9월 12일까지 잇달아 7편을 쓰다.

4월 29일 일본 가이조사(改造社)를 위해 일본어로 「현대 중국의 공자」(現代中國的孔夫子)를 쓰다.

5월 3일 문예평론 「'풍자'란 무엇인가?」(甚麽是'諷刺'?)를 쓰다.

5월 양지윈(楊霽雲)이 엮고, 루쉰이 교정하고 서문을 쓴 『집외집』(集外集)이 상하이 군중도서공사(群衆圖書公司)에서 출판되다.

6월 6일 잡문 「문단의 세 부류」(文壇三戶)와 「조력자에서 허튼소리로」(從幇忙到扯淡)를 쓰다.

6월 10일 이날부터 「제목을 짓지 못하고」(題未定草)를 주제로 하는 잡문을 12월 19일까지 잇달아 8토막을 쓰다.

6월 일본 사토 하루오(佐藤春夫)와 마스다 와타루(增田涉)가 공역한 『루쉰선집』(魯迅選集)이 일본 도쿄의 이와나미쇼텐(岩波書店)에서 출판되다.

8월 8일 「『러시아 동화』 소인」(『俄羅斯的童話』小引)을 쓰다. 루쉰은 1934년 9월부터 고리키의 『러시아 동화』를 번역하기 시작하여 이해 4월 17일에 끝마치다. 이달 상하이 문화생활출판사에서 '문화생활총간'의 하나로 출판하다.

9월 14, 15일 번역한 러시아 체호프(Антон Чехов)의 소설 8편을 『나쁜 아이와 기타 이상한 이야기』(壞孩子和別的奇聞)로 묶고 「앞에 쓰다」(前記)와 「역자 후기」(譯者後記)를 쓰다. 이듬해 상하이 롄화서국에서 '문예연총'(文藝連叢)의 하나로 출판하다.

9월 『문밖의 글 이야기』(門外文談) 단행본을 상하이 톈마서점(天馬書店)에서 '톈마총서'의 하나로 출판하다. 이 책에는 「문밖의 글 이야기」 등 어문개혁에 관한 글 5편이 수록되어 있다.

10월 7언 율시 「해년 늦가을에 우연히 짓다」(亥年殘秋偶作)를 짓다.

10월 22일 이해 6월 18일에 희생당한 취추바이를 기념하기 위해 취추바이의 역문집 『해상술림』(海上述林)의 편집에 착수하다.

11월 14일 「샤오훙의 『삶과 죽음의 자리』 서문」(蕭紅作『生死場』序)을 쓰다.

11월 29일 역사소설 「홍수를 막은 이야기」(理水)를 짓다.

11월 모스크바의 샤오싼(蕭三)이 보낸 편지를 통해, 중국공산당 주(駐)코민테른 대표단 몇 명의 '좌련' 해산에 관한 제안이 전달되다. 이 편지는 루쉰을 거쳐 '좌련'의 당책임자에게 전해지다.

12월 2일 문예평론 「소품문에 관하여」(雜談小品文)를 쓰다.

12월 23일 「신문자에 관하여」(論新文字)를 쓰다.

12월 24일 러시아 아긴(Александр Алексеевич Агин)의 『죽은 혼 백 가지 그림』(死魂靈百圖)을 출자하여 영인하고, 이날 「머리말」(小引)을 쓰다. 이듬해 '삼한서옥'의 명의로 출판되다.

12월 29일 잡문집 『꽃테문학』(花邊文學)을 편집하고 서문을 쓰다. 이듬해 6월 상하이 롄화서국에서 출판되다.

12월 역사소설 「고사리를 캔 이야기」(采薇), 「관문을 떠난 이야기」(出關), 「죽음에서 살아난 이야기」(起死)를 짓다. 전에 지은 「부저우산」(不周山, 「하늘을 땜질한 이야기」補天), 「달나라로 도망친 이야기」(奔月), 「검을 벼린 이야기」(鑄劍), 「홍수를 막은 이야기」(理水), 「전쟁을 막은 이야기」(非攻) 등 5편과 함께 『새로 쓴 옛날이야기』(故事新編)로 엮다. 이달 26일에 편집을 끝마치고 서언을 쓰다. 이듬해 1월 상하이 문화생활출판사에서 출판되다.

12월 『집외집습유』(集外集拾遺)의 편집에 착수하였으나 후에 병으로 인해 중지하다.

12월 잡문집 『차개정잡문』(且介亭雜文), 『차개정잡문 2집』(且介亭雜文二集)을 편집하고 이달 30일에 『차개정잡문』의 서언과 부기를 쓰다. 31일에 『차개정잡문 2집』의 머리말과 후기를 쓰다.

12월 와야오바오(瓦窰堡)에서 개최된 서북항일구국대표대회에서 쑹칭링, 차이팅카이(蔡廷楷), 마오쩌둥(毛澤東), 주더(朱德) 등과 함께 명예주석에 선임되다.

1936년(중화민국 25년) 56세

1월 19일 저우원(周文), 녜간누(聶紺弩) 등과 엮은 월간 『바다제비』(海燕)가 출판되다.

1월 28일 편집한 독일 『케테 콜비츠 판화 선집』(凱綏·珂勒惠支版畫選集)을 위해 머리말과 목록을 쓰다. 이해 5월에 '삼한서옥'의 명의로 출판되다.

2월 17일 「소련 판화 전시회에 부쳐」(記蘇聯版畫展覽會)를 쓰다. 6월 23일 이 글을 보충함과 아울러 편집한 『소련 판화집』(蘇聯版畫集)을 위해 「서문」을 써서 이 책의 편집과 「서문」 작성 상황을 구술하다(쉬광핑許廣平 기록). 이 판화집은 이해 7월에 상하이 량유도서인쇄공사에서 출판되다.

2월 23일 일본 가이조샤(改造社)를 위해 일본어로 「나는 사람을 속이려 한다」(我要騙人)를 쓰다.

2월 25일 고골의 소설 『죽은 혼』 제2부를 번역하기 시작하다.

3월 10일 소련 판화가 페딘(К. А. Федин)의 『『도시와 세월』 삽화』(『城與年』插圖)를 위해 「소인」(小引)을 쓰다. 후에 병으로 인해 이 삽화집을 간행하지 못하다.

3월 11일 「바이망 작 『아이의 탑』 서문」(白莽作『孩兒塔』序)을 쓰다.

3월 29일 마오둔(茅盾)과 연명으로 중국공산당중앙에 편지를 보내 "중국공산당, 중국소비에트정부"의 "항일구국 대계"를 "열렬히 옹호"하며, 홍군 장정의 "위대한 승리"는 "중화민족해방사에서 가장 빛나는 한 페이지!"라고 찬양하다(1936년 4월 17일 출판된 중국공산당 서북중앙국 기관보 『투쟁』鬪爭 제95기에 실린 루쉰과 마오둔의 축하편지에 따름).

3월 하순 「『해상술림』 상권 서언」(『海上述林』上卷序言)을 쓰다. 4월 말 「『해상술림』 하권 서언」(『海上述林』下上序言)을 쓰다. 이 책에는 '제하회상사교인'(諸夏懷霜社校印)이라 서명되어 있다. 상권 『변림』(辨林)은 이해 5월에 출판되고, 하권 『조림』(藻林)은 이해 10

월에 출판되다.

4월 1일 산문「나의 첫번째 스승」(我的第一個師父)을 쓰다.

4월 7일 잡문「깊은 밤에 쓰다」(寫於深夜里)를 쓰다.

4월 16일 잡문「3월의 조계」(三月的租界)를 쓰다.

4월 26일 산베이(陝北)로부터 와서 상하이에서 공작하는 중공중앙 특파원 펑쉐펑(馮雪峰)을 만나다.

6월 9일 펑쉐펑이 받아 적은「트로츠키파에 답하는 편지」(答托洛斯基派的信)를 교정하다.

6월 10일 펑쉐펑이 받아 적은 문예평론「현재 우리의 문학운동을 논함」(論現在我們的文學運動)을 교정하다.

6월 중순 바진(巴金) 등과 연명으로「중국 문예공작자 선언」(中國文藝工作者宣言)을 발표하다.

8월 3일부터 5일「쉬마오융에게 답함, 아울러 항일통일전선문제에 관하여」(答徐懋庸并關於抗日統一戰線問題)를 쓰다.

8월 27일 이날부터「훗날 증거로 삼기 위하여」(立此存照)를 제목으로 하는 잡문을 잇달아 모두 7토막을 쓰다.

9월 5일 잡문「죽음」(死)을 쓰다.

9월 19, 20일 잡문「여조」(女吊)를 쓰다.

9월 20일 궈모뤄(郭沫若), 마오둔, 바진 등과 연명으로「문예계동인의 단결어모 및 언론자유를 위한 선언」(文藝界同人爲團結御侮與言論自由宣言)을 발표하다.

10월 8일 병중에 청년회에 가서 제2회 전국목판화순회전람회를 참관하고 청년 목판화가들과 담소하다.

10월 9일「타이옌 선생에 관한 두어 가지 일」(關於太炎先生二三事)을 쓰다.

10월 15일 잡감「반하 소집」(半夏小集)을 쓰다.

10월 16일「차오징화 역『소련 작가 7인집』서문」(曹靖華譯『蘇聯作家七人集』序)을 쓰다.

10월 17일 잡문「타이옌 선생으로 하여 생각나는 두어 가지 일」(因太炎先生而想起的二三事)을 쓰다. 이 글이 마지막 글이다.

10월 19일 다루신춘(大陸新村) 9호의 자택에서 병사하다.

루쉰 사후 저·역서 간행 개황

『밤에 쓰다』(夜記) 1934년부터 1936년까지의 잡문 13편(후에 모두 『차개정잡문 말편』且介亭雜文末編에 편입됨)을 수록하다. 루쉰이 생전에 편집에 착수하고, 세상을 떠난 후에는 쉬광핑(許廣平)이 마무리하다. 1937년 4월 상하이 문화생활출판사에서 출판되다.

『루쉰 서간』(魯迅書簡, 영인본) 1923년 9월부터 1936년 10월까지의 편지 69통을 쉬광핑이 편집하여 1937년 6월 삼한서옥(三閑書屋)에서 간행되다.

『차개정잡문』(且介亭雜文), 『차개정잡문 2집』(且介亭雜文二集), 『차개정잡문 말편』(且介亭雜文末編)(『말편은 루쉰이 생전에 편집에 착수하였다가 세상을 떠난 후 쉬광핑이 보완하여 마무리함) 1937년 7월 '삼한서옥'의 명의로 출판되다.

『집외집습유』(集外集拾遺) 1938년판 『루쉰전집』(魯迅全集) 제7권에 수록되다.

『고소설구침』(古小說鉤沉) 1938년판 『루쉰전집』 제8권에 수록되다.

『혜강집』(嵇康集) 1938년판 『루쉰전집』 제9권에 수록되다.

『한문학사강요』(漢文學史綱要) 1938년판 『루쉰전집』 제10권에 수록되다.

『역총보』(譯叢補) 1907년부터 1935년까지의 번역으로 단행본에 수록되어 있지 않은 글을 수록하다. 쉬광핑의 편집에 의해 1938년판 『루쉰전집』 제16권에 수록되다.

『바스크목가』(山民牧唱) 스페인의 소설가 바로하(Pío Baroja y Nessi)의 단편소설집. 루쉰은 1928년부터 1934년 사이에 지속적으로 번역하다. 1938년판 『루쉰전집』 제18권에 수록되다.

「인생상효」(人生象斅) 및 「생리실험술요략」(生理實驗術要略) 1952년 상하이출판공사에서 출판된 『루쉰전집 보유 속편』(魯迅全集補遺續編, 탕타오唐弢 엮음)에 수록되다.

『루쉰전집』(魯迅全集, 전20권) 저작, 번역, 집록한 고적을 수록하다. 루쉰선생기념위원회가 엮어 1938년 8월 '복사'(復社)에서 '루쉰전집출판사'의 명의로 출판되다.

『루쉰 30년집』(魯迅三十年集) 1906년부터 1936년 사이의 저작과 집록한 고적을 30책에 수록하다. 1941년 10월 '루쉰전집출판사'의 명의로 출판되다.

『루쉰 서간』(魯迅書簡) 편지 800여 통을 쉬광핑이 모아 편집하다. 1946년 10월 '루쉰전집출판사'의 명의로 출판되다.

『루쉰일기』(魯迅日記, 영인본) 1912년 5월 5일부터 1936년 10월 18일까지(1922년분은 일실됨)의 일기를 수록하다. 1951년 4월 상하이출판공사에서 출판되다.

『루쉰전집』(魯迅全集, 전10권) 런민문학출판사에서 1956년 10월에 출판을 시작하여 1958년 10월에 끝마치다.

『루쉰 역문집』(魯迅譯文集, 전10권) 1958년 12월 런민문학출판사에서 출판되다.

『루쉰일기』(魯迅日記, 활자본) 1959년 8월 런민문학출판사에서 1951년의 『루쉰일기(영인본)에 의거하여 출판되다.

『루쉰 서신집』(魯迅書信集) 1,381통의 편지(『먼 곳에서 온 편지』兩地書 제외)를 수록하여 1976년 8월 런민문학출판사에서 출판되다.

『루쉰전집』(魯迅全集, 전16권) 1981년 런민문학출판사에서 출판되다.

『루쉰선집』(魯迅選集, 전4권) 1983년 12월 런민문학출판사에서 출판되다.

『루쉰 집록 고적 총편』(魯迅輯錄古籍叢編, 전4권) 1999년 7월 런민문학출판사에서 출판되다.

『루쉰전집』(魯迅全集, 전18권) 2005년 11월 런민문학출판사에서 출판되다.

(번역·정리 이주노)

루쉰전집 편목색인

1·28 전쟁 후 지음(一·二八戰後作) ⑨588 / ⑱377.41
3월의 조계(三月的租界) ⑧660
9·18(九一八) ⑥491
『10월』 1·2절 역자 부기(「十月」首二節譯者附記) ⑫572
『10월』(十月) 후기 ⑫561
『24효도』(二十四孝圖) ③136 / ⑰757.41
'30년집' 편집 목차 두 종류(『三十年集』編目二種) ⑩655
33년에 느낀 과거에 대한 그리움—1933년에 광서 말년을 기억하다(重三感舊—一九三三年憶光緖朝末) ⑦427 / ⑧80.15
50명을 하나하나 들추어내다(大衍發微) ⑤239 / ③109.7, ④248.2, ⑰753.33
56. '온다'(五十六"來了") ①493
57. 현재의 도살자(五十七 現在的屠殺者) ①496
58. 인심이 옛날과 똑같다(五十八 人心很古) ①498
59. '성무'(五十九 "聖武") ①501
61. 불만(六十一 不滿) ①506
62. 분에 겨워 죽다(六十二 恨恨而死) ①509 / ⑧126.4
63. '어린이에게'(六十三 "與幼者") ①512
64. 유무상통(六十四 有無相通) ①515
65. 폭군의 신민(六十五 暴君的臣民) ①517
66. 생명의 길(六十六 生命的路) ①519
KS군에게 답함(答KS君) ④155 / ④377.7
「Vl. G. 리딘 자전」 역자 부기(「Vl. G. 理定自傳」譯者附記) ⑫721
'□굉묘지'고('□肱墓誌'考) ⑩125
'……' '□□□□'론 보충("……" " "論補) ⑦643

【ㄱ】

『가난한 사람들』 서문(『窮人』小引) ⑨152 / ⑮387.3
가마다 세이치 묘비(鎌田誠一墓記) ⑧407
가오 선생(高老夫子) ②298 / ⑰692.37
가을밤(秋夜) ③26
가을 밤 우연히 짓다(秋夜偶成) ⑨609 / ⑱560.141
가을밤의 산보(秋夜紀游) ⑦336
가장 예술적인 국가(最藝術的國家) ⑦127
가정은 중국의 근본이다(家庭爲中國之根本) ⑥538 / ⑱487.206
가져오기주의(拿來主義) ⑧70 / ⑱534.76
각종 기부금족(各種捐班) ⑦351
간극(膈膜) ⑧74 / ⑱535.80
강 건너기와 길안내(渡河與引路) ⑨70 / ⑩580.3
『강동화주』 소인(『絳洞花主』小引) ⑩253 / ⑱23.14
강연 기록(記談話) ④442
개·고양이·쥐(狗·猫·鼠) ③110 / ⑰745.18
「개나리」(連翹) 역자 부기 ⑫405
개의 힐난(狗的駁詰) ③68
『개자원화보 3집』에 제사를 써서 쉬광핑에게 주다(題『芥子園畵報三集』贈許廣平) ⑩553

거꾸로 매달기(倒提) ⑦650 / ⑧207.13, ⑮222.1
거울을 보고 느낀 생각(看鏡有感) ①295
검을 벼린 이야기(鑄劍) ③361
'격렬'을 말하다(談"激烈") ⑤111 / ⑱62.92
견벽청야주의(堅壁淸野主義) ①375 / ⑰726.101
결산(算賬) ⑦682 / ⑱544.97
결코 한담이 아니다(幷非閑話) ④110 / ⑬126.3, 638.4
결코 한담이 아니다(2)(幷非閑話(二)) ④169/ ⑰715.82
결코 한담이 아니다(3)(幷非閑話(三)) ④202
'경역'과 '문학의 계급성'('硬譯'與'文學的階級性') ⑥30 / ⑨281.112, ⑱224.6
경자년 조왕신을 보내며 지은 즉흥시(庚子送竈卽事) ⑩672
경축 『파도소리』 ⑱462.137 →『파도소리』를 경축하며
'경파'와 '해파'('京派'與'海派') ⑦568 / ⑧398.3, 406.3, ⑱506.15
경험(經驗) ⑥444
"계략한 바 아니다"('非所計也') ⑥310
「고골 사건」 역자 부기(『果戈理私觀』譯者附記) ⑫701
고기 맛을 모르다와 물맛을 모르다(不知肉味和不知水味) ⑧160
고독자(孤獨者) ②313
고리키의 『1월 9일』 번역본 서문(譯本高尔基『一月九日』小引) ⑨532 / ⑱447.92
고문을 짓는 비결과 착한 사람이 되는 비결(做古文和做好人的秘訣)—밤에 쓴 글 5 ⑥117
『고민의 상징』 광고(『苦悶的象徵』廣告) ⑩596
『고민의 상징』 번역 3일 뒤의 서(譯『苦悶的象徵』後三日序) ⑫465
『고민의 상징』(苦悶的象徵) 서언 ⑫460
『고민의 상징』에 관하여(關於『苦悶的象徵) ⑨326 / ⑰672.4
고바야시 동지의 사망 소식을 듣고(聞小林同志之死) ⑩499
고사리를 캔 이야기(采薇) ③328
고서에서 살아 있는 어휘 찾기(古書中尋活字彙) ⑦493 / ⑱479.192
고서와 백화(古書與白話) ④276 / ④336.5, ⑰741.13
『고소설구침』 서 ⑫175
『고요한 돈강』 후기(『靜靜的頓河』後記) ⑨481
고향(故鄕) ②93 / ③180.4, ⑰528.7
곡의 해방(曲的解放) ⑦89 / ⑱431.45
'골계'의 예와 설명("滑稽"例解) ⑦449
골목 행상 고금담(弄堂生意古今談) ⑧408
곱씹어 '맛이 없는' 것만은 아니다(咬嚼未始'乏味') ⑨113 / ④30.1
곱씹은 나머지(咬嚼之餘) ⑨100 / ④30.1
공고(啓事) ⑨376
'공리'의 소재("公理"之所在) ⑤132 / ⑩635.2, ⑱62.93, 62.94
'공리'의 속임수("公理"的把戲) ④223 / ③170.17

공민교과 타령(公民科歌) ⑨ 506
공산당 처형의 장관(鏟共大觀) ⑤ 382
공영부의 『콰이지기』 서(孔靈符『會稽記』序) ⑫ 224
'공자가 남자를 만나다'에 관하여(關於'子見南子') ⑩ 424
공허한 이야기(空談) ④ 353
'과거에 대한 그리움' 이후(상)('感舊'以後(上)) ⑦ 431
'과거에 대한 그리움' 이후(하)('感舊'以後(下)) ⑦ 438 / ⑧ 116.12, 378.2
과부주의(寡婦主義) ① 383 / ⑰ 726.102
과학사교편(科學史教篇) ① 53
관문을 떠난 이야기(出關) ③ 393 / ⑧ 672.4
「관문을 떠난 이야기」의 '관문'(「出關」的"關") ⑧ 665 / ③ 408.1, 410.11
"광고를 붙이면 바로 찢어 버린다"("招貼即扯") ⑧ 309 / ⑱ 601.15
광둥성 신후이 뤼펑쭌 군에게 답하다(答廣東新會呂蓬尊君) ⑩ 226
『광림』 서 ⑫ 201
'광명이 도래하면……'("光明所到……") ⑦ 101 / ⑱ 432.49
광인일기(狂人日記) ② 29
교수의 잡가(教授雜詠) ⑨ 589 / ⑱ 406.88
「교육강요」 폐지에 관한 참고사항(關於廢止'教育綱要'的簽注) ⑩ 115
'교정'하지 않기를 바란다(望勿"糾正") ① 572 / ④ 304.7
교회밥을 먹다(吃教) ⑦ 408
구두점 찍기의 어려움(點句的難) ⑦ 763
『구미 명가 단편소설 총간』 평어(『歐美名家短篇小說叢刊』評語) ⑩ 123
구제강 교수의 '소송을 기다리라'는 사령(辭顧頡剛教授令'候審') ⑤ 297 / ⑱ 56.79
'구형식의 채용'을 논의함(論"舊形式的採用") ⑧ 48
국무원에 올리는 국가 휘장 도안 설명서(致國務院國徽擬圖說明書) ⑩ 97
국제문학사의 질문에 답함(答國際文學社問) ⑧ 42
군것질(零食) ⑦ 661
군부 통언(軍界痛言) ⑩ 91
'권법과 권비'에 관하여(關於'拳術與拳匪') ⑩ 161
『궤멸』 제2부 1~3장 역자 부기(『潰滅』第二部一至三章譯者附記) ⑫ 588
귀머거리에서 벙어리로(由聾而啞) ⑦ 367
「귀족 출신 부녀」 역자 부기(「貴家婦女」譯者附記) ⑫ 728
그(他) ⑩ 174
그들의 꽃동산(他們的花園) ⑨ 67
그래, 전부 등급을 하나씩 낮춰 보자(大家降一級試試看) ⑥ 452 / ⑱ 456.117
그렇게 쓰지 말아야 한다(不應該那麼寫) ⑧ 412
『그림을 보며 글자 익히기』(『看圖識字』) ⑧ 66 / ⑮ 166.15, 184.2
그림자의 고별(影的告別) ③ 29
『근대목각선집』(1) 부기(『近代木刻選集』附記) ⑨ 436
『근대목각선집』(1) 소인(『近代木刻選集』(1)

小引) ⑨ 431
『근대목각선집』(2) 부기(『近代木刻選集』(2) 附記) ⑨ 454
『근대목각선집』(2) 소인(『近代木刻選集』(2) 小引) ⑨ 450
『근대미술사조론』 독자 여러분께 드리는 글(致『近代美術思潮論』的讀者諸君) ⑩ 417
『근대미술사조론』 삽입 도판에 관하여(關於『近代美術思潮論』挿圖) ⑩ 623 / ⑱ 110.21
『근대 세계 단편소설집』의 짧은 머리말(『近代世界短篇小說集』小引) ⑤ 413 / ⑮ 434.3
「근대 체코문학 개관」 역자 부기(「近代捷克文學概觀」譯者附記) ⑫ 685
근하신년(敬賀新禧) ⑩ 415
글과 화제(文章與題目) ⑦ 175 / ⑱ 442.73
글쓰기(做文章) ⑦ 702
글쓰기 비결(作文秘訣) ⑥ 528
글자를 곱씹다(1~2)(咬文嚼字) ④ 28 / ⑰ 677.12
글자를 곱씹다(3)(咬文嚼字) ④ 123
글자를 아는 것이 애매함의 시작(人生識字胡涂始) ⑧ 392 / ⑱ 618.55
기괴한 일력(奇怪的日曆) ⑩ 230
「기근」 역자 부기(「饑饉」譯者附記) ⑫ 741
기어가기와 부딪히기(爬和撞) ⑦ 348 / ⑱ 464.143
「기이하도다! 소위……」에 답하여(報『奇哉所謂……』) ⑨ 338 / ④ 243.2
기이하다(奇怪) ⑦ 721
기이하다(2)(奇怪(二)) ⑦ 725
기이하다(3)(奇怪(三)) ⑦ 767
길(路) ⑤ 359
길손(過客) ③ 57 / ⑬ 47.1
김성탄에 대하여(談金聖嘆) ⑥ 429
깊은 밤에 쓰다(寫于深夜裏) ⑧ 644 / ⑱ 703.42
깊은 이해를 추구하지 않는다(不求深解) ⑦ 210 / ⑱ 446.89
꽃을 아까워하며 율시 4수(惜花四律步湘州藏春園主人元韻) ⑩ 678
꽃이 없는 장미(無花的薔薇) ④ 324 / ⑰ 746.21
꽃이 없는 장미(2)(無花的薔薇之二) ④ 331
꽃이 없는 장미(3)(無花的薔薇之三) ④ 361
'꿀벌'과 '꿀'('蜜蜂'與'蜜') ⑥ 441
꿈(夢) ⑨ 62
꿈 이야기를 듣고(聽說夢) ⑥ 360/ ⑭ 442.1, ⑱ 415.1

【ㄴ】

나그네 책망에 답하여(答客誚) ⑨ 595/ ⑱ 420.13
나는 비로소 알았다(我才知道) ⑨ 390
나는 사람을 속이려 한다(我要騙人) ⑧ 627 / ⑱ 694.25
나는 아직 '그만둘' 수 없다(我還不能"帶住") ④ 309 / ⑰ 742.15
나는 어떻게 소설을 쓰게 되었는가?(我怎麽做起小說來) ⑥ 411
'나도 푸단대학에 대해 말한다' 문장 뒤의 부기('我也來談談復旦大學'文後附白) ⑩

385
『나쁜 아이와 기타 이상한 이야기』(壞孩子和別的奇聞) 앞에 쓰다(前記) ⑫ 666
『나쁜 아이와 기타 이상한 이야기』 역자 후기(譯者後記) ⑫ 669
나에 견주어 남을 헤아리다(推己及人) ⑦ 632
나와 『위쓰』의 처음과 끝(我和『語絲』的始終) ⑤ 455 / ① 370.3, ⑥ 27.2, ⑭ 292.1, ⑱ 210.75
나의 '본적'과 '계파'(我的'籍'和'系') ④ 117 / ④ 187.3, ⑨ 142.6
나의 실연(我的失戀) ③ 34 / ⑨ 372.3
나의 우두 접종(我的種痘) ⑩ 508 / ⑱ 454.113
나의 절열관(我之節烈觀) ① 183 / ⑬ 480.4, ⑰ 427.15
나의 종두(我的種痘) ⑥ 555.7
나의 첫번째 스승(我的第一個師父) ⑧ 730 / ⑯ 93.2, ⑱ 701.38
나의 태도와 도량, 나이(我的態度氣量和年紀) ⑤ 386 / ⑥ 122.4
나폴레옹과 제너(拿破侖與隋那) ⑧ 198 / ⑩ 468.2
난득호도(難得糊塗) ⑦ 489
난징 민요(南京民謠) ⑨ 508
난초를 지니고서 귀국하는 O.E. 군을 전송하다(送O.E.君携蘭歸國) ⑨ 204 / ⑱ 293.5
'난해함을 진동하다'("以震其艱深") ① 542
남성의 진화(男人的進化) ⑦ 375
남에게 주다(贈人) ⑨ 219 / ⑱ 459.127
낭설의 명가(謠言世家) ⑥ 510
내가 본 베이징대학(我觀北大) ④ 213 / ⑰ 730.110
내일(明天) ② 63 / ⑰ 472.18
내키는 대로(漫與) ⑥ 501
『노동문제』 앞에 쓰다(寫在『勞動問題』之前) ⑤ 45
『노동자 셰빌로프』를 번역하고 ⑫ 379 / ⑤ 480.2
노라는 떠난 후 어떻게 되었는가?(娜拉走後怎樣) ① 242 / ⑬ 85.4, ⑬ 617.5
「논문집 『이십 년간』 제3판 서문」 역자 부기 ⑫ 558
논변의 혼령(論辯的魂靈) ④ 55
'논어 1년' — 이를 빌려 다시 버나드 쇼를 논하며('論語一年'— 借此又談蕭伯納) ⑥ 479
농간의 계보학(搗鬼心傳) ⑥ 534 / ⑱ 487.206
농담은 그저 농담일 뿐(상)(玩笑只當它玩笑(上)) ⑦ 689 / ⑧ 126.5
농담은 농담일 뿐(하)(玩笑只當它玩笑(下)) ⑦ 698
「농부」 역자 부기(「農夫」譯者附記) ⑫ 732
뇌봉탑이 무너진 데 대하여(論雷峰塔的倒掉) ① 259
누가 몰락 중인가?(誰在沒落) ⑦ 647 / ⑧ 73.3, ⑱ 532.72
누구의 모순?(誰的矛盾) ⑥ 389
눈(雪) ③ 47
'눈물을 머금은' 비평가를 반대한다(反對"含淚"的批評家) ① 565

'눈에는 눈'("以眼還眼") ⑧171
눈을 크게 뜨고 볼 것에 대하여(論睜了眼看) ①349 / ⑰705.56

【ㄷ】

'다난한 달'("多難之月") ⑦182 / ⑦82.4, ⑱442.74
다시 뇌봉탑이 무너진 데 대하여(再論雷峰塔的倒掉) ①287
다시 보류를 이야기한다 ⑭484.1
다시 '제3종인'을 논함(又論'第三種人') ⑥434 / ⑱449.95
다시 한번 더(再來一次) ④372
다시 홍콩에 관한 이야기(再談香港) ⑤190
단오절(端午節) ②160
달나라로 도망친 이야기(奔月) ③276 / ⑬384.2, ⑱20.3
『달나라 여행』(月界旅行) 변언 ⑫359
"달을 속이다"("騙月亮") ⑩558 / ⑱605.23
당대의 딩사오(唐朝的釘梢) ⑥192
『당삼장취경시화』의 판본에 관하여(關於『唐三藏取經詩話』的板本)—카이밍서점 중학생 잡지사에 부치다 ⑥124 / ⑱290.2
『당송전기집』 서례 ⑫272 / ⑱61.90, 63.95
『당송전기집』 패변소철 ⑫280
『당인설회』 진상 폭로(破『唐人說薈』) ⑩198
대관원의 인재(大觀園的人才) ⑦171 / ⑱439.70
대답하기 어려운 문제(難答的問題) ⑧723 / ⑱691.14
'대설이 분분하게 날리다'("大雪紛飛") ⑦735
'대운사미륵중각비' 교감기('大雲寺彌勒重閣碑'校記) ⑩113
'대의'를 사양하다(辭"大義") ⑤92 / ⑱61.89
대척여인 100회본 『충의수호전』 장회 제목 교감기(大滌餘人百回本『忠義水滸傳』回目校記) ⑩232
'덜렁이'에 관하여(關於'粗人') ⑩403
도망에 대한 변호(逃的辯護) ⑦35 / ⑦31.8, ⑱421.14
도스토예프스키의 일(陀思妥夫斯基的事) ⑧538 / ⑮793.2, ⑱662.126
『도시와 세월』 삽화 소인(『城與年』插圖小引) ⑨568
'도쿄통신' 평어('東京通信'按語) ⑩406
독서 금기(讀書忌) ⑦783
독서 잡기(看書瑣記) ⑦705
독서 잡기(2)(看書瑣記(二)) ⑦709
독서 잡기(3)(看書瑣記(三)) ⑦732
독서 잡담—7월 16일 광저우 즈융중학에서의 강연(讀書雜談 — 七月十六日在廣州知用中學講) ⑤62 / ⑦475.2, ⑱54.76, 58.83
독일 작가 판화전 거행 연기 진상(德國作家版畫展延期擧行眞像) ⑩488
독일 작가 판화전 소개(介紹德國作家版畫

展) ⑩ 485
돌진하기(衝) ⑦ 445 / ⑱ 475.179
「동굴」 역자 부기(「洞窟」譯者附記) ⑫ 612
동냥치(求乞者) ③ 32
동식물 역명 소기 ⑫ 499
동요의 '반동'(兒歌的"反動") ① 548
동의와 설명(同意和解釋) ⑦ 379
되는대로 책을 펼쳐 보기(隨便翻翻) ⑧ 191 / ⑱ 570.167
되새김질(反芻) ⑦ 482
두 가지 불통(兩種不通) ⑦ 47 / ⑱ 424.25
두발 이야기(頭髮的故事) ② 75 / ⑰ 515.17
「두 작은 죽음」(兩個小小的死) 역자 부기 ⑫ 428
『들풀』 영역본 서문(『野草』英文譯本序) ⑥ 226 / ③ 100.1, ⑱ 331.83
등용술 첨언(登龍術拾遺) ⑦ 363
등장인물의 번역명에 관해 ⑫ 436
등하만필(燈下漫筆) ① 313 / ⑤ 90.5
딩링을 애도하며(悼丁君) ⑨ 217 / ⑭ 534.1, ⑱ 454.111
'딱딱한 번역'과 '문학의 계급성'('硬譯'與'文學的階級性') ① 219.11
때를 만났다(正是時候) ⑦ 666 / ⑱ 538.87
또다시 '예전에 이미 있었던 일'이다(又是'古已有之') ⑨ 309
또 '셰익스피어'다(又是'莎士比亞') ⑦ 759 / ③ 326.30
또 한 가지 '순통'한 번역(再來一條'順'的飜譯) ⑥ 218
뜬소문과 거짓말(流言和謊話) ⑨ 139

【ㄹ】

라듐에 관하여(說鉬) ⑨ 51
「라쇼몽」(羅生門) 역자 부기 ⑫ 455
'러시아 가극단'을 위하여(爲"俄國歌劇團") ① 536
『러시아 동화』(俄羅斯的童話) 소인(小引) ⑫ 663 / ⑱ 641.86
러시아 역본 「아Q정전」 서언 및 저자의 자술 약전(俄文譯本『阿Q正傳』序及著者自敍傳略) ⑨ 127 / ⑰ 696.43
러우스 약전(柔石小傳) ⑥ 128
러우스의 『2월』 서문(柔石作『二月』小引) ⑤ 437 / ⑱ 191.49
「로맹 롤랑의 진짜용기주의」 역자 부기(「羅漫羅蘭的眞勇主義」譯者附記) ⑫ 690
「루베크와 이리네의 그 뒤」(盧勃克和伊里納的後來) 역자 부기 ⑫ 524
루소와 취향(盧梭和胃口) ⑤ 211
루쉰 공고(魯迅啓事) ⑩ 600
루쉰 공고(魯迅啓事) ⑩ 630
루쉰 자서전(魯迅自傳) ⑩ 464
루쉰 저서 및 번역서 목록(魯迅譯著書目) ⑤ 471 / ⑱ 365.26
『루화』에 관하여(關於『鷺華』) ⑩ 531
류반능 군을 기억하며(憶劉半農君) ⑧ 111 / ⑱ 550.117
류우지가 보내온 편지에 대한 의견(柳無忌來信按語) ⑩ 458 / ⑱ 229.18
류허전 군을 기념하며(記念劉和珍君) ④ 345
리베라의 벽화 「빈민의 밤」 설명(理惠拉壁

書『貧人之夜』說明) ⑩ 480
린커둬의 『소련견문록』 서문(林克多『蘇聯見聞錄』序) ⑥ 313 / ⑱ 363.21

【ㅁ】

마라시력설(摩羅詩力說) ① 106
마른 잎(腊葉) ③ 94
마상지일기(馬上支日記) → 즉흥일기
마술구경(看變戲法) ⑦ 418
마스다 와타루 군의 귀국을 전송하며(送增田涉君歸國) ⑨ 582 / ⑱ 336.95
마주보기경(迎頭經) ⑦ 97
'만담'을 반대하다(反"漫談") ⑤ 95 / ⑱ 61.89
만리장성(長城) ④ 89
『만유수록도기』 잔본에 부쳐(題『漫遊隨錄圖記』殘本) ⑩ 543
만화 그리고 또 만화(漫畫而又漫畫) ⑧ 321
'만화' 만담(漫談"漫畫") ⑧ 317
망각을 위한 기념(爲了忘卻的記念) ⑥ 374 / ⑧ 219.3, ⑨ 284.133, ⑭ 255.4, ⑱ 424.24
『망위안』 출판 예고(『莽原』出版預告) ⑩ 601
매미의 세계(知了世界) ⑦ 679 / ⑱ 542.93
「맹인 시인의 최근 종적」 역자 부기(「盲詩人最近時的蹤迹」譯者附記) ⑫ 709
『머나먼 나라』 해설(『遠方』按語) ⑩ 573
머리(頭) ⑤ 362
머리말(序言)(차개정잡문 2집) ⑧ 297
머리말(小引)(아침 꽃 저녁에 줍다) ③ 107
「메링의 『문학사에 대하여』」 역자 부기(梅令格的「關于文學史」譯者附記) ⑫ 697
메이란팡과 다른 사람들(상)(略論梅蘭芳及其他(上)) ⑦ 771 / ⑱ 569.164
메이란팡과 다른 사람들(하)(略論梅蘭芳及其他(下)) ⑦ 775 / ⑱ 569.164
『메페르트의 목각 시멘트 그림』 서언(『梅斐尒德木刻士敏土之圖』序言) ⑨ 486
명사와 명언(名人和名言) ⑧ 475, ⑱ 634.78
몇 가지 '순통'한 번역(幾條'順'的飜譯) ⑥ 209
'모든 것에 적용되는 학설'("一是之學說") ① 551
모래(沙) ⑥ 455
'모 신문 스크랩 주석' 평어('某報剪注'按語) ⑩ 325
'모' 자의 네번째 뜻('某'字的第四義) ⑩ 560
모필 두 편(某筆兩篇) ⑤ 309 / ⑱ 63.98
『목판화가 걸어온 길』 머리말(『木刻紀程』小引) ⑧ 81
『목판화가 걸어온 길』 알림(『木刻紀程』告白) ⑩ 646
목판화 복인을 논함(論翻印木刻) ⑥ 520 / ⑱ 479.192
『목판화 창작법』 서문(『木刻創作法』序) ⑥ 525
무너지는 선(線)의 떨림(頹敗線的顫動) ③ 76
『무덤』 뒤에 쓰다(寫在『墳』後面) ① 410 / ③ 64.2, ⑬ 312.4, 338.2, ⑰ 790.92
『무명목각집』 서(『無名木刻集』序) ⑩ 532

무상(無常) ③ 159 / ⑬ 683.2
무슨 말?(甚麼話) ⑩ 591
무제(無題)(동정호에~) ⑨ 212
무제(無題)(맑은 가지 하나~) ⑨ 602
무제(無題)(『열풍』) ① 539
무제(無題)(우임금의 땅에는~) ⑨ 600
무제(無題)(『집외집』) ⑨ 205
무제(無題)(『집외집습유』) ⑨ 584
무제(無題)(『집외집습유보편』) ⑩ 192
무제 두 수(無題二首) ⑨ 580
무제 두 수(無題二首)(고향은 어둑어둑~) ⑨ 593
무책임한 탱크(不負責任的坦克車) ⑦ 185 / ⑱ 443.77
『묵경정문』 재교열 후기('墨經正文'重閱後記) ⑩ 152
묵은 장부 조사(査舊帳) ⑦ 313 / ⑱ 460.130
문단의 세 부류(文壇三戶) ⑧ 449 / ⑮ 626.3, ⑱ 629.74
문단의 일화(文壇的掌故) ⑤ 399
문득 드는 생각(偶感) ⑦ 635 / ⑦ 660.4, ⑱ 530.66
문득 생각나는 것(1~4)(忽然想到) ④ 34 / ⑰ 673.5
문득 생각나는 것(5~6)(忽然想到) ④ 70
문득 생각나는 것(7~9)(忽然想到) ④ 90 / ⑬ 117.2
문득 생각나는 것(10~11)(忽然想到) ④ 126 / ⑰ 698.49
문밖의 글 이야기(門外文談) ⑧ 127 / ⑱ 551.120
『문신』에 대한 나의 의견(我對於『文新』的意見) ⑩ 493
「문예 감상의 4단계」(文藝鑑賞的四段階) 역자 부기 ⑫ 469
문예신문사의 물음에 답함(答文藝新聞社問)—일본이 동삼성을 점령한 의미 ⑥ 165
『문예연구』 범례(『文藝硏究』例言) ⑩ 462 / ⑱ 227.10
'문예연총'—의 시작과 현재(『文藝連叢』—的開頭和現在) ⑨ 620
『문예와 비평』(文藝與批評) 역자 부기 ⑫ 539
문예와 정치의 기로(文藝與政治的歧途) ⑨ 164 / ⑮ 414.1
문예와 혁명(文藝與革命)(1927년 작) ⑤ 220
문예와 혁명(文藝與革命)(1928년 작) ⑤ 345
문예의 대중화(文藝的大衆化) ⑨ 469 / ⑱ 227.11
『문예정책』(文藝政策) 후기 ⑫ 550
문인무문(文人無文) ⑦ 119 / ⑱ 435.57
'문인무행'을 변론하다(辯'文人無行') ⑩ 521 / ⑱ 455.115, 456.117
문인 비교학(文人比較學) ⑧ 718 / ⑯ 33.3
"문인은 서로 경시한다"("文人相輕") ⑧ 396 / ⑱ 618.55
"문인은 서로 경시한다" 네번째(四論"文人相輕") ⑧ 495 / ⑧ 522.4
"문인은 서로 경시한다" 다섯번째(五論"文人相輕"—明術) ⑧ 500

"문인은 서로 경시한다"를 다시 논함(再論"文人相輕") ⑧442
"문인은 서로 경시한다" 세번째(三論"文人相輕") ⑧489
"문인은 서로 경시한다" 여섯번째—두 종류의 매물(六論"文人相輕"—二賣) ⑧523
"문인은 서로 경시한다" 일곱번째—쌍방의 상처받음(七論"文人相輕"—兩傷) ⑧528
문인 침상의 가을 꿈(文床秋夢) ⑦383
문학과 땀 흘림(文學和出汗) ⑤217
문학구국법(文學救國法) ⑩235
문학노점상 비결 10조(文攤秘訣十條) ⑩497 / ⑱429.41
문학사에 보내는 편지(給文學社信) ⑥458 / ⑱460.131
문학의 계급성(文學的階級性) ⑤406
문학의 에누리(文學上的折扣) ⑦93
문호를 '협정하다'("商定"文豪) ⑦496
문화편향론(文化偏至論) ①79
「물고기의 비애」(魚的悲哀) 역자 부기 ⑫426
「미간척」(眉間尺)→검을 벼린 이야기
미래의 영광(未來的榮光) ⑦555 / ⑱501.5
미술보급에 관한 의견서(儗播布美術意見書) ⑩101
『미술』 잡지 제1기(『美術』雜誌第一期) ⑩159
「미우라 우에몬의 최후」(三浦右衛門的最後) 역자 부기 ⑫456
「미친 처녀」(瘋姑娘) 역자 부기 ⑫395
민국 14년의 '경서를 읽자'(十四年的'讀經') ④175 / ⑰725.99
민국 22년의 원단(二十二年元旦) ⑨213 / ⑱422.19
'민족주의문학'의 임무와 운명('民族主義文學'的任務和運命) ⑥166 / ⑥504.4
「민첩한 역자」 부기('敏捷的譯者'附記) ⑩608 / ⑰698.48
밀치기(推) ⑦268 / ⑭487.1, ⑱449.97
'밀치기'의 여담("推"的餘談) ⑦310 / ⑱460.130
밉살 죄(可惡罪) ⑤135 / ⑱62.94

【ㅂ】

바다에서 보내는 편지(海上通信) ④492 / ⑬311.1
바닥까지 드러내기(透底) ⑦150 / ⑱438.67
『바른 길을 걷지 못한 안드룬』 서문(『不走正路的安得倫』小引) ⑨527 / ⑱444.82
『바스크 목가』(山民牧唱) 「서문」 역자 부기 ⑫647
「바시킨의 죽음」 역자 부기(「巴甚庚之死」譯者附記) ⑫712
바이망 작 『아이의 탑』 서문(白莽作『孩兒塔』序) ⑧636 / ⑯85.3
'바이샹 밥을 먹다'("吃白相飯") ⑦284 / ⑱454.109
박쥐를 말하다(談蝙蝠) ⑦277 / ⑱451.101
반눙을 위해 『하전』의 서문을 쓰고 난 뒤

에 쓰다(爲半農題記『何典』後, 作) ④ 378
반하 소집(半夏小集) ⑧ 754
발로 나라에 보답하다(以脚報國) ⑥ 188
발차기(踢) ⑦ 329 /
밤의 송가(夜頌) ⑦ 265 / ⑭ 487.1, ⑱ 449.97
「방랑자 엘리사비데」, 「바스크족 사람들」 역자 부기(「放浪者伊利沙辟臺」和「跋司珂族的人們」譯者附記) ⑫ 649
『방황』에 부쳐(題『彷徨』) ⑨ 214 / ⑱ 429.39
『백유경』 교감 후기 ⑫ 227
백초원에서 삼미서옥으로(從百草園到三味書屋) ③ 173 / ⑬ 705.1, ⑰ 781.71
번역에 관하여(關於飜譯) ⑥ 461 / ⑱ 461.134
번역에 관하여(상)(關於飜譯(上)) ⑦ 391
번역에 관하여(하)(關於飜譯(下)) ⑦ 395
번역에 관한 통신(關於飜譯的通信) ⑥ 243
번역을 위한 변호(爲飜譯辯護) ⑦ 344
『범자계연』 서(『范子計然』序) ⑫ 203
법회와 가극(法會和歌劇) ⑦ 598
베이징여자사범대학 사태 선언문(對於北京女子師範大學風潮宣言) ⑩ 603
베이징여자사범대학 학생들을 위해 교육부에 올리는 문건 두 편(爲北京女師大學生擬呈教育部文二件) ⑩ 241
베이징 통신(北京通信) ④ 81 / ⑰ 693.39
'베이징파'와 '상하이파'("京派"和"海派") ⑧ 401
『베이핑 전지 족보』 서문(『北平箋譜』序) ⑨ 546
「벼룩」 역자 부기(「跳蚤」譯者附記) ⑫ 747
'벽에 부딪힌' 나머지('碰壁'之余) ④ 160
'벽에 부딪힌' 뒤("碰壁"之後) ④ 100 / ③ 87.3, ④ 124.3, ⑬ 135.7
『벽하역총』(壁下譯叢) 소인 ⑫ 517
'병과 갑' 평어('丙和甲'按語) ⑩ 322
「병아리의 비극」(小鷄的悲劇) 역자 부기 ⑫ 430
보류(保留) ⑭ 484.1
복사꽃(桃花) ⑨ 65
복수(復仇) ③ 37
복수(2)(復仇(其二)) ③ 40
복을 비는 제사(祝福) ⑰ 622.11
본간 단신(本刊小信) ⑩ 621
볼기 이백 대는 볼기 백 대의 오류(答二百系笞一百之誤) ⑩ 233 / ⑨ 312.6
「봄밤의 꿈」(春夜的夢) 역자 부기 ⑫ 424
봉화 이야기 다섯(烽話五則) ⑨ 91
부기(附記)(차개정잡문) ⑧ 286
부랑배의 변천(流氓的變遷) ⑤ 444
부엌신을 보내는 날 쓰는 만필(送竈日漫筆) ④ 314
북두 잡지사의 질문에 답함(答北斗雜志社問)—창작은 어떻게 해야 좋을까? ⑥ 235
「북유럽문학의 원리」(北歐文學的原理) 역자 부기 ⑫ 525
「북유럽문학의 원리」(北歐文學的原理) 역자 부기 2 ⑫ 528
북쪽 사람과 남쪽 사람(北人與南人) ⑦ 572 / ⑱ 506.15
『분류』 범례 다섯 가지(『奔流』凡例五則)

⑨616
『분류』 편집 후기(『奔流』編校後記) ⑨224
불(火) ⑥517
불을 훔친 또 다른 사람(別一個竊火者) ⑦301 / ⑱456.119
「붉은 웃음에 관하여」에 관하여(關于『關于紅笑』) ⑨176 / ⑮401.2
붓 가는 대로(偶成) ⑥497
비누(肥皂) ②260 / ⑰623.12
「비료」 역자 부기(「肥料」譯者附記) ⑫644
『비어즐리 화보선』 소인(『比亞玆萊畵選』小引) ⑨457
비참함과 가소로움(可慘與可笑) ④341
비평가에 대한 희망(對於批評家的希望) ①562
비평가의 비평가(批評家的批評家) ⑦562 / ⑮46.3, ⑱503.11
비필 세 편(匪筆三篇) ⑤301
비혁명적인 급진 혁명론자(非革命的急進革命論者) ⑥67
빗돌 글(墓碣文) ③74
빛바랜 핏자국 속에서(淡淡的血痕中) ③96 / ⑤91.18
「빵집 시대」 역자 부기(「面包店時代」譯者附記) ⑫719

【ㅅ】

사고전서 진본(四庫全書珍本) ⑦354
『사당전문잡집』(俟堂專文雜集) 제기 ⑫251
사람과 때(人與時) ⑨69
"사람들의 말은 가히 두렵다"에 관해(論"人言可畏") ⑧436
'사람들의 말이 두렵다'를 논함(論人言可畏) ③448.4
「사람을 잘못 죽였다」에 대한 이의(『殺錯了人』異義) ⑦138 / ⑱437.65
'사람의 말'("人話") ⑦113 / ⑱434.52
사랑의 신(愛之神) ⑨63
「사막에서」 역자 부기(「在沙漠上」譯者附記) ⑫606
『사상 · 산수 · 인물』(思想 · 山水 · 人物) 제기 ⑫509
사소한 기록(瑣記) ③192 / ⑰785.81
사소한 잡감(小雜感) ⑤184 / ⑭157.2, ⑱64.102
사승의 『콰이지 선현전』 서(謝承『會稽先賢傳』序) ⑫213
사승의 『후한서』 서 ⑫178
사실 숭상(崇實) ⑦38 / ⑱423.22
사실이 웅변을 이긴다(事實勝於雄辯) ①527
사심의 『후한서』 서 ⑫186
사용금지와 자체제작(禁用和自造) ⑦415
'사지'("死地") ④337
사지(死所) ⑩564
사진에 제사를 써서 중제에게 주다(題照贈仲弟) ⑩683
사진 찍기 따위에 대하여(論照相之類) ①273 / ⑨121.2
「사회교육과 취미」 역자 부기(「社會敎育與趣味」譯者附記) ⑫684
"살아서는 항복해도 죽어서는 항복하지

않는다”(“生降死不降”) ⑩187
삼가 알림(謹啓) ⑩626
『삼장법사 불경 취득기』 등에 대해서(關於『三藏取經記』等) ④477 / ⑰799.107
삼한서옥에서 교정 인쇄한 문예서적(三閑書屋印行文藝書籍) ⑩637
삼한서옥에서 교정 인쇄한 서적(三閑書屋校印書籍) ⑩634 / ⑨488.6
상령의 노래(湘靈歌) ⑨208 / ⑱296.11
『상아탑을 나서며』(出了象牙之塔) 후기 ⑫470 / ⑰729.108
상인의 비평(商賈的批評) ⑦748
상하이 문예의 일별(上海文藝之一瞥)—8월 12일 사회과학연구회에서의 강연 ⑥142 / ①339.23, ⑱315.42
상하이 소감(上海所感) ⑨552 / ⑱485.201
상하이에서 루쉰의 공고(在上海的魯迅啓事) ⑤342
상하이에서 보내는 편지(上海通信) ④449 / ⑰779.69
『상하이에 온 버나드 쇼』 서문(『蕭伯納在上海』序) ⑥399
상하이와 난징 수복 경축 저편(慶祝滬寧克復的那一邊) ⑩272 / ⑤295.10
상하이의 소녀(上海的少女) ⑥473
상하이의 어린이(上海的兒童) ⑥476
새로운 세상물정(新的世故) ⑩256 / ④490.2, ⑰798.105
「새로운 시대의 예감」 역자 부기(「新時代的豫感」譯者附記) ⑫693
새로운 ‘여장’(新的‘女將’) ⑥199
새로운 장미(新的薔薇) ④366 / ⑤94.4
새 시대의 빚 놓는 방법(新時代的放債法) ⑤140 / ③391.9, ⑱62.94
샤먼 통신(廈門通信) ④457
샤먼 통신(2)(廈門通信(二)) ④462 / ⑰789.90
샤먼 통신(3)(廈門通信(三)) ④486 / ⑬365.2, ⑱19.2
샤오전과 캉쓰췬에게 답함(復曉眞, 康嗣群) ⑩370
샤오훙의 『삶과 죽음의 자리』 서문(蕭紅作『生死場』序) ⑧534 / ⑮756.3, ⑱661.124
서문(前記)(거짓자유서) ⑦27
서문(自序)(외침) ②21 / ⑥352.9
서문(풍월이야기) ⑦261
서문의 해방(序的解放) ⑦297 / ⑦327.2. ⑱455.115
‘서법지묘지’고(‘徐法智墓誌’考) ⑩131
서언(序言)(꽃테문학) ⑦549
서언(序言)(삼한집) ⑤251
서언(序言)(새로 쓴 옛날이야기) ③255
서언(序言)(이심집) ⑥23
서언(집외집) ⑨27
서언(序言)(차개정잡문) ⑧25
『서우창 전집』 제목에 부쳐(『守常全集』題記) ⑥424 / ⑱447.93
서원절지(書苑折枝) ⑩291 / ⑱58.84
서원절지(2)(書苑折枝(二)) ⑩295
서원절지(3)(書苑折枝(三)) ⑩299
서유서초(書牖書鈔) ⑱90 / ⑦502.5
「서재생활과 그 위험」(書齋生活與其危險)

역자 부기 ⑫ 515
서적과 재물과 여인(書籍和財色) ⑤ 452
「서적」(書物) 역자 부기 ⑫ 404
선본(選本) ⑨ 192 / ⑱ 182.196
선전과 연극(宣傳與做戲) ⑥ 202
설(過年) ⑦ 580 / ⑮ 65.2, ⑱ 508.20
성쉬안화이와 이치에 맞는 억압(從盛宣懷說到有理的壓迫) ⑦ 188 / ⑱ 443.77
세계사에 보내는 답신(答世界社信) ⑩ 579 / ⑱ 722.68
「세묘노프와 그의 대표작 『기아』」에 관한 역자 부기(「關于綏蒙諾夫及其代表作「饑餓」」譯者附記) ⑫ 691
세상물정 삼매경(世故三昧) ⑥ 505 / ⑱ 474.174
세상의 도를 구제하려는 문건 4종(補救世道文件四種) ⑩ 313
'셰익스피어'("莎士比亞") ⑦ 744, ⑱ 558.135
『소련의 문예논전』 서문(『蘇俄的文藝論戰』前記) ⑨ 357
소련 판화 전시회에 부쳐(記蘇聯版畫展覽會) ⑧ 622 / ⑱ 691.19
『소련 판화집』 서문(『蘇聯版畫集』序) ⑧ 752
소리 없는 중국(無聲的中國)—2월 16일 홍콩청년회에서의 강연 ⑤ 260 / ⑤ 59.4, 259.17, ⑱ 29.30
소문(所聞) ⑨ 592
소문을 듣고 장난삼아 짓다(聞謠戲作) ⑨ 605 / ⑱ 514.30
『소설구문초』 서언 ⑫ 253
『소설구문초』 재판 서언 ⑫ 354 / ⑯ 376.1
「소설 둘러보기와 선택」(小說的瀏覽和選擇) 역자 부기 ⑫ 522
소설목록 두 가지에 관하여(關於小說目錄兩件) ⑩ 277 / ⑱ 57.80
『소설세계』에 관하여(關於『小說世界』) ⑩ 205
소설 제재에 관한 통신(關於小說題材的通信) ⑥ 237 / ⑱ 339.98
소위 '국학'(所謂"國學") ① 545
소인(小引)(『화개집속편』) ④ 247
소품문에 관하여(雜談小品文) ⑧ 544
소품문의 생기(小品文的生氣) ⑦ 614
소품문의 위기(小品文的危機) ⑥ 486 / ⑭ 518.3
『소학대전』을 산 기록(買『小學大全』記) ⑧ 89 / ⑮ 226.2, ⑱ 543.94
속담(諺語) ⑥ 447
속인은 고상한 사람을 피해야 한다는 데 대하여(論俗人應避雅人) ⑧ 281
송대 민간의 이른바 소설 및 그 이후(宋民間之所謂小說及其後來) ① 222 / ⑰ 603.39
『송은만록』에 부쳐(題『淞隱漫錄』) ⑩ 539
『송은속록』 잔본에 부쳐(題『淞隱續錄』殘本) ⑩ 541
쇼에 대한 송가(頌蕭) ⑦ 63 / ⑱ 426.28
쇼와 '쇼를 보러 온 사람들' 인상기(看蕭和"看蕭的人們"記) ⑥ 393 / ⑱ 427.35
수감록(隨感錄) ⑩ 156
수감록 3칙(隨感錄三則) ⑩ 170

수감록 25(隨感錄二十五) ① 427 / ⑰ 434.22
수감록 33(三十三) ① 431 / ⑰ 437.25
수감록 35 (三十五) ① 441
수감록 36(三十六) ① 444
수감록 37(三十七) ① 446
수감록 38(三十八) ① 449
수감록 39(隨感錄三十九) ① 456
수감록 40(四十) ① 460
수감록 41(四十一) ① 464
수감록 42(四十二) ① 468
수감록 43(四十三) ① 471
수감록 46(四十六) ① 473
수감록 47(四十七) ① 477
수감록 48(四十八) ① 479
수감록 49(四十九) ① 482
수감록 53(五十三) ① 485
수감록 54(五十四) ① 489
수성(水性) ⑦ 686 / ⑱ 544.97
수염에서 이까지의 이야기(從胡鬚說到牙齒) ① 358 / ④ 211.14
수염 이야기(說胡須) ① 264 / ⑤ 199.7
수재가 바로 '건국'이다(水災卽'建國') ⑩ 490
『수쯔의 편지』 서문(『淑姿的信』序) ⑨ 189 / ⑥ 508.2, ⑮ 387.2, ⑱ 379.45
『수초당서목』 초록 교정 설명(『遂初堂書目』抄校說明) ⑩ 196
「『수탉과 어릿광대』 초」 역자 부기(「『雄鷄和雜饌』抄」譯者附記) ⑫ 717
술년 초여름에 우연히 짓다(戌年初夏偶作) ⑨ 607
술집에서(在酒樓上) ② 233 / ⑰ 626.18
『쉐헝』에 관한 어림짐작(估『學衡』) ① 529
쉬마오융에게 답함, 아울러 항일 통일전선 문제에 관하여(答徐懋庸幷關於抗日統一戰線問題) ⑧ 676 / ⑯ 187.7, 190.4
쉬마오융의 『타잡집』 서문(徐懋庸作『打雜集』序) ⑧ 385
쉬사오디 · 예쑤중 · 황핑쑨에 관하여(關於許紹棣葉溯中黃萍蓀) ⑩ 581
쉬스잉에게 주는 도서목록(開給許世瑛的書單) ⑩ 628
스스로 그린 명기 약도 설명(自繪明器略圖題識) ⑩ 109
스승(導師) ④ 86 / ⑨ 138.2
스파르타의 혼(斯巴達之魂) ⑨ 33
「스페인 극단의 장성」(西班牙劇壇的將星) 역자 부기 ⑫ 521
「슬픈 세상」 역자 부기(『哀塵』譯者附記) ⑫ 704
습관과 개혁(習慣與改革) ⑥ 63 / ④ 53.7
시가의 적(詩歌之敵) ⑨ 316
『시계』(表) 역자의 말(譯者的話) ⑫ 657
「시골 아낙네」 역자 부기(「農婦」譯者附記) ⑫ 745
시대를 앞서 가는 것과 복고(趨時和復古) ⑦ 712
시미즈 야스조에게 부쳐(題寄淸水安三) ⑩ 225
시와 예언(詩和預言) ⑦ 306 / ⑱ 459.128
시험장의 세 가지 추태(考場三醜) ⑦ 756
시화잡지(蒔花雜志) ⑩ 666
식객문학과 어용문학—11월 22일 베이

징대학 제2원에서의 강연(幇忙文學與幇閑文學 一十一月二十二日在北京大學第二院講) ⑨513 / ⑭424.1
식객법 폭로(幇閑法發隱) ⑦360
「식인종의 말」 역자 부기(「食人人種的話」譯者附記) ⑫730
『신러시아 화보선』 소인(『新俄畫選』小引) ⑨462
'신문 스크랩 한 조각' 습유('剪報一班'拾遺) ⑩373
신문자에 관하여(關于新文字) ⑧221
신문자에 관하여(論新文字) ⑧578
신새벽의 만필(晨凉漫記) ⑦317 / ⑱460.132
「신슈 잡기」 역자 부기(「信州雜記」譯者附記) ⑫713
신약(新藥) ⑦179 / ⑧40.23, ⑱442.73
신월사 비평가의 임무(新月社批評家的任務) ⑤449 / ⑩552.12
『신조』의 일부에 대한 의견(對於『新潮』一部分的意見) ⑨306 / ⑮493.3
신종 가명법(化名新法) ⑦621
신해유록(辛亥遊錄) ⑩93
『십죽재전보』 패기(『十竹齋箋譜』牌記) ⑩649/ ⑮336.2
싸움 구경(觀鬪) ⑦32 / ⑱421.14
싼이탑에 부쳐(題三義塔) ⑨215 / ⑮434.4, ⑱452.108
쌍십절 회고—민국 22년에 19년 가을을 돌이켜 보다(雙十懷古 — 民國二二年看十九年秋) ⑦420
「쑥」 역자 부기(「苦蓬」譯者附記) ⑫642
쓰투차오 군의 그림을 보고(看司徒喬君的畫) ⑤339

【ㅇ】

아녀자들도 안 된다(娘兒們也不行) ⑩524 / ⑱464.143
아름다운 이야기(好的故事) ③54 / ⑰675.10
「아메리카에 간 아버지」(父親在亞美利加) 역자 부기 ⑫390
아무 일도 일어나지 않는 비극(幾乎無事的悲劇) ⑧485
아버지의 병환(父親的病) ③182 / ⑬731.1, ⑰783.75
아우들과 이별하고(別諸弟) ⑩668
아이 사진을 보며 떠오르는 이야기(從孩子的照相說起) ⑧122/ ⑮275.1
「아주 짧은 전기」 역자 부기(「一篇很短的傳奇」譯者附記) ⑫724
「아주 짧은 전기」 역자 부기(2)(「一篇很短的傳奇」譯者附記(二)) ⑫726
아진(阿金) ⑧274 / ⑮479.4
아Q정전(阿Q正傳) ②106 / ⑰558.42
「아Q정전」을 쓰게 된 연유(『阿Q正傳』的成因) ④466 / ⑬320.2
아프고 난 뒤 잡담(病後雜談) ⑧224 / ⑱578.180
아프고 난 뒤 잡담의 남은 이야기(病後雜談之餘) ⑧248 / ⑤104.5, ⑧547.8
「악동」 부기('壞孩子'附記) ⑩595
『악마』 역자 부기(「惡魔」譯者附記) ⑫736

「안개 속에서」(黯澹的煙靄里) 역자 부기 ⑫ 402
안과 밖(內外) ⑦147 / ⑱438.67
안빈낙도법(安貧樂道法) ⑦717
알기도 어렵고 행하기도 어렵다(知難行難) ⑥205
알림(白事) ⑩599
암흑 중국의 문예계의 현상(黑暗中國的文藝界的現狀)—미국의 『신군중』을 위하여 ⑥135
애도와 축하(弔與賀) ⑤321 / ⑥122.3, ⑭60.5
야단법석(風波) ②82 / ⑰510.10
야수 훈련법(野獸訓練法) ⑦479 / ⑱478.186
약(藥) ②51 / ⑬493.1, ⑰464.10
양군 습격 사건에 대한 정정(關於楊君襲來事件的辯正) ⑨88
양복의 몰락(洋服的沒落) ⑦602 / ⑱522.49
'양수다' 군의 습격을 기록하다(記'楊樹達'君的襲來) ⑨78
양춘런 선생의 공개서신에 대한 공개답신(答楊邨人先生公開信的公開信) ⑥544
양취안을 애도하며(悼楊銓) ⑨599 / ⑱452.107
어느 '죄인'의 자술서(一個'罪犯'的自述) ⑨373
『어느 한 사람의 수난』 서문(『一個人的受難』序) ⑥465 / ⑱462.139
어떻게 쓸 것인가?(怎麽寫)—밤에 쓴 글 1 ⑤269 / ③25.2, ⑥123.15, ⑭114.2, ⑱63.99
'어린아이 불가'(小童擋駕) ⑦590
『어린 피터』 번역본 서문(『小彼得』譯本序) ⑤439
'『어머니』 목판화 14폭' 서('『母親』木刻十四幅'序) ⑩537 / ⑮266.2, ⑱546.105
억울함을 호소하다(伸冤) ⑦84/ ⑱430.43
언론 자유의 한계(言論自由的界限) ⑦167 / ⑱438.68
'언쟁'의 노래('言詞爭執'歌) ⑨509
얼굴 분장에 대한 억측(臉譜臆測) ⑧187 / ⑱582.189
얼처우 예술(二丑藝術) ⑦271 / ⑱451.100
여교장의 남녀에 관한 꿈(女校長的男女的夢) ⑨392 / ⑰707.58
여름 벌레 셋(夏三虫) ④68
여백 메우기(補白) ④141 / ④221.10, 260.25
여성해방에 관하여(關於婦女解放) ⑥514
여인에 관하여(關於女人) ⑥417
여자가 거짓말을 더 하는 것은 결코 아니다(女人未必多說謊) ⑦558 / ⑱501.5
여조(女弔) ⑧777
'여초묘지명'발('呂超墓誌銘'跋) ⑩138
여초묘출토 우쥔정만경고(呂超墓出土吳郡鄭蔓鏡考) ⑩145
『역문』 복간사(『譯文』復刊詞) ⑧633
『역문』 종간호 전기(『譯文』終刊號前記) ⑨624 / ⑮724.3
『역문』 창간호 전언(『譯文』創刊號前記)

⑩ 546
『역문』 편집자에게 보내는 정정 편지(給『譯文』編者訂正的信) ⑩ 653
역외소설집 서(域外小說集序) ⑫ 374
『역외소설집』(域外小說集) 서언 ⑫ 364
『역외소설집』 [부附] 저자사략(이칙)(著者事略 二則) ⑫ 372
『역외소설집』 약례 ⑫ 366
『역외소설집』 잡식(이칙)(雜識 二則) ⑫ 369
『역외소설집』 제1책(『域外小說集』第一冊) ⑩ 586
연(風箏) ③ 50
「연가」 역자 부기(「戀歌」譯者附記) ⑫ 743
「연못가」(池邊) 역자 부기 ⑫ 421
연밥(蓮蓬人) ⑩ 670
『연분홍 구름』(桃色的雲) 서 ⑫ 431
『연분홍 구름』을 번역하기에 앞서 몇 마디 ⑫ 434
『연분홍 구름』 제2막 제3절 중의 역자 부언 ⑫ 440
연환도화 잡담(連環圖畫瑣談) ⑧ 54 / ⑧ 585.4
『열둘』 후기(『十二個』後記) ⑨ 402
영신과 사람 물어뜯기(迎神和咬人) ⑦ 728
영역본 『단편소설선집』 자서(英譯本『短篇小說選集』自序) ⑨ 524
「영혼에서 육체로, 육체에서 영혼으로」(從靈向肉和從肉向靈) 역자 부기 ⑫ 483
영혼을 파는 비결(出賣靈魂的秘訣) ⑦ 116
영화의 교훈(電影的教訓) ⑦ 387
예(禮) ⑦ 402
『예로센코 동화집』(愛羅先珂童話集) 서 ⑫ 415 / ⑮ 401.1
「예로센코 바실리 군을 추억하며」 역자 부기(「憶愛羅先珂華希理君」譯者附記) ⑫ 710
'예상 밖으로'("意表之外") ⑤ 137 / ⑱ 62.93, 94
「예술감상교육」 역자 부기(「藝術玩賞之教育」譯者附記) ⑫ 682
「예술도시 파리」 역자 부기(「藝術都會的巴黎」譯者附記) ⑫ 702
『예술론』(루나차르스키) 소서 ⑫ 535
『예술론』 역본의 서문(『藝術論』譯本序) ⑥ 100 / ⑱ 243.44
예언의 모방—1929년에 나타날 자질구레한 일(擬豫言 — 一九二九年出現的瑣事) ⑤ 234
'예원조화' 광고(『藝苑朝華』廣告) ⑨ 618
예융친의 『짧은 십 년』 머리말(葉永蓁作『小小十年』小引) ⑤ 433 / ⑥ 70.3
예쯔의 『풍성한 수확』 서문(葉紫作『豐收』序) ⑧ 300 / ⑱ 599.10
옛날을 그리워하며(懷舊) ⑨ 291 / ⑮ 151.7
옛사람은 결코 순박하지 않았다(古人并不純厚) ⑦ 593
오늘날의 신문학 개관(現今的新文學的概觀)—5월 22일 옌징대학 국문학회에서의 강연 ⑤ 415 / ⑬ 404.1
오류 교정(正誤) ⑩ 609
'오류 본보기' 편집자 주('示衆'編者注) ⑩ 344

오리의 희극(鴨的喜劇) ② 185 / ① 538.3
'오자'부터 밝히자(從"別字"說開去) ⑧ 373
오창묘의 제놀이(五猖會) ③ 150
올 봄의 두 가지 감상—11월 22일 베이핑 푸런대학에서의 강연(今春的兩種感想—十一月二十二日在北平輔仁大學演講) ⑨ 518 / ⑭ 424.1
완구(玩具) ⑦ 658
왕도시화(王道詩話) ⑦ 80
왕의 교화(王化) ⑦ 192 / ⑱ 444.80
외국에도 있다(外國也有) ⑦ 453
『외침』 제시(題『吶喊』) ⑨ 598 / ⑱ 429.39
『외침』 체코어 역본 머리말(『吶喊』捷克譯本序言) ⑧ 674 / ⑱ 719.64
『외투』에 부쳐(題『外套』) ⑩ 492
욕설과 공갈은 결코 전투가 아니다(辱罵和恐嚇決不是戰鬪) ⑥ 344
욕설 퍼붓기와 으름장 놓기는 결코 전투가 아니다(辱罵與恐吓決不是戰鬪) ⑦ 156.12
욕해서 죽이기와 치켜세워 죽이기(罵殺與捧殺) ⑦ 779 / ⑧ 206.6
『용사 야노시』 교열 후기(『勇敢的約翰』校後記) ⑩ 476
'우두머리'를 제거하다(革"首領") ⑤ 105 / ⑤ 90.8, ⑱ 62.92
우리나라의 러시아 정벌사의 한 페이지(吾國征俄戰史之一頁) ⑤ 429
우리는 더 이상 속지 않는다(我們不再受騙了) ⑥ 319
우리는 어떻게 아동을 교육했는가?(我們怎樣教育兒童的) ⑦ 341
우리에게는 비평가가 필요하다(我們要批評家) ⑥ 84
'우방의 경악'을 논함('友邦驚詫'論) ⑥ 230
'우스갯소리'에 대한 우스갯소리(對於'笑話'的笑話) ⑩ 228
우연히 쓰다(偶成) ⑦ 274 / ⑱ 451.100
우연히 지었다(偶成) ⑨ 585 / ⑱ 360.15
우예의 『진서』 서 ⑫ 189
우예의 『콰이지전록』 서 ⑫ 215
우치야마 간조의 『살아있는 중국의 자태』 서문(內山完造作『活中國的姿態』序) ⑧ 356 / ⑱ 609.34
우치야마에게(贈鄔其山) ⑨ 578
「우크라이나 문학 약설」 역자 부기(「小俄羅斯文學略說」譯者附記) ⑫ 688
『운곡잡기』 발문 ⑫ 192
『운곡잡기』 서 ⑫ 196
운명(命運) ⑧ 183
운명(運命) ⑦ 583
울음막이 문학(止哭文學) ⑦ 105 / ⑱ 433.51
'웃돈 쓱싹하기'("揩油") ⑦ 338
'월급 지급'에 관한 기록(記'發薪') ④ 434 / ⑰ 770.62
『웨둬』 발간사(『越鐸』出世辭) ⑩ 87
'웨이밍총간'과 '오합총서' 광고(『未名叢刊』與『烏合叢書』廣告) ⑨ 614
'웨이밍총간'과 '오합총서'로 간행한 서적(『未名叢刊』與『烏合叢書』印行書籍) ⑩ 615
'웨이밍총간'은 무엇이고, 어떻게 하려 하나?(1)(『未名叢刊』是甚麽, 要怎樣(一)) ⑩ 597

'웨이밍총간'은 무엇이고, 어떻게 하려 하나?(2)(『未名叢刊』是甚麽, 要怎樣(二)) ⑩612
웨이쑤위안 군을 추억하며(憶韋素園君) ⑧102
웨이쑤위안 묘비명(韋素園墓記) ⑧100 / ⑮94.3, ⑱518.38
웨이젠궁 군의 '감히 맹종하지 않는다'를 읽은 이후 몇 가지 성명을 발표하다(看了魏建功君的'不敢盲從'以後的幾句聲明) ⑩210
위다푸의 항저우 이사를 말리며(阻郁達夫移家杭州) ⑨221 / ⑱490.213
『위쓰』를 압류당한 잡감(扣絲雜感) ⑤120 / ⑱62.93, 94
『위자』서 ⑫208
위진 풍도·문장과 약·술의 관계―9월 사이 광저우 하기학술강연회에서의 강연(魏晉風度及文章與藥及酒之關係 — 九月間在廣州夏期學術演講會講) ⑤143 / ⑭86.6, 90.4, 195.2, ⑱55.77, 57.81
유가의 학술(儒術) ⑧58 / ⑮183.2, 189.2
유년 가을에 우연히 짓다(酉年秋偶成) ⑨604 / ⑱490.214
「유머를 말하다」(說幽默) 역자 부기 ⑫514
유머에서 엄숙으로(從幽默到正經) ⑦77 / ⑱429.41
'유명무실'에 대한 반박("有名無實"反駁) ⑦207 / ⑦149.5, ⑱446.89
유보(保留) ⑦200
유보에 관해 다시 말하다(再談保留) ⑦204
'유불위재'('有不爲齋') ⑩567
『유선굴』 서언(『遊仙窟』序言) ⑨425 / ⑱53.71
유언비어 명가 ⑱474.174
「유한 속의 무한」(有限中的無限) 역자 부기 ⑫468
유헝 선생에게 답함(答有恒先生) ⑤82 / ⑱61.88
육조소설과 당대 전기문은 어떻게 다른가?(六朝小說和唐代傳奇文有怎樣的區別) ⑧425 / ⑱622.62
은자(隱士) ⑧304 / ⑱601.15
'음악'?('音樂'?) ⑨93 / ④188.7
「의사」(醫生) 역자 부기 ⑫392
이 같은 '빨갱이 토벌'(如此'討赤') ④358/ ⑰752.31
이건 이런 뜻(這是這麽一個意思) ⑨353 / ④67.1, ⑰686.27
이것과 저것(這個與那個) ④189 / ④188.9, ⑤91.16
"이것도 삶이다"……("這也是生活"……) ⑧759 / ⑱724.71
「이러한 광저우」 독후감(『如此廣州』讀後感) ⑦577
이러한 전사(這樣的戰士) ③88
이른바 '궁중 문서'에 대한 이야기(談所謂'大內檔案') ⑤222
이른바 '사상계의 선구자' 루쉰이 알리는 글(所謂'思想界先驅者'魯迅啓事) ④484 / ⑬300.3
이름(名字) ⑩189

이름에서 달아나다(逃名) ⑧519 / ⑱644.91
이바이사의 습작전람회의 서문(一八藝社習作展覽會小引) ⑥163
이번은 '다수'의 속임수(這回是"多數"的把戲) ④234
'이번이 세번째'에 대한 평어('這回是第三次'按語) ⑩367
『이브의 일기』 서문(『夏娃日記』小引) ⑥195
이 생(生) 혹은 저 생(生)(此生或彼生) ⑦664
이씨 소장본 『충의수호전서』 새 판각 제요(新鐫李氏藏本『忠義水滸全書』提要) ⑩222
'이야기그림'을 변호하여("連環圖畫"辯護) ⑥338
이어 적다(續記) ⑧639 / ⑱704.45
'이이제이'("以夷制夷") ⑦157 / ⑧167.3, ⑱438.68
이해할 수 없는 음역(不懂的音譯) ①556
이혼(離婚) ②388
인간의 역사(人之歷史) ①33
「인류를 위해」(爲人類) 역자 부기 ⑫429
인상 물어보기(打聽印象) ⑦405
「인성의 천재—가르신」 역자 부기(「人性的天才—迦爾洵」譯者附記) ⑫695
『인옥집』 광고(『引玉集』廣告) ⑩644
『인옥집』 후기(『引玉集』後記) ⑨558
일각(一覺) ③98, 109.3
'일본 연구'의 바깥('日本研究'之外) ⑩482
일본의 가인에게 드리다(贈日本歌人) ⑨206 / ⑱296.11
잃어버린 좋은 지옥(失掉的好地獄) ③70
『임자』 서 ⑫206
"입 밖에 내지 못하네"("說不出") ⑨75 / ④168.15
입론(立論) ③80

【ㅈ】

자그마한 비유(一點比喩) ④281
「자기 발견의 환희」(自己發見的歡喜) 역자 부기 ⑫467
자서전(自傳) ⑩528
『자선집』 서문(『自選集』自序) ⑥348 / ③45.2
「자신을 묘사하다」와 「자신을 서술한 지드」 역자 부기(「描寫自己」和「說述自己的紀德」譯者附記) ⑫722
'자연 그대로의 유방'을 우려하다(憂'天乳') ⑤100 / ⑱61.89
『자유를 쟁취한 파도』 서문(『爭自由的波浪』小引) ⑨410
자젠성 잡기(戛劍生雜記) ⑩664
자조(自嘲) ⑨210 / ⑱392.63
자질구레한 이야기(碎話) ④217 / ⑰731.112
자화상(自題小像) ⑨572
작은 사건(一件小事) ②72
『작은 요하네스』(小約翰) 서문 ⑫486
작은 일을 보면 큰 일을 알 수 있다(即小見大) ①570 / ⑬119.3, 634.4
잘난 놈 타령(好東西歌) ⑨504
잘못 실린 문장(登錯的文章) ⑧725 / ⑱

691.14
잠시 '……'에 답하다(聊答'……') ⑨ 332 / ④ 243.2
잡감(雜感) ④ 77
잡다한 추억(雜憶) ① 327 / ⑫ 711.4
잡담(雜語) ⑨ 120
'잡문' 짓기도 쉽지 않다(做'雜文'也不易) ⑩ 548 / ⑱ 555.129
장명등(長明燈) ② 276 / ⑰ 680.20
장쯔핑 씨의 '소설학'(張資平氏的'小說學') ⑥ 72
'재난에 맞섬'과 '재난을 피함'에 대하여 — 『파도소리』 편집자에게 부치는 서신(論'赴難'和'逃難' — 寄『濤聲』編輯的一封信) ⑥ 366 / ⑱ 422.20
재번역은 반드시 필요하다(非有復譯不可) ⑧ 365 / ⑮ 543.3, ⑱ 611.40
재정정 『서하객유기』 목록 및 발문(重訂『徐霞客遊記』目錄及跋) ⑩ 27
저우위차이 알림(周豫才告白) ⑩ 590
저주(賭咒) ⑦ 55 / ⑱ 425.27
『전국목각연합전람회 전집』 서문(『全國木刻聯合展覽會專輯』序) ⑧ 446
전기의 장단점(電的利弊) ⑦ 41 / ⑱ 424.25
전략 관계(戰略關係) ⑦ 57 / ⑱ 425.27
전사와 파리(戰士和蒼蠅) ④ 66 / ③ 87.2, ⑰ 684.24
'전원사상'("田園思想") ⑨ 133 / ⑰ 698.48
전쟁에 대한 기도 — 독서 심득(對於戰爭的祈禱 — 讀書心得) ⑦ 71 / ⑱ 428.36
전쟁을 막은 이야기(非攻) ③ 413 / ③ 170.20
「전쟁 중의 벨코」(戰爭中的威爾珂) 역자 부기 ⑫ 399
「젊은 날의 이별」 역자 부기(「少年別」譯者附記) ⑫ 653
'정계선잔비'고('鄭季宣殘碑'考) ⑩ 135
정요경을 애도하며(挽丁耀卿) ⑩ 682
정정(更正) ⑩ 642
제기(題記)(『무덤』) ① 27
제기(題記)(『화개집』) ④ 23 / ⑤ 109.3
제기 1편(題記一篇) ⑩ 495
제목에 부쳐(題記)(남강북조집) ⑥ 305
제목에 부쳐(題辭)(들풀) ③ 23 / ⑤ 279.3, 361.3
제목에 부쳐(題記)(열풍) ① 423
'제목을 짓지 못하고' 초고 ⑮ 713.7
'제목을 짓지 못하고' 초고(1~3)("題未定"草(一至三)) ⑧ 461 / ⑱ 630.76
'제목을 짓지 못하고' 초고(5)("題未定"草(五)) ⑧ 507
'제목을 짓지 못하고' 초고(6~9)("題未定"草(六至九)) ⑧ 548
제사(題辭)(이이집) ⑤ 23
'제3종인'을 논함(論"第三種人") ⑥ 330
조력자에서 허튼소리로(從幇忙到扯淡) ⑧ 454 / ⑮ 626.3, ⑯ 353.4, ⑱ 629.74, ⑱ 646.95
'조롱하는 것'("尋開心") ⑧ 360
조리돌림(示衆) ② 290 / ⑰ 683.22
「좁은 바구니」(狹的籠) 역자 부기 ⑫ 418
종루에서(在鐘樓上) — 밤에 쓴 글 2 ⑤ 283 / ⑥ 123.15

종리수의 『콰이지 후현전기』 서 ⑫217
좌익작가연맹에 대한 의견(對於左翼作家聯盟的意見)—3월 2일 좌익작가연맹 창립대회에서의 강연 ⑥75 / ⑧694.10
주간 『극』 편집자에게 보내는 답신(答『戲』週刊編輯信) ⑧200 / ⑱572.173
주간 『극』 편집자에게 보내는 정정 편지(給『戲』週刊編者的訂正信) ⑩648
주간 『극』 편집자에게 보내는 편지(寄『戲』週刊編者信) ⑧208
주육의 『콰이지 토지기』 서 ⑫220
죽은 뒤(死後) ③82
죽은 불(死火) ③65 / ⑰691.34
『죽은 혼 백 가지 그림』(『死魂靈百圖』) ⑩658
『죽은 혼 백 가지 그림』 머리말(『死靈魂百圖』小引) ⑧582
『죽은 혼』(死靈魂) 제2부 제1장 역자 부기 ⑫676
『죽은 혼』 제2부 제2장 역자 부기 ⑫678
죽음(死) ⑧770 / ⑱726.74
죽음에서 살아난 이야기(起死) ③435
죽음을 슬퍼하며(傷逝) ②345
'중국걸작소설' 소인(『中國傑作小說』小引) ⑩576
『중국광산지』 자료 모집 광고(『中國礦山志』徵求資料廣告) ⑩584
'중국 문단에 대한 비관'(中國文壇的悲觀) ⑦332 / ⑱463.140
중국 문단의 망령(中國文壇上的鬼魅) ⑧211 / ⑱574.176
중국 문장과 중국인(中國文與中國人) ⑦476
『중국소설사략』에 제사를 써서 촨다오에게 증정하다(題『中國小說史略』贈川島) ⑩224
『중국소설사략』 일역본 서문(『中國小說史略』日本譯本序) ⑧458
『중국소설사략』 재판 부기(『中國小說史略』再版附識) ⑩246
중국소설의 역사적 변천(中國小說的歷史的變遷) ⑪779 / ①270.2, ⑰643.41
『중국신문학대계』 소설 2집 서문(『中國新文學大系』小說二集序) ⑧323 / ⑱606.25
『중국신문학대계』 소설 2집 편찬 감상(『中國新文學大系』小說二集編選感想) ⑩557
중국어문의 새로운 탄생(中國語文的新生) ⑧164 / ⑱559.137
중국에 관한 두세 가지 일 ⑧29 / ⑮81.3, ⑱505.14
중국 여인의 다리에서 중국인의 비중용을 추정하고 또 이로부터 공부자에게 위장병이 있었음을 추정함—'학비'파의 고고학(1)(由中國女人的腳, 推定中國人之非中庸, 又由此推定孔夫子有胃病 — '學匪'派考古學之一) ⑥403 / ⑱430.42
중국의 과학 자료(中國的科學資料) ⑩566
중국인은 자신감을 잃어버렸나(中國人失掉自信力了嗎) ⑧168
중국인의 기발한 생각(中國的奇想) ⑦322 / ⑱461.135
중국인의 목숨 자리(中國人的生命圈) ⑦144 / ⑱437.65

중국인의 얼굴(略論中國人的臉) ⑤29 / ⑱72.122
중국지질약론(中國地質略論) ⑩30
중국 프롤레타리아 혁명문학과 선구자의 피(中國無産階級革命文學和前驅的血) ⑥132
중 · 독의 국수보존 우열론(華德保粹優劣論) ⑦286 / ⑱454.109
중 · 독의 분서 이동론(華德焚書異同論) ⑦289 / ⑱455.114
중러 문자 교류를 경축하며(祝中俄文字之交) ⑥353 / ①258.3
중산대학 개교 치사(中山大學開學致語) ⑩270
중산 선생 서거 일주년(中山先生逝世後一周年) ⑨396
중역을 논함(論重譯) ⑦669
중역을 다시 논함(再論重譯) ⑦672 / ⑱541.91
'중용 지키기'의 진상을 말하다(我來說'持中'的眞相) ⑨97
중제의 송별시 원운에 화답하다(발문도 함께 쓰다)(和仲弟送別元韻并跋) ⑩676
중추절의 두 가지 소원(中秋二愿) ⑦751
중학생 잡지사의 질문에 답함(答中學生雜志社問) ⑥234 / ⑱335.94
중화민국의 새로운 '돈키호테'들(中華民國的新'堂·吉訶德'們) ⑥222
즉흥일기(馬上日記) ④385 / ②258.9, ⑰766.54
즉흥일기 2편(馬上日記之二) ④425 / ⑰768.60
즉흥일기 속편(馬上支日記) ④401
지금 우리는 아버지 노릇을 어떻게 할 것인가(我們現在怎樣做父親) ①201 / ①514.2
지롄이 보내온 편지에 대한 평어(季廉來信按語) ⑩337
지식계급에 관하여(關於知識階級) ⑩302 / ⑤256.5
지식과잉(智識過剩) ⑦303 / ⑱458.125
'지식노동자' 만세('智識勞動者'萬歲) ⑥228
지식이 곧 죄악이다(智識卽罪惡) ①521
지신제 연극(社戲) ②190
'진귀함'을 모으다(聚'珍') ⑩571
진부한 곡조는 이미 다 불렀다(老調子已經唱完) ⑤59.4, 259.17, → 케케묵은 가락은 이제 그만
『진영』 제사(『塵影』題辭) ⑤205 / ⑫199, ⑰186.65
진짜 돈키호테와 가짜 돈키호테(眞假堂吉訶德) ⑥420
『진화와 퇴화』 서언(『進化和退化』小引) ⑥96
『질긴 풀』 번역본 서문(잔고)(『勁草』譯本序(殘高)) ⑩588
『집외집』 엮은이 서언 ⑮417.1
'집 잃은' '자본가의 힘없는 주구'('喪家的''資本家的乏走狗') ⑥91 / ⑥28.12
『짚신』 서문(『草鞋脚』小引) ⑧45 / ⑯324.2
찌꺼기가 떠오르다(沉滓的泛起) ⑥182

【ㅊ】

「차라투스트라의 서언」 역자 부기(「察拉圖斯忒拉的序言」譯者附記) ⑫706
차 마시기(喝茶) ⑦412
차오바이의 목각상에 부쳐(題曹白所刻像) ⑩575
'차오바쯔'("抄靶子") ⑦281 / ⑱451.101
차오선생의 가르침을 기리는 비문(河南廬氏曹先生教澤碑文) ⑧271 / ⑮355.1, ⑱576.179
차오쥐런 선생에게 답신함(答曹聚仁先生信) ⑧117 / ⑧206.9, ⑮499.4, ⑱548.109
차오징화 역『소련 작가 7인집』서문(曹靖華譯『蘇聯作家七人集』序) ⑧706
참견과 학문, 회색 등을 같이 논함(雜論管閑事·做學問·灰色等) ④249
책 몇 권 읽기(讀幾本書) ⑦624 / ⑱528.62
책의 부활과 급조(書的還魂和赶造) ⑧313 / ⑱605.23
책의 신에게 올리는 제문(祭書神文) ⑩673
천재가 없다고 하기 전에(未有天才之前) ①253 / ⑰614.2
『철갑열차 Nr. 14-69』 번역본 후기(『鐵甲列車 Nr.14-69』譯本後記) ⑩469
『'철의 흐름' 그림』 특가 알림(『'鐵流'圖』特價告白) ⑩640
『철의 흐름』 편집교정 후기(『鐵流』編校後記) ⑨490 / ⑮187.1
'철저'의 진면목('徹底'的底子) ⑦676 / ⑱542.93
청년과 아버지(青年與老子) ⑦499
청년필독서(青年必讀書) ④32 / ①419.6, ⑦475.2, ⑰677.13
청명절(清明時節) ⑦608
'체면'을 말하다(說"面子") ⑧178
초가을 잡기(新秋雜識) ⑦357
초가을 잡기(2)(新秋雜識(二)) ⑦371
초가을 잡기(3)(新秋雜識(三)) ⑦399
촌철(寸鐵) ⑩176
총명한 사람, 바보, 종(聰明人和傻子和奴才) ③91
『총퇴각』 서문(『總退卻』序) ⑥541
추배도(推背圖) ⑦134 / ⑱436.60
축복(祝福) ②208
춘말한담(春末閑談) ①303
'출판계로 가면서' 코너의 '전략'('走到出版界'的'戰略') ⑩248 / ④490.2, ⑰798.105
'취한 눈' 속의 몽롱('醉眼'中的朦朧) ⑤326 / ⑤394.12
『치화만』 제기(『痴華鬘』題記) ⑨149 / ⑰758.42
친구(朋友) ⑦606 / ⑱522.49
친리자이 부인 일을 논하다(論秦理齋夫人事) ⑦639 / ③448.4
「침묵의 탑」(沈默之塔) 역자 부기 ⑫451

【ㅋ】

칼의 '스타일'(刀'式'辯) ⑦618 / ⑱526.59
케케묵은 가락은 이제 그만(老調子已經唱

完)—2월 19일 홍콩청년회에서의 강연 ⑨414 / ⑤59.4, 259.17, ⑱29.31, 32.37
케테 콜비츠의 목판화「희생」설명(凱綏·珂勒惠支木刻'犧牲'說明) ⑩474
『케테 콜비츠 판화 선집』 머리말 및 목록(『凱綏·珂勒惠支版畫選集』序目) ⑧609
『케테 콜비츠 판화 선집』에 제사를 써서 지푸에게 증정하다(題『凱綏·珂勒惠之版畫選集』贈季市) ⑩578
『케테 콜비츠 판화 선집』 패기(『凱綏·珂勒惠之版畫選集』牌記) ⑩660
「코」 역자 부기(「鼻子」譯者附記)(고골) ⑫739
「코」 역자 부기(아쿠타가와) ⑫453
『콰이지군 고서잡집』 서 ⑫209
콰이지우묘폄석고(會稽禹廟窆石考) ⑩118
「쾌활한 레코찬데기」 역자 부기(「促狹鬼萊哥羑臺奇」譯者附記) ⑫655
쿵링징 편 『당대 문인 서간 초』 서문(孔另境編『當代文人尺牘鈔』序) ⑧541
쿵이지(孔乙己) ②44 / ⑰459.7
크고 작은 기적(大小奇迹) ⑧721 / ⑯33.3
크고 작은 사기(大小騙) ⑦587 / ⑱512.27
키다리와 『산해경』(阿長與『山海經』) ③125
키진스키 등에게 보낸 편지 ⑮48.2

【ㅌ】

"타고난 야만성"("天生蠻性") ⑩562
'타마더'에 대하여(論'他媽的!') ①341 / ④383.8, ⑰704.55
'타민'에 대한 나의 견해(我談"墮民") ⑦293 / ⑱455.114
타오위안칭 군의 회화전시회 때—내가 말하려는 몇 마디 말(當陶元慶君的繪畫展覽時 — 我所要說的幾句話) ⑤208 / ⑱79.137
『타오위안칭 서양회화전람회 목록』 서(『陶元慶氏西洋繪畫展覽會目錄』序) ⑨351
『타오위안칭 출품 도록』에 부쳐(題『陶元慶的出品』) ⑩472
타이옌 선생에 관한 두어 가지 일(關于太炎先生二三事) ⑧698 / ⑧480.4
타이옌 선생으로 하여 생각나는 두어 가지 일(因太炎先生而想起的二三事) ⑧710 / ⑤104.5
태평을 바라는 가요(太平歌訣) ⑤379
「탬버린의 노래」 역자 부기(「坦波林之歌」譯者附記) ⑫749
톈쥔의 『8월의 향촌』 서문(田軍作『八月的鄉村』序) ⑧381 / ⑱615.46
토끼와 고양이(兎和猫) ②178 / ③122.2
「톨스토이의 죽음과 소년 구라파」 번역 후기(『托爾斯泰之死與少年歐羅巴』譯後記) ⑫548
통신(通訊) ④44
통신(通信) ⑤72
통신(通信) ⑤366
통신(가오거에게 보내는 답신)(通訊(復高歌)) ⑨361
통신(루윈루에게 보내는 답신)(通訊(復呂蘊儒)) ⑨363
통신(메이장에게 보내는 답신)(通信(復霉

江)) ⑨ 143
통신(상페이량에게 보내는 편지)(通訊(致向培良)) ⑨ 365
통신(쑨푸위안에게 답함)(通訊(復孫伏園)) ⑩ 238 / ④ 243.1
통신(쑨푸위안에게 보내는 편지)(通訊(致孫伏園)) ⑨ 368
통신(웨이멍커에게 답함)(通信(復魏猛克)) ⑩ 501
통신(웨이밍에게 보내는 답신)(通信(復未名)) ⑨ 159
통신(장다성에게 답함)(通信(復章達生)) ⑩ 397
통신(장멍원에게 답함)(通信(復張孟聞)) ⑩ 353
통신(장펑한에게 보내는 답신)(通信(復張逢漢)) ⑨ 184
통신(정샤오관에게 보내는 편지)(通訊(致鄭孝觀)) ⑨ 314 / ⑰ 666.71
트로츠키파에 답하는 편지(答托洛斯基派的信) ⑧ 743

【ㅍ】

『파도소리』를 경축하며(祝『濤聲』) ⑥ 469
파악성론(破惡聲論) ⑩ 58
『파우스트와 도시』 후기(『浮士德與城』後記) ⑨ 471 / ⑱ 249.53
판군을 애도하는 시 세 수(哀范君三章) ⑨ 574 / ⑰ 37.47
판아이눙(范愛農) ③ 216 / ⑬ 808.1
판아이눙을 곡하다(哭范愛農) ⑨ 202 / ⑮ 399.1
패변소철(稗邊小綴) ④ 497.2
펑쯔에게(贈蓬子) ⑨ 586 / ⑱ 360.15
펑후이시에게 제사를 써주다(題贈馮蕙熹) ⑩ 467
'페어플레이'는 아직 이르다(論"費厄潑賴"應該緩行) ① 393 / ④ 305.17, ⑩ 276.5
「페퇴피시론」 역자 부기(「裴象飛詩論」譯者附記) ⑫ 680
편액(扁) ⑤ 357 / ⑧ 270.41, ⑨ 271.12
편지가 아니다(不是信) ④ 285 / ④ 243.6, 260.23, 313.5, 377.8, ⑰ 742.14
편집을 마치고(編完寫起) ⑨ 122
편집자 덧붙임(編者附白) ⑨ 125.1
편집자 부기(編者附白)(『망위안』) ⑩ 606
편집자 부기(編者附白)(『분류』) ⑩ 625
평심조룡(評心雕龍) ④ 183
『포명원집』 교감기('鮑明遠集'校記) ⑩ 154
'표점부호 금지'에 대한 평어('禁止標點符號'按語) ⑩ 335
풍마우(風馬牛) ⑥ 214 / ⑥ 343.10
'풍자'란 무엇인가?(什麼是"諷刺") ⑧ 432
풍자에 관하여(論諷刺) ⑧ 369 / ⑮ 543.3, ⑱ 611.40
풍자에서 유머로(從諷刺到幽默) ⑦ 74 / ⑱ 429.41
『풍쟁오』에 부쳐(題『風箏誤』) ⑩ 544
필기구에 관하여(論毛筆之類) ⑧ 515 / ⑱ 644.91

【ㅎ】

하늘과 땅(天上地下) ⑦196 / ⑱445.86
"하늘에 의지해 밥을 먹는다"("靠天吃飯") ⑧482 / ⑱634.78
하늘을 땜질한 이야기(補天) ③259
『하루의 일』(一天的工作) 앞에 쓰다 ⑫613
『하루의 일』 후기(『一天的工作』後記) ⑫619
하순의 『콰이지기』 서 ⑫222
하씨의 『콰이지 선현상찬』 서 ⑫219
「하이네와 혁명」 역자 부기(『海納與革命』譯者附記) ⑫699
『하전』 서문(『何典』題記) ⑨399 / ⑰760.44
『하프』를 펴내며(『豎琴』前記) ⑥323 / ⑮392.2
「하프」 역자 부기(「豎琴」譯者附記) ⑫609
『하프』(豎琴) 후기 ⑫591
하후증선의 『콰이지지지』 서 ⑫226
학계의 삼혼(學界的三魂) ④270 / ④304.4, ⑥409.1, ⑰741.11
학생과 옥불(學生和玉佛) ⑥372
한번 생각하고 행동하자(一思而行) ⑦628 / ⑱528.62
한자와 라틴화(漢字和拉丁化) ⑦739 / ⑱552.123
『한 청년의 꿈』 역자 서 ⑫410
『한 청년의 꿈』 역자 서 2 ⑫413
『한 청년의 꿈』(一個青年的夢) 후기 ⑫407
'함께 보냄'에 대한 답변(答'兼示') ⑦469
함부로 욕하다(漫罵) ⑦565 / ⑮46.3, ⑱503.11
함순의 몇 마디 말(哈謨生的幾句話) ⑨444
항공구국의 세 가지 소원(航空救國三愿) ⑦44 / ⑦191.6, ⑱423.22
해년 늦가을에 우연히 짓다(亥年殘秋偶作) ⑨611
『해방된 돈키호테』 후기(『解放了的堂·吉訶德』後記) ⑨535
『해상술림』 상권 삽화 오류 교정(『海上述林』上卷插圖正誤) ⑩661
『해상술림』 상권 서언(『海上述林』上卷序言) ⑧727
『해상술림』 상권 소개(介紹『海上述林』上卷) ⑨626 / ⑱734.90
『해상술림』 하권 서언(『海上述林』下卷序言) ⑧741
'행로난' 평어('行路難'按語) ⑩330
「행복」 역자 부기 ⑫387
행복한 가정(幸福的家庭) ②248 / ⑰618.4
행하기 어려운 것과 믿기 어려운 것에 대하여(難行和不信) ⑧85
「향락을 관조하는 생활」(觀照享樂的生活) 역자 부기 ⑫482
헛방(撲空) ⑦457 / ⑥524.3, ⑱476.181
'혁명군 선봉'과 '낙오자'("革命軍馬前卒"和"落伍者") ⑤410
혁명문학(革命文學) ⑤201
혁명시대의 문학(革命時代的文學) ⑤35
혁명 커피숍(革命咖啡店) ⑤395
「현대문학의 주조」(現代文學之主潮) 역자 부기 ⑫484

현대사(現代史) ⑦131 / ⑱436.60
『현대 신흥문학의 제문제』(現代新興文學的諸問題) 소인 ⑫532
현대영화와 부르주아(現代電影與有産階級) ⑥270
『현대일본소설집』(現代日本小說集) [부록] 작가에 관한 설명 ⑫441
현대 중국의 공자(在現代中國的孔夫子) ⑧415 / ⑮591.1, ⑱621.59
'현무호 괴인' 해설('玄武湖怪人'按語) ⑩534
현재 우리의 문학운동을 논함—병중에 방문자에 답함(論現在我們的文學運動—病中答訪問者, O.V.筆錄) ⑧749 / ⑧693.3
형세는 반드시 그렇게 되고, 이치는 본래부터 그러했다(勢所必至, 理有固然) ⑩555
형제(弟兄) ②373
『혜강집』(嵇康集) 고증 ⑫256
『혜강집』 발문 ⑫194
『혜강집』 서 ⑫246
『혜강집』에 대한 기록 고증 ⑫235
『혜강집』 일문에 관한 고증 ⑫230
호언의 에누리(豪語的折扣) ⑦325/ ⑱461.135
'호정부주의'(好政府主義) ⑥88
혼잣말(自言自語) ⑩179
홍수를 막은 이야기(理水) ③297 / ⑱664.131
홍콩에 관한 간략한 이야기(略談香港) ⑤48 / ⑱54.75
홍콩의 공자 탄신 축하를 말하다(述香港恭祝聖誕) ⑤313 / ⑱63.98
화가에게(贈畫師) ⑨597 / ⑱421.18
『환우정석도』 정리 후기 ⑫228
황제에 대하여(談皇帝) ④320
"황제 자손" 두 부류(兩種"黃帝子孫") ⑩569
황한의학(黃漢醫學) ⑤424
황화(黃禍) ⑦442 / ⑱475.179
황화절의 잡감(黃花節的雜感) ⑤25 / ⑤385.3
「회우」 역자 부기(「會友」譯者附記) ⑫651
후기(차개정잡문 2집) ⑧586
후기(차개정잡문 말편) ⑧806
후기(풍월이야기) ⑦503
후기(後記)(거짓자유서) ⑦213
후기(後記)(아침 꽃 저녁에 줍다) ③231
후기(後記)(화개집) ④240 / ④97.2, 3
후덕함으로 돌아가다(歸厚) ⑦485
후지노 선생(藤野先生) ③206 / ⑰785.81
『후키야 고지 화보선』 소인(『蕗谷虹兒畫選』小引) ⑨440
"훗날 증거로 삼기 위하여"(1)("立此存照"(一)) ⑧765 / ⑯191.1
"훗날 증거로 삼기 위하여"(2)("立此存照"(二)) ⑧768
"훗날 증거로 삼기 위하여"(3)("立此存照"(三)) ⑧786
"훗날 증거로 삼기 위하여"(4)("立此存照"(四)) ⑧793
"훗날 증거로 삼기 위하여"(5)("立此存照"(五)) ⑧797

"훗날 증거로 삼기 위하여"(6)("立此存照"(六)) ⑧799
"훗날 증거로 삼기 위하여"(7)("立此存照"(七)) ⑧802
『훼멸』과 『철의 흐름』 출판 예고(『毁滅』和『鐵流』的出版預告) ⑩632
『훼멸』(毁滅) 후기 ⑫574
흥미로운 소식(有趣的消息) ④261 / ⑰739.8
희망(希望) ③43
희생의 계책(犧牲謨) ④60
흰 빛(白光) ②171

루쉰 필명 찾아보기

L ⑥297.1
L.S. ⑥134.1

간(幹) ⑦56.1, 82.1, 87.1, 173.1, 198.1, ⑧453.1
경(庚) ⑧368.1, 395.1
경옌(庚言) ⑩160.1, 172.1
경천(庚辰) ⑫705.1
궁한(公汗) ⑦635, 639, 650, 676, 686, ⑧87.1, 162.1, 167.1, 170.1, 186.1, 196.1, 311.1

니쉬얼(倪朔爾) ⑦562, 565, 583

덩당스(鄧當世) ⑦587, 624, 679, ⑫701.1
두더지(杜德機) ⑧78.1, 97.1, 363.1, 522.1
둥쉬안(動軒) ⑥373.1, 4
둥화(冬華) ⑥191.1, 204.1
딩멍(丁萌) ⑦181.1, 184.1, 190.1, 301

러번(樂賁) ⑩484.1
롼팅스(桼廷石) ⑦568, 572
루뉴(孺牛) ⑦286, 289, 317, 387, 415, ⑧126.1, ⑩498.1
루준(旅隼) ⑧378.1, 406.1, 546.1, 581.1, ⑩539.1, 541.1, 554.1
루춘(茹純) ⑫703.1
뤄(洛) ⑧414.1

뤄우(羅憮) ⑥370.1, 443.1, 537.1, 540.1, ⑦485, 493, ⑨623.7
뤄원(洛文) ⑥419.1, 422.1, 446.1, 449.1, 454.1, 457.1, 475.1, 478.1, 500.1, 504.1, 508.1, 513.1, 519.1, 532.1, ⑦344, 351, 367, 391, 395
뤼준(旅隼) ⑥524.1, ⑦281, 284, 313, 332, 341, 357, 371, 377.1, 399, 445, ⑩578.1
링페이(令飛) ①48.1, 72.1, 172.1

만쉐(曼雪) ⑦628, 643
먀오팅(苗挺) ⑦744, 759
머우성저(某生者) ①543.1, 547.1, 549.1, 550.5, ⑨311.1
멍원(夢文) ⑦632
멍후(孟弧) ⑦598, 608
모전(莫朕) ⑦661, 682
미쯔장(宓子章) ⑦590, 658
밍써(明瑟) ⑥233.1
밍쑨(名隼) ⑧176.1
밍자오(冥昭) ①309.1, ⑬101.3

바런(巴人) ⑧672.5
바이다오(白道) ⑦621, 664, 721, 725, 751, 767
바이짜이쉬안(白在宣) ⑦496
부탕(不堂) ⑥224.1

샤관(遐觀) ⑩491.1
샤오자오(曉角) ⑧766.2, 768, 786, 793, 797, 799, 802
선페이(神飛) ⑩186.1
수(樹) ⑩92.1
쉬얼(朔爾) ⑦702
쉰(迅) ①453.1
쉰싱(迅行) ①102.1, ⑩82.1
쉰지(荀繼) ⑦348
스비(史賁) ⑦669, 672, 717
스피(史癖) ⑦420
쑤이뤄원(隋洛文) ⑩633.1, ⑫612.1, 637.6, 646.1
쒀쯔(索子) ⑩53.1
쓰(俟) ①445.1
쓰탕(俟堂) ⑩197.6

아얼(阿二) ⑨504.1, 507.1, 510.1
아오(敖) ⑧372.1
아오저(敖者) ⑩231.1, 565.1
옌지오자(宴之敖者) ③391.12, ⑫252.5
옌아오(晏敖) ⑥178.1
옌위(焉於) ⑦705, 709, 732, 783
옌커(燕客) ⑧56.1
웡준(翁隼) ⑦593
웨딩(越丁) ⑧480.1
웨산(越山) ⑩562.1, 566.1
웨이스야오(韋士繇) ⑦602
웨이쒀(葦索) ⑦274, 325, 338, 363, 402, 449
웨차오(越僑) ⑦728
웨커(越客) ⑦293, 577
위밍(余銘) ⑦476, 479
위밍(虞明) ⑦303, 306, 373.1, 375, 379, ⑩526.1

위안건(元艮) ⑦ 482
위차이(豫才) ⑩ 682.1
유강(尤剛) ⑦ 442
유광(游光) ⑦ 265, 277, 322, 336, 383, 418

자오링이(趙令儀) ⑦ 558, ⑧ 440.1
장뤼루(張綠如) ⑫ 648.2, 652.1, 654.1
장청루(張承祿) ⑦ 555, 580, 666
장커(姜珂) ⑧ 484.1
장페이(張沛) ⑦ 735, 763, 771, 775
저우취(周逴) ⑨ 304.1
제물론(齊物論) ⑧ 718
준(隼) ⑧ 398.1, 445.1, 494.1, 498.1, 504.1, 526.1, 532.1
중두(仲度) ⑦ 739
중라(中拉) ⑩ 324.5
중터우(中頭) ⑩ 535.2
즈(直) ⑩ 551.1
즈루(直入) ⑩ 556.1, 561.1, 568.1, 570.1, 572.1
지펑(及鋒) ⑦ 748
징이쭌(敬一尊) ⑦ 499
쯔밍(子明) ⑦ 489
쯔수(自樹) ⑨ 59.1

창겅(常庚) ⑦ 647, ⑧ 52.1, 307.1
창겅(長庚) ⑥ 193.1, 212.1, 216.1, 221.1, ⑧ 315.1
체제(且介) ⑧ 284.1, 322.1
추관(楮冠) ⑤ 237.1, ⑩ 293.1, 297.1, 301.1
충쉰(崇巽) ⑦ 614

캉바이두(康伯度) ⑦ 695.2, 698, 712
캉위(康郁) ⑧ 411.1

타오추이(桃椎) ⑦ 297, 360, 405
타인(它音) ⑥ 185.1
탕쓰(唐俟) ① 198.1, 218.1, 429.1, 438.1, 443.1, 459.1, 463.1, 467.1, 475.1, 478.1, 481.1, 484.1, 491.1, 494.1, 497.1, 500.1, 504.1, 508.1, 510.1, 514.1, 516.1, 518.1, 520.1, ⑧ 64.1, 69.1, ⑨ 62.1, 64.1, 66.1, 68.1, 69.1, 73.1, 196.1, ⑩ 175.1, ⑫ 686.1, 708.1
탕펑위(唐豊瑜) ⑥ 197.1

팡(旁) ⑧ 488.1
펑성(風聲) ① 525.1, 528.1, 533.1, 554.1, 560.1, 564.1, 568.1, 574.1, ⑩ 188.1, 191.1, 195.1, 201.1, 229.1, 237.1, ⑫ 709.1
펑위(封餘) ⑫ 748.1
펑즈위(豊之餘) ⑦ 268, 271, 310, 329, 354, 408, 412, 427, 431, 438, 457, 464, 469
페이웨이(佩韋) ⑥ 207.1, 229.1
푸링(符靈) ⑦ 453

허간(何幹) ⑥ 409.1, ⑦ 194.1, ⑧ 721, 723, 725, ⑩ 559.1
허간(何干) ⑧ 448.1
허자간(何家幹) ⑦ 33.1, 37.1, 39.1, 43.1,

46.1, 53.1, 61.1, 69.1, 73.1, 76.1, 79.1, 91.1, 95.1, 100.1, 103.1, 111.1, 115.1, 118.1, 125.1, 129.1, 133.1, 136.1, 142.1, 146.1, 149.1, 155.1, 165.1, 169.1, 177.1, 187.1
허파(何法) ⑦779
화웨써(華約瑟) ⑤320.27
화위(華圉) ⑧152.1
황지(黃棘) ⑥73.1, ⑦618, 756, ⑧518.1, ⑩90.1, 177.1, ⑬498.3
황카이인(黃凱音) ⑦606
훠충(霍沖) ⑧73.1
흰혀(白舌) ⑥311.1

※ 본명 저우수런(周樹人)과 필명 루쉰(魯迅)은 제외함.

루쉰전집 주석색인

인명 찾아보기

【ㄱ】

가가와 도요히코(賀川豊彦) ⑲ 20
가네코 미쓰하루(金子光晴) ⑲ 20
가네코 요분(金子洋文) ⑦ 126.5
가네코 지쿠스이(金子筑水) ⑤ 355.3
가넷(Constance Garnett) ⑨ 157.12
가노 사쿠지로(加能作次郎) ⑬ 534.4
가도(賈島) ⑩ 675.2
가라시마 다케시(辛島驍) ⑩ 288.2, ⑯ 237.1, ⑲ 20
가르니에(Charles Garnier) ⑩ 624.9
가르신(Всеволод Михайлович Гаршин) ⑫ 371.3, 725.2
가마다 세이이치(鎌田誠一) ⑧ 407.1, 604.6, ⑲ 20
가마다 히사시(鎌田壽) ⑲ 21
가메이 가쓰이치로(龜井勝一郎) ⑮ 710.3, ⑯ 354.3
가부서(賈鳧西) ⑨ 424.9
가사이 시즈오(笠井鎮夫) ⑫ 648.3, ⑮ 171.4
가사협(賈思勰) ⑫ 205.3
가산(賈山) ⑫ 120.2
가쓰라 다로(桂太郎) ⑮ 52.4, ⑲ 21
가쓰시카 호쿠사이(葛飾北齊) ⑯ 299.4
가오거(高歌) ⑨ 362.2, ⑲ 21
가오런산(高仁山) ④ 167.8, 215.2
가오루(高魯) ⑲ 21
가오밍(高明) ⑯ 272.1, ⑲ 21
가오부잉(高步瀛) ⑲ 21
가오슈잉(高秀英) ⑲ 21
가오이한(高一涵) ④ 232.11, 465.2, 476.7, ⑬ 866.5, ⑲ 22
가오쥔펑(高君風) ⑲ 22
가오쥔펑(高峻峰) ⑲ 22
가오즈(高植) ⑯ 382.1, ⑲ 22
가오창훙(高長虹) ③ 294.10, ④ 475.3, ⑤ 142.2, 237.5, 296.15, 325.16, 482.21, ⑥ 537.3, ⑧ 109.6, ⑨ 362.3, ⑩ 619.3, ⑬ 105.1, 626.2, 761.9, ⑲ 22
가와구치 히로시(川口浩) ⑫ 698.4
가와모토 마사요시(川本正良) ⑫ 737.2
가와카미 수미오(川上澄生) ⑱ 291.4

가이다르(Аркадий Петрович Гайдар) ⑩ 574.2, ⑯ 52.1
가지 와타루(鹿地亘) ⑯ 371.1, ⑱ 736.95, ⑲ 22
가천(賈泉) ⑪ 171.18
가타가미 노부루(片上伸) ⑫ 520.7
가타야마 마사오(片山正雄) ⑨ 448.5
가타야마 마쓰모(片山松藻) ⑨ 205.1
가타오카 뎃페이(片岡鐵兵) ⑥ 61.57, ⑫ 556.23
가토 마사노(加藤眞野) ⑲ 22
간나이광(甘乃光) ⑦ 54.12, ⑲ 23
간디 ⑦ 455.2
간룬성(甘潤生) ⑲ 23
간보(幹寶) ⑫ 289.16
간펑윈(甘鵬雲) ⑲ 23
갈릴레이(Galileo Galilei) ① 75.36, ⑥ 56.28, ⑦ 112.14
갈홍(葛洪) ⑤ 174.33, ⑧ 430.16, ⑫ 137.17, 340.2
강엄(江淹) ⑫ 270.2
강여순(强汝詢) ④ 424.36
강의(剛毅) ① 447.2, ⑦ 178.9, ⑩ 169.12
강태공(姜太公) ③ 357.11, → 태공망(太公望)
강표(江標) ⑫ 244.16
강호퍼(Ludwig Ganghofer) ⑰ 666.72
강희제(康熙帝; 청나라 강희 황제 현엽玄燁) ① 301.6
걀스키(Ksaver Šandor Gjalski) ⑬ 526.14
거리청소부(掃街人) ⑲ 23
거바오취안(戈寶權) ⑯ 36.1, ⑲ 23
거셴닝(葛賢寧) ⑲ 23
거스룽(葛世榮) ⑲ 23
거우커자(苟克嘉) ⑲ 23
거이훙(葛一虹) ⑲ 24
거친(葛琴) ⑥ 543.1, ⑲ 24
건륭황제 ⑧ 268.26
'검은 엉덩이'(黑臀) = 진(晋)나라 성공(成公) ① 371.10
경지즈(耿濟之) ⑭ 249.2, ⑮ 702.4, 736.4, ⑯ 218.1
게르첸(Александр Иванович Герцен) ⑫ 570.22
경상초(庚桑楚) ③ 409.5
경정충(炅精忠) ⑧ 795.6
경주자(耕柱子) ③ 432.8
경칭(景淸) ⑧ 243.23
계유공(計有功) ⑫ 330.9
고개지(顧愷之) ⑥ 416.8, ⑮ 108.4
고갱(Paul Gauguin) ⑰ 35.43
고골(Николай Гоголъ) ① 518.3, 560.2, ⑤ 361.2, ⑧ 206.5, 347.7, ⑬ 530.4, ⑮ 736.2
고광기(顧廣圻) ⑫ 244.20
고귀언(高歸彦) ⑩ 129.9
고노 사쿠라(河野櫻) ⑲ 24
고니시(小西) ⑲ 24
고다드(F. W. Goddard, 중국명 高福林) ⑲ 24
고드윈(William Godwin) ① 177.56
고라 도미코(高良富子) = 고라 도미(高良富) ⑮ 697.3, ⑯ 258.1, ⑲ 24
고리키(Максим Горький) ① 285.25, ②

311.6, ⑥ 328.7, ⑦ 627.9, ⑨ 478.10, 533.2, ⑩ 506.5
고바야시 다키지(小林多喜二) ⑩ 500.1
고바야시 유타오(小林胖生) ⑲ 24
고삼익(高三益) ⑮ 577.2
고수(瞽叟) ③ 323.11
고악(高鶚) ⑪ 627.15
고야(Francisco Goya) ⑥ 468.4, ⑧ 320.8
고야마 마사오(小山正夫) ⑲ 25
고야마 호리이치(小山濠一) ⑲ 25
고엄(高儼) ⑩ 129.10
고염무(顧炎武) ① 534.10, ⑦ 576.8, ⑭ 492.3
고요(皐陶) ③ 324.16
고원경(顧元慶) ⑭ 91.2
고유(高儒) ⑫ 245.25
고이즈미 야쿠모(小泉八雲) ⑨ 279.88
고정림(顧亭林) → 고염무(顧炎武)
고종(高宗; 송나라 고종 조구趙構) ① 236.8
고중방(顧仲芳) ⑮ 242.1
고지마 겐키치로(兒島獻吉郎) ⑯ 124.2
고지마 스이우(小島醉雨) ⑲ 25
고토 아사타로(後藤朝太郎) ⑭ 557.2
고티에(Theophile Gautier) ⑥ 241.3, ⑦ 54.5
고팔대(顧八代) ⑧ 97.8
고헌성(顧憲成) ⑧ 312.5
고황(顧況) ⑫ 287.4
곡신자(穀神子) ⑫ 330.12
곡원(曲園) → 유월(兪樾)
곤차로프(Андрей Дмитриевич Гончаров) ⑨ 565.3, ⑮ 479.8, ⑯ 394.1, ⑱ 565.156, ⑲ 25
곤차로프(Иван Александрович Гончаров) ⑥ 161.27
골드스미스(Oliver Goldsmith) ⑩ 124.2
골턴(Francis Galton) ① 219.11
공구(孔丘) → 공자(孔子)
공로 선생(孔老先生) → 공자(孔子)
공명(孔明) → 제갈량(諸葛亮)
공백화(共伯和) ① 338.13
공손고(公孫高) ③ 431.3
공손궤(公孫詭) ⑫ 137.10
공손룡(公孫龍) ⑫ 74.22
공손앙(公孫鞅) ⑫ 73.22
공손홍(孔孫弘) ⑫ 152.4
공안국(孔安國) ⑫ 56.14
공영달(孔穎達) ⑩ 150.12, ⑫ 57.18
공융(孔融) ① 220.18, ⑤ 172.23, 24, ⑦ 567.3, ⑭ 196.3
공이 선생(孔二先生) → 공자(孔子)
공이정(龔頤正) ⑬ 689.5
공자(孔子) ① 294.8, 340.27, 374.32, ③ 409.4, ④ 181.14, ⑤ 268.13, 319.5, ⑬ 50.4, 480.8
공정신(龔鼎臣) ⑱ 91.8
곽박(郭璞) ⑪ 70.62
곽사인(郭舍人) ⑫ 153.13
곽위애(霍渭厓) ① 381.6
곽해(郭解) ⑬ 61.11
관검오(管黔敖) ③ 432.8
관라이칭(關來卿) ⑲ 25
관바이이(關百益) ⑮ 758.3
관숙(管叔)과 채숙(蔡叔) ⑤ 179.56

관우(關羽) ① 357.14
관윈(觀雲) = 장즈유(蔣智由) ⑬ 455.2
관줘란(關卓然) ⑲ 25
관휴(貫休) ⑯ 342.2
광종(光宗; 송나라 조돈趙惇) ① 236.9
괴테(Johann Wolfgang von Goethe) ① 51.15, ⑨ 479.25
구나비지(求那毗地) ⑨ 151.8
구니키다 도라오(國木田虎雄) ⑲ 25
구니키다 돗포(国木田独歩) ⑨ 557.5, ⑯ 291.3
구두이(古兌) → 천광야오(陳光堯)
구둔러우(顧敦鍒) ⑲ 26
구딩메이(顧鼎梅) ⑲ 26
구라이시 다케시로(倉石武四郎) ⑭ 245.4, ⑲ 26
구라하라 고레히토(藏原惟人) ⑥ 61.60, ⑫ 547.26, ⑮ 358.2
구랑(顧琅) ⑲ 26
구로다 다쓰오(黑田辰男) ⑨ 531.6, ⑩ 471.4, ⑫ 692.1
구로다 오토키치(黑田乙吉) ⑫ 570.21
구리야가와 하쿠손(厨川白村) ⑤ 71.6, ⑥ 55.20, ⑨ 330.3, ⑩ 269.17, ⑫ 463.1, ⑭ 375.4
구리하라 미치히코(栗原猷彦) ⑲ 26
구마라집(鳩摩羅什) ① 560.4, ⑥ 267.31
구멍위(顧孟餘) = 구자오슝(顧兆熊) ④ 344.6, ⑤ 295.4, ⑬ 197.4, ⑭ 54.5, ⑲ 26
구메 하루히코(久米治彦) ⑲ 26
구목부(瞿木夫) ⑮ 758.4
구스밍(顧世明) ⑲ 26
구스쥔(顧石君) ⑲ 27
구양수(歐陽修) ⑦ 596.10, ⑧ 153.3, ⑪ 42.46
구양순(歐陽詢) ⑩ 294.2, ⑫ 287.7
구양우(顧養吾) ⑲ 27
구양흘(歐陽紇) ⑫ 287.6
구영(仇英) ⑥ 343.5
구완촨(谷萬川) ⑭ 497.1, ⑲ 27
구우(瞿佑) ⑪ 567.2
구이바이주(桂百鑄) ⑲ 27
구이차오(顧一樵) ⑲ 27
구자오슝(顧兆熊) → 구멍위(顧孟餘)
구전푸(顧震福) ⑲ 27
구제강(顧頡剛) ③ 109.8, 203.22, 323.6, ⑤ 60.11, 90.10, 299.1, ⑬ 178.2, 709.3, ⑭ 54.4, 64.3, 86.5, ⑲ 27
구중룽(谷中龍) ⑲ 27
구처기(邱處機) ⑪ 435.2
구천(勾踐) ⑩ 90.3
구퉁(孤桐) → 장스자오
구훙밍(辜鴻銘) ⑦ 126.10, ⑩ 562.2
굴대균(屈大均) ⑦ 785.3, ⑧ 243.22
굴원(屈原) = 굴영균(屈靈均) ① 49.7, ④ 268.5, ⑦ 169.4, ⑧ 456.3, ⑫ 93.1, ⑭ 397.2
궁메이성(龔梅生) ⑮ 433.1
궁바오셴(龔寶賢) ⑲ 28
궁빙루(龔冰廬) ⑤ 398.4, ⑯ 316.4
궁샤(公俠) → 천이(陳儀)
궁웨이성(龔未生) ⑲ 28
궁윈푸(龔雲甫) ② 203.2

궁주신(宮竹心) ⑬519.1. 533.1, ⑲28
궈더슈(郭德修) ⑲29
궈량(郭亮) ⑤364.6
궈링즈(郭令之) ⑲29
궈만(郭曼) ⑯106.3 ⑯
궈멍터(郭孟特) ⑲29
궈모뤄(郭沫若) ①258.3, ⑤404.13, ⑥359.12, ⑦347.7, ⑧368.3, 694.14, ⑨279.87, ⑫530.5, ⑬211.1, 435.4, 535.7, ⑮159.7
궈산(郭珊) ⑲29
궈야오쭝(郭耀宗) ⑲29
궈얼타이(郭爾泰) ⑲29
궈자오시(郭昭熙) ⑲29
궈환장(郭煥章) ⑲29
귀위크(貴由) ⑤432.7
그라니치(M. Granich) ⑱700.35, ⑲286
그레나르(Fernand Grenard) ④75.6
그레이(George Grey) ①470.4
그로스(George Grosz) ⑤443.6, ⑧322.2, ⑫703.2
그로퍼(William Gropper) ⑥217.3
그루베(W. Grube) ⑯375.2
그리고로비치(Дмитрий Васильевич Григорович) ⑨157.6, ⑮673.2
그리피스(David Llewelyn Wark Griffith) ⑥297.4
극감(郤鑒) ⑫187.4
글랏코프(Фёдор Васильевич Гладков) ⑥59.43, 322.3, ⑨488.2, ⑩636.5, ⑫618.10, ⑮641.4
금활리(禽滑釐) ③432.8
기노시타 다케시(木下猛) ⑲29
기무라 기(木村毅) ⑥398.11, ⑯270.2, ⑲29
기빙스(Robert Gibbings) ⑥343.11, ⑲285
기싱(George Gissing) ⑧350.34
'기어가기옹'(爬翁) = 첸쉬안퉁 ⑬492.10
기윤(紀昀) ⑧97.10, ⑯342.3
기첨(紀瞻) ⑫190.4
기쿠치 간(菊池寛) ⑫449.24
기쿠카와 에이센(菊川英泉) ⑨461.11
기타가와 우타마로(喜多川歌麿) ⑯299.6
기효람(紀曉嵐) ⑤280.16, ⑩268.8
길버트(William Gilbert) ①75. 38
김구경(金九經) ⑭246.1, ⑲30
김담연(金湛然) ⑮290.2
김봉창(金捧閶) ⑪580.87
김성탄(金聖嘆) ⑥431.2, ⑦187.4, ⑮230.7, 539.2
김천우(金天友) ⑲30

【ㄴ】

나가모치 도쿠이치(永持德一) ⑰566.2, ⑲31
나가사와 기쿠야(長澤規矩也) ⑰768.59, ⑲31
나가세 요시로(永瀨義郎) ⑨452.5
나가오 게이와(長尾景和) ⑲31
나가요 요시로(長与善郎) ⑯351.3, 362.4
나가타 가즈나가(永田一修) ⑯371.2
나가타 히로사다(永田寛定) ⑨271.10

나겔(Otto Nagel) ⑩ 475.5
나관중(羅貫中) ⑯ 376.2
나쓰메 소세키(夏目漱石) ⑥ 415.3, ⑫ 448.3, ⑬ 509.8, 535.6
나양봉(羅兩峰) ⑥ 537.2, ⑧ 320.6
나준(羅濬) ⑫ 207.3
나카노 시게하루(中野重治) ⑮ 358.1
나카무라 가이센(中村戒仙) ⑲ 31
나카무라 아키라(中村亨) ⑲ 31
나카무라 하쿠요(中村白葉) ⑫ 675.6
나카자와 린센(中沢臨川) ⑫ 690.2
나카자토 가이잔(中里介山) ⑧ 38.12
나카타 히로사다(永田寬定) ⑫ 650.4
나필(羅泌) ⑩ 143.20
난부 슈타로(南部修太郎) ⑫ 449.25
난산(南山) → 천왕다오(陳望道)
남정정장(南亭亭長; 이보가李寶嘉) ① 285.31
남초왕(南譙王) 의선(義宣) ⑫ 225.4
낭영(郎英) ① 235.5
내곡(來鵠) ④ 153.22
내손(來孫) ④ 422.9
냥냥(娘娘) ⑮ 359.1
네글리(Karl Wilhelm von Nägeli) ① 52.28
네라도프(Георгий Нерадов) ⑩ 639.3, ⑮ 644.2
네루다(Jan Nepomuk Neruda) ⑫ 686.6, ⑬ 534.2
네미로비치-단첸코(Владимир Иванович Немирович-Данченко) ⑨ 413.2
네베로프(Александр Сергеевич Неверов) ⑨ 503.19, ⑫ 637.11
네크라소프(Николай Алексеевич Некрасов) ⑨ 157.7, 278.78, ⑮ 517.3
네투(Coelho Neto) ⑬ 526.15
녜간누(聶紺弩) ⑧ 52.2, 695.20, ⑮ 764.1, ⑲ 31
녠거우(念敂) ⑰ 117.69
노구치 요네지로(野口米次郎) ⑨ 282.115, ⑯ 273.3, 362.3, ⑲ 32
노담(老聃) → 노자(老子)
노련(老蓮) ⑮ 82.1
노르다우(Max Nordau) ① 453.2
노문초(盧文弨) ⑧ 65.13, ⑫ 331.24
노반(魯般) ③ 411.16, ⑨ 322.4
노보리 쇼무(昇曙夢) ⑨ 158.17, ⑨ 408.7, 468.24
노비코프 프리보이(Алексей Силыч Новиков-Прибой) ⑮ 558.5
노수(路粹) ① 220.18
노자(老子) ③ 408.2, ④ 181.14, ⑤ 393.7, ⑧ 400.12, ⑫ 71.5, ⑮ 151.1
뉴란(牛蘭, Noulens, 놀렌스) ⑥ 391.3, ⑦ 543.8, ⑧ 41.32
뉴룽성(牛榮聲) ④ 423.16
뉴셴저우(牛獻周) ⑬ 484.16
뉴턴(Isaac Newton) ① 76. 47
능몽초(凌濛初) ① 240.37, ⑫ 310.8
능연감(凌延堪) ⑧ 64.7
능적지(淩迪知) ⑫ 296.14
능초성(凌初成) ⑪ 230.63
니시무라 마코토(西村真琴) ⑨ 216.1, ⑲ 32

니시와다 규가쿠(西和田久學) ⑩ 54.15
니시와키 준자부로(西脅順三郎) ⑭ 564.2
니원저우(倪文宙) ⑲ 32
니이 다미코(新居多美子) ⑲ 32
니이 이타루(新居格) ⑲ 32
니자샹(倪家襄) ⑲ 32
니체(Friedrich Nietzsche) ① 104.15, 17, ④ 269.8, ⑤ 279.5, ⑧ 73.4, ⑩ 84.18
니컬슨(Edward Max Nicholson) ⑨ 439.5
니콜라이 2세(Николай II) ① 311.16, ⑥ 327.2
니키티나(Евдоксия Фёдоровна Никитина) ⑨ 503.10
니한장(倪漢章) ⑲ 32
니헝(禰衡) ⑤ 173.27
닐슨 엘(Herman Nilsson-Ehle) ⑥ 213.6

【ㄷ】

다글리시(Eric Fitch Daglish) ⑨ 452.4
다나베 히사오(田邊尙雄) ⑲ 33
다나카 게이타로(田中慶太郎) ⑮ 201.1, ⑲ 33
다나카 준(田中純) ⑫ 450.31
다니나카 야스노리(谷中安規) ⑮ 704.2
다니자키 준이치로(谷崎潤一郎) ⑬ 535.5
다사카 겐키치로(田坂乾吉郎) ⑲ 33
다쓰타 기요토키(立田淸辰) ⑲ 33
다우든(Edward Dowden) ① 174.23, ⑨ 281.114
다윈(Charles Darwin) ⑥ 56.29, 485.9, ⑦ 346.3, ⑩ 55.24
다이(達一) → 천쯔잔(陳子展)
다이도게이닌(大道藝人) ⑱ 267.72
다이둔즈(戴敦智) ⑲ 33
다이뤄링(戴螺舲) ⑲ 33
다이시장(戴錫樟) ⑲ 34
다이왕수(戴望舒) ⑥ 439.2, ⑨ 502.5, ⑲ 34
다이지타오(戴季陶) ⑦ 54.10, 79.4, 199.6, 411.11, 611.4, ⑧ 88.7, ⑬ 212.3, ⑭ 86.4, 116.3, ⑮ 137.2
다이창팅(戴昌霆) ⑲ 34
다이핑완(戴平萬) ⑦ 769.3
다치(大琦) → 왕핀칭(王品靑)
다치바나 시라키(橘樸) ⑲ 34
다카무라 고타로(高村光太郎) ⑨ 276.53
다카야마 쇼조(高山章三) ⑲ 34
다카오키 요조(高沖陽造) ⑫ 700.3
다카쿠 하지메(高久肇) ⑲ 34
다카쿠와 고마키치(高桑駒吉) ⑯ 124.3
다카하마 교시(高浜虛子) ⑫ 448.6
다카하시 고로(高橋悟朗) ⑲ 34
다카하시 데쓰시(高橋澈志) ⑲ 34
다카하시 유타카(高橋穰) ⑲ 34
다카하시 준조(高橋淳三) ⑲ 34
다케다 사카에(竹田復) ⑲ 35
다키 란케이(多紀藍溪) ⑤ 427.9
다테노 노부유키(立野信之) ⑫ 701.2
단궈쑨(澹果孫) → 리윈(李允)
단눈치오(Gabriele d'Annunzio) ⑤ 203.2, ⑥ 82.4, ⑫ 727.3, ⑭ 79.4
단딩(併仃) ⑲ 35

단성식(段成式) ① 235.3, ⑩ 203.13, ⑫ 331.17
단테(Dante Alighieri) ① 173.8, ⑧ 540.3
단평(端平; 송나라 이종理宗 조윤趙昀) ① 236.10
달기(妲己) ③ 358.22, ⑧ 280.7
달라이 라마 ⑦ 595.2
담규천(譚叫天) ⑦ 773.2
담사동(譚嗣同) ⑧ 244.27
담원춘(譚元春) ⑧ 575.41
당경(唐庚) ⑩ 298.8
당백호(唐伯虎) ① 561.10, ⑥ 485.4, ⑧ 53.9
당우지(唐寓之) ⑩ 143.16
당자빈(黨家斌) ⑲ 35
대너(James Dwight Dana) ⑧ 423.10
대도 왕오(大刀 王五) ④ 98.11
더우인푸(竇隱夫) = 두탄(杜談) ⑮ 344.1, ⑲ 37
더칭(德清) → 순더칭(孫德卿)
던(Thomas Dunn) = 던 의사(鄧醫生) ⑯ 158.3, ⑱ 713.58, ⑲ 35
덩궈셴(鄧國賢) ⑲ 35
덩란위안(鄧染原) ⑲ 35
덩룽선(鄧榮燊) ⑲ 35
덩룽쥔(登龍君) ⑮ 147.1
덩멍셴(鄧夢仙) ⑩ 519.9, ⑲ 35
덩원(鄧文) ⑦ 404.2
덩자오위안(鄧肇元) ⑲ 36
덩페이황(鄧飛黃) ⑲ 36
데모크리토스(Demokritos) ① 72. 6
데 몬트(Pol de Mont) ⑫ 497.16
데안젤리스(De Angelis) ⑫ 546.14
데이네카(Александр Александрович Дейнека) ⑯ 372.4
데카르트(René Descartes) ① 75. 42
데코브라(Maurice Dekobra) ⑦ 557.3, ⑭ 627.1
덴하르트(Oskar Dähnhardt) ③ 123.8
도레(Paul Gustave Doré) ⑥ 343.3
도미에(Honoré Daumier) ⑥ 468.3, ⑧ 320.8, 659.18
도슈샤이 샤라쿠(東洲斎写楽) ⑯ 299.7
도스토예프스키(Фёдор Михайлович Достоевский) ⑥ 327.3, ⑦ 455.5, ⑧ 540.2, ⑨ 157.2, ⑬ 426.1, 678.3, ⑱ 576.178
도슨(John William Dawson) ⑩ 55.19
도연명(陶淵明) = 도잠(陶潛) ① 312.19, ⑤ 182.68, ⑧ 241.8, 308.4, ⑨ 197.6, 324.17, ⑫ 270.2, ⑯ 78.1
도정(陶珽) ⑫ 198.5
도쿠토미 로카(德富蘆花) ⑫ 480.21
도쿠토미 소호(德富蘇峰) ④ 482.3, ⑥ 127.8
돈구 유타카(頓宮寬) ⑲ 36
돌턴(John Dalton) ⑩ 366.8
동방삭(東方朔) ③ 180.8, ⑪ 102.1
동설(董說) ⑬ 566.6
동중서(董仲舒) ⑦ 730.3, ⑫ 152.4
동탁(董卓) ⑤ 167.3
돤간칭(段干青) ⑮ 469.1, ⑲ 36
돤롄(段煉) ⑲ 36
돤무산푸(端木善孚) ⑲ 36

돤무훙량(端木蕻良) ⑯ 204.1, ⑲ 36
돤사오옌(段紹岩) ⑲ 36
돤쉐성(段雪笙) ⑭ 448.2, ⑲ 37
돤치루이(段祺瑞) ① 31.10, ④ 269.7, 275.11, ⑤ 134.3, 377.9, ⑥ 371.3, ⑧ 109.4, ⑬ 96.5, 622.6, ⑭ 265.2
돤커칭(段可情) ⑲ 37
돤페이성(段沸聲) ⑲ 37
두광정(杜光庭) ⑪ 229.61
두근(杜堇) ⑰ 317.23
두리(杜力) ⑲ 37
두보(杜甫) ⑨ 453.8, ⑪ 228.55
두야취안(杜亞泉) ⑲ 37
두우(杜佑) ⑫ 202.2
두중위안(杜重遠) ⑧ 605.14, ⑯ 70.3
두쥔페이(杜俊培) ⑲ 37
두취안(杜荃) → 궈모뤄
두탄(杜談) → 더우인푸(竇隱夫)
두하이성(杜海生) ⑬ 445.3, ⑲ 37
두허롼(杜和鑾) ⑯ 105.1, ⑲ 37
두헝(杜衡) ⑦ 544.13, ⑧ 27.5, 694.13, ⑩ 559.2, ⑭ 518.1, ⑲ 38, → 쑤원(蘇汶)
둔줘(鈍拙) ⑩ 247.2, → 서우주린(壽洙鄰)
둥메이칸(董每戡) ⑲ 38
둥사오밍(董紹明) ⑨ 488.7, ⑱ 211.79
둥셴전(董先振) ⑲ 38
둥쉰스(董恂士) ⑰ 76.3, 97.36, ⑲ 38
둥스첸(董世乾) ⑲ 38
둥얼타오(董爾陶) ⑲ 38
둥융수(董永舒) ⑭ 520.1, ⑲ 39
둥추쓰(董秋斯) ⑲ 39
둥추팡(董秋芳) ⑤ 356.8, ⑨ 162.2, ⑬ 435.1, 768.4, ⑭ 245.2, ⑲ 39
둥캉(董康) ⑫ 340.3, ⑯ 350.3
둥팡두(董仿都) ⑲ 39
둥훙후이(董鴻禕) → 둥쉰스(董恂士)
뒤러(Albrecht Dürer) ⑨ 433.2
뒤마(Alexandre Dumas) ⑫ 603.11
뒤피(Raoul Dufy) ⑨ 277.67, ⑫ 748.6
듀이(John Dewey) ⑤ 421.6, ⑬ 519.2
드라고마노프(Михайло Петрович Драгоманов) ⑫ 689.3
드링크워터(John Drinkwater) ⑨ 280.96
드마르세(Eugene-Anatole Demarcay) ⑨ 60.15
드 브리스(Hugo Marie de Vries) ⑥ 98.4, ⑰ 409.6
드비에른(Andre-Louis Debierne) ⑨ 60.11
드 캉돌(Augustin Pyrame de Candolle) ① 77.55
드퀸시(Thomas De Quincey) ⑦ 455.4
들라크루아(Eugène Delacroix) ⑩ 624.3
등백도(鄧伯道) ③ 149.29
등석(鄧析) ⑫ 73.22
등이저(鄧以蟄) ⑲ 40
디구이산(狄桂山) ⑲ 40
디보르(의사) ⑭ 161.1
디커(狄克) ⑧ 664.4
딩딩산(丁丁山) ⑬ 219.1, 741.2, 858.5
딩링(丁玲) ⑦ 254.6, ⑨ 217.1, 556.4, ⑩ 520.12, ⑭ 497.2, ⑮ 290.3, ⑲ 40
딩바오위안(丁葆園) ⑲ 40
딩산(丁山) ⑲ 40

딩시린(丁西林; 딩셰린丁燮林) ④ 232.11, 260.26
딩원장(丁文江) ④ 422.14, ⑥ 207.5
딩웨이펀(丁維汾) ⑬ 248.2
딩푸바오(丁福保) ⑤ 168.8

【ㄹ】

라데크(Карл Бернгардович Радек) ⑤ 296.20, ⑨ 273.26, ⑫ 556.18
라디노프(Радинов) ⑫ 586.12
라디모프(Павел Александрович Радимов) ⑨ 503.17
라마르크(Jean-Baptiste Lamarck) ① 50. 12, ⑥ 99.5
라부아지에(Antoine-Laurent Lavoisier) ① 78.66
라브레뇨프(Борис Андреевич Лавренёв) ⑫ 605.27, ⑮ 373.4, 447.2
라블레(Francois Rabelais) ⑨ 439.7
라오나이쉬안(勞乃宣) ⑧ 157.39, 223.3
라오보캉(饒伯康) ⑲ 41
라오서(老舍) ⑮ 221.4
라오십삼단(老十三旦) → 허우쥔산(侯俊山)
라오싼(老三) → 저우젠런(周建人)
라오차오화(饒超華) ⑬ 792.1, ⑲ 41
라오한샹(饒漢祥) ⑤ 119.14
라이사오치(賴少其) ⑮ 470.1, ⑲ 41
라이스(Karel Václav Rais) ⑫ 686.9
라이엘(Charles Lyell) ⑧ 423.10
라이위성(來雨生) ⑲ 41
라이히(Emil Reich) ⑫ 681.3
라인쉬(P. S. Reinsch) ④ 258.9
라자레비치(Laza Lazarević) ⑬ 526.13
라진(Степан Тимофеевич Разин) ⑨ 484.7
라파르그(Paul Lafargue) ⑩ 661.2
라파엘로(Raffaello Sanzio da Urbino) ① 78.69
라퐁텐(La Fontaine) ⑦ 681.5
라플라스(Pierre-Simon de Laplace) ① 76.52, ⑩ 55.17
락탄티우스(Caecilius Firminaus Lactantius) ① 73. 20
란궁우(藍公武) ⑧ 704.12
란더(藍德) ⑲ 41
란야오원(藍耀文) ⑲ 41
랄프(Lester Ralph) ⑥ 198.9
랑케(Leopold von Ranke) ① 74. 31
래컴(Arthur Rackham) ⑨ 276.63
램(Charles Lamb) ⑩ 124.2
랴시코(Николай Николаевич Ляшко) ⑧ 473.5, ⑮ 487.5
랴오리어(廖立峨) ⑤ 258.11, ⑭ 126.1, ⑲ 41
랴오모사(廖沫沙) ⑦ 553.7, ⑮ 498.3
랴오빙윈(廖冰筠) ⑬ 168.1
랴오중첸(廖仲潛) ⑨ 112.2
랴오중카이(廖仲愷) ⑬ 369.1
랴오차오자오(廖超照) ⑭ 84.2
랴오추이펑(廖翠鳳) ⑲ 42
랴오푸쥔(廖馥君) ⑲ 42
량더쒀(梁德所) ⑲ 42
량비(良弼) ① 571.3, ④ 357.4

량산지(梁善濟) ⑲ 42
량서첸(梁社乾) ⑲ 42
량성웨이(梁生爲) ⑲ 43
량성후이(梁繩禕) ⑬ 594.1
량수밍(梁漱溟) ⑭ 112.1
량스(梁式) ⑤ 295.7, ⑭ 65.3, ⑲ 43
량스추(梁實秋) ⑤ 215.4, 219.2, 256.3, 364.2, 450.2, ⑥ 28.11, 55.22, 308.4, ⑦ 254.10, 350.2, 746.6, ⑧ 368.4, 570.3, ⑮ 712.5
량시팡(梁惜芳) ⑲ 43
량야오난(梁耀南) ⑲ 43
량원러우(梁文樓) ⑲ 43
량원뤄(梁文若) ⑲ 43
량위춘(梁遇春) ⑤ 377.7
량이추(梁以俅) ⑭ 534.1, ⑮ 31.1, 50.4, ⑲ 43
량츠핑(梁次屏) ⑲ 44
량치차오(梁启超) ⑦ 684.2, 746.3, ⑧ 422.6, 704.10, ⑩ 324.2
량핀칭(梁品青) ⑲ 44
러더퍼드(Ernest Rutherford) ⑨ 60.16
러셀(Bertrand Russell) ① 326.18, ④ 168.13, ⑤ 118.11, ⑦ 407.2, ⑩ 221.3
러우루잉(婁如瑛) ⑮ 144.1, ⑲ 44
러우스(柔石) ⑥ 86.5, ⑧ 219.3, 658.3, ⑨ 502.6, ⑩ 520.12, ⑫ 602.7, ⑬ 34.7, 396.7, ⑭ 324.2, ⑲ 44
러우스이(樓適夷) ⑥ 387.3, ⑭ 535.2, ⑲ 44
러우웨이춘(樓煒春) ⑮ 234.1, 652.1, ⑯ 79.1, ⑲ 45
러우이원(樓亦文) ⑲ 45
러우춘팡(婁春舫) ⑲ 45
러우치위안(樓启元) ⑲ 45
런궈전(任國禎) ④ 432.8, ⑨ 360.11, ⑩ 598.3, ⑱ 373.36, ⑲ 45
런비(任陛) ⑲ 45
런웨이셴(任惟賢) ⑲ 45
런쥔(任鈞) ⑲ 45
런커청(任可澄) ④ 448.6, ⑬ 210.3
런판(人凡) → 차오바이(曹白)
런훙쥔(任鴻雋) ① 454.6
레닌(Владимир Ильич Ленин) ⑤ 338.29, ⑥ 66.6, ⑨ 533.3
레르몬토프(Михаил Юрьевич Лермонтов) ① 177.60, ⑨ 142.7, 188.5, ⑫ 638.16, ⑬ 526.16
레마르크(Erich Maria Remarque) ⑥ 225.9
레비도프(Михаил Юльевич Левидов) ⑥ 485.7
레오니다스(Leonidas) ⑨ 47.3
레이드(Mayne Reid) ⑫ 639.28
레이스위(雷石榆) ⑲ 46
레이위(雷榆) ④ 370.4
레이즈첸(雷志潛) ⑲ 46
레이징보(雷靜波) ⑲ 46
레이촨(雷川) ⑬ 483.3, → 우전춘(吳震春)
레제(Fernand Lèger) ⑩ 627.4
레핀(Илья Ефимович Репин) ⑨ 280.99
렌(Ludwig Renn) ⑥ 225.10
렐레비치(Г. Лелевич) ⑨ 273.23, ⑫ 555.13

롄하이(連海) ⑲46
로가체프스키(В. Львов-Рогачевский) ⑤385.5
로댕(Auguste Rodin) ①284.22, ⑨275.50
로도프(Семён Абрамович Родов) ⑨273.23, ⑫556.14
로드첸코(Александр Михайлович Родченко) ⑨467.15
로랑생(Marie Laurencin) ⑩627.3
로르스카야(Лорская) ⑭41.3, 114.3, 208.2
로모노소프(Михаил Васильевич Ломоносов) ⑥264.4
로버츠(Elizabeth Madox Roberts) ⑨274.39
로베르(樂芬, V. Rover) ⑱298.15, ⑲46
로빈슨(姚白森, V. Robinson) ⑲46
로크(John Locke) ①182.113, ⑨323.6
로티(Pierre Loti) ⑰691.35
롤랑(Romain Rolland) ①285.24, ⑥343.9, ⑧543.4, ⑨280.104, 544.8
롤랑 부인(Madame Roland) ⑦634.6
롬브로소(Cesare Lombroso) ⑤307.5, ⑧540.4, ⑨323.8
롼리푸(阮立夫) ⑲47
롼링위(阮玲玉) ⑧384.7, 440.2
롼멍겅(阮夢庚) ⑲47
롼산셴(阮善先) ⑯63.1, ⑲47
롼아오보(阮翱伯) ⑲47
롼주쑨(阮久孫) ⑰256.63, ⑲47
롼허쑨(阮和孫) ⑲47
뢴트겐(Wilhelm Conrad Röntgen) ⑨59.2
료지 조메이(料治朝鳴) ⑦769.4
루나차르스키(Анатолий Васильевич Луначарский) ⑤378.16, ⑧659.13, ⑨272.20, 478.4, ⑫538.5, ⑮461.4, ⑱517.36
루둥(盧彤) ⑲48
루루이(魯瑞) ⑩530.3, ⑭421.5, ⑲48
루룬샹(陸潤庠) ⑧484.3
루룬저우(盧潤州) ⑲48
루룬칭(陸潤青) ⑲48
루리(陸離) ⑯228.4
루비치(Ernst Lubitsch) ⑥301.45
루빙창(陸炳常) ⑲49
루샹팅(盧香亭) ⑬243.6
루소(Jean-Jacques Rousseau) ①105.26, ⑤215.2, 364.5, ⑩83.10
루스위(陸士鈺) ⑲49
루싱방(盧興邦) ⑦425.4
루옌(魯彥) ⑩608.3, ⑲49
루윈루(呂蘊儒) ⑨364.2
루인(盧隱) ⑦714.2, ⑯435.2
루주이원(陸綴雯) ⑮795.4, ⑯169.7
루지샹(魯寄湘) ⑰205.88, ⑲49
루지에리(Michele Ruggieri) ①103.3
루지예(盧冀野) ⑮159.6
루징칭(陸晶淸) ⑬96.8, 396.3, 623.9, ⑭226.3, ⑲49
루쯔란(盧自然) ⑲50
루첸(盧前) ⑧571.10
루카치(G. Lukács) ⑮548.3

루칸루(陸侃如) ⑧ 351.46
루터(Martin Luther) ① 74. 22
루판솽(陸繁霜) ⑲ 50
루페이쿠이(陸費逵) ① 198.4
루훙지(盧鴻基) ⑲ 50
룩셈부르크(Rosa Luxemburg) ⑥ 115.21, ⑮ 696.4
룩스(盧克斯, Hanns Maria Lux) ⑲ 50
룬츠(Лев Натанович Лунц) ⑫ 603.10
'룬투'(閏土) ③ 180.4
룽인퉁(龍蔭桐) ⑲ 50
룽자오쭈(容肇祖) ⑬ 787.3
뤄광팅(羅廣廷) ⑥ 485.8
뤄룽지(羅隆基) ⑥ 208.9
뤄밍제(羅蓂階) ⑲ 50
뤄빈지(駱賓基) ⑲ 50
뤄쉬안잉(羅玄鷹) ⑲ 51
뤄아이란(羅皚嵐) ⑭ 188.1, ⑲ 51
뤄양보(羅颺伯) ⑲ 51
뤄융(羅庸) ⑬ 243.1, ⑬ 761.3, ⑲ 51
뤄자룬(羅家倫) ④ 258.9, ⑧ 348.12, 722.3, ⑨ 449.11, ⑲ 51
뤄전위(羅振玉) ④ 482.6, ⑤ 231.3, ⑩ 149.4, ⑬ 473.9, 10
뤄징쉬안(羅靜軒) ⑬ 349.7
뤄쯔(若子) ⑰ 267.84
뤄창페이(羅常培) ⑬ 226.3, 724.1, ⑲ 51
뤄칭전(羅淸楨) ⑧ 84.7, ⑭ 500.1, ⑮ 71.1, 541.1, ⑲ 52
뤄헝(羅蘅) ⑲ 52
뤄화성(落花生) → 쉬디산(許地山)
뤼롄위안(呂聯元) ⑲ 52
뤼얼(呂二) ⑲ 52
뤼윈장(呂雲章) ⑬ 349.5, ⑭ 206.1, 426.3, ⑲ 52
뤼젠추(呂劍秋) ⑲ 53
뤼치(呂琦, 루치) ④ 84.2, ⑲ 53
뤼펑쭌(呂蓬尊) ⑩ 227.1, ⑭ 511.1, ⑮ 354.1, ⑲ 53
류겅성(劉庚生) ⑦ 202.3
류관슝(劉冠雄) ⑰ 82.13, ⑲ 53
류궈이(劉國一) ⑲ 53
류나(劉衲) ⑲ 53
류눙차오(劉弄潮) ⑲ 53
류다바이(劉大白) ⑲ 53
류다제(劉大杰) ⑥ 122.8, ⑧ 206.6, 223.2, 395.3
류둥예(劉棟業) ⑲ 53
류룬(劉侖) ⑲ 54
류뤼제(劉履階) ⑰ 358.5, ⑲ 54
류리칭(劉歷靑) ⑲ 54
류멍웨이(劉夢葦) ⑲ 54
류몐지(劉勉己) ⑤ 467.7
류무(劉穆) ⑲ 54
류무샤(劉暮霞) ⑲ 54
류바이자오(劉百昭) ① 408.28, ④ 167.12, 231.10, 238.12
류반눙(劉半農) ① 198.4, ④ 400.22, ⑤ 470.25, ⑦ 441.2, 696.3, ⑧ 115.2, 347.5, 368.5, ⑭ 390.5, ⑮ 124.3, ⑲ 54
류빙젠(劉秉鑒) ⑲ 55
류사오사오(劉少少) ⑩ 178.5
류사오창(劉紹蒼) ⑲ 55
류샤오위(劉肖愚) ⑲ 55

류선수(劉申叔) → 류스페이(劉師培)
류성(劉升) ⑲ 55
류셴(留仙) → 주자화(朱家驊)
류셴(劉峴) ⑮ 115.3, ⑯ 385.1, ⑲ 55
류수두(劉淑度) ⑭ 578.1
류수야(劉叔雅) ⑲ 56
류수이(柳隨) ⑭ 55.1
류수이(流水) ⑲ 56
류수치(劉樹杞) ④ 497.4
류수친(劉叔琴) ⑲ 56
류쉰위(劉薰宇) ⑲ 56
류스페이(劉師培) ⑤ 168.9, ⑬ 480.5, 6, ⑭ 151.1
류시위(劉錫愈) ⑲ 56
류시쿠이(劉喜奎) ⑩ 178.4
류싼(劉三) ⑲ 56
류아이주(柳愛竹) ⑲ 56
류야슝(劉亞雄) ⑲ 56
류야쯔(柳亞子) ⑭ 443.1, ⑲ 56
류우거우(柳無垢) ⑲ 57
류우지(柳無忌) ⑩ 460.1, ⑲ 57
류우페이(柳無非) ⑲ 57
류원뎬(劉文典) ⑥ 208.6, ⑭ 224.3
류원전(劉文貞) ⑮ 620.1, ⑲ 57
류원취안(劉文銓) ⑲ 57
류웨이밍(劉煒明) ⑮ 340.1, ⑲ 57
류웨이어(劉韡鄂) ⑯ 388.1, ⑲ 57
류융푸(劉永福) ⑫ 656.3
류이멍(劉一夢) ⑥ 86.7
류잔언(劉湛恩) ⑩ 384.8
류전화(劉鎭華) ⑲ 57
류즈후이(劉之惠) ⑲ 58
류지셴(劉楫先) ⑬ 457.2, ⑲ 58
류지수(劉冀述) ⑲ 58
류지저우(劉濟舟) ⑲ 58
류쯔겅(劉子庚) ⑲ 58
류처치(劉策奇) ⑬ 607.1, ⑲ 58
류청간(劉承干) ⑮ 152.3
류첸(柳倩) ⑲ 58
류첸두(劉前度) ⑲ 58
류추칭(劉楚青) ⑭ 44.2, ⑲ 58
류칸위안(劉侃元) ⑲ 58
류퉁카이(劉同愷) ⑲ 59
류푸(劉復) ⑬ 810.3, ⑭ 423.2, → 류반눙(劉半農)
류하이쑤(劉海粟) ⑦ 649.2, ⑭ 590.1
류허전(劉和珍) ④ 352.2, ⑲ 59
르나르(Jules Renard) ⑱ 547.108
르낭(Ernest Renan) ⑤ 482.22
르보프-로가체프스키(Василий Львович Львов-Рогачевский) ⑨ 278.84, ⑫ 696.2
르봉(Gustave Le Bon) ① 455.8, ④ 200.15
리광밍(黎光明) ⑲ 59
리광짜오(李光藻) ⑲ 59
리구이성(李桂生) ⑲ 59
리궈창(黎國昌) ⑭ 100.4, ⑲ 59
리니(麗尼) ⑲ 59
리다자오(李大釗) ④ 98.10, ⑤ 248.12, ⑥ 427.1, ⑩ 276.3, ⑲ 59
리더하이(李德海) ⑲ 60
리딘(Владимир Германович Лидин) ⑨ 286.153, ⑫ 568.4

리런(立人) → 웨이충우(韋叢蕪)
리런찬(李人燦) ⑲60
리례원(黎烈文) ⑦31.4, 553.3, ⑭457.1, ⑮46.1, 61.5, ⑲60
리뤄윈(李若雲) ⑲60
리리리(黎莉莉) ⑥186.6
리리천(酈荔臣) ⑯247.3, ⑲60
리리칭(李立靑) ⑲61
리마오루(李茂如) ⑲61
리멍저우(李夢周) ⑲61
리무자이(李牧齋) ⑬487.6
리바이잉(李白英) ⑲61
리베딘스키(Юрий Николаевич Либединский) ④432.9, ⑨502.2, ⑫618.8, ⑮373.4
리베라(Diego Rivera) ⑩481.1
리빙중(李秉中) ⑤427.7, ⑬399.1, ⑬572.1, ⑲61
리사오셴(李少仙) ⑭413.2, ⑲62
리(李) 사장 ⑤130.10
리살(José Rizal) ①336.5, ⑩158.6
리샤오구(李孝谷) ⑯166.3
리샤오밍(李小銘) ⑬792.2, ⑲62
리샤오펑(李小峰) ④383.6, ⑤130.10, 312.3, 468.13, ⑧109.3, ⑨183.5, ⑩423.2, 461.4, ⑬348.2, 794.1, ⑮62.1, 793.1, ⑲62
리샤칭(李霞卿) ⑲63
리서우장(李守章) ⑥86.3
리서우창(李守常) ⑬491.3, → 리다자오
리선자이(李愼齋) ⑲64
리성페이(李升培) ⑲64
리수(李儵) → 차오이(曹藝)
리수전(李叔珍) ⑲64
리순칭(李順卿) ④231.11
리숴궈(李碩果) ⑲64
리쉐잉(李雪英) ⑬352.1
리쉬안보(李玄伯) ⑬571.1, ⑭183.1, ⑲65
리슈란(李秀然) ⑲65
리스샹(李式相) ⑲65
리스쥔(李世軍) ⑲65
리스쩡(李石曾) ⑭423.3
리스코프(Н. С. Лысков) ⑧585.2
리시츠키(Лазарь Маркович Лисицкий) ⑨467.15
리시퉁(李希同) ⑭390.4, ⑲65
리쓰광(李四光) ④304.6
리어몬트(Thomas Learmont) ①178.66
리어우런(酈藕人) ⑲65
리옌성(李焰生) ⑦737.3
리우청(李霧城) ⑭599.3, → 천옌차오(陳煙橋)
리웨이썬(李偉森) ⑥134.2, ⑧219.3
리웨즈(李約之) ⑲66
리위안(李遇安) ⑤295.3, ⑨90.2, ⑬219.4, ⑲66
리위안훙(黎元洪) ②159.5, ④121.6
리위잉(李煜瀛) ④344.6
리위차오(李宇超) ⑲66
리위친(李虞琴) ⑲66
리윈(李允) ⑭510.4
리유란(李又然) ⑲66
리융샹(李永祥) ⑦191.8

리이멍(李一氓) ⑲66
리이스(李毅士) ⑮92.7
리이츠(黎翼墀) ⑲67
리잉(李映) ⑲67
리자쭤(李家作) ⑦253.2
리젠우(李健吾) ⑧352.53
리젠쥔(李簡君) ⑲67
리중단(黎仲丹) ⑲67
리중쿠이(李仲揆) ④166.3
리즈량(李之良) ⑬210.2
리즈윈(李志雲) ⑲67
리지(李季) ⑲67
리지구(李季谷) ⑮607.2, 618.2
리지런(李級仁) ⑲67
리지선(李濟深) ⑭86.3, 99.1
리지예(李霽野) ④400.18, ⑧101.2, 355.82, ⑩598.4, ⑫481.28, ⑬33.2, 587.1, ⑮238.1, 662.4, ⑲67
리지차이(林驥材) ⑲68
리진밍(黎錦明) ⑤130.7, ⑥415.6, ⑧352.60, 353.61, ⑩319.3, ⑬275.2, ⑮524.1, ⑲68
리진시(黎錦熙) ⑬119.1, 148.3, 633.2, ⑲69
리진파(李金髮) ⑲69
리진후이(黎錦暉) ⑧280.4, ⑮345.3
리징린(李景林) ④275.8
리징허(李競何) ⑲69
리쫜원(李纘文) ⑲69
리쭝우(李宗武) ⑲69
리쭝퉁(李宗侗) ④52.4
리쭝펀(李宗奮) ⑲69
리창즈(李長之) ⑮63.2, 636.1, 710.4, ⑲70
리추리(李初梨) ⑤336.12, ⑥543.2
리춘푸(李春圃) ⑲70
리칭위(李慶裕) ⑲70
리카르도(Ricardo Baroja) ⑨271.7
리카이량(李愷良) ⑤409.3
리콴푸(李匡輔) ⑲70
리타이펀(李泰棻) ⑩605.8, ⑬148.3
리턴(Victor Alexander George Robert Bulwer-Lytton) ⑦87.2
리톈위안(李天元) ⑲70
리톈즈(李天織) ⑲70
리푸위안(李樸園) ⑲70
리푸하이(李福海) ⑲70
리프크네히트(Karl Liebknecht) ⑧620.5, ⑮743.1
리한추(李涵秋) ①544.2
리허린(李何林) ⑭572.8, ⑯144.1
리화(李樺) ⑮411.1, 438.1, ⑲70
리화옌(李華延) ⑲71
리후이(李慧) ④370.4
리후이잉(李輝英) ⑲71
리훙니(李虹霓) ⑲71
리훙량(李鴻梁) ⑲71
리히트호펜(Ferdinand von Richthofen) ⑩53.8
린겅바이(林庚白) ⑮415.4, ⑲71
린네(Carl von Linné, Carolus Linnaeus) ①50.11, ⑫480.19
린다우(Rudolf Lindau) ⑨273.27
린단추(林淡秋) ⑲71

린드버그(Charles Augustus Lindbergh) ⑦456.7
린런퉁(林仁通) ⑲71
린루쓰(林如斯) ⑲72
린린(林霖) ⑲72
린무투(林木土) ⑲72
린바이거(任白戈) ⑯61.3
린보슈(林伯修) ⑥116.28
린부칭(林步青) ⑩680.1
린사오룬(林紹侖) ⑲72
린셴팅(林仙亭) ⑲72
린수(林紓) ④187.4, ⑧474.19, ⑩172.4, ⑫480.22, →린친난(林琴南)
린쉬쥐안(林希雋)→린시쥐안(林希雋)
린스옌(林式言) ⑲72
린시쥐안(林希雋) ⑦750.2, ⑧27.6, 390.5, 445.3, ⑩552.7, ⑮567.2
린쑤위안(林素園) ④448.7, ⑧109.5, ⑬737.2
린쑹젠(林松堅) ⑲72
린왕중(林望中) ⑲72
린우솽(林無雙) ⑲73
린원칭(林文慶) ④198.8, ⑬698.1, ⑭44.1, ⑮452.7, ⑲73
린웨보(林月波) ⑲73
린웨이인(林微音) ⑲73
린위더(林毓德) ⑲73
린위린(林玉霖) ⑬288.3, 802.4, ⑲73
린위탕(林語堂) ①404.2, 405.4, ③324.20, ④491.9, ⑤248.15, ⑥484.2, ⑦452.2, 605.6, ⑧285.4, 445.2, 474.21, 547.7, 658.8, 769.2, ⑨274.38, ⑫514.2, ⑬159.1, 696.2, ⑭68.2, 493.1, ⑮501.2, ⑲73
린이링(林疑令) ⑲74
린줘펑(林卓鳳) ⑬396.6, ⑲74
린징량(林景良) ⑲74
린창민(林長民) ⑦782.4
린촨자(林傳甲) ⑩593.2
린친난(林琴南) ①285.27, ⑤393.5, ⑥160.17, ⑦335.10, ⑩593.11, →린수(林紓)
린커둬(林克多) ⑥317.1, ⑲74
린쿠이(林騤) ④233.20
린펑몐(林風眠) ⑭161.2, ⑲74
린허칭(林和淸) ⑲74
린후이위안(林惠元) ⑲75
립스(Theodor Lipps) ①284.14
링비루(凌璧如) ⑲75
링수화(凌叔華) ⑤109.4, ⑥54.12, ⑧353.66
링쉬(凌煦) ⑲75
링컨(Ignatius Timothy Trebitsch-Lincoln) ⑦76.3

【ㅁ】

마궈량(馬國亮) ⑲76
마네(Édouard Manet) ⑨460.6
마단린(馬端臨) ⑫243.6
마더스(Edward Powys Mathers) ⑨456.3
마량(馬良) ①4473, ⑦203.6, ⑧459.3, ⑩565.2, ⑫356.6, ⑬151.2, 651.3

마루야마 곤메이(丸山昏迷) ⑰ 576.10, ⑲ 76
마르티(Andre Marty) ⑨ 439.8
마르티노프(Николай Соломонович Мартынов) ① 178.69
마리(馬理) → 저우쥐쯔(周鞠子)
마리쯔(馬理子) ⑱ 723.69, → 저우쥐쯔(周鞠子)
마사무네 하쿠초(正宗白鳥) ⑯ 353.1
마샤오셴(馬孝先) ⑲ 76
마샹보(馬相伯) ⑧ 527.10
마샹잉(馬湘影) ⑤ 344.2, ⑲ 76
마세렐(Frans Masereel) ⑥ 343.8, ⑦ 769.5, ⑭ 544.1, ⑯ 104.2
마수핑(馬叔平) ⑲ 76
마숙(馬驌) ① 49. 5
마쉬룬(馬敍倫) ⑬ 54.4, ⑲ 76
마쉰보(馬巽伯) ⑭ 199.1, ⑲ 77
마슈틴(Василий Николаевич Масютин) ⑨ 409.18, 467.13, ⑫ 668.6
마스다 고노미(增田木實) ⑲ 77
마스다 다다타쓰(增田忠達) ⑲ 77
마스다 와타루(增田涉) ③ 391.10, ⑧ 459.2, ⑫ 637.8, ⑯ 244.1, ⑲ 77
마스다 유(增田游) ⑲ 77
마스야 지사부로(升屋治三郎) ⑨ 206.1, ⑲ 77
마스이 쓰네오(增井經夫) ⑲ 78
마쓰모토 사부로(松元三郎) ⑲ 78
마쓰모토 시게하루(松本重治) ⑲ 78
마쓰우라 게이조(松浦珪三) ⑲ 78
마쓰충(馬思聰) ⑲ 78
마야코프스키(Владимир Владимирович Маяковский) ⑥ 328.7, ⑮ 121.9
마얼(馬二) → 펑위샹(馮玉祥)
마에다 도라지(前田寅治) ⑲ 78
마에다 아키라(前田晁) ⑮ 617.1
마에다코 히로이치로(前田河廣一郎) ⑲ 78
마옌샹(馬彦祥) ⑲ 78
마오둔(茅盾) ⑨ 286.159, ⑯ 169.4, → 선옌빙(沈雁冰)
마오루이장(毛瑞章) ⑲ 78
마오방웨이(毛邦偉) ① 372.16
마오수취안(毛漱泉) ⑲ 79
마오좡허우(毛壯侯) ⑲ 79
마오쯔룽(毛子龍) ⑲ 79
마오쯔전(毛子震) ⑬ 263.1, ⑭ 84.3, ⑲ 79
마오천(矛塵) ⑨ 429.24, → 장팅첸(章廷謙)
마오쿤(毛坤) ⑲ 79
마위짜오(馬裕藻) ⑨ 87.6, ⑩ 605.6, ⑬ 394.4, ⑭ 213.3
마위칭(馬隅卿) ⑲ 79
마유위(馬幼漁) ⑲ 79
마이스키(Иван Михайлович Майский) ⑨ 279.92, 287.163
마인추(馬寅初) ④ 231.11, ⑤ 238.6, ⑬ 235.4, 752.5
마잔산(馬占山) ⑦ 46.2
마쭝한(馬宗漢) ③ 228.12
마중수(馬仲殊) ⑲ 80
마줴(馬珏) ⑬ 396.1, ⑭ 38.3, ⑲ 80
마쥔우(馬君武) ⑦ 347.5
마지밍(馬季銘) ⑭ 241.2

마지펑(馬吉風) ⑲80
마쯔화(馬子華) ⑮753.1. ⑲80
마차(Ivan Matza) ⑤443.7, ⑨283.125
마차도(Gerardo Machado) ⑦456.8
마총(馬總) ⑫205.2
마치니(Giuseppe Mazzini) ①176.45
마키모토 구스오(槙本楠郎) ⑫661.4
마키아벨리(Niccolò Machiavelli) ① 179.84
마타이(馬泰) ⑲81
마테를링크(Maurice Maeterlinck) ⑦ 627.5, ⑨479.21
마테오 리치(Matteo Ricci) ①103.3
막샤르(Josef Svatopluk Machar) ⑫ 686.8
막우지(莫友芝) ⑫244.15
막휴부(莫休符) ⑫330.1
말라시킨(Сергей Иванович Малашкин) ⑫637.14
말피기(Marcello Malpighi) ①76.49
매그너스(Albertus Magnus) ①74. 27
매색(梅賾) ⑫57.17
매작(梅鷟) ⑫57.21
매정조(梅鼎祚) ⑪695.2
맨스필드(Katherine Mansfield) ④ 433.19, ⑤421.7, ⑨188.3
맹계(孟棨) ⑫295.5
맹원로(孟元老) ①236.6
맹자(孟子) ⑤268.13, 320.17, ⑫72.16
맹희(孟喜) ⑫136.9
먀오진위안(繆金源) ⑲81
먀오쯔차이(繆子才) ⑲81
먀오충췬(繆崇群) ⑲81
먀오취안쑨(繆荃孫) ①237.17, ④483.8, ⑩290.26, ⑫244.17
멍더(孟德) → 푸쓰녠(傅斯年)
멍스쥔(孟式鈞) ⑮490.1
멍스환(孟十還) ⑧585.3, ⑮328.1, 341.1, 461.1, 696.3, ⑲81
멍썬(孟森) ⑧78.4, ⑪630.39
멍 옹(夢翁) → 장멍린(蔣夢麟)
멍윈차오(孟雲橋) ⑲81
멍전(孟眞) → 푸쓰녠(傅斯年)
멍차오(孟超) ⑤398.5
메러디스(George Meredith) ⑫479.10
메레시콥스키(Дмитрий Сергеевич Мережковский, 메레즈코프스키) ⑥ 328.5, ⑨158.16, 408.4, ⑱475.178
메링(Franz Mehring) ⑥29.16, ⑫698.1
메스트로비치(Ivan Meštrovic) ⑨276.54
메이광시(梅光羲) ⑲82
메이란팡(梅蘭芳) ①284.16, ④461.5, ⑥204.3, 398.7, ⑦571.3, 708.4, ⑨ 174.2, ⑬178.5
메이수웨이(梅叔衛) ⑲82
메이수쩡(梅恕曾) ⑲82
메이썽(梅僧) ⑥308.5
메이즈(梅志) ⑲82
메이촨(梅川) → 왕팡런(王方仁)
메이하이성(梅海生) ⑭404.1
메치니코프(Илья Ильич Мечников) ④ 182.19
메카다 마코토(目加田誠) ⑲82
메테르니히(Klemens Metternich) ⑩

269.15
메페르트(Joseph Carl Meffert) ⑥343.7, ⑩636.6
멘켄(Henry Louis Mencken) ⑥308.6
명교중인(名敎中人) ①356.5
모곤(茅坤) ⑫170.32
모로(Jean Victor Marie Moreau) ① 77.64
모르보(Louis-Bernard Guyton de Morveau) ①77.67
모르 요커이(Mor Jokai) ⑬448.8, ⑮ 447.7
모리 미치요(森三千代) ⑯303.1, ⑲82
모리 오가이(森鷗外) ⑥415.3, ⑫449.11, ⑬548.2
모리모토 세이하치(森本淸八) ⑨220.1, ⑲82
모리스(William Morris) ⑫479.11
모리야마 게이(森山啓) ⑯362.5
모부계(毛斧季) ⑩155.2
모어(Thomas More) ①534.12
모차로프 ⑯393.1
모치즈키 교쿠세이(望月玉成) ⑲82
모파상 ⑦627.12
목수(穆修) ⑦704.3
목피산인(木皮散人) ①31. 9
몰리(John Morley) ⑫512.4
몽주(Gaspard Monge) ①77.62
몽케(蒙哥) ⑤432.7
몽테뉴(Montaigne) ⑮171.2, 699.1
뫼비우스(Karl Möbius) ⑩55.20
무라이 마사오(村井正雄) ⑲83
무라타 하루미(村田春海) ⑫604.23
무로부세 고신(室伏高信) ⑲83
무무톈(穆木天) ⑦394.2, ⑧696.28, ⑫ 637.5, ⑮275.2, 453.9, ⑲83
무샤노코지 사네아쓰(武者小路実篤) ⑫ 409.5, ⑬531.7, 548.1, ⑲83
무솔리니(Benito Mussolini) ⑥82.3
무어(Thomas Moore) ①175.33
무염(無鹽) ⑩320.13
무왕(武王) = 발(發) ③356.10, ④181.10, ⑧39.19
무제(남조 양 무제梁武帝 소연蕭衍) ② 289.3
무제(한나라 무제 유철劉徹) ①300.2, ⑫ 57.15
무종(武宗; 당나라 황제 이전李瀍) ③249.6
무커(穆克) ⑲83
무타나비(Mutanabbi) ⑥419.3
무평일(武平一) ①236.14
묵자(墨子) = 묵적(墨翟) ③170.20, 411.16, 431.4, ⑤183.70, 447.3, ⑦ 279.6, ⑧724.3, ⑩498.4, ⑫71.12, ⑬ 44.2
문왕(文王) ④181.10
문절공(文節公) 대희(戴熙) ⑰171.39
문천상(文天祥) ⑥186.3, ⑦554.14, ⑧ 726.3
뭉크(E. Munch) ⑮452.4
미(謐) ⑰255.62
미가미 아토기치(三上於菟吉) ⑯349.1
미네하타 요시미쓰(峰旗良充) ⑲83
미롤류보프(Виктор Сергеевич

Миролюбов) ⑫386.9
미루쥐(宓汝卓) ⑰788.88, ⑲83
미스 주(密斯朱) → 주서우헝(朱壽恒)
미야기 기쿠오(宮木喜久雄) ⑮688.5
미야모토 유리코(宮本百合子) ⑮358.2
미야자키 류스케(宮崎龍介) ⑨581.1, ⑩414.11, ⑲84
미야지 가로쿠(宮地嘉六) ⑦126.4
미욜(Aristide Maillol) ⑩624.6
미즈노 가쓰쿠니(水野勝邦) ⑲84
미즈노 세이이치(水野清一) ⑭245.4, ⑲84
미츠키에비치(Adam Mickiewicz) ①179.72, 85, ⑤44.5, ⑨282.121
미카미 오토키치(三上於菟吉) ⑧460.6
미트로힌(Дмитрий Исидорович Митрохин) ⑯123.1, 393.1
미허보(米和伯) ⑲84
민자건(閔子騫) ⑬101.6
밀(John Stuart Mill) ①174.25, ④75.5, ⑤188.3, ⑥402.3, ⑫398.5
밀류코프(Павел Николаевич Милюков) ⑥115.19
밀턴(John Milton) ①74. 24, ⑫363.10
밍보(銘伯) → 쉬서우창(許壽昌)
밍즈(明之) → 사오원룽(邵文熔)

【ㅂ】

바로하(Pío Baroja y Nessi) ⑨270.6, 622.4, ⑫648.1, ⑭495.1
바르딘(Илья Вардин) ⑨272.23, ⑫555.13
바르뷔스(Henri Barbusse) ④138.7, ⑥269.42, ⑦398.3, 711.2
바바 데쓰야(馬場哲哉) → 소토무라 시로(外村史郎)
바벨(Исаак Эммануилович Бабель) ⑨485.11
바시코프(Franz Carl Weiskopf) ⑨484.8
바시킨(Василий Васильевич Башкин) ⑫712.1
바실리예프(王希禮, Б. А. Васильев) ④122.9, ⑨131.1, ⑰693.40, ⑲85
바오데셴(包蝶仙) ⑲85
바오원웨이(鮑文蔚) ⑲85
바오쭝(保宗) → 선옌빙(沈雁冰)
바오톈샤오(包天笑) ⑮174.2
바오푸(抱朴) ⑲85
바이녠(百年) ⑭183.1
바이닝거(Otto Weininger) ①430.5, ④167.11, ⑦560.4
바이런(Captain John Byron) ①176.39
바이런(George Gordon Noel, 6th Baron Byron) ①173.11, ②258.7, ⑩86.30, ⑫479.9
바이룽화이(白龍淮) ⑲85
바이망(白莽; 인푸殷夫) ⑧219.3, 638.3, ⑩479.5, ⑭255.1, ⑲85
바이메이추(白眉初) ⑭183.1
바이보(白波) ⑲86
바이성(柏生) → 쑨푸위안(孫伏園)
바이앙-쿠튀리에(Paul Vaillant – Couturier) ⑦557.4

바이얼위(白爾玉) ⑲86
바이웨이(白薇) ⑬409.2, ⑲86
바이웨이(白葦) ⑲86
바이웨헝(白月恒) ⑬730.3
바이윈페이(白雲飛) ⑲86
바이전민(白振民) ⑲86
바이캔트(G. Wieigand) ⑫744.2
바이펑페이(白鵬飛) ④231.11
바이핀(白蘋) ⑲86
바조프(Ivan Minchov Vazov, Иван Минчов Вазов) ⑨286.158, ⑫401.3, ⑬526.17, ⑮622.2
바진(巴金) ⑧694.6, ⑯55.1, ⑲86
바퇴(Charles Batteux) ⑩108.3
바투(拔都) ⑤432.7
바틀렛(Robert Merrill Bartlett) ⑬684.4, ⑰762.50
바허쓰바(八合思巴) ⑦611.5
반고(班固) ⑪38.14, ⑫71.9, 177.2
반눙(半農) ⑨401.3, → 류푸(劉復)
반 다이크(Henry Van Dyke) ⑨276.60
반데르벨데(Émile Vandervelde) ⑦425.10
반 레르베르그(Charles van Lerberghe) ⑫468.2
반비(潘妃) ⑬235.3, 752.4
반얼양(板兒楊) ⑭578.6
반 에덴(Frederik van Eeden) ⑦115.2, ⑫427.2, 495.1
반표(班彪) ⑫170.30
발더제(Alfred von Waldersee) ⑧764.2
발로통(Félix E. Vallotton) ⑩619.7, ⑫723.3
발몬트(Константин Дмитриевич Бальмонт) ⑨408.4, ⑫694.3
발자크(Honoré de Balzac) ⑦707.2
방(Herman Joachim Bang) ⑨286.157
방효유(方孝孺) ①338.15, ⑥388.8, ⑦554.14, ⑬130.1, 640.2
배계(裴啓) ⑨197.9
배리(Charles Barry) ⑩624.7
배빗(Irving Babbitt) ⑤216.9, 364.4, ⑥54.15, ⑦627.7
배송지(裴松之) ⑪128.5
배위(裴頠) ⑤180.59
배인(裴駰) ③356.9
배형(裴鉶) ⑫279.10
백거이(白居易) ③205.42, ⑪205.60
백아(伯牙) ⑩150.19
백이(伯夷) ③355.2
백행간(白行簡) ⑫310.9
버클(Henry Thomas Buckle) ⑫398.5
버튼(William Kinnimond Burton) ⑨60.18
버틀러(Arthur John Butler) ④432.17
번스(Robert Burns) ①177.53
번오기(樊於期) ⑫137.12
번 존스(Edward Burne-Jones) ⑨461.10
번종사(樊宗師) ⑧155.24
범단(範丹) ⑤169.11
범문정(范文程) ⑧97.8
범엽(范曄) ⑪107.60, ⑫59.33, 184.9
범중엄(范仲淹) ⑪297.24
범터(範攄) ⑫331.19

베나벤테(Jacinto Benavente) ⑫ 521.3
베드니(Демьян Бедный) ⑥ 59.40, 347.4, ⑨ 479.18
베레사예프(Викентий Викентьевич Вересаев) ⑥ 60.45, 328.7, ⑧ 414.2
베르길리우스(Publius Vergilius Maro) ⑩ 608.2
베르너(Abraham Gottlob Werner) ① 77.56
베르톨레(Claude-Louis Berthollet) ① 78.68
베르트랑(Louis-Jacques-Napoléon 'Aloysius' Bertrand) ⑦ 394.3
베른(Jules Verne) ⑮ 256.4
베살리우스(Andreas Vesalius) ① 50. 9
베시멘스키(Александр Ильич Безыменский) ⑨ 273.23, ⑫ 556.14
베이컨(Francis Bacon) ① 75.41
베이컨(Roger Bacon) ① 74.28
베인(Robert Nisbet Bain) ⑫ 398.5, ⑬ 525.11
베크렐(Henri Becquerel) ⑨ 59.4
베허(Johannes R. Becher) ⑮ 333.1
벨(Monta Bell) ⑥ 301.46
벨리(Андрей Белый) ⑨ 479.20
벨리치(Григорий Георгиевич Белых) ⑫ 661.3
벨리치코프(Константин Величков) ⑫ 401.6
벨린스키(Виссарион Григорьевич Белинский) ⑨ 157.8, ⑮ 517.2, 548.1
벰(Józef Bem) ① 181.109, ⑩ 86.29
보(Clara Bow) ⑥ 301.41
보그다노프(Александр Александрович Богданов) ⑥ 55.23, ⑨ 478.10
보덴슈테트(Friedrich Martin von Bodenstedt) ① 178.70
보들레르(Charles Baudelaire) ⑥ 71.5, 241.4, ⑧ 350.38, ⑨ 460.5, ⑫ 467.2
보렐(Henri Borel) ④ 461.7
보례웨이(伯烈威) → 폴라보이
보로딘(Михаил Маркович Бородин) ⑦ 54.11
보론스키(Александр Константинович Воронский) ⑤ 71.7, ⑥ 329.11, ⑨ 272.17, ⑫ 555.6
보웨이(波微) → 스핑메이(石評梅)
보일(Robert Boyle) ① 76. 46
보재(簠齋) → 진개기(陳介祺) ⑮ 601.2
복생(伏生) ⑫ 56.7
복희(伏羲) ③ 325.24
본(George Bourne) ⑨ 439.4
볼로프손(Мирон Борисович Вольфсон) ⑥ 116.29
볼테르(Voltaire) ⑯ 50.2
볼프손(Мирон Борисович Вольфсон) ⑫ 560.7
뵈뢰슈머르치(Mihály Vörösmarty) ① 181.103
부구백(浮丘伯) ⑫ 136.3
부닌(Иван Алексеевич Бунин) ⑥ 328.5, ⑫ 638.17, ⑬ 687.2
부방(傅雱) ⑫ 310.7
부산(傅山) ⑫ 183.4

부스룽(傅世榕) ⑲87
부청주(傅靑主) ⑱90.4
부하린(Николай Иванович Бухарин) ⑨272.19, ⑫555.8
북해(北海) → 공융(孔融)
분젠(Robert Wilhelm Bunsen) ①75. 34
불라빈(Кондратий Афанасьевич Булавин) ⑨484.7
뷔허(Karl Bucher) ⑥116.27
뷰익(Thomas Bewick) ⑨434.5
브라네스(Georg Brandes) ⑦369.2, ⑧352.54, ⑨274.39, 466.2, ⑫398.4
브라우닝(Robert Browning) ④269.8, ⑨325.21
브라우스베터(Ernst Brausewetter) ⑫391.3, ⑬522.7
브라운(John Brown) ⑮620.1
브란데스(Georg Brandes) ①178.64, → 브라네스(Georg Brandes)
브레델(Willi Bredel) ⑧659.10
브렘(Alfred Edmund Brehm) ④53.14
브뤼헐(Pieter Brueghel de Oude) ③123.14
브류소프(Валерий Яковлевич Брюсов) ⑥328.7, ⑨408.6, ⑮588.6
브르흘리츠키(Jaroslav Vrchlický) ⑫686.6, ⑬514.21
블레이크(William Blake) ⑨460.8
블로크(Александр Александрович Блок) ④432.11, ⑤295.5, ⑨408.6, 479.14, ⑫668.7
블루아(Léon Marie Bloy) ④313.6
비간(比干) ③356.6
비니(Alfred Victor de Vigny) ⑤338.28
비레이(畢磊) ⑤280.10, ⑲87
비스마르크(Otto Eduard Leopold von Bismarck) ⑥299.20
비어즐리(Aubrey Beardsley) ⑥141.11, ⑦770.9, ⑨273.30, ⑮121.5
비에른손(Bjørnstjerne Bjørnson) ⑨448.10
비잔(眉山) ⑲87
비트포겔(Karl August Wittfogel) ⑥464.4
비 형(璧兄) → 선옌빙(沈雁冰)
빌헬름 2세(Wilhelm II) ⑥179.15, ⑦444.2, ⑩85.27
빌헬름 3세(Frederick Wilhelm III) ①174.21
빙신(冰心) ⑬513.4, 546.11
빨간 코 → 구제강(顧頡剛)

【ㅅ】

사각수(師覺授) ③149.27
사각호마 공(四角號碼公) → 왕윈우(王雲五)
사견여(史堅如) ⑬85.7, 617.7
사도베아누(Mihail Sadoveanu) ⑫744.1, ⑮619.1
사령운(謝靈運) ⑫138.20
사롤리아(Charles Saroléa) ⑨277.73
사마광(司馬光) ⑪110.84
사마담(司馬談) ⑫169.25

사마상여(司馬相如) ⑧456.6, ⑨325.18, ⑫165.1
사마온공(司馬溫公) ⑫662.8
사마의(司馬懿) ⑤176.39
사마천(司馬遷) ①535.14, ⑦53.3, 334.3, ⑧155.18, ⑫58.26, 165.2, ⑭105.4
사승(謝承) ⑤481.7
사안(謝安) ⑪170.2
사양산인(射陽山人) ⑬553.9
사오밍즈(邵銘之) ⑲88
사오보중(邵伯迥) ⑲88
사오쉰메이(邵洵美) ⑥398.8, ⑦398.4, 401.4, 754.10, ⑧27.2, 299.4, 526.4, ⑭533.1, ⑮167.1
사오원룽(邵文熔) ⑬447.2, ⑭145.1, 471.1, ⑮606.1
사오위안충(邵元沖) ⑰678.17, ⑲88
사오전칭(邵振青) ④137.3, ⑤248.12, → 사오퍄오핑(邵飄萍)
사오중웨이(邵仲威) ⑲88
사오징위안(邵景淵) ⑲88
사오취안린(邵荃麟) ⑲89
사오츠궁(邵次公) ⑲89
사오퍄오핑(邵飄萍) ⑬95.1, 622.2, ⑲89
사와무라 센타로(澤村專太郞) ⑲89
사와무라 유키오(澤村幸夫) ⑲89
사우디(Robert Southey) ①175.29
사이다 다카시(齋田喬) ⑲89
사이먼(John Simon) ⑦62.9
사이토 데이이치(齋藤貞一) ⑲89
사이토 소이치(齋藤摠一) ⑲89
사이토(齋藤) 여사 ⑲90
사이토 히데가쓰(齋藤秀一) ⑲90
사조(謝朓) ⑫270.2
사쯔(莎子) ⑧350.41
사카모토 부인(坂本太太) ⑲90
사카이 도시히코(堺利彥) ⑭591.1
사토 하루오(佐藤春夫) ⑭572.5, ⑯244.4, ⑲90
사팅(沙汀) ⑥241.2, ⑲90
사포(Sappho) ①336.3, ⑧573.25
사혜련(謝惠連) ⑫233.3
산도(山濤) = 산거원(山巨源) ⑤179.57
산신자이(單新齋) ⑲90
산의생(散宜生) ③356.4
살티코프-시체드린(Михаил Евграфович Салтыков-Щедрин) ⑫742.2, ⑮507.5
3마(三馬) ⑭265.1
삼보(三寶) ⑧97.9
삼선(三沈) ⑭90.3
삼소(三蘇) ⑨112.4
상가희(尙可喜) ⑧795.6
상거(常璩) ⑨427.5
상관주(上官周) ⑮302.4
상셴성(尙獻生) ⑲90
상수(向秀) ⑥388.17
상웨(尙鉞) ⑨388.3, ⑬349.4, 791.1, ⑲90
상전(商震) ⑬304.1, 822.2
상전성(尙振聲) ⑭452.2, ⑲91
상청(尙鍼) ⑧354.74
상치헝(商契衡) ⑬468.2, ⑲91
상페이우(尙佩吾) ⑭357.1, 454.1, ⑲91

상페이윈(尚佩芸) ⑭ 452.1, ⑲ 91
새상령(賽湘靈) ③ 433.18
샘프슨(George Sampson) ⑨ 276.57
생시몽(Comte de Saint-Simon) ⑥ 116.24
생어(Margaret Sanger) ④ 370.6
생트뵈브(Charles Augustin Sainte-Beuve) ⑧ 758.4
생틸레르(Étienne Geoffroy Saint-Hilaire) ① 51. 14
샤라이디(夏萊蒂) ⑲ 91
샤르크(Richard Denis Charques) ⑫ 585.8
샤를 9세(Charles IX) ⑨ 325.19
샤몐쭌(夏丏尊) ⑩ 366.15, ⑮ 301.1, ⑲ 91
샤슈펑(夏秀峰) ⑬ 502.3
'샤스피어'(狹斯丕尔, 셰익스피어) ⑦ 746.2
샤옌(夏衍) ⑲ 92, → 선돤셴(沈端先)
샤오성이(蕭盛嶷) ⑲ 92
샤오싼(蕭三) ⑭ 392.3, 408.1, 581.2, ⑮ 45.1, 479.2, 780.1, ⑱ 384.54, ⑲ 92
샤오싼(小三) ⑭ 596.2, → 샤오싼(蕭三)
샤오언청(蕭恩承) ⑲ 92
샤오옌(小燕) ⑭ 70.6
샤오유메이(蕭友梅) ④ 231.11, ⑬ 148.3, ⑲ 93
샤오이산(蕭一山) ⑮ 580.2
샤오인(蕭殷) ⑲ 93
샤오젠칭(蕭劍青) ⑮ 37.1, 597.1, ⑲ 93
샤오쥔(蕭軍) ⑮ 314.1, 442.1, ⑲ 93
샤오춘진(蕭純錦) ④ 232.17, ⑲ 93
샤오훙(蕭紅) ⑧ 536.1, ⑮ 353.1, 442.2, ⑲ 94
샤위안리(夏元瑮) ⑲ 94
샤이옌(夏揖顔) ⑲ 94
샤전우(夏震武) ⑬ 454.12
샤정눙(夏徵農) ⑲ 94
샤쩡유(夏曾佑) ⑤ 232.12, ⑬ 473.5, ⑮ 580.3, ⑲ 94
샤차오(夏超) ⑬ 271.4, 787.5
샤촨징(夏傳經) ⑯ 70.1, ⑲ 95
샤캉눙(夏康農) ⑲ 95
샤쿠이루(夏葵如) ⑲ 95
샤후이칭(夏穗卿) ⑰ 125.80
샨도르 빌라톨(Sándor Bélátol) ⑩ 479.4
샹줘(項拙) ⑲ 95
샹페이량(向培良) ④ 448.2, ⑥ 161.29, ⑧ 354.75, ⑨ 366.2, ⑩ 619.4, ⑬ 90.4, ⑮ 524.2, ⑲ 95
섀프츠베리 3세(3rd Earl of Shaftesbury) ① 105.25
서곤(徐昆) ⑱ 90.3
서광(徐廣) ⑫ 205.4
서동(徐桐) ⑧ 423.11
서동백(徐同柏) ⑩ 151.21
서릉(徐陵) ⑫ 138.24
서문장(徐文長) ⑥ 485.4, ⑦ 79.2
서백(西伯; 주나라 문왕 희창姬昌) ③ 356.7
서복(徐福) ⑦ 754.11
서부인(徐夫人) ⑭ 295.1
서상매(徐象梅) ⑫ 207.5
서석린(徐錫麟; 서석림徐錫林) ② 43.3, ③ 227.4, ④ 152.10

서송(徐松) ⑫ 278.6
서시(西施) ② 105.3, ⑧ 280.8, ⑩ 320.14
서시동(徐時棟) ⑪ 629.28
서우다오(獸道) ⑬ 474.14
서우바이경(壽拜耕) ⑲ 96
서우산(壽山) ⑬ 473.6, → 치서우산(齊壽山), 치쭝이(齊宗頤)
서우얼(壽) ⑲ 96
서우주린(壽洙鄰) ⑲ 96
서우징우(壽鏡吾) ⑰ 263.77, ⑲ 96
서우창(守常) → 리다자오(李大釗)
서우화이젠(壽懷鑒) ③ 180.6
서원태(徐元太) ⑨ 150.3
서하객(徐霞客) ⑩ 28.1
서현(徐鉉) ⑪ 266.5
석가모니(Śākyamuni) ④ 26.2
석각(石恪) ⑯ 347.1
석군보(石君寶) ⑫ 311.10
석륵(石勒) ② 311.17
석옥곤(石玉昆) ⑪ 731.23
석후생(石厚生) → 청팡우(成仿吾)
선관(沈觀) ⑲ 96
선돤셴(沈端先) ⑧ 294.10, 696.25, ⑨ 566.14, ⑩ 538.3
선루젠(沈汝兼) ⑲ 97
선린(沈琳) ⑲ 97
선보천(沈泊塵) ① 475.2
선상치(沈商耆) ⑲ 97
선샤(沈霞) ⑲ 97
선서우펑(沈壽彭) ⑲ 97
선솽(沈霜) ⑲ 97
선쉬춘(沈旭春) ⑲ 97
선스위안(沈士園) ⑬ 404.2
선스위안(沈士遠) ⑭ 253.1, ⑲ 97
선시링(沈西苓) ⑯ 170.1, ⑲ 97
선쑹취안(沈松泉) ⑲ 98
선양즈(沈養之) ⑲ 98
선언푸(沈恩孚) ⑦ 203.6
선옌빙(沈雁冰) ⑦ 253.4, ⑧ 695.19, ⑬ 531.5, 540.7, ⑮ 54.1, 794.1, ⑲ 98
선이다이(沈一呆) ⑧ 522.2
선인모(沈尹默) = 선스(沈實) ⑩ 605.7, ⑬ 396.5, ⑮ 184.1, ⑲ 99
선잉린(沈應麟) ⑲ 99
선전황(沈振黃) ⑮ 332.1, ⑲ 99
선제(先帝) = 유비 ① 526.6
선젠스(沈兼士) ④ 491.10, ⑩ 605.9, ⑬ 122.3, 698.2, 858.1, ⑭ 84.5, ⑮ 184.1, ⑲ 99
선중장(沈仲章) ⑲ 100
선중주(沈仲九) ⑲ 100
선쥔루(沈鈞儒) ⑲ 100
선즈샹(沈稚香) ⑲ 100
선쭈머우(沈祖牟) ⑲ 100
선쯔주(沈玆九) ⑲ 100
선충원(沈從文) ⑥ 54.12, ⑦ 570.2, ⑧ 532.4, ⑬ 661.2
선츠후이(沈慈暉) ⑬ 478.1, ⑲ 100
선캉보(沈康伯) ⑲ 101
선통 황제(宣統皇帝) → 푸이(溥儀)
선펑페이(沈鵬飛) ⑲ 101
선페이전(沈佩貞) ⑥ 516.3, ⑬ 72.5
선허우칭(沈后青) ⑲ 101
설근연(薛近兗) ⑫ 311.11

설윤(薛尹; 설원상薛元賞) ③ 249.7
설인귀(薛仁貴) ⑥ 201.4
섭명침(葉名琛) ⑨ 98.4
섭성(葉盛) ⑫ 243.8
섭씨(葉氏) 관고당(觀古堂) = 섭덕휘(葉德輝) ⑫ 331.13
섭천사(葉天士) ③ 190.4
성가(盛家)의 사위 → 사오쉰메이(邵洵美)
성궁바오(盛宮保) → 성쉬안화이(盛宣懷)
성단(聖旦) ⑲ 101
성수신(升叔信) ⑰ 27.22
성쉬안화이(盛宣懷) ⑦ 190.2, 542.3, ⑮ 47.5
성조(聖祖) 인황제(仁皇帝) → 강희제(康熙帝)
성청(盛成) ⑯ 113.5
성탕(成湯) ① 443.3
세(世) ⑬ 492.12, → 차이위안페이(蔡元培)
세노오(妹尾) ⑲ 102
세라피모비치(Александр Серафимович Серафимович) ⑥ 140.4, 322.3, ⑦ 675.6, ⑧ 44.2, 514.8, 729.4, ⑨ 502.1, ⑫ 618.9
세류이(謝六逸) ⑮ 730.1
세르반테스(Miguel de Cervantes) ⑥ 224.2, ⑦ 671.5
세리세프(Inocento Serišev) ⑰ 666.73, ⑲ 102
세묘노프(Сергей Александрович Семёнов) ⑫ 691.1
세이풀리나(Лидия Николаевна Сейфуллина) ⑥ 322.3, ⑫ 605.32
세잔(Paul Cézanne) ⑨ 466.6
세체니(Széchenyi Béla) ⑩ 54.12
셰궈전(謝國楨) ⑧ 576.48
셰단루(謝澹如) ⑯ 169.8
셰둔난(謝敦南) ⑬ 184.2, ⑭ 224.2, 268.1, ⑲ 102
셰런빙(謝仁冰) ⑲ 102
셰런위(謝紉瑜) ⑲ 102
셰류이(謝六逸) ⑥ 187.8, ⑨ 590.5, ⑲ 102
셰링엄(George Sheringham) ⑨ 439.3
셰빙잉(謝冰瑩) ⑦ 401.2, ⑭ 442.3, ⑲ 103
셰스토프(Лев Исаакович Шестов) ⑧ 177.8
셰시위안(謝西園) ⑲ 103
셰우량(謝無量) ⑪ 777.3
셰위성(謝玉生) ⑤ 300.2, ⑭ 102.1, ⑲ 103
셰익스피어(William Shakespeare) ③ 326.30, ⑥ 74.6, ⑦ 385.2, 761.3
셰잉(謝瑩) ⑲ 103
셰진(謝晉) ⑲ 103
셰허(協和) → 장방화(張邦華)
셴자이(閑齋) → 쉬스취안(徐詩荃)
셸리(Percy Bysshe Shelley) ① 175.30, ② 372.4, ⑫ 479.9
소네 로쿠사부로(曾根錄三郎) ⑲ 103
소동파(蘇東坡) ⑦ 96.6, → 소식(蘇軾)
소른(Anders Leonard Zorn) ⑧ 658.7
소무(蘇武) ⑦ 319.6, ⑫ 139.26

소바(Antonín Sova) ⑫ 686.8
소볼(Андрей Соболь) ⑤ 204.10, 296.22
소사(長班) ⑲ 104
소셴(草宣) ⑲ 104
소순(蘇洵) ⑧ 153.3
소식(蘇軾) ⑧ 153.3, 246.37
소역(蕭繹) ⑫ 36.22
소옹(少翁) ⑫ 152.10
소원방(巢遠方) ⑤ 174.31
소제(少帝) ⑫ 112.11
소준(蘇峻) ⑫ 191.9
소진(蘇秦) ④ 153.21, ⑫ 96.15
소철(蘇轍) ⑧ 153.3
소콜로프(Пётр Петрович Соколов) ⑧ 585.6, ⑩ 659.3, ⑯ 52.4
소토무라 시로(外村史郎) ⑫ 538.8, 712.2
소피아(Софья Львовна Перовская) ⑨ 413.4
속석(束皙) ⑨ 197.6
손가감(孫嘉淦) ④ 98.8
손가망(孫可望) ⑧ 243.21, ⑮ 510.5
손권(孫權) ⑫ 214.3
손성(孫盛) ⑤ 180.60
손성연(孫星衍) ⑫ 245.23
손이양(孫詒讓) ⑦ 716.11, ⑬ 474.11
손지조(孫志祖) ⑫ 184.7
손호(孫皓) ① 284.15, ⑥ 449.2, ⑩ 121.7
솔로구프(Фёдор Кузьмич Сологуб) ⑥ 328.6, ⑧ 159.48, ⑨ 148.6, 281.109, ⑬ 141.1, 517.2, 529.8, 645.2
송견(宋鈃) ⑫ 177.4
송단의(宋端儀) ⑧ 266.2
송옥(宋玉) ④ 465.4, ⑧ 456.4, ⑨ 324.18
쇼(George Bernard Shaw) ④ 138.6, ⑤ 71.10, 468.10, ⑥ 391.2, 398.13, 14, 15, ⑦ 69.2, 273.4, 397.2, 557.2, ⑩ 506.2, ⑭ 457.2, ⑮ 738.4, ⑲ 104
쇼펜하우어(Arthur Schopenhauer) ① 104.17, 19, ④ 269.8, 284.3, ⑦ 560.3, ⑧ 543.5
숄로호프(Михаил Александрович Шолохов) ⑥ 322.3, ⑨ 484.2, ⑫ 640.38
수보친(舒伯勤) ⑲ 104
수부타이(速不台) ⑤ 432.6
수빈(蜀賓) → 쉬친원(許欽文)
수신청(舒新城) ⑭ 216.1, ⑲ 104
수위안(漱園) → 웨이쑤위안(韋素園)
숙량흘(叔梁紇) ④ 335.3
숙왕(肅王, 호격豪格) ⑦ 321.12
숙제(叔齊) ③ 355.2
순객(李蒓客) ⑦ 334.5
순더칭(孫德卿) ③ 229.19
순욱(荀勖) ⑪ 40.36
순(舜)임금 ③ 321.3
순황(荀況) ⑫ 97.19
쉐링셴(薛玲仙) ⑥ 186.6
쉐산(薛汕) ⑲ 104
쉐샤오콴(薛效寬) ⑲ 105
쉐셰위안(薛燮元) ⑬ 72.1
쉬광핑(許廣平) ④ 400.20, ⑤ 481.16, ⑧ 753.3, ⑫ 279.13, ⑬ 39.6, ⑭ 421.6, ⑲ 105
쉬너우셴(徐耨仙) ⑲ 106

쉬댜오푸(徐調孚) ⑯ 194.2, 218.1
쉬더헝(許德珩) ⑲ 106
쉬둥핑(許東平) ⑲ 107
쉬디산(許地山) ⑬ 513.6, 541.4
쉬디신(許滌新) ⑲ 107
쉬라이(徐來) ⑦ 600.4, 601.6
쉬룬인(許侖音) ⑲ 107
쉬마오융(徐懋庸) ⑧ 390.1, 694.5, ⑭ 585.1, ⑮ 171.1, 464.1, 688.7, ⑯ 34.1, ⑲ 107
쉬밍보(許銘伯) ⑲ 107
쉬밍훙(徐名鴻) ⑲ 108
쉬바오첸(徐寶謙) ⑲ 108
쉬바이옌(許拜言) ⑲ 108
쉬반허우(徐班侯) ⑲ 108
쉬베이훙(徐悲鴻) ⑦ 777.2, ⑭ 590.2, ⑲ 108
쉬보신(徐伯昕) ⑮ 493.4, ⑲ 108
쉬보친(許伯琴) ⑲ 108
쉬빈루(徐彬如) ⑲ 108
쉬빙아오(許炳璈) ⑬ 183.2
쉬빙창(徐炳昶) ① 356.2, ④ 52.2, ⑬ 101.5
쉬사오디(許紹棣) ⑤ 469.23, ⑧ 604.12, ⑩ 582.1
쉬사오메이(徐少眉) ⑲ 108
쉬샤춘(徐霞村) ⑱ 121.32, ⑲ 109
쉬서우창(許壽裳) ③ 229.21, ④ 399.8, ⑨ 452.7, ⑩ 578.1, ⑬ 174.3, 445.1, 467.9, ⑭ 123.1, ⑮ 55.1, 455.2, ⑱ 30.32, 47.62, ⑲ 109
쉬성(虛生, 旭生) → 쉬빙창(徐炳昶)
쉬성웨이(許省微) ⑲ 111
쉬셴멍(許羨蒙) ⑲ 111
쉬셴쑤(許羨蘇) ⑬ 151.1, 384.5, 531.8, ⑭ 79.1, 253.3, ⑱ 231.24, ⑲ 111
쉬수밍(徐樹銘) ⑰ 53.86
쉬수펑(許叔封) ⑲ 112
쉬수허(許叔和) ⑲ 112
쉬쉬(徐訏) ⑮ 778.1, ⑲ 112
쉬쉬성(徐旭生) ④ 243.1, ⑬ 396.4, ⑲ 112
쉬쉬안쑤(許羨蘇) ⑭ 221.2
쉬스관(許世琯) ⑲ 112
쉬스뎬(許世琠) ⑲ 112
쉬스링(許詩苓) ⑲ 112
쉬스쉰(許詩荀) ⑲ 112
쉬스양(許世瑒) ⑲ 113
쉬스잉(許世瑛) ⑩ 629.1, ⑬ 487.2, ⑲ 113
쉬스좡(徐式莊) ⑲ 113
쉬스진(許詩堇) ④ 399.9
쉬스창(徐世昌) ③ 252.35, ④ 181.8, ⑬ 374.1, ⑭ 277.1
쉬스취안(徐詩荃) ⑬ 409.7, ⑮ 51.1, 65.1, 212.1, 683.1, ⑱ 115.29, ⑲ 113, 114
쉬스친(許詩芹) ⑲ 114
쉬시린(許希林) ⑲ 114
쉬시위(許錫玉) ⑲ 114
쉬시전(許席珍) ⑲ 115
쉬시천(許錫綝) ⑲ 115
쉬싱(徐行) ⑲ 115
쉬썬위(徐森玉) ⑲ 115
쉬쓰다오(徐思道) ⑲ 115

쉬쓰단(徐思旦) ⑲115
쉬쓰좡(徐思莊) ⑲115
쉬안(玄)→선옌빙(沈雁冰)
쉬안보(玄伯)→리쭝퉁(李宗侗)
쉬안찬화(禤參化) ⑲115
쉬야오천(徐耀辰) ⑭37.1
쉬웨이난(徐蔚南) ⑥187.8, ⑲116
쉬웨핑(許月平) ⑲116
쉬웨화(許粵華) ⑯92.1, ⑲116
쉬위(徐訏) ⑦645.2
쉬위눠(徐玉諾) ⑮314.2
쉬위안(徐元) ⑲116
쉬윈(徐匀)→자오쉰보(趙循伯)
쉬윈첸(徐耘阡) ⑭297.4
쉬융캉(許永康) ⑲116
쉬이(徐翼) ⑲116
쉬이싼(徐益三) ⑲116
쉬이쑨(徐已孫) ⑩142.5
쉬이쑨(徐以孫) ⑲116
쉬이징(許以傾) ⑲116
쉬제(許杰) ⑯206.1, ⑲117
쉬중난(許仲南) ⑲117
쉬중쑨(徐仲蓀) ⑲117
쉬쥐셴(許菊仙) ⑲117
쉬쥔푸(許駿夫) ⑲117
쉬즈모(徐志摩) ③122.4, ④243.6, 398.7, ⑤421.5, ⑨31.8, 96.2, 4, 6, ⑭112.4
쉬지상(許季上) ⑲117
쉬지쉬안(徐吉軒) ⑲118
쉬지쑨(徐季孫) ⑲118
쉬지푸(許季黻)→쉬서우창(許壽裳)
쉬징원(徐景文) ⑰99.38, ⑲118
쉬쭈정(徐祖正) ⑬275.1, ⑲118
쉬쭝웨이(徐宗偉) ⑲119
쉬차오(徐翘) ⑲119
쉬첸(徐謙) ④344.6, ⑬248.1
쉬충칭(許崇清) ⑬210.1
쉬치상(徐企商) ⑲119
쉬친원(許欽文) ②257.1, ⑤344.4, ⑧242.17, 352.55, ⑩619.2, ⑬400.2, 570.2, 666.1, ⑯197.1, ⑲119
쉬친쥔(徐沁君) ⑲120
쉬톈훙(許天虹) ⑲120
쉬판청(徐梵澄) ⑮530.1
쉬페이건(徐培根) ⑥388.16, ⑧638.2
슈니처(Ignaz Schnitzer) ⑩479.6
슈미트(Ernst Albert Schmidt) ⑨60.5
슈이치 고지마(小島修一) ⑫716.2
슈전(秀珍) ⑲120
슈트라스부르거(Eduard Strasburger) ⑫507.5
슈티르너(Max Stirner) ①104.17, 18, ⑫386.13
슝멍페이(熊夢飛) ⑲120
슝원쥔(熊文鈞) ⑲120
슝충쉬(熊崇煦) ⑬548.5
스가 유키치(菅又吉) ⑲121
스기모토 유조(杉本勇乘) ⑱404.85, ⑲121
스노(Edgar Snow, 중국명 斯諾) ⑭554.1, ⑮453.10, 738.2, ⑯325.2, ⑲121
스노 부인(Helen Foster Snow) ⑮61.8, ⑲121
스다이(時玳) ⑲121

스도 다케이치로(須藤武一郎) ⑲ 121
스도 이오조(須藤五百三) ⑮ 367.2, ⑯ 187.5, 370.1, ⑲ 121
스러(施樂) ⑱ 427.33
스메들리(Agnes Smedley) ⑥ 99.8, ⑮ 738.3, ⑱ 298.14, 443.78, ⑲ 122
스미스(Arthur Henderson Smith) ④ 423.20, ⑭ 557.3
스민(石民) ⑨ 183.6, ⑲ 123
스민(石珉) ⑲ 123
스수칭(石淑卿) ⑬ 72.5
스신(石心) ⑨ 283.124
스(史) 여사 → 스메들리
스워바츠키(Juliusz Słowacki) ① 179.73
스위프트(Jonathan Swift) ⑦ 455.6, ⑧ 435.2, ⑩ 620.10
스윈번(Algernon Charles Swinburne) ⑫ 479.9
스유헝(時有恒) ⑤ 89.2, ⑲ 123
스이(屍一) → 량스(梁式)
스잉(詩英) ⑱ 253.57
스저춘(施蟄存) ⑦ 436.2, 468.6, ⑧ 27.4, 79.14, 269.35, 399.9, 604.10, 719.3, ⑨ 196.3, ⑩ 572.3, ⑭ 474.1, ⑮ 565.5, ⑲ 123
스즈취안(石志泉) ④ 231.11
스즈키 다이세쓰(鈴木大拙) ⑲ 124
스지싱(史濟行) ⑭ 202.1, ⑯ 85.2, ⑱ 609.32, ⑲ 124
스쭤차이(史佐才) ⑲ 124
스취안(詩荃) ⑬ 564.2
스코트(Walter Scott) ① 174.28, ⑫ 639.28
스키탈레츠(Степан Гаврилович Скиталец) ④ 431.7, ⑫ 668.3
스타엘 여사(Germaine de Staël) ⑥ 116.25
스타인(Sir Mark A. Stein) ④ 75.6, ⑧ 484.8
스테빈(Simon Stevin) ① 75. 37
스테파니크(Василь Семенович Стефаник) ⑫ 689.4
스톄얼(史鐵兒) → 취추바이(瞿秋白)
스투차오(司徒喬) ⑭ 148.1, → 쓰투차오(司徒喬)
스튜어트 ⑫ 398.5
스트롱(Anna Louise Strong) ⑥ 388.11
스트린드베리(Johan August Strindberg) ⑧ 353.62, ⑬ 480.2
스트시고프스키(Josef Strzygowski) ⑰ 42.62
스티븐슨(Robert Louis Stevenson) ⑥ 141.7, ⑫ 603.11
스펜서(Edmund Spenser) ① 177.58
스펜서(Herbert Spencer) ① 221.20, ⑫ 398.5
스푸량(施復亮) ⑲ 124
스핑메이(石評梅) ⑬ 108.8, ⑭ 184.2, ⑲ 124
스허우성(石厚生) ⑤ 405.16, → 청팡우(成仿吾)
스헝(侍桁) → 한스헝(韓侍桁)
승가사나(僧伽斯那) ⑨ 151.6
시게모리 다다시(茂森唯士) ⑨ 409.17, ⑫

538.7
시게미쓰 마모루(重光葵) ⑲125
시구(施仇) ⑫136.9
시나(L. C. Cinna) ⑧177.10
시내암(施耐庵) ⑧672.6
시냐크(Paul Signac) ⑩423.7
시드니(Philip Sidney) ⑨479.15
시디(西諦) → 정전둬(鄭振鐸)
시마자키 도손(島崎藤村) ⑫519.4
시마체크(Matěj Anastasia Šimáček) ⑫687.9
시만스키(Adam Szymański) ⑬513.10
시먼스(Arthur Symons) ⑨461.14
시미즈 도시(清水登之) ⑲125
시미즈 사부로(清水三郎) ⑯272.5, ⑲125
시미즈 야스조(清水安三) ⑩225.1, ⑬546.9, ⑲125
시민(時敏) ⑧576.46
시세륜(施世綸) ⑪735.47
시어러(Norma Shearer) ⑥301.40
시엔키에비치(Henryk Sienkiewicz) ⑥415.2, ⑧353.64, ⑩587.2, ⑫378.8
시오노야 세쓰잔(鹽谷節山) → 시오노야 온(鹽谷溫)
시오노야 슌지(鹽谷俊次) ⑲125
시오노야 온(鹽谷溫) ⑬266.2, 780.3, ⑯251.1, ⑲125
시오자와(鹽澤) 박사 ⑭421.1, ⑲125
시잉(西瑩) → 천위안(陳源)
시철(詩哲) ⑨121.3, → 타고르
신기질(辛棄疾) ⑪325.56
신도(愼到) ⑫74.22
신도가(申屠嘉) ⑫122.16
신메이 아저씨(心梅叔) → 저우빙쥔(周秉鈞)
신문방(辛文房) ⑫330.11
신배(申培) ⑫58.28, 136.2
신불해(申不害) ⑫73.22
신언준(申彦俊) ⑯276.1
신이(心異) ⑬494.1 → 첸쉬안퉁(錢玄同)
실러(Johann Christoph Friedrich von Schiller) ①105.27
실차난타(實叉難陀) ①560.4
심괄(沈括) ⑦704.2
심기봉(沈起鳳) ⑪575.31
심기제(沈旣濟) ⑩202.10, ⑫288.12
심남빈(沈南蘋) ⑮304.1
심(沈) 넷째부인 ③202.2
심덕부(沈德符) ⑪110.87
심슨(Bertram Lenox Simpson) ⑦425.3
심아지(沈亞之) ⑫330.8
심양왕(尋陽王) 유자방(劉子房) ⑫225.5
심존중(沈存中) ⑫98.27
싱무칭(邢穆卿) ⑲126
싱뱌오(星杓) → 저우쭤런(周作人)
싱클레어(Upton Sinclair) ⑤216.10, 338.27, ⑥269.44, ⑦347.6, ⑫674.2
싸두라(薩都剌) ③95.2
싼건(三根) → 구제강(顧頡剛)
쌍양공주(雙陽公主) ⑥201.3
쑤만수(蘇曼殊) ①336.4, ⑤344.3, ⑧347.3, ⑯251.2
쑤메이(蘇梅) ⑭158.5, ⑲126
쑤빈(蘇濱) ⑲126

쑤쑤이루(蘇遂如) ⑲ 126
쑤원(蘇汶) ⑥ 336.5, ⑦ 257.32, 622.2
쑤위안(素園) → 웨이쑤위안(韋素園)
쑤자이(速齋) ⑬ 495.3
쑤추바오(蘇秋寶) ⑲ 126
쑤허(宿荷) ⑲ 127
쑨관화(孫冠華) ⑲ 127
쑨구이윈(孫桂雲) ⑧ 390.1
쑨더칭(孫德卿) ⑲ 127
쑨뎬쉬(孫奠胥) ⑲ 127
쑨메이야오(孫美瑤) ① 325.14, ⑭ 70.5
쑨바오후(孫寶瑚) ⑲ 127
쑨베이하이(孫北海) ⑲ 127
쑨보캉(孫伯康) ⑲ 127
쑨보헝(孫伯恒) ⑭ 449.2, ⑲ 127
쑨사오칭(孫少卿) ⑲ 127
쑨상제(孫祥偈, 쑨상지) ⑭ 221.3, ⑲ 127
쑨스이(孫師毅) ⑲ 128
쑨스푸(孫式甫) ⑲ 128
쑨시전(孫席珍) ⑨ 322.2, ⑲ 128
쑨야오구(孫堯姑) ⑲ 128
쑨원(孫文) ③ 87.2, ⑩ 456.10
쑨원쥔(孫雯君) ⑬ 562.2
쑨융(孫用) ⑨ 188.4, ⑫ 746.3, ⑭ 201.1, ⑲ 128
쑨융셴(孫永顯) ⑲ 128
쑨중산(孫中山) ⑩ 271.2, 3, ⑬ 54.3, → 쑨원(孫文)
쑨쥔리(孫君立) ⑲ 128
쑨청(孫成) ⑲ 129
쑨촨팡(孫傳芳) ③ 230.24, ④ 423.17, ⑤ 44.7, ⑦ 716.12, ⑧ 424.21, ⑨ 175.10, ⑬ 165.2, 197.1
쑨칭린(孫慶林) ⑲ 129
쑨카이디(孫楷第) ⑲ 129
쑨커(孫科) ⑨ 511.4
쑨페이쥔(孫斐君) ⑬ 828.1, ⑲ 129
쑨푸시(孫福熙) ⑲ 129
쑨푸위안(孫伏園) ④ 306.22, 475.5, ⑤ 199.3, 294.2, ⑨ 315.3, 366.4, ⑩ 208.2, ⑫ 412.4, ⑬ 96.9, 522.1, 560.1, ⑲ 130
쑨후이디(孫惠迪) ⑲ 131
쑹더위안(宋德沅) ⑲ 131
쑹린(宋琳) ⑬ 415.3, ⑯ 48.1
쑹샹저우(宋香舟) ⑲ 131
쑹수(宋舒) ⑲ 131
쑹원한(宋文翰) ⑲ 131
쑹윈빈(宋雲彬) ⑤ 296.19, ⑯ 218.1, ⑲ 131
쑹즈성(宋芷生) ⑲ 131
쑹즈팡(宋知方) ⑲ 132
쑹지런(宋汲仁) ⑲ 132
쑹쯔원(宋子文) ⑦ 100.4
쑹쯔페이(宋紫佩) = 쑹쯔페이(宋子佩) ⑭ 234.2, ⑲ 132, → 쑹린(宋琳)
쑹춘팡(宋春舫) ⑬ 545.8
쑹충이(宋崇義) ⑬ 502.1
쑹칭링(宋慶齡) ⑥ 392.4, 397.4, ⑦ 305.5, ⑬ 330.1, ⑭ 446.1, ⑲ 133
쑹쿵셴(宋孔顯) ⑲ 134
쒀페이(索非) ⑲ 134
쓰기모토 료키치(杉本良吉) ⑫ 546.9
쓰루미 유스케(鶴見祐輔) ① 325.13, ⑫

512.1
쓰마가리(津曲) ⑲134
쓰보우치 쇼요(坪内逍遥) ⑫449.12
쓰보이 요시하루(坪井芳治) ⑭426.1, ⑲134
쓰부라야 히로시(圓谷弘) ⑲134
쓰시마 아야(津島文) ⑲134
쓰치야 분메이(土屋文明) ⑲134
쓰카모토 젠류(塚本善隆) ⑭245.4, ⑲135
쓰투차오(司徒喬) ⑤341.1, ⑩619.5, ⑲135

【ㅇ】

아긴(Александр Алексеевич Агин) ⑧585.2, ⑯52.3
아낙시메네스(Anaximenes) ①73. 11
아난타(阿難陀) ①560.4
아널드(Matthew Arnold) ①174.26, ⑤216.8, ⑫512.4
아담 샬(Johann Adam Schall von Bell, 湯若望) ①103.3, 301.8
아더우(阿斗) ⑲136
아두(阿鬥) ⑥555.6
아라고(François Arago) ①77.61
아라키 사다오(荒木貞夫) ⑯273.2
아렴(阿廉) ③432.7
아르치바셰프(阿爾志跋綏夫, Михаил Петрович Арцыбашев) ①251.3, ③147.16, ④448.3, ⑥328.6, ⑨408.5, ⑩268.4, ⑫385.3, ⑬598.3, ⑮67.6
아르키메데스(Archimedes) ①72. 7
아른트(Ernst Moritz Arndt) ①174.20
아름다운 인어(美人魚) → 양슈징(楊秀璟)
아리스토텔레스(Aristoteles) ①72. 4, ⑨324.12
아리시마 다케오(有島武郎) ①514.3, ⑨274.39, ⑫449.17, ⑬548.4
아만(阿瞞) → 조조(曹操)
'아무개 옹'(某翁) ⑮527.4
아미치스(Edmondo De Amicis) ⑨557.6, ⑯291.2
아베나리우스(Richard Avenarius) ⑨478.8
아베르바흐(Леопольд Леонидович Авербах) ⑨273.23, ⑫556.14
아불산인(我佛山人; 오옥요吳沃堯) ①286.32
아브라함(Abraham) ④423.18
아사노(淺野) ⑲136
아슈켄(Н. С. Ашукен) ⑮736.3
아스(L. Aas) ⑨274.39
아스니크(Adam Asnyk) ⑬514.15
아오키 마사루(青木正兒) ⑭307.1, ⑯236.1, ⑲136
아우구스티누스(Augustinus) ①177.57, ⑩83.10
아이밍(艾明) ⑯139.1, ⑲136
아이샤(艾霞) ⑧441.4
아이신조로(愛新覺羅) ⑦178.6
아이쓰치(艾思奇) ⑧57.6
아이어펑(艾鍔風) → 에케(Gustav Ecke)
아이얼(愛而) → 리위안(李遇安)
아이우(艾蕪) ⑲136

아이작스(Harold Robert Isaacs) ⑦ 544.17, ⑧ 293.3, ⑮ 283.1, ⑯ 311.1, ⑱ 377.43, ⑲ 136
아이칭(艾青) ⑲ 137
아이한쑹(艾寒松) ⑲ 137
아인슈타인(Albert Einstein) ⑨ 545.9
아잉(阿英) ⑲ 137
아카타니 기쿠코(赤谷喜久子) ⑲ 137
아쿠타가와 류노스케(芥川龍之介) ⑫ 450.30
아키다 기이치(秋田義一) ⑲ 137
아키다 야스요(秋田康世) ⑲ 137
아키 슈노스케(秋朱之介) ⑲ 138
아키타 우자쿠(秋田雨雀) ⑫ 661.6, ⑯ 347.3
아타튀르크(Kemal Atatürk) ⑦ 723.5
아테르봄(Per Daniel Amadeus Atterbom) ⑨ 439.11
아폴리네르(Guillaume Apollinaire) ⑦ 750.5, ⑨ 277.69, ⑫ 748.2
아푸(阿善) ⑬ 392.3, ⑭ 236.2
아피노게노프(Александр Николаевич Афиногенов) ⑮ 585.2
아호(Juhani Aho) ⑨ 285.141, ⑬ 522.5
악묘(岳廟) ⑩ 298.11
악무목왕(岳武穆王) ⑫ 662.9, → 악비(岳飛)
악비(岳飛) ① 357.14, ④ 151.5, ⑥ 186.3, ⑦ 296.7, ⑧ 726.2, ⑨ 222.4, ⑩ 298.13, ⑮ 180.7
악셀로트(Павел Борисович Аксельрод) ⑨ 478.8
악소보(岳少保) → 악비(岳飛)
안국(安國) ⑫ 250.7
안넨코프(Юрий Павлович Анненков) ⑨ 273.32, 467.14
안데르센(Hans Christian Andersen) ⑤ 34.4, ⑦ 645.5, ⑰ 55.95
안도(安藤) ⑲ 138
안드레예프(Леонид Николаевич Андреев) ④ 268.3, ⑥ 140.4, 328.5, ⑧ 347.9, ⑨ 407.3, ⑫ 370.2, 403.4, ⑬ 492.15
안리민(顔黎民) ⑯ 108.1
안사고(顔師古) ⑪ 38.16, ⑫ 205.5
안수(晏殊) ⑪ 173.21
안연지(顔延之) ⑤ 178.54
안지추(顔之推) ⑤ 59.8, ⑧ 65.12, ⑩ 320.16, ⑪ 148.2
알렉산드르 2세(Александр II) ⑥ 114.4, ⑫ 742.5
알렉세예프(Н. В. Алексеев) ⑩ 538.4, ⑮ 479.10, ⑯ 84.1, 393.1, ⑲ 138
압샬로모프(Аарон Авшаломов) ⑱ 446.88
야나기와라 아키코(柳原燁子) ⑲ 138
야나이 와타리(箭内亙) ⑧ 384.3
야노 호진(矢野峰人) ⑬ 422.1
야노시 어러니(János Arany) ① 181.104
야마가미 마사요시(山上正義) ⑯ 243.1, ⑲ 138
야마가타 하쓰오(山縣初男) ⑨ 214.1, ⑲ 138
야마구치 히사요시(山口久吉) ⑲ 138
야마기시 모리히데(山岸盛秀) ⑲ 138

야마다 구니히코(山田邦彦) ⑩ 55.15
야마다 야스코(山田安子) ⑲ 139
야마모토 다다타카(山本忠孝) ⑲ 139
야마모토 마사미치(山本正路) ⑲ 139
야마모토 사네히코(山本實彦) ⑨ 220.1, ⑯ 64.2, ⑱ 691.15, ⑲ 139
야마모토 슈지(山本修二) ⑨ 330.5, ⑫ 466.3, ⑲ 139
야마모토 하쓰에(山本初枝) ⑥ 388.15, ⑭ 426.2, ⑯ 250.1, 265.1, ⑲ 139
야마무로 슈헤이(山室周平) ⑲ 139
야마무로 요시코(山室善子) ⑲ 139
야마자키 야스즈미(山崎靖純) ⑲ 140
야마카와 소수이(山川早水) ⑲ 140
야스기 사다토시(八杉貞利) ⑫ 742.6
야스미 도시오(八住利雄) ⑫ 604.21
야스오카 히데오(安岡秀夫) ③ 203.15
야오밍다(姚名達) ⑭ 185.3
야오성우(姚省吾) ⑲ 140
야오주칭(姚祝卿) ⑲ 140
야오즈쩡(姚志曾) ⑭ 472.1, ⑮ 50.3
야오진빙(要錦屏) ⑧ 384.8
야오커(姚克) ⑭ 460.1, ⑮ 34.1, 697.1, ⑲ 140
야오커쿤(姚可昆) ⑲ 141
야오펑쯔(姚蓬子) ⑨ 586.1, ⑮ 288.6, ⑲ 141
야코블레프(Александр Степанович Яковлев) ⑥ 116.31, ⑫ 568.3
야코블레프(Яков Аркадьевич Яковлев) ⑨ 272.20, ⑫ 555.9
야콥센(Jens Peter Jacobsen) ⑨ 286.157
양겅(楊鏗) ⑭ 265.3, ⑲ 141
양광선(楊光先) ① 302.8, ⑧ 196.6
양구하(梁丘賀) ⑫ 137.9
양귀비(楊貴妃) ⑦ 560.5, ⑧ 280.9
양귀산(楊龜山) ⑩ 122.15
양더췬(楊德群) ③ 147.14, ④ 352.2, ⑲ 141
양두(楊度) ① 103.12
양리자이(楊立齋) ⑲ 141
양만화(楊縵華) ⑥ 191.2
양밍시(楊名時) ⑪ 664.30
양사기(楊士奇) ⑫ 243.7
양샤오러우(楊小樓) ⑥ 204.2
양서우징(楊守敬) ⑨ 429.21, ⑫ 229.2, ⑬ 672.3
양셴장(楊賢江) ⑯ 180.1
양수다(楊樹達) ⑨ 86.2, ⑬ 573.5, ⑲ 142
양수화(楊樹華) ⑲ 142
양슈징(楊秀璟) ⑧ 390.3
양슈충(楊秀琮) ⑮ 288.2
양승(羊勝) ⑫ 137.10
양신(楊愼) ⑪ 110.86
양신쓰(楊莘耜) ⑲ 142
양싱즈(楊幸之) ⑲ 142
양싱포(楊杏佛) ⑦ 254.9, ⑨ 599.1, ⑲ 142
양싸오(楊騷) ⑨ 502.4, ⑲ 142
양어성(楊鄂生) ⑨ 86.2, ⑬ 584.4, ⑲ 143
양 여사(楊女士) ⑲ 143
양염(楊炎) ⑪ 203.40, ⑫ 288.13
양옥환(楊玉環) → 양귀비
양운(楊惲) ⑫ 170.29

양웅(楊雄) ⑧ 155.23, ⑩ 237.3, ⑫ 56.13, ⑮ 67.3
양웨루(楊月如) ⑲ 143
양웨이예(楊偉業) ⑲ 143
양위창(楊禹昌) ① 571.3, ④ 357.4
양위푸(楊遇夫) ⑨ 86.3
양유추(梁維樞) ⑪ 180.88
양인위(楊蔭榆) ① 392.11, 407.16, ④ 97.4, ⑨ 395.2, ⑩ 244.3, ⑬ 61.3, ⑲ 143
양장거(梁章鉅) ⑩ 289.17, ⑪ 461.1
양장유(楊長孺) ⑱ 92.13
양전성(楊振聲) ⑧ 348.14, ⑭ 259.2
양정견(楊定見) ⑩ 223.2
양주(楊朱) ④ 432.15, ⑤ 183.70, ⑨ 350.4, ⑩ 498.5, ⑫ 72.15
양중허(楊仲和) ⑲ 143
양즈화(楊之華) ⑭ 407.1, ⑮ 77.5, 599.3, 794.2, ⑯ 32.4, 168.1, ⑲ 143
양지윈(楊霽雲) ⑨ 31.3, ⑮ 137.1, 483.1, ⑲ 144
양진하오(楊晉豪) ⑥ 213.3, ⑯ 82.1, ⑲ 144
양짜오장(楊藻章) ⑲ 144
양쯔이(楊子毅) ⑲ 144
양쯔칭(楊子靑) → 사팅(沙汀)
양차오(楊潮) ⑲ 144
양창시(楊昌溪) ⑦ 620.3
양청즈(楊成志) ⑲ 144
양첸리(楊千里) ⑲ 144
양춘런(楊邨人) ⑥ 555.3, ⑦ 256.30, ⑧ 206.10, 527.6, 694.13, ⑭ 442.4, ⑮ 63.3
양취안(楊銓) → 양싱포(楊杏佛)
양태진(楊太眞) ⑫ 459.8
양팅빈(楊廷賓) ⑮ 750.6, 789.3, 797.1, ⑲ 144
양펑우(楊鳳梧) ⑲ 145
양하오성(楊豪生) ⑲ 145
양현지(羊衒之) ⑦ 575.3
양 회왕(梁懷王) ⑫ 121.9
양후이(楊晦) ⑲ 145
어빙(Washington Irving) ⑫ 480.21
어우양란(歐陽蘭) ④ 116.4, 140.16, ⑬ 116.3
어우양산(歐陽山) ⑯ 88.1, ⑲ 145
어우양위첸(歐陽予倩) ⑧ 348.16
어우양즈(歐陽治) ⑲ 145
어우양파샤오(歐陽法孝) ⑬ 459.3
어중(漁仲) → 정초(鄭樵)
언왕(偃王) ⑩ 134.4
얼예(耳耶) ⑮ 329.2
엄가균(嚴可均) ⑤ 168.7, ⑫ 233.4
엄숭(嚴嵩) ⑩ 298.12
엄원조(嚴元照) ⑩ 298.10, ⑫ 184.15
에가와 시게루(惠川重) ⑲ 145
에구치 간(江口渙) ① 340.26, ⑫ 449.20
에디슨(Thomas Edison) ⑦ 43.5
에머슨(Ralph Waldo Emerson) ⑦ 319.5
에우클레이데스(Eukleides/Euclid) ① 73. 8
에케(Gustav Ecke) ⑬ 815.1, ⑱ 22.13, ⑲ 146
에케르만(Johann Peter Eckermann) ①

175.34
에팅거(Pavel Ettinger) ⑮ 335.1, 516.5, 572.5, ⑯ 98.1, 360.1, ⑲ 285
에프탈리오티스(Argyris Ephtaliotis) ⑬ 528.4
엘리스(Henry Havelock Ellis) ⑨ 274.39
여거인(呂居仁) ⑪ 178.74
여관공(女官公) ⑬ 474.16, → 푸쩡샹(傅增湘)
여궐(余闕) ⑧ 64.10
여단(呂端) ④ 399.13
여불위(呂不韋) ⑩ 229.3, ⑫ 34.1
여순양(呂純陽) ④ 210.6, ⑤ 308.13
여안국(呂安國) ⑩ 144.24
여웅(呂熊) ⑩ 289.14
여장제(呂長悌) ⑫ 270.7
여회(余懷) ⑪ 695.3
역도원(酈道元) ⑪ 128.6
역아(易牙) ② 43.2, ⑩ 320.12
역이기(酈食其) ⑫ 111.2
연부인(衍太太) ③ 191.13
염계(濂溪) = 주돈이(周敦頤) ⑩ 671.2
염유(冉有) ③ 410.9
염찬(閻纂) ⑫ 36.23
영(Thomas Young) ① 76.53
영현(伶玄) ⑫ 352.3
예더후이(葉德輝) ① 237.18, ⑩ 203.18
예라이스(葉籟士) ⑲ 146
예레미아(Jeremiah) ① 173.7
예렌부르크(Илья Григорьевич Эренбург) ⑤ 422.11, ⑥ 82.6, ⑧ 384.2, ⑫ 605.33, ⑮ 423.3
예로센코(Василий Яковлевич Ерошенко) ① 310.5, 339.24, 538.3, ⑦ 359.2, ⑧ 352.58, ⑩ 221.2, ⑫ 416.3, ⑬ 518.6, ⑲ 146
예르몰라예프(А. Ермолаев) ⑩ 574.3
예링펑(葉靈鳳) ⑥ 159.13, ⑦ 769.2, ⑨ 273.31, ⑩ 383.2, ⑮ 120.4
예브레이노프(Николай Николаевич Евреинов) ⑨ 274.34
예사오쥔(葉紹鈞) ⑧ 348.17, ⑫ 662.7, ⑬ 541.4
예사오취안(葉少泉) ⑲ 146
예성타오(葉聖陶) ⑬ 513.5, ⑭ 592.1, ⑯ 218.1, 362.1, ⑲ 146
예세닌(Сергей Александрович Есенин) ⑤ 204.9, 296.21, ⑥ 82.5, ⑨ 175.11, 479.17
예쑤중(葉溯中) ⑩ 582.1
예위안(葉淵) ④ 498.12, ⑲ 147
예위후(葉譽虎) ⑲ 147
예융전(葉永蓁, 예융친) ⑤ 436.1, ⑲ 147
예이츠(William Butler Yeats) ⑨ 282.116
예정평(祢正平) ⑧ 285.8
예쯔(葉紫) ⑦ 619.2, ⑧ 302.1, ⑮ 327.1, 443.1, ⑲ 147
예찬(倪瓚) ⑬ 553.13, ⑰ 62.110
예추페이(葉鋤非) ⑲ 148
예츠(Ец Иосиф Михайлович) ⑨ 531.7
예푸런(葉譜人) ⑲ 148
예피모프(Борис Ефимович Ефимов) ⑮ 329.4
예한장(葉漢章) ⑲ 148

옌간위안(閻甘園) ⑲148
옌더(彥德) ⑤233.22
옌리민(顔黎民) ⑲148
옌센(Johannes V. Jensen) ⑨286.156
옌수탕(燕樹棠) ④231.11
옌슈(嚴修) ⑭79.5, ⑲148
옌위밍(燕遇明) ⑲148
옌유링(嚴又陵) ⑥267.25 → 옌푸(嚴復)
옌지다오(嚴幾道) ⑥264.6 → 옌푸(嚴復)
옌지덩(嚴旣澄) ⑭90.1
옌지청(嚴旣澄) ⑲148
옌쭝린(閻宗臨) ⑲148
옌푸(嚴復; 옌유링嚴又陵) ①49.4, 429.2, ⑥98.2, ⑦401.3, 715.8, ⑧472.2, ⑨31.5
오가와 다마키(小川環樹) ⑲149
오가와 다쿠지(小川琢治) ⑩55.15
오건(吳騫) ④76.15
오견인(吳趼人) ⑩329.3
오공(吳公) ⑫121.5
오관(吳寬) ⑫195.2
오그네프(Николай Огнев) ⑥140.4
오다 가이센(小田海僊) ③148.26, ③251.24
오다 다케오(小田嶽夫) ⑲149
오를로프(Орловы) ①180.95
오무라 세이가이(大村西崖) ⑭601.1
오바라 에이지로(小原榮次郞)(Obara Eijiro, O.E.) ⑨204.1, ⑲149
오바타 유키치(小幡酉吉) ①426.4
오브루체프(Владимир Афанасьевич Обручев) ⑩54.13
오사카 겐지(小阪狷二) ⑰627.20, ⑲149
오삼계(吳三桂) ⑦178.10, ⑧795.6
오세 게이시(尾瀬敬止) ④432.10, ⑨478.3, ⑫545.3
오숙(吳淑) ⑫183.3
오스트로우모바-레베데바(Анна Петровна Остроумова-Лебедева) ⑨566.9
오여륜(吳汝綸) ⑥267.29
오역(吳棫) ⑫57.19
오옥진(吳玉搢) ⑪438.17
오우여(吳友如) ③251.23, ⑤34.6, ⑥159.11, ⑧269.33, ⑨549.7, ⑩545.5, ⑬569.5, ⑭512.3
오자량(吳子良) ⑫72.17
오자목(吳自牧) ①236.12
오자서(伍子胥) ⑦328.7, ⑨222.3
오자키 호쓰미(尾崎秀實) ⑲149
오증(吳曾) ⑫289.17
오창령(吳昌齡) ⑥127.7, ⑪418.30, ⑬553.8
오카구치 소지(岡口宗司) ⑫698.3
오카다 도쿠코(岡田德子) ⑲149
오카모토 시게루(岡本繁) ⑲149
오카 센진(岡千仞) ⑤427.8
오카자와 히데토라(岡沢秀虎) ⑫557.24
오켄(Lorenz Oken) ①51.18
오타 우노스케(太田宇之助) ⑲150
옥계생(玉谿生) ⑮415.3
온루(蘊儒) ④84.2
올포트(F. H. Allport) ⑩366.11
옹방강(翁方綱) ⑩137.2

와다 쓰나시로(和田維四郎) ⑩ 54.15
와다 히토시(和田齊) ⑲ 150
와일드(Oscar Wilde) ① 285.23, ⑦ 366.7, ⑧ 350.37, 533.7
와츠(George Frederic Watts) ⑨ 460.9
와키미즈 데쓰고로(脇水鐵五郎) ⑲ 150
와타나베 요시토모(渡邊義知) ⑲ 150
와트(James Watt) ① 77.58
완구찬(萬古蟾) ⑮ 626.1
완규생(阮葵生) ⑪ 437.16
완대성(阮大鋮) ⑮ 454.1
완란(畹蘭) →어우양란(歐陽蘭)
완사종(阮嗣宗) ⑧ 241.7
완안량(完顏亮) ① 237.18
완안종필(完顏宗弼) ④ 151.4
완원(阮元) ① 302.10, ⑩ 121.8, ⑫ 37.25
완적(阮籍) ⑤ 177.45, ⑪ 170.8, ⑫ 270.2, ⑬ 44.3
완팡(萬方) ⑲ 150
완푸(萬璞) ⑬ 72.5
완효서(阮孝緖) ⑧ 429.8
완후이(萬慧) ⑲ 150
왕검(王儉) ⑧ 429.7
왕광(王匡) ④ 27.12
왕구이쑨(王珪孫) ⑲ 150
왕궈웨이(王國維) ① 561.12, ⑤ 231.5, ⑥ 127.5, ⑬ 553.10
왕기(王圻) ⑫ 255.7
왕너(王訥) ① 488.3, ⑩ 169.7
왕 노부인(王老太太) ⑲ 150
왕다런(汪達人) ⑲ 150
왕다셰(汪大燮) ⑲ 151
왕도(王圖) ⑧ 576.45
왕도(王韜) ⑩ 545.4, ⑪ 579.75, ⑭ 301.1
왕도(王導) ⑪ 130.27
왕두칭(王獨淸) ⑤ 199.2
왕둬중(王鐸中) ⑲ 151
왕량(王亮) ⑲ 151
왕런메이(王人美) ⑥ 186.6
왕런산(王仁山) ⑲ 151
왕런수(王任叔) ⑲ 151
왕루옌(王魯彦) ⑧ 352.57
왕리위안(汪立元) ⑲ 151
왕린(王林) ⑲ 151
왕마오룽(王懋熔) ⑲ 151
왕마오쭈(汪懋祖) ④ 124.4, ⑦ 665.3, 681.3, ⑬ 131.4, 640.5
왕망(王莽) ⑦ 320.9
왕멍바이(王夢白) ⑨ 550.15
왕멍자오(王孟昭) ⑲ 152
왕무(王楙) ⑫ 249.2
왕문태(汪文台) ⑫ 184.8
왕밍주(汪銘竹) ⑲ 152
왕바오량(王寶良) ⑲ 152
왕발(王勃) ① 484.2
왕방경(王方慶) ⑪ 179.80
왕백후(王伯厚) ⑩ 143.21
왕보샹(王伯祥) ⑮ 311.1, ⑯ 218.2, ⑲ 152
왕봉(王鳳) ④ 27.12
왕사(王奢) ⑫ 137.13
왕사성(王士性) ⑦ 612.9
왕사진(王士禛) ① 239.31
왕사현(王士賢) ⑫ 249.3

왕상지(王象之) ⑫ 310.4
왕샤오라이(王孝籟) ⑭ 619.3
왕샤오츠(王孝慈) ⑩ 650.2, ⑮ 164.1
왕서(王舒) ⑫ 191.8
왕세정(王世貞) ⑧ 266.10, ⑫ 168.23
왕셴전(王賢楨) ⑮ 250.1
왕소군(王昭君) ⑧ 280.5
왕수메이(王叔眉) ⑲ 152
왕수샤(汪曙霞) ⑲ 152
왕수인(王守仁) ④ 181.8
왕수쥔(王叔鈞) ⑰ 358.5, ⑲ 152
왕수탕(汪書堂) ⑲ 152
왕수헝(王書衡) ⑲ 153
왕순친(王順親) ⑬ 151.1, ⑲ 153
왕쉬추(汪旭初) ⑲ 153
왕스웨이(王實味) ⑲ 153
왕스전(王士珍) ⑦ 426.13
왕스제(王士桀) ④ 313.7
왕스제(王世杰) ④ 232.16
왕스첸(王式乾) ⑲ 153
왕시(汪希) ⑬ 442.10
왕시란(王錫蘭) ⑲ 153
왕시리(王希禮) ⑭ 51.2
왕시즈(王熙之) ⑭ 621.1, ⑲ 153
왕아화(王阿花) ⑲ 154
왕안석(王安石) ⑦ 320.10, 596.8, ⑧ 153.3, ⑨ 424.5, ⑪ 302.66
왕야핑(王亞平) ⑲ 154
왕약허(王若虛) ⑧ 64.5
왕연(王衍) ⑪ 173.27
왕예추(王冶秋) ⑮ 685.5, 750.1, ⑲ 154
왕완(汪琬) ⑪ 180.94
왕왈정(王曰楨) ① 302.13
왕왕핑(王望平) ⑲ 154
왕원슈(王文修) ⑲ 154
왕웨이바이(王維白) ⑲ 154
왕웨이천(王維忱) ⑲ 154
왕위안팡(汪原放) ① 574.2, ④ 383.5, ⑭ 380.3
왕위치(王余杞) ⑭ 283.1, ⑲ 155
왕위허(王育和) ⑥ 388.14, ⑭ 371.1
왕위허(王育和) ⑲ 155
왕윈루(王蘊如) ⑲ 155
왕윈우(王雲五) ⑭ 369.2, 397.1
왕유(王槱) ⑲ 156
왕유더(王有德) ⑲ 156
왕유산(王幼山) ⑲ 156
왕유융(王又庸) ⑲ 156
왕응린(王應麟) ⑫ 183.2
왕이강(王以剛) ⑲ 156
왕이보(王夷甫) ⑧ 241.11
왕인첨(王仁瞻) ⑱ 91.10
왕일(王逸) ① 49. 7, ⑫ 95.6
왕잉샤(王映霞) ⑬ 409.1, ⑭ 192.4, 284.1, ⑲ 156
왕자오(王照) ⑧ 157.39, 223.3
왕자오딩(王肇鼎) ⑬ 226.3
왕적(王績) ⑫ 287.5
왕전(汪震) ⑲ 156
왕전쥔(王振鈞) ⑲ 157
왕정쉬(王正朔) ⑯ 181.1, ⑲ 157
왕정의(王正誼) ④ 98.11
왕정진(王正今) ⑲ 157
왕제싼(王捷三) ⑲ 157

왕젠위(汪劍餘) ⑲157
왕주(王鑄) ⑨330.2, ⑲157
왕주링(王九齡) ⑬81.2, 88.4
왕중런(王仲仁) ⑲157
왕중유(王仲猷) ⑲157
왕줘한(王倬漢) ⑲157
왕쥔즈(王君直) ⑲158
왕쥔추(王鈞初) ⑮697.2, 738.1, ⑲158
왕즈링(汪之靜) ⑧353.68
왕즈싼(王植三) ⑲158
왕즈즈(王志之) ⑭436.1, ⑮36.1, 717.1, ⑲158
왕즈헝(王志恒) ⑲158
왕진먼(汪金門) ⑲158
왕진추(王鈞初) ⑮153.3, ⑯53.1
왕진파(王金發) ①406.13, ③229.16, ④200.19, ⑩530.5
왕징쉬안(王敬軒) ⑧115.6
왕징스(王菁士) ⑭275.1
왕징시(汪敬熙) ⑧348.15, ⑮472.1
왕징웨이(汪精衛) ⑦174.10, 309.7, ⑨511.10
왕징즈(汪靜之) ①568.2, ③258.2, ⑬513.8, ⑲158
왕징칭(王鏡淸) ⑲158
왕짜오저우(王造周) ⑲159
왕쭝청(王宗城) ⑲159
왕쭤차이(王佐才) ⑲159
왕쯔위(王子餘) ⑲159
왕차오난(王喬南) ⑭312.1, ⑲159
왕창(王昶) ⑩121.5
왕춘치(汪春綺) ⑲159
왕칭양(王晴陽) ⑲159
왕쿠이(王葵) ⑲159
왕탁(王晫) ⑪180.93
왕퉁링(王桐齡) ④231.11, ⑲160
왕퉁자오(王統照) ⑬570.1, ⑯132.6, ⑲160
왕티루(王惕如) ⑲160
왕팡런(王方仁) ⑨183.8, 270.3, ⑬409.5, ⑭285.1, 349.3, ⑮401.3, ⑲160
왕포(王褒) ⑫167.16
왕푸취안(汪馥泉) ⑥229.4, ⑫417.5, ⑭280.1, ⑲160
왕피모(王丕謨) ⑬483.9
왕핀칭(王品靑) ④259.13, 423.21, ⑨151.10, ⑩290.25, ⑬300.7, 685.2, ⑲160
왕필(王弼) ⑤175.36
왕핑링(王平陵) ⑦31.10
왕핑화(王屛華) ⑲161
왕한팡(王翰芳) ⑲161
왕함(王含) ⑫190.7
왕허자오(王鶴照) ⑬525.6
왕화(汪莅) ⑯47.5
왕화추(王畵初) ⑲161
왕환유(王煥猷) ⑲161
왕휘조(汪輝祖) ⑫184.14
왕희지(王羲之) ①561.10
외르스테드(Hans Christian Ørsted) ①77.54
요네카와 마사오(米川正夫) ⑨284.140, ⑫602.6
요다 도요반(與田豊蕃) ⑲161

요숭(姚崇) ⑨428.11
요시다 도쿠지(吉田篤二) ⑲161
요시오카 쓰네오(吉岡恒夫) ⑲162
요시자와 겐키치(芳澤謙吉) ⑥312.4, ⑦136.4, ⑨556.3
요시테루 아소(麻生義輝) ⑫703.5
요영(姚瑩) ⑫250.8
요지인(姚之駰) ⑫184.6
요코야마 겐조(横山憲三) ⑲162
우(禹) ③323.12
우다이추(吳待秋) ⑨550.15
우더광(吳德光) ⑲162
우딩창(吳鼎昌) ⑬483.14
우랑시(吳郎西) ⑧585.7, ⑮769.1, ⑯128.1, ⑲162
우레이촨(吳雷川) ⑲162
우루가와(宇留川) ⑲163
우리푸(伍蠡甫) ⑯56.1
우만스키(Константин Уманский) ⑥322.4
우무(尤袤) ⑫243.4
우문화급(宇文化及) ⑭575.2
우미(吳宓) ①339.23, 554.2, ⑤44.6, ⑥161.24, 358.9, ⑩312
우바오런(吳葆仁) ⑲163
우보(吳渤) ⑭574.1, ⑮721.1, ⑲163
우보(虞溥) ⑫200.5
우보춘(伍博純) ⑲163
우빙청(吳秉成) ⑲163
우생학(Eugenics) ①219.11
우수탕(伍叔儻) ⑲163
우수톈(吳曙天) ⑲164
우승유(牛僧孺) ⑩202.9
우시루(吳奚如) ⑲164
우시와카마루(牛若丸) ⑱267.72
우야마세이(鄔山生) ⑱237.38
우에노 요이치(上野陽一) ⑫683.1, ⑰129.86
우에다 빈(上田敏) ⑫449.13
우에다 스스무(上田進) ⑧473.7, ⑮603.11
우예(虞預) ⑫188.9
우원치(吳文祺) ⑯218.1
우웨촨(吳月川) ⑲164
우위(吳虞) ⑲164
우위수아이(吳玉帥) → 우페이푸(吳佩孚)
우이뎨(烏一蝶) ⑲164
우자전(吳家鎮) ⑲164
우적(于逖) ⑫334.1
우중상(虞仲翔) ③170.14
우중원(伍仲文) ⑲164
우즈후이(吳稚暉) = 우즈라오(吳稚老) ①405.4, 440.13, ④168.12, 279.2, ⑤91.17, 204.5, 238.7, ⑥56.25, ⑦156.8, 181.2, ⑧157.40, 527.9, ⑨174.6, 511.3, ⑲165
우지싱(吳季醒) ⑲165
우집(虞集) ⑪435.5
우징쑹(吳景崧) ⑲165
우징푸(吳敬夫) ⑲165
우쭈샹(吳組緗) ⑯311.5, 329.3
우창쉬(吳昌碩) ①285.26
우청(吳澂) ⑮54.4
우청스(吳承仕) ⑮189.3

우청쥔(吳成鈞) ⑲ 165
우취안(吳瞿安) ⑩ 247.4
우치야마 가키쓰(內山嘉吉) ⑮ 72.2, 439.6, ⑯ 275.1, ⑲ 165
우치야마 간조(內山完造) ⑥ 397.2, ⑦ 543.9, ⑨ 578.1, ⑭ 358.2, ⑯ 248.1, ⑲ 165
우치야마 마쓰모(內山松藻) ⑲ 166
우치야마 미키(內山美喜) ⑲ 166
우치야마 아카쓰키(內山曉) ⑲ 166
우치야마 우즈라(內山鶉) ⑲ 166
우타가와 도요하루(歌川豊春) ⑱ 266.71
우타가와 히로시게(歌川広重) ⑯ 299.5
우톄청(吳鐵城) ⑦ 305.4
우토(宇都) ⑲ 167
우팡허우(吳方侯) ⑲ 167
우페이푸(吳佩孚) ④ 243.4, 400.21, ⑬ 197.2
우푸자이(吳復齋) ⑲ 167
우희(虞喜) ⑩ 149.5, ⑫ 190.2
워싱턴(George Washington) ① 74.25, ③ 204.30
원경(元景) ① 348.10
원고(轅固) ⑫ 58.28
원광도(袁宏道) ⑥ 432.3, ⑨ 198.13, ⑮ 201.3
원교(袁郊) ⑫ 278.9
원교진일(員嶠眞逸) ⑩ 121.11
원궁즈(文公直) ⑦ 553.10, ⑲ 167
원매(袁枚) ⑧ 457.8, ⑪ 575.29
원무애(袁無涯) ⑩ 223.4
원수동(袁守侗) ⑧ 79.8
원앙(袁盎) ⑫ 122.16
원왕(元王) 교(交) ⑫ 135.1
원우령(袁于令) ⑪ 355.62
원위안모(文元模) ⑬ 148.3
원유산(元遺山) ⑧ 64.2
원자재(袁子才) ⑦ 334.4
원제(元帝) ⑫ 223.3
원중랑(袁中郎) ⑦ 630.5, ⑧ 244.26, 312.3, → 원광도(袁宏道)
원진(元稹) ⑧ 430.19
원쯔촨(溫梓川) ⑲ 167
원타오(溫濤) ⑲ 167
원헌(原憲) ⑫ 271.12
원황(袁黃) ② 310.2
월리스(Alfred Russel Wallace) ① 51.19, 75.33
월턴(Izaak Walton) ⑨ 439.6
웨이란(魏蘭) ⑲ 168
웨이멍커(魏猛克) ⑧ 53.7, ⑮ 81.7, 107.2, ⑲ 168
웨이성(未生) ⑬ 467.6, → 궁바오취안(龔寶銓)
웨이스(Ruth Weiss, 중국명 魏璐詩) ⑲ 168
웨이쑤위안(韋素園) ④ 431.2, 465.3, ⑧ 100.1, 355.81, ⑨ 158.15, 409.16, ⑩ 619.6, ⑫ 481.28, ⑬ 33.3, 677.1, ⑮ 685.6, ⑱ 112.22, ⑲ 168
웨이이란(韋伊蘭) ⑲ 169
웨이자오치(魏兆淇) ④ 490.5, ⑲ 169
웨이제싼(韋傑三) ⑩ 324.3
웨이젠궁(魏建功) ⑧ 643.8, ⑩ 221.1, ⑫ 279.14, ⑬ 435.2, 685.1, ⑭ 245.3, ⑲

169
웨이진즈(魏金枝) ⑥ 86.6, ⑧ 353.70, 399.10, 494.2, ⑲ 169
웨이충우(韋叢蕪) ⑧ 101.2, ⑨ 157.11, ⑫ 481.28, ⑬ 33.2, 415.2, ⑭ 499.2, ⑲ 170
웨이푸란(魏馥蘭) ⑩ 384.7
웨이푸멘(魏福綿) ⑲ 170
웰스(H. G. Wells) ④ 432.16, ⑤ 468.10
웹스터(Noah Webster) ⑥ 54.10
위견(韋堅) ⑫ 295.4
위고(Victor Marie Hugo) ① 373.27, ⑦ 309.7, ⑨ 138.3, 4, ⑮ 447.7
위곡(韋穀) ⑫ 331.23
위관(衛綰) ⑫ 151.1
위굉(衛宏) ⑫ 56.11
위녠위안(俞念遠) ⑲ 171
위다푸(郁達夫) ④ 212.16, ⑤ 280.13, ⑦ 30.3, ⑫ 570.26, ⑬ 267.4, 780.4, ⑲ 171
위루이(余瑞) ⑲ 171
위르장(余日章) ⑰ 273.97, ⑲ 172
위맹(韋孟) ⑫ 136.4
위무타오(余慕陶) ⑦ 386.4
위밍(俞明) ⑮ 54.3
위밍전(俞明震) ③ 204.28, ⑲ 172
위보잉(俞伯英) ⑲ 172
위수더(于樹德) ⑬ 192.4
위수자오(虞叔昭) ⑲ 172
위슈윈(虞岫雲) ⑦ 366.10, 755.13
위쑹화(俞頌華) ⑲ 172
위안무즈(袁牧之) ⑲ 172
위안스카이(袁世凱) ① 324.2, ③ 230.22, ⑤ 131.15, ⑥ 352.5, ⑦ 142.3, ⑧ 182.4, ⑰ 69.121, ⑲ 172
위안시타오(袁希濤) ⑤ 233.18, ⑭ 74.2
위안원써우(袁文藪) ⑲ 173
위안위린(袁毓麟) ⑬ 445.7
위안즈셴(袁志先) ⑲ 173
위안쩡(源增) ④ 274.5
위안타오안(袁匋盦) ⑲ 173
위연(魏延) ⑥ 555.5
위우헝(俞物恒) ⑲ 173
위위우(俞毓吳) ⑲ 173
위윈(俞韞) ⑲ 174
위인민(俞印民) ⑲ 174
위잉야(俞英崖) ⑲ 174
위장(韋蔣) ⑦ 315.5
위장유(韋長孺) ⑩ 320.15
위즈퉁(余志通) ⑲ 174
위징(魏徵) ⑪ 40.35
위짜오(俞藻) ⑲ 174
위쭝제(俞宗杰) ⑲ 174
위첸싼(俞乾三) ⑬ 457.4, ⑲ 174
위충현(魏忠賢) ① 381.8, ⑦ 177.3, 178.8, ⑧ 576.49, ⑩ 527.7, ⑭ 491.1
위판(玉帆) ⑲ 174
위팡(俞芳) ⑬ 151.1, 649.2, ⑮ 525.1, ⑲ 175
위펀(俞芬) ⑬ 151.1, 649.2, ⑲ 175
위페이화(余沛華) ⑲ 175
위푸(俞復) ① 198.4, 440.13
위핑보(俞平伯) ⑧ 348.11, ⑮ 472.4, ⑲ 175

위한장(虞含章) ⑲175
위헤이딩(于黑丁) ⑲175
위화(郁華) ⑲175
위훙모(兪鴻模) ⑲176
윈성(芸生) ⑥347.3
윈톄차오(惲鐵樵) ⑮151.8
윌리엄스(Samuel Wells Williams) ④ 424.30
윌슨(Woodrow Wilson) ⑫512.4
유경정(柳敬亭) ⑪821.2
유곡원(兪曲園) ⑬566.5
유곤일(劉坤一) ③205.40
유기(劉祁) ⑧64.6
유기(劉奇) ⑨428.10
유량(庾亮) ⑫187.6
유령(劉伶) ①283.13, 418.3, ⑤177.46
유모쥔(尤墨君) ⑦727.2
유모토 규신(湯本求眞) ⑤426.3
유방(劉邦) ①505.6, ⑦586.7, ⑧39.18
유백온(劉伯溫) ⑬109.11
유부(劉斧) ⑪318.1
유빙(庾冰) ⑫188.8
유빙치(尤炳圻) ⑲176
유속(劉餗) ⑫287.8
유수인(柳樹人) ⑲176
유스타키오(Eustachios) ①50. 10
유시중(劉時中) ①348.12
유악(劉鶚) ⑪766.59
유안(劉安) ⑫139.27
유언화(劉彦和) ⑩496.4
유우석(劉禹錫) ⑫352.4
유월(兪樾) = 곡원(曲園) 선생 ⑩121.14, ⑭180.1, 185.1, ⑰601.38
유위(幼漁) ⑬581.1, → 마위짜오(馬裕藻)
유윈바이(游允白) ⑲176
유유워쓰(悠悠我思) = 천다치(陳大齊) ⑬ 489.3
유응부(兪應符) ⑦611.8
유의경(劉義慶) ⑧429.10, ⑪134.63
유정섭(兪正燮) ⑧266.9
유종원(柳宗元) ⑤268.13, ⑧153.3
유중화(兪仲華) ③171.26
유지(劉智) ⑫202.5
유지기(劉知幾) ⑪81.15
유침(庾琛) ⑫190.3
유평국(劉平國) ⑩301.6
유향(劉向) ①49.7, 238.25, ③149.32, ④221.6, ⑪38.13
유헌(遺獻) ⑧64.3
유헝(有恒) → 스유헝(時有恒)
유현덕(劉玄德) ④275.7
유협(劉勰) ①174.19, ⑤182.67, ⑦ 410.3, ⑫36.18
유효표(劉孝標) ⑧429.10, ⑨197.11
유후(劉昫) ⑧428.5
유흠(劉歆) ④221.6, ⑧155.23, ⑫ 137.18, 171.34
유희(劉熙) ⑫36.20
육기(陸機) ①419.7, ③134.8, ⑤170.15, ⑦574.2, ⑫223.2
육방옹(陸放翁) ⑦328.6
육수부(陸秀夫) ⑦331.6
육심원(陸心源) ④75.10, ⑫244.18
육(陸)씨 형제 ⑨197.6

육용(陸容) ⑩ 301.2
육우(陸羽) ⑪ 43.52
육운(陸雲) ⑦ 574.2, ⑫ 270.2
육유(陸游) ④ 221.2
육채(陸采) ⑪ 225.27
윤가전(尹嘉銓) ⑮ 520.3
윤회일(尹會一) ⑧ 97.4
은예(殷藝) ⑧ 429.11
은운(殷芸) ⑪ 108.68
음시부(陰時夫) ④ 483.8
음옹(蔭翁) → 유월(俞樾)
의고현동(擬古玄同) ⑤ 469.19
이고(李翱) ⑦ 596.10
이공좌(李公佐) ⑧ 430.17
이광지(李光地) ⑧ 97.8, ⑪ 665.32
이궁(一工) → 황신보(黃新波)
이길보(李吉甫) ⑫ 295.1
이노우에 고바이(井上紅梅) ⑯ 262.1, ⑲ 177
이노우에 기노스케(井上禧之助) ⑩ 54.15
이노우에 쓰토무(井上勤) ⑫ 363.20
이노우에 요시로(井上芳郞) ⑲ 177
이농(意農) 백부 ⑰ 130.88, 369.9
이다 고헤이(井田孝平) ⑨ 278.79, ⑫ 570.26
이덕유(李德裕) ⑪ 243.23
이데우에 만이치로(出上万一郎) ⑯ 252.6
이라세크(Alois Jirásek) ⑫ 687.9
이뤄성(伊羅生) ⑱ 406.89, 426.29
이륙(二陸) ⑭ 200.7
이릉(李陵) ⑫ 139.26
이리부(伊立布) ⑲ 177
이림보(李林甫) ⑫ 295.3
이마무라 데쓰켄(今村鐵研) ⑯ 338.1, ⑲ 177
이마제키 텐포(今關天彭) ⑲ 178
이막(李邈) ⑫ 310.7
이밀(李密) ⑧ 527.7
이바녜스(Vicente Blasco Ibáñez) ④ 431.5, ⑤ 204.4, ⑥ 297.5, ⑦ 671.4, ⑨ 271.8, 623.5, ⑫ 648.5, ⑬ 530.3, ⑮ 171.7
이바노프(Всеволод Вячеславович Иванов) ⑥ 140.4, ⑧ 44.2, ⑨ 485.11, ⑩ 470.3, ⑫ 569.16, ⑮ 480.11
이방(李昉) ⑪ 266.4
이백(李白) ⑧ 312.6
이백원(李伯元) ⑩ 329.4, ⑬ 555.2
이베이지(易培基) ④ 344.6
이복언(李復言) ⑫ 310.6
이부손(李富孫) ⑦ 353.4
이빈(伊法爾, A. A. Ивин) ⑲ 178, ⑨ 281.107, 409.15
이삼재(李三才) ⑧ 576.45
이선(李善) ⑫ 138.23, 233.3
이솝(Aesop) ⑦ 280.9, ⑧ 391.9
이시이 마사요시(石井政吉) ⑲ 178
이시진(李時珍) ⑥ 446.2
이시카와 한잔(石川半山) ⑲ 178
이신(李紳) ⑪ 224.20, ⑫ 296.13
이쌍(柴桑) ⑫ 270.2
이아(李娥) ③ 250.14
이어(李漁) ⑧ 457.7
이연년(李延年) ⑫ 152.6

이옹(李邕) ⑬553.12
이와나미 시게오(岩波茂雄) ⑲178
이와노 호메이(岩野泡鳴) ⑬535.5
이와사키 아키라(岩崎昶) ⑥297.2
이우(李尤) ⑫167.16
이우관(李又觀) ⑲178
이육여(李毓如) ⑭541.4
이이곡(李二曲) ①271.5
이인춘(易寅村) ⑲179
이일화(李日華) ⑮201.3
이입옹(李笠翁) ⑩545.2
이자(易嘉) → 취추바이(瞿秋白)
이자명(李慈銘) ④398.3, ⑪771.85
이자성(李自成) ①382.13, ④42.13, 238.6, ⑥432.6, ⑦178.4
이자웨(易家鉞) ⑭259.3
이장길(李長吉) = 이하(李賀) ⑦327.4, ⑬454.10
이제옹(李濟翁) ③249.2
이젠눙(李薦儂) ⑲179
이지즈(李濟之) ⑲179
이천(逸塵) → 쉬광핑(許廣平)
이청(李淸) ⑪180.91
이치카와 세이네이(市河世寧) ⑨429.22
이케다 유키코(池田幸子) ⑲179
이쿠타 조코(生田長江) ⑫449.16, 690.2
이타가키 다카오(板垣鷹穗) ⑭139.1
이탁오(李卓吾) ①218.2, ⑩223.3
이태백(李太白) ⑦327.3
이토 가쓰요시(伊藤勝義) ⑲179
이토 다케오(伊藤武雄) ⑲179
이토 도요사쿠(伊東豊作) ⑲180
이페이지(易培基) ⑩312.2, ⑬88.4, ⑭183.2
이필(李泌) ⑩202.10, ⑫288.11
이핑(衣萍) → 장훙시(章鴻熙)
이하(李賀) ①251.2, ⑧155.25, ⑫330.7, ⑮394.1
이하라 사이카쿠(井原西鶴) ⑭154.1
이홍장(李鴻章) ①283.10, ⑥513.4
인겅(尹庚) ⑲180
인모(尹默) ⑬491.4, → 선인모(沈尹默)
인반생(寅半生) ⑥160.18
인베르(Вера Михайловна Инбер) ⑫605.28
인상여(藺相如) ⑫166.4
인쭝이(尹宗益) ⑲180
인푸(殷夫) ⑥134.2, ⑬390.9
인한저우(尹翰周) ⑲180
일리코프(Василий Павлович Ильенков) ⑫640.44
임방(任昉) ⑪133.55, ⑫136.5
임안(任安) ⑫170.28
임월정(林樾亭) ⑩289.18
임위장(任渭長) ⑥198.10
임칙서(林則徐) ⑤469.24, ⑥186.3
임포(林逋) ⑨222.5, 324.17
임홍(林洪) ⑩665.2
입센(Henrik Ibsen) ①104.21, 373.25, 453.3, ②372.4, ⑤279.7, ⑦627.10, ⑧110.10, 348.13, 422.4, ⑫524.4
잉굴로프(Сергей Борисович Ингулов) ⑫617.5
잉글랜더(A. L. Englaender) ⑥99.7

잉슈런(應修人) ⑯ 283.2, ⑲ 180
잉양(盈昂) ⑲ 180

【ㅈ】

자더야오(賈德耀) ④ 357.2
자란(子蘭) ⑧ 574.29, ⑫ 94.5
자로(子路) ⑬ 47.2
자룽(子隆) ⑩ 143.15
자먀친(Евгений Иванович Замятин) ⑫ 602.3
자멘호프(Lazar Ludwik Zamenhof) ① 488.5
자사(子思) ⑫ 72.16
자수리치(Вера Ивановна Засулич) ⑨ 279.86
자여씨(子輿氏) → 맹자(孟子)
자오광샹(趙廣湘) ⑫ 640.41, ⑲ 181
자오난러우(趙南柔) ⑲ 181
자오다이원(趙戴文) ⑦ 426.11
자오단뤄(趙丹若) ⑲ 181
자오더(趙德) ⑲ 181
자오멘즈(招勉之) ⑩ 320.5, ⑲ 181
자오빙중(趙秉忠) ⑲ 181
자오사오허우(趙少侯) ⑲ 182
자오쉰보(趙循伯) ⑤ 403.3
자오쑹샹(趙松祥) ⑲ 182
자오얼쉰(趙爾巽) ⑨ 350.6
자오웨(趙越) ⑲ 182
자오위안런(趙元任) ⑧ 121.4
자오이천(趙貽琛) ⑩ 298.6
자오인탕(趙蔭棠) ⑨ 388.5, ⑲ 182
자오자비(趙家璧) ⑧ 753.2, ⑭ 441.1, ⑮ 49.1, 444.1, ⑲ 182
자오중한(昭宗漢) ⑦ 585.3
자오즈위안(趙之遠) ⑲ 182
자오징선(趙景深) ⑥ 212.2, ⑦ 386.4, ⑨ 280.102, 590.3, ⑭ 186.1, ⑮ 793.1, ⑱ 121.32, ⑲ 183
자오쯔청(趙自成) ⑬ 606.2, ⑲ 183
자오취안청(趙泉澄) ⑲ 183
자오츠핑(趙赤坪) ⑲ 183
자오치원(趙其文) ⑬ 606.1
자오칭하이(趙清海) ⑲ 183
자오펑허(趙風和) ⑲ 183
자오한칭(趙漢卿) ⑲ 183
자오허녠(趙鶴年) ⑲ 183
자이융장(翟永章) ⑲ 184
자이융쿤(翟永坤) ⑬ 675.1, ⑭ 44.1, ⑲ 184
자이줴췬(翟覺群) ⑲ 184
자이펑롼(翟鳳鸞) ⑲ 184
자일스(Giles) ⑯ 375.1
자하(子夏) ③ 250.15, 431.2
자화(賈華) ⑲ 184
자희태후(慈禧太後) ⑥ 423.5, ⑦ 733.3
잔탕(展堂) → 후한민(胡漢民)
'잔혹한 천재' ⑨ 157.4
잔훙(詹虹) ⑲ 184
장징성(張競生) ⑭ 135.2
장계유(庄季裕) ④ 422.7
장공(張珙) ⑦ 592.4
장광젠(蔣光鑀) ⑬ 445.5
장광츠(蔣光慈) ⑤ 404.8, ⑥ 61.59, ⑦

257.33, ⑨ 286.152, ⑯ 316.3, ⑲ 184
장궈간(張國淦) ④ 98.8, ⑲ 185
장길(長吉) → 이하(李賀)
장다허(張達和) ⑲ 185
장대(張岱) ③ 171.22, ⑧ 571.10
장덕휘(張德輝) ⑧ 64.8
장돈이(張敦頤) ⑫ 352.5
장딩황(張定璜) ⑤ 337.19
장랑성(張閬聲) ⑲ 185
장량(張良) ⑬ 112.1
장량청(張亮丞) ⑲ 185
장렴경(張廉卿) ③ 205.35
장뢰(張耒) ⑩ 294.10
장루웨이(張露薇) ⑧ 514.4, ⑮ 713.6, 776.2, ⑲ 185
장루이짜오(蔣瑞藻) ⑫ 255.2
장뤄구(張若谷) ⑤ 454.5, ⑥ 398.10, ⑦ 187.2
장리(章烮) ⑲ 185
장마오천(章矛塵) ③ 252.32, ⑫ 279.12, ⑱ 53.71
장멍린(蔣夢麟) ④ 365.3, ⑭ 95.2, 184.1
장멍원(張孟聞) ⑤ 467.4, ⑩ 365.1, ⑲ 186
장멍핑(蔣孟平) ⑲ 186
장몐즈(張勉之) ⑲ 186
장무한(張目寒) ⑬ 843.2, ⑲ 186
장문성(張文成) ⑫ 279.11
장문원료(張文遠遼; 장료張遼) ③ 249.8
장바이리(蔣百里) ⑬ 522.8
장바이치(蔣百器) ⑲ 186
장방전(張邦珍) ⑲ 186
장방화(張邦華) ⑬ 445.2
장백행(張伯行) ⑧ 97.8
장보타오(張伯燾) ⑲ 186
장봉익(張鳳翼) ⑪ 230.64
장빙린(章炳麟) = 장타이옌(章太炎) ⑤ 295.9, ⑦ 203.6, 716.10, ⑧ 480.4, 673.14, 702.2, ⑨ 31.7, 311.2, ⑬ 463.4, ⑭ 492.4, ⑰ 69.120, 187.66, ⑲ 186
장빙싱(張冰醒) = 장빙신(張氷心) ⑭ 438.1, ⑲ 187
장사오위안(江紹原) ① 373.24, ⑤ 470.26, ⑨ 147.2, ⑫ 498.23, ⑬ 409.4, ⑭ 54.3, 58.1, ⑲ 187
장샤궁(江霞公) ⑤ 119.12
장샤오구(張曉谷) ⑲ 187
장샤오옌(章小燕) ⑲ 187
장샤오젠(江小鶼) ⑭ 306.1
장샤오톈(張曉天) ⑲ 187
장샹우(張襄武) ⑲ 187
장섭(張燮) ⑫ 249.4
장셰허(張協和) ⑲ 187
장셴페이(張先培) ① 571.3, ④ 357.4
장손무기(長孫無忌) ⑪ 40.34, ⑫ 287.7
장수하이(江叔海) ⑲ 188
장쉐량(張學良) ⑥ 312.5, 371.7, ⑦ 61.3, 92.8, 143.9, 149.5, 209.2
장쉐춘(章雪村) → 장시천(章錫琛)
장쉰(張勛) ② 92.2, ④ 308.37, ⑥ 352.6, ⑧ 270.36, ⑨ 285.150, ⑩ 276.2
장슈저(張秀哲) ⑤ 47.3, ⑲ 188
장슈중(張秀中) ⑲ 188

장스딩(章士釘) → 장스자오(章士釗)
장스란(張釋然) ⑲ 189
장스잉(章士英) ⑲ 189
장스자오(章士釗) ① 370.4, 374.33, 381.7, ③ 124.16, ④ 158.2, 180.2, 188.10, 198.2, 216.7, 230.3, 259.16, 377.2, ⑦ 737.2, ⑨ 147.3, ⑩ 245.8, ⑬ 88.3, 141.2, 661.7, ⑲ 189
장시레이(張錫類) ⑲ 189
장시룽(張錫榮) ⑲ 189
장시산(章錫珊) ⑲ 189
장시쩡(蔣希曾) ⑲ 189
장시천(章錫琛) ⑨ 125.7, ⑬ 39.4, 548.10, ⑭ 128.1, 231.5, ⑮ 753.1, ⑯ 41.5, ⑲ 189
장시타오(張希燾) ⑲ 190
장신난(張辛南) ⑲ 190
장신하이(張歆海) ④ 173.3
장실재(章實齋) ⑦ 334.4
장싱랑(張星烺) ⑬ 858.2
장싱옌(章行嚴) → 장스자오(章士釗)
장싼(張三) ⑲ 190
장쑹녠(張崧年) ④ 168.13
장쓰광(張死光) ⑲ 190
장(張)씨 부자 ⑦ 143.9
장야오샹(張耀翔) ⑨ 312.7, 313.9, ⑩ 237.2
장어(張諤) ⑲ 190
장옌췬(章演群) ⑲ 190
장왕(張望) ⑲ 190
장용(張龍) ④ 258.6
장우(章武) ⑲ 190
장워쥔(張我軍) ⑲ 190
장웨랑(江岳浪) ⑲ 190
장웨러우(張月樓) ⑲ 190
장웨이(章煒) ⑲ 191
장웨이차오(蔣維喬) ① 438.2, ③ 294.7, ⑤ 233.19
장위안지(張元濟) ⑧ 267.18, ⑰ 48.77
장위톈(蔣玉田) ⑲ 191
장윈수이(章運水) ③ 180.4
장유바이(張友柏) ⑲ 191
장유쑹(張友松) ⑲ 191
장융산(張永善) ⑲ 191
장융성(蔣庸生) ⑲ 191
장융청(張永成) ⑲ 191
장의(張儀) ④ 153.21
장이(張驛) ⑲ 191
장이(張頤) ⑬ 188.3, 716.4, 755.6
장이린(張一麐) ⑰ 286.5, ⑲ 191
장이즈(蔣抑卮) ⑬ 441.1, ⑲ 192
장이첸(蔣彝潛) ⑤ 232.6
장이핑(章衣萍) ⑨ 590.4, ⑬ 384.4, ⑭ 165.2, ⑲ 192
장익덕(張翼德) ⑨ 32.13
장잉(張影) ⑮ 471.1, ⑲ 192
장잉(張瑛) ⑲ 192
장자(莊子) = 장주(莊周) ⑦ 638.10, ⑫ 73.19, ⑮ 151.1
장자오쭝(江朝宗) ④ 432.13
장자팅(張稼庭) ⑲ 192
장작(張鷟) ⑥ 410.7, ⑨ 427.4
장전루(張眞如) ⑲ 193
장제(張介) ⑲ 193

장제메이(章介眉) ① 406.14, ⑲ 193
장제스(蔣介石) ⑥ 371.6
장종위안(章宗源) ⑫ 205.7
장주(莊周) = 장자(莊子) ① 419.5, ③ 447.2, 448.7
장주(張澍) ⑫ 211.3
장주좡(蔣竹莊) ⑲ 193
장중쑤(張仲素) ⑲ 193
장줘칭(張卓卿) ⑲ 193
장쥔제(張俊杰) ⑲ 193
장즈마이(張之邁) ⑭ 126.3, ⑲ 193
장즈성(張梓生) ⑦ 553.4
장즈장(張之江) ④ 343.5, 422.13
장즈핑(張致平) ⑮ 115.6, 224.3
장지(張繼) ⑮ 135.1
장지동(張之洞) ① 454.5, ④ 59.7, 260.24, ⑦ 429.8
장지보(張知甫) ④ 151.6
장진이(章靳以) ⑲ 193
장징량(張景良) ⑲ 193
장징루(張靜廬) ⑩ 572.2, ⑲ 194
장징성(張竟生) ⑤ 454.6, ⑬ 230.2
장징수(張靜淑) ④ 352.7
장징싼(蔣徑三) ⑤ 199.4, ⑫ 279.15, ⑯ 206.2, ⑱ 53.73, ⑲ 194
장징어(章景鄂) ⑲ 194
장징천(張靖宸) ⑲ 194
장징추(章警秋) ⑲ 194
장쭝창(張宗昌) ⑦ 502.7, ⑧ 424.22, ⑩ 457.15
장쭤린(張作霖) ③ 102.2, ⑤ 469.21, ⑦ 143.9, ⑫ 716.6, ⑭ 169.1
장쭤샹(張作相) ⑦ 100.7
장쯔성(張梓生) ⑮ 159.8, 305.1, ⑲ 194
장쯔창(張子長) ⑲ 195
장쯔치(蔣子奇) ⑲ 195
장쯔칭(章子靑) ⑲ 195
장쯔핑(張資平) ⑤ 448.16, ⑥ 73.2, ⑦ 254.11, ⑧ 798.3, ⑭ 501.3, 505.2, ⑯ 285.3
장창(張蒼) ⑫ 121.4
장처우(姜仇) ⑲ 195
장춘차오(張春橋) ⑲ 195
장춘팅(張春霆) ⑲ 195
장치(姜琦) ⑬ 502.4
장치황(張其鍠) ④ 400.23
장친(章嶔) ⑲ 195
장친쑨(張琴孫) ⑬ 465.1
장캉후(江亢虎) ⑧ 480.5
장커뱌오(章克標) ⑦ 365.2, ⑮ 201.4
장타오링(張桃齡) ⑲ 195
장타이옌(章太炎) ① 30. 3, ④ 153.19, ⑦ 491.3, ⑧ 481.12, → 장빙린(章炳麟)
장톄민(章鐵民) ⑲ 195
장톈이(張天翼) ⑥ 443.2, ⑭ 442.2, ⑲ 195
장팅지(章廷驥) ⑲ 196
장팅첸(章廷謙) ⑧ 353.67, ⑩ 224.1, ⑬ 358.1, 562.2, ⑲ 196
장팅푸(蔣廷黻) ⑲ 196
장파쿠이(張發奎) ⑭ 112.2
장패(張霸) ⑫ 57.16
장펑(江豊) ⑲ 196
장펑쥐(張鳳擧) ⑲ 197

장푸(張紱) ⑲ 197
장필(張泌) ⑥ 194.3
장핑장(張平江) ⑲ 197
장학성(章學誠) ⑪ 350.36
장헌수이(張恨水) ⑮ 161.1
장헌충(張獻忠) ① 294.12, 455.13, ④ 43.13, ⑦ 319.2, 564.3, ⑧ 243.19, 801.2, ⑫ 458.7
장협(張協) ⑫ 138.22
장호(張淏) ⑫ 193.2
장화(姜華) ⑲ 197
장화(張華) ⑫ 288.10
장황(張黃) ⑬ 531.6, → 장딩황(張定璜)
장황언(張煌言) ① 337.10, ④ 238.11
장회(張恢) ⑫ 122.13
장후(張翻) → 장쭤린(張作霖)
장후이(張慧) ⑮ 110.1, 257.1, 551.1, ⑲ 197
장후이충(張慧沖) ⑦ 100.8
장훙녠(蔣鴻年) ⑲ 198
장훙시(章鴻熙) ① 568.2, ⑨ 174.5, 311.4
재여(宰予) ⑤ 320.23
잭슨(Holbrook Jackson) ⑨ 461.14
저선생(褚先生) ⑫ 171.34
저소손(褚少孫) ⑫ 154.20
저우겅성(周鯁生) ④ 232.11, ⑬ 226.1
저우관우(周冠五) ⑲ 198
저우다펑(周大封) ⑲ 198
저우랑펑(周閬風) ⑲ 198
저우렁자(周楞伽) ⑲ 198
저우뤄쯔(周若子) ⑲ 198
저우류성(周柳生) ⑲ 198
저우리보(周立波) ⑯ 40.2, ⑲ 198
저우린(周琳) ⑲ 198
저우무자이(周木齋) ⑥ 370.2, ⑦ 31.11
저우미(周謐) ⑰ 181.56
저우볜밍(周辨明) ⑬ 188.2, 716.3, ⑲ 198
저우보차오(周伯超) ⑲ 198
저우빙셴(周秉銑) ⑲ 198
저우빙쥔(周秉鈞) ⑭ 580.1, ⑲ 198
저우샹밍(周向明) ⑲ 199
저우신메이(周心梅) ⑬ 499.1
저우싱난(周醒南) ⑲ 199
저우쑹디(周頌棣) ⑲ 199
저우양(周揚) ⑥ 347.2, ⑧ 696.27, ⑮ 645.10, ⑲ 199
저우예(周曄) ⑲ 199
저우원(周文) ⑲ 199, → 허구톈(何谷天)
저우위퉁(周予同) ⑲ 199
저우유즈(周友芝) ⑲ 200
저우인런(周蔭人) ⑬ 243.7, 761.8
저우잉(周穎) ⑮ 425.1, 688.2, ⑲ 200
저우자오젠(周昭儉) ⑲ 200
저우정푸(周正扶) ⑲ 200
저우젠(周健) ⑲ 200
저우젠런(周建人) ④ 424.35, ⑩ 269.13, ⑫ 497.19, ⑬ 174.6, 503.2, 504.2, ⑲ 200
저우젠잉(周劍英) ⑲ 202
저우쥐쯔(周鞠子) ⑯ 185.2, ⑲ 202
저우즈정(周志拯) ⑲ 202
저우즈추(周志初) ⑲ 203
저우진(周瑾) ⑲ 203
저우징쯔(周靜子) ⑬ 537.2, ⑲ 203

저우쭤런(周作人) ① 405.4, ⑨ 132.10, ⑬ 192.6, 445.9, 491.1, ⑰ 28.28, 461.8, ⑲ 203
저우쯔징(周子兢) ⑮ 230.3
저우쯔허(周子和) ⑲ 205
저우차오펑(周喬峰) ⑬ 459.7
저우창펑(周鏘鳳) ⑲ 205
저우춘서우(周椿壽) ⑨ 119.3
저우충(周沖) ⑰ 226.18, ⑲ 205
저우취(周蕖) ⑱ 380.46, ⑲ 205
저우취안(周權) ⑲ 205
저우츠스(周茨石) ⑭ 483.1
저우치잉(周起應) ⑫ 641.50, → 저우양(周揚)
저우칭판(周慶蕃) ③ 205.36, ⑬ 525.2
저우타오(周濤) ⑮ 467.6, ⑲ 205
저우타오쉬안(周陶軒) ⑲ 205
저우타오펀(鄒韜奮) ⑦ 398.5
저우타이쉬안(周太玄) ⑥ 213.5
저우펑성(周鳳升) ⑲ 206
저우펑얼(周豊二) ⑰ 467.11, ⑲ 206
저우펑이(周豊一) ⑰ 25.15, ⑲ 206
저우펑치(周鳳岐) ⑬ 271.5, 787.6, ⑲ 206
저우펑커(周鳳珂) ⑲ 206
저우푸칭(周福淸) ⑨ 132.5, ⑰ 50.81, ⑲ 206
저우하이잉(周海嬰) ⑱ 198.59, ⑲ 206
저인훠(褚人獲) ⑩ 294.6, ⑫ 310.5
적안산인(荻岸山人) ① 356.5
전겸익(錢謙益) ① 199.13, ⑧ 270.38, ⑫ 243.10, ⑭ 593.4
전금(展禽) ⑫ 153.15
전기(錢起) ⑧ 573.27
전단(田單) ⑦ 447.4
전대흔(錢大昕) ⑪ 436.7
전류(錢鏐) ⑥ 513.3
전무숙왕(錢武肅王) ⑭ 90.2
전병(田駢) ⑫ 74.23
전왕(錢王) ⑨ 222.2
전왕손(田王孫) ⑫ 136.9
전유(錢鏐) ⑫ 334.3
전융안(甄永安) ⑲ 207
전점(錢坫) ⑧ 156.27
전증(錢曾) ① 237.19, ⑩ 288.7, ⑪ 46.72, ⑫ 243.11
전태길(錢泰吉) ⑫ 244.14
'젊은이 아원'(孥孥阿文) → 선충원(沈從文)
정관(丁寬) ⑫ 136.9
정단(井丹) ⑫ 271.11
정대창(程大昌) ⑫ 332.25
정뎬(鄭奠) ⑭ 74.1, 183.3, 185.2, 206.3, ⑲ 208
정림(亭林) → 고염무(顧炎武)
정만(鄭鄤) ⑥ 508.3
정보치(鄭伯奇) ⑤ 378.13, ⑥ 60.52, ⑧ 303.4, ⑫ 556.21, ⑭ 409.1, ⑮ 444.1, ⑲ 208
정샤오관(鄭孝觀) ⑨ 315.1, ⑲ 208
정샤오쉬(鄭孝胥) ⑧ 167.2, ⑩ 563.3
정샤오쉰(鄭效洵) ⑲ 208
정샤오전(鄭小箴) ⑲ 208
정성공(鄭成功) ④ 238.11, 460.3
정쓰수이(鄭泗水) ⑲ 208
정양허(鄭陽和) ⑲ 208

정영(程榮) ⑫ 250.5
정예푸(鄭野夫) ⑭ 616.1, ⑲ 208
정일창(丁日昌) ① 241.42, ⑪ 546.60
정잉(鄭瑛) ⑮ 156.7
정자훙(鄭家弘) ⑲ 209
정전둬(鄭振鐸) ④ 475.2, ⑥ 127.3, ⑧ 460.4, 693.4, ⑨ 566.15, ⑪ 23.6, ⑫ 356.6, ⑬ 267.3, ⑭ 385.1, ⑮ 40.1, 449.2, 722.1, ⑲ 209
정정추(鄭正秋) ⑦ 585.2
정제스(鄭介石) ⑭ 70.1
정중모(鄭仲謨) ⑲ 209
정지(鄭績) ③ 250.13
정지진(鄭之珍) ⑧ 159.47
정초(鄭樵) ⑫ 58.27, 205.6, ⑭ 492.3
정톈팅(鄭天挺) ⑲ 209
정판교(鄭板橋) ⑦ 491.2, 630.5
정페이이(鄭佩宜) ⑲ 210
정해(鄭獬) ⑪ 358.81
정현(鄭玄) ⑩ 150.11, ⑫ 34.2, 202.4
정화(鄭和) ⑪ 466.30
제갈량(諸葛亮) = 공명(孔明) ④ 121.3, ⑦ 320.8, ⑮ 230.6
제갈회(諸葛恢) ⑫ 190.5
제너(Edward Jenner) ⑧ 199.2
제리코(Théodore Géricault) ⑩ 624.5
제스(介石) → 정뎬(鄭奠)
제임스(Henry James) ⑥ 198.6
제태(齊泰) ⑧ 266.11
젠셴아이(蹇先艾) ⑧ 351.51, ⑲ 210
조공무(晁公武) ⑫ 243.3
조공자(曹公子) ③ 432.8, 15
조구(趙構) ⑥ 180.17
조기미(趙琦美) ⑫ 245.24
조덕린(趙德麟) ⑪ 224.21
조맹덕(曹孟德) ⑧ 285.7
조보(趙普) ⑱ 91.10
조비(曹丕) ③ 389.2, ④ 124.4, ⑤ 170.16, ⑧ 399.8
조설지(晁說之) ⑧ 268.21
조소공(曹素功) ⑨ 276.62
조시첸코(Михаил Михайлович Зощенко) ⑥ 329.10, ⑫ 569.13
조식(曹植) ④ 124.5, ⑤ 171.17, ⑫ 138.21
조아(曹娥) ⑭ 122.1
조업(曹鄴) ⑩ 203.17
조여시(趙與峕) ⑪ 269.33, ⑫ 289.18
조여폐(趙與陛) ⑩ 121.10
조예(曹叡) ⑤ 171.18
조월(趙鉞) ⑫ 295.2
조인(曹寅) ⑪ 632.47
조자앙(趙子昂) ④ 305.13
조점(曹霑) ⑧ 672.10, ⑮ 180.1
조조(曹操) ⑤ 168.5, ⑦ 611.6, 612.10
조조(鼂錯) ⑫ 122.12
조줄랴(Ефим Давидович Зозуля) ⑫ 604.24
조충지(祖沖之) ⑪ 132.49
조헌(曹憲) ⑨ 198.14
조호(趙虎) ④ 258.6
조희명(趙曦明) ⑪ 663.13
존슨(Samuel Johnson) ⑥ 58.35, ⑫ 363.9

졸라(Émile Zola) ⑥ 439.4, ⑧ 532.6
종사당(宗社黨) ① 338.19
종성(鍾惺) ⑧ 575.41
종회(鐘會) ⑤ 181.65
좌언(左偃) ⑧ 308.8
좌종당(左宗棠) ① 283.10
좡스둔(庄士敦) ④ 259.15
좡이쉬(莊一栩) ⑲ 210
좡쩌쉬안(莊澤宣) ⑲ 210
좡치둥(莊啓東) ⑲ 210
좡쿠이장(莊奎章) ⑲ 210
좡한차오(莊漢翹) ⑬ 61.13
주가(朱家) ⑬ 61.11
주공(周公) ④ 181.10, ⑦ 378.3
주광첸(朱光潛) ⑧ 573.21
주궈루(朱國儒) ⑲ 211
주궈샹(朱國祥) ⑲ 211
주다난(朱大枏) ⑲ 211
주더만(Hermann Sudermann) ① 337.6
주도등(周道登) ④ 318.4
주디(朱迪) ⑲ 211
주라오 부자(朱老夫子) = 주시쭈(朱希祖) ⑭ 421.3
주량공(周亮工) ⑪ 385.26
주롄위안(朱聯沅) ⑲ 211
주류친(朱六琴) ⑲ 211
주린(洙鄰) = 서우펑페이(壽鵬飛) ⑬ 673.1
주문공(朱文公; 주희朱熹) ③ 180.2
주밀(周密) ① 236.13, ⑩ 297.2, ⑪ 300.46
주발(周勃) ⑫ 121.6
주부(主父) ① 500.3
주샤오취안(朱孝荃) ⑬ 483.8, ⑲ 211
주샹(朱湘) ⑦ 714.2, ⑨ 367.6
주서우헝(朱壽恒) ⑭ 56.2, ⑲ 211
주순수(朱舜水) ③ 214.7
주순창(周順昌) ⑧ 577.50
주순청(朱舜丞) ⑲ 211
주슈샤(祝秀俠) ⑦ 156.6, 10, ⑲ 212
주스푸(朱石甫) ⑲ 212
주시쭈(朱希祖) ⑬ 108.3
주신쥔(朱莘濬) ⑲ 212
주안(朱安) ⑬ 666.9, ⑭ 421.4, ⑲ 212
주야오둥(朱曜冬) ⑲ 212
주옌즈(朱炎之) ⑲ 212
주원장(朱元璋) ⑥ 162.32
주웨이샤(朱渭俠) ⑬ 467.5, ⑲ 212
주위커(朱玉珂) ⑲ 212
주윈칭(朱雲卿) ⑲ 212
주유시(朱幼溪) ⑩ 590.3
주이슝(朱一熊) ⑲ 212
주이존(朱彝尊) ① 240.35, ⑪ 777.1
주잉(祝穎) ⑬ 457.3
주잉펑(朱應鵬) ⑥ 141.8
주자오샹(朱兆祥) ⑲ 212
주자화(朱家驊) ⑤ 80.4, ⑬ 226.5, ⑭ 54.6, 84.10, 86.1, 2, 99.2, ⑰ 785.80, ⑲ 213
'주장'(主將) ⑤ 134
주조람(周兆藍) ③ 134.6
주종(周鍾) ⑧ 576.45
주준도(朱遵度) ⑫ 353.6
주즈신(朱執信) ⑬ 192.3
주지궁(朱積功) ⑲ 213

주지유(朱之瑜) ① 337.9, ④ 238.11
주지청(朱積成) ⑲ 213
주징저우(朱鏡宙) ⑲ 213
주짜오우(朱造五) ⑲ 213
주쯔칭(朱自淸) ⑭ 481.1, ⑲ 213
주첸즈(朱謙之) ① 525.2
주춘(朱淳) ⑲ 213
주치(孛兒只斤 朮赤) ⑤ 432.9
주치샤(朱企霞) ⑲ 213
주커밍(朱可銘) ⑲ 214
주티셴(朱湯先) ⑬ 455.3, ⑲ 214
주펑셴(朱蓬仙) ⑲ 214
주페이(朱斐) ⑭ 54.8, ⑲ 214
주학근(朱學勤) ⑫ 244.12
주환쿠이(朱煥奎) ⑲ 214
주후이황(朱輝煌) ⑲ 214
주훙유(祝宏猷) ⑲ 214
주희(朱熹) ③ 148.25, 180.2, ⑪ 226.42, ⑫ 57.20
중경(仲景) ⑤ 427.11
중궁쉰(鍾貢勛) ⑲ 215
중니(仲尼) → 공자(孔子)
중미(仲密) → 저우쭤런(周作人)
중부칭(鍾步淸) ⑲ 215
중산(中山) 선생 = 쑨중산(孫中山) ⑤ 28.5
중셴민(鍾憲民) ⑲ 215
중왕양(鍾望陽) ⑲ 215
중쥐안루(鍾娟如) ⑲ 215
중즈(炯之) → 선충원(沈從文)
중징원(鐘敬文) ⑭ 84.9, ⑲ 215
중쯔옌(鍾子岩) ⑲ 216
중칭항(鍾靑航) ⑲ 216
중푸(仲甫) → 천두슈(陳獨秀)
줘즈(卓治) → 웨이자오치(魏兆淇)
쥐제(句結) ⑦ 754.9
즈두이(之兌) → 류셴(劉峴)
즈팡(織芳) → 징유린(荊有麟)
증공(曾鞏) ⑧ 153.3
증공량(曾公亮) ⑪ 42.45
증국번(曾國藩) ① 283.10
증박(曾朴) ⑪ 770.79
지궁취안(冀貢泉) ⑲ 217
지노비예프(Григорий Евсеевич Зиновьев) ⑥ 114.9
지드(André Gide) ⑥ 439.3, ⑧ 514.5, ⑫ 723.1, ⑮ 295.1, 423.4
지로(Victor Giraud) ⑧ 758.3
지상(季上) = 쉬단(許丹) ⑬ 474.17
지샤오보(李小波) ⑲ 217
지성(至聖, 지성선사至聖先師) → 공자(孔子)
지예(霽野) → 리지예(李霽野)
지완취안(計萬全) ⑲ 217
지즈런(季志仁) ⑬ 430.2, ⑭ 266.1, ⑮ 89.2, ⑲ 217
지쯔추(季自求) ⑩ 153.3
지춘팡(李春舫) ⑲ 218
지톈푸(李天復) ⑲ 218
지푸(季茀) → 쉬서우창(許壽裳)
진개기(陳介祺) ④ 76.11, ⑮ 601.2
진경운(陳景雲) ⑫ 243.10
진계유(陳繼儒) ⑧ 307.2, ⑮ 242.2
진 군(金君) ⑲ 218
진념의(陳念義) ③ 171.24
진단(陳摶) ② 231.8

진딩(金丁) ⑲ 218
진량(金梁) ⑤ 231.4
진런(金人) ⑮ 527.3, ⑲ 218
진밍뤄(金溟若) ⑨ 275.52, ⑬ 392.2, ⑲ 218
진백평(陳伯平) ③ 228.11
진보 고토라(神保小虎) ⑩ 54.15
진섭(陳涉) ⑤ 307.8, ⑫ 111.1
진수(陳壽) ⑪ 349.31
진수쯔(金淑姿) ⑥ 508.2, ⑨ 190.1, ⑲ 219
진숙보(陳叔寶) ③ 250.20
진시황(秦始皇) ① 505.5, ⑦ 291.3, ⑧ 38.8
진신이(金心異) → 첸쉬안퉁(錢玄同)
진싱야오(金性堯) ⑮ 360.1, ⑲ 219
진우모(陳禹謨) ⑫ 250.7
진원룡(陳元龍) ③ 390.4
진원타이(金文泰) ⑤ 61.17
진유화(金有華) ⑲ 219
진자오예(金肇野) ⑮ 362.1, 476.1, ⑲ 219
진조범(陳祖範) ⑩ 301.7
진중윈(金仲芸) ⑲ 219
진진손(陳振孫) ⑫ 243.5
진태(陳泰) ④ 422.8
진판(金帆) ⑲ 220
진홍(陳鴻) ⑧ 430.18
진홍수(陳洪綬) → 노련(老蓮)
진회(秦檜) ⑦ 296.8
징쑹(景宋) → 쉬광핑(許廣平)
징완루(景萬祿) ⑲ 220
징유린(荊有麟) ④ 109.12, 400.19, ⑨ 388.4, ⑭ 50.2, 325.1, ⑱ 41.53, ⑲ 220
징인위(敬隱漁) ④ 476.13, ⑭ 572.7, ⑲ 221
징쯔위안(經子淵) ⑲ 221
징타이라이(經泰來) ⑲ 221
짠젠싱(昝健行) ⑲ 221
짱이취(臧亦蘧) ⑲ 222
짱커자(臧克家) ⑲ 222
쩌우루(鄒魯) ⑭ 70.4
쩌우루펑(鄒魯風) ⑲ 222
쩌우룽(鄒容) ① 337.12
쩌우멍찬(鄒夢禪) ⑲ 222
쩌우밍추(鄒明初) ⑲ 222
쩌우타오펀(鄒韜奮) ⑭ 479.1, ⑲ 222
쩡뤼런(曾侶人) ⑲ 222
쩡리전(曾立珍) ⑲ 223
쩡지쉰(曾紀勛) ⑲ 223
쩡진커(曾今可) ⑦ 255.13, 299.5, 327.2, ⑧ 207.12, ⑭ 505.1
쩡치(增祺) ⑩ 57.40
쩡치화(曾其華) ⑲ 223
쯔모(梓模) ⑲ 223
쯔잉(子英) = 천쥔(陳濬) ③ 228.10, ⑬ 447.6
쯔페이(子佩) ⑬ 529.5 → 쑹린(宋琳)

【ㅊ】

차량자오(查良釗) ④ 231.11
차스지(查士驥) ⑲ 224
차오구이신(曹貴新) ⑧ 349.29
차오다좡(喬大壯) ⑲ 224

차오밍(草明) ⑲ 224
차오바이(曹白) ⑧ 659.19, ⑩ 575.1, ⑯ 91.1, ⑲ 224
차오스루(曹式如) ⑲ 224
차오위(曹禺) ⑲ 225
차오이(曹藝) ⑥ 555.4
차오이어우(曹軼歐) ⑬ 266.1, 780.2, ⑲ 225
차오쥐런(曹聚仁) ⑥ 428.5, ⑦ 142.2, ⑧ 121.2, 399.8, ⑮ 142.1, 463.1, 763.2, ⑲ 225
차오징화(曹靖華) ⑥ 264.2, ⑧ 585.5, ⑨ 503.7, ⑩ 489.4, ⑫ 570.28, ⑮ 45.6, 96.2, 449.1, ⑱ 205.66, ⑲ 225
차오쿤(曹錕) ④ 98.9, 181.8, 307.34, ⑬ 564.3
차오펑(喬峰) → 저우젠런(周建人)
차오페이위안(曹培元) ⑧ 272.2, ⑮ 355.1, ⑲ 226
차이루카이(蔡儒楷) ⑲ 226
차이몐인(蔡丏因) ⑲ 227
차이바이링(蔡柏齡) ⑮ 89.1, ⑲ 227
차이수류(蔡漱六) ⑲ 227
차이쑹포(蔡松坡) ① 324.3, ⑤ 131.16, ⑨ 350.9
차이위안캉(蔡元康) ⑬ 447.3, ⑲ 227
차이위안페이(蔡元培) ④ 330.4, ⑥ 397.3, ⑧ 115.4, ⑩ 169.8, ⑬ 467.4, 468.1, ⑭ 143.3, 361.2, ⑮ 685.3, ⑲ 228
차이위충(蔡毓驄) ⑲ 228
차이융옌(蔡永言) ⑭ 343.1
차이융창(蔡咏裳) ⑲ 228
차이이(蔡儀) ⑲ 228
차이장청(蔡江澄) ⑲ 228
차이제민(蔡孑民) ⑩ 269.12, → 차이위안페이(蔡元培)
차이페이쥔(蔡斐君) ⑮ 720.1, ⑲ 229
차파예프(В. И. Чапаев) ⑫ 639.32
차하얼(察哈爾) ② 258.6
창롄(長連) = 롼산셴(阮善先) ⑮ 293.1
창루이린(常瑞麟) ⑬ 390.6, ⑲ 229
창수훙(常書鴻) ⑮ 201.2
창옌성(常燕生) ⑤ 325.13, 393.10, ⑥ 122.2, ⑲ 229
창웨이쥔(常維鈞) ③ 249.10, ④ 383.3, ⑫ 464.10, ⑭ 38.2
창위린(常毓麟) ⑲ 229
창이전(常毅箴) ⑲ 230
창잉린(常應麟) ⑲ 230
창후이(常惠) ⑲ 230
채군모(蔡君謨) ⑱ 91.10
채모(蔡謨) ⑫ 187.7
채옹(蔡邕) ⑧ 570.4
채플린(Charlie Chaplin) ⑥ 298.12
채현(蔡顯) ⑧ 245.30, ⑮ 401.5
처경난(車耕南) ⑬ 394.7, ⑭ 218.2, ⑲ 230
처경난의 아내(車耕南夫人) ⑲ 230
천광야오(陳光堯) ⑩ 622.2, ⑯ 71.1, ⑲ 231
천광쭝(陳光宗) ⑮ 576.3, ⑲ 231
천구이(陳古遺) ⑩ 141.4
천궁멍(陳公猛) ⑲ 231
천궁샤(陳公俠) ⑲ 231

천나이첸(陳乃乾) ⑬226.2, 813.4
천난밍(陳南溟) ⑮169.2
천남둔수(天南遯叟) ⑩328.2, →왕도(王韜)
천다베이(陳大悲) ⑤60.16
천다치(陳大齊) ⑦637.6, ⑭183.1, ⑲231
천더정(陳德征) ⑧39.16, 349.27
천두슈(陳獨秀) ①198.3, 554.6, ⑤90.14, ⑧115.5, ⑫377.3, ⑬473.8, ⑲232
천둥가오(陳東皐) ⑲232
천딩모(陳定謨) ⑬178.7, 243.2, 761.4, ⑲232
천러수(陳樂書) ⑲232
천런중(陳任中) ⑬676.2
천룽징(陳蓉鏡) ⑲232
천멍사오(陳夢韶) ⑩255.5, ⑲232
천모타오(陳墨濤) ⑲232
천목산초(天目山樵) ⑪469.45
천바오이(陳抱一) ⑲232
천바오전(陳葆眞) ⑮115.4
천바이녠(陳百年) ①198.4, ⑨125.3
천보(岑伯) ⑯74.1
천보인(陳伯寅) ⑲233
천비천(陳碧岑) ⑲233
천빈허(陳貧龢) ④307.31
천사오쑹(陳紹宋) ⑲233
천사오추(陳少求) ⑲233
천샤(陳蝦) ⑧347.4, ⑲233
천샤오좡(陳孝莊) ⑲233
천샹밍(陳象明) ⑲233
천샹빙(陳翔冰) ⑲233
천샹허(陳翔鶴) ⑮622.3, ⑲233
천선즈(陳愼之) ⑲233
천성수(陳聲樹) ⑲233
천셴취안(陳仙泉) ⑲233
천순룽(陳順龍) ⑲234
천쉐자오(陳學昭) ⑩413.7, ⑭106.6, ⑮588.3, ⑲234
천쉬(陳栩) ⑥160.19
천슈원(陳秀文) ⑲234
천스이(陳石遺) ⑬858.6
천스쩡(陳師曾) ⑨550.13, ⑭147.1
천시잉(陳西瀅) ①346.2, 405.3, ②343.10, ③122.3, ④167.9, 221.9, 259.17, 398.7, ⑤393.8, 468.8, ⑦206.4
천신런(陳辛人) ⑧695.21
천싱모(陳興模) ⑲234
천싱쑨(陳杏蓀) ⑯209.2
천싱커(陳姓客) ⑲234
천안런(陳安仁) ⑲234
천옌겅(陳延耿) ⑲234
천옌광(陳延光) ⑲234
천옌신(陳延炘) ⑬166.2, ⑲234
천옌진(陳延進) ⑲234
천옌차오(陳煙橋) ⑮58.1, 536.1, ⑲235
천완리(陳萬里) ④498.6, ⑤90.12, ⑬188.1, ⑲235
천왕다오(陳望道) ⑧480.3, ⑫530.4, ⑮214.3, ⑲235
천원화(陳文華) ⑲235
천원후(陳文虎) ⑲235
천웨이모(陳煒謨) ⑧350.42, ⑭38.4, ⑲

236
천위안(陳源) ⑤81.18, ⑥359.11, ⑦31.9, ⑧604.5, ⑩530.6, 635.2, ⑫497.20, ⑬126.2, 638.3, →천시잉(陳西瀅)
천위안다(陳元達) ⑲236
천위타이(陳毓泰) ⑲236
천유런(陳友仁) ⑥312.3, ⑬825.4
천유친(陳友琴) ⑧379.4
천이(陳沂) ⑲236
천이(陳儀) ⑬219.5, 741.3, ⑭523.3
천인커(陳寅恪) ⑲236
천자겅(陳嘉庚) ⑦543.5, ⑬227.8, 745.4
천장(辰江) ⑤59.3
천전셴(陳振先) ⑰96.33, ⑲237
천제(陳節) →취추바이(瞿秋白)
천젠창(陳劍鏘) ⑲237
천중밍(陳炯明) ⑨174.8, ⑬66.3, ⑮521.7
천중산(陳仲山) ⑲237, →천치창(陳其昌)
천중수(陳仲書) ⑲237
천중장(陳仲章) ⑲237
천중첸(陳仲騫) ⑲237
천중판(陳鍾凡) ⑩405.3
천쥔(陳濬) ⑭195.1
천쥔예(陳君冶) ⑲237
천쥔한(陳君涵) ⑭249.1, ⑲238
천즈거(陳治格) ⑲238
천지즈(陳基志) ⑲238
천지창(陳繼昌) ⑲238
천진충(陳瑾瓊) ⑲238
천징성(陳靜生) ⑮121.10, ⑲238
천쯔구(陳子鵠) ⑲238
천쯔량(陳子良) ⑲238
천쯔잉(陳子英) ⑲238
천쯔잔(陳子展) ⑦410.2
천창뱌오(陳昌標) ⑲239
천첸성(陳淺生) ⑲239
천츠성(陳此生) ⑮634.1, ⑲239
천츠얼(陳次二) ⑱53.73
천츠팡(陳次方) ⑲239
천치샤(陳企霞) ⑭512.1, ⑲239
천치슈(陳啓修) ⑬192.2, ⑲239
천치창(陳其昌) ⑧747.3
천쿵싼(陳空三) ⑲239
천톄겅(陳鐵耕) ⑧210.4, ⑩648.2, ⑭599.1, ⑮134.4, ⑱451.102, ⑲239
천톄성(陳鐵生) ⑩168.2
천투이(陳蛻) ⑯32.1, 132.7
천퉁보(陳通伯) ⑨87.7
천퉁성(陳同生) ⑲240
천퉁푸(陳同福) ⑦642.3
천페이지(陳佩驥) ⑲240
천푸궈(陳輔國) ⑲240
천푸즈(陳普之) ⑮115.5
천피메이(陳皮梅) ⑧522.2
천하오원(陳好雯) ⑲240
천한성(陳翰生) ④259.14, ⑭84.8
천헝추이(陳衡粹) ⑬284.1
천헝커(陳衡恪) ⑲240
천환장(陳煥章) ⑭116.2, ⑲240
철현(鐵鉉) ⑧246.38
청간성(程侃聲) →청칸성(程侃聲)
청딩싱(程鼎興) ⑨191.5, ⑲241

청보가오(程伯高) ⑲ 241
청서워(成舍我) ④ 365.3, ⑭ 190.1
청수원(程叔文) ⑲ 241
청쒀청(程鎖成) ⑲ 241
청옌추(程艷秋) ⑦ 425.8
청워자(程沃渣) ⑲ 241
청원(淸原) ⑪ 541.36
청이즈(程毅志) ④ 352.3
청장루(程瞻廬) ⑮ 286.1
청징(程憬) ⑬ 260.1, 813.5
청춘샹(成春祥) ⑲ 241
청치잉(程琪英) ⑭ 455.1, ⑲ 241
청칸성(程侃聲) ⑨ 183.3, ⑮ 408.1
청팡우(成仿吾) ③ 258.3, ⑤ 259.19, 335.8, 394.11, ⑥ 60.47, ⑧ 514.6, ⑨ 131.3, ⑩ 413.2, 635.3, ⑫ 530.4, ⑬ 300.9, ⑲ 241
청후이전(成慧貞) ⑲ 242
체레프닌(Александр Николаевич Черепнин) ⑲ 285
체르니(Adolf Černý) ⑫ 686.8
체호닌(Сергей Васильевич Чехонин) ⑨ 566.8
체호프(Антон Павлович Чехов) ⑥ 140.4, ⑦ 627.11, ⑨ 284.138
체흐(Svatopluk Čech) ⑫ 686.6
첸궁샤(錢公俠) ⑲ 242
첸넝쉰(錢能訓) ⑨ 336.4
첸녠취(錢念劬) ⑭ 289.1, ⑲ 242
첸다오쑨(錢稻孫) ⑬ 483.9, ⑲ 242
첸모링(錢秣陵) ⑲ 242
첸쉬안퉁(錢玄同) ① 198.4, ② 28.7, ⑤ 268.11, ⑧ 156.28, ⑨ 73.2, 98.2, 590.2, ⑩ 195.2, 565.3, ⑬ 85.8, 415.1, 480.1, ⑲ 243
첸싱춘(錢杏邨) ⑥ 59.39
첸윈빈(錢允斌) ⑲ 243
첸이천(錢亦塵) ⑲ 243
첸장춘(錢江春) ⑧ 349.30
첸쥔타오(錢君匋) ⑭ 171.1, ⑲ 243
첸쥔푸(錢均夫) ⑲ 243
첸진장(錢錦江) ⑲ 244
초나라 패왕(霸王) → 항우(項羽)
초순(焦循) ⑬ 553.5
초연수(焦延壽) ⑫ 288.9
초정노인(草亭老人) ① 240.39
초주(譙周) ⑫ 202.4
초횡(焦竑) ⑪ 179.85, ⑫ 243.9
촨다오(川島) ⑬ 384.3, → 장팅첸(章廷謙)
최국방(崔國榜) ⑫ 185.17
최립(崔立) ⑧ 64.4
최호(崔顥) ⑦ 40.5
추근(秋瑾) ① 406.12, ② 62.1, ③ 228.6, ⑤ 80.5, ⑧ 245.28, ⑬ 72.4
추난(俅男) → 차이위안캉(蔡元康)
추민이(褚民誼) ⑦ 481.6
추산위안(裘善元) ⑲ 244
추석(騶奭) ⑫ 74.23
추스(秋士) → 쑨푸위안(孫伏園)
추안핑(儲安平) ⑲ 244
추어 뮐렌(Hermynia Zur Muhlen) ⑤ 442.3, ⑥ 140.5
추연(騶衍) ⑫ 74.23
추용(쩌우룽鄒容) ⑤ 411.3, ⑧ 702.2

추위(邱遇) ⑮765.1, ⑲244
추윈둬(邱韻鐸) ⑧673.13
추이스(崔適) ⑫171.35
추이완추(崔萬秋) ⑦256.24, 300.6, ⑭501.2, ⑲244
추이전우(崔眞吾) ⑭315.1, ⑲245
추인둬(邱韻鐸) ⑯67.3
추인팅(祝蔭庭) ⑲245
추주창(裘柱常) ⑲245
추쯔헝(裘子亨) ⑲245
축진단(竺震旦, 타고르) ①284.21
충쉬안(崇軒) ①293.2, →후예핀(胡也頻)
충위(從予) ⑤61.21
취광쥔(曲廣均) ⑲246
취성바이(區聲白) ⑲246
취잉광(屈映光) ⑬153.2, 653.3
취잉나이(瞿英乃) ⑬755.2
취촨정(曲傳政) ⑲246
취추바이(瞿秋白) ⑥264.1, ⑧728.1, ⑨627.1, ⑭352.1, 407.1, ⑮45.2, 599.2, ⑯32.4, ⑲246
취커쉬안(區克宣) ⑲247
측천무후(則天武后) ⑧441.6
치다이펑(綦岱峰) ⑲247
치루산(齊如山) ⑦777.4, ⑲247
치리코프(Евгений Николаевич Чириков) ⑫406.2
치멍(起孟) →저우쭤런(周作人)
치밍(豈明) = 저우쭤런(周作人) ⑤129.2, 324.5
치바이스(齊白石) ⑨550.15
치보강(祁伯岡) ⑲247
치서우산(齊壽山) ④400.22, 424.39, 441.2, ⑬566.2, ⑭213.2, ⑲247
치셰위안(齊燮元) ④243.5
치수펀(漆樹芬) ⑩329.5
치야오산(齊耀珊) ⑲248
치쭝이(齊宗頤) ⑫386.15, ⑬394.5
치쿤(齊坤) ⑲248
치한즈(齊涵之) →스지싱(史濟行)
친리자이(秦理齋) ⑦641.2
친시밍(秦錫銘) ⑲248
친신(琴心) →어우양란(歐陽蘭)
친펀(秦汾) ⑲249
친핑푸(秦平甫) ⑦642.4
칭기즈 칸(成吉思汗) ⑤432.4, ⑥179.14, ⑦111.2

【ㅋ】

카라세크(Josef Karásek / Jiří Karásek ze Lvovic) ⑫403.5, ⑬512.1, 530.1
카라지알레(Ion Luca Caragiale) ⑬526.12
카라한(Л. М. Карахан) ⑬76.5, 611.5
카르노(Nicolas Léonard Sadi Carnot) ①77. 65
카르펠레스(Gustav Karpeles) ⑫688.2
카보우르(Camillo B. Cavour) ①176.46
카시우스(Gaius Cassius Longinus) ⑧176.2
카이사르(Gaius Julius Caesar) ①104.22, ③204.32, ⑧176.2
카이얌(Omar Khayyam) ⑥327.4

카타에프(Валентин Петрович Катаев) ⑫605.31
칸트(Immanuel Kant) ①51.17, ⑦347.8, ⑩55.16
칸트(Minna Canth) ⑫398.2
칼그렌(Bernhard Karlgren) ⑦478.2, ⑭116.1
칼라일(Thomas Carlyle) ①74. 26, ⑦319.4
칼리다사(Kālidāsa) ①172.5
칼 친왕(Carl Gustav Oskar Fredrik Christian) ⑦407.4
캉 성인(康聖人) →캉유웨이(康有爲)
캉샤오싱(康小行) ⑲250
캉신푸(康心孚) ⑲250
캉쓰췬(康嗣群) ⑩372.1, ⑭175.1, 389.2, ⑲250
캉유웨이(康有爲) ①198.2, ②231.6, ③205.38, ④41.6, ⑥450.8, ⑦715.7, ⑧79.13, 703.4
커밍(可銘) ⑮192.2, →주훙유(朱鴻猷)
커바이(克白) ⑭610.2, →천톄겅(陳鐵耕)
커스우(柯世五) ⑲250
커중핑(柯仲平) ⑬205.5, 730.4, ⑲250
컬로처이 칼만(Kalocsay Kálmán) ⑩479.3
케벨(Raphael Gustav von Koeber) ⑫519.3, ⑰713.77
케이(Ellen Key) ①392.13
케플러(Johannes Kepler) ①75. 35
코 →구제강(顧頡剛)
코간(Пётр Семёнович Коган) ⑨285.146, 484.3, ⑩470.2, ⑫569.14, ⑭343.3
코넨코프(Сергей Тимофеевич Конёнков) ⑨276.55, ⑭392.4
코노프니츠카(Maria Konopnicka) ⑬513.2
코롤렌코(Владимир Галактионович Короленко) ①182.114, ⑤221.3, ⑨278.80, 479.21, ⑭392.2, ⑮461.3, 500.1
코르비노(Giovanni da Monte Corvino) ①102.3
코발레프스카야(Софья Васильевна Ковалевская) ①392.12
코브린스카(Наталия Ивановна Кобринская) ⑫689.5
코빌란스카(Ольга Кобилянська) ⑫689.5
코슈트(Kossuth Lajos) ①181.110
코시치우슈코(Tadeusz Kościuszko) ⑫386.6
코틀랴레프스키(Нестор Александрович Котляревский) ⑮736.1
코흐(Heinrich Hermann Robert Koch) ①438.3
콕토(Jean Cocteau) ⑫718.2
콘클린(Edwin Grant Conklin) ⑥213.7
콜라르(Ján Kollár) ⑫686.5
콜비츠(Käthe Kollwitz) ⑥343.6, ⑩475.1, ⑭408.3, ⑲251
콜빈(Sidney Colvin) ⑩108.4
콜차크(Александр Васильевич Колчак) ⑩639.2, ⑫585.3
콩트(Auguste Comte) ⑥116.24

콰이뤄무(蒯若木) ⑲ 251
쾅푸줘(鄺富灼) ⑲ 251
쾨르너(Carl Theodor Körner) ① 174.22
쾨르버(Lili Korber) ⑮ 253.1
쿠로파트킨(Алексей Николаевич Куропаткин) ① 561.9
쿠르베(Gustave Courbet) ⑮ 519.2
쿠빌라이 ⑧ 64.9
쿠프레야노프(Николай Николаевич Купреянов) ⑨ 467.17
쿠프린(Александр Иванович Куприн) ⑥ 328.5
쿨츠(W. Kulz) ⑫ 700.4
쿵더즈(孔德沚) ⑲ 251
쿵더청(孔德成) ⑩ 457.16
쿵뤄쑨(孔羅蓀) ⑲ 251
쿵류(空六) ④ 422.11
쿵링징(孔另境) ⑧ 543.1, ⑭ 383.1, 403.1, ⑮ 747.1, ⑯ 172.1, ⑲ 251
쿵보니(孔伯尼) ⑤ 324.3
쿵샹시(孔祥熙) ⑲ 252
쿵셴수(孔憲書) ⑲ 252
퀴리 부인(Marie Curie) ⑨ 60.6
퀴비에(Georges Cuvier) ① 50.13
크라스노호르스카(Eliška Krásnohorská) ⑬ 514.17
크라신스키(Zygmunt Krasiński) ① 179.74
크랍첸코(Алексей Ильич Кравченко) ⑨ 565.2, ⑮ 299.1, 479.8, ⑱ 562.147
크로포트킨(Пётр Алексеевич Кропоткин) ① 560.5, ④ 269.8, ⑤ 394.16
크롬웰(Oliver Cromwell) ① 74.23
크루글리코바(Елизавета Сергеевна Кругликова) ⑨ 467.19
크룩스(William Crookes) ⑨ 60.17
크릴로프(Иван Андреевич Крылов) ⑮ 610.1
크세르크세스(Xerxes) ⑨ 47.2
클라우센(Sophus Claussen) ⑨ 286.155
클로스터만(Kar(e)l Faustin Klostermann) ⑫ 687.9
키다리 어멈 ③ 133.2
키르케고르(Søren Kierkegaard, 키에르케고르) ① 104.20, ⑦ 362.2
키르포틴(Валерий Яковлевич Кирпотин) ⑦ 627.8
키르히호프(Gustav Robert Kirchhoff) ① 75.34
키쉬(Egon Kisch) ⑧ 664.5
키진스키 ⑯ 393.1
키츠(John Keats) ① 177.55, ② 258.7, ⑦ 634.2, ⑨ 367.7
키케로(Marcus Tullius Cicero) ⑧ 391.9
키플링(Rudyard Kipling) ⑫ 605.29

【ㅌ】

타(它) → 취추바이(瞿秋白)
타고르(Rabindranath Tagore) ① 284.21, ② 372.4, ④ 431.4, ⑤ 268.14, ⑥ 402.2, ⑦ 782.3, ⑨ 188.2, ⑫ 420.4, ⑰ 630.24
타오궁헝(陶公衡) ⑲ 253
타오녠칭(陶念卿) ⑲ 253

타오러친(陶樂勤) ① 575.5
타오멍허(陶孟和) ④ 279.6, ⑲ 253
타오보친(陶伯勤) ⑮ 337.2, ⑲ 253
타오서우보(陶壽伯) ⑲ 253
타오수천(陶書臣) ⑲ 253
타오쉬안칭(陶璿卿) ⑫ 464.12, ⑱ 77.135
타오(陶) 여사 ⑲ 254, →타오전닝(陶振能)
타오예궁(陶冶公) ⑬ 692.1, ⑭ 237.1
타오왕차오(陶望潮) ⑲ 254
타오위안칭(陶元慶) ⑤ 210.2, ⑨ 352.1, ⑩ 473.2, ⑫ 279.16, ⑬ 293.2, 674.1, ⑱ 103.10, ⑲ 254
타오전닝(陶振能) ⑮ 384.2
타오징쑨(陶晶孫) ⑲ 255
타오창산(陶昌善) ④ 231.11
타오청장(陶成章) ④ 152.11, 384.10
타오캉더(陶亢德) ⑭ 547.1, ⑮ 101.1, ⑲ 255
타오환칭(陶煥卿) →타오청장(陶成章)
타이광뎬(邰光典) ⑬ 543.3
타이쉬 화상(太虛和尙) ⑬ 235.1, ⑲ 255
타이옌(太炎) →장빙린(章炳麟)
타이징눙(臺靜農) ⑥ 86.4, ⑧ 101.2, 355.83, ⑬ 33.2, 664.1, ⑮ 42.1, ⑲ 255
탄샤오팡(覃孝方) ⑬ 483.13
탄 여사(譚女士) ⑮ 34.3, ⑲ 255
탄옌카이(譚延闓) ⑦ 425.6
탄자오(譚昭) ⑲ 256
탄정비(譚正璧) ⑤ 468.15, ⑩ 247.3, ⑲ 256
탄쥔너(談君訥) ⑲ 256
탄진훙(譚金洪) ⑲ 256
탄차이친(譚采芹) ⑲ 256
탄카이(淡海) ⑲ 256
탕르신(湯日新) ⑲ 256
탕밍스(唐鳴時) ⑧ 349.29
탕빈(湯斌) ⑧ 97.8
탕슝(唐熊) ⑩ 594.14
탕아이리(湯愛理) ⑲ 256
탕얼허(湯爾和) ④ 154.26, ⑭ 169.2, 403.2, ⑲ 257
탕위린(湯玉麟) ⑦ 91.4
탕유런(唐有壬) ⑤ 90.15, 393.9, ⑥ 29.13
탕융란(湯詠蘭) ⑯ 220.1, ⑲ 257
탕잉웨이(唐英偉) ⑮ 648.1, ⑲ 257
탕자오헝(湯兆恒) ⑲ 257
탕저춘(湯哲存) ⑲ 257
탕쩡양(湯增敭) ⑥ 513.2, ⑭ 501.1, ⑲ 257
탕췬잉(唐群英) ⑬ 72.5
탕타오(唐弢) ⑦ 295.2, ⑮ 263.1, ⑲ 257
탕핀즈(湯聘之) ⑲ 258
탕해약(湯海若) →탕현조(湯顯祖)
탕허(唐訶) ⑮ 467.1, ⑲ 258
탕허이(湯鶴逸) ⑲ 258
탕현조(湯顯祖) ⑪ 203.46
탕화룽(湯化龍) ⑲ 258
태공망(太公望) 여상(呂尙) ⑦ 579.5
태사공(太史公) →사마천(司馬遷)
태상로군(太上老君) →노자(老子)
테니어스(Alfred Teniers) ⑩ 479.5
텐(Hippolyte Taine) ⑤ 355.4, ⑩ 494.2, ⑫ 398.5
템누이(H. Темный) ⑨ 286.160

톈둬자(田多稼) ⑲ 258
톈싱(天行) = 웨이젠궁(魏建功) ⑭ 625.1
톈젠(田間) ⑲ 258
톈쥔(田軍) ⑧ 384.1, 663.2
톈징푸(田景福) ⑲ 258
톈푸(田夫) ⑲ 258
톈한(田漢) ⑦ 746.4, ⑧ 294.11, 474.20, 696.27, ⑮ 416.2, 499.5, 688.8, ⑲ 259
토리첼리(Evangelista Torricelli) ① 76.49
톨스토이(Алексей Николаевич Толстой) ⑥ 58.34, 60.45, 328.7, ⑮ 341.5
톨스토이(Лев Николаевич Толстой) ③ 102.8, ⑤ 334.3, ⑦ 347.6, ⑨ 277.75, ⑩ 83.10
투르게네프(Иван Сергеевич Тургенев) ① 560.2, ⑥ 327.3, ⑦ 347.6, ⑮ 378.1
투부(土步) ⑭ 77.1
툽텐 갸초(Thubten Gyatso) ⑦ 595.2
퉁야전(童亞鎭) ⑲ 259
퉁징리(童經立) ⑲ 259
퉁펑차오(童鵬超) ⑲ 259
퉁항스(童杭時) ⑲ 259
트레차코프(Сергей Михайлович Третьяков) ⑨ 281.107
트로츠키(Лев Давидович Троцкий) ④ 432.12, ⑤ 394.21, ⑧ 747.4, ⑨ 272.20, 398.6, ⑫ 555.10
트리트(Ida Treat) ⑭ 99.2, 603.1, ⑮ 224.4
트웨인(Mark Twain) ⑥ 197.2
티스(Frank Thiess) ⑥ 217.6
틴들(John Tyndall) ① 74. 21

【ㅍ】

파데예프(Александр Александрович Фадеев) ⑥ 59.42, 322.3, ⑦ 620.4, ⑧ 44.2, 384.9, ⑨ 484.9, ⑩ 574.4, ⑫ 569.20, 585.1
파벨 1세(Павел I) ① 180.94
파보르스키(Владимир Андреевич Фаворский) ⑨ 467.16, ⑭ 392.5
파브르(Jean Henri Fabre) ① 310.4, ④ 53.15, ⑦ 115.3, ⑧ 481.11, ⑨ 456.4, ⑯ 92.5
파블렌코(Пётр Андреевич Павленко) ⑮ 673.3
파블리노프(Павел Яковлевич Павлинов) ⑨ 467.18
파스칼(Blaise Pascal) ① 76.48, ⑨ 323.7
파울젠(Friedrich Paulsen) ① 48.2
파이바린타(Pietari Päivärinta) ⑨ 285.142, ⑫ 422.2
파피니(Giovanni Papini) ⑫ 546.13
판광단(潘光旦) ③ 323.6, ⑥ 54.14
판랑시(范朗西) ⑲ 260
판러산(范樂山) ⑲ 260
판마(潘媽) ⑭ 221.4
판보앙(范伯昂) ⑲ 260
판서우밍(范壽銘) ⑲ 260
판씨 어멈(潘媽) ⑲ 260
판아이눙(范愛農) ③ 228.8, ⑨ 202.1, 576.2, ⑬ 445.6, ⑮ 256.2, ⑰ 37.48, ⑲ 260
판얼(梵兒) → 리빙중(李秉中)

판원란(范文瀾) ⑲ 260
판위안롄(范源廉) ① 390.2, ⑩ 100.1, ⑲ 261
판이천(范亦陳) ⑲ 261
판자쉰(潘家洵) ⑨ 274.37, ⑫ 526.5, ⑬ 716.2, ⑲ 261
판정상(樊增祥) ⑦ 604.4
판중슈(樊鐘秀) ⑬ 219.6, 741.4
판중윈(樊仲雲) ⑥ 229.3, ⑲ 261
판중윈(范仲澐) ⑩ 229.2, →판원란(范文瀾)
판즈허(范稚和) ⑲ 261
판지류(范吉陸) ⑲ 261
판쩡상(樊增祥) ⑤ 104.8
판쯔녠(潘梓年) ⑭ 265.4, ⑲ 262
판추이퉁(潘垂統) ⑬ 522.3, ⑲ 262
판추지(潘楚基) ⑩ 395.3
판치신(潘企莘) ⑲ 262
판카오젠(潘考鑒) ⑲ 262
판텔레예프(Леонид Иванович Пантелеев) ⑫ 661.1
판표로프(Фёдор Иванович Панфёров) ⑨ 485.10, ⑫ 640.43, ⑭ 304.1
판한녠(潘漢年) ⑲ 262
팔렌(Пётр Пален) ① 180.94
팡산징(方善境) ⑨ 283.128, ⑭ 297.1, ⑲ 262
팡쉬안취(方玄綽) ④ 441.3
팡스쉬(方時旭) ⑧ 349.30
팡스쥔(房師俊) ⑲ 263
팡즈중(方之中) ⑲ 263
팡치류(方企留) ⑧ 349.29
팽붕(彭鵬) ⑪ 736.48
팽손이(彭孫貽) ⑧ 270.39
팽손태(彭孫貽) ⑮ 428.3
펄 벅 부인(Pearl Buck) ⑮ 92.4
펑겅(馮鏗) ⑥ 134.2, ⑲ 263
펑 고모(馮姑母) ⑲ 263
펑나이차오(馮乃超) ⑤ 333.2, ⑥ 93.2, ⑲ 263
펑다오(澎島) ⑲ 263
펑더싼(封德三) ⑲ 264
펑룬장(馮潤璋) ⑲ 264
펑바이산(彭柏山) ⑲ 264
펑부칭(馮步青) ⑲ 264
펑빈푸(馮賓符) ⑲ 264
펑사(風寫) ⑲ 264
펑성싼(馮省三) ① 571.2, ⑬ 119.2, 633.3, ⑲ 264
펑쉐밍(馮雪明) ⑲ 265
펑쉐펑(馮雪峰) ⑧ 748.5, ⑨ 274.35, ⑫ 547.30, ⑭ 343.2, ⑱ 142.52, ⑲ 265
펑싼메이(馮三昧) ⑲ 265
펑야오(馮珧) ⑩ 395.2
펑원빙(馮文炳) ⑧ 351.44, ⑬ 693.1, ⑲ 265
펑위(封餘) ⑩ 405.4
펑위샹(馮玉祥) ③ 102.2, ⑨ 87.8, ⑬ 230.4, ⑭ 86.7
펑위성(馮余聲) ⑥ 227.2, ⑲ 266
펑위안쥔(馮沅君) ⑧ 351.45, ⑬ 768.2
펑윈이(彭允彝) ④ 215.5, 307.35, ⑲ 266
펑유란(馮友蘭) ⑮ 409.3
펑자전(彭家珍) ① 571.3, ④ 357.4

평젠(馮鏗) ⑧ 219.3
평젠청(馮劍丞) ⑲ 266
펑즈(馮至) ⑧ 350.32, ⑭ 38.5, ⑲ 266
펑지밍(馮季銘) ⑲ 266
펑지자(馮稷家) ⑲ 266
펑쯔(鳳子) → 탕타오(唐弢)
펑쯔카이(豊子愷) ⑦ 468.8, ⑨ 330.9, ⑱ 77.135, ⑲ 266
펑치(朋其) → 황펑지(黃鵬基)
펑커수(馮克書) ⑲ 267
펑한수(馮漢叔) ⑲ 267
페딘(Константин Александрович Федин) ⑨ 570.3, ⑫ 603.15, ⑮ 373.4
페로브스카야(Софья Львовна Перовская) ⑥ 358.4
페스탈로치(Johann Heinrich Pestalozzi) ⑬ 450.8
페어뱅크스(Douglas Fairbanks) ⑥ 302.49, ⑧ 792.2
페이량(培良) → 샹페이량(向培良)
페이밍(廢名) ⑩ 556.2, ⑭ 423.1, → 펑원빙(馮文炳)
페이밍쥔(費明君) ⑯ 222.1, ⑲ 267
페이선샹(費愼祥) ⑮ 197.1, 535.1, ⑲ 267
페이원중(裴文中) ⑧ 352.52
페이퉁쩌(費同澤) ⑲ 267
페이훙녠(費鴻年) ⑲ 267
페퇴피 샨도르(Petőfi Sándor) ① 173.12, 180.99, 181.107, ③ 46.5, ⑥ 387.4, ⑧ 351.48, 533.10, ⑨ 325.20, ⑩ 479.2, ⑫ 681.2
페퍼(Pfeffer) 박사 = 페텐코퍼 박사(M. von Pettenkofer) ① 438.4
펠리오(Paul Pelliot) ④ 75.6, ⑨ 549.2
평서(平恕) ⑩ 120.4
포(Edgar Allan Poe) ③ 124.20, ⑥ 197.3, ⑮ 174.3
포대화상(布袋和尙) ⑬ 560.5
포드(Henry Ford) ⑥ 141.9
포송령(蒲松齡) ⑫ 311.12
포숭성(鮑崇城) ⑫ 250.7
포정박(鮑廷博) ⑨ 429.23
포조(鮑照) ⑩ 154.1, ⑫ 270.2
포증(包拯) ③ 169.8
포청천(包靑天) ④ 476.12
포초(鮑超) ① 283.10
포크롭스키(Михаил Николаевич Покровский) ⑨ 478.10
포펜베르크(Felix Poppenberg) ⑨ 285.144
폴라보이(С. А. Полевой) ⑭ 51.1, 208.1
폼페이우스(Gnaeus Pompeius Magnus) ⑧ 177.9
표준미인(標准美人) → 쉬라이(徐來)
푸가초프(Емельян Иванович Пугачёв) ⑨ 484.7
푸둥화(傅東華) ⑥ 460.2, ⑧ 672.4, 693.4, ⑭ 64.2, ⑮ 67.5, ⑯ 37.3, 218.1, ⑲ 267
푸르마노프(Дмитрий Андреевич Фурманов) ⑨ 503.11, ⑫ 639.27
푸르크루아(Antoine François, comte de Fourcroy) ① 77.66
푸리천(傅勵臣) ③ 230.22

푸시킨(Александр Сергеевич Пушкин) ① 177.59, 180.87, ⑥ 264.4, ⑫ 638.16, ⑮ 500.2
푸쓰녠(傅斯年) ⑨ 308.2, ⑬ 487.5, ⑲ 268
푸양하오(傅養浩) ⑲ 268
푸옌(傅岩) ⑲ 268
푸옌창(傅彦長) ⑲ 268
푸이(溥儀) ④ 259.15, ⑥ 122.7, 207.3, 4, ⑦ 142.7, 308.4
푸잉판(卜英梵) ⑲ 268
푸주밍(符九銘) ⑲ 268
푸주푸(傅築夫) ⑲ 268
푸쩡샹(傅增湘) ⑤ 232.13, ⑧ 266.6, ⑲ 268
푸퉁(傅銅) ⑲ 269
푸펑(蒲風) ⑲ 269
푸훙랴오(傅紅蓼) ⑮ 273.1
풀라르트(Joseph Poelaert) ⑩ 624.8
풍몽룡(馮夢龍) ① 239.29
풍몽정(馮夢楨) ⑪ 668.63
풍상(馮商) ⑫ 171.34
풍유눌(馮惟訥) ④ 125.6
풍유룡(馮猶龍) ⑩ 289.20, ⑪ 533.10, ⑫ 341.7
퓔뢰프 밀레르(René Fülöp-Miller) ⑨ 273.29, 468.25
프라이어(John Fryer) ⑥ 527.2
프랑스(Anatole France) ④ 98.14, ⑤ 468.9, ⑥ 440.5, ⑦ 627.6, ⑧ 406.7, ⑫ 546.11, ⑭ 138.6, ⑮ 300.1
프랑코(ІванЯкович Франко) ⑫ 689.4
프레넬(Augustin Jean Fresnel) ① 75. 32
프렌츠(Рудольф Рудольфович Френц) ⑨ 503.18, ⑩ 639.4
프로이트(Sigmund Freud) ③ 124.15, ⑧ 406.8, ⑨ 323.9
프루셰크(Jaroslav Průšek) ⑧ 675.1, ⑯ 215.1, 368.1
프룬제(Михаил Васильевич Фрунзе) ⑫ 639.31
프리덴스탈(Friedensthal) ⑬ 526.15
프리시빈(Михаил Михайлович Пришвин) ⑥ 60.45
프리체(Владимир Максимович Фриче) ⑥ 265.13, ⑧ 220.12, ⑫ 585.4
플라톤(Platon) ① 72.5, ⑨ 323.10
플레트네프(Валериан Федорович Плетнев) ⑨ 272.21, ⑫ 555.11
플레하노프(Георгий Валентинович Плеханов) ⑤ 259.18, ⑥ 113.2, ⑫ 559.3
플로베르(Gustave Flaubert) ⑫ 716.7
플루타크(Plutarch) ⑧ 177.7
피그네르(Вера Николаевна Фигнер) ⑥ 343.7
피르호(Rudolf Virchow) ⑧ 481.9
피숑(Leon Pichon) ⑨ 277.68
피스카레프(Николай Пискарев) ⑨ 503.9, 622.2, ⑩ 489.3, 641.2, ⑮ 78.2, ⑲ 269
피쭝스(皮宗石) ④ 232.11
피코프(M. Пиков) ⑨ 566.6
피타고라스(Pythagoras) ① 72.3
피핀(Александр Николаевич Пыпин) ①

178.65
피히테(Johann Gottlieb Fichte) ⑥ 423.11
필냐크(Борис Андреевич Пильняк) ④ 431.3, ⑥ 82.6, 402.2, ⑰ 771.63
필란더(Aleksander Filander) ⑫ 391.2
필리프(Charles-Louis Philippe) ⑫ 731.2
필립스(Thomas Phillips) ① 336.2

【ㅎ】

하간헌왕(河間憲王) 덕(德) ⑫ 139.31
하겐베크(Carl Hagenbeck) ⑦ 444.5, 481.2
하둔(哈同, Silas Aaron Hardoon) ④ 76.12, ⑮ 158.3
하디(Thomas Hardy) ⑨ 138.6, ⑫ 479.10
하라 핫코(原白光) ⑨ 157.14
하라다 조지(原田讓二) ⑲ 270
하르트(Julius Hart) ⑨ 280.98
하마노우에 노부타카(濱之上信隆) ⑲ 270
하몽화(何夢華) ⑫ 184.12
하부토 노부코(羽太信子) ⑨ 132.10, ⑬ 463.7, ⑲ 270
하부토 시게히사(羽太重久) ⑫ 433.6, ⑬ 546.10, ⑰ 25.14, ⑲ 270
하부토 요시코(羽太芳子) ⑬ 508.1, ⑰ 25.14, ⑲ 270
하부토 이시노스케(羽太石之助) ⑲ 271
하부토 후쿠코(羽太福子) ⑲ 271
하부토의 할머니(羽太祖母) ⑲ 271
하비(William Harvey) ① 75. 39, ⑧ 167.4
하세가와 뇨제칸(長谷川如是閑) ⑤ 34.5, ⑧ 182.8, ⑭ 564.3, ⑲ 271
하세가와 모토요시(長谷川本吉) ⑲ 271
하세가와 사부로(長谷川三郞) ⑲ 271
하세녕(河世寧) ⑭ 180.2
하식(何栻) ④ 159.7
하안(何晏) ⑤ 173.28
하야시 곤스케(林權助) ⑩ 593.7
하야시 다다스(林董) ⑩ 593.6
하야시 다이라(林衡) ⑩ 593.8
하야시 데쓰오(林哲夫) ⑲ 271
하야시 시노다(林信太) ⑲ 272
하야시 신타로(林信太) ⑯ 275.2
하야시 쓰루이치(林鶴一) ⑩ 593.9
하야시 후미코(林芙美子) ⑯ 299.2, ⑲ 272
하야시 후사오(林房雄) ⑤ 442.2, ⑯ 362.6
하오리췬(郝力群) ⑮ 743.2, ⑯ 174.2, ⑲ 272
하오빙헝(郝昺衡) ⑲ 272
하오인탄(郝蔭潭) ⑬ 412.1, ⑭ 231.2, ⑲ 272
하우얼스(William Dean Howells) ⑥ 198.5
하우젠슈타인(Wilhelm Hausenstein) ⑤ 438.2
하운제(何雲梯) ③ 251.26
하웁트만(Gerhart Johann Robert Hauptmann) ① 336.6, ⑤ 203.3, ⑥ 60.53, ⑦ 335.8, ⑧ 620.3, 6, ⑫ 546.12, ⑯ 92.3

하이네(Heinrich Heine) ⑤422.12
하이마(害馬) ⑭35.2, → 쉬광핑(許廣平)
하이잉(海嬰) → 저우하이잉(周海嬰)
하자정(何子貞) ⑰242.40
하작(何焯) ⑤282.24
하증(何曾) ⑤180.61
하충(何充) ⑫187.5
하타에 다네카즈(波多江種一) ⑲272
하해(河楷) ⑫59.34
하후현(夏侯玄) ⑤175.36
학빈(郝玭) ③249.5
학의행(郝懿行) ③135.15
한 고조(高祖) → 유방(劉邦)
한굉(韓翃) ⑫295.6
한루(涵廬 ; 즉 가오이한高一涵) ①31.8, ⑤468.12
한바이뤄(韓白羅) ⑮266.1, ⑲272
한비(韓非) ⑫74.22
한비자(韓非子) ①419.5
한서우진(韓壽晉) ⑲272
한서우첸(韓壽謙) ⑲273
한스헝(韓侍桁) ⑤409.2, ⑦256.31, 560.2, ⑧694.13, ⑬407.2, ⑭229.3, 261.2, 349.1, ⑲273
한스홍(韓士泓) ⑲273
한신(韓信) ⑥162.33
한악(韓偓) ⑩203.11, ⑪274.74
한영(韓嬰) ①238.24, ⑫58.28
한위쿤(憨玉琨) ⑨388.6
한유(韓愈) ⑤267.8, ⑧153.3, 573.18, ⑪197.5, ⑫288.15
한자운(韓子雲) ⑪705.53
한전예(韓振業) ⑲273
한치(韓起) ⑲273
한퇴지(韓退之) ⑦382.5
한헝장(韓恒章) ⑲274
함부르거 부인(漢堡嘉夫人, Mrs. Hamburger) ⑱364.25, ⑲274
함순(Knut Hamsun) ①347.5, ⑨174.4, 447.1
항세준(杭世駿) ⑧247.43
항우(項羽) ①505.6, ④243.3, ⑧38.11
항욱(項煜) ⑧576.45
향수(向秀) ⑫270.
허구톈(何谷天) ⑭536.1, ⑮581.1
허딩제(何定杰) ⑥213.7
허롄천(何廉臣) ③190.7, ⑬473.4
허무(何穆) ⑲274
허바이타오(何白濤) ⑭610.1, ⑮37.1, 583.1, ⑲274
허샹닝(何香凝) ⑦149.2, ⑬369.2
허셜(John Frederick William Herschel) ①76.51, ⑧423.10
허셰허우(何燮侯) ⑲275
허숙중(許叔重) ⑬50.1, 598.2
허시(鶴西) → 청칸성(程侃聲)
허신(許愼) ⑫35.6
허썬(和森) = 롼허쑨(阮和孫) ⑮128.1
허쓰위안(何思源) ⑭84.6
허쓰장(賀嗣章) ⑲275
허쓰징(何思敬) ⑲275
허(何)씨 부부 ⑱385.56
허아이위(何愛玉) ⑮78.3, ⑲275
허우루화(侯汝華) ⑮594.2

허우시민(侯希民) ⑲ 275
허우쥔산(侯俊山) ⑦ 774.8
허응규(許應騤) ③ 205.37
허자오룽(何昭容) ⑮ 286.2, ⑯ 185.1, ⑲ 275
허자쥔(何家駿) → 웨이멍커(魏猛克)
허자창(許自昌) ⑫ 278.8
허자화이(何家槐) ⑯ 127.1, ⑲ 275
허저(許褚) ④ 357.5, ⑦ 187.3
허젠(何鍵) ⑥ 140.6, ⑦ 83.5, ⑧ 422.3, ⑨ 507.2
허중린(許仲琳) ⑩ 289.16
허즈싼(何植三) ⑲ 276
허지중(許幾仲) ⑲ 276
허진룽(何晉榮) ⑲ 276
허쭤린(何作霖) ④ 476.11, ⑲ 276
허창웨이(何昌威) ⑲ 276
허창췬(賀昌群) ⑲ 276
허춘차이(何春才) ⑲ 276
허쿠(何苦) → 취추바이(瞿秋白)
허튼(James Hutton) ① 77.57
허페이(賀非) → 자오광샹(趙廣湘)
헉슬리(Thomas Henry Huxley) ② 372.7, ⑥ 98.3
헌종(憲宗; 당나라 황제 이순李純) ③ 249.4
헤겔(Georg Wilhelm Friedrich Hegel) ① 105.24, 356.8, ⑥ 116.24
헤라클레이토스(Herakleitos) ① 73. 12
헤론(Heron) ① 73. 9
헤르츠펠데(Wieland Herzfelde) ⑫ 703.4
헤르트비히(Richard von Hertwig) ⑫ 507.4
헤켈(Ernst Haeckel) ① 50. 8, ⑧ 481.10, ⑩ 74.16, ⑬ 818.5
헨더슨(Charles Richmond Henderson) ⑰ 84.17, ⑲ 277
헬리오가발루스(Heliogabalus) ⑨ 544.5
현장(玄奘) ⑦ 320.7, ⑫ 480.17
형자재(邢子才) ① 348.10
혜강(嵇康) ⑤ 177.43, 44, ⑧ 430.15, ⑨ 199.20, ⑫ 60.43
혜함(嵇含) ⑫ 233.4
호극가(胡克家) ⑫ 185.19
호리구치 다이가쿠(堀口大学) ⑨ 277.71, ⑫ 731.3
호리오 준이치(堀尾純一) ⑲ 277
호리코시 에이노스케(堀越英之助) ⑲ 277
호메로스(Homeros) ① 174.27, ⑥ 74.5, ⑨ 324.11
호문병(胡文炳) ③ 249.11
호빙지(胡聘之) ⑩ 114.2
호소이 이와야(細井岩彌) ⑩ 55.15
호손(Nathaniel Hawthorne) ⑥ 198.3
호안(胡安) ⑫ 168.20
호왈종(胡曰從) ⑮ 577.1
호원서(胡元瑞) ⑫ 207.4
호응린(胡應麟) ④ 483.9, ⑪ 43.53
호쭈야오(胡祖姚) ⑲ 277
호찬종(胡纘宗) ⑫ 250.7
호프만(Ernst Theodor Wilhelm Hoffmann) ⑫ 569.15
혼마 히사오(本間久雄) ⑤ 71.5
홀바인(Hans Holbein) ⑨ 434.3
홉슨(Benjamin Hobson) ⑤ 427.12

홍매(洪邁) ④ 422.6, ⑧ 267.17
홍수전(洪秀全) ③ 134.4
홍승(洪昇) ⑪ 205.65
홍승주(洪承疇) ⑧ 795.6
홍이훤(洪頤煊) ⑫ 244.13
화스(畵室) → 펑쉐펑(馮雪峰)
화예(花蕊) ⑦ 561.8
화이난 여왕(淮南厲王) ⑫ 121.10
화이트(W. H. White) ⑨ 276.59
환담(桓譚) ⑪ 36.3
황모징(黃莫京) ⑲ 277
황보밀(皇甫謐) ⑤ 176.41
황비열(黃丕烈) ④ 76.15, ⑫ 244.20
황산딩(黃山定) ⑲ 277
황삼태(黃三太) ① 561.10
황성(黃晟) ⑫ 278.7
황성증(黃省曾) ⑪ 108.69, ⑫ 195.3
황소(黃巢) ① 325.8, ⑤ 356.11, ⑦ 283.4, ⑫ 334.2
황스잉(黃士英) ⑲ 277
황신보(黃新波) ⑮ 115.2, 413.2, ⑲ 277
황싱(黃興) ① 338.14
황싱우(黃行武) ⑲ 278
황야오몐(黃藥眠) ⑲ 278
황옌카이(黃延凱) ⑲ 278
황옌페이(黃炎培) ⑰ 274.98, ⑲ 278
황위셰(黃于協) ⑲ 278
황위안(黃源) ⑧ 694.6, ⑮ 139.2, 282.1, 447.1, ⑲ 278
황유슝(黃幼雄) ⑲ 279
황이(黃易) ① 271.7
황자립(黃子立) ⑮ 336.1
황전샤(黃震遐) ⑥ 472.3, ⑦ 73.4
황전추(黃振球) ⑲ 279
황정감(黃廷鑑) ⑫ 353.7
황정강(黃正剛) ⑲ 279
황젠(黃堅) = 바이궈(白果) ④ 498.6, ⑤ 90.12, ⑬ 178.6
황즈멍(黃之萌) ① 571.3, ④ 357.4
황즈젠(黃芷澗) ⑲ 279
황지강(黃季剛) ⑲ 279
황쭌성(黃尊生) ⑲ 279
황창구(黃昌谷) ⑰ 678.17, ⑲ 279
황춘위안(黃春園) ⑲ 280
황커창(黃克强) ⑧ 716.4
황펑지(黃鵬基) ① 373.21, ④ 461.6, ⑧ 354.72, ⑲ 280
황푸(黃郛) ① 491.5, ⑦ 202.2, 206.6, 7, ⑬ 88.4
황핑(黃平) ⑭ 446.2
황핑쑨(黃萍蓀) ⑩ 582.1, ⑯ 59.1, ⑲ 280
황한승(黃漢升) ⑨ 32.12
황한추(黃涵秋) ⑱ 77.135, ⑲ 280
황허우후이(黃後繪) ⑲ 280
회남왕(淮南王) 유안(劉安) ⑥ 540.3
효왕(孝王) 유무(劉戊) ⑫ 136.8
효종(孝宗; 송나라 조신趙昚) ① 236.9
후강(侯康) ⑫ 214.2
후겐베르크(Alfred Wilhelm Franz Maria Hugenberg) ⑥ 299.22
후둔푸(胡敦復) ④ 230.4
후디에(胡蝶) ⑦ 600.4
후란청(胡蘭成) ⑲ 280
후런위안(胡仁源) ④ 360.5

후런저(胡人哲) ⑲ 280
후루야(古屋) ⑲ 280
후리푸(胡立夫) ⑥ 347.5
후멍러(胡孟樂) ⑲ 281
후멍화(胡夢華) ① 568.2, ⑥ 416.7
후민다(胡民大) ⑲ 281
후버(Herbert Clark Hoover) ⑥ 301.47
후보허우(胡博厚) ⑲ 281
후산위안(胡山源) ⑧ 349.26
후샤오(胡斅) ⑫ 527.10, ⑲ 281
후성(胡繩) ⑦ 742.4
후스(Jan Hus) ⑬ 514.18
후스(胡適) ① 258.2, 373.23, ④ 188.8, ⑥ 208.7, 402.6, ⑦ 83.4, 484.3, 684.2, ⑧ 38.13, 154.16, 347.6, 384.6, 673.12, ⑩ 498.3, ⑬ 505.1, ⑯ 32.2, ⑲ 281
후스즈(胡適之) ⑤ 268.9, ⑬ 178.4, → 후스(胡適)
후싱링(胡醒靈) ⑲ 281
후안(胡弦) ⑲ 281
후양쩡(胡仰曾) ⑲ 282
후예핀(胡也頻) ① 293.2, ⑥ 134.2, ⑧ 219.3, ⑲ 282
후위즈(胡愈之) ⑥ 317.4, ⑫ 416.4, ⑭ 74.3, ⑮ 724.2, ⑲ 282
후위진(胡玉縉) ⑤ 232.10, ⑲ 282
후잔탕(胡展堂) ⑥ 186.4
후중츠(胡仲持) ⑯ 373.2, ⑲ 282
후지노 겐쿠로(藤野嚴九郎) ③ 215.10, ⑯ 350.2
후지모리 세이키치(藤森成吉) ⑫ 661.5
후지쓰카 지카시(藤冢隣) ⑲ 282
후지와라 가마에(藤原鎌兄) ⑲ 283
후지이 겐이치(藤井元一) ⑲ 283
후진쉬(胡今虛) ⑭ 514.1, ⑲ 283
후쯔팡(胡梓方) ⑲ 283
후청차이(胡成才) ⑨ 409.14
후추위안(胡秋原) ⑥ 335.2
후치짜오(胡其藻) ⑮ 655.2, ⑲ 283
후카오(胡考) ⑮ 561.2
후케(福家) ⑲ 283
후쿠오카 세이이치(福岡誠一) ④ 482.2, ⑫ 433.5, ⑲ 283
후쿠자와 유키치(福澤諭吉) ⑩ 593.10
후키야 고지(蕗谷虹児) ⑨ 442.1, ⑫ 750.2
후타바테이 시메이(二葉亭四迷) ⑨ 183.9
후펑(胡風) ⑧ 694.6, ⑮ 579.5, 602.1, 756.2, ⑲ 284
후한민(胡漢民) ⑨ 511.9
후화이천(胡懷琛) ① 549.2, ⑦ 255.14, ⑩ 498.6, ⑮ 696.3
훙선(洪深) ⑬ 222.3
훙쉐천(洪學琛) ⑲ 284
훙이상런(弘一上人) ⑱ 295.9
휘종(徽宗, 송나라) ⑥ 450.3
휘트먼(Walt Whitman) ⑥ 198.3
휴스(Langston Hughes) ⑥ 460.3
휴얼(William Whewell) ① 73.13, 74. 30
히구치 료헤이(樋口良平) ⑲ 284
히라바야시 다케시(平林武) ⑩ 54.15
히라바야시 야스코(平林泰子) ⑮ 557.2
히라쓰카 운이치(平塚運一) ⑯ 351.1
히라이(平井) 박사 ⑲ 284
히틀러(Adolf Hitler) ⑦ 288.2, ⑧ 38.9,

⑨ 545.10
힌덴부르크(Paul Ludwig von Beneckendorf und von Hindenburg) ⑥ 299.21

【기타】

Bartlett(→R. M. Bartlett) ⑲ 285
CF신사 → 리샤오펑(李小峰)
Cherepnin, G. ⑲ 285
C참사(參事) → 장웨이차오(蔣維喬)
DF 선생 ④ 212.16
E군 → 예로센코(Василий Яковлевич Ерошенко)
F선생 → 푸쩡샹
Gibings → 기빙스(Robert Gibbings)
Grimm, Dr. ⑲ 286
H. M. → 쉬광핑(許廣平)
Körber, Lili ⑲ 286
Kravchenko, A.(Алексей Ильич Кравченко) ⑲ 286
L.부인 → 로르스카야(Лорская)
Lidin, V.(Владимир Германович Лидин) ⑲ 286
Meyenburg, Erwin ⑲ 286
Orlandini, Dr. ⑲ 286
O. V. → 펑쉐펑(馮雪峰)
Petrov, Nikolai(Н. Петров) ⑲ 286
Vaillant-Couturier, Paul ⑲ 287
Y차장(次長) → 위안시타오(袁希濤)

서명, 편명, 총서명, 작품명 등 찾아보기

『1월 9일』(一月九日) ⑲ 484
『2월』(二月) ⑤ 438.1, ⑲ 478
「2퉁위안이 모자라다」 ⑬ 541.2
「4일간」(四日) ⑫ 696.3
『5·4운동의 역사』 ⑯ 104.1
『5·4운동의 장식화』 ⑯ 104.1
『5개년 계획의 이야기』(五年計劃的故事) ⑲ 455
「5분과 반년」(五分鍾與半年) ⑬ 156.2, 663.3
「5월의 밤」(五月的夜) ⑮ 364.1
「5월의 폭풍」(Gewitter im Mai) ⑰ 666.72
「6명의 학생은 죽어 마땅하다」(六個學生該死) ⑬ 128.2
7경 ⑧ 98.16
『8월의 향촌』(八月的鄉村) ⑧ 384.1, 664.3, ⑲ 530
『10년간의 포위토벌』(包圍討伐十年) ⑮ 159.5
『10월』(十月) ⑫ 567.1, ⑱ 260.66, ⑲ 427
13경(經) ④ 182.18
「13번째 레르몬토프에 관한 소설」 ⑮ 737.6
「15년래의 서적 판화와 단행 판화」(十五年來的書籍版畫和單行版畫) ⑧ 729.5
『20세기 문학의 주조』(十九世紀文學之主潮) ⑲ 477
『20세기 유럽 문학』(二十世紀の歐洲文學) ⑲ 477
『20세기 회화대관』(二十世紀繪畫大觀) ⑲ 477
「22년의 출판계」 ⑮ 40.5
24사(二十四史) ④ 42.11, 180.4
『25년 이래 초기 기독교 연구』(二十五年來之早期基督教研究) ⑭ 137.1
『30 neue Erzähler des neuen Russland』 ⑲ 556
『30년집』(三十年集) ⑩ 657.1
「33년에 느낀 과거에 대한 그리움」(重三感舊) ⑦ 475.3
『40년』 ⑲ 392, →『클림 삼긴의 생애』
「42번가」(四十二號街) ⑱ 518.39
『56 Drawings of Soviet Russia』 ⑲ 556
『93년』(九十三年) ⑲ 308

「1925년 베이징출판계 형세지장도」(1925北京出版界形勢指掌圖) ④485.5, 490.4, ⑤118.4, 296.15
『1934년 즉경』(一九三四年卽景) ⑮411.2

【ㄱ】

「가계」(家誡) ⑤181.66
「가난」(窮苦, Not) ⑯371.4
「가난에 쪼들린 자전」(窮愁的自傳) ⑥161.28
『가난한 사람들』(不幸的一群) ⑲290
『가난한 사람들』(窮人) ⑨157.1, ⑰761.47, ⑲290
「가랑비」 ⑦601.8
「가마다 세이이치 묘비」 ⑱620.57
『가서』(可書) ④151.6
'가스야 독일어학총서'(粕谷獨逸語學叢書) ⑲290
『가시나무』(荊棘) ⑬257.1
『가쓰시카 호쿠사이』(葛飾北齋) ⑲290
『가업당서목』(嘉業堂書目) ⑮152.2
'가이조문고'(改造文庫) ⑲291
『가인소전』(迦茵小傳) ⑥159.16
「『가인소전』의 두 번역본을 읽고서」(讀迦茵小傳兩譯本書後) ⑥160.18
『가자차고』(賈子次詁) ⑲291
『가정도성기략』(嘉定屠城記略) ①337.8
『가정비구설당래변경』(迦丁比丘說當來變經) ⑲291
「가짜 환자」(假病人) ⑱571.171
『가태콰이지지』(嘉泰會稽志) ④424.34, ⑩122.16
『가태 콰이지지 및 보경 속지』(嘉泰會稽志及寶慶續志) ⑲291
「각 대형서점, 대량의 반동적 서적을 불태우다」 ⑮77.6
『각세진경천화편』(覺世眞經闡化編) ⑲291
「각연초 노동자」(刨煙工人) ⑮647.2
「각자의 능력 발휘」(各盡所能) ⑦671.3
『각재집고록』(窓齋集古錄) ⑲291
『간운집』(看雲集) ⑲291
『간집』(趕集) ⑲292
「간천행」(柬天行) ⑮124.3
「간축객」(諫逐客) ⑫105.9
『간칭목각이집』(干靑木刻二集) ⑯128.1, ⑲292
『간칭목판화초집』(干靑木刻初集) ⑮469.2
『갈관자』(鶡冠子) ⑫73.18
「갈색공포」(褐色恐怖) ⑨545.13
『감람』(橄欖) ⑤80.8
『감략』(鑑略) ①324.5, ③157.18, ⑧196.2
『감상사록』(感想私錄) ⑲292
『감상화선』(鑑賞畵選) ⑲292
『감옥과 병원』(監獄與病院) ⑲292
「감옥살이 약술」(坐牢略記) ⑯114.1, 134.2
「감옥을 말한다」 ⑮81.5
『감주집』(紺珠集) ⑲292
「감주청려필기」(柑酒聽鸝筆記) ⑩665.1
『갑골계문탁본』(甲骨契文拓本) ⑲292
『갑골문자연구』(甲骨文字硏究) ⑲292
『갑신조사소기』(甲申朝事小紀) ⑲292

『갓파』(河童, かっぱ) ⑱ 732.85, ⑲ 292
『강감이지록』(鋼鑑易知錄) ⑨ 305.10
「강남춘」(江南春) ⑱ 685.3
「『강도』 초판본 서문」(『強盜』初版原序) ⑬ 781.1
『강동화주』(絳洞花主) ⑩ 254.1
「강부」(江賦) ⑧ 573.22
「강북수재기」 ⑰ 28.27
'강연록' ⑤ 188.4
「강용복호」(降龍伏虎) ⑱ 556.131
『강 위에서』(江上) ⑲ 292
『강희자전』(康熙字典) ① 270.4, ② 231.11, ⑧ 156.26
『개·고양이·사람』(犬·猫·人間) ⑲ 292
『개띠해 잡문』(狗兒年雜文) ⑮ 510.1
「개막사」(開場白) ⑦ 582.3
『개원승평원』(開元升平源) ⑪ 205.62
『개원점경』(開元占經) ⑫ 185.20
『개원천보유사』(開元天寶遺事) ⑲ 292
『개유익재독서지』(開有益齋讀書誌) ⑲ 292
『개자원화보』(芥子園畫報) ⑩ 554.1
『개자원화전』(芥子園畫傳) ⑭ 566.1, ⑲ 292
『개척된 처녀지』(ヒラカレタ處女地 / 開拓了的處女地) ⑲ 293
『개하기』(開河記) ⑩ 202.11
「거대한 항아리」(大鉅缸) ⑩ 456.4
『거사전』(居士傳) ⑧ 391.7, ⑲ 293
『거양시주』(渠陽詩注) ⑲ 293
『거짓자유서』(僞自由書) ⑲ 293
『건국대강』(建國大綱) ⑦ 129.7
「건륭제, 강남에 내려오다」(乾隆帝下江南) ⑥ 201.2
「건륭황제와 하이닝」(乾隆皇帝與海寧) ⑦ 754.6
『건상소품』(巾箱小品) ⑲ 293
『건설기의 소비에트문학』(建設期のソヴェート文學) ⑲ 293
『건안오기』(蹇安五記) ⑮ 463.2, ⑲ 293
『건안칠자집』(建安七子集) ⑲ 293
『건중실록』(建中實錄) ⑫ 288.14
『건탑자』(建塔者) ⑲ 293
『걸리버 여행기』(The Guliver's Travels) ⑦ 724.6, ⑲ 293
『검은 가면』(黑い仮面) ⑲ 293
『검은 가면을 쓴 사람』(黑假面人) ⑬ 587.2, ⑲ 293
『검은 깃발』(黑旗) ⑲ 294
『검찰관』(Ревизор) ① 518.3
『격렴화영』(隔簾花影) ⑪ 496.57
『격치경원』(格致鏡原) ③ 390.4
『격치총서』(格致叢書) ⑧ 316.3
『견소집』(見笑集) ⑲ 294
『견이전』(甄異傳) ⑪ 132.48
『견호병집』(堅瓠丙集) ⑦ 181.4
『견호속집』(堅瓠續集) ⑫ 310.5
『견호집』(堅瓠集) ⑩ 294.7
「결국 '취한 눈에 흐뭇해할' 뿐」 ⑨ 270.4
『결박된 프로메테우스』(被幽囚的普羅密修士) ⑲ 294
『결산』(結算) ⑲ 294
『결일려주씨잉여총서』(結一廬朱氏剩餘叢書) ⑲ 294
「결혼」(結婚) ⑮ 500.3, ⑲ 294

『결혼의 사랑』(結婚的愛) ⑲ 294
『결혼집』(結婚集) ⑲ 294
「경국경성」(傾國傾城) ⑯ 335.2
『경기금석고』(京畿金石考) ⑲ 294
『경덕전등록』(景德傳燈錄) ⑲ 294
『경림잡속기』(涇林雜續記) ⑲ 294
『경박도화』(輕薄桃花) ⑭ 543.1
『경본통속소설』(京本通俗小說) ① 237.17, ⑥ 127.14, ⑩ 290.27, ⑪ 301.61, ⑲ 294
『경세통언』(警世通言) ① 239.30
『경신임계록』(庚辛壬癸錄) ⑲ 295
『경자국변탄사』(庚子國變彈詞) ⑪ 757.3
『경자일기』(庚子日記) ⑲ 295
『경적구음변증』(經籍舊音辨證) ⑲ 295
『경적방고지』(經籍訪古誌) ⑬ 686.2
『경전석문』(經典釋文) ⑲ 295
『경전석문고증』(經典釋文考證) ⑲ 295
『경전집림』(經典集林) ⑲ 295
『경정엄주속지』(景定嚴州續志) ⑲ 295
『경직도』(耕織圖) ⑭ 574.2, ⑲ 295
『경진잡록』(京塵雜錄) ⑬ 554.14
『경화연』(鏡花緣) ① 497.2
『경훈당총서』(經訓堂叢書) ⑲ 295
『경훈독본』(經訓讀本) ⑲ 295
『계공당』(桂公塘) ⑮ 165.5
『계근편』(鷄肋編) ⑥ 180.22
「계급과 루쉰」(階級與魯迅) ⑬ 870.3
『계급사회의 예술』(階級社會の藝術) ⑲ 296
『계급사회의 제 문제』(階級社會の諸問題) ⑲ 296
『계급의식이란 무엇인가』(階級意識トハ何ゾヤ) ⑲ 296
『계급투쟁론 소사』(階級鬪爭論小史) ⑲ 296
『계륵편』(鷄肋編) ⑤ 118.7, ⑦ 571.7, ⑧ 38.10
「계묘년 12월에 사촌형을 삼가 멀리 보내면서 쓰다」(癸卯世十二月中作與從弟敬遠) ④ 400.24
『계사존고』(癸巳存稿) ⑲ 296
『계신잡식』(癸辛雜識) ⑫ 356.3
『계유일기』(桂遊日記) ⑲ 296
『계창총화』(鷄窗叢話) ⑲ 296
『계통광물학』(系統礦物學) ⑲ 296
『계해우형지』(桂海虞衡志) ⑲ 296
「고개를 넘다」(過嶺記) ⑭ 282.1
『고개지화여사잠』(顧愷之畵女史箴) ⑲ 296
『고경기』(古鏡記) ⑪ 199.12
『고경도록』(古鏡圖錄) ⑲ 296
『고경(古鏡) 연구』(鑑鏡の研究) ⑲ 296
『고고학논총(考古學論叢)(1)』 ⑲ 297
『고고학연구』(考古學研究) ⑲ 297
『고고학통론』(通論考古學) ⑲ 297
『고골 단편소설집』(郭果爾短篇小說集) ⑮ 651.5
『고골사관』(果戈理私觀) ⑮ 282.2
『고골선집』(果戈理選集) ⑮ 373.7, 378.3, 507.2, 3, 702.2, 776.3
「고골에 대한 나의 관점」(果戈理私觀) ⑱ 548.110
『고골 연구』(Гоголь в жизни / ゴオゴリ研究) ⑧ 414.3, ⑲ 311
「고골 연구」(果戈理研究) ⑮ 702.3
「「고골의 비극」 후기」 ⑮ 743.4

『고골 전집』(ゴオゴリ全集) ⑫ 740.5, ⑲ 311
『고골전집』(Nikolaus Gogol Sämtliche Werke in acht Bänden) ⑮ 373.5
『고금대방록』(고금대문록)(古金待訪[問]錄) ⑲ 297
『고금만성통보』(古今萬姓統譜) ⑫ 296.14
『고금사의대전』(古今史疑大全) ⑤ 237.3
『고금설해』(古今說海) ⑫ 341.6
『고금소설』(古今小說) ① 238.29
『고금일사』(古今逸史) ⑫ 341.5
『고금잡극』(古今雜劇) ⑲ 297
『고금주』(古今注) ⑲ 297
『고금천략』(古今泉略, 古今錢略) ⑲ 297
『고단문공연보』(顧端文公年譜) ⑧ 312.7
『고단문공유서』(顧端文公遺書) ⑲ 297
『고대 그리스 풍속감』(古希臘風俗鑑) ⑲ 297
『고대명각휘고』(古代銘刻彙考) ⑲ 297
『고대명각휘고속편』(古代銘刻彙考續編) ⑲ 297
『고대희랍문학 총설』(古代希臘文學總說) ⑲ 297
『고동인보거우』(古銅印譜擧隅) ⑲ 297
「고동잡기」(孤桐雜記) ④ 187.5
『고리키 논문 선집』(高爾基論文選集) ⑭ 518.2, ⑮ 637.2
『고리키문록』(戈理基文錄) ⑲ 297
『고리키 문예서간집』(ゴリキイ·文藝書簡集) ⑲ 298
『고리키소설선집』 ⑱ 468.157
『고리키에게 보낸 레닌의 편지』(レーニンのゴリキーへの手紙) ⑲ 298
『고리키 연구』(ゴーリキイ研究) ⑲ 311
『고리키 전집』(ゴーリキイ全集) ⑲ 312
『고리키 평전』 ⑫ 738.5
『고리키화상집』(高爾基畫像集) ⑱ 445.85
「고마워라 보슬비」(謝謝毛毛雨) ⑦ 660.3
『고명기도록』(古明器圖錄) ⑲ 298
『고문과 학살』(拷問と虐殺) ⑲ 298
『고문관지』(古文觀止) ⑥ 55.21, ⑨ 198.16, ⑬ 327.2
『고문사류찬』(古文辭類纂) ⑨ 199.18
『고문원』(古文苑) ⑲ 298
『고민의 상징』(苦悶の象徵 / 苦悶的象徵) ④ 42.9, ⑤ 71.6, 423.17, ⑨ 330.1, ⑩ 596.1, 598.1, ⑫ 463.1, ⑬ 105.2, ⑰ 663.66, ⑲ 298
「『고민의 상징』을 번역한 사흘 후의 서」(譯『苦悶的象徵』後三日序) ⑨ 330.6
『고바야시 다키지 서간집』(小林多喜二書簡集) ⑮ 688.3, ⑲ 298
『고바야시 다키지 일기』(小林多喜二日記) ⑲ 298
『고바야시 다키지 전집』(小林多喜二全集) ⑲ 299
『고병부고략잔고』(古兵符考略殘稿) ⑲ 299
『고보유칸』(工房有閑) ⑲ 299
『고본삼국지통속연의』(古本三國志通俗演義) ⑯ 237.3, ⑲ 299
『고사변』(古史辨) ⑲ 299
『고사전』(高士傳) ③ 251.29, ⑲ 299
「고서를 읽는 것과 관련한 토론」 ⑮ 61.4
『고서미화책』(顧西眉畫冊) ⑲ 299

「고성말일기」(古城末日記) ⑱ 179.32, 692.18
『고소설구침』(古小說鉤沈) ③ 180.9, 390.2, ④ 306.27, ⑫ 177.1, ⑬ 448.9, ⑮ 565.1, ⑰ 55.93, ⑲ 299,
『고스기 호안 화집』(小杉放庵畫集) ⑲ 299
『고승전』(高僧傳) ⑲ 299
『고시기』(古詩紀) ⑫ 250.6
『고신록제요』(考信錄提要) ⑤ 358.3
『고씨문방소설』(顧氏文房小說) ⑬ 688.2, ⑲ 299
『고씨소설선집』(高氏小說選集) ⑲ 299
『고안』(孤雁) ⑲ 299
『고양이마을』(猫町) ⑲ 300
『고왕경』(高王經) ③ 191.14
『고왕관세음』(高王觀世音) ③ 191.14
『고요한 돈강』(Тихий Дон / 靜靜的頓河) ⑨ 484.1, ⑮ 644.6, ⑲ 300
「고우요풍」(故宇妖風) ⑱ 329.74
『고이즈미 선생과 기타』(小泉先生そのほか) ⑫ 463.6
「고이즈미 야쿠모가 이야기하는 중국 귀신」(小泉八雲談中國鬼) ⑭ 186.3
『고일서』(古逸書) ⑫ 310.3
『고잔의 4대 승려시인』(五山の四大詩僧) ⑲ 300
『고장절진』(鼓掌絶塵) ⑲ 300
『고주여론』(古籀余論) ⑲ 300
『고죽잡기』(苦竹雜記) ⑲ 300
『고지석화』(古志石華) ⑲ 300
『고창벽화정화』(高昌壁畫精華) ⑲ 301
『고천정선탁본』(古泉精選拓本) ⑲ 301
『고천총화』(古泉叢話) ⑲ 301
『고토카이 · 시요카이 연합도록』(高蹈會紫葉會聯合圖錄) ⑲ 301
『고학휘간』(古學彙刊) ⑲ 301
『고항몽유록』(古杭夢游錄) ① 237.16
『고향』(故鄉) ⑤ 481.12, ⑰ 718.88, ⑲ 301
『고화집』(枯花集) ⑯ 98.7
『고효자전』(古孝子傳) ③ 149.33
『고효자전』(古孝子全) ⑤ 312.7
『곡률』(曲律) ⑫ 356.3
『곡부비갈고』(曲阜碑碣考) ⑲ 301
『곡성도보』(曲成圖譜) ⑲ 301
『곡원』(曲苑) ⑬ 553.4
『곡품』(曲品) ① 240.34
『곤자쿠 모노가타리』(今昔物語) ⑫ 450.35
『곤충기』(昆虫記) ⑲ 302
『곤충류 화보』(虫類畫譜) ⑲ 302
『곤충의 경이』(昆虫の驚異) ⑲ 302
『곤충의 사회생활』(虫の社會生活) ⑲ 302
『곤학기문』(困學紀聞) ⑲ 302
「곰의 생장」 ⑯ 115.4
『공과격』(功過格) ① 391.7
『공교대강』(孔教大綱) ⑲ 302
『공교론』(孔教論) ⑲ 302
『공령부기』(孔靈符記) ⑩ 122.16
「'공리'의 속임수」 ④ 269.13
『공반천산수책』(龔半千山水冊) ⑲ 302
『공반천세필그림책』(龔半千細筆畫冊) ⑲ 302
『공북해연보』(孔北海年譜) ⑲ 302
『공산주의 대학생 일기』(共産大學生の日記)

⑲ 303
『공상보』(工商報) = 『공상일보』(工商日報) ⑤ 60.12
『공상에서 과학으로』(空想から科學へ) ⑲ 303
「공성계」(空城計) ① 526.6
『공손룡자』(公孫龍子) ⑲ 303
『공손룡자주』(公孫龍子注) ⑲ 303
『공순당총서』(功順堂叢書) ⑲ 303
『공시선생칠경소전』(公是先生七經小傳) ⑲ 303
『공씨조정광기』(孔氏祖庭廣記) ⑲ 303
『공양전』(公羊傳) ③ 87.7, ⑯ 327.2
『공예미론』(工藝美論) ⑲ 303
『공자가어』(孔子家語) ⑧ 422.5, ⑫ 57.23
「공자, 남자를 만나다」(子見南子) ⑧ 424.23, ⑨ 283.130, ⑩ 453.1
『공자성적도』(孔子聖跡圖) ⑥ 343.2
『공장지부』(工場細胞) ⑲ 303
『공포』(恐懼) ⑭ 528.1, ⑲ 303
'공학사총서'(共學社叢書) ⑫ 526.8
「공화와 군주에 대하여」(共和與君主論) ① 311.10
「공희발재」(恭喜發財) ⑱ 690.10
「과거의 생명」(過去的生命) ⑰ 534.13
「과거의 유령」(過去的幽靈) ⑰ 567.5
『과거현재인과경』(過去現在因果經) ⑲ 303
「과격 학생에 대한 소감」(對於暴烈學生之感言) ④ 108.9, 151.7
『과령기』(過嶺記) ⑲ 304
『과수원』(果樹園) ⑩ 630.2
「과학권위」(科學權威) ⑱ 570.169
『과학방법론』(科學方法論) ⑲ 304
『과학수상』(科學隨想) ⑲ 304
『과학의 시인』(科學の詩人) ⑲ 304
'과학적 예술론 총서'(科學的藝術論叢書) ⑥ 116.32, ⑫ 698.5, ⑮ 774.3
'과학화보총서'(科學畫報叢書) ⑲ 304
『곽교집』(郭交集) ⑲ 304
『곽자』(郭子) ⑧ 429.11
『곽충서망천도권』(郭忠恕輞川圖卷) ⑲ 304
『관고당서목총간』(觀古堂書目叢刊) ⑲ 304
『관고당휘각서병소저서』(觀古堂彙刻書幷所著書) ⑲ 304
『관광기유』(觀光紀游) ⑲ 304
『관무량수불경도찬』(觀無量壽佛經圖贊) ⑲ 304
『관불삼매해경』(觀佛三昧海經) ⑪ 136.76
『관상』(相人) ⑤ 34.3
『관자』(管子) ⑲ 304
『관자득재총서』(觀自得齋叢書) ⑲ 305
『관중금석기』(關中金石記) ⑩ 150.9, ⑲ 305
『관중이이곡선생전집』(關中李二曲先生全集) ⑲ 305
『관창각장위제조상기』(觀滄閣藏魏齊造像記) ⑲ 305
『괄이지』(括異志) ⑲ 305
『광경실문초』(廣經室文鈔) ⑲ 305
「광고를 철회할 것을 건의한다」 ⑤ 470.30
『광둥신어』(廣東新語) ⑲ 305
『광둥에서의 루쉰』(魯迅在廣東) ⑤ 394.20, ⑭ 109.2, ⑮ 395.1

『광둥통신』(廣東通信) ⑲ 305
『광릉시사』(廣陵詩事) ⑲ 305
『광릉조』(廣陵潮) ⑲ 305
『광명의 추구』(=『태양』Die Sonne) ⑮ 110.4
『광사림』(廣辭林) ⑲ 305
『광아소증』(廣雅疏證) ⑲ 305
『광아총간』(廣雅叢刊) ⑲ 305
『광야 속의 도시』 ⑫ 638.25
『광양잡기』(廣陽雜記) ⑲ 306
「광영」(光榮) ⑤ 129.2
『광운』(廣韻) ⑲ 306
『광창전록』(廣倉磚錄) ⑬ 509.5, ⑲ 306
「광풍을 애도하며」(挽狂飆) ⑥ 122.3, ⑭ 60.5
『광홍명집』(廣弘明集) ① 348.10, ⑲ 306
『괴담록』(愧郯錄) ⑲ 306
『괴려총서』(槐廬叢書) ⑲ 306
「괴뢰」(傀儡) ⑱ 563.151
『괴멸』(壞滅, Разгром) ⑦ 675.4, ⑲ 306
『괴테비판』(ゲーテ批判) ⑲ 306
『굉천뢰』(轟天雷) ⑲ 306
『교경산방총서』(校經山房叢書) ⑲ 306
『교비수필』(校碑隨筆) ⑲ 307
「교육강요」(教育綱要) ⑩ 116.1
「교육 만담」(教育漫談) = 「교육 만어」(教育漫語) ⑤ 98.3
『교육부령휘편』(教育部令彙編) ⑲ 307
「교육에서의 반지식주의 ― 광타오 선생의 학문론에 관해 보내는 글」(教育上的反智主義 ― 與光濤先生論學書) ① 525.2
『교정만고수』(校正萬古愁) ⑲ 307
『교홍기』(嬌紅記) ⑲ 307
「교회밥을 먹다」 ⑱ 471.163
「구가」(九歌) ⑧ 785.3, ⑫ 97.17
『구가도』(九歌圖) ⑮ 304.2
『구계잡저』(句溪雜著) ⑲ 307
『구고정사금석도』(求古精舍金石圖) ⑲ 307
『구니키다 돗포 소설집』(國木田獨歩集) ⑭ 566.2
『구당서』(舊唐書) ⑲ 307
『구도문물략』(舊都文物略) ⑯ 225.2, ⑲ 307
「구두점 찍기의 세 가지 불후」(標點三不朽) ⑦ 782.2
『구루집』(痀瘻集) ⑲ 307
『구르몽 시집』(グウルモン詩抄) ⑲ 308
『구리야가와 하쿠손 전집』(廚川白村全集) ⑲ 308
「구명단」(鉤命單) ⑩ 519.2
『구문합벽비연외전』(仇文合璧飛燕外傳) ⑲ 308
『구문합벽서상회진기전책』(仇文合璧西廂會眞記全冊) ⑲ 308
『구미에 있어서의 지나 옛 거울』(歐米に於ける支那古鏡) ⑲ 308
『구미의 포스터 도안집』(歐米ポスター圖案集) ⑲ 308
『구발라실서화과목고』(甌鉢羅室書畫過目考) ⑲ 308
「구변」(九辯) ⑫ 97.23
『구산어록』(龜山語錄) ⑲ 308
『구서』(訄書) ⑧ 268.23, 703.3
『구시대의 죽음』(舊時代之死) ⑥ 131.9, ⑭

345.2, ⑮69.3
『구어법』(口語法) ⑲308
「구어 운용의 진사」(運用口語的塡詞) ⑱20.7
『구여토음보주』(句余土音補注) ⑲308
『구오대사』(舊五代史) ⑲309
「구옥」(舊屋) ⑫569.19
『구이양(貴陽) 통신』 ⑦447.2
『구이츠이묘집』(貴池二妙集) ⑲309
「구장」(九章) ⑫95.9
『구주석명』(九州釋名) ⑲309
『구품중정과 육조문벌』(九品中正與六朝門閥) ⑲309
『구학』(逑學) ⑲309
「국고학을 논함」(論國故學) ④221.5
『국립극장 100년』(國立劇場一百年) ⑲309
『국립베이핑도서관과 도판화전람회 목록』(國立北平圖書館與圖版畵展覽會目錄) ⑲309
「국민대학 x군에게 답하며」(答國民大學x君) ④491.7
『국민신보』(國民新報) ⑲309
「국방문학에 관하여」(關於國防文學) ⑧694.9, 694.12
『국사보』(國史補) ⑫289.15
『국수집』(國秀集) ⑲309
『국수화원류』(國粹畵源流) ⑩160.3, 594.15
『국악보』(國樂譜) ⑲309
『국어』(國語) ⑫169.26
『국어문법』(國語文法) ⑲310
『국왕들에게』 ①181.108
『국조문찬』(國朝文纂) ⑧247.44
『국조시인징략』(國朝詩人徵略) ⑲310
「국학 입문서 요목(要目)과 그 독법(讀法)」⑤71.3
「국학척담」(國學摭譚) ①534.7
『국학총간』(國學叢刊) ⑲310
「군가」(軍歌) ①173.10
『군경음변』(群經音辨) ⑲310
『군기권계론』(群己權界論) ⑥267.26
「군대에서」(軍中) ⑮696.1
『군도』(群盜, Die Räuber) ①105.27
『군산』(君山) ⑤129.6, ⑬770.4
『굶주림』(Sult) ①347.5, ⑨174.4
『궁규비전』(宮閨秘典) ⑧266.5
『궈량 서정화집』(國亮抒情畵集) ⑲310
「궈링지」(過嶺記) ⑱327.68
『권발보리심문』(勸發菩提心文) ⑲310
『권시』(卷葹) ⑰784.77, ⑲310
『권재노인필기』(權齋老人筆記) ⑲310
『권학문』(勸學文) ⑦366.9
『권학편』(勸學篇) ①454.5, ④59.7
『권형도량실험고』(權衡度量實驗考) ⑲311
『궤멸』(潰滅) ⑱273.76
『궤변 연구』(詭辯の硏究) ⑲311
『귀갑수골문자』(龜甲獸骨文字) ⑲311
『귀곡자』(鬼谷子) ④153.20
『귀납과학의 역사』(History of the Inductive Sciences) ①73.13, 74.30
「귀심편」(歸心篇) ⑦468.7
『귀이집』(貴耳集) ⑫353.8
『귀취도』(鬼趣圖) ⑥537.2
『규범』(閨範) ⑲311

「규정」(閨情) ⑰ 189.69
『균청관금석문자』(筠淸館金石文字) ⑲ 311
『균청관법첩』(筠淸館法帖) ⑲ 311
「그건 그녀」(那是她) ⑱ 571.171
「'그녀' 글자 문제」(她字問題) ⑧ 115.7
「그녀를 몹시 죽이고 싶다」(我恨不得殺却了伊) ⑨ 276.61
『그녀의 각성』(她的覺醒) ⑲ 311
「그녀의 고향」(她的故鄕) ⑨ 276.56
「그들을 내쫓으라」(打發他們去) ⑨ 283.126
「그들을 두드려 패서 몰아내자」(打發他們去) ⑩ 369.3, ⑫ 531.11
『그라지나』(Grażyna) ① 179.81
『그래도 지구는 돌고 있다』(けれども地球は迴つてゐる) ⑲ 311
『그레코』(グレコ) ⑲ 312
「그리스목가」(希臘牧歌) ⑰ 173.42
「그리스의곡」(希臘擬曲) ⑰ 56.96
「그리스제도에서」(在希臘諸島) ⑬ 528.1
『그리스 천재의 여러 모습』(希臘天才の諸相) ⑲ 312
『그림 동화집』(グリム童話集) ⑲ 312
『그림으로 해설한 황제의 칙교』(聖諭像解) ⑧ 56.4
『그림자』(影) ⑲ 312
『그의 백성들』(他的子民們) ⑲ 312
「그 후의 맹인 시인」(此後之盲詩人) ⑫ 709.3
「극장에서 돌아온 뒤」(戲園歸後) ⑬ 550.1
『근대극 12강』(近代劇十二講) ⑲ 312
『근대극 전집』(近代劇全集) ⑲ 312
『근대단편소설집』(近代短篇小說集) ⑲ 313
『근대목각선집』(近代木刻選集) ⑧ 658.4
『근대목각선집』(近代木刻選集)(2) ⑨ 452.1, ⑱ 173.22
『근대문예 12강』(近代文藝十二講) ⑲ 313
『근대 문예비평 단편』(近代文藝批評斷片) ⑲ 313
『근대문학 10강』(近代文學十講) ⑲ 313
『근대문학과 연애』(近代文學と戀愛) ⑲ 313
『근대미술 12강』(近代美術十二講) ⑲ 313
『근대미술사조론』(近代美術思潮論) ⑩ 423.1, ⑭ 165.1, ⑱ 81.141, 100.7, ⑲ 313
『근대사상 16강』(近代思想十六講) ⑲ 313
『근대 세계 단편소설집』(近代世界短篇小說集) ⑤ 414.1, ⑲ 313
『근대 예술론 서설』(近代藝術論序說) ⑲ 314
『근대유물론사』(近代唯物論史) ⑲ 314
『근대의 연애관』(近代の戀愛觀) ⑲ 314
『근대의 영문학』(近代の英文學) ⑲ 314
『근대 지나의 학예』(近代支那の學藝) ⑲ 314
「근대 체코문학 개관」(近代捷克文學概觀) ⑬ 525.3, ⑰ 549.27
「근대폴란드문학개관」(近代波蘭文學概觀) ⑬ 528.3
『근대 프랑스 시집』(近代佛蘭西詩集) ⑲ 314
『근대 프랑스 회화론』(近代佛蘭西繪畫論) ⑲ 314
『근사록집주』(近思錄集注) ② 231.11

『근세 사회사상사 개요』(近世社會思想史大要) ⑲ 314
『근세유럽회화 12강』(近世歐洲繪畫十二講) ⑲ 314
「글을 쓰는 것과 사람이 되는 것」(作文與作人) ⑧ 311.2
「글을 쓰는 것과 인간이 되는 것」(做文與做人) ⑧ 363.6, →「글짓기와 사람 되기」
『글의 기원』(文始) ⑭ 399.2
『글자 없는 이야기』(Geschichte ohne Worte) ⑮ 110.4
「글짓기와 사람 되기」(做文與做人) ⑧ 363.6, ⑩ 570.3
「금강」(金剛) ⑱ 561.145
『금강경가상의소』(金剛經嘉祥義疏) ⑲ 314
『금강경 · 심경약소』(金剛經 · 心經略疏) ⑲ 315
『금강경종통』(金剛經宗通) ⑲ 315
『금강경지자소 · 심경정매소』(金剛經智者疏 · 心經靖邁疏) ⑲ 315
『금강반야바라밀경론』(金剛般若波羅蜜經論) ⑲ 315
「금강지자」(金剛之子) ⑱ 563.152
『금고기관』(今古奇觀) ① 240.38
『금고기문』(今古奇聞) ① 240.39, ⑪ 545.56
『금군기』(錦裙記) ⑩ 201.5
『금문상서』(今文尙書) ⑧ 379.5
『금문속편』(金文續編) ⑲ 315
『금문술』(金文述) ⑭ 177.2
『금문여석지여』(金文餘釋之餘) ⑲ 315
『금문총고』(金文叢考) ⑲ 315
『금문편』(金文編) ⑲ 315
『금병매』(金瓶梅) ① 568.3, ⑧ 312.8, ⑪ 486.3, ⑮ 217.2
『금병매사화』(金瓶梅詞話) ⑧ 460.5, ⑮ 217.1, ⑲ 315
『금분세가』(金粉世家) ⑲ 315
『금석계부석고문석존』(金石契附石鼓文釋存) ⑲ 316
『금석록』(金石錄) ⑲ 316
『금석별』(金石蒴) ⑲ 316
『금석색』(金石索) ⑮ 61.3
『금석서목』(金石書目) ⑲ 316
『금석속편』(金石續編) ⑲ 316
『금석수편』(金石粹編) ⑮ 61.2
『금석원』(金石苑) ⑲ 316
『금석존』(金石存) ⑲ 316
『금석지』(金石志) ⑩ 121.8
『금석췌편』(金石萃編) ③ 251.28, ⑲ 316
『금석췌편교자기』(金石萃編校字記) ⑲ 316
『금석췌편보략』(金石萃編補略) ⑲ 316
『금성옥진집』(金聲玉振集) ⑭ 253.2
『금세설』(今世說) ⑲ 316
「금수세계」(禽獸世界) ⑱ 334.90
「금수천」(錦綉天) ⑱ 513.28
『금시계』(金表) ⑱ 595.1, ⑲ 316
「금시계가 곧 크랭크인되다」(金時計卽將開拍) ⑮ 582.3
「금은도」(金銀島) ⑱ 611.38
『금인명』(金人銘) ⑫ 35.13
『금일 구미소설의 동향』(今日歐美小說之動向) ⑲ 317
『금전여소』(錦錢余笑) ⑯ 342.1, ⑱

613.42, ⑲ 317
『금조』(琴操) ⑧ 572.15
『금칠십론』(金七十論) ⑲ 317
『금훼서목』(禁毁書目) ⑮ 521.5
『급고수상』(汲古隨想) ⑲ 317
『급시행락』(及時行樂) ⑲ 317
『급취장초법고』(急就章草法考) ⑲ 317
『급취편』(急就篇) ⑦ 343.7, ⑲ 317
「급할 때 부처 다리라도 껴안다」(臨時抱佛脚) ④ 259.14
『기계론과 변증법적 유물론』(機械論と辨證法的唯物論) ⑲ 317
『기계와 예술의 교류』(機械と藝術の交流) ⑲ 317
『기계와 예술혁명』(機械と藝術革命) ⑲ 317
『기고실길금문술』(奇觚室吉金文述) ⑲ 317
「기근」(饑饉) ⑱ 554.127
「기도」(禱告) ⑨ 271.9
『기리시탄 순교기』(切支丹の殉教者) ⑦ 43.3
『기보총서』(畿輔叢書) ⑲ 318
『기상』(氣象) ⑲ 318
『기세경』(起世經) ⑲ 318
『기신론직해』(起信論直解) ⑲ 318
「기아」(餓)(飢エ) ⑫ 692.3, ⑮ 595.3, ⑲ 318
「기아의 빛」(飢餓的光芒) ⑨ 281.110
『기원편』(紀元編) ⑲ 318
「기이주점」(奇異酒店) ⑱ 566.158
「기자들이 모두 출동하다」(記者全體出動) ⑮ 746.4
『기타가와 우타마로』(喜多川歌麿) ⑲ 318
『기회주의에 대한 투쟁』(日和見主義ニ對スル鬪爭) ⑲ 318
『길』(路) ⑲ 318
『길 걷는 다로』(あゐき太郎) ⑲ 318
『길금소견록』(吉金所見錄) ⑲ 318
『김동심선생시고묵적』(金冬心先生詩稿墨迹) ⑲ 318
『김동심화과책』(金冬心花果冊) ⑲ 318
『깊고 외진 천씨 마을』(幽僻的陳莊) ⑲ 319
「깊은 곳에서」(從深處) ⑨ 276.61
『깊은 맹세』(深誓) ⑲ 319
『깊은 밤과 악몽』(良夜與惡夢) ⑲ 319
『까마귀』(からす) ⑲ 319
「깜짝 놀랄 만한 중요 뉴스」(驚人的重要新聞) ⑭ 320.1
『깨어나는 중국』(支那は眼覺め行く) ⑲ 319
『꼬리 아홉 개를 가진 거북』(九尾龜) ⑤ 448.15
『꽃테문학』(花邊文學) ⑯ 154.1, ⑲ 319
「'꽃테문학'론」 ⑦ 697.12
「꿀벌」 ⑥ 443.2
『꿈』(夢) ⑲ 319
『꿈의 흔적』(夢迹) ⑫ 750.4
「꿩의 구이」(雉鷄的燒烤) ⑬ 522.2

【ㄴ】

『나가사키의 미술사』(長崎の美術史) ⑲ 320
「나경관악」(羅京管樂) ⑱ 519.42
「나궁기몽」(羅宮綺夢) ⑱ 563.150
「나궁춘색」(羅宮春色) ⑱ 487.207

『나는 번화가를 떠나며』(我離開十字街頭) ⑧ 354.76
『나는 사랑한다』(私は愛す) ⑲ 320
「나는 살고 싶다」 ⑫ 637.13
「나는 어떻게 글을 쓰는가」 ⑮ 461.2, 644.3
「나는 어떻게 창작을 했는가」 ⑮ 333.5, 373.3
「나는 어떻게 『철의 흐름』을 썼는가」 ⑱ 321.57
「나는 왜 이 잡지를 간행하는가, 나는 어떻게 간행하려고 하는가」(我爲甚麽來辦我想怎麽辦) ④ 304.12, 377.8
「나도 위군에 대해 말하련다」(我也來談談關於玉君的話) ⑨ 356.2
「나도 푸단대학에 대해 말한다」 ⑩ 402.3
『나막신 흔적 곳곳에』(屐痕處處) ⑲ 320
「나쁜 아이」(壞孩子) ⑱ 598.9
『나쁜 아이와 기타 이상한 이야기』(壞孩子和別的奇聞) ⑧ 604.13, ⑯ 369.1, ⑲ 320
『나소간문집』(羅昭諫文集) ⑲ 320
『나악주소집』(羅鄂州小集) ⑲ 320
『나암유상소지』(蘿庵遊賞小志) ⑲ 320
『나양봉귀취도』(羅兩峰鬼趣圖) ⑲ 320
「나와 문언문」(我與文言文) ⑦ 747.7, ⑧ 176.5, ⑩ 552.10
『나의 가정』(我的家庭) ⑲ 320
『나의 독설』(わが毒舌) ⑲ 320
「나의 문학수양」(我的文學修養) ⑱ 541.92
「나의 '본적'과 '계파'」 ④ 187.3
「나의 실연」(我的失戀) ⑨ 372.3
「나의 어린 시절」(我的童年) ⑮ 547.4
「나의 연인」(我的情人) ⑧ 354.73
「나의 의견」(我的意見) ⑦ 484.4
『나의 참회』(『나의 기도』Mein Stundenbuch) ⑮ 110.4, ⑲ 320
『나의 투쟁』 ⑧ 722.4, ⑯ 56.2
『나의 표류』(わが漂泊) ⑲ 321
『나의 화집』(私の畫集) ⑲ 321
『나이카쿠문고 서목』(內閣文庫書目) ⑩ 288.3
『나일강의 풀』(ニール河の草) ⑲ 321
『낙랑』(樂浪) ⑲ 321
『낙랑, 고구려 옛 기와 도보』(樂浪及高勾麗古瓦圖譜) ⑲ 321
『낙랑왕광묘』(樂浪王光墓) ⑲ 321
『낙랑채협총』(樂浪彩篋塚) ⑲ 321
『낙양가람기구침』(洛陽伽藍記鉤沈) ⑲ 321
『낙양고궁기』(洛陽故宮紀) ⑨ 209.4
「낙중구로회」(洛中九老會) ⑩ 201.5
『낙타』(駱駝) ⑲ 322
『낙화집』(落花集) ⑭ 497.3, ⑲ 322
『난산리』(南山里) ⑲ 323
『난양 화상 방탁기』(南陽畫像訪拓記) ⑮ 758.1
『난언술략』(蘭言述略) ⑲ 322
「난정집서」(蘭亭集序) ① 478.2, ⑥ 490.2
『난퉁방언소증』(南通方言疏證) ⑲ 322
『난혼 재판』(亂婚裁判) ⑲ 322
『낡은 해골의 매장』(古骸底埋葬) ⑲ 322
『남강북조집』(南腔北調集) ⑲ 322
「남극탐험」(南極探險) ⑱ 327.67
『남녀백효도전전』(男女百孝圖全傳) ⑲ 322

『남녀와 성격』(男女と性格) ⑲322
『남당서』(南唐書)(2종) ⑲322
『남뢰여집』(南雷餘集) ⑲322
『남릉무쌍보』(南陵無雙譜) ⑲322
『남만광기』(南蠻廣記) ⑲323
『남만광기 속편』(續南蠻廣記) ⑲323
『남명야사』(南明野史) ⑮670.3
「남미풍광」(南美風光) ⑱653.108
『남북조의 사회경제제도』(南北朝に於ける社會經濟制度) ⑲323
『남송군현소집』(南宋群賢小集) ⑲323
『남송원화록』(南宋院畵錄) ⑲323
『남송육십가집』(南宋六十家集) ⑲323
『남심진지』(南潯鎭志) ⑲323
『남양한화상방탁기』(南陽漢畫像訪拓記) ⑲323
『남양한화상집』(南陽漢畫像集) ⑲323
『남양회해대류』(南陽會海對類) ⑲323
『남원십삼수』(南園十三首) ⑱360.14
『남유럽의 하늘』(南歐の空) ⑲323
『남제서』(南齊書) ⑩143.14
「남쪽으로 가는 사랑하는 군을 보내며」(送南行的愛而君) ⑬789.2
『남청서원총서』(南菁書院叢書) ⑲324
『남청찰기』(南菁札記) ⑲324
『남해백영』(南海百咏) ⑲324
『남행』(南行) ⑭554.2
『남행기』(南行記) ⑲324
「남향자」(南鄕子) ⑱322.58
『남호사미』(南湖四美) ⑲324
『남화완구집』(南華玩具集) ⑲324
『납서영곡보』(納書楹曲譜) ⑬556.4
『낭만적과 고전적』(浪漫的與古典的) ⑥66.4
「내가 아는 펑위샹과 서북군」(我所認識的馮玉祥及西北軍) ⑭163.2
『내경』(內經) →『황제내경』(黃帝內經)
『내로초당수필』(來鷺草堂隨筆) ⑲324
『내면으로의 길』(內面への道 / Weg nach Innen) ⑲324
'내외국문학총서'(內外國文學叢書) ⑫496.9
『너의 자매』 ⑨488.5
「네 기사」(四騎士) ⑱113.24
「네 명의 경찰과 한 여자」(四個警察和一個女人) ⑤341.3
『넬슨 전』(傳) ①175.29
『노농러시아소설집』(勞農露西亞小說集) ⑲324
『노농러시아희극집』(勞農ロシア戱劇集) ⑲324
『노동자 셰빌로프』(工人綏惠略夫) ①251.3, ⑧354.79, ⑫385.1, ⑬50.2, 839.1, ⑮68.9, ⑰516.19, ⑲325
「노동조합, 현재의 정세 및 트로츠키 동지와 부하린 동지의 오류를 다시 논함」⑥115.22
『노라』(『인형의 집』Et Dukkehjem) ②372.9
『노란 장미』(黃薔薇) ⑰122.75, ⑲325
『노래의 책』(Buch der Lieder) ⑩479.9
『노발리스 일기』(ノヴアーリス日記) ⑲321
『노아 노아』(ノア·ノア) ⑨623.6, ⑯274.1, ⑲321

'노예총서'(奴隷叢書) ⑱609.33
『노인 페추의 선술집』(Crâșma lui Moș Petcu) ⑫744.5
『노자』(老子) ③409.2, ⑦589.2, ⑧546.2
『노자도덕경』(老子道德經) ⑲325
『노자도덕경해』(老子道德經解) ⑲325
『노자원시』(老子原始) ⑲325
『노자익』(老子翼) ⑲325
『노잔유기』(老殘游記) ⑪766.58, ⑲325
『노학암필기』(老學庵筆記) ④221.2, ⑲325
『녹야선종』(綠野仙蹤) ⑥533.5
『녹주전』(綠珠傳) ⑪270.34
『논문집』(論文集) ⑲325
「논문집 『이십년간』 제3판 서문」(論文集『二十年間』第三版序) ⑱181.35
「논스톱 레브」(Non-Stop Revue) ⑱648.98
「논어를 읽는 좋은 자세 몇 가지를 소개한다」(介紹幾個讀論語的好姿勢) ⑧244.25
『논어주소해경』(論語注疏解經) ⑲326
『논형거정』(論衡擧正) ⑲326
『농민』(農民) ⑮603.5
『농민문예 16강』(農民文藝十六講) ⑮323.1, ⑲326
「농부」(農夫) ⑩631.4, ⑱137.45
「『농부』 번역 후 부기」(『農夫』譯後附記) ⑨448.7
『농서』(農書) ⑯225.1, ⑲326
「뇌봉탑이 무너진 원인」(雷峰塔倒掉的原因) ①293.2
『뇌우』(雷雨) ⑲326
「누구의 모순」 ⑱427.32
「누렁이와 젊은 작자」(黃狗與靑年作者) ④188.9
『누탄경』(樓炭經) ⑲326
『눈』(雪) ⑲326
「눈 오는 밤」(雪夜) ⑨308.5, ⑮505.4
「뉘우침」(懊悔) ⑬664.2
「늘그막」(遲暮) ⑨276.61
「늙은 어부」(老漁夫) ⑮704.5
『능가경 세 가지 역본』(楞伽經三種譯本) ⑲326
『능개재만록』(能改齋漫錄) ⑫289.17
『능연각공신도상』(凌烟閣功臣圖像) ⑲326
『능연각도』(凌煙閣圖) ⑮301.3
『니로쿠신문』(二六新聞) ③227.2
『니사잡습』(泥砂雜拾) ⑮131.2, ⑱520.44
『니시키에로 보는 근세 생활사』(近世錦繪世相史) ⑲326
『니체의 차라투스트라 — 해설 및 비평』(ニチイエのツアラツストラ — 解釋幷びに批評) ⑲326
『니체자전』(尼采自傳) ⑮397.1, ⑲326

【ㄷ】

「다롄완」(大連丸) ⑮641.5
「다롄완에서」(大連丸上) ⑮641.5
「다른 세계에 있는 사람에게 쓰다」(寫給一個在另一世界的人) ⑦31.7
『다마스커스로』(ダマスクスへ) ⑲327
『다산집』(多産集) ⑲327
『다센카』(ダアシエンカ) ⑲327

「다수와 소수, 평론가」(多數少數與評論家) ⑭ 564.1
「다시 '매문'에 관해서」(再說"賣文") ⑧ 399.10
'다시 출정의 길을 나서다' ⑤ 436.2
『다윈주의와 맑스주의』(ダーウィン主義とマルクス主義) ⑲ 327
「다이국 북부에서 베이징 입성까지」(自代北入京記) ⑦ 786.4
『다케이 다케오 수예도안집』(武井武雄手藝圖案集) ⑲ 327
『다푸 대표작』(達夫代表作) ⑲ 327
『다푸자선집』(達夫自選集) ⑱ 436.59, ⑲ 327
『다향실총초』(茶香室總鈔) ④ 422.5, ⑩ 289.13
『단련』(鍊) ⑲ 327
「단상」(斷想) ⑱ 51.67
「단신으로 연회에 가다」(單刀赴宴) ⑥ 204.2
『단테 신곡 화집』(ダンテ神曲畫集) ⑲ 327
『단편』(斷片) ⑲ 328
「단편 '목걸이'」(短篇'項鏈') ⑥ 161.30
『단편소설 3편』(短篇小說三篇) ⑰ 691.36, ⑲ 328
『닫힌 마당』(閉された庭) ⑲ 328
『달나라 여행』(月界旅行) ⑫ 362.1
『달생편』(達生篇) ⑩ 519.5
『달팽이집 밤이야기』(蝸牛庵夜譚) ⑭ 157.1
『담룡집』(談龍集) ⑲ 328
「담배쌈지」(煙袋) ⑮ 69.6
『담배쌈지』(煙袋) ⑥ 329.12, ⑧ 709.4, ⑫ 604.19, ⑲ 328
『담배와 악마』(煙草と悪魔) ⑫ 450.32
「담수」(談藪) ⑧ 571.7
『담천』(談天) ⑲ 328
『담호집』(談虎集) ⑲ 328
『답객난』(答客難) ⑫ 153.14
「답법정서」(答法正書) ⑩ 343.2
『당개원소설 6종』(唐開元小說六種) ⑲ 328
『당국사보』(唐國史補) ⑲ 328
『당대문학사』(唐代文學史) ⑮ 750.2, ⑲ 329
『당대의 영웅』(現代のヒーロー) ⑲ 329
『당문수』(唐文粹) ⑫ 311.13, ⑲ 329
『당백가시선』(唐百家詩選) ⑲ 329
『당비서성정자선배서공조기문집』(唐秘書省正字先輩徐公釣磯文集) ⑲ 329
『당사명가집』(唐四名家集) ⑲ 329
『당삼장취경시화』(唐三藏取經詩話) ⑥ 127.4
『당서』(唐書) ⑥ 185.2, ⑨ 427.6
『당송대가상전』(唐宋大家像傳) ⑲ 329
『당송문순』(唐宋文醇) ⑦ 597.11
『당송시순』(唐宋詩醇) ⑦ 597.11
『당송원명명화대관』(唐宋元明名畫大觀) ⑲ 329
『당송원명화대관』(唐宋元名畵大觀) ⑯ 258.2
『당송전기집』(唐宋傳記集) ④ 497.2, ⑫ 278.1, ⑰ 768.58, ⑱ 60.87, 69.115, 76.134, 527.61, ⑲ 329
『당시』(唐詩) ⑲ 330

『당시기사』(唐詩紀事) ⑲ 330
『당시삼백수』(唐詩三百首) ⑧ 391.12
「당양공 소대심을 경계하는 글」(誡當陽公大心書) ⑩ 294.5
『당어림』(唐語林) ⑫ 331.19
『당예문지』(唐藝文志) ⑲ 330
『당운잔권(唐韻殘卷), 당인사본(唐人寫本)』 ⑲ 330
『당원차산문집』(唐元次山文集) ⑲ 330
『당음비사』(棠陰比事) ⑲ 330
『당인만수절구선』(唐人萬首絶句選) ⑨ 199.19
『당인설회』(唐人說薈) ④ 306.28, ⑧ 316.3, ⑩ 201.1, ⑫ 288.11, ⑬ 672.1, ⑲ 330
「당인혼」(黨人魂) ⑱ 67.110
『당토명승도회』(唐土名勝圖會) ⑲ 330
『당풍도』(唐風圖) ⑥ 343.4, ⑲ 330
『당풍루금석문자발미』(唐風樓金石文字跋尾) ⑲ 330
『당회요』(唐會要) ⑫ 296.11
「대관절 자유를 바라는 것인가」(到底要不要自由) ⑦ 276.9
『대광익회옥편』(大廣益會玉篇) ⑲ 331
「대국적으로 착안하다」(大處著眼) ⑮ 746.6
『대당개원점경』(大唐開元占經) ⑲ 331
『대당삼장법사취경기』(大唐三藏法師取經記) ⑪ 319.6
『대당삼장취경기』(大唐三藏取經記) ① 237.20, ④ 482.4
『대당삼장취경시화』(大唐三藏取經詩話) ⑲ 331
『대당서역기』(大唐西域記) ⑲ 331
『대당신어』(大唐新語) ⑨ 428.17
『대대예기』(大戴禮記) ⑫ 177.3, ⑲ 331
『대도쿄 100경 판화집』(大東京百景版畫集) ⑲ 331
「대도회」(Metropolis) ⑥ 301.39
「『대동완바오』에 답함」(答大同晩報) ④ 168.12
『대력시략』(大曆詩略) ⑧ 574.30, ⑲ 331
『대면』(大面) ⑧ 190.3
『대명현지』(大名縣志) ⑲ 331
『대문절방고산수책』(戴文節仿古山水冊) ⑲ 331
『대문절소한화과』(戴文節銷寒畵課) ⑲ 331
『대방광불신화엄경합론』(大方廣佛新華嚴經合論) ⑲ 331
『대방광불화엄경저술집요』(大方廣佛華嚴經著述集要) ⑲ 332
『대사전』(大辭典) ⑯ 309.3
『대살차니건자수기경』(大薩遮尼乾子受記經) ⑲ 332
『대서』(大書, Opus majus) ① 74.28, 29
『대서양의 바닷가』(大西洋之濱) ⑲ 332
『대선풍』(大旋風) ⑲ 332
『대송선화유사』(大宋宣和遺事) ① 238.28
『대승기신론』(大乘起信論) ⑥ 268.35, ⑲ 332
『대승기신론의기』(大乘起信論義記) ⑲ 332
『대승기신론해동소』(大乘起信論海東疏) ⑲ 332
『대승법계무차별론소』(大乘法界無差別論

疏) ⑲ 332
『대승법원의림장기』(大乘法苑義林章記) ⑲ 332
『대안반수의경』(大安般守意經) ⑲ 333
『대업습유기』(大業拾遺記) ⑪ 272.55, ⑭ 575.1
「대옥, 꽃을 장사 지내다」(黛玉葬花) ⑥ 204.3, ⑨ 275.43
『대원성정국조전장』(大元聖政國朝典章) ① 356.11
『대의각미록』(大義覺迷錄) ⑮ 510.2
「대인부」(大人賦) ⑫ 167.12
「대인선생전」(大人先生傳) ⑤ 178.51, ⑧ 430.14
『대자연과 영혼의 대화』(大自然と靈魂の對話) ⑲ 333
『대자은사삼장법사전』(大慈恩寺三藏法師傳) ⑲ 333
「대전 순양함」(Unsere Emden) ⑥ 298.9
「대중문예의 문제」 ⑦ 696.10
「'대중어'의 근본적인 잘못」('大衆語'根本上的錯誤) ⑧ 158.45
『대지』(The House of Earth) ⑭ 587.2, ⑯ 373.1
『대지의 딸』(女一人大地を行く)(Daughter of Earth) ⑲ 333
『대척자산수책』(大滌子山水冊) ⑲ 333
『대청일통지』(大淸一統志) ⑲ 333
『대청중각룡장휘기』(大淸重刻龍藏彙記) ⑲ 333
「대초」(大招) ⑫ 99.33
「대초왕문」(對楚王問) ⑫ 98.29
「대폭동」(Tempest) ⑥ 300.36
「대학살」(Massacre) ⑱ 535.79
『대황집』(大荒集) ⑲ 333
『댓가지 노래』(竹枝歌) ⑧ 157.36
『데카메론』(デカメロン) ⑲ 334
『도기산장전집』(賭棋山莊全集) ⑲ 334
『도기산장집』(賭棋山莊集) ⑫ 356.3
『도나캐나 문집』(不三不四) ⑦ 544.23
『도난존고』(斗南存稿) ⑲ 334
『도덕경』(道德經) ⑲ 334
『도련을 하지 않은 책 장정에 관한 팡취안쭝(方傳宗)의 통신』 ⑤ 130.9
『도리이 기요나가』(鳥居淸長) ⑲ 334
『도바 소조』(鳥羽僧正) ⑲ 334
「도박꾼일기」(賭徒日記) ⑭ 199.2
『도박자』(賭博者) ⑲ 334
「도산마애」(跳山摩厓) ⑰ 228.23
『도산청화』(道山淸話) ④ 121.5
「『도서평론』상의 문학서 부문 결산」 ⑥ 454.2
『도선율사천인감통록』(道宣律師天人感通錄) ⑲ 334
『도성기승』(都城紀勝) ① 236.11
『도손의 몽고사』(ドーソン蒙古史) ⑲ 334
『도슈사이 샤라쿠』(東洲齋寫樂) ⑲ 335
『도스토예프스키 다시보기』(ドストエーフスキイ再觀) ⑲ 335
『도스토예프스키론』(ドストエフスキー論) ⑨ 157.5, ⑮ 294.3, 295.1, ⑲ 335
『도스토예프스키 문학저작집』 ⑨ 158.16
『도스토예프스키연구』(ドストエフスキイ硏究) ⑮ 294.2, ⑲ 335

『도스토예프스키 전집』(ドストイエフスキイ全集) ⑮673.1, ⑱546.104, 622.63, ⑲335
『도시와 세월』(城與年, Города и годы) ⑫603.18, ⑮216.2, 479.10, ⑲335
『도시와 세월』 목각 삽화 ⑮217.3
『도시와 세월』 삽화 ⑮618.4
『도시의 겨울』(都市的冬) ⑲335
『도시의 논리』(都會の論理) ⑲335
「도시의 빛」(城市之光) ⑱349.1
『도씨 학교』(陀氏學校) ⑮776.5
『도안미술사진유취』(意匠美術寫眞類聚) ⑲335
『도안자료총서』(圖案資料叢書) ⑲336
『도암몽억』(陶庵夢憶) ③156.3, ⑲336
『도연명시』(陶淵明詩) ⑲336
『도연명집』(陶淵明集) ⑲336
『도원』(桃園) ⑲336
『도이부인부』(悼李夫人賦) ⑫152.5
「도재장석기(陶齋藏石記) ⑲336
『도재장예학명 2종 합책』(匋齋藏瘞鶴銘兩種合册) ⑲336
『도정절시집탕주』(陶靖節詩集湯注) ⑲336
『도정절집』(陶靖節集) ⑲336
'도판총간'(圖版叢刊) ⑮57.2
『도화견문지』(圖畫見聞志) ⑲337
『도화선』(桃花扇) ⑩352.2
『도화선전기』(桃花扇傳奇) ⑲337
『독비소전』(讀碑小箋) ⑲337
『독사서총설』(讀四書叢說) ⑲337
『독사총록』(讀史叢錄) ⑲337
『독서기수략』(讀書記數略) ⑯309.6
『독서방랑』(讀書放浪) ⑲337
『독서술』(讀書述) ⑲337
「독서에 대해」(談讀書) ⑦626.3
「독서와 혁명」(讀書與革命) ⑨32.11
『독서잡석』(讀書雜釋) ⑲338
『독서좌록』(讀書脞錄) ⑲338
『독서좌록속편』(讀書脞錄續篇) ⑲338
「독수리의 마음」(鵰的心) ⑰555.37
『독일문학』(獨逸文學) ⑲338
『독일문학의 정신』(德文學之精神) ⑲338
『독일어기본단어집』(獨逸語基本單語集) ⑲338
『독일어기초단어 4000』(獨逸語基礎單語四000) ⑲338
『독일의 낭만파』(獨逸浪漫派) ⑲338
「독일 파시스트의 민권억압과 문화박해에 대한 항의서」 ⑥440.8
『독화록, 인인전』(讀畵錄印人傳) ⑲339
『돈키호테』(ドン・キホーテ) ⑧474.16, ⑲339
『돈 후안』(Don Juan) ①176.41
『돌격대』 ⑫641.47
『돌돌음』(咄咄吟) ⑲339
『돌연변이설』(物種變化論) ⑲339
『동경몽화록』(東京夢華錄) ①236.6
「동경의 나그네」(東京之旅) ⑥61.61
『동고자집』(東皐子集) ⑲339
「동굴」(洞窟) ⑱207.70
『동남기문』(東南紀聞) ⑩301.5, ⑱92.12
『동래박의』(東萊博議) ⑧395.5
『동물시집』(動物詩集) ⑲339
『동물우화시집』(動物寓言詩集) ⑮617.2

『동물의 경이』(動物の驚異) ⑲ 339
『동물의 경이 속편』(續動物の驚異) ⑲ 339
「동물의 본능」(動物的本能) ⑦ 115.4
『동물학』(動物學) ⑲ 339
『동방의 시』(東方の詩) ⑯ 303.2, ⑲ 339
「동방의 쾌락」(東方大樂) ⑦ 481.6
『동방창작집』(東方創作集) ⑮ 505.2
『동서교섭사 연구』(東西交涉史の研究) ⑲ 340
『동서문예평전』(東西文藝評傳) ⑲ 340
『동서문학 비교평론』(東西文學比較評論) ⑲ 340
『동서문학평론』(東西文學評論) ⑲ 340
『동숙독서기』(東塾讀書記) ⑲ 340
『동숙유서』(東塾遺書) ⑲ 340
『동아고고학연구』(東亞考古學研究) ⑲ 340
『동아시아문명의 여명』(東亞文明の黎明) ⑲ 340
『동아시아 식물』(東亞植物) ⑲ 340
『동약우시문집』(董若雨詩文集) ⑲ 340
『동양고대사회사』(東洋古代社會史) ⑲ 340
『동양문화사연구』(東洋文化史研究) ⑲ 341
『동양미술사 연구』(東洋美術史の研究) ⑲ 341
『동양봉건제 사론』(東洋封建制史論) ⑲ 341
『동양사논총』(東洋史論叢) ⑲ 341
『동양판화편』(東洋版畵篇) ⑮ 93.2
『동양화개론』(東洋畵概論) ⑲ 341
『동요 및 동화 연구』(童謠及童話の研究) ⑲ 341
『동유일기』(東游日記) ⑲ 341
『동주초당금석발』(東州草堂金石跋) ⑲ 341
『동채선생시집』(東菜先生詩集) ⑲ 341
『동트기 전의 노래』(夜アケ前ノ歌) ⑫ 417.6, ⑬ 536.1, ⑲ 341
「동파선생진찬」(東坡先生眞贊) ⑥ 347.8
『동해묘잔비』(東海廟殘碑) ⑲ 341
『동해원서상기』(董解元西廂記) ⑲ 341
『동향광산수책』(董香光山水冊) ⑲ 342
『동헌필록』(東軒筆錄) ⑲ 342
『동화록』(東華錄) ⑧ 99.17, ⑯ 119.2
「동화약론」(童話略論) ⑰ 122.76
「동화연구」 ⑰ 55.92
「두 가지 사소한 죽음」(兩個小小的事) ⑰ 560.44
『두 개의 별』(兩顆星) ⑦ 256.24
「두 다리」(兩條腿) ⑰ 676.11, ⑲ 342
『두번천집』(杜樊川集) ⑲ 342
「두브로프스키」(Dubrovsky) ⑱ 734.91
『두슈 문존』(獨秀文存) ⑧ 574.35
『두씨연주집』(竇氏聯珠集) ⑲ 342
『둔암고경존』(遯庵古鏡存) ⑲ 342
『둔암진한와당존』(遯庵秦漢瓦當存) ⑲ 342
『둔재한람』(遯齋閑覽) ① 440.16
『둔황겁여록』(燉煌刼餘錄) ⑲ 342
『둔황석실쇄금』(敦煌石室碎金) ⑲ 342
『둔황석실진적록』(敦煌石室眞迹錄) ⑲ 342
『둔황영습』(燉煌零拾) ⑲ 342
『둘째 날』(第二の日) ⑲ 342
「드네프르 댐의 밤」 ⑯ 117.1
『드레퓌스사건』(ドレフュス事件) ⑲ 343
「듣자 하니 — 떠오른다」(聽說 — 想起) ⑨ 142.2
『들풀』(野草) ⑲ 343

『등과기고』(登科記考) ⑫ 278.6
『등부등관잡록』(等不等觀雜錄) ⑲ 343
『등석자』(鄧析子) ⑲ 343
『등왕각서』(滕王閣序) ① 484.2
『등음잡기』(藤陰雜記) ⑲ 343
『등화파파』(燈花婆婆) ⑪ 47.73
『디칸카 근교 야화(夜談)』(Вечера на хуторе близ Диканьки) ⑫ 740.2, ⑮ 373.7, 490.3, 507.1
『딩링선집』(丁玲選集) ⑲ 343
『딩링을 기억하며』(記丁玲) ⑲ 343
『땅의 아들』(地之子) ⑭ 114.1
『떨어지는 이슬』(零露集) ⑮ 487.2
『뜯지 않은 편지』(開かれぬ手紙) ⑲ 343

【ㄹ】

『라라』(Lara) ① 175.38
『라마야나』(Rāmāyana) ① 172.4
『라마정찰기』(蘿藦亭札記) ⑲ 344
「라쇼몽」(羅生門) ⑰ 540.18
「라스푸틴」(拉斯普丁) ⑱ 526.57
『라이사오치 판화집』(賴少麒版畫集) ⑲ 344
『람람왕』(ラムラム王) ⑲ 344
'량유문고'(良友文庫) ⑮ 473.1, ⑲ 344
'량유문학총서'(良友文學叢書) ⑮ 289.1, ⑱ 569.165, ⑲ 344
『량유화보』(良友畵報) ⑱ 106.12
『러브레터 한 묶음』(情書一束) ⑲ 344
『러시아공산당의 문예정책』(露國共産黨の文藝政策) ⑲ 344
『러시아 단편소설 걸작집』(Great Russian stories) ⑫ 603.8
『러시아 동화』(俄羅斯的童話) ⑩ 652.1, ⑮ 373.2, 608.1, 677.3, ⑱ 556.132, 558.134
「러시아를 비방하는 사람들」 ① 178.63
『러시아 문학가 초상』(Русские писатели) ⑭ 434.6
『러시아문학 연구』 ⑥ 358.7
『러시아문학사』(ロシア文學史) ⑲ 345
『러시아문학사략』(俄國文學史略) ⑲ 345
『러시아문학사조』(ロシヤ文學思潮) ⑲ 345
『러시아문학연구』(露西亞文學硏究) ⑲ 345
『러시아문학의 이상과 현실』(露西亞文學の理想と現實) ⑲ 345
『러시아문학 화원』(俄國文學花苑) ⑮ 475.2
『러시아사회민주노동당사』(ロシア社會民主勞働黨史) ⑲ 345
『러시아 사회사』(ロシア社會史) ⑲ 345
『러시아사회운동사화』(俄國社會運動史話) ⑲ 345
『러시아 3인집』(露西亞三人集) ⑲ 345
『러시아어 기초단어 4000』(露西亞語基礎單語四○○○) ⑲ 345
「러시아위원회 개편에 대한 9개 학교의 의견」 ④ 360.5
『러시아의 동화』(俄羅斯的童話) ⑲ 346
『러시아혁명영화』(ロシア革命映畫) ⑲ 346
『러시아혁명의 예언자』(露西亞革命の豫言者) ⑲ 346
『러시아혁명 이후의 문학』(露西亞革命後の文學) ⑲ 346

『러시아 현대문호 걸작집』(露西亞現代文豪傑作集) ⑲ 346
『러시아현대의 사조와 문학』(露國現代の思潮及文學) ⑲ 347
『러시아 희곡집』 ⑥ 358.6
『런던의 중국예술국제전람회에 출품된 그림 설명』(參加倫敦中國藝術國際展覽會出品圖說) ⑲ 347
『레닌』 ⑩ 538.2
『레닌과 예술』(レーニンと藝術) ⑲ 347
『레닌과 철학』(レーニンと哲學) ⑲ 347
「레닌그라드 판화가들에게 보낸 루쉰의 편지」 ⑯ 393.1
『레닌의 변증법』(レーニンの辨證法) ⑲ 347
『레닌의 유년시대와 그 환경』(レーニンの幼少時代とその環境) ⑲ 347
『레닌주의와 철학』(レーニン主義と哲學) ⑲ 347
「레르몬토프」(萊蒙托夫) ⑮ 475.1
「레르몬토프의 소설에 관하여 제13편」 ⑧ 742.4
『레미제라블』(哀史)(Les Miserables) ⑲ 347
『레싱 전설』(レッシング傳說) ⑲ 347
'레클람 문고' ⑫ 737.3
'레클람 세계문고' ⑥ 387.5
「렙과 그의 친구들」 ⑮ 630.1
『로마자단편소설집』(羅馬字短篇小說集) ⑫ 449.19
「로맹 롤랑」 ④ 330.5
『로빈슨 크루소』(The life and Strange Surprising Adventures of Robinson Crusoe) ⑩ 589.4
「로빈 후드」(Robin Hood) ⑥ 300.31
『루나차르스키의 희곡 세 가지』 ⑨ 478.2
「루나차르스키 초상」 ⑭ 246.2, 251.1, ⑯ 104.3, ⑱ 203.63
『루바이야트』(Rubáiyát) ⑫ 530.8, ⑲ 348
「루베크와 이리네의 그 뒤」(盧勃克和伊里納的後來) ⑨ 275.47, ⑫ 524.1, ⑱ 82.147
『루산기략』(廬山記略) ① 535.17
「루소에 관하여 — 위다푸에게 답하는 글」 ⑤ 364.3
「루소의 여자교육론」 ⑤ 216.5
『루소 참회록』 ⑤ 454.7
「루쉰과 고리키」(魯迅與高爾基) ⑩ 506.6
「루쉰과 소」(魯迅與牛) ⑥ 446.4
「루쉰과의 이야기」(與魯迅的一席話) ⑬ 173.2
『루쉰논문선집』(魯迅論文選集) ⑲ 348
『루쉰론』(魯迅論) ⑤ 258.13
『루쉰 및 그 저작에 관하여』(關於魯迅及其著作) ⑤ 481.17, ⑩ 619.1
「루쉰방문기」 ⑯ 276.1
「『루쉰 비판』 서문」(『魯迅批判』序) ⑮ 636.2
「루쉰상」(쓰투차오의 목판 초상화) ⑱ 103.9
「루쉰상」(魯迅像, 차오바이) ⑯ 91.2, ⑱ 699.33
「루쉰상」(하오리췬郝力群) ⑯ 177.2, ⑱ 721.66
「루쉰, 상하이에서 체포, 현재 조계 경찰서에 구금」(魯迅在滬被捕, 現拘押捕房) ⑭ 322.1

『루쉰서발집』 ⑯ 136.1
『루쉰서신선집』(魯迅書信選集) ⑲ 348
「루쉰 선생」(魯迅先生) ⑨ 112.5, 132.4, ⑬ 88.2
「루쉰 선생 광저우 중산대를 벗어나다」(魯迅先生脫離廣州中大) ⑭ 65.1
「루쉰 선생을 애도하며」(哀魯迅先生) ⑧ 448.1
「루쉰 선생의 연설」(魯迅先生的演說) ⑨ 32.11
「루쉰 선생의 우스갯소리」 ④ 243.1
「루쉰 선생 중병설」 ⑯ 200.2
『루쉰선집』(魯迅選集) ⑮ 767.1, ⑯ 330.1, ⑲ 348
『루쉰소설선집』(魯迅小說選集) ⑭ 386.1
「루쉰 씨에게 답함」(答魯迅先生) ⑥ 94.5
「루쉰 씨의 '경역'에 관하여」(論魯迅先生的'硬譯') ⑥ 53.4
「루쉰 옹의 피리」(魯迅翁之笛) ⑦ 543.12, ⑭ 583.1
「루쉰은 매국노가 되고 싶어 한다」(魯迅愿作漢奸) ⑧ 186.3
『루쉰이 광둥에서』(魯迅在廣東) ⑤ 79.2
「루쉰이 출판한 노예총서 3종」 ⑮ 791.1
『루쉰자선집』(魯迅自選集) ⑭ 440.2, ⑮ 652.2, ⑯ 79.4, ⑱ 403.81, 423.23, ⑲ 348
『루쉰잡감선집』(魯迅雜感選集) ⑭ 465.1, ⑯ 146.1, ⑲ 348
『루쉰전집』(魯迅全集)(일본어역) ⑲ 348
「루쉰, 집필 10년간 중지. 머리에 병이 있어 중태, 원고 집필도 불가능」 ⑧ 514.2
『루쉰창작선집』(魯迅創作選集) ⑲ 348
「루쉰 책 이야기」(魯迅書話) ⑯ 386.1
『루쉰평전』(魯迅評傳) ⑱ 479.190
『루쉰 회상록』(魯迅回憶錄) ⑬ 165.1
『류진보』(留眞譜) ⑭ 538.1
『리화판화집』(李樺版畫集) ⑮ 704.1, ⑲ 349

【ㅁ】

『마귀의 제자』(魔鬼的門徒) ⑲ 350
『마녀』(魔女) ⑲ 350
『마농』(曼儂) ⑲ 350
「마르코의 복음서」 ③ 42.2
『마르크 샤갈 화집』(マルク·シアガル畫集) ⑲ 350
『마르틴의 범죄』(マルチンの犯罪)(Преступление Мартына) ⑲ 350
『마리 로랑생 시화집』(マリイ·ロオランサン詩畫集) ⑲ 350
「마리 벨차」(黑馬理, Mari Belcha) ⑨ 271.9
「마리아」 ⑯ 178.3
『마방문찰』(磨坊文札) ⑲ 350
『마부희화조초충책』(馬扶曦花鳥草蟲冊) ⑲ 350
「마스다 와타루의 질문 편지에 대한 답신 집록」(答增田涉問信件集編) ⑱ 404.83
『마씨문통』(馬氏文通) ⑥ 122.9, ⑧ 159.49
『마오둔단편소설집』(茅盾短篇小說集) ⑲ 351
『마오둔자선집』(茅盾自選集) ⑲ 351

『마음의 왕국』(心之王國) ⑫ 458.3
『마음의 탐험』(心的探險) ⑤ 481.13, ⑭ 109.3, ⑲ 351
『마이니치 연감』(每日年鑑) ⑲ 351
『마장상여사화훼초충책』(馬江香女士花卉草蟲冊) ⑲ 351
『마전화 애사』(馬振華哀史) ⑩ 384.5
『마지막 일기』(最後の日記) ⑲ 351
「마지막 잎새」(最後的一張葉子) ⑮ 588.2
「마차」(馬車) ⑮ 651.4
『마카르의 꿈』(瑪加爾之夢) ⑮ 490.4
『마키노 식물학 전집』(牧野植物學全集) ⑲ 351
『마티스 이후』(マチス以後) ⑲ 351
『마하바라타』(Mahābhārata) ① 172.4
「마협 돈키호테」(魔俠吉訶德) ⑱ 533.75
『마흔한번째』(四十一) ⑧ 709.4, ⑮ 69.6, ⑲ 351
「『마흔한번째』 후서」(『第四十一』後序) ⑱ 210.74
『막다른 길』(袋街) ⑲ 351
「막상의행」(莫相疑行) ④ 498.9
「만가」(輓歌) ④ 352.8
『만고수곡』(萬古愁曲) ⑩ 298.7
『만 길의 약속』(萬仞約) ⑲ 352
「만녀한」(蠻女恨) ⑱ 349.2
「만도흑월」(蠻島黑月) ⑱ 663.129
『만력야획편』(萬曆野獲編) ④ 199.11
『만명소품』(晩明小品) ⑧ 411.2
『만명이십가소품』(晩明二十家小品) ⑧ 406.4, 505.2
『만보전서』(萬寶全書) ⑪ 673.106
『만소당화전』(晩笑堂畵傳) ⑮ 41.8, ⑲ 352
「만수여왕」(萬獸女王) ⑱ 685.5
『만수유묵』(曼殊遺墨) ⑲ 352
『만수전집』(曼殊全集) ⑲ 352
「만수지왕」(萬獸之王) ⑱ 519.41
『만엽집』(萬葉集) ⑫ 439.3
「만왕의 왕」(King of Kings) ⑥ 300.28
『만요슈』(萬葉集) ⑯ 332.2
『만운』(漫雲) ⑲ 352
'만유문고'(萬有文庫) ⑥ 213.4
『만유수록도기』(漫遊隨錄圖記) ⑩ 543.1
『만읍서남산석각기』(萬邑西南山石刻記) ⑲ 352
『만주조선고고여행기』(滿鮮考古行脚) ⑲ 352
『만주화첩』(滿洲畵帖) ⑲ 352
『만화 '나는 고양이로소이다'』(漫畵吾輩は猫である) ⑲ 353
『만화 다다노 본지』(漫畵只野凡兒) ⑲ 353
『만화 '도련님'』(漫畵坊っちゃん) ⑲ 353
『만화 Salon집』(漫畵サロン集) ⑲ 353
『만화 서유기』(漫畵西遊記) ⑲ 353
『만화와 생활』(漫畵與生活) ⑮ 764.2
『만화와 생활』 헌사 ⑮ 764.3
『만화의 만주』(漫畵の滿洲) ⑲ 353
『맑스·레닌주의 예술학 연구』(マルクス·レーニン主義藝術學硏究) ⑲ 353
『맑스·엥겔스 예술론』(マルクス·エンゲルス藝術論) ⑲ 353
「맑스·엥겔스와 문학에서의 현실주의」 ⑯ 221.1
『맑스의 경제개념』(マルクスの經濟槪念) ⑲

353
『맑스의 계급투쟁이론』(マルクスの階級鬪爭理論) ⑲354
『맑스의 민족·사회 및 국가관』(マルクスの民族·社會幷に國家觀) ⑲354
『맑스의 유물변증법』(マルクスの唯物辨證法) ⑲354
『맑스의 유물적 역사이론』(マルクスの唯物的歷史理論) ⑲354
「맑스주의 문예비평의 임무에 대한 제요」⑫547.29
『맑스주의 비판자의 비판』(マルクス主義批判者の批判) ⑲354
『맑스주의비평론』(マルクス主義批評論) ⑲354
『맑스주의예술론』(マルクス主義藝術論) ⑲354
『맑스주의예술이론』(マルクス主義藝術理論) ⑲354
『맑스주의와 법리학』(マルクス主義と法理學) ⑲354
『맑스주의와 예술운동』(マルクス主義と藝術運動) ⑲355
『맑스주의와 윤리』(マルクス主義と倫理) ⑲355
『맑스주의의 근본문제』(マルクス主義の根本問題) ⑲355
『맑스주의의 오류론』(マキシズムの謬論) ⑲355
『맑스주의의 작가론』(マルクス主義的作家論) ⑲355
『맑스주의자가 본 톨스토이』(マルクス主義者の見るトルストイ) ⑨279.93, ⑫545.9, ⑲355
『맘로크 교수』(Professor Mamlock) ⑯182.1
『망당금석』(望堂金石) ⑲355
『망망한 밤』(茫茫夜) ⑲355
「망명자」(亡命者) ⑱521.46
『망우 루쉰 인상기』(亡友魯迅印象記) ⑤103.5, ⑩629.1
「『망위안』 출판 예고」(『莽原』出版豫告) ⑬95.2, 622.3
「망은도」(忘恩島) ⑱141.50
『망천지수』(忘川之水, 망천의 물) ⑤481.15, ⑲356
『매구산황산승적도책』(梅瞿山黃山勝迹圖冊) ⑲356
『매구산황산십구경책』(梅瞿山黃山十九景冊) ⑲356
『매비전』(梅妃傳) ⑩203.16
「매의 노래」(Песня о Соколе)(鷹之歌) ⑨285.147, ⑲356
『매정선생사륙표준』(梅亭先生四六標準) ⑲356
『매촌가장고』(梅村家藏稿) ⑲356
『매화몽전기』(梅花夢傳奇) ⑯83.1, ⑲356
『매화희신보』(梅花喜神譜) ⑲356
『맥경』(脈經) ⑲356
『맥의 혀』(貘ノ舌) ⑬518.7
「맹상서에게 보내는 글」(與孟尙書書) ⑦343.8
『맹자』(孟子) ⑲357
『머나먼 나라』(Дальние страны, 遠方) ⑩

574.1, ⑯ 32.3, ⑱ 688.8
『머리채 겁탈』(The Rape of the Lock) ⑨ 461.12
『먼 곳에서 온 편지』(兩地書) ⑭ 413.1, ⑱ 436.61, ⑲ 357
「메이란팡이 소련에 가다」(梅蘭芳赴蘇俄) ⑦ 649.3
『메이지문학 전망』(明治文學展望) ⑲ 357
『메페르트의 목각 시멘트 그림』(梅斐尒德木刻士敏土之圖) ⑨ 488.1, ⑮ 240.2, ⑱ 276.78, ⑲ 357
『면복고』(冕服考) ⑲ 357
『면성정사잡문』(面城精舍雜文) ⑲ 357
『면수연담록』(澠水燕談錄) ⑲ 357
『면영』(面影) ⑲ 357
『명계남북략』(明季南北略) ④ 199.12
『명계패사』(明季稗史) ⑦ 785.2
『명계패사회편』(明季稗史滙編) ④ 199.13
『명고승전』(明高僧傳) ⑲ 358
『명도잡지』(明道雜志) ⑩ 294.11
『명동갑록』(明僮敆錄) ⑲ 358
『명사초략』(明史鈔略) ⑲ 358
『명수화보』(名數畫譜) ⑲ 358
『명시종』(明詩綜) ① 240.35
『명어월중삼불후명현도찬』(明於越中三不朽名賢圖贊) ⑲ 358
『명원』(名原) ⑲ 358
『명의고』(名義考) ⑲ 358
『명인생일표』(名人生日表) ⑲ 358
『명재집』(茗齋集) ⑲ 358
『명청명인척독묵보』(明淸名人尺牘墨寶) ⑲ 358
『명청외과성씨록』(明淸巍科姓氏錄) ⑲ 358
『명탁한예사종』(明拓漢隸四種) ⑲ 358
『명학』(名學) ⑥ 267.26
『명홍치본삼국지통속연의』(明弘治本三國志通俗演義) ⑲ 358
『모각뇌봉탑전중경』(摹刻雷峰塔磚中經) ⑲ 359
『모닥불』(焚火) ⑲ 359
『모던 라이브러리』(Modern Library) ⑨ 157.13
『모란정』(牡丹亭) ⑯ 341.2
『모래 위의 족적』(沙上の足跡) ⑲ 359
「모로코」(Morocco) ⑱ 318.47
『모리 미치요 시집』(森三千代詩集) ⑲ 359
『모범문선』(模範文選) ⑬ 487.3, ⑲ 359
『모범최신세계연표』(模範最新世界年表) ⑲ 359
『모스크바인상기』(莫斯科印象記) ⑲ 359
『모습』(面影) ⑯ 299.3
『모시』(毛詩) ③ 134.8, ⑫ 507.7
『모시계고편』(毛詩稽古編) ⑲ 359
『모시초목조수충어소』(毛詩草木鳥獸蟲魚疏) ③ 134.8, ⑲ 359
『모시품물도고』(毛詩品物圖考) ③ 135.13
『모영전』(毛穎傳) ⑪ 204.47
『모욕당한 자와 피해 입은 자』(被侮辱的與被損害的) ⑲ 359
「모잡지」(謀刊物) ⑧ 406.6
『모정객화』(茅亭客話) ④ 199.8, ⑤ 118.6, ⑧ 267.15, ⑲ 359
『목각법』(木刻法) ⑮ 209.1, ⑲ 360
『목각작법』(木刻作法) ⑮ 58.2

『목각창작법』(木刻創作法) ⑲ 360
「목걸이」(項鏈) ⑫ 464.11
「목란시」(木蘭詩) ③ 250.17, ⑦ 592.6, ⑧ 280.6
『목련구모기』(目連救母記) ⑮ 778.2
『목련구모희문』(目連救母戲文) ⑲ 360
「목련이 어머니를 구한 이야기」 ⑧ 159.47
『목면집』(木棉集) ⑲ 360
「목서」(牧誓) ③ 357.15
『목전의 중국혁명 문제』(目前中國革命問題) ⑲ 360
『목천자전』(穆天子傳) ⑦ 646.6, ⑪ 45.65, ⑲ 360
『목탄화』(炭畵) ⑬ 44.1, 543.4, ⑰ 122.75, 150.8, ⑲ 360
『목판화』(木版畵) ⑲ 360
『목판화가 걸어온 길』(木刻紀程) ⑧ 83.1, ⑩ 647.1, ⑮ 134.2, 169.1, 189.2, ⑲ 360
『목판화 3인 전람회 기념책』(木刻三人展覽會紀念册) ⑲ 360
『목판화 복인을 논함』(論翻印木刻) ⑭ 593.1
『목판화 창작법』(木刻創作法) ⑭ 604.1
『목피도인고사』(木皮道人鼓詞) ⑩ 298.5
『몰락』(沒落) ⑮ 382.4
『몰리에르 전집』(モリエール全集) ⑲ 360
『몽계필담』(夢溪筆談) ⑲ 361
『몽고사』(蒙古史) ① 324.4
『몽동선사유집』(夢東禪師遺集) ⑲ 361
『몽롱한 꿈』(飄渺的夢) ⑤ 481.14
『몽양록』(夢粱錄) ① 236.12
『몽창사』(夢窗詞) ⑲ 361
『몽테뉴론』(モンテエニユ論) ⑲ 361
『몽테뉴 수상록』(モンテーニユ隨想錄) ⑮ 671.1, ⑲ 361
『몽파르노』(モンパルノ) ⑲ 361
『묘법연화경』(妙法蓮華經) ⑲ 361
『무기질학』(無機質學) ⑲ 361
『무덤』(墳) ⑱ 122.34, ⑲ 361
『무량사 화상고』(武梁祠畵像考) ⑮ 758.4
『무량의경, 관보현행법경 합각』(無量義經觀普賢行法經合刻) ⑲ 361
『무림구사』(武林舊事) ① 236.13
『무링목각』(木鈴木刻) ⑲ 362
『무명목각집』(無名木刻集) ⑩ 532.1, ⑲ 362
『무명작가의 일기』(無名作家の日記) ⑫ 450.28
『무사당답문』(無邪堂答問) ⑲ 362
『무사』(霧社) ⑲ 362
「무서움과 죽일 일」(可怕與可殺) ⑨ 163.2
「무송살수」(武松殺嫂) ⑤ 320.22
「무송(武松)이 홀로 방랍(方臘)을 사로잡다」 ⑥ 433.7
『무쌍보』(無雙譜) ② 184.2, ⑤ 427.6, ⑦ 319.3
『무양청』(牧羊城) ⑲ 362
『무원록』(無冤錄) ⑲ 362
『무전분운』(繆篆分均) ⑰ 244.45, ⑲ 362
'무지지서'(無趾之書) ⑬ 454.7
『묵감재전기정본십종』(墨憨齋傳奇定本十種) ⑪ 534.15

『묵경정문해의』(墨經正文解義) ⑲ 362
『묵경해』(墨經解) ⑲ 363
『묵림쾌사』(墨林快事) ⑩ 150.13
『묵소비급장영』(墨巢祕笈藏影) ⑲ 363
『묵소비완송인화책』(墨巢秘玩宋人畵冊) ⑲ 363
『묵시록의 네 기사』 ⑫ 720.1
『묵암집금』(黙庵集錦) ⑲ 363
『묵자한고』(墨子閑詁) ⑲ 363
『묵지편』(墨池編) ⑲ 363
「문과 답」(問和答) ⑫ 523.2
『문관사림휘간』(文館詞林彙刊) ⑲ 363
「문단삼가」(文壇三家) ⑧ 526.3
「문단에서의 이신전(文壇上的貳臣傳)—1. 루쉰」 ⑥ 28.12
「문단 주말기」(文壇週末記) ⑮ 744.1
『문독휘편』(文牘彙編) ⑬ 476.2
『문록』(文錄) ⑩ 298.9
『문명소사』(文明小史) ⑪ 758.5
『문미재 전보』(文美齋箋譜) ⑭ 449.1
『문밖의 글 이야기』(門外文談) ⑧ 152.1, ⑮ 394.2, ⑯ 79.2
「문부」(文賦) ⑧ 575.37
『문사』(文史) ⑲ 363
『문사전』(文士傳) ⑲ 363
『문사통의』(文史通義) ⑲ 363
『문선』(文選) ⑤ 171.19, ⑦ 430.11, 596.6, ⑧ 80.15, 395.4, ⑨ 196.2, ⑫ 98.28, ⑮ 67.4, ⑲ 363
『문선보유』(文選補遺) ⑲ 364
『문시』(文始) ⑲ 364
『문심조룡』(文心雕龍) ① 174.18, ⑧ 27.7, ⑲ 364
『문심조룡강소』(文心雕龍講疏) ⑲ 364
『문심조룡보주』(文心雕龍補注) ⑲ 364
「문언과 백화 논전 선언」(文言和白話論戰宣言) ⑦ 742.2
「문언 금지와 시경 강제 명령」(禁習文言與强令詩經) ⑧ 120.1
『문연각서목』(文淵閣書目) ⑫ 198.4
「문예 감상의 4단계」(文藝鑑賞的四段階) ⑫ 469.1
『문예강좌』(文藝講座) ⑲ 364
「문예계 연합 문제에 관한 나의 견해」(文藝界聯合問題我見) ⑧ 694.9
「문예계의 반동세력」 ⑫ 531.15
『문예관견』(文藝管見) ⑲ 364
『문예론』(文藝論) ⑲ 364
『문예부흥론』(文藝復興論)(ルネサンス) ⑲ 365
『문예비평사』(文藝批評史) ⑲ 365
『문예사전』(文藝辭典) ⑲ 365
『문예사조론』(文藝思潮論) ⑲ 365
『문예생활』(文藝生活) ⑥ 60.54
「『문예신문』과 후추위안의 문예논쟁에 관하여」(關于「文新」與胡秋原的文藝論辯) ⑥ 335.3, 336.4, 9, ⑧ 27.3
「문예와 무력」 ⑮ 404.2
『문예와 법률』(文藝と法律) ⑲ 365
『문예와 비평』(文藝與批評) ⑥ 53.5, ⑨ 287.162, ⑫ 545.1, ⑭ 246.2, ⑱ 190.46, ⑲ 365
「문예와 정치의 기로」(文藝與政治的歧途) ⑱ 81.145

『문예와 혁명』(Литература и революция) ⑩ 619.8
「문예이론강좌(제2회) : 계급사회의 예술」(文藝理論講座第2會 · 階級社會的藝術) ⑥ 93.2, 94.4
『문예일기』(文藝日記) ⑲ 366
『문예자유논변집』(文藝自由論辯集) ⑥ 440.7
「문예전선상의 봉건 잔재」(文藝戰線上的封建餘孽) ⑤ 258.10, 259.16, ⑩ 405.4, ⑫ 531.12, ⑮ 159.7
『문예정책』→『소련의 문예정책』 ⑥ 60.51
『문예평론』(文藝評論) ⑲ 366
『문예평론 속편』(續文藝評論) ⑲ 366
『문예학개론』(文藝學概論) ⑲ 366
『문예학사개설』(文藝學史概說) ⑲ 366
『문예학의 발전과 비판』(文藝學の發展と批判) ⑲ 366
「문외한의 작업」(專門以外的工作) ⑱ 53.72
『문원영화』(文苑英華) ⑪ 203.43, ⑫ 287.4, ⑲ 366
「문을 버리고 무를 따르다」(棄文就武) ⑩ 556.3
「문인들의 가명에 대해」 ⑦ 623.7
『문자몽구』(文字蒙求) ⑲ 366
『문자학음편』(文字學音篇) ⑲ 366
『문자학형의편』(文字學形義篇) ⑲ 366
『문장궤범』(文章軌範) ⑲ 366
『문장연기』(文章緣起) ⑫ 136.5
「문장의 상품화」(文章商品化) ⑦ 750.3
『문장작법』(文章作法) ⑥ 122.9, ⑬ 342.1
「문제를 더 많이 연구하고, '주의'를 더 적게 말하자」(多研究些問題, 少談些主義) ① 311.11
『문징명소상팔경책』(文徵明瀟湘八景冊) ⑲ 366
『문창제군음즐문도설』(文昌帝君陰騭文圖說) ③ 146.12
『문필대』(文筆對) ⑤ 307.7
『문학』(文學)(발레리) ⑲ 367
『문학 100제』(文學百題) ⑲ 368
「문학가는 도대체 무슨 쓸모가 있는가?」(文學家究竟有什麽用處) ④ 140.16
「문학개량추의」(文學改良芻議) ⑧ 347.2
『문학개론』(文學概論) ⑲ 367
『문학고전의 재인식』(文學古典の再認識) ⑲ 367
『문학과 경제학』(文學と經濟學) ⑲ 367
『문학과 혁명』(文學與革命) ⑥ 56.24, ⑧ 110.7, 709.5, ⑲ 367
『문학논고』(文學論考) ⑲ 367
『문학대강』(文學大綱) ⑲ 367
『문학론』(文學論) ⑲ 367, 368
『문학론』(文學論)(고리키) ⑲ 368
『문학백과전서』(文學百科全書) ⑮ 585.1
『문학백제』(文學百題) ⑮ 595.2
『문학비평의 원리』(The Principles of Literary Criticism) ⑦ 468.6
『문학에 뜻을 둔 사람에게』(文學に志す人に) ⑲ 368
『문학원론』(文學原論) ⑲ 369
『문학 유산』(文學的遺產) ⑧ 729.3
「문학은 계급성이 있는 것인가?」(文學是有

階級性的嗎?) ⑥ 56.27, 57.31, 32, 33, 58.37, 38, ⑦ 350.2
『문학을 위한 경제학』(文學のための經濟學) ⑲ 369
'문학의 러시아' ⑫ 568.5
『문학의 반향』(Das litterarische Echo) ⑫ 496.6
『문학의 사회학적 비판』(文學の社會學的批判) ⑲ 369
『문학의 연속성』(文學の連續性) ⑲ 369
『문학의 영상』(文藝底影像) ⑫ 545.8
『문학의 전술론』(文學的戰術論) ⑲ 369
『문학이론의 제 문제』(文學理論の諸問題) ⑲ 369
『문학입문』(文學入門) ⑲ 369
「문학자의 일생」 ⑱ 20.6
『문학청년』(文學靑年) ⑲ 370
「문학청년과 도덕」 ⑮ 345.5
『문학총간』(文學叢刊) ⑮ 705.2, ⑲ 370
『문학평론』(文學評論) ⑫ 534.3, 694.2, ⑲ 370
「문학혁명론」(文學革命論) ⑧ 347.2
「문학혁명에서 혁명문학으로」(從文學革命到革命文學) ⑤ 335.9, 336.14, 15, 377.10, 11, ⑩ 343.3
『문학혁명의 전초』(文學革命の前哨) ⑲ 370
『문헌통고』(文獻通考) ⑫ 197.2
『문형산서이소진적』(文衡山書離騷眞迹) ⑲ 370
『문형산선생고사전진적』(文衡山先生高士傳眞迹) ⑲ 370
『문형산자서시고』(文衡山自書詩稿) ⑲ 370
『문호평전총서』(文豪評傳叢書) ⑲ 370
「문화계의 '신년'을 축하하며」(恭賀文化界的"新年") ⑯ 41.3
『문화사회학개론』(文化社會學概論) ⑲ 371
『문화의 옹호』(文化の擁護) ⑲ 371
「물」(水) ⑯ 311.3
「물고기의 비애」(魚的悲哀) ⑰ 557.38
「물고기의 슬픔」 ⑯ 108.3
『물레 이야기』(紡輪的故事) ⑲ 371
『물리신전』(物理新詮) ⑬ 443.21
『물보라』(浪花) ⑲ 371
『물에 자신을 비추어본 사슴』(鹿の水かがみ) ⑲ 371
『물질과 비극』(物質と悲劇) ⑲ 371
『므두셀라』(メッザレム) ⑲ 371
「미간적」(眉間赤) ⑱ 37.47
「미간척」(眉間尺) ⑭ 60.1
『미국문학』(アメリカ文學) ⑲ 371
「미노서」(米老鼠) ⑱ 489.210
「미래세계」(未來世界) ⑱ 733.88
『미루기』(迷樓記) ⑩ 202.11
『미르고로드』(Миргород)(密爾格拉得) ⑮ 373.7, ⑲ 371
『미륵보살삼경』(彌勒菩薩三經) ⑲ 371
『미산시안광증』(眉山詩案廣證) ⑲ 372
『미술개론』(美術槪論) ⑲ 372
『미술백과전서』(美術百科全書) ⑲ 372
『미술사의 근본문제』(美術史の根本問題) ⑲ 372
『미술을 찾아』(美術をたづねて) ⑲ 372
'미술총서'(美術叢書) ⑲ 372
『미암집』(眉庵集) ⑲ 373

『미양』(迷羊) ⑲373
『미언』(微言) ⑦254.5
『미요코』(みよ子) ⑯292.4
「미우라 우에몬의 최후」(三浦右衛門的最後) ⑫458.1, ⑬509.7, ⑰542.20
「미육으로 종교를 대신하는 학설」(以美育代宗教說) ①491.4
「미인부」(美人賦) ⑫168.18
「미인심」(美人心) ⑱610.37
『미인은』(美人恩) ⑲373
『미츠키에비치의 조상』 ⑨282.123
『미치광이』 ⑥130.3
『미친 사랑』(痴人之愛) ⑲373
「미친 처녀」(瘋姑娘) ⑰548.25
「미키마우스 대전」(米老鼠大全) ⑱619.56
「미키마우스 대회」(米老鼠大會; 원제 「Mikey Mouse Show」) ⑱537.84
『미트로힌 화집』 ⑨566.11
『미학』(美學) ⑲373
『미학 및 문학사론』(美學及び文學史論) ⑲373
『미학원론』(美學原論) ⑲373
『민간고사연구』(民間故事研究) ⑲373
『민요』(俚謠) ⑲374
『민족문화의 발전』(民族文化の發展) ⑲374
「민족주의 문예운동 선언」 ⑥179.7
『민중의 적』(En Folkefiende) ①453.3
「민중주의와 천재」 ⑤356.7
「민첩한 역자」(敏捷的譯者) ⑩608.1
『밀레대화집』(ミレー大畫集) ⑲374
「밀레 예찬」(密萊禮贊) ⑨275.49
『밀암시고』(密庵詩稿) ⑲374
『밀운루총서』(密韻樓叢書) ⑲374
『밀턴의 실낙원 화집』(ミルトン失樂園畫集) ⑲374

【ㅂ】

「바다갈매기」(海鷹) ⑱97.3
『바다에서 온 부인』(Fruen fra Havet) ②372.9
『바다의 동화』(海の童話) ⑲375
『바다의 부인』(海上夫人) ⑫526.7
『바람은 잦아들고 파도는 고요해진다』(風平浪靜) ⑮290.1, 418.1
『바른 길을 걷지 못한 안드룬』(不走正路的安得倫) ⑯200.1, ⑲375
「바보 이반」 ⑫526.9
「바부나」(Baboona) ⑱616.51
『바스크 목가』(山民牧唱) ⑮266.4, ⑲375
「『바스크 목가』 서문」(『山民牧唱』序) ⑮588.8
『바스크 목가조』(バスク牧歌調) ⑮171.5
『바스크 사람들』(跋司珂族的人們) ⑨271.9
『바오징탕 도서목록』(抱經堂書目) ⑭173.3
『바이런』(バイロン) ⑲375
『바이런 시대의 영문학』(拜輪時代之英文學) ⑲375
『바이런 전』(Letters & Journals of Lord Byron, with Notices of his Life) ①175.33, 178.68
「바이루둥의호랑이이야기」(記白鹿洞談虎) ①534.7

『바진 단편소설집』(巴金短篇小說集) ⑲375
『바쿠노시타』(貘の舌) ⑲375
『바퀴 달린 세계』(輪のある世界) ⑲375
『박고엽자』(博古葉子) ⑮388.2, 560.2, ⑯351.3
『박고주패』(博古酒牌) ⑲376
『박고패자』(博古牌子) ⑮349.1
『박도별전』(博徒別傳) ②159.2
『박물지』(博物志) ⑫288.10
『박아』(博雅) ⑫508.18
『박안경기』(拍案驚奇) ①240.37, ⑪539.27
「박쥐의 속삭임」(蝙蝠祟) ⑱328.73
『박학재필기』(樸學齋筆記) ⑲376
『반고 연보』(班固年譜) ⑲376
『반고루한석기존』(攀古樓漢石紀存) ⑲376
『반 고흐 대화집』(ヴアン·ゴッホ大畵集) ⑲376
『반 고흐 화집』(ゴォホ畫集) ⑲376
『반란』(叛亂)(Мятеж) ⑲376
「반명」(盤銘) ⑫58.25
『반야등론』(般若燈論) ⑲376
『반야심경오가주』(般若心經五家注) ⑲376
『반역아』(反逆兒) ⑲376
『반역자』(叛逆者) ⑨275.49, ⑲376
「반역자 — 로댕에 관한 고찰」(叛逆者 — 關于羅丹的考察) ⑨275.49, ⑩625.2
『발굴』(發掘) ⑮317.2, 483.2, ⑲377
『발렌로트』(Konrad Wallenrod) ①179.83
『발보리심론』(發菩提心論) ⑲377
『발섭』(跋涉) ⑮314.3
『발수조』(髮須爪) ⑲377
「밤의 드네프로 건축」(夜間的德尼泊爾建築) ⑱705.48
「방랑자 엘리사비데」(Elizabide el vagabundo) ⑫650.3
『방법서설』(Discours de la méthode) ①75.42, 76.45
『방언』(方言) ⑩237.4, ⑲377
『방언소증』(方言疏證) ⑲377
『방중악』(房中樂) ⑫105.12
『방채만화대보감』(邦彩蠻華大寶鑑) ⑲377
『방천선생시집』(方泉先生詩集) ⑲377
「방향전환의 도중에」(在方向轉換的途中) ⑤130.13, ⑭112.3
『방황』(彷徨) ⑲377
『배경루장서제발기』(拜經樓藏書題跋記) ⑲377
『배금예술』(拜金藝術) ⑤216.11, 356.12, ⑫520.6, ⑲377
『배빗과 인문주의』(白璧德與人文主義) ⑥308.7
『백가성』(百家姓) ①560.7, ③158.19, ④31.6, ⑧206.4, ⑨112.3
『백과 흑』(白與黑) ⑮82.3
『백구비유경』(百句譬喩經) ⑥318.6
『백룡산인묵묘』(白龍山人墨妙) ⑲378
『백매집』(百梅集) ⑲378
『백문신류사기』(白門新柳詞記) ⑲378
『백미신영』(百美新咏) ③250.16, ⑲378
『백삼가집』(百三家集) ⑲378
『백씨풍간』(白氏諷諫) ⑲378
『백악응연』(白嶽凝煙) ⑯309.8, ⑲378

『백양산인화조화책』(白陽山人花鳥畫冊) ⑲ 378
『백유경』(百喩經) ⑦ 468.13, ⑰ 249.54, ⑲ 378
「백이십년 음양합력」(一百二十年陰陽合曆) ⑥ 65.3
『백전고』(百專考) ⑲ 378
『백전초당존고』(白田草堂存稿) ⑲ 378
『백지흑자』(白紙黑字) ⑲ 378
『백차』(白茶) ⑭ 60.3
『백천학해』(百川學海) ⑫ 340.1
『백축도』(百丑圖) ⑧ 320.5
『백한연비』(百漢研碑) ⑲ 379
『백화강부각시집』(白華絳跗閣詩集) ⑲ 379
『백화시전보』(百華詩箋譜) ⑲ 379
『백회본수호전』(百回本水滸傳) ⑲ 379
『백효도』(百孝圖)(『백효도설』百孝圖說) ③ 250.12, ⑭ 186.2, ⑲ 379
「버나드 쇼 송가」 ⑩ 507.7
「버나드 쇼의 상하이 인터뷰」(蕭伯納過滬談話記) ⑦ 407.3, ⑯ 272.4
『번간의집 칠가주』(樊諫議集七家注) ⑲ 379
『번개』(電) ⑲ 379
『번남문집보편』(樊南文集補編) ⑲ 379
『번뇌를 낳다』(生レ出ル悩ミ) ⑲ 379
「'번역'과 '편술'」("飜譯"與"編述") ⑦ 346.2
「번역 소리 속의 역문을 저주한다」(詛咒飜譯聲中的譯文) ⑯ 356.1
「번역시 세 편」 ④ 260.26
「번역을 논함」(論飜譯) ⑥ 59.41, 264.1
「번역의 어려움을 말한다」(說翻譯之難) ⑭ 171.2
『벌레 먹다』(蟲蝕) ⑲ 379
『범경집』(泛梗集) ⑲ 379
『범망경보살계본소』(梵網經菩薩戒本疏) ⑲ 379
『범성산잡저』(范聲山雜著) ⑲ 380
『범인경』(凡人經) ⑲ 380
『범향계선생문집』(范香溪先生文集) ⑲ 380
『법계무차별론소』(法界無差別論疏) ⑲ 380
『법구경』(法句經) ⑲ 380
「법망」(法網) ⑮ 252.1
『법상유식학』(法相唯識學) ⑬ 243.3
『법서고』(法書考) ⑲ 380
『법원주림』(法苑珠林) ⑲ 380
『법의』(法意) ⑥ 268.33
『법해관란』(法海觀瀾) ⑲ 380
『법현전』(法顯傳) ⑰ 295.11, ⑲ 380
『벗』(友達) ⑲ 380
「벚꽃」(櫻花) ⑮ 474.1, 504.2
『베다』(veda) ① 172.3
「베르덩 — 역사의 환상」(Verdun — Vision d'histoire) ⑥ 298.10
『베를렌 연구』(ヴェルレェヌ研究) ⑲ 380
『베이신』(北新) ⑤ 89.3
「베이징농대 학장에게 드리는 공개 서한」 ④ 233.20
「베이징대학 학생 연극과 옌징여학교 학생 연극 관람기」(觀北京大學學生演劇和燕京女校學生演劇的記) ⑰ 565.1
「베이징문예계의 문호분별」(北京文藝界之分門別戶) ⑭ 74.4
「베이징 성안의 외국 깃발」(北京城內的外國旗) ④ 369.2

『베이징승경』(北京勝景) ⑲381
「베이징여자사범대학 소요사태에 대한 선언」(對於北京女子師範大學風潮宣言) ⑤247.6, ⑬122.1
「베이징여자사범대학의 폐교에 관한 상신서」(停辦北京女子師範大學呈文) ①392.14, ④159.6, 173.7
『베이징의 고정림사』(北京ノ顧亭林祠) ⑲381
「베이징의 매력」(北京的魅力) ⑫512.3
『베이징 쿵더학교 초중 국문선독』(北京孔德學校初中國文選讀) ⑲381
『베이핑 전지 족보』(北平箋譜) ⑨549.1, →『베이핑전보』(北平箋譜)
「베이핑소묘」(北平素描) ⑮107.3
『베이핑전보』(北平箋譜) ⑮565.8, ⑱472.167, 502.9, ⑲381
『베토벤』(ベトオフエン) ⑲381
『베트남 망국사』(越南亡國史) ⑩158.7
「벤허」(Ben Hur) ⑥300.27
『벨린스키 조각상』 ⑮519.1
『벼랑가』(崖邊) ⑲382
「벼룩」(La Puce)(跳蚤) ⑨277.66, ⑱139.48
「벼룩의 노래」 ⑦288.5
『벽성음관담진』(碧聲吟館談塵) ⑲382
『벽하역총』(壁下譯叢) ⑫519.1, ⑲382
『변경에 남겨진 흔적』(邊雪鴻泥記) ⑬574.1
『변설홍니기』(邊雪鴻泥記) ⑲382
「변언」(弁言) ①534.7
『변자유편』(駢字類編) ⑯309.2
『변자훈찬』(駢字訓纂) ⑯309.7
『변정론』(辨正論) ⑲382
『변증법』(辨證法) ⑲382
『변증법과 변증적 방법』(辨證法と辨證的方法) ⑲382
『변증법과 자연과학』(辨證法と自然科學) ⑲382
『변증법독본』(辨證法讀本) ⑲382
『변증법적 유물론 입문』(辨證法的唯物論入門) ⑲382
『변증적 유물론』(辨證的唯物論) ⑲382
「별」(星) ⑮722.2
『별목련』(星花) ⑭327.1, ⑮573.2, ⑱381.47
『별을 향해』(往星中) ⑬587.6, ⑰653.56, ⑲383
『별자리신화』(星座神話) ⑲383
『별하재총서』(別下齋叢書) ⑲383
『병각공도화』(棦角公道話) ⑲383
「병중의 시」(病中的詩) ⑬545.1
『볜췬』(砭群) ⑬607.2
『보들레르 연구서설』(ボオドレール研究序說) ⑲383
「보로디노의 기념일」 ①178.63
『보로딘 탈출기』(ボローヂン脫出記) ⑲383
『보륜당집』(寶綸堂集) ⑲383
『보리자량론』(菩提資糧論) ⑲383
『보실은계류찬정편』(簠室殷契類纂正編) ⑲383
『보은의 고사』(恩を返す話) ⑫450.29
「보임소경서」(報任少卿書) ⑧574.36
『보장론』(寶藏論) ⑲383

『보재장경』(簠齋藏鏡) ⑲ 384
『보제사예문지』(補諸史藝文志) ⑲ 384
『보환우방비록』(補寰宇訪碑錄) ⑲ 384
「복거」(卜居) ⑫ 95.10
『복고편』(復古編) ⑲ 384
「복당일기」(復堂日記) ⑲ 384
『복사통찬』(卜辭通纂) ⑲ 384
「복수하고 사랑에 빠지다」 ⑯ 223.2
「복숭아 두 개가 독서인 세 명을 죽였다」(兩個桃子殺了三個讀書人) ④ 377.2
「본교 동료들에게 보내는 서한」(致本校同事公函) ⑤ 247.7
『본사시』(本事詩) ⑫ 295.5
「본색의 미에 관해」(說本色之美) ⑧ 572.14
『본초』(本草) ⑫ 507.9
『본초강목』(本草綱目) ① 283.9, 440.17, ⑥ 446.2
『본초별록』(本草別錄) ⑫ 507.12
『본초연의』(本草衍義) ⑲ 384
「볼가의 선원」(Volga Boatman) ⑥ 300.35
「봄날 교외의 풍경」(春郊小景) ⑮ 438.2
『봄누에』(春蠶) ⑦ 389.6, ⑲ 384
「봄밤의 꿈」(春夜的夢) ⑰ 554.35
「봄의 조수」(Вешние воды) ⑦ 389.5
『봉신방』(封神榜) ③ 203.9
『봉신연의』(封神演義; 『봉신전연의』) ① 356.7, ③ 203.9, ④ 319.7, ⑨ 207.3, ⑩ 289.15, ⑪ 345.4
'부강총서'(富强叢書) ⑦ 429.7
「부기 수업의 조수 일기초」(簿記課副手日記抄) ⑱ 571.171
『부녀문제 10강』(婦女問題十講) ⑲ 384
『부녀필휴』(婦女必携) ⑲ 384
『부득이』(不得已) ① 302.8
『부법장인연경』(付法藏因緣經) ⑲ 384
『부사대요』(賦史大要) ⑲ 385
『부석문호주예부운략』(附釋文互注禮部韻略) ⑲ 385
『부성집』(斧聲集) ⑲ 385
『부인론』(婦人論) ④ 222.11, ⑲ 385
「부자가 되는 것에 대도가 있다」(生財有大道) ⑭ 42.2
「부자연도태」(不自然淘汰) ⑰ 425.14
『부자지간』(父子之間) ⑮ 596.1, ⑲ 385
「부저우산」(不周山) ⑱ 747.8
「부채의 실수」(扇誤) ⑨ 308.6
『부청주자서시고묵적』(傅青主自書詩稿墨迹) ⑲ 385
「부호의 집」(富人之家) ⑱ 536.83
『북강시화』(北江詩話) ⑨ 211.5
『북곡습유』(北曲拾遺) ⑲ 385
『북극탐험기』(北極探險記) ⑮ 158.2, ⑱ 179.33
『북당서초』(北堂書鈔) ⑫ 185.25, ⑲ 385
『북몽쇄언』(北夢瑣言) ⑲ 385
『북미유력 연설문』(北美遊說記) ⑲ 386
『북방의 날개』(北方之翼, Северние Крылья) ⑨ 478.9
『북방 호텔』(北ホテル) ⑲ 386
『북사』(北史) ① 500.4, ⑲ 386
『북산소집』(北山小集) ⑲ 386
『북유 및 기타』(北游及其他) ⑲ 386
『북제수호화전』(北齊水滸畫傳) ⑲ 386

「북호록」(北戸錄) ⑩ 201.4
『분파』(奔波) ⑲ 386
『불경인집』(不驚人集) ⑧ 391.11
『불과 칼』(火與劍) ⑮ 603.4
『불교미술』(佛教美術) ⑲ 386
『불교의 미술과 역사』(佛教之美術及歷史) ⑲ 386
『불교의 지옥에 대한 새로운 연구』(佛教に於ける地獄の新研究) ⑲ 386
『불교초학과본』(佛教初學課本) ⑲ 386
『불교회보고』(佛教會報告) ⑲ 387
「불도 문창 선생님을 보내는 글」(送浮屠文暢師序) ⑩ 321.27
『불반니원경』(佛般泥洹經) ⑲ 387
『불본행경』(佛本行經) ⑲ 387
『불상신집』(佛像新集) ⑲ 387
『불설대방광니원경』(佛說大方廣泥洹經) ⑲ 387
『불씨를 얻은 자의 체포』(取火者的逮捕) ⑲ 387
『불안과 재건』(不安と再建) ⑲ 387
『불안한 영혼』(不安定的靈魂) ⑲ 387
『불장』(佛藏) ⑨ 150.4, ⑪ 417.28
『불학총보』(佛學叢報) ⑲ 387
「붉은 꽃」(紅花) ⑫ 696.3, ⑰ 577.13
『붉은 두루마기」(大紅袍) ⑬ 669.3
『붉은 러시아, 보았던 대로의 기록』(赤露見タママの記) ⑲ 387
『붉은 소년』(赤い子供) ⑲ 387
『붉은 애정』(赤い戀) ⑲ 387
『붉은 웃음』(紅的笑) ⑨ 182.1
『붓끝』(筆端) ⑮ 485.1, ⑲ 388
『붓다 돌아가다』(佛像歸る) ⑲ 388
『브란』(Brand) ① 481.5, ⑧ 110.10
『블레이크 연구』(ブレイク研究) ⑲ 388
『비』(雨) ⑲ 388
「비겸」(飛箝) ④ 153.23
『비교문장사』(比較文章史) ⑬ 454.8
『비교해부학』(比較解剖學) ⑲ 388
『비극의 철학』(悲劇の哲學) ⑲ 388
『비급자방부침자택일편집』(備急灸方附針灸擇日編集) ⑲ 388
「비료」(肥料) ⑱ 317.46
『비릉집』(毘陵集) ⑲ 388
「비바 빌라」(VIVA VILLA) ⑱ 564.153
「비범을 자처하다」 ⑯ 63.2
『비별자』(碑別字) ⑲ 388
『비별자보』(碑別字補) ⑲ 388
『비아』(埤雅) ⑲ 388
『비암잉묵』(悲盦賸墨) ⑲ 388
『비어즐리 화보선』(比亞兹萊畫選) ⑧ 658.4, ⑨ 460.1
『비어즐리 화집』 ⑨ 442.2
『비연 4종』(鼻烟四種) ⑲ 389
『비연외전』(飛燕外傳) ⑪ 109.82
『비 오는 날의 글』(雨天的書) ⑲ 389
「비욘드 벵갈」(Beyond Bengal; 중국명 「龍虎鬪」) ⑱ 509.21
「비이」(Вий) ⑯ 45.1
『비전화경』(秘傳花鏡) ③ 134.9
「비정치화의 고리키」 ⑮ 248.1
「비주전쟁」(非州戰爭) ⑱ 660.122
「비평계의 '전적으로 치켜세우기'와 '전적으로 욕하기'」(批評界的"全捧"與"全罵")

⑬ 623.10
「비평과 욕설」(批評與罵人) ④ 187.6
「비평 업무의 시작」(批評工作的開始) ⑩ 268.2
「비평에 대해」(關於批評) ⑦ 566.2
「비효」(非孝) ⑬ 502.2
『비효루사녀화책』(費曉樓仕女畫冊) ⑲ 389
『빅토르 위고』(ウィクトル・ユゴオ) ⑲ 389
『빈랑집』(檳榔集) ⑨ 367.5
『빈퇴록』(賓退錄) ⑫ 289.18, ⑲ 389
「빌리 더 키드」(Belly in the Kid) ⑱ 328.72
「빗, 참빗, 면도칼, 가죽 및 기타」 ⑥ 433.8

【ㅅ】

「사격」(射擊) ⑮ 507.6
『사고전서』(四庫全書) ⑦ 356.2, ⑧ 98.15, 428.3, ⑲ 390
『사고전서총목제요』(四庫全書總目提要) ⑧ 196.3
『사기』(史記) ① 500.2, ⑥ 55.17, ⑧ 547.4, ⑫ 169.27, ⑲ 390
『사기색은』(史記索隱) ② 343.6, ⑫ 200.2
『사기음의』(史記音義) ⑫ 200.3, 205.4
『사기탐원』(史記探原) ⑲ 390
『사냥꾼 일기』(獵人日記) ⑲ 390
『사닌』(Санин) ⑥ 115.12, ⑧ 354.78, ⑫ 386.10
『사당전문잡집』(俟堂專文雜集) →『쓰탕전문잡집』(俟堂專文雜集)
「사람을 불러 모아 공자묘를 수선한 상소문」(募修孔廟疏) ⑭ 627.2
『사랑과 죽음의 유희』(Le Jeu de L'Amour et de La Mort) ④ 340.4, ⑲ 390
「사랑과 철천지원수」(愛情與世仇) ⑬ 60.1
「사랑의 법칙과 천수쥔 여사 사건 연구」(愛情的正則與陳淑君女士事的研究) ⑬ 108.2, 560.3
「사랑의 희생」(愛的犧牲) ⑰ 671.1
「사랑이냐 고통이냐」(是愛情還是苦痛) ⑮ 472.3
「사랑이 모친을 찾아보다」(四郎探母) ⑦ 390.8
『사랑 이야기』(愛の物語) ⑲ 390
『사략』(史略) ⑲ 390
『사례거총서』(士禮居叢書) ⑲ 390
『사례경유저』(寫禮廎遺著) ⑲ 391
『사류부』(事類賦) ⑲ 391
『사륙총화』(四六叢話) ⑲ 391
『사림』(辭林) ⑫ 497.18, ⑲ 391
『사마법』(司馬法) ⑤ 233.23
『사마온공연보』(司馬溫公年譜) ⑲ 391
『사마천연보』(司馬遷年譜) ⑲ 391
「사막에서의 세 꿈」(沙漠裏之三夢) ⑬ 491.2
「사막의 기원과 성장 및 그 화북으로의 침입」 ⑥ 99.7
『사목표』(史目表) ⑲ 391
『사문』(斯文) ⑤ 126.4
『사법예규속편』(司法例規續編) ⑲ 391
『사부비요』(四部備要) ⑧ 240.5
『사부정와』(四部正訛) ⑫ 352.2
『사부총간』(四部叢刊) ⑮ 164.2, ⑲ 391

『사부총간속편』(四部叢刊續編) ⑧ 267.16
'사사'(四史) ⑦ 495.3
『사상가로서의 맑스』(思想家としてのマルクス) ⑲ 391
『사상 · 산수 · 인물』(思想 · 山水 · 人物) ⑫ 512.1, ⑱ 106.13, ⑲ 392
『사색과 수상』(思索と隨想) ⑲ 392
사서(四書) ③ 202.4, ⑧ 423.8
『사서친』(四書襯) ② 232.11
『사선성시집』(謝宣城詩集) ⑲ 392
『사선성집』(謝宣城集) ⑧ 574.34
「사수시」(四愁詩) ③ 36.1
『사승서』(謝承書) ⑰ 75.2
『사심후한서』(謝沈後漢書) ⑰ 41.60, ⑲ 392
『사십이장경』 등 3종(四十二章經等三種) ⑲ 392
『사씨후한서보유』(謝氏後漢書補遺) ⑲ 392
『사아함모초해』(四阿含暮抄解) ⑲ 393
『사양존고』(射陽存稿) ⑬ 553.11
『사여강의』(詞餘講義) ⑲ 393
『사오싱 의약월보』(紹興醫藥月報) ③ 191.11
『사오현 소학성적전람회 보고』(紹縣小學成績展覽會報告) ⑰ 196.80, ⑲ 393
『사원』(辭源) ⑤ 28.4
「사위문제」(女壻問題) ⑭ 532.1
「'사위'의 만연」("女婿"的蔓延) ⑦ 452.6, ⑭ 532.1
『사익범천소문경』(思益梵天所問經) ⑲ 393
『사인재소각사』(四印齋所刻詞) ⑲ 393
「사자포획」(捕獅) ⑱ 132.41
『사적 유물론』(史的唯物論) ⑲ 393, 394
『사적 유물론 및 예증』(史的唯物論及例證) ⑲ 394
『사적 유물론 약론』(史的唯物論略解) ⑲ 394
『사적 유물론 입문』(史的唯物論入門) ⑲ 394
『사적 유물론에서 보는 문학』(史的唯物論ヨリ見タル文學) ⑲ 394
『사적 일원론』(史的一元論) ⑲ 394
『사적재집』(思適齋集) ⑲ 394
『사조보초도록』(四朝寶鈔圖錄) ⑲ 394
『사쿤탈라』(Śakuntalā) ① 172.5
『사통』(辭通) ⑲ 395
『사통통석』(史通通釋) ⑲ 395
『사학개론』(史學概論) ⑲ 395
『사학계간』(詞學季刊) ⑲ 395
『사학총서』(詞學叢書) ⑲ 395
『사홍연보』(四洪年譜) ⑲ 395
『사회과학의 예비개념』(社會科學の豫備概念) ⑲ 395
『사회교육』(社會教育) ⑲ 395
『사회문예총서』(社會文藝叢書) ⑲ 395
「사회성과 노예성」(結群性與奴隸性) ⑬ 548.7
『사회운동사전』(社會運動辭典) ⑲ 395
『사회의식학개론』(社會意識學概論) ⑲ 396
『사회의식학대강』(社會意識學大綱)(2판) ⑲ 396
『사회의 취향에 따귀를 때려라』(Пощёчина общественному вкусу) ⑨ 360.9

『사회주의와 사회운동』(社會主義及ビ社會運動) ⑲ 396
『사회주의잡고』(社會主義雜稿) ⑲ 396
『사회주의적 리얼리즘의 문제』(社會主義的レアリズムの問題) ⑲ 396
『사회진화사상강화』(社會進化思想講話) ⑲ 396
『사회진화의 규율』(社會進化の鐵則) ⑲ 396
『사회학에서 본 예술』(社會學上ヨリ見タル藝術) ⑲ 396
『산가청공』(山家淸供) ⑩ 665.2
「산거잡시」(山居雜詩) ⑬ 545.1
『산곡외집시주』(山谷外集詩注) ⑲ 396
『산곡총간』(散曲叢刊) ⑲ 396
『산령』(山靈) ⑲ 396
『산 속의 피리 소리』(山中笛韵) ⑫ 652.3, →『바스크 목가』
「산시」(刪詩) ⑨ 76.1
『산시비림목록』(陝西碑林目錄) ⑲ 397
『산야철습』(山野掇拾) ⑲ 397
『산우』(山雨) ⑩ 365.2
『산우금석기』(山右金石記) ⑲ 397
『산우금석록』(山右金石錄) ⑲ 397
『산우석각총편』(山右石刻叢編) ⑲ 397
「산중적운」(山中笛韻) ⑮ 171.3
『산초서외기』(山樵書外紀) ⑲ 397
『산촌 주민의 목가』(山民牧唱) ⑨ 622.3
『산타로의 일기』(三太郎の日記) ⑲ 397
『산해경』(山海經) ① 312.17, ③ 134.5, ⑩ 150.16, ⑬ 595.5, ⑲ 397
「『산해경』을 읽고」 ⑧ 570.6
『산호도집』(山胡桃集) ⑲ 397
「살기 위하여」(爲了活) ⑮ 587.1
「살로메」(薩羅美) ⑰ 626.17
『살로메』(Salomè) ⑨ 461.13
『살아 있는 중국』(活的中國) ⑱ 537.86
『살아있는 중국의 자태』(生ケル支那ノ姿) ⑲ 397
「살자보」(殺子報) ⑦ 488.5
「살쾡이로 태자를 바꾸다」(狸貓換太子) ⑦ 638.9
『삶과 죽음의 자리』(生死場) ⑮ 314.3
「삼검객」(三劍客) ⑱ 333.87
『삼교원류수신대전』(三教源流搜神大全) ⑲ 398
『삼교평심론』(三教平心論) ⑲ 398
『삼국지배주술』(三國志裴注述) ⑲ 398
『삼국지보주』(三國志補注) ⑲ 398
『삼국지연의』(三國志演義) ⑤ 168.6, 364.7, ⑪ 349.30, ⑲ 398
『삼국지 · 위서』(三國志 · 魏書) ⑤ 169.10
『삼국지전』(三國志傳) ① 237.22
『삼국화상』(三國畵像) ⑲ 398
「삼낭교자」(三娘教子) ⑦ 488.6
『삼당인집』(三唐人集) ⑲ 398
『삼대학운시림정종』(三臺學韻詩林正宗) ⑲ 398
「삼랑, 아들을 가르치다」(三娘教子) ④ 221.8
『삼론현의』(三論玄義) ⑲ 398
『삼보태감서양기』(三寶太監西洋記) ⑥ 158.7
『삼보태감서양기통속연의』(三保太監西洋記通俗演義) ⑪ 466.28

『삼보황도』(三輔黃圖) ⑲ 398
『삼분』(三墳) ④ 76.14
『삼산정국산선생청준집』(三山鄭菊山先生淸雋集) ⑲ 398
『삼세상』(三世相) ⑲ 399
『삼수평요전』(三遂平妖傳) ① 239.33, ⑮ 40.4
『삼십삼검객도』(三十三劍客圖) ⑲ 399
『삼십육성분탁도』(三十六聲粉鐸圖) ⑧ 320.5
『삼언』(三言) ⑫ 356.4
『삼여우필』(三餘偶筆) ⑲ 399
『삼여찰기』(三餘札記) ⑲ 399
『삼원필기』(三垣筆記) ⑲ 399
「삼인의 부드리즈」(三個布德力斯, The Three Budrys) ⑨ 282.122
『삼자경』(三字經) ⑤ 355.5, ⑦ 343.3, ⑨ 163.5
『삼장법사 불경 취득기』(三藏取經記) ④ 482.4
『삼조북맹회편』(三朝北盟滙編) ④ 199.9, ⑮ 746.5
『삼천대천세계도설』(三千大千世界圖說) ① 439.5
「삼총사」(The Three Musketeers) ⑥ 302.50
『삼한집』(三閑集) ⑲ 399
『삼협오의』(三俠五義) ⑦ 328.9, ⑬ 556.3
『삽도본 미요코』(繪入みよ子) ⑲ 399
『상가』(商市街) ⑲ 399
『상기헌사종』(賞奇軒四種) ⑲ 399
『상동팔선전』(上洞八仙傳) ⑪ 411.4
「상림」(上林) ⑫ 96.11
『상산정석지』(常山貞石志) ⑲ 399
『상서대전』(尙書大傳) ⑫ 58.24
『상서정의』(尙書正義) ⑲ 399
『상송』(商頌) ⑫ 59.36
『상시집』(嘗試集) ① 550.4, ② 170.2, ⑬ 507.1
「「상시집을 평함」의 오류」(「評嘗試集」匡謬) ① 533.3
『상아탑을 나서며』(出了象牙之塔, 상아탑을 나와서) ⑫ 478.1, ⑬ 586.3, ⑰ 674.7, ⑱ 47.61, ⑲ 399
『상우인서관서목』(商務印書館書目) ⑲ 400
『상유팔기』(上諭八旗) ⑧ 99.17
『상자』(商子) ⑲ 400
『상주금문습유』(商周金文拾遺) ⑲ 400
「상하이말은 어떻게 하는가」 ⑧ 498.5
「상하이에서 루쉰의 공고」 ⑤ 398.10
『상하이에 온 버나드 쇼』(蕭伯納在上海) ⑥ 401.1, ⑩ 643.1, ⑲ 400
『상하이자연과학연구소 휘보』(上海自然科學硏究所彙報) ⑲ 400
『상하이지남』(上海指南) ⑲ 400
『새 길』(新路) ⑲ 400
『새단어사전』(新らしい言葉の字引) ⑲ 400
『새로 쓴 옛날이야기』(故事新編) ⑲ 400
「『새로 쓴 옛날이야기』 독후감」 ⑯ 74.1
「새로운 동지에게」(給一個新同志) ⑥ 54.16
『새로운 러시아 신소설가 30인집』(新俄新小說家三十人集) ⑫ 604.25
『새로운 목소리』(新聲) ⑭ 297.2
『새로운 사람과 낡은 사람』(新シキ者ト古キ

者) ⑲ 400
『새로운 성도덕 토론집』(新性道德討論集) ⑲ 400
『새로운 식량』(新しき糧) ⑲ 400
『새로운 예술의 획득』(新しき藝術の獲得) ⑲ 400
『새벽바람』(曉風) ⑲ 401
『새 시대의 예감』(新時代的豫感) ⑱ 170.18
『새 이야기』(鳥的故事) ⑲ 401
『생계』(生計) ⑰ 152.11
「생로」(生路) ⑱ 427.31
『생리학』(生理學) ⑲ 401
『생리학 정수』(生理學粹) ⑲ 401
『생명의 미미한 흔적』(生命底微痕) ⑲ 401
『생명의 세탁』(いのちの洗濯) ⑲ 401
『생물학강좌』(生物學講座) ⑲ 401
「생탄활착」(生呑活捉; 원제 「Eat' em Alive」) ⑱ 531.69
『샤오치 판화집』(少其版畫集) ⑮ 495.1
「상민혈루」(湘民血淚) ① 495.6
『섀도페인팅 연구』(影繪之硏究) ⑲ 402
『서경』(書經) = 『상서』(尙書) ⑥ 55.17, ⑧ 154.17
『서경잡기』(西京雜記) ⑧ 428.4, ⑪ 45.64, ⑫ 137.17, 340.2
「서글픈 여성교육」(可悲的女子敎育) ⑨ 142.2
『서기성집』(徐騎省集) ⑲ 402
『서련(庶聯)의 판화』 ⑯ 174.4
『서림청화』(書林淸話) ⑲ 402
『서목문답』(書目答問) ⑤ 71.4
『서문장고사』(徐文長故事) ⑲ 402
『서방의 작가들』(西方の作家たち) ⑲ 402
『서상기』(西廂記) ⑥ 432.4, ⑧ 391.8, ⑮ 561.2
『서상기십칙』(西廂記十則) ⑲ 402
「서선무사」西線無事) ⑱ 327.69
『서양교육사상사』(西洋教育思想史) ⑲ 402
『서양기』(西洋記) ⑲ 402
『서양명가걸작선집』(泰西名家傑作選集) ⑲ 403
「서양문학 입문 필독서목」 ⑤ 71.3
『서양미술관 순례기』(西洋美術館めぐり) ⑲ 403
『서양미술사 개요』(西洋美術史要) ⑲ 403
「서양 복장을 논함」(論西裝) ⑦ 605.6
『서양사 신강』(西洋史新講) ⑲ 403
『서양의학의 처방에 관한 우리나라 사람의 반응』(國人對於西洋醫學方藥之反應) ⑭ 272.2
『서양 최신 문예총서』(泰西最新文藝叢書) ⑲ 403
『서역남만미술동점사』(西域南蠻美術東漸史) ⑲ 403
『서역문명사개론』(西域文明史概論) ⑲ 403
『서우창 전집』(守常全集) ⑭ 478.1, 486.1
『서유기』(西遊記) ③ 181.14, ⑨ 207.3, ⑪ 227.44, ⑬ 553.1, ⑮ 40.3
『서유기고증』(西遊記考證) ⑲ 403
『서유기잡극』(西遊記雜劇) ⑤ 129.5
『서유보』(西游補) ⑪ 471.58, ⑲ 403
『서유집』(徐庾集) ⑲ 403
「서재 생활과 그 위험」(書齋生活與其危險) ⑱ 47.60

『서재의 등산가』(書齋の岳人) ⑲ 403
『서재의 소식』(書齋の消息) ⑲ 404
『서정목판화도안집』(抒情カット圖案集) ⑲ 404
『서철운수찰』(舒鐵雲手札) ⑲ 404
『서청등수묵화훼권』(徐靑藤水墨畵卉卷) ⑲ 404
『서청산기』(西靑散記) ⑲ 404
『서청필기』(西淸筆記) ⑲ 404
『서하국서약설』(西夏國書略說) ⑲ 404
『서하역연화경고석』(西夏譯蓮花經考釋) ⑲ 404
『서호가화』(西湖佳話) ① 240.40, ⑪ 545.57
『서호유람지』(西湖遊覽志) ⑨ 315.5
『서호이집』(西湖二集) ① 241.43, ⑪ 540.35, ⑲ 404
『서효목집전주』(徐孝穆集箋注) ⑲ 404
『석가보』(釋迦譜) ⑲ 404
『석가여래성도기주』(釋迦如來成道記注) ⑲ 404
『석가여래응화사적』(釋迦如來應化事迹) ⑲ 404
『석골분경』(析骨分經) ① 283.7
『석도』(石濤) ⑲ 405
『석도기유도영』(石濤紀游圖咏) ⑲ 405
『석도산수정품』(石濤山水精品) ⑲ 405
『석도산수책』(石濤山水冊) ⑲ 405
『석도화동파시서시책』(石濤畵東坡時序詩冊) ⑲ 405
『석도화상 팔대산인 산수합책』(石濤和尙八大山人山水合冊) ⑲ 405
『석림유서』(石林遺書) ⑲ 405
『석마가연론』(釋摩訶衍論) ⑲ 405
『석명』(釋名) ⑲ 405
『석병집』(石屛集) ⑲ 405
『석분비』(惜分飛) ⑲ 405
『석신』(釋神) ⑬ 595.3
「석인」(釋人) ⑬ 442.8
'선구예술총서'(先驅藝術叢書) ⑫ 520.11
『선바오관 서목 속집』(申報館書目續集) ⑨ 401.2
『선바오연감』(申報年鑒) ⑲ 406
「선본」(選本) ⑮ 45.8
『선부경수록』(膳夫經手錄) ④ 424.29
『선불보』(選佛譜) ⑲ 406
「선사 공자탄신기념 방법」(先師孔子誕辰紀念辦法) ⑧ 162.2
'선서'(善書) ⑬ 828.3
『선여인전』(善女人傳) ⑲ 406
『선인의 제사』 ① 179.76
「선인장」(仙人掌) ⑮ 674.5
『선적원총서』(選適園叢書) ⑲ 406
「선정과 악정」(善政和惡政) ⑱ 51.68
『선진인시』(仙眞人詩) ⑫ 105.11
『선천집』(先天集) ⑲ 406
『선험기』(宣驗記) ⑪ 148.3
『선화유사』(宣和遺事) ④ 483.9, ⑩ 223.6
『섣달 그믐 및 기타』(除夕及其他) ⑲ 407
『설고』(說庫) ⑬ 569.3, ⑲ 407
『설두사집』(雪竇四集) ⑲ 407
『설령』(說鈴)(전집前集) ⑲ 407
『설문계전교록』(說文繫傳校錄) ⑲ 407
『설문고주보』(說文古籀補) ⑲ 407

『설문고주보보』(說文古籒補補) ⑲ 407
『설문고주소증』(說文古籒疏證) ⑲ 407
『설문고주습유』(說文古籒拾遺) ⑲ 407
『설문광허』(說文匡鄦) ⑲ 407
『설문교의』(說文校議) ⑲ 407
『설문구두』(說文句讀) ⑲ 407
『설문단주정보』(說文段注訂補) ⑲ 407
『설문발의』(說文發疑) ⑲ 407
『설문석례』(說文釋例) ⑲ 407
『설문해자』(說文解字) ⑤ 447.4, ⑧ 379.8, 673.15, ⑲ 407
『설문해자계전』(說文解字繫傳) ⑲ 408
『설문해자부통검』(說文解字附通檢) ⑲ 408
『설부』(說郛) ① 237.16, ⑩ 197.2, ⑫ 193.3, ⑬ 689.4, ⑰ 104.45, ⑲ 408
『설악전전』(雪岳全傳) ⑥ 388.12, ⑪ 397.97
『설암서묵』(雪庵絮墨) ⑧ 795.5
『설원』(說苑) ⑪ 84.44, ⑲ 408
『설희』(說戲) ⑲ 408
『섬광』(閃光) ⑲ 408
「섬라야사」(暹羅野史) ⑱ 141.51
『섬록』(剡錄) ⑲ 408
『섬의 농민』(島の農民) ⑲ 408
『성과 성격』(性と性格) ⑲ 408
『성명잡극』(盛明雜劇) ⑲ 409
「성모상에 무릎 꿇고 절하는 사람」(聖母像的跪拜者) ⑮ 597.2
『성사승람』(星槎勝覽) ⑲ 409
『성세인연』(醒世姻緣) ⑬ 584.2, ⑲ 409
『성세항언』(醒世恒言) ① 239.32, ⑲ 409
「성에 관하여」(關於性) ⑬ 843.3
『성유상해』(聖諭像解) ⑮ 230.5, ⑲ 409
『성적도』(聖迹圖) ⑲ 409
「성질 급한 사람」(暴躁人) ⑱ 598.9
『성현고사전찬』(聖賢高士傳贊) ⑫ 271.14
『세계고대문화사』(世界古代文化史) ⑲ 409
『세계관으로서의 맑시즘』(世界觀としてのマルキシズム) ⑲ 409
『세계누드미술전집』(世界裸體美術全集) ⑲ 409
『세계명화』(世界名畵) ⑧ 522.7
'세계문고'(世界文庫) ⑧ 635.4, 472.3, ⑮ 517.4
『세계문예대사전』(世界文藝大辭典) ⑲ 409
『세계문예명작화보』(世界文藝名作畫譜) ⑲ 409
『세계문학과 비교문학사』(世界文學と比較文學史) ⑲ 410
『세계문학과 프롤레타리아』(世界文學と無產階級) ⑲ 410
『세계문학이야기』(世界文學物語) ⑲ 410
『세계문학전집』(世界文學全集) ⑲ 410
『세계문화사대계』(世界文化史大系) ⑲ 410
『세계미술전집』(世界美術全集) ⑲ 410
『세계미술전집』(별권) ⑮ 230.1
『세계미술전집속편』(世界美術全集續編) ⑮ 85.2
『세계보옥동화총서』(世界寶玉童話叢書) ⑲ 411
『세계사 교정』(世界史教程) ⑧ 197.10
『세계사회주의문학총서』(世界社會主義文學叢書) ⑲ 411
『세계성욕학사전』(世界性慾學辭典) ⑲ 411

『세계어주간』(世界語週刊) ⑲ 411
『세계예술발달사』(世界藝術發達史) ⑲ 411
『세계완구도편』(世界玩具圖篇) ⑲ 411
『세계완구사편』(世界玩具史篇) ⑲ 412
『세계원시사회사』(世界原始社會史) ⑲ 412
『세계유머전집』(世界幽默全集) ⑯ 254.2, ⑱ 368.31, ⑲ 412
『세계의 여성을 말한다』(世界の女性を語る) ⑲ 412
「세계의 화재」(世界的火災) ⑫ 417.9, ⑰ 558.40
『세계지리풍속대계』(世界地理風俗大系) ⑲ 412
『세계창기제도사』(世界性業婦制度史) ⑲ 412
'세계총서'(世界叢書) ⑫ 526.6
『세계출판미술사』(世界出版美術史) ⑲ 412
「세계평화의 보장을 호소하는 선언서」 ⑦ 212.2
『세르팡』(セルパン) ⑲ 413
『세본』(世本) ⑫ 169.26
『세 사람』(三人) ⑲ 413
『세상 속으로』(在人間) ⑮ 686.1, ⑯ 118.1, ⑱ 701.39
「세상을 권면하는 백화로 된 신악부」(勸世白話新樂府) ① 219.9
『세설선』(世說選) ⑲ 413
『세설신어』(世說新語) ⑤ 176.38, ⑧ 240.6, ⑨ 197.8, 11, 12, ⑫ 221.2, ⑲ 413
「세에베와 표주박」(淸兵衛與胡蘆) ⑬ 545.5
『세원록』(洗冤錄) ④ 41.3, ⑦ 613.17
「세월노인」(時光老人) ⑱ 747.9
『세 자매』(三姊妹) ⑧ 709.4, ⑲ 413
『세잔 대화집』(セザンヌ大畫集) ⑲ 413
『세포학개론』(細胞學概論) ⑲ 413
『센게 모토마로 시전』(千家元麿詩箋) ⑲ 413
『센류만화전집』(川柳漫畫全集) ⑲ 414
『셰스토프 선집』(シェストフ選集) ⑲ 414
「셰익스피어 극 『시저전』에 표현된 군중」(莎劇凱撒傳里所表現的群衆) ⑦ 761.5, 746.5
「셰익스피어와 현실주의」 ⑮ 208.1
『소금팔이』(賣鹽) ⑯ 66.2, ⑲ 414
「소년의 이별」(少年別) ⑮ 588.8
『소년화집』(少年畫集) ⑲ 414
『소당집고록』(嘯堂集古錄) ⑲ 414
『소덕선생군재독서지』(昭德先生郡齋讀書志) ⑲ 414
「소량구사고」(蕭梁舊史考) ⑬ 113.3, 631.3
『소련견문록』(蘇聯聞見錄) ⑭ 371.2, ⑱ 361.17, ⑲ 414
『소련동화집』(蘇聯童話集) ⑲ 414
『소련문학 10년』(ソヴェート文學の十年) ⑲ 415
「소련문학이론과 문학비평 현상」(蘇聯文學理論及文學批評的現狀) ⑱ 384.52
「소련 문학통신」 ⑩ 494.4
『소련연극사』(蘇聯演劇史) ⑮ 45.5
「소련은 도대체 우리의 벗인가 아닌가?」 ④ 182.17
「소련은 왜 메이란팡을 초청하여 공연하게 되었는가(상)」 ⑧ 189.2

「소련의 '기계적 시민들'에게」 ⑨ 285.148
『소련의 문예논전』(蘇俄的文藝論戰) ⑤ 71.7, ⑨ 271.15, ⑫ 555.5, ⑬ 666.4
『소련의 문예정책』(蘇俄的文藝政策) ⑨ 271.16, ⑫ 554.1
「소련의 판화」 ⑯ 106.4
『소련 작가 7인집』(蘇聯作家七人集) ⑧ 709.1, ⑯ 178.2, 231.1, ⑱ 727.76
『소련 작가 20인집』(蘇聯作家二十人集) ⑯ 162.4, 178.4, ⑲ 415
『소련작가창작경험집』(蘇聯作家創作經驗集) ⑭ 615.3
「소련판화전람회를 말하다」 ⑯ 106.2
『소련판화집』(蘇聯版畫集) ⑯ 149.1, 162.2, ⑲ 415
『소련학생일기』(ソヴェート學生の日記) ⑲ 415
『소림』(笑林) ⑧ 429.11
『소림광기』(笑林廣記) ④ 200.18, ⑮ 105.3
『소만권루총서』(小萬卷樓叢書) ⑲ 416
『소명문선』(昭明文選) →『문선』(文選)
『소명태자문집』(昭明太子文集) ⑲ 416
『소명태자집』(昭明太子集) ⑨ 198.17
『소묘신기법강좌』(素描新技法講座) ⑲ 416
『소방호재총초』(小方壺齋叢鈔) ⑬ 553.7
『소백매집』(小百梅集) ⑲ 416
『소봉래각금석문자』(小蓬萊閣金石文字) ⑲ 416
『소부』(笑府) ⑩ 290.23
『소부매한화』(小浮梅閑話) ⑫ 255.4
「소비에트 국가와 예술」(蘇維埃國家與藝術) ⑥ 83.15, ⑨ 287.161
『소비에트 대학생의 성생활』(ソヴエト大學生の性生活) ⑲ 416
『소비에트러시아 만화 및 포스터집』(ソヴエートロシヤ漫畫・ポスター集) ⑲ 416
『소비에트러시아 문예총서』(ソヰエエト・ロシヤ文藝叢書) ⑲ 416
『소비에트러시아 문학의 전망』(ソヴエートロシア文學の展望) ⑲ 416
『소비에트러시아 문학이론』(ソヴエートロシア文學理論) ⑲ 416
『소비에트러시아 미술대관』(ソヴエートロシヤ美術大觀) ⑲ 417
『소비에트러시아 시선』(ソヰエト・ロシヤ詩選) ⑲ 417
『소비에트러시아의 감옥』(ソヴイエートロシヤの牢獄) ⑲ 417
『소비에트러시아의 예술』(ソヴエートロシアの藝術) ⑲ 417
「소비에트연방은 Maxim Gorky에게서 무엇을 기대하고 있는가」(蘇維埃聯邦從Maxim Gorky期待着甚麽) ⑨ 274.36
『소빙애시집습유』(蕭冰厓詩集拾遺) ⑲ 417
「소사에 관해」(講瀟泗) ⑧ 363.3
『소설』(小說) ⑲ 417
『소설 교정』(小說法程) ⑥ 236.2
『소설구문초』(小說舊聞鈔) ⑫ 255.1, ⑰ 763.51, ⑲ 417
「소설 둘러보기와 선택」(小說的瀏覽和選擇) ⑰ 720.91
『소설로 본 지나민족성』(小說から見た支那の民族性) ④ 423.19, ⑧ 359.4, ⑭ 557.1, ⑲ 418

『소설연구 12강』(小說研究十二講) ⑲418
『소설연구 16강』(小說研究十六講) ⑲418
『소설월보총서』(小說月報叢書) ⑮174.4
『소설의 연구』(小說的研究) ⑩201.3
『소설작법강의』(小說作法講義) ⑥236.2
「소설 창작의 비결」(做小說的秘訣) ①560.2
『소설총보』(小說叢報) ⑫378.7
『소세키의 최근 14편』(漱石近什四篇) ⑫448.10
『소세키 전집』(漱石全集) ⑲418
『소실산방집』(少室山房集) ⑲418
『소씨제병원후총론』(巢氏諸病源候總論) ⑲418
『소자록』(小字錄) ⑲419
『소재제발』(蘇齋題跋) ⑲419
『소조유필』(蕭曹遺筆) ④153.17
「소치는 노래」(牛歌) ⑩622.3
『소콜로프의 삽화』 ⑮610.3
「소품문을 읽고」 ⑮247.1
『소품집』(Kleine Schriften) ⑫523.3
『소품집 속속편』(續續小品集) ⑲419
『소품집 속편』(續小品集) ⑲419
『소하한기』(消夏閑記) ⑫255.6
『소학답문』(小學答問) ⑬455.4
『소학문답』(小學問答) ⑲419
『소학집주』(小學集注) ③204.25
『속고문원』(續古文苑) ⑫250.9
『속고승전』(續高僧傳) ⑲419
『속고일총서』(續古逸叢書) ⑲419
『속금고기관』(續今古奇觀) ①240.41
『속녹귀부』(續錄鬼簿) ⑫356.5
『속담조』(續談助) ⑲419
「속삼검객」(續三劍客) ⑱168.12
『속서보』(續書譜) ⑲419
『속수기문』(涑水記聞) ⑲419
『속원교론』(續原教論) ⑲419
『속유괴록』(續幽怪錄) ⑲420
『속장경목록』(續藏經目錄) ⑲420
『속제해기』(續齊諧記) ⑧428.4, ⑫233.2
『속해첩삼십종』(續楷帖三十種) ⑲420
『속휘각서목』(續彙刻書目) ⑲420
『송고승전』(宋高僧傳) ⑲420
『송명통속소설유전표』(宋明通俗小說流傳表) ⑲420
『송빈쇄화』(淞濱瑣話) ⑲420
『송사』(宋史) ④210.4
『송서』(宋書) ⑩142.10, ⑫225.2
『송심문초』(宋心文鈔) ⑲420
『송원구본서경안록』(宋元舊本書經眼錄) ⑲420
『송원명인묵보』(宋元名人墨寶) ⑲420
『송원사명육지』(宋元四明六志) ⑲420
『송원인설부총서』(宋元人說部叢書) ⑲420
『송은만록』(淞隱漫錄) ⑩539.1, ⑲421
『송은문집』(松隱文集) ⑲421
『송은속록』(淞隱續錄) ⑩541.1, ⑲421
『송이룡면백묘구가도』(宋李龍眠白描九歌圖) ⑲421
『송인설부총서』(宋人說部叢書) ④199.10
『송인일사휘편』(宋人軼事彙編) ⑲421
『송장저료수서화엄경묵적』(宋張樗寮手書華嚴經墨迹) ⑲421
『송지문집』(宋之問集) ⑲421

『송탁위황초수공자묘비』(宋拓魏黃初修孔子廟碑) ⑲421
「쇠 주전자 이야기」 ⑤443.4
『쇼도덴슈』(書道全集) ⑲421
『쇼를 말하다』(ショウを語る) ⑲421
「숄로호프 초상」 ⑨468.21
『수감략기』(坐牢略記) ⑱702.40
『수경』(水經) ⑫271.10
『수경주』(水經注) ⑲422
『수경주휘교』(水經注彙校) ⑲422
「수국심시기」(獸國尋屍記) ⑱624.67 ⑱
「수국춘추」(獸國春秋) ⑱308.31
「수금」(竪琴) ⑨183.10, 286.154, →「하프」
『수다쟁이』(話匣子) ⑲422
「수당가화」(隋唐嘉話) ⑩201.4
『수당유서』(授堂遺書) ⑲422
『수당이래관인집존』(隋唐以來官印集存) ⑲422
『수당지전』(隋唐之傳) ⑪355.56
『수부전』(水夫傳) ⑫705.2
『수산관존고』(隨山館存稿) ⑲422
『수서』(隋書) ③250.18, ⑧428.6
『수서경적지고증』(隋書經籍志考證) ⑲422
『수식』(水飾) ⑧429.11
『수신기』(搜神記) ③390.2, ⑧428.4, ⑪130.29, ⑫289.16, ⑲422
『수신후기』(搜神後記) ⑪131.40
『수염, 머리카락, 발톱 —그들의 미신에 관하여』(須髮爪 —關於它們的迷信) ⑭163.1
「수왕역험기」(獸王歷險記) ⑱515.32
『수유록』(隋遺錄) ⑲422
『수은만록』(隨隱漫錄) ⑱92.11
『수자보』(受子譜) ⑲422
『수재』(水災) ⑲422
『수전탁본예학명』(水前拓本瘞鶴銘) ⑲422
『「수지」 사부고증』(「隋志」史部考證) ⑫218.2
『수쯔의 편지』(淑姿的信) ⑲422
『수초당서목』(遂初堂書目) ⑩197.1, ⑲422
『수탉과 어릿광대』(雄鷄和雜饌) ⑫718.3, ⑲423
「수필 세 토막」(隨筆三則) 588.1
『수헌금석문자』(隨軒金石文字) ⑲423
『수혜편』(樹蕙編) ⑲423
『수호도찬』(水滸圖贊) ⑮230.2, ⑲423
『수호상』(水滸像) ⑮93.1
「『수호속집 두 종류』 서문」(『水滸續集兩種』序) ⑰612.1
「『수호속집양종』 서」(『水滸續集兩種』序) ⑬568.1
『수호엽자』 ⑮371.1
『수호전』(水滸傳) ①238.23, ③156.4, ⑥432.5, 433.7, ⑦708.3, ⑲423
『수호전상』(水滸傳像) ⑮57.3
『수호전화보』(水滸傳畫譜) ⑲423
『수호패자』(水滸牌子) ⑮301.2
『수호후전』(水湖後傳) ⑬566.4
「수화원앙」(水火鴛鴦) ⑰679.19
『숙원잡기』(菽園雜記) ⑩301.3
『순난혁명가열전』(殉難革命家列傳) ⑲423
『순수이성비판』(Kritik der reinen

Vernunft) ⑦ 347.8
『순양함 자리야호』(巡洋艦ザリヤー) ⑲ 423
『순열전한기 원굉후한기 합각』(荀悅前漢紀袁宏後漢紀合刻) ⑲ 423
『순원금석문자발미』(循園金石文字跋尾) ⑲ 423
『순자』(荀子) ⑲ 423
『순종실록』(順宗實錄) ⑨ 428.15
『순화비각법첩고정』(淳化祕閣法帖考正) ⑲ 423
「술을 말하다」(述酒) ⑤ 182.69
「술주」(述酒) ⑧ 573.19
『술 한 항아리』(一壇酒) ⑲ 424
『숭문총목』(崇文總目) ⑫ 243.2
『숭산문집』(嵩山文集) ⑲ 424
『숭양석각집기』(嵩陽石刻集記) ⑲ 424
『쉬쉬성 서유일기』(徐旭生西遊日記) ⑲ 424
『쉬안상』(弦上) ⑲ 424
『슌주자의 2월 상연 레퍼토리 판화—윌리엄 텔』(春秋座二月興行版畫—ウヰリアム·テル) ⑲ 424
『스물네 가지 효 그림』(二十四孝圖) ⑧ 57.5
『스승·벗·서적』(師·友·書籍) ⑲ 424
『스즈키 하루노부』(鈴木春信) ⑲ 424
『스쩡유묵』(師曾遺墨) ⑭ 593.3, ⑰ 629.22
「스카라무슈」(亂世英雄, Scaramouche) ⑥ 300.32, ⑰ 704.54
『스트린드베리 전집』(ストリンベルク全集) ⑲ 424
「스페인 극단의 장성」(西班牙劇壇的將星) ⑰ 658.62
「스페인 사실문학의 대표자 이바녜스」(西班牙寫實文學的代表者伊本納玆) ⑬ 543.1
『스페인 서간』(Lettres d'Espagne) ⑮ 323.4
「스페인 서간(제3신)」 ⑮ 459.5
『스페인의 주요 조류』(西班牙主潮) ⑬ 539.1
『스페인·포르투갈 여행기』(えすぱにや·ぽゐつがゐ記) ⑲ 425
『슬라브문학사』(Slavische Literaturgeschichte) ⑫ 686.7
「슬픔에 겨운 청년—장홍시 군에게 답함」(悲哀的靑年—答章鴻熙君) ① 568.2
『슬픈 역사』→『레미제라블』
『습영집』(拾零集) ⑧ 604.11, ⑮ 315.2, 430.3, 456.2
『습유기』(拾遺記) ⑲ 425
『승만경송당이역』(勝鬘經宋唐二譯) ⑲ 425
『승현지』(嵊縣志) ⑲ 425
『시』(詩)→『시경』(詩經)
「시가의 적」(詩歌之敵) ⑰ 671.2
『시경』(詩經) ② 247.3, ⑥ 29.18, ⑧ 156.32, 245.32, ⑨ 196.4
『시경』의 「송」(頌) ⑦ 96.7
『시경세본고의』(詩經世本古義) ⑲ 425
『시계』(Часы, 表) ⑩ 574.6, ⑮ 442.3, 569.2, 3, ⑱ 627.71, ⑲ 425
「시골 아낙네」(村婦) ⑮ 698.1, ⑱ 647.96
『시공안』(施公案) ⑤ 447.12, ⑩ 366.12, ⑪ 735.47
「시. 노동자 벗에게 알리는 글」(告全市工友書) ⑦ 191.7

「시대의 운명」(時代的運命) ③ 296.10
「시륜금강법회 모금행사를 위한 발기문」(時輪金剛法會募捐緣起) ⑦ 600.2
『시만스키 소설집』 516.1
『시멘트』(セメント) ⑲ 425, ⑲ 426
『시멘트 그림』(士敏土之圖) ⑲ 426
「『시멘트』 서문을 대신하여」(『士敏土』代序) ⑱ 329.76
『시멘트 판화』 ⑥ 524.2
『시몬』(シモオヌ) ⑲ 426
『시박재변체문』(示樸齋駢體文) ⑲ 426
『시벌』(詩筏) ⑲ 426
『시베리아에서 만몽으로』(西比利亞から滿蒙へ) ⑲ 426
『시본의』(詩本義) ⑲ 426
『시사신보』(時事新報) ⑤ 80.11
『시여화보』(詩餘畫譜) ⑭ 578.5
『시와 시론』(詩と詩論) ⑲ 426
『시와 체험』(詩と體驗) ⑲ 426
『시와 판화』(詩與版畫) ⑮ 470.2
『시운』(詩韻) ⑧ 581.8
『시운합벽』(詩韻合璧) ① 535.16
「시월」(十月) ⑥ 54.16
『시위함신무』(詩緯含神霧) ① 174.18
『시의 기원』(詩の起原) ⑲ 427
『시의 형태학 서설』(詩の形態學序說) ⑲ 427
「시인알목기」(詩人挖目記) ⑱ 25.20
『시인의 냅킨』(詩人のナプキン) ⑲ 427
「시인의 죽음」 ① 178.68
「시잉이 즈모에게」(西瀅致志摩) ④ 243.6
「시장에 가다」(上市) ⑮ 235.1
『시집』(詩緝) ⑲ 427
『시학』(詩學) ⑲ 427
『시학개론』(詩學概論) ⑲ 427
『시헌서』(時憲書) ① 301.7
『시혼 예찬』(詩魂禮贊) ⑲ 427
『시화방』(詩畫舫) ③ 135.14
「시후의 강도」(西湖有盜) ⑦ 202.4
「식객문학과 어용문학」(幇忙文學與幇閑文學) ⑨ 32.11
『식료본초의 고찰』(食療本草の考察) ⑲ 427
『식물분류연구』(植物分類研究) ⑲ 427
『식물수필집』(植物隨筆集) ⑲ 427
『식물의 경이』(植物の驚異) ⑲ 428
『식물집설』(植物集說) ⑲ 428
『식물학대사전』(植物學大辭典) ⑫ 507.6
『식민지 문제』(殖民地問題) ⑮ 792.2
『식소록』(識小錄) ⑬ 607.4
『식육가의 말』(食肉者言) ⑦ 315.2
「식인종의 말」 ⑫ 731.4
『식훈당총서』(式訓堂叢書) ⑲ 428
『신간보주동인수혈침자도경』(新刊補注銅人腧血針灸圖經) ⑲ 428
『신감』(申鑒) ⑲ 428
『신갑』(辛甲) ⑫ 70.3
『신강승경도』(申江勝景圖) ⑧ 269.33
『신곡일단』(神曲一臠) ⑰ 598.34
「신광둥의 신여성」(新廣東的新女性) ⑬ 237.1
『신교육』(新敎育) ⑲ 428
「신교훈」(新敎訓) ① 219.5
『신구약전서』(新舊約全書) ⑲ 428
『신군중』(New Masses) ⑥ 140.2

『신기관』(Novum Organum) ① 75.41, 76.44
『신농본초』(神農本草) ③ 324.18
『신당서』(新唐書) ⑧ 428.2
『신독화사서』(新獨和辭書) ⑫ 497.17
『신동시』(神童詩) ⑦ 343.4
『신러시아문학 속의 남녀』(新俄文學中的男女) ⑲ 428
『신러시아문학의 서광기』(新俄羅斯文學的曙光期) ⑨ 409.19, ⑲ 428
『신러시아문화 연구』(新ロシア文化の研究) ⑲ 428
『신러시아미술대관』(新ロシア美術大觀) ⑲ 429
『신러시아 팸플릿』(新ロシアパンフレット) ⑲ 429
『신러시아 화보선』(新俄畵選) ⑨ 466.1, ⑮ 266.3, ⑱ 230.22
『신로마 전기』(新羅馬傳奇) ① 336.3
「신묘염어」(神猫艶語) ⑱ 489.210
『신무술』(新武術) ⑩ 168.4
『신문학개론』(新文學槪論) ⑤ 71.5, ⑲ 429
『신문학운동사』(新文學運動史) ⑮ 221.5
「신문화운동과 국민당」(新文化運動與國民黨) ⑥ 53.3
「신문화운동을 평하다」(評新文化運動) ① 372.14, ④ 377.3, 11
「「신문화운동의반응」을 반박하다」(駁「新文化運動之反應」) ① 554.2
「신문화제창자를평함」(評提倡新文化者) ① 534.7
『신반대파에 대하여』(新反對派ニ就イテ) ⑲ 429
『신부 아비도스』(The Bride of Abydos) ① 175.38
「신사의 친구」(紳士的朋友) ⑬ 550.1
『신서』(新書) ⑲ 429
『신서양화 연구』(新洋畵研究) ⑲ 429
『신석두기』(新石頭記) ⑪ 763.41
『신선전』(神仙傳) ① 284.17, ⑧ 219.2
『신시가작법』(新詩歌作法) ⑲ 430
『신시대와 문예』(新時代與文藝) ⑫ 520.5
「신시인의 정서」(新詩人的情緖) ① 293.3, ④ 58.6, ⑨ 313.9
『신식독일어 독학의 기초』(新式獨逸語自修の根柢) ⑲ 430
『신어』(新語) ⑫ 120.1, ⑲ 430
「『신어림』 독자에게 보내는 글」(致『新語林』讀者辭) ⑮ 258.1
「『신어림』 제시」(題『新語林』詩) ⑮ 258.1
『신열국지』(新列國志) ⑩ 289.22
「『신월』의 태도」(新月的態度) ⑤ 356.10, ⑥ 54.7
「신유림외사」 ⑥ 556.13
「신유태의 문학 개관」(新猶太的文學槪觀) ⑬ 525.1
『신이경』(神異經) ⑫ 153.16
『신자』(愼子) ⑲ 430
『신자전』(新字典) ⑲ 430
『신장방고록』(新講訪古錄) ⑲ 430
『신전통』(新傳統) ⑯ 202.1, ⑲ 430
『신정고기도록』(新鄭古器圖綠) ⑲ 431
'신조문고'(新潮文庫) ⑲ 431
'신조사 문예총서' ⑬ 570.3

『신주대관』(神州大觀) ⑲431
'신진작가총서'(新進作家叢書) ⑲431
『신척』(信摭) ⑲431
「신촌방문기」(訪新村記) ⑬497.1, ⑰476.25
『신촌잡감』(新村雜感) ⑫412.6
「신촌정」(新村正) ⑰470.13
「'신팔고'를 논하다」(論"新八股") ⑦156.6
『신프랑스문학』(新フランス文學) ⑲431
『신해잡지』(辛亥雜識) ⑩297.3
『신화선화유사』(新話宣和遺事) ⑲432
『신화연구』(神話研究) ⑲432
『신화학개론』(神話學概論) ⑲432
'신흥문학' ⑫570.23
'신흥문학전집'(新興文學全集) ⑲432
'신흥문학집'(新興文學集) ⑲432
『신흥프랑스문학』(新興佛蘭西文學) ⑲432
『실뱅 소바주』(Sylvain Sauvage) ⑱232.27
『실업』(失業) ⑮665.1, ⑲432
「실연」(失戀) ⑮647.3
『실용구어법』(實用口語法) ⑲432
『실학문도』(實學文導) ⑲433
『심경금강경종륵주』(心經金剛經宗泐注) ⑲433
『심경석요금강파공론』(心經釋要金剛破空論) ⑲433
『심경이종역실상 · 문수반야경』(心經二種譯實相 · 文殊般若經) ⑲433
『심경직설금강결의』(心經直說金剛決疑) ⑲433
「심리묘사를 논함」 ⑮300.2
『심석전영은산도』(沈石田靈隱山圖) ⑲433
『심석전영은산도권』(沈石田靈隱山圖卷) ⑲433
『심석전이죽도』(沈石田移竹圖) ⑲433
「심자복호기」(尋子伏虎記) ⑱662.127
『심진문집』(鐔津文集) ⑲433
『심충민공구계집』(沈忠敏公龜溪集) ⑲433
『심판의 환상』(A Vision of Judgment) ①175.29
『심하현문집』(沈下賢文集) ⑪204.49, ⑲434
『심하현집』(沈下賢集) ⑰93.28
「십계」(The Ten Commandments) ⑥300.25, ⑱35.42
『십구장』(十九章) ⑫152.7
『십만권루총서』(十萬卷樓叢書) ⑰156.18, ⑲434
십삼경(十三經) ⑦758.3
『십삼경 및 군서 찰기』(十三經及群書札記) ⑲434
『십육국춘추집보』(十六國春秋輯補) ⑲434
『십육국춘추찬록』(十六國春秋纂錄) ⑲434
「십육응진상」(十六應眞象) ⑰80.10
『십이문론종치의기』(十二門論宗致義記) ⑲434
『십이인연 등 사경동본』(十二因緣等四經同本) ⑲434
『십자가두를 향해 가며』(十字街頭を往く) ⑫479.7, 12, ⑲434
「십자군영웅기」(十字軍英雄記) ⑱652.107
『십주기』(十洲記) = 『해내십주기』(海內十洲記) ①439.7, ⑫153.16

『십주비바사론』(十住毘婆沙論) ⑲ 434
『십죽재전보』(十竹齋箋譜) ⑩ 649.1, ⑮ 57.1, ⑱ 559.140, 614.45, ⑲ 435
『십죽재전보』 광고 ⑮ 428.2
『십칠사』(十七史) ⑲ 435
『십팔공백광백론합각』(十八空百廣百論合刻) ⑲ 435
『싯달타반달라주』(悉怛多般怛羅咒) ⑲ 435
『싸락눈』(霰) ⑲ 435
「쌀보리밭 가에서」(稞麥田邊) ⑨ 186.156
『쌍관고』(雙官誥) ④ 274.6
『쌍매경암총서』(雙梅景闇叢書) ⑲ 435
「쌍양공주가 적을 추격하다」(雙陽公主追狄) ⑥ 201.3, ⑦ 390.9
『쑤만수 연보 및 기타』(蘇曼殊年譜及其他) ⑲ 435
『쑤만수 전집』 ⑯ 327.4
「쑥」(苦蓬) ⑫ 636.2
『쑹중목각』(松中木刻) ⑮ 306.1, 326.1, ⑲ 435
「쓰마루 소식 세 꼭지」(四馬路來消息三則) ⑧ 672.3
『쓰탕전문잡집』(俟堂專文雜集) ⑫ 252.1

【ㅇ】

『아Q정전』(阿Q正傳) ⑭ 60.2, ⑲ 438
「아Q정전」 ⑱ 743.3
「아Q정전」(목판화) ⑮ 647.3
『아Q정전』 에스페란토어 번역본 ⑭ 318.1
『아Q정전』 영역본 ⑬ 320.2, 693.2, ⑰ 699.51, 702.52
『아Q정전』 일역본 ⑱ 295.8
「아Q정전」 프랑스어 번역 ⑰ 745.19
『아난과 귀자모』(阿難と鬼子母) ⑲ 436
『아난문사불』 등 2경(阿難問事佛等二經) ⑲ 436
「아녀자들에게도 한번 해보게 하자!」(讓娘兒們干一下吧!) ⑩ 526.2
「아동 관념계의 연구」(兒童觀念界之研究) ⑰ 202.86
「아동에 관하여」 ⑯ 110.1
『아동예술전람회보고』→『전국아동예술전람회기요』
『아동의 그림』 ⑰ 158.22
「아동의 미래」(兒童的將來) ⑱ 139.48
「아동의 호기심」 ⑰ 129.85
『아득한 남서풍』(渺茫的西南風) ⑲ 436
「아들 엄 등에게 보내는 글」(與子儼等疏) ① 500.7
『아라라기』(アララギ) ⑲ 436
『아라베스크』(Арабески) ⑮ 373.7
『아라비안나이트』 ⑧ 474.16
「아래의 통신으로 독자들에게 알리는 것에 대해」(關於下面一束通信告讀者們 =「아래 일련의 편지에 관하여 독자에게 알림」) ③ 123.5, ④ 330.8
'아르스미술총서'(アルス美術叢書) ⑲ 436
『아리시마 다케오 저작집』(有島武郎著作集) ⑲ 436
「아메리카에 간 아버지」(父親在亞美利加) ⑫ 391.1, ⑰ 543.22
「아버지」 ⑱ 333.88

「아버지가 램프를 가지고 돌아올 때」(父親拿洋燈回來的時候) ⑬ 525.4
『아버지와 아들』(父與子, Отцы и дети) ⑦ 675.3, ⑧ 354.78
「아버지의 귀환」(父親的歸來) ④ 116.4, ⑨ 366.3, ⑬ 90.3
『아베스타』(Avest) ⑫ 708.2
『아불산인필기사종』(我佛山人筆記四種) ⑪ 764.48
『아비달마잡집론』(阿毘達磨雜集論) ⑲ 436
『아사쿠사다요리』(淺草ダヨリ) ⑰ 664.69, ⑲ 436
『아서왕의 죽음』(Le Morte d'Arthur) ⑨ 460.2
『'아시아적 생산양식'에 관하여』("アジア的生産樣式"に就いて) ⑧ 354.78, ⑲ 437
『아우당총서』(雅雨堂叢書) ⑰ 32.37, ⑲ 437
『아육왕경』(阿育王經) ⑲ 437
『아이네이스』(Aineis) ⑨ 566.13
「아이들을 구하라!」(救救孩子!) ⑧ 805.2
「아이의 미래」(A Child's Future) ⑨ 277.65
『아이의 탑』(孩兒塔) ⑲ 437
『아일랜드정조』(愛蘭情調) ⑲ 437
『아전』(阿典) ③ 170.18
「아주풍운」(亞洲風雲) ⑱ 437.63
『아침 꽃 저녁에 줍다』(朝花夕拾) ⑲ 437
『아침놀』(朝霞) ⑲ 437
『아쿠타가와 류노스케 전집』(芥川龍之介全集) ⑲ 437
「'아테네주의'」(雅典主義) ⑥ 160.23
『아틀리에』(アトリエ) ⑲ 438
『아폴리네르 시초』(アポリネール詩抄) ⑲ 438
「아프리카원정」 ⑰ 627.19
『아함부경전』(阿含部經典) ⑰ 181.58
「아호의 예술」 ⑨ 285.145
「악동」(Злой Мальчик) ⑩ 595.1
「악마」(惡魔) ⑱ 208.71
「악마의 십자가」(The Devil's Cross) ⑱ 705.49
「악벽」(惡癖) ⑧ 398.2
『악부시집』(樂府詩集) ⑫ 250.6, ⑲ 438
『악부신편양춘백설』(樂府新編陽春白雪) ① 348.13
「악취미」(惡癖) ⑦ 126.3, ⑩ 523.2
「악호, 개호의 적과 여악을 없앤 고증에 첨부한 고사」 ⑧ 270.40
『안나 카레니나』(婀娜小史) ⑮ 341.4
『안나 카레니나』의 유화 삽화 ⑯ 134.1
『안나 티모페예브나』(Анна Тимофеевна) ⑫ 603.17
『안노공서배장군시권』(顔魯公書裴將軍詩卷) ⑲ 438
『안데르센 동화집』 ⑨ 503.20
『안룡일사』(安龍逸史) ⑧ 243.22, ⑮ 510.3, ⑲ 438
『안문집』(雁門集) ③ 95.2
『안씨가훈』(顔氏家訓) ⑦ 468.4, ⑲ 438
『안양발굴보고』(安陽發掘報告) ⑭ 390.6, ⑲ 438
『안영재독서기』(雁影齋讀書記) ⑲ 439
『안자춘추』(晏子春秋) ④ 377.4

『안토니와 클레오파트라』 ⑦761.2
『안학우득』(眼學偶得) ⑲439
『안후이 총서』(安徽叢書) ⑧266.8, ⑲439
「알푸하라스」(Alpujarras) ①180.96
『암운』(暗雲) ⑧604.8
『앙굴마라경』(鴦堀摩羅經) ⑪831.10
『앙드레 지드 전집』(アンドレ·ジイド全集) ⑮323.2, ⑲439
『앙시천칠백이십구학재총서』(仰視千七百二十九鶴齋叢書) ⑲439
「앙코르」(Angkor) ⑱660.121
「애국운동과 학문연구」(愛國運動與求學) ①373.23, 25
「애국의 두 설과 애국의 두 파」(愛國的兩說與愛國的兩派) ④139.10
『애미소찰』(愛眉小札) ⑲439
『애서광 이야기』(愛書狂の話) ⑲439
「앨리스 만유기경기」(阿麗思漫遊奇境記) ⑱526.58
『앵무이야기』(鸚鵡物語) ⑮195.3
『앵앵전』(鶯鶯傳) ⑪222.4
『앵화집』(櫻花集) ⑲439
『야나세 마사무 화집』(柳瀨正夢畫集) ⑲439
『야마코시코사쿠쇼 표본목록』(山越工作所標本目錄) ⑲439
『야만성의 잔존』(蠻性之遺留) ⑲439
「야성의 부름」(Call of the Wild)(野性的呼聲) ⑯359.2, ⑱642.88
「야수폭언」(野叟曝言) ⑧363.2, ⑪662.2
『야시원서목』(也是園書目) ①237.19, ⑩288.8
『야연』(夜宴) ⑲439
『야채박록』(野菜博錄) ⑲440
「야초선」(夜哨線) ⑮327.3
「야크와 인성」(亞克與人性) ⑱331.82
『야획편』(野獲編) ④199.11, ⑪414.14
『약용식물』(藥用植物) ⑮712.3, ⑱268.73
『약용식물 및 기타』(藥用植物及其他) ⑲440
『약초』(若草) ⑲440
「양」(羊) ⑮691.2, 715.2, ⑱705.50
『양』(羊) ⑮705.3, ⑲440
「양덕조에게 보내는 편지」(與楊德祖(修)書) ⑤171.21
『양문산서음부경』(糧聞山書陰符經) ⑲440
「양부음」(梁父吟) ④377.6
『양산묵담』(兩山墨談) ⑲440
『양수진자정연보』(楊守進自訂年譜) ⑲440
『양승암집』(楊升庵集) ⑩223.5
「양식」(糧食) ⑭434.3, ⑮479.3
『양식』(糧食) ⑯102.7, ⑲440
『양식과 시대』(様式と時代) ⑲440
「양인위의 성명」(楊蔭榆启事) ⑨395.9
『양자법언』(揚子法言) ⑲440
'양장생(楊掌生)의 필기' = 『경진잡록』 ⑬556.5
『양저우에서 십일간의 기록』(揚州十日記) ⑧78.3
『양저우 한담』(閑話楊洲) ⑧206.3
『양절고간본고』(兩浙古刊本考) ⑥127.13
『양절금석지』(兩浙金石志) ⑲440
『양주금문사대계』(兩周金文辭大系) ⑲441
『양주금문사대계고석』(兩周金文辭大系考

釋) ⑲ 441
『양주금문사대계도록』(兩周金文辭大系圖錄) ⑲ 441
『양주몽』(揚州夢) ⑫ 255.6
『양주십일기』(揚州十日記) ① 337.7
「양춘곡」(陽春曲) ⑦ 91.7
『양태진외전』(楊太眞外傳) ⑪ 270.35
『양편집』(揚鞭集) ⑲ 441
『양한금석기』(兩漢金石記) ⑲ 441
『양한서변의』(兩漢書辨疑) ⑲ 441
「어느 가을밤」(一個秋夜) ⑨ 274.36
『어느 심령의 발전』(或ル魂の發展) ⑲ 441
「어느 쓰촨 사람의 통신」(一個四川人的通信) ① 326.17
「어느 위대한 인상」 ⑥ 131.8
『어느 일본인의 중국관』(一個日本人的中國觀) ⑯ 387.1, ⑲ 441
『어느 평범한 이야기』(一個平凡的故事) ⑲ 441
『어느 한 사람의 수난』(Die Passion eines Menschen)(一個人的受難) ⑮ 110.4, ⑲ 441
『어느 혁명가의 인생 및 사회관』(一革命家の人生・社會觀) ⑫ 720.5, ⑲ 441
『어떤 상인과 도적』(一個商人與賊) ⑩ 523.6
『어떤 여자』(或ル女) ⑲ 441
「어떻게 대중문학을 건설할 것인가」(怎樣建設大衆文學) ⑦ 700.2
「어떻게 백화를 세련되게 쓸 것인가」 ⑧ 241.9
「어떻게 혁명문학을 건설할 것인가」 ⑤ 258.10, 336.16, 338.26, 394.13
「어록체거례」(語錄體擧例) ⑧ 363.2
『어린 독자에게』(寄小讀者) ⑲ 441
『어린 두 형제』(小哥兒倆) ⑲ 441
『어린이들에게』(小さき者へ) ⑲ 442
「어린이에게」(與幼者) ① 514.3
『어린 피터』(小彼得 / Was Peterchens Freunde erzahlen) ⑤ 442.1, ⑮ 743.3, ⑲ 442
『어릴 적』(兒時) ⑮ 47.4
『어릿광대의 고백』(痴人の告白) ⑲ 442
『어머니』(母) ⑮ 69.4, 382.3, ⑲ 442
「어머니를 찾아」(探母) ⑧ 473.10
『어머니』 목각 14폭(「母親」木刻十四幅) ⑲ 442
『어머니』 목판화 ⑩ 538.1
『어머니와 아들』(母與子) ⑲ 442
「어부」(漁父) ⑫ 95.10
「어부의 집」(漁家) ⑮ 472.2
『어월삼불후도』(於越三不朽圖) ⑰ 27.21
『어월선현상전』(於越先賢像傳) ⑲ 442
『어월선현상전찬』(於越先賢像傳贊) ⑲ 442
「어장인행」(漁丈人行) ① 534.7
『어제의 노래』(昨日之歌) ⑲ 442
『어젯밤』(昨夜) ⑲ 442
『억년당금석기』(億年堂金石記) ⑲ 443
「언론자유를 억압하는 자에게 고함」(告壓迫言論自由者) ⑥ 53.3, 62.66
『언어의 본질과 발달 및 기원』(言語その本質・發達及び起源) ⑲ 443
『언어학논총』(語言學論叢) ⑲ 443
『언해』(言海) ⑲ 443『

『얼간이』(蠢貨) ⑲ 443
「얼음과 혹한의 땅」(冰天雪地) ⑯ 219.3, ⑱ 733.87
『얼음덩어리』(氷塊) ⑬ 390.5
『얼음섬의 어부』(冰島漁夫) ⑲ 443
『얼해화』(孽海花) ⑪ 770.80
「엄금! 엄금!」(嚴辦! 嚴辦!) ⑤ 130.8
『엄동, 새빨간 코』(嚴寒, 通紅的鼻子) ⑮ 528.1
『엄릉집』(嚴陵集) ⑲ 443
『엄역명저』(嚴譯名著) ⑥ 265.7
『엄주도경』(嚴州圖經) ⑲ 443
『업간록』(業間錄) ⑲ 443
『에르나니』(Hernani) ⑦ 335.8
『에밀』(Emile) ⑤ 215.3, 365.11
『에 비얀』(え·びやん) ⑲ 443
「에스키모」(愛斯基摩) ⑱ 538.89
『에텐라쿠』(越天樂) ⑲ 443
『에튀드』(エチュード) ⑲ 443
『에피쿠로스의 정원』(エピキユルの園) ⑲ 443
「엘리스의 시대와 기타」(藹理斯的時代人及其他) ⑮ 644.9
『엘리어트 문학론』(エリオット文學論) ⑲ 444
'여구변유'(呂邱辨囿) ④ 423.22
『여기사 엘자』(女騎士エルザ) ⑲ 444
『여동빈고사』(呂洞賓故事) ⑲ 444
『여동서록』(餘冬叙錄) ⑲ 444
『여론과 군중』(輿論と群集) ⑲ 444
『여루총서』(麗樓叢書) ⑲ 444
『여반』(旅伴) ⑲ 444
『여배집』(驢背集) ⑲ 444
「여백 메우기」 ④ 221.10
「여부중(女附中)이 단발한 여학생의 입학을 거절하다」 ⑤ 103.2
「여사대 소요사태 기사」(女師風潮紀事) ④ 167.7
「여사대의 학생시위」(女師大的學潮) ④ 116.3
「여사대 학생들에게 보내는 서신」(致女師大學生函) ⑬ 72.2
「여사대 학생자치회의 긴급 성명」(女師大學生自治會緊要啓事) ⑨ 142.4
『여사잠도』(女史箴圖) ⑲ 444
「여섯째」(小六) ⑮ 504.1, 527.2
『여성과 애욕』(女性と愛慾) ⑲ 444
「여성 볼셰비키 마리아」 ⑯ 101.3
『여씨가숙독시기』(呂氏家塾讀詩記) ⑲ 444
『여씨춘추』(呂氏春秋) ⑪ 79.7, ⑫ 103.1
『여씨춘추점감』(呂氏春秋點勘) ⑲ 445
『여아경』(女兒經) ② 247.4
『여인의 마음』(女人的心) ⑲ 445
「여자가 창립한 '여자서점' 출판 예고」(女子創辦'女子書店'出版預告) ⑭ 380.4
「여자대학 학생 2차 선언」 ④ 237.2
『여자 목판화』(女性のカット) ⑲ 445
『여자사범풍조견문기』(女子師範風潮聞見記) ⑰ 67.118, ⑲ 445
『여정시초』(郘亭詩鈔) ⑲ 445
『여정유시』(郘亭遺詩) ⑲ 445
『여정지견전본서목』(郘亭知見傳本書目) ⑲ 445
『여지기승』(輿地紀勝) ⑫ 310.4, ⑲ 445

『여초묘지탁편전집』(呂超墓誌拓片專集) ⑲ 445
「여행기류를 논함」(談游記之類) ⑦ 671.2
『역경』(易經) ⑧ 153.5, ⑨ 349.2, ⑫ 34.5
『역대기원편』(歷代紀元編) ① 324.5
『역대명인연보』(歷代名人年譜) ⑲ 446
『역대명인화보』(歷代名人畫譜) ⑲ 446
『역대명장도』(歷代名將圖) ⑲ 446
『역대부패도록』(歷代符牌圖錄) ⑲ 446
『역대부패도록후편』(歷代符牌圖錄後編) ⑲ 446
『역대소사』(歷代小史) ⑧ 316.3
『역대시화』(歷代詩話) ⑭ 91.2, ⑲ 446
『역대시화속편』(歷代詩話續編) ⑲ 446
『역대제왕의년록』(歷代帝王疑年錄) ⑲ 446
『역대종정이기관지법첩』(歷代鐘鼎彝器款識法帖) ⑲ 446
『역대지리운편』(歷代地理韻編) ⑭ 280.2
『역대화상전』(歷代畫像傳) ⑲ 446
『역대휘자보』(歷代諱字譜) ⑲ 446
『역림』(易林) ⑫ 288.9, ⑲ 446
『역림석문』(易林釋文) ⑲ 446
『역림주』(易林注) ④ 483.7
'역문총서' ⑮ 569.1, ⑱ 654.111
『역사』(繹史) ① 49. 5
『역사과정의 전망』(歷史過程の展望) ⑲ 447
『역사를 비틀다』(歷史ヲ捻ヂル) ⑲ 447
『역사상의 일원적 관찰의 발전』(К развитию монистического взгляда на историю) ⑥ 114.8
『역사적 유물론 입문』(歷史底唯物論入門) ⑲ 447
『역사학비판서설』(歷史學批判敍說) ⑲ 447
『역서』(曆書) ⑲ 447
『역외소설집』(域外小說集) ⑨ 183.4, ⑩ 587.1, ⑫ 364.1, ⑬ 518.4, ⑰ 43.65, ⑲ 447
『역원서영』(櫟園書影) ⑦ 83.3
「역조 통속연의」(譯朝通俗演義) ⑮
「역행하다」(開倒車) ⑨ 163.3
「연가」(戀歌)(Cantecul de dragoste) ⑩ 654.2, ⑮ 677.1, ⑱ 628.72
『연곡집』(燕曲集) ⑲ 447
「연극개량 재론」(再論戲劇改良) ① 459.2
『연기』(煙, Дым) ⑲ 448
『연기소록』(研幾小錄) ⑲ 448
『연단자』(燕丹子) ⑧ 429.9, ⑪ 41.37
「연못가」(池邊) ⑫ 422.1, ⑰ 550.30
『연분』(ユカリ) ⑲ 448
『연분홍 구름』(Облако Персикового Цвета, 桃色的雲) ⑤ 443.5, ⑫ 432.1, ⑬ 326.3, ⑱ 744.4, ⑲ 448
『연서루독서지』(煙嶼樓讀書志) ⑲ 448
『연애와 신도덕』(戀愛と新道德) ⑲ 448
『연애의 길』(戀愛の道) ⑲ 448
『연옥』(煉獄) ⑲ 448
『연적』(涓滴) ⑫ 449.15
「연정의 밤」(The Night of Love) ⑥ 300.33
「연주」(連珠) ⑫ 98.32
「연초」(煙草) ⑲ 448
『연침이정』(燕寢怡情) ⑲ 448
「연환도화 사십년」(連環圖畫四十年) ⑧ 53.8

「연회가 끝나고」(宴散) ⑧ 573.23
『열국지전』(列國志傳) ⑩ 289.22
『열녀전』(列女傳) ⑦ 436.4, ⑮ 108.3, ⑲ 448
『열둘』(十二個, Двенадцать) ⑨ 281.108, ⑨ 407.1, ⑫ 527.10, ⑬ 178.1, 709.2, ⑮ 223.1, ⑲ 449
『열미초당필기』(閱微草堂筆記) ⑤ 281.17, ⑫ 255.5
『열반경』(涅槃經) ⑲ 449
『열선전』(列仙傳) ① 49. 7
『열선주패』(列仙酒牌) ⑲ 449
「열여덟 번 더듬다」(十八摸) ⑧ 280.3
『열이고석질의』(矢彝考釋質疑) ⑲ 449
『열이전』(列異傳) ③ 390.2
『열자』(列子) ③ 274.7, ⑨ 350.5, ⑫ 72.18
『열장지진』(閱藏知津) ⑲ 449
『열조시집』(列朝詩集) ⑧ 270.38
『열풍』(熱風) ⑰ 685.25, ⑲ 449
『열화』(烈火) ⑤ 130.7
『염립본제왕도』(閻立本帝王圖) ⑲ 449
「염전」(塩場) ⑮ 283.2, 297.1
『염중빈혜산복은도』(閻仲彬惠山復隱圖) ⑲ 449
「영」(零) ⑬ 606.3
『영가군기』(永嘉郡記, 집본輯本) ⑲ 449
『영국 근세 유미주의 연구』(英國近世唯美主義の硏究) ⑲ 449
『영국문학 — 바이런시대』(英國文學 — 拜倫時代) ⑲ 449
『영국문학필기』(英文學覺帳) ⑲ 449
『영국소설사』(英國小說史) ⑲ 449
『영국의 자연주의』(英國に於ける自然主義) ⑲ 450
「영남의 봄」 ⑮ 243.1
『영락대전』(永樂大典) ⑫ 193.4, ⑲ 450
『영락실록』(永樂實錄) ⑧ 266.7
『영모원총서』(永慕園叢書) ⑲ 450
『영문학사』(英文學史) ⑲ 450
『영문학산책』(英文學散策) ⑲ 450
『영문학 풍물지』(英文學風物誌) ⑲ 450
『영보도도』(靈寶刀圖) ⑭ 578.4
『영사소악부 30수』(詠史小樂府三十首) ⑤ 364.8
『영어대사전』(英語大辭典) ⑫ 498.24
『영어입문』(エゲレスイロハ) ⑲ 450
『영역 목판화 목록』 ⑱ 502.10
『영연잡지』(瀛壖雜志) ⑲ 450
「영옥향소기」(玲玉香消記) ⑧ 441.3
『영웅과 영웅숭배』 ① 173.9
「영웅들」(英雄們) ⑱ 367.30
『영원의 환영』(永遠の幻影) ⑲ 450
「영원한 비애」 ⑯ 389.1
『영일사전』(英和辭典) ⑲ 451
『영표록이』(嶺表錄異) ⑬ 448.9, ⑰ 132.92, ⑲ 451
「영학을 규탄한다」(辟靈學) ① 198.4
『영학잡지』(靈學雜誌) →『영학총지』(靈學叢誌)
『영학총지』(靈學叢誌) ① 439.13, ⑨ 74.7
「영학총지를 배척한다」(斥靈學叢誌) ① 198.4
『영화예술사』(映畵藝術史) ⑲ 451
「영회」(詠懷)시 ⑱ 307.29

『예기』(禮記) ① 569.6, ⑦ 404.3
『예기요의』(禮記要義) ⑲ 451
『예기정의』(禮記正義) ⑲ 451
『예단도보』(藝壇導報) ⑲ 451
『예담록』(藝談錄) ⑲ 451
『예로센코 동화집』(愛羅先珂童話集) ⑫ 416.1, ⑲ 451
「예로센코 화상」 ⑰ 587.24
『예림한보』(藝林閑步) ⑲ 451
『예문유취』(藝文類聚) ⑩ 294.3, ⑫ 185.22, ⑭ 200.8, ⑲ 451
『예석』(隷釋) ⑩ 143.22
『예석 · 예속』(隷釋 · 隷續) ⑲ 451
『예속』(隷續) ⑩ 137.3
「예수 그리스도」(耶穌基督) ⑤ 341.4
「예수 수난상」 ⑤ 443.8
「예술감상교육」(藝術玩賞之敎育) ⑫ 683.1
『예술과 도덕』(藝術と道德) ⑲ 452
『예술과 맑스주의』(藝術とマルクス主義) ⑲ 452
「예술과 사회생활」(藝術與社會生活) ⑤ 334.4, 394.12, ⑨ 278.83, ⑩ 413.6, ⑫ 513.5
『예술과 유물사관』(藝術と唯物史觀) ⑲ 452
「예술과 철학, 윤리」(藝術與哲學,倫理) ⑱ 226.9
『예술과 프롤레타리아』(藝術と無産階級) ⑲ 452
『예술과 혁명』(藝術與革命) ⑫ 546.22
『예술국순례』(藝術國巡禮) ⑲ 452
「예술도시 파리」(藝術都會的巴黎) ⑱ 549.116
『예술론』(藝術論) ⑫ 538.1, 556.22, ⑲ 452, 453
『예술론』(루나차르스키) ⑱ 170.17
『예술론』(플레하노프) ⑫ 559.1, ⑱ 200.60
『예술만필』(藝術に關する走書的覺書) ⑲ 453
『예술사회학』(藝術社會學) ⑮ 297.4, ⑲ 453
『예술사회학의 방법론』(藝術社會學の方法論) ⑲ 453
『예술삼가언』(藝術三家言) ⑥ 187.11
『예술상의 리얼리즘과 유물론철학』(藝術上のレアリスムと唯物論哲學) ⑲ 453
『예술의 기원 및 발달』(藝術の起源及び發達) ⑲ 453
「예술의 내용과 형식」(藝術底內容和形式) ⑧ 53.3
『예술의 본질』(藝術の本質) ⑲ 453
『예술의 본질과 변화』(藝術の本質と變化) ⑲ 453
『예술의 사회적 기초』(藝術の社會的基礎) ⑲ 453
『예술의 승리』(藝術の勝利) ⑲ 453
『예술의 시원』(藝術の始源) ⑲ 453
『예술의 암시와 공포』(藝術の暗示と恐怖) ⑲ 453
『예술의 유물사관적 해석』(藝術の唯物史觀的解釋) ⑲ 454
『예술이란 무엇인가?』(藝術とは何ぞや) ⑲ 454
『예술적 현대의 제 모습』(藝術的現代の諸

相) ⑲454
『예술전선』(藝術戰線) ⑫570.24, 602.5, ⑲454
『예술총론』(藝術總論) ⑲454
『예술총편』(藝術叢編) ⑲454
『예술학연구』(藝術學硏究) ⑲454
예(禮)에 관한 책 삼부작 ⑦404.3
『예운』(隷韻) ⑩144.23, ⑲454
'예원조화'(藝苑朝華) ⑥130.6, ⑧658.4, ⑨268.23, ⑭258.1, ⑱168.14, 185.40, 230.22, ⑲454
『예측불허의 위세』(不測之威) ⑩589.3
『예풍당고장금석문자목』(藝風堂考臧金石文字目) ⑲454
『예풍당독서지』(藝風堂讀書志) ⑲455
『옛 세계의 지주들』(舊式的田主) ⑮490.2
『옛일을 다시 끄집어내다』(舊事重提) ④422.2, ⑬219.3
『오강삼허집』(五講三嘘集) ⑥308.3
오경(五經) ⑧423.8
『오고장구경』 등 십경동본(五苦章句經等十經同本) ⑲455
『오곡인수서유정미재속집지구』(吳谷人手書有正味齋續集之九) ⑲455
『오공선』(蜈蚣船) ⑲455
「오늘 한나라의 관복을 다시 보리라곤 생각 못했네」(不圖今日重見漢官儀) ⑦604.3
『오당인시집』(五唐人詩集) ⑲455
『오대관휴화나한상』(五代貫休畵羅漢像) ⑲455
『오대사평화』(五代史平話) ①237.21, ⑩294.9, ⑪300.51, ⑲455
「오두막의 잔소리」(蘧廬絮語) ⑦254.8
『오디세이아』 ⑧157.34
「오랜 가뭄의 소실」 ⑨270.5
「오류선생전」(五柳先生傳) ⑦212.6
『오르페우스』(オルフェ) ⑲455
『오르페우스의 행렬』 ⑫748.5
『오른쪽의 달』(右側の月) ⑲456
「오블로프 부부」(奧羅夫夫婦) ⑮691.4
「오목경」(五木經) ⑩20.5
『오백석동천휘진』(五百石洞天揮塵) ⑲456
『오블로모프』(Обломов) ⑯182.1, ⑲456
『오서』(吳書) ⑫200.4
『오소합편』(吳騷合編) ⑲456
『오스트로우모바-레베데바 화집』 ⑨566.10
『오십년래의 세계철학』(五十年來之世界哲學) ⑲456
『오십년래의 중국문학』(五十年來之中國文學) ⑲456
『오십년 생활연보』(五十年生活年譜) ⑲456
『오씨유저』(吳氏遺著) ⑲456
『오여독서전수필』(五餘讀書廛隨筆) ⑲456
『오월비사』(吳越備史) ⑲456
『오월삼자집』(吳越三子集) ⑲456
『오월춘추』(吳越春秋) ⑫205.5, ⑯364.1
『오잡조』(五雜組) ⑲456
『오전』(五典) ④76.14
『오조소설』(五朝小說) ⑧316.3
『오청진지』(烏青鎭志) ⑲456
'오합총서'(烏合叢書) ④485.3, ⑬300.8, 666.7

「오호라, '자유운동'은 사기꾼 집단의 수작이다」 28.8
『옥계생연보회전』(玉溪生年譜會箋) ⑲ 457
『옥교리』(玉嬌梨) ⑩ 460.2, ⑪ 509.3
『옥군』(玉君) ⑧ 348.19
「옥당춘」(玉堂春) 237.4
『옥대신영』(玉臺新詠) ⑲ 457
『옥력』(玉歷) ⑲ 457
『옥력지보초전』(玉歷至寶鈔傳) ③ 146.13
『옥력초전』(玉歷鈔傳) ① 439.8, ③ 146.13, ⑥ 221.4, ⑬ 828.2, ⑱ 48.64
『옥중기』(獄中記) ⑧ 543.4, ⑲ 457
『옥편』(玉篇) ⑫ 508.17
『온비경시집전주』(溫飛卿詩集箋注) ⑲ 457
『온정균시집』(溫庭筠詩集) ⑲ 457
『올리버 크롬웰』(Oliver Cromwell) ⑨ 479.24
「올해 봄은 없다」 ⑮ 323.3
「옷은 추위를 막기 위해서요 음식은 배를 채우기 위해서에 대해」(衣取幣寒食充腹論) ⑦ 720.4
『옹산문외』(翁山文外) ⑲ 457
『옹송선서서보』(翁松禪書書譜) ⑲ 457
『옹정황제가 비평어를 내리고 교지를 알리다』(擁正朱批諭旨) ⑧ 99.17
『옹희악부』(雍熙樂府) ⑲ 457
『와부집』(瓦釜集) ⑲ 458
『와일드』(Oscar Wilde) ⑮ 295.2, 342.1
『완구공업편』(玩具工業篇) ⑲ 458
『완구총서』(玩具叢書) ⑲ 458
『완담시화』(頑潭詩話) ⑪ 533.12
『완바오산』(萬寶山) ⑲ 458
『완보병집』(阮步兵集) ⑲ 458
『완사종집』(阮嗣宗集) ⑲ 458
『완암필기오종』(阮盦筆記五種) ⑲ 458
『완염신록』(琬琰新錄) ⑲ 458
『완옥헌집』(浣玉軒集) ⑲ 458
「완의세계」(玩意世界) ⑱ 622.64
『왕각사시책진적』(王覺斯詩冊眞迹) ⑲ 458
『왕도로 가는 길』(La Voie Royale) ⑲ 458
『왕도천하 연구』(王道天下之硏究) ⑲ 459
『왕량상해서논서잉어』(王良常楷書論書賸語) ⑲ 459
『왕룡장유서』(汪龍莊遺書) ⑲ 459
『왕몽루자서쾌우당시고』(王夢樓自書快雨堂詩稿) ⑲ 459
『왕무공집』(王無功集) ⑲ 459
『왕석곡노년의고책』(王石谷老年擬古冊) ⑲ 459
『왕소매인물책』(王小梅人物冊) ⑲ 459
『왕우승집전주』(王右丞集箋注) ⑲ 459
「왕원의 탄핵을 주청함」(奏彈王源) ⑧ 453.5
『왕의 등』(王樣の背中) ⑲ 459
『왕자안집일문』(王子安集佚文) ⑲ 459
『왕자안집주』(王子安集注) ⑲ 459
왕쥔추(王鈞初) 연하장 ⑮ 50.1
『왕형공연보』(王荊公年譜) ⑲ 460
『외국문학서설』(外國文學序說) ⑲ 460
『외국인명지명표』(外國人名地名表) ⑲ 460
『외침』(吶喊) ⑬ 678.2, ⑰ 580.15, ⑲ 460
「외침과 방황과 들풀」(吶喊與彷徨與野草) ⑥ 122.8
「『외침』 독후도」(讀『吶喊』圖) ⑱ 639.82

「『외침』에 대한 평론」 ⑤ 337.22, 394.11
『외투』(外套)(Шинель) ⑧ 110.9, ⑧ 372.2, ⑩ 492.1, ⑫ 740.3, ⑬ 684.3, ⑲ 460
『요곤옥(廖坤玉) 이야기』 ⑮ 211.2
『요로즈초보』(萬朝報) ⑲ 460
『요사노 아키코와 문장을 논하다』(與謝野晶子論文集) ⑬ 342.1
「요산염사」(瑤山艶史) ⑦ 389.7
『요석포척독』(姚惜抱尺牘) ⑲ 460
『요원』(燎原) ⑲ 460
『요재지이』(聊齋志異) ③ 157.15, ⑩ 366.14, 540.3, ⑪ 570.12, ⑫ 255.5, ⑲ 460
『요재지이외서마난곡』(聊齋誌異外書磨難曲) ⑯ 363.1, ⑲ 460
「욕을 하고 있을 틈이 없다」 ⑧ 742.3
『욕할 시간이 없다!』(некогда Плюнуть!) ⑭ 434.5
『용감수감』(龍龕手鑒) ⑲ 461
「용담호혈」(龍潭虎穴) ⑱ 710.55
『용당소품』(湧幢小品) ⑨ 315.4
『용도공안』(龍圖公案) ⑪ 732.26
『용문편영』(龍文鞭影) ⑦ 324.8, ⑧ 88.6, ⑫ 662.12
『용사 슈베익』(勇敢なる兵卒シュベイクの冒險[上]) ⑲ 461
『용사 야노시』(János Vitéz)(勇敢的約翰) ⑩ 479.1, ⑭ 278.1, 2, 348.1, ⑱ 205.65, 206.68, ⑲ 461
『용사 야노시』 벽화 ⑭ 316.1
『용사 야노시』 삽화 ⑱ 272.75
『용서정토문』(龍舒浄土文) ⑲ 461
『용재수필』(容齋隨筆) ⑲ 461
『용호풍운회』(龍虎風雲會) ⑪ 348.28
「우공」(禹貢) ⑫ 56.10
『우란분경』(盂蘭盆經) ⑧ 158.46
「우리는 어느 길을 가는가」(我們走那條路) ⑦ 118.2
『우리들』(我們) ⑫ 526.4
「우리들의 문학혁명을 완성하자」 ⑤ 398.7, ⑫ 355.2
「우리들의 혁명문학을 완성하자」 ⑩ 635.3
『우리의 대립』(Наши разногласия) ⑥ 114.7
「우리의 벗 루이 주」(Notre Ami Louis Jou) ⑱ 232.29
「우리의 정치 주장」(我們的政治主張) ④ 53.7
「우리의 좌우명」(我們之格言) ⑦ 112.5
『우리 죽은 자가 눈뜰 때』(Når vi døde vaagner) ⑨ 275.48, ⑫ 524.1
「우리 중국의 Don Quixote의 난무를 보라」 ⑨ 270.4
「우문설(右文說)의 훈고학상에 있어서 연혁과 그 추천(推闡)」 ⑮ 176.3
「우방기」(Ubangi) ⑱ 500.3
『우상재흥』(偶像再興) ⑲ 461
『우세남여남공주묘지명』(虞世南汝南公主墓誌銘) ⑲ 461
『우수의 철리』(憂愁の哲理) ⑲ 461
『우스꽝스런 이야기』(滑稽故事) ⑮ 487.3, 691.1

『우여묵보』(友如墨寶) ⑮ 108.5
『우울한 삶』(Vidas sombrías) ⑫ 650.5
『우위문록』(吳虞文錄) ⑲ 461
『우주의 노래』(宇宙之歌) ⑲ 462
『우주의 수수께끼』(Die Welträthsel) ① 50. 8
『우즈후이 학술논저』(吳稚暉學術論著) ⑲ 462
『우창기침집』(雨窓欹枕集) ⑲ 462
『우창숴서화책』(吳書畫冊) ⑲ 462
『우창숴화과책』(吳昌碩花果冊) ⑲ 462
「우치야마서점에 잠시 들른 기록」(內山書店小座記) ⑦ 407.6, ⑧ 186.3
「우크라이나 문학 약설」(小俄羅斯文學略說) ⑰ 550.29
『우키요에 6대가』(浮世繪六大家) ⑲ 462
『우키요에 모음집』(浮世繪大成) ⑲ 462
『우키요에 판화명작집』(浮世繪板畫名作集) ⑲ 462
『우타마로』(歌麿) ⑲ 462
『우태선관필기』(右台仙館筆記) ① 200.15
「우하서」(虞夏書) ⑫ 55.5
『우향령습』(藕香零拾) ⑫ 330.4, ⑲ 462
『운계우의』(雲溪友議) ⑫ 331.19, ⑲ 462
『운곡잡기』(雲谷雜紀) ⑫ 193.1, ⑰ 105.46, 161.27, ⑲ 463
『운명의 언덕』(運命の丘) ⑲ 463
「운상염곡」(雲裳艷曲; 원래 제목은 「Fashions of 1934」) ⑱ 517.37
『운선잡기』(雲仙雜記) ⑲ 463
『운자재감총서』(雲自在龕叢書) ⑫ 332.24
『운창총각』(雲窗叢刻) ⑲ 463
『운하개통기』(開河記) ③ 145.3
「웃긴 연애 이야기」(稀松的愈愛故事) ⑯ 483.1
「웃지 않은 것이 아닙니다」(不是沒有笑的) ⑭ 612.1
『원곡선』(元曲選) ⑲ 463
『원구궁사보』(元九宮詞譜) ⑲ 463
「원나라 사람이 쓴 선비 · 상인 · 기녀 사이의 삼각연애극을 논하다」(論元人所寫士子商人妓女間的三角戀愛劇) ⑮ 455.3
『원동력』(エネルギイ)(原動力) ⑲ 463
『원료범강감』(袁了凡綱鑑) ② 310.2
『원명고덕수적』(元明古德手迹) ⑲ 463
『원명산곡소사』(元明散曲小史) ⑲ 463
『원명원도영』(圓明園圖咏) ⑲ 463
『원부』(原富) ⑥ 268.33
『원색패류도』(原色貝類圖) ⑲ 463
『원서역인화화고』(元西域人華化考) ⑲ 464
『원서화고』(元書畫考) ⑲ 464
『원성선생진언집』(元城先生盡言集) ⑲ 464
『원숭이떼에서 공화국까지』(猿の群から共和國まで) ⑲ 464
『원예식물도보』(園藝植物圖譜) ⑲ 464
『원우당인전』(元祐黨人傳) ⑲ 464
『원유산선생전집』(元遺山先生全集) ⑲ 464
『원유산시주』(元遺山詩注) ⑲ 464
『원인선원시오종』(元人選元詩五種) ⑲ 464
『원전장』(元典章) →『대원성정국조전장』(大元聖政國朝典章)
『원중랑전집』(袁中郎全集) ⑧ 504.2
『원중랑전집교감기』(袁中郎全集校勘記) ⑦ 766.2

『원지치본전상평화삼국지』(元至治本全相平話三國志) ⑲ 464
『원타오목각집』(溫濤木刻集) ⑲ 465
『원화성찬』(元和姓纂) ⑩ 133.3, ⑫ 218.3, ⑲ 465
『월구』(粤謳) ⑲ 465
「월궁보합」(月宮寶盒, The Thief of Bagdad) ⑥ 302.52
『월만당병체문』(越縵堂駢體文) ⑲ 465
『월만당일기』(越縵堂日記) ⑤ 282.23, ⑲ 465
『월만당일기보』(越縵堂日記補) ⑲ 465
『월아당총서』(粤雅堂叢書) ⑲ 465
『월야』(月夜) ⑲ 465
「월왕대」(越王臺) ⑬ 669.2
『월절서』(越絶書) ⑫ 205.5
『월중고각구종』(越中古刻九種) ⑲ 465
『월중금석기』(越中金石記) ⑲ 465
『월중문헌집존서』(越中文獻輯存書) ⑲ 465
『월중삼자시』(越中三子詩) ⑲ 466
『월중선현사목서례』(越中先賢祠目序例) ⑲ 466
『월중전록』(越中專錄) ⑫ 252.2
『월하소문집』(月河所聞集) ⑲ 466
『월하정사총초』(月河精舍叢鈔) ⑲ 466
『월화견문』(越畵見聞) ⑲ 466
『웨이밍 목각선』(未名木刻選) ⑲ 467
「웨이밍사의 번역, 광고와 기타」(未名社的飜譯, 廣告及其他) ⑬ 789.3
'웨이밍신집'(未名新集) ⑧ 110.13, ⑬ 770.3, 810.1
'웨이밍집'(未明集) ⑲ 467
'웨이밍총간'(未名叢刊) ④ 485.3, ⑥ 116.30, ⑧ 110.12, ⑫ 527.11, ⑬ 666.8
『웹스터 대사전』 ⑥ 54.10
『위가손전집』(魏稼孫全集) ⑲ 467
『위강주집』(韋江州集) ⑲ 467
위다푸 선생을 매도하는 글 ⑤ 130.13
『위대한 10년의 문학』 ⑨ 484.4, ⑩ 470.2
「위대한 작품의 요구」(偉大的作品底要求) ⑧ 303.4, ⑩ 551.2
『위략집본』(魏略輯本) ⑲ 467
「위쓰의 문체 — 온건, 욕설 및 페어플레이에 대하여」(揷論語絲的文體 — 穩健, 罵人, 及費厄潑賴) ① 404.2
『위재집』(韋齋集) ⑲ 468
『위진남북조통사』(魏晉南北朝通史) ⑲ 468
「유가경몽」(遊街驚夢) ⑰ 62.65
『유가사지론』(瑜伽師地論) ⑲ 468
『유가염구시식요집』(瑜伽焰口施食要集) ③ 203.21
『유겐트양식』(靑春獨逸派) ⑲ 468
「유격대」(遊擊隊) ⑮ 99.1
『유공안』(劉公案) ⑪ 737.55
『유괴록』(幽怪錄) ⑩ 202.9
『유구함소기』(流寇陷巢記) ⑧ 801.3, ⑲ 468
「유다의 왕, 나사렛 예수」(I.N.R.I.) ⑥ 300.29
『유동외사』(留東外史) ④ 424.33
「유랑자」(流浪者) ⑨ 271.9
『유럽 근대 문예사조론 개론』(歐洲近代文藝思潮論槪論) ⑲ 468
『유럽문예부흥사』(歐洲文藝復興史) ⑬

522.9
『유럽문예사조사』(歐洲文藝思潮史) ⑲ 469
『유럽문학발달사』(歐洲文學發達史) ⑲ 469
『유럽문학사』(歐洲文學史) ⑰ 404.2, ⑲ 469
'유럽문학의 각 시기'(Periods of European Literature) ⑬ 491.6
『유럽문학의 역사적 전망』(歐洲文藝の歷史的展望) ⑲ 469
『유럽여행일기』(歐行日記) ⑲ 469
『유럽의 멸망』(歐羅巴の滅亡) ⑲ 469
『유럽전쟁의 교훈과 중국의 장래』(歐戰之教訓與中國之將來) ① 492.5
『유럽체류 인상기』(滯歐印象記) ⑲ 469
『유령』(Gengangere) ⑨ 274.41
『유로설전』(遺老說傳)(규요외권球陽外卷) ⑲ 469
『유림외사』(儒林外史) ⑥ 158.6, ⑧ 673.11, ⑨ 199.23, ⑪ 598.31, ⑲ 469
『유림잡설』(類林雜說) ⑲ 469
『유마힐경』(維摩詰經) ⑦ 410.4
『유마힐소설경』(維摩詰所說經) ⑦ 601.5, ⑲ 469
『유마힐소설경주』(維摩詰所說經注) ⑲ 469
『유만희재석각발』(有萬熹齋石刻跋) ⑲ 470
「'유머'를 말하다」(說"幽默") ⑬ 843.1, ⑰ 795.100
『유명록』(幽明錄) ⑨ 197.10
『유물론과 변증법의 근본개념』(唯物論と辨證法の根本概念) ⑲ 470
『유물변증법강화』(唯物辨證法講話) ⑲ 470
『유물사관』(唯物史觀) ⑲ 470
『유물사관서설』(唯物史觀序說) ⑲ 470
『유물사관세계사교정』(唯物史觀世界史教程) ⑲ 470
『유물사관 연구』(唯物史觀研究) ⑲ 470
『유물사관 해설』(唯物史觀解說) ⑲ 470
『유물주의자 오스카 와일드』(唯物主義者オスカア·ワイルド) ⑲ 470
『유불위재수필』(有不爲齋隨筆) ⑲ 470
『유빙』(流氷) ⑲ 470
『유사 이전의 인류』(有史以前の人類) ⑲ 471
『유사추간』(流沙墜簡) ① 561.11, ⑲ 471
『유선굴』(遊仙窟) ⑨ 427.1, ⑪ 201.21, ⑬ 672.2, ⑲ 471
『유설』(類說) ⑲ 471
『유세명언』(喩世明言) ① 238.29
「유소자에게」(與幼小者) ① 514.3, →「어린이에게」
『유씨유서』(劉氏遺書) ⑲ 471
『유양잡조』(酉陽雜俎) ④ 424.27, ⑩ 202.6
『유완러우총서』(又滿樓叢書) ⑲ 471
『유우록』(愈愚錄) ⑲ 471
『유월심수』(六月流火) ⑯ 102.8
『유일자와 그의 소유』(自我經) ⑲ 471
『유전과 환경』(遺傳與環境) ⑥ 213.7
「유정인」(有情人) ⑱ 140.49
「유쾌한 군대」(Behind the Front) ⑥ 298.15
『유토피아』(Utopia) ① 535.12
「유파촉격」(喩巴蜀檄) ⑫ 166.9
『유학경림』(幼學琼林) ⑦ 343.5, ⑧ 484.6
『유학경오』(儒學警悟) ⑧ 315.2, ⑲ 471

「유학계기사(留學界紀事) (2) 항러사건(拒俄事件)」 ⑨ 47.1
『유학당문고』(幼學堂文稿) ⑲ 471
『육도』(六韜) ⑪ 461.4
『육례재의서』(六醴齋醫書) ⑲ 472
『육방옹전집』(陸放翁全集) ⑲ 472
『육사룡집』(陸士龍集) ⑲ 472
『육서해례』(六書解例) ⑲ 472
'육신주'(六臣注) ⑦ 495.2
『육신주문선』(六臣注文選) ⑲ 472
『육십종곡』(六十種曲) ⑲ 472
『육예강목』(六藝綱目) ⑲ 472
『육자』(鬻子) ⑫ 70.4
『육조단경 · 신회선사어록』(六祖壇經 · 神會禪師語錄)(합각合刻) ⑲ 472
『육조문혈』(六朝文絜) ⑥ 490.3, ⑲ 472
『육조시대의 예술』(六朝時代の藝術) ⑲ 472
『육조인수서좌전』(六朝人手書左傳) ⑲ 472
『육조입일가집』(六朝廿一家集) ⑲ 472
『육첩』(六帖) ⑫ 185.21
『윤곽도안 1000집』(輪郭圖案一千集) ⑲ 472
『윤리학의 근본문제』(Die ethischen Grundfragen) ① 284.14
『윤문자』(尹文子) ⑲ 473
『윤씨소학대전』(尹氏小學大全) ⑲ 473
『융막한담』(戎幕閑談) ⑫ 310.2
『은계습유』(殷契拾遺) ⑲ 473
「은곡비선」(銀谷飛仙) ⑱ 332.85
『은문존』(殷文存) ⑲ 473
『은상정복문자고』(殷商貞卜文字考) ⑲ 473
『은어자전』(かくし言葉の字引) ⑲ 473
「은자를 찾아가나 만나지 못하고」(尋隱者不遇) ⑧ 573.23
『은주청동기명문연구』(殷周靑銅器銘文研究) ⑲ 473
『은허문자유편』(殷墟文字類編) ⑲ 473
『은허복사』(殷墟卜辭) ⑲ 473
『은허서계고석』(殷墟書契考釋) ⑲ 473
『은허서계대문편』(殷墟書契待問編) ⑲ 473
『은허서계정화』(殷墟書契菁華) ⑲ 474
『은허 출토 백색토기 연구』(殷墟出土白色土器の研究) ⑲ 474
『음류재설자』(飮流齋說瓷) ⑲ 474
『음부 · 도덕 · 충허 · 남화 4경발은』(陰符 · 道德 · 冲虛 · 南華四經發隱) ⑲ 474
『음선정요』(飮膳正要) ⑲ 474
「음양의 얼굴」(陰陽臉) ⑤ 404.15
『음찬정요』(飮饌正要) ④ 424.28
『응급치료법』(救急法) ⑬ 549.1
『응용도안 500집』(應用圖案五百集) ⑲ 474
『의년록휘편』(疑年錄彙編) ⑲ 474
『의례』(儀禮) ⑦ 404.3, 495.4, ⑩ 150.10
『의례소』(儀禮疏) ⑲ 474
『의록당금석기』(宜祿堂金石記) ⑲ 474
『의림』(意林) ⑲ 474
「의사」(醫生) ⑫ 393.1, ⑰ 536.14
『의사의 기록』(醫者の記錄) ⑲ 474
『의산잡찬』(義山雜纂) ⑩ 202.8, ⑪ 248.63, ⑬ 688.3
『의요전』(義妖傳) ① 262.3
『의총』(義塚) ⑧ 604.7
『의학연초고』(醫學煙草考) ⑲ 475
『의학의 승리』(Knock ou le Triomphe de

la médecine) ⑭ 620.1, ⑲ 475
『이감편』(二感篇) ④ 398.2
『이견지』(夷堅志) ① 236.15, ⑪ 269.28, ⑲ 475
『이교도』(The Giaour) ① 175.38
「이금국」(釐捐局) ⑬ 533.2, 541.1
『이란당총서』(怡蘭堂叢書) ⑲ 475
「이러한 광저우」 ⑦ 579.2
『이론예술학개론』(理論藝術學槪論) ⑲ 475
『이룡면구가인물책』(李龍眠九歌人物冊) ⑲ 475
「이른바 '사상계의 선구자' 루쉰이 알리는 글」(所謂"思想界先驅者"魯迅啓事) ⑬ 808.3
「이른바 적화문제 — 사오퍄오핑에게」(所謂赤化問題 — 致邵飄萍) ⑦ 156.8
「이른바 '프티부르주아계급 혁명문학'의 대두에 대해 프롤레타리아 문학은 마땅히 자기를 방어해야 한다」 ⑤ 423.13
『이릉답소무서』(李陵答蘇武書) ⑫ 154.25
『이민문학』(移民文學) ⑲ 475
『이반 메스트로비치』(イヴアン·メストロウイチ) ⑲ 475
『이백사십효도』(二百卌孝圖) ⑲ 475
「이 시절」(這時節) ⑤ 89.2
「이브라힘」(Ibrahim) ⑬ 525.8
『이브의 일기』(Eve's Diary) ⑥ 198.8, ⑱ 329.77, ⑲ 475
「이사」(移家) ⑨ 271.9
『이상성욕의 분석』(異常性慾の分析) ⑲ 476
『이상은 시』(李商隱詩) ⑲ 476
『이상적인 남편』(An Ideal Husband) ② 258.8
『이상한 검과 기타』(奇劍及其他) ⑬ 424.1
『이상한 이야기 두 가지』(奇聞二則) ⑮ 475.3
『이상향』(理想鄕) ⑲ 476
「이소」(離騷) ④ 268.5, ⑥ 352.8, ⑩ 675.5, ⑫ 94.1, ⑮ 67.2
『이소도』(離騷圖)(2종) ⑲ 476
『이소도경』(離騷圖經) ⑲ 476
『이솝우화』(伊索寓言) ⑧ 391.9
『이솝우화 그림이야기』(伊曾保繪物語) ⑲ 476
『이슬비』(微雨) ⑧ 280.4, ⑲ 476
『이식록』(耳食錄) ⑲ 476
『이신전』(貳臣傳) ⑧ 796.7
『이심집』(二心集) ⑲ 476
『이십사사』(二十四史) ⑧ 170.5, ⑲ 476
『이십사효도』(二十四孝圖) ③ 147.17, ⑭ 68.3, ⑱ 48.64
『이십오사』(二十五史) ⑧ 240.4, ⑲ 477
『이십오사보편』(二十五史補編) ⑲ 477
『이씨간오』(李氏刊誤) ⑲ 478
『이아』(爾雅) ③ 134.13
『이아보곽』(爾雅補郭) ⑲ 478
『이아소』(爾雅疏) ⑲ 478
『이아음도』(爾雅音圖) ③ 134.13, ⑲ 478
『이아익』(爾雅翼) ⑲ 478
『이아정의』(爾雅正義) ⑲ 478
『이역문담』(異域文譚) ⑰ 175.46
'이와나미문고'(岩波文庫) ⑲ 478
'이와나미전서'(岩波全書) ⑲ 478
『이위공회창일품집』(李衛公會昌一品集) ⑲

478
『이윤』(伊尹) ⑫ 70.3
『이의산시문집전주』(李義山詩文集箋注) ⑲ 478
『이이집』(而已集) ⑲ 478
『이이창화집』(二李唱和集) ⑲ 478
『이장길가시』(李長吉歌詩) ⑲ 479
『이장길집』(李長吉集) ⑲ 479
『이즈마일 베이』(Измаил-Бей) ① 178.71
『이지재감구시』(頤志齋感舊詩) ⑲ 479
『이지재사보』(頤志齋四譜) ⑲ 479
『이추화집』(以俅畵集) ⑲ 479
『이치류사이 히로시게』(一立齋廣重) ⑲ 479
'이쿠분도 독일대역총서'(郁文堂獨和對譯叢書) ⑲ 479
『이탁오 선생 비평 충의수호전서』(李卓吾先生批評忠義水滸傳書) ⑬ 566.1
『이탈리아 르네상스의 미술』(伊太利ルネサンスの美術) ⑲ 479
『이탕』(李湯) ⑬ 556.7
『이태백집』(李太白集) ⑲ 479
『이토』(伊覩) ⑲ 479
『이트라공화국』(伊特勒共和國) ⑲ 479
『이하소전』(李賀小傳) ① 251.2
『이한림집』(李翰林集) ⑲ 479
『이행』(移行) ⑲ 479
『이향집』(異香集) ⑭ 287.1
『이혼』(離婚) ⑲ 480
「이홍장에게 보내는 글」(上李鴻章書) ⑦ 195.13
「이화제화」(以華制華) ⑦ 166.6
『익살의 정신분석』(洒落の精神分析) ⑲ 480
『익아당총서』(益雅堂叢書) ⑲ 480
『익지도』(益智圖) ⑲ 480
『익지도천자문』(益智圖千字文) ⑲ 480
『익지연궤도』(益智燕几圖) ⑲ 480
『인간 불평등 기원론』(Discours sur l'origine et les fondements de l'inegalite parmi les hommes) ⑤ 216.6, ⑨ 278.85
『인간의 삶』(人的一生) ⑬ 587.7
『인간의 생활』(人間的生活) ⑰ 539.17, 553.33, ⑲ 480
『인간의 조건』(La Condition Humaine) ⑦ 770.7
「인간천당」(人間天堂) ⑱ 333.86
『인권론집』(人權論集) ⑦ 83.2
『인대고사』(麟臺故事) ⑲ 480
『인류를 위하여』(人類の爲めに) ⑲ 480
『인류학과 인종학상에서 본 동북아시아』(人類學及人種學上ヨリ見タル北東亞細亞) ⑲ 480
『인류협동사』(人類協同史) ⑲ 481
『인명입정이론소』(因明入正理論疏) ⑲ 481
『인물지』(人物志) ⑲ 481
「인민대중은 문학에 무엇을 요구하는가?」(人民大衆向文學要求什麽) ⑧ 695.15, 18
『인상기』(印象記) ⑲ 481
『인생론』(Parerga und Paralipomena) ④ 284.3
『인생만화첩』(人生漫畵帖) ⑲ 481
『인생십자로』(人生十字路) ⑲ 481
『인생유전학』(人生遺傳學) ⑲ 481

『인생의 봄』(The Springtide of Life) ⑨ 277.64
「인생의 전향」(人生的轉向) ⑱ 51.68
『인성론』(人性論) ⑬ 454.9
「인수세계」(人獸世界) ⑱ 304.23
『인옥집』(引玉集) ⑩ 645.1, ⑮ 48.3, 52.4, 82.2, 153.2, 168.2, ⑱ 501.6, 507.18, ⑲ 481
「인원태산」(人猿泰山) ⑱ 418.8
『인재화잉』(紉齋畵賸) ⑲ 481
『인전』(印典) ⑲ 481
『인체 기생충 통설』(人體寄生蟲通說) ⑲ 481
「인체 의학실험」(醫驗人體) ⑱ 115.28, 118.30
『인체해부학』(人體解剖學) ⑲ 481
『인텔리겐차』(インテリゲンチヤ) ⑲ 482
『인형도편』(人形圖篇) ⑲ 482
『인형의 집』(傀儡家庭) ⑫ 526.5
『인형작자편』(人形作者篇) ⑲ 482
『일년』(一年) ⑮ 69.5, ⑲ 482
『일리아스』 ⑧ 157.34
『일반』(一般) ① 418.4, ⑤ 61.21
『일본 26성인 순교기』(日本廿六聖人殉敎記) ⑲ 483
『일본 나체미술 전집』(日本裸體美術全集) ⑲ 482
『일본 도쿄 및 다롄에서 발견된 중국소설 서목 제요』(日本東京及大連所見中國小說書目提要) ⑲ 482
『일본동물도감』(日本動物圖鑑) ⑲ 482
『일본동화선집』(日本童話選集) ⑲ 482
『일본만화사』(日本漫畫史) ⑲ 482
『일본목조사』(日本木彫史) ⑲ 482
『일본 목판 우키요에 대감』(日本木版浮世繪大鑑) ⑲ 482
『일본문 연구』(日本文硏究) ⑲ 483
『일본소품문선』(日本小品文選) ⑥ 187.10
『일본 옛날이야기』(日本昔ばなし) ⑰ 385.24, ⑲ 483
『일본완구도편』(日本玩具圖篇) ⑲ 483
『일본완구사편』(日本玩具史篇) ⑲ 483
『일본원시회화』(日本原始繪畵) ⑲ 483
『일본을 떠돌았던 명말의 명사』(日本流寓の明末諸士) ⑲ 483
『일본인상기』(日本印象記) ⑲ 483
『일본일지화신』(日本一之畵噺) ⑰ 380.20, ⑲ 483
『일본 초기 서양풍 판화집』(日本初期洋風板畫集) ⑲ 484
『일본 프롤레타리아 미술집』(日本プロレタリア美術集) ⑲ 484
「일부다처의 새로운 호부」(一夫多妻的新護符) ⑨ 125.5
「「일부다처의 새로운 호부」에 답함」(答「一夫多妻的新護符」) ⑨ 125.2
『일십선언』(一十宣言) ⑧ 363.5
「일어나라, 마자르인이여」=「민족의 노래」 ① 181.106
『일여』(逸如) ⑲ 484
「일인의 슬라브 왕」(一個斯拉夫王) ⑨ 282.122
『일존총서』(佚存叢書) ⑲ 484
『일주일』(Неделя) ⑥ 61.62, ⑲ 484

『일체경음의』(一切經音義) ⑲ 484
「읽은 문장과 들은 문자」(讀的文章和聽的文字) ⑱ 46.59
『임간록』(林間錄) ⑲ 484
『임대옥일기』 ⑤ 282.21
『임랑비실총서』(琳琅秘室叢書) ④ 199.7, ⑧ 267.15
『임상의학과 변증법적 유물론』(臨床醫學と辨證法的唯物論) ⑲ 484
『임화정서시고묵적』(林和靖書詩稿墨迹) ⑲ 484
『임화정시집』(林和靖詩集) ⑲ 484
『입능가심현의』(入楞伽心玄義) ⑲ 484
『입세아비담론』(立世阿毘曇論) ⑲ 485
「입센의 사적」(伊孛生的事迹) ⑨ 275.46
「입센주의」 ⑦ 696.8
『입아비달마론』(入阿毘達磨論) ⑲ 485
『입옹십종곡』(笠翁十種曲) ⑩ 545.3
『입택총서』(笠澤叢書) ⑲ 485
「잇사」(一茶) ⑬ 517.1
「잉가기」(Ingagi) ⑱ 318.49
『잉청쯔』(鶯城子) ⑲ 485

【ㅈ】

『자가집』(資暇集) ③ 249.2
『자기의 정원』(自己的園地) ⑲ 486
「자매화」(姊妹花) ⑦ 585.2, ⑧ 53.4
「'자본가의 주구'」(資本家的走狗) ⑥ 94.3
『『자본론』의 문학적 구조』(『資本論』の文學的構造) ⑲ 486
『자사정화』(子史精華) ⑯ 309.5
『자설』(字說) ⑲ 486
「자수시」(自壽詩) ⑮ 142.3
「자신의 배를 침몰시키다」(沉自己的船) ⑧ 350.39
『자싱장목록』(嘉興藏目錄) ⑲ 486
『자야』(子夜, 한밤중) ⑦ 126.6
「자야가」(子夜歌) ⑨ 199.22
『자연과학사』(自然科學史) ⑲ 486
「자연으로 돌아가다」(回到自然) ⑦ 592.2
「자연주의의 이론 및 기교」(自然主義之理論及技巧) ⑰ 727.104
「자연호학론에 대한 반박」(難自然好學論) ⑤ 179.55
『자오 선생의 번뇌』(趙先生底煩惱) ⑲ 486
『자위쇄기』(綵闈瑣記) ⑲ 486
「자유감옥」(自由監獄) ⑧ 40.30
『자유를 쟁취한 파도』(爭自由的波浪) ⑨ 412.1, ⑬ 300.5, ⑰ 783.74, ⑲ 487
『자유와 필연』(自由と必然) ⑲ 487
『자의유례』(字義類例) ⑲ 487
『자전』(自傳)(쑨원) ⑤ 412.7
『자제곡』(自祭曲) ⑲ 487
『자치통감』(資治通鑑) ① 372.15, ⑬ 483.6
『자치통감고이』(資治通鑑考異) ⑫ 311.16, ⑲ 487
『자학거우』(字學擧隅) ⑧ 380.12
「자허」(子虛) ⑫ 96.11
『작가 — 당대 러시아 산문작가의 자전과 화상』(作家 — 當代俄羅斯散文作家的自傳與畫像) ⑮ 447.3
『작가 일기』(Дневнике писателя) ⑨ 157.3, 10

「작가협회조직연기」(作家協會組織緣起) ⑯ 127.2
『작가회기사』(作家會紀事) ⑮ 516.8
『작은 동물』(小動物) ⑨ 456.2
『작은 등』(小小的燈) ⑫ 524.3
『작은 악마』(小鬼) ⑲ 487
『작은 요하네스』(De Kleine Johannes)(小約翰) ④ 424.40, ⑦ 115.2, ⑫ 495.1, ⑬ 687.3, ⑭ 119.1, 216.2, ⑰ 767.57, ⑱ 43.55, 46.57, 58, 49.66, ⑱ 69.114, ⑲ 487
『작읍자잠』(作邑自箴) ⑲ 487
『작자의 감상』(作者の感想) ⑲ 487
「잔」(杯) ⑫ 449.14
「잔 네이의 사랑」(Die Liebe der Jeanne Ney) ⑥ 301.37
『잠부론』(潛夫論) ⑲ 487
「잠자는 상하이」 ⑮ 259.1
「잡교를 논하다」(論雜交) ⑬ 839.3
『잡극서유기』(雜劇西遊記) ⑲ 488
「잡문과 잡문가」 ⑦ 750.4
『잡문초집』(雜文初集) ⑯ 209.1
『잡비유경』(雜譬喩經) ⑲ 488
『잡사비신』(雜事秘辛) ⑥ 409.2, ⑪ 110.85
「'잡지경영인'」('雜誌辦人') ⑱ 451.104
『잡찬 4종』(雜纂四種) ⑲ 488
『잡초』(雜草) ⑮ 171.8
『장고총편』(掌故叢編) ⑲ 488
『장광필시집』(張光弼詩集) ⑲ 488
'장 교육총장의 교육정돈' ⑬ 96.6
『장기(葬器)의 고고학적 고찰』(柩禁の考古學的考察) ⑲ 488
『장난감그림책』(おもちゃ繪集) ⑲ 488
『장남사화조초충책』(蔣南沙華鳥草蟲冊) ⑲ 488
『장닝금석기』(江寧金石記) ⑲ 488
『장단경』(長短經) ⑲ 489
『장록』(掌錄) ⑩ 301.8
「장문부」(長門賦) ⑫ 168.17
「장미」 ⑨ 276.58
「장서방이 아들을 태워 어머니를 구하다」(小張屠焚兒救母) ① 356.12
『장서표 이야기』(藏書票の話) ⑲ 489
「장 선생과 저우 선생이 일부다처를 논함에 답하다」(答章周二先生論一夫多妻) ⑨ 125.6
『장실재을묘병진찰기합각』(章實齋乙卯丙辰札記合刻) ⑲ 489
『장쑤장닝향토교과서』(江蘇江寧鄕土敎科書) ⑲ 489
『장씨사안』(莊氏史案) ⑲ 489
『장씨총서』(章氏叢書) ⑬ 467.7
『장씨총서속편』(章氏叢書續編) ⑲ 489
『장아함경』(長阿含經) ⑲ 489
『장안사적 연구』(長安史跡の硏究) ⑲ 489
『장안지』(長安志) ⑲ 489
『장안획고편』(長安獲古編) ⑲ 489
『장잉목판화집』(張影木刻集) ⑮ 471.2, 495.1
『장잉판화집』(張影版畵集) ⑲ 489
『장자』(莊子) ③ 409.3, ⑧ 395.4, ⑨ 196.2
『장자내편주』(莊子內篇注) ⑲ 489
『장자를 확대하여』(廣莊) ⑦ 786.5
『장자어록』(張子語錄) ⑲ 489

「『장자』와 『문선』」 ⑥ 527.3, ⑧ 399.7
『장자집해』(莊子集解) ⑲ 489
「장쯔핑이 『자유담』에서 밀려나다」(張資平擠出「自由談」) ⑦ 206.2
『장창수집』(張蒼水集) ① 337.10
『장춘진인 서유기』(長春眞人西遊記) ⑬ 553.3
『장태암시집』(張蛻庵詩集) ⑲ 490
『장한가』(長恨歌) ③ 205.42
『장한가화의』(長恨歌畫意) ⑲ 490
『장후이목각화』(張慧木刻畵) ⑲ 490
『장후이시집』(張慧詩集) ⑲ 490
『장휘실차기』(藏暉室箚記) ⑤ 282.25
『재속환우방비록』(再續寰宇訪碑錄) ⑲ 490
『재원잡지』(在園雜誌) ⑩ 288.12
『재조집』(才調集) ⑲ 490
'재즈문학총서'(ジャズ文學叢書) ⑲ 490
『저산당사화』(渚山堂詞話) ⑲ 490
『저우쭤런산문초』(周作人散文鈔) ⑲ 490
「저우쭤런 시 독법」(周作人詩讀法) ⑦ 616.6
「저우취안핑, 예링펑, 저우위잉을 제명하는 통지」(開除周全平, 葉靈鳳, 周毓英的通告) ⑥ 141.10
『저장공립도서관연보』(浙江公立圖書館年譜) ⑲ 490
「저장 동향의 도쿄 유학생 제명」(浙江同鄕留學東京題名) ⑮ 256.3
「저장식물채집유기」(浙江采集植物游記) ① 534.7
「저항」(抵抗) ⑱ 602.18
『적막한 나라』(寂寞的國) ⑲ 490
『적색친위대』(赤色親衛隊) ⑲ 491
「적인가, 친구인가?」(敵乎, 友乎?) ⑮ 504.3
『적학재총서』(積學齋叢書) ⑲ 491
『전경실총서』(箋經室叢書) ⑲ 491
『전국목각연합전람회전집』(全國木刻聯合展覽會專輯) ⑲ 491
「『전국목판화 연합전람회 전집』 서」 ⑯ 207.1
「전국비밀」(電國秘密) ⑱ 656.115
『전국아동예술전람회기요』(全國兒童藝術展覽會紀要) ⑰ 244.44, ⑲ 491
『전국중학소재지명표』(全國中學所在地名表) ⑲ 491
『전국책』(戰國策) ⑫ 169.26
『전국총서목』(全國總書目) ⑲ 491
『전국출판물목록휘편』(全國出版物目錄彙編) ⑮ 719.1
『전당문』(全唐文) ④ 153.22, ⑫ 296.12
『전당시』(全唐詩) ⑫ 310.1, ⑭ 180.2, ⑲ 491
『전당시화』(全唐詩話) ⑲ 491
『전당시화속편』(全唐詩話續編) ⑲ 491
『전등신화』(剪燈新話) ⑲ 491
『전등여화』(剪燈餘話) ⑲ 492
『전문명가』(專門名家) ⑲ 492
『전삼국문』(全三國文) ⑲ 492
『전상고금소설』(全像古今小說) ⑪ 532.3
『전상고삼대진한삼국육조문』(全上古三代秦漢三國六朝文) ⑩ 629.2, ⑭ 200.4
『전상오현령관대제화광천왕전』(全象五顯靈官大帝華光天王傳) ⑲ 492
『전설의 시대』(傳說の時代) ⑲ 492

『전술기담』(電術奇談) ⑪ 762.36
『전씨총서』(田氏叢書) ⑲ 492
『전야』 ⑮ 487.4
『전원교향악』(田園交響樂) ⑲ 492
「전장의 꽃」(Big Parade) ⑥ 298.7
「전장의 두견새 울음」(What Price Glory) ⑥ 298.11
『전쟁』(戰爭) ⑲ 492
『전쟁과 평화』(Война и мир) ⑮ 378.2
「전쟁 중의 벨코」(戰爭中的威爾珂) ⑫ 401.1, 746.2, ⑰ 548.25
「전지앵화록」(戰地鶯花錄, Orphans of The War) ⑱ 99.5
「전지영혼」(戰地英魂) ⑱ 691.16
『전체신론』(全體新論) ⑭ 272.1
『전투적 유물론』(戰鬪的唯物論) ⑲ 492
「전 학생에게 알림」(致全體學生公啓) ④ 108.7
『전한기』(前漢記) ⑧ 155.21
『전한삼국진남북조시』(全漢三國晉南北朝詩) ⑲ 493
『전환기의 문학』(轉換期の文學) ⑲ 493
『전환기의 역사학』(轉形期の歷史學) ⑲ 493
『전환기의 지나』(轉換期支那) ⑲ 493
『전후』(戰後)(하) ⑲ 493
『전후남녀이십사효제도설』(前後男女二十四孝悌圖說) ⑲ 493
「절도침주기」(絶島沈珠記) ⑱ 700.36
『절묘호사전』(絶妙好詞箋) ⑲ 493
『절운』(切韻) ⑲ 493
『절운지장도』(切韻指掌圖) ⑲ 493
『절의론』(折疑論) ⑲ 493
『절지단 순교기』(切支丹殉教記) ⑮ 180.5
「젊은 과부가 남편 무덤에 가다」(小寡婦上墳) ⑩ 456.5
「젊은날의 이별」(少年別) ⑱ 583.191
『젊은 베르테르의 번뇌』(少年維特之煩惱) ⑮ 539.3
『젊은 베르테르의 슬픔』 ⑫ 530.8
『젊은 소비에트러시아』(若きソヴェート・ロシヤ) ⑲ 493
『젊은이 둘』(小哥兒倆) ⑮ 752.1
『젊은이에게』(給少年者) ⑲ 493
『점석재총화』(点石齊叢畵) ③ 135.14
『점석재화보』(點石齋畵報) ⑥ 159.10, ⑩ 540.2
『점적』(点滴) ⑧ 349.23
『정관정요』(貞觀政要) ⑫ 311.17, ⑲ 494
『정글』(Jungle) ⑭ 255.3
「정당생활의 참호를 떠나며」(離開政堂生活的戰壕) ⑦ 502.4
「정면문장 거꾸로 읽는 법」(正面文章反看法) ⑦ 136.2
『정물화선집』(靜物畵選集) ⑲ 494
『정사』(情事) ⑲ 494
『정사』(桯史) ⑲ 494
「정사찰기」(丁巳札記) ⑦ 334.4
『정수우문집』(鄭守愚文集) ⑲ 494
『정신과 사랑의 여신』(精神與愛的女神) ⑲ 494
『정신분석입문』(精神分析入門) ⑲ 494
『정신의 왕』(Król Duch) ① 180.92
「정신착란」 ⑬ 542.1
『정씨가숙독서분년일정』(程氏家塾讀書分年

日程) ⑲ 494
『정와류편』(訂訛類編) ⑲ 494
「정정」(釘丁) ⑮ 459.4
「정정추를 애도하며」(挽鄭正秋) ⑮ 688.9
「정조론」(貞操論) ① 199.8
『정창소장봉니』(鄭廠所藏封泥) ⑲ 494
『정창원지』(正倉院誌) ⑲ 494
『정치위원』(コムミサール) ⑲ 494
『정토경론 14종』(淨土經論十四種) ⑲ 494
『정토십요』(淨土十要) ⑬ 537.1, ⑲ 495
『제1차 전소련작가대표대회』(第一次全蘇作家代表大會) ⑮ 511.1
「'제3종인'의 출로」("第三種人"的出路) ⑥ 336.6, 7, 8, ⑦ 257.32, 634.3
「'제3종인'이 나갈 길」("第三種人"的出路)
「제3종인을 논하다」(論第三種人) ⑦ 280.10
「제3종인을 다시 논한다」(再論第三種人) ⑭ 428.2, ⑮ 405.3
「제3종인의 '밀치기'」(第三種人的"推") ⑦ 312.2
「제강이 취중에 진공자를 꾸짖는 부」(齊姜醉遣晉公子賦) ④ 159.8
『제국극원』(シラノ劇版畫)(帝國劇院) ⑲ 495
「제국호텔」(Hotel Imperial) ⑥ 298.13
『제로봉니집존』(齊魯封泥集存) ⑲ 495
『제물론석』(齊物論釋) ⑲ 495
『제민 선생 언행록』(孑民先生言行錄) ⑧ 349.22
「제비를 노래하다」(詠燕詩) ⑨ 428.18
『제사 및 예와 법률』(祭祀及禮と法律) ⑲ 495
『제소인연』(啼笑姻緣) ⑲ 495
『제이재자호구전』(第二才子好逑傳) ⑲ 495
『제자변』(諸子辨) ⑲ 495
『제전대사취보리전전』(濟顚大師醉菩提全傳) ⑲ 495
「제천대성대료천궁」(齊天大聖大鬧天宮) ⑤ 320.22
「조감」(鳥瞰) ⑯ 307.1
『조건』(條件) ⑲ 495
『조라집』(蔦蘿集) ⑲ 496
『조론』(肇論) ⑲ 496
『조론약주』(肇論略注) ⑲ 496
『조류원색대도설』(鳥類原色大圖說) ⑲ 496
『조만당일기』(趙縵堂日記) ⑦ 334.5
「조망희 조상기」(曹望憘造像記) ⑮ 601.3
『조벌록』(弔伐錄) ⑲ 496
『조사승장생책』(趙似升長生冊) ⑲ 496
「조세가」(趙世家) ① 500.2
『조시총재』(朝市叢載) ⑲ 496
『조식 폐지론』(廢止朝食論) ③ 294.7
『조야신성태평악부』(朝野新聲太平樂府) ⑲ 496
『조야첨재』(朝野僉載) ⑥ 410.7, ⑨ 429.20, ⑪ 202.25
『조이스 중심의 문학운동』(ジョイス中心の文學運動) ⑲ 496
『조자건문집』(曹子建文集) ⑲ 496
『조전비』(曹全碑) ⑫ 183.5
『조집전평』(曹集銓評) ⑲ 496
『조판화집』(雕版畫集) ⑮ 165.4
『조형미술개론』(造型美術槪論) ⑲ 496

『조형미술에서의 형식문제』(造型美術に於ける形式の問題) ⑲ 497
『조형예술사회학』(造型藝術社會學) ⑲ 497
「조화」(調和) ⑧ 206.11, ⑮ 409.2
『존복재문집』(存復齋文集) ⑲ 497
『존 소전』(迦因小傳) ⑩ 589.5
「졸라에 대해」 ⑯ 146.2
『좀 공양』(紙魚供養) ⑲ 497
『좀더 밝게』(再亮些) ⑧ 303.3
『좀 번창기』(紙魚繁昌記) ⑲ 497
『좀 번창기 속편』(續紙魚繁昌記) ⑲ 497
『좀의 자전』(蠹魚の自傳) ⑲ 497
『좀의 잡담』(蠹魚無駄話) ⑲ 497
「좁은 바구니」(狹的籠) ⑩ 227.2, ⑰ 551.31
「종군악」(從軍樂) ⑱ 683.1
『종군일기』(從軍日記) ⑲ 497
『종수집』(種樹集) ⑲ 497
「종신대사」(終身大事) ⑥ 160.21, ⑨ 275.42
『종의 기원』(On the Origin of Species) ⑥ 61.63, ⑦ 347.3, 4
『좌곡』(左曲) ⑱ 235.36
「좌익작가연맹에 관한 의견」(關於左翼作家聯盟的意見) ⑧ 694.10, ⑮ 579.1
『좌전』(左傳) ③ 203.13, ⑯ 327.2
『죄』(罪) ⑬ 492.14
『죄악의 검은 손』(罪惡的黑手) ⑲ 498
『죄와 벌』(罪與罰) ⑲ 498
『주경당종정고석발미』(籀經堂鐘鼎考釋跋尾) ⑲ 498
『주경여시집』(朱慶餘詩集) ⑲ 498
『주고술림』(籀高述林) ⑲ 498
『주금문존』(周金文存) ⑬ 509.5, ⑲ 498
『주례』(周禮) ⑦ 404.3, ⑧ 154.12, ⑫ 55.1
「주벽」(酒癖) ⑬ 136.2
『주순수집』(朱舜水集) ① 337.9
『주신구라』(忠臣藏) ⑩ 289.19
『주여』(塵餘) ⑲ 498
『주역요의』(周易要義) ⑲ 498
『주유석실화상』(朱鮪石室畵像) ⑮ 80.2
『주인전』(疇人傳) ① 302.10
『주정여문』(籌鼎餘聞) ⑲ 498
『주지민보 5주년 기념책』(諸暨民報五週年紀念冊) ⑲ 498
『주하시집·이승상시집』(周賀詩集·李丞相詩集) ⑲ 498
『주한유보』(周漢遺寶) ⑲ 499
『죽림 이야기』(竹林的故事) ⑲ 499
『죽보상록』(竹譜詳錄) ⑲ 499
「죽어 버린 아Q시대」 ⑤ 356.9
『죽은 딸 리의 약력』(亡女溵事略) ⑰ 260.74
『죽은 혼』(死魂靈)(Мёртвые души) ⑧ 505.3, 696.23, ⑮ 373.7, ⑱ 605.24, 645.92, ⑲ 499
『죽은 혼 백 가지 그림』(死魂靈百圖) ⑧ 696.22, ⑩ 659.1, ⑮ 610.4, 751.1, ⑯ 366.1, ⑲ 499
『죽은 혼』 삽화 ⑮ 553.1
『죽은 혼』 삽화 12장 ⑱ 616.52
『줄리어스 시저전』 ⑦ 761.6
『중가문장기록』(衆家文章記錄) ⑲ 499
『중간송본공총자』(重刊宋本孔叢子) ⑲ 500

『중고문학사』(中古文學史) ⑲ 500
『중관석론』(中觀釋論) ⑲ 500
『중국고대사』(中國古代史) ⑮ 61.1
「중국과 서양 문화를 이야기하다」(談中西文化) ⑩ 570.2
『중국광산지』(中國礦山志) ⑩ 585.1
「중국국민당에 살해된 중국혁명작가를 위한 혁명작가국제연맹 선언」 ⑥ 440.6
「중국 국민에게 드리는 선언」 ④ 138.5, ⑬ 141.3
『중국기행』(China-Reise) ⑥ 388.11
『중국대문학사』(中國大文學史) ⑲ 500
『중국동화집』(支那童話集) ⑯ 365.2
『중국명화』(中國名畫) ⑲ 500
「중국 문단의 비관」(中國文壇的悲觀) ⑦ 334.2
「중국 문단의 비극」(中國文壇的悲劇) ⑦ 734.2
『중국문법통론』(中國文法通論) ⑦ 696.6
「중국 문예공작자 선언」(中國文藝工作者宣言) ⑧ 696.24, ⑯ 175.1
『중국문예논전』(中國文藝論戰) ⑤ 258.13
『중국문예연감』(中國文藝年鑑) ⑦ 623.4
『중국문자의 시원과 그 구조』(中國文字之原始及其構造) ⑲ 500
『중국문학논집』(中國文學論集) ⑲ 500
『중국문학사』(中國文學史)(삽화본) ⑲ 500
『중국문학사강요』(中國文學史綱要) ⑲ 500
『중국문학사대강』(中國文學史大綱) ⑲ 500
『중국문학사요략』(中國文學史要略) ⑲ 500
'중국문학진본총서'(中國文學珍本叢書) ⑧ 571.10
「중국문학진본총서에 관하여」 ⑧ 719.3
「중국문학진본총서 편찬 취지」(編印中國文學珍本叢書緣起) ⑩ 572.4
『중국사화』(中國史話) ⑲ 501
『중국사회사』 ⑧ 197.10
『중국소설사략』(中國小說史略) ⑬ 562.1, ⑰ 606.40, 624.15, 637.32, ⑲ 501
「중국소설의 역사적 변천」(中國小說的歷史的變遷) ① 270.2, ⑰ 643.41
『중국신문학대계』(中國新文學大系) ⑩ 557.1, ⑮ 419.1, 485.3, 750.4, ⑱ 601.17, ⑲ 501
『중국신문학운동사』(中國新文學運動史) ⑯ 357.1, ⑲ 501
「중국 신문학의 미래와 나 자신의 인식」 ⑤ 336.13
「중국신화연구」(中國神話研究) ⑬ 595.2
「중국 신흥문학 중의 몇 가지 구체적인 문제」 ⑥ 59.44
『중국어 글자체의 라틴화』(中國語書法之拉丁化) ⑧ 158.41
『중국 역사학계 혁명안』(中國史界革命案) ④ 258.10
『중국연구』(Chinese Studies) ⑯ 366.1
『중국운문통론』(中國韻文通論) ⑩ 404.2
「중국의 돈키호테의 난무(亂舞)를 보라」 ⑤ 337.20
「중국의 두 작가를 방문하다」 ⑤ 404.14, 423.19
「중국의사회주의주장에대한의견」(中國提倡社會主義之商榷) ① 534.7

「중국의 신흥문예운동」 ⑤ 404.14
「중국의 신흥하는 상징주의 문학」(中國新興的象徵主義文學) ⑬ 513.3
「중국의 영양과 대사작용의 상황」 ⑥ 99.7
『중국의 하루』(中國的一日) ⑯ 174.3, ⑲ 502
「중국의 현재 문학계를 말한다」 ⑤ 394.19
『중국 인도 단편소설집』 ⑯ 376.4
『중국인의 기질』(Chinese Characteristics) ⑧ 792.5
「중국인의 얼굴」(略論 中國人的臉) ⑭ 128.2
『중국자체변천사』(中國字體變遷史) ⑬ 399.3
『중국조기회화사』(A History of Early Chinese Painting) ⑯ 366.3
『중국철학사』(中國哲學史) ⑲ 502
『중국혁명기』(中國革命記) ③ 229.15
『중국화론』 ⑯ 372.2
『중궈서점서목』(中國書店書目) ⑲ 502
『중론』(中論) ⑲ 502
『중산랑전』(中山狼傳) ⑬ 870.2
「중산 선생의 장례식이 내게 남긴 감상」(中山先生大殯給我的感想) ④ 313.4, 432.18
『중세 유럽 문학사』(中世歐洲文學史) ⑲ 502
『중심경』 등 십사경동본(中心經等十事經同本) ⑲ 502
『중아함경』(中阿含經) ⑲ 502
『중앙미술』(中央美術) ⑲ 502
「중역을 논함과 기타(하)」(論重譯及其他.下) ⑦ 674.2
『중외문학가사전』(中外文學家辭典) ⑧ 522.6
『중원음운』(中原音韻) ⑲ 502
『중주금석기』(中州金石記) ⑲ 503
「중하야지몽」(仲夏夜之夢) ⑱ 667.138
『중화간자선』(中華簡字選) ⑯ 90.1
「중화민국 도성 이름은 경화로 해야 함을 논함」(中華民國都城宜正名京華議) ⑩ 593.3
『중화민국서림 일별』(中華民國書林一瞥) ⑲ 503
『중흥간기집』(中興間氣集) ⑲ 503
『쥐안스』(卷葹) ⑬ 300.6, →『권시』(卷葹)
『쥐안쥐안』(涓涓) ⑮ 558.3
『쥔산』(君山) →『군산』(君山)
「즈모에게」(致志摩,「즈모에게 부치다」,「즈모에게 보내는 편지」) ③ 170.15, 16, ④ 304.7, 12, 305.20, 330.9, ⑤ 110.9
「즈후이 선생에게 다시 답하며」(再答稺暉先生) ④ 279.3
『지나』(支那) ⑲ 503
『지나고기도고·병기편』(支那古器圖考·兵器篇) ⑲ 503
『지나고대경제사상과 제도』(支那古代經濟思想及制度) ⑲ 503
「지나 고대음악의 세계적 가치」(支那古代音樂の世界的價値) ⑰ 579.14
『지나 고대화론 연구』(支那上代畫論研究) ⑲ 503
『지나고명기니상도감』(支那古明器泥象圖

鑑) ⑲ 503
『지나고명기니상도설』(支那古明器泥象圖說) ⑲ 503
『지나근대희곡사』(支那近世戲曲史) ⑲ 503
『지나남북기』(支那南北記) ⑲ 504
『지나동화집』(支那童話集) ⑲ 504
『지나 마적의 비사』(支那馬賊裏面史) ⑲ 504
『지나문예논수』(支那文藝論藪) ⑲ 504
『지나문학개설』(支那文學概說) ⑲ 504
『지나문학사강』(支那文學史綱) ⑲ 504
『지나문학사강요』(支那文學史綱要) ⑲ 504
『지나문학연구』(支那文學研究) ⑲ 504
『지나문화의 연구』(支那文化の研究) ⑲ 504
『지나미술사 조소편』(支那美術史·彫塑篇) ⑲ 504
『지나법제사논총』(支那法制史論叢) ⑲ 504
『지나본대소승론정지일자공칠책』(支那本大小乘論靜至逸字共七冊) ⑲ 504
『지나본장경정자이책』(支那本藏經情字二冊) ⑲ 505
『지나불교유물』(支那佛教遺物) ⑲ 505
『지나불교인상기』(支那佛教印象記) ⑲ 505
『지나사상연구』(支那思想研究) ⑲ 505
『지나사상의 프랑스로의 서방 전파』(支那思想のフランス西漸) ⑲ 505
『지나사회사』(支那社會史) ⑲ 505
『지나사회연구』(支那社會研究) ⑲ 505
『지나산 누룩에 관하여』(支那産'麯'ニ就イテ) ⑲ 505
『지나 산수화사』(支那山水畵史) ⑲ 505
『지나소설사』(支那小說史) ⑲ 505
『지나소설희곡사개설』(支那小說戲曲史概說) ⑲ 505
『지나시론사』(支那詩論史) ⑲ 505
『지나어 로마자화의 이론』(支那語ローマ字化の理論) ⑲ 505
『지나에 있어 열강의 공작과 그것의 경제세력』(支那に於ケル列强の工作とその經濟勢力) ⑲ 506
『지나역사지리연구』(支那歷史地理研究) ⑲ 506
『지나역사지리연구 속집』(支那歷史地理研究續集) ⑲ 506
『지나연구』(支那研究) ⑲ 506
『지나영웅이야기』(支那英雄物語) ⑲ 506
『지나유람기』(支那遊記) ⑲ 506
『지나의 건축』(支那の建築) ⑲ 506
『지나인과 지나사회 연구』(支那人及支那社會の研究) ⑲ 506
『지나인도단편집』(支那印度短篇集) ⑲ 506
『지나인의 기질』(支那人氣質, Chinese Characteristics) ⑧ 359.3
『지나 제자백가고』(支那諸子百家考) ⑲ 506
『지나주택지』(支那住宅誌) ⑲ 506
『지나 중세 의학사』(支那中世醫學史) ⑲ 507
『지나학문수』(支那學文藪) ⑲ 507
『지나혁명과 세계의 내일』(支那革命及世界の明日) ⑲ 507
『지나혁명의 이론적 고찰』(支那革命の理論的考察) ⑲ 507
『지나혁명의 현 단계』(支那革命の現階段) ⑲ 507

『지나화가전』(支那畵人傳) ⑲ 507
『지나회화소사』(支那繪畵小史) ⑲ 507
『지남록』(指南錄) ⑮ 165.6
『지드 연구』(ジード研究) ⑲ 507
『지드 이후』(ジード以後) ⑲ 507
『지란과 재스민』(芝蘭與茉莉) ⑲ 507
『지림』(志林) ⑲ 507
「'지'멘」('G' Men) ⑱ 661.125
『지부족재총서』(知不足齋叢書) ⑲ 507
『지상초당필기』(池上草堂筆記) ⑲ 508
「지식계급에 관하여」(關於知識階級) ⑱ 72.121
「지식계급의 사명」(知識階級的使命) ⑩ 312.3
「지연재중평석두기」(脂硯齋重評石頭記) ⑮ 191.1
「지옥천사」(地獄天使) ⑱ 330.81
『지진재총서』(咫進齋叢書) ⑲ 508
『지치신간전상평화삼국지』(至治新刊全相平話三國志) ⑲ 508
『직공들의 반란』(Ein Weberaufstand, 방직공의 봉기) ⑧ 620.2, ⑯ 92.4
『직물과 판화』(裂地と版畫) ⑲ 508
「직업」(職業) ⑮ 474.1, 504.2
『직재서록해제』(直齋書錄解題) ⑫ 197.3, ⑲ 508
『직하파 연구』(稷下派之研究) ⑲ 508
「진겁통어」(秦劫痛語) ① 495.5
『진금석각사』(秦金石刻辭) ⑲ 508
『진기집본』(晉紀輯本) ⑲ 508
『진노련그림책』(陳老蓮畵冊) ⑲ 508
『진사업유서』(陳司業遺書) ⑲ 508
『진서』(晉書) ⑦ 495.3, ⑫ 187.2, ⑰ 92.27
『진서집본』(晉書輯本) ⑲ 508
『진실은 이렇게 속인다』(眞實はかく佯る) ⑲ 508
『진영』(塵影) ⑤ 207.3, ⑱ 68.112
『진이준문집』(晉二俊文集) ⑲ 509
『진장후인물책』(陳章侯人物冊) ⑲ 509
『진장후회진기도』(陳章侯會眞記圖) ⑲ 509
「진주도」(珍珠島) ⑱ 617.53
『진중의 하프』(陣中の竪琴) ⑲ 509
『진태산각석』(秦泰山刻石) ⑲ 509
「진학해」(進學解) ⑦ 597.12
『진한금문록』(秦漢金文錄) ⑲ 509
『진한연의』(秦漢演義) ⑬ 578.2
『진한와당문자』(秦漢瓦當文字) ⑲ 509
『진화와 퇴화』(進化和退化) ⑥ 98.1, ⑲ 509
『진화학설』(進化學說) ⑲ 509
『질긴 풀』(勁草) ⑩ 589.1, ⑰ 122.75, 149.6, ⑲ 509
『질원집』(質園集) ⑲ 509
『질투』(嫉誤) ⑮ 46.2, ⑲ 509
『질풍노도시대와 현대독일문학』(疾風怒濤時代と現代獨逸文學) ⑲ 510
『집고금불도론형』(集古今佛道論衡) ⑲ 510
『집단사회학원리』(集團社會學原理) ⑲ 510
『집신주탑사삼보감통록』(集神州塔寺三寶感通錄) ⑲ 510
『집외집』(集外集) ⑲ 510
『집이기』(集異記) ⑥ 537.3
『집해』(集解) ③ 356.9
『징강당유주』(澄江堂遺珠) ⑲ 510

『징더전도록』(景德鎭陶錄) ⑲510
『짚신』(草鞋脚) ⑧46.1, ⑩530.1, ⑮297.2, ⑯316.2, ⑱557.133
『짧은 10년』(小小十年) ⑲510
『짧은 10년』(小小十年) 삽화 ⑱181.36
『쪽빛 도시』(蔚藍的城) ⑱183.38
「쯔루후의 우울」(鶩鷺湖的憂鬱) ⑯204.3

【ㅊ】

『차라투스트라는 이렇게 말했다』(Also sprach Zarathustra) ①104.15, ⑤469.16, ⑥61.64, ⑧347.8, ⑬839.2, ⑮683.2, ⑲511
「차라투스트라 서언」(蘇魯支序言) ⑰511.12
『차르 사냥기』 ⑯360.4
『차여객화』(茶餘客話) ⑬553.6
『차이선생 65세 축하 기념 논문집』(祝蔡先生六十五世論文集) ⑮176.2, ⑲511
『차일드 해럴드의 편력』(Childe Harold's Pilgrimage) ①175.36
「차파예프」(Chapayev) ⑱704.46
『'차파예프'에 대한 문장』 ⑯200.3
『찬희려총서』(簑喜廬叢書) ⑲511
「찰리 첸」(陳查理) ⑱334.92
「찰리 첸의 비밀」(陳查禮之秘密) ⑱692.20
「찰리 첸 탐안」(陳查禮探案) ⑱657.118
『찰박』(札樸) ⑲511
『참과 아름다움』(信と美) ⑲511
『참깨와 백합』(Sesame and Lilies) ②387.6
「참룡우선기」(斬龍遇仙記) ⑰697.44, 698.46
「참목성」(斬木誠) ⑦389.3
「찻집을 개량하자」(改良坐茶館) ⑦276.5
『창사통신』(長沙通信) ⑤ 385.2
「창작경험」(創作經驗) ⑮449.5
『창작의 경험』(創作的經驗) ⑲511
『창작판화 제작 방법』(創作版畫の作り方) ⑲511
『창작판화집』(創作版畫集) ⑲511
『창조적 비평론』(創造的批評論) ⑲512
『창힐』(倉頡) ⑫104.7
『채중랑문집』(蔡中郎文集) ⑲512
『책의 적』(書物の敵) ⑲512
『책 이야기』(書物の話) ⑲512
『책 취미』(書物趣味) ⑲512
「천녀, 꽃을 뿌리다」(天女散花) ⑨275.43
『천뢰각구장송인화책』(天籟閣舊藏宋人畫冊) ⑲512
『천마산방총저』(天馬山房叢著) ⑲512
「천문」(天問) ①49.7, ⑫94.4
『천바오각총서』(晨報閣叢書) ⑲513
「천바이녠 교수의 「일부다처의 새로운 호부」를 반박함」(駁陳百年教授「一夫多妻的新護符」) ⑨125.2
『천발신참비』(天發神讖碑) ⑲513
『천방야담』(天方夜談) ⑤34.4
『천벽정고전도석』(千甓亭古專圖釋) ⑲513
『천스쩡 선생 유묵』(陳師曾先生遺墨) ⑲513
「천애한」(天涯恨, Where the Pavement) ⑱179.31

『천연나트륨화합물의 연구』(天産鈉化合物の研究) ⑲513
『천연론』(天演論, Evolution and Ethics) ①49.4, 430.3, ③204.31, ⑥267.27
『천옌차오 목판화집』(陳烟橋木刻集) ⑲513
「천위안에게 묻는다」(問陳源) ④313.2
『천유각집』(天游閣集) ⑲513
『천일야화』(千一夜話) ⑥302.53, ⑲514
『천일야화』(화보)(상권)(一千一夜物語[畫譜]上卷) ⑲513
『천자문』(千字文) ③158.19, 448.8
「천장(辰江) 선생의 통신」 ⑤59.3
『천창소품』(茜窗小品) ⑲514
「천퉁보 선생에게 삼가 답하면서 SSS군과 그 선배들에게도 아울러 답신함」(奉答陳通伯先生兼答SSS君及其前輩) ④308.38
「천팔백 담」(一千八百擔) ⑯311.4
『철갑열차 Nr.14-69』(Бронепоезд 14-69) ⑧44.2, ⑩470.1, ⑱276.80, ⑲514
『철교만고』(鐵橋漫稿) ⑲514
『철도노동자의 노래』(路工之歌) ⑲514
「철로전환수」(岔道夫) ⑱389.58
「철마」(鐵馬) ⑱709.54
『철마판화』(鐵馬版畫) ⑲514
『철운장귀』(鐵雲藏龜) ⑲514
『철운장귀지여』(鐵雲藏龜之餘) ⑲514
『철의 흐름』(鐵流)(Железный поток) ⑧626.3, 729.4, ⑨502.1, ⑭328.2, 375.1, 389.1, ⑮644.2, ⑱376.40, ⑲514
「『철의 흐름』 도판」(『鐵流』圖) ⑱337.96
『철의 흐름』 지도 ⑱327.70
「철조망」(Barbed Wire) ⑥298.14
「철조망의 바깥」(電網外) ⑧303.8
「철한」(鐵漢) ⑱691.17
「철혈장군」(鐵血將軍) ⑱704.44
『첩산집』(疊山集) ⑲515
『청공집』(青空集) ⑮648.2, ⑲515
『청극』(清劇) ⑭559.1
『청년남녀』(青年男女) ⑲515
「청년유혈문제에 대해 전국 국민에게 삼가 알림」(爲青年流血問題敬告全國國民) ④339.2
「청년필독서」(青年必讀書) ①419.6
『청대문자옥당』(清代文字獄檔, 필화사건 문서) ⑧79.6, ⑮201.7, 520.4, ⑲515
『청대학자상전』(清代學者像傳) ⑲515
『청동려잔초』(聽桐廬殘草) ⑲515
『청명한 시절』(清明時節) ⑲515
『청사』(清史) ⑦178.5
『청사자』(青史子) ⑧430.12, ⑪39.20
『청상잡기』(青箱雜記) ⑲515
『청쇄고의』(青瑣高議) ⑫311.14, ⑲515
『청양선생문집』(青陽先生文集) ⑲515
『청육가시초』(清六家詩鈔) ⑯336.2
『청의각소장고기물문』(清儀閣所藏古器物文) ⑲516
『청이록』(清異錄) ⑩202.7
『청인잡극』(清人雜劇) ⑲516
『청재당매보』(青在堂梅報) ⑲516
『청춘을 걸다』(青春を賭ける) ⑲516
『청파잡지』(清波雜志) ⑲516
「청평조」(清平調) ⑭135.1

「청호기행」(青湖紀遊) ⑱ 197.58
『체호프 걸작집』(チェーホフ傑作集) ⑲ 516
『체호프 서간집』(チェホフ書簡集) ⑲ 516
'체호프 선집' ⑧ 604.13
「체호프와 신문예」 ⑨ 284.139
『체호프와 톨스토이의 회상』(チエホフとトルストイの回想) ⑲ 516
『체호프의 수첩』(チェーホフの手帖) ⑲ 516
『체호프 전집』(チェホフ全集) ⑲ 516
「첸쉬안퉁 선생과 고사서를 논하다」(與錢玄同先生論古史書) ⑭ 105.3
「초가을의 바람」(初秋的風) ⑮ 717.1
『초기백화시고』(初期白話詩稿) ⑲ 517
『초당시여』(草堂詩餘) ⑲ 517
『초랑좌록』(蕉廊脞錄) ⑲ 517
『초례존』(草隷存) ⑲ 517
『초망사승』(草莽私乘) ⑲ 517
『초범루총서』(峭帆樓叢書) ⑲ 517
「초비위적」(剿匪偉績) ⑱ 640.84
『초사』(楚辭) ① 49. 6, 392.10, ⑨ 196.5, ⑫ 84.2, ⑮ 67.1
「초상국 3대 안건」(招商局三大案) ⑦ 104.3
『초야』(草野) ⑥ 186.7
『초왕주검기』(楚王鑄劍記) ③ 390.2
『초탁우세남동묘당비』(初拓虞世南東廟堂碑) ⑲ 517
『초학기』(初學記) ③ 56.3, ⑩ 149.6, ⑫ 185.23, ⑭ 200.8, ⑲ 517
『초한춘추』(楚漢春秋) ⑫ 169.26
『초현실주의와 회화』(超現實主義と繪畫) ⑲ 517
「초현실주의파를 논함」 ⑮ 423.6
「초혼」(招魂) ⑫ 97.25
『촉귀감』(蜀龜鑒) ⑧ 243.18, ⑲ 517
『촉벽』(蜀碧) ⑦ 321.11, 564.4, ⑧ 242.16, ⑲ 517
『총살당했다가 살아난 남자』(銃殺されて生きてた男) ⑲ 517
『총서거요』(叢書擧要) ⑲ 518
『총퇴각』(總退卻) ⑥ 543.1
『최근 사조 비판』(最近思潮批判) ⑲ 518
『최근 영시 개론』(最近英詩概論) ⑲ 518
『최근 오십 년 동안의 중국문학』(五十年來中國之文學) ⑬ 555.1
『최신독화사전』(最新獨和辭典) ⑲ 518
『최신 러시아문학 연구』(最新ロシア文學研究) ⑲ 518
『최신법령휘편』(最新法令彙編) ⑬ 483.2
『최신사조전망』(最新思潮展望) ⑲ 518
『최신생리학』(最新生理學) ⑲ 518
「최저한도의 국학 서목」 ⑤ 71.3
「최후의 명령」(The Last Command) ⑥ 301.38
『최후의 빛발』(最後的光芒) ⑲ 518
『최후의 우데게인』(ヴデゲ族の最後の者) ⑫ 585.7, ⑲ 518
『최후의 탄식』(最後之嘆息) ⑫ 417.7, 711.3, ⑲ 518
『추구』(芻狗) ⑤ 427.10
『추명집』(秋明集) ⑲ 519
『추배도』(推背圖) ⑦ 112.10, 136.6, 308.2, ⑦ 585.5, 637.2
「「추배도」를 읽고」 ⑯ 155.2
『추배집』(推背集) ⑯ 86.2, ⑲ 519

『추사초당유집』(秋思草堂遺集) ⑲ 519
「추장」(酋長) ⑫ 378.5
『추저우금석록』(楚州金石錄) ⑲ 519
「추지의 여행일기」(忠次旅日記, A Diary of Chuji's Travels) ⑥ 300.34
「추천인의 입장」 ⑥ 524.3
『추파소영책자』(秋波小影冊子) ⑲ 519
『추포쌍충록』(秋浦雙忠錄) ⑲ 519
『축지산초서염사』(祝枝山草書艷詞) ⑲ 519
『춘교소경집』(春郊小景集) ⑮ 411.2, ⑲ 519
『춘수』(春水) ⑲ 519
「춘우도」(春牛圖) ⑮ 464.2, 501.1, ⑱ 604.21
『춘추』(春秋) ① 569.10, ⑤ 90.11, 319.7, ⑦ 96.8, ⑧ 246.35, ⑨ 98.3
『춘추곡량전』(春秋穀梁傳) ⑩ 237.6
『춘추공양전』(春秋公羊傳) ③ 87.7, ⑩ 237.5
『춘추복시』(春秋復始) ⑲ 519
『춘추정의』(春秋正義) ⑲ 519
『춘추좌씨전』(春秋左氏傳) ③ 203.14
『춘추좌전두주보집』(春秋左傳杜注補輯) ⑲ 519
『춘추좌전유편』(春秋左傳類編) ⑲ 519
『춘추호씨전』(春秋胡氏傳) ⑲ 519
『춘휘당총서』(春暉堂叢書) ⑲ 519
『춘흔』(春痕) ⑧ 351.47
『춘희』(茶花女) ⑲ 520
『출군가』(出軍歌) ⑤ 427.14
『출사구국일기』(出使九國日記) ⑥ 450.7
『출사송』(出師頌) ⑲ 520
『출삼장기집』(出三藏記集) ⑨ 151.5, ⑲ 520
『출요경』(出曜經) ⑲ 520
『충신 악비의 설화 전기』(精忠說岳全傳) ⑦ 731.7
『충의수호전』(忠義水滸傳) ⑬ 566.3, ⑲ 520
『충허지덕진경』(沖虛至德眞經) ⑲ 520
『취망록(吹網錄) · 구피어화(鷗陂漁話)』 ⑲ 520
『취성석』(醉醒石) ① 241.44, ⑪ 542.44, ⑲ 520
『치마 둘』(兩條裙子) ⑲ 520
「치밍에게」 ④ 308.39
「치밍에게 쓴 반농의 편지 뒷면에 쓰다」(寫在半農給啓明的信的後面) ⑬ 611.4
「치욕을 씻다」(雪恥) ⑱ 533.74
『치짜오 판화집』(其藻版畫集) ⑲ 520
『치화만』(痴華鬘) ⑨ 150.1, ⑬ 686.1, ⑲ 521
『칠가후한서보일』(七家後漢書補逸) ⑲ 521
「칠간」(七諫) ⑫ 138.19
『칠년의 기일』(七年忌) ⑲ 521
『칠발』(七發) ⑫ 138.19
『칠보시』(七步詩) ④ 125.6
『칠수유고』(七修類稿) ① 236.5
『칠협오의』(七俠五義) ⑤ 448.14, ⑦ 328.9
『침경당금석발』(枕經堂金石跋) ⑲ 521
『침륜』(沈淪) ② 343.4
「침묵의 탑」(沉默之塔) ⑰ 534.12
『침종』(Die versunkene Glocke) ⑧ 351.43

『침중기』(枕中記) ⑩ 202.10, ⑬ 685.4
『칭전 목판화』(淸楨木刻畵) ⑭ 600.1, ⑮ 188.1, ⑲ 521

【ㅋ】

「카르멘」(嘉爾曼) ⑱ 187.42
『카인』 ① 175.32
『칸딘스키 예술론』(カンヂンスキーの藝術論) ⑲ 522
『캉유웨이전』(康有爲傳) ④ 42.6
「캐서린 여황」(凱賽琳女皇) ⑱ 520.45
「커피좌(座) — 상하이커피」 ⑤ 397.2
『케벨 박사 수필집』(ケーベル博士隨筆集) ⑲ 522
『케테 콜비츠 판화 선집』(凱綏·珂勒惠之版畵選集) ⑧ 696.22, ⑩ 660.1, ⑮ 633.2, ⑯ 206.2, ⑲ 522
「케틀러 비석」(克林德碑) ⑩ 168.3
「코」(鼻) ⑮ 373.6, ⑰ 536.15, ⑱ 545.102
『코』(鼻) ⑧ 372.3, ⑫ 450.33
「코나」(叩娜) ⑮ 582.1
「코사크」(哥薩克) ⑱ 320.53
「코크스, 사람들과 내화벽돌」(枯媒, 人們和耐火磚) ⑱ 387.57
「코헨과 켈리의 아프리카 여행」(The Cohens And Kellys In Africa) ⑱ 327.66
『콕토 시집』(コクトオ詩抄) ⑲ 522
『콕토 예술론』(コクトオ藝術論) ⑲ 522
『콜비츠 화집』(珂勒惠支畵集) ⑲ 522
「콩고」(Kongo; 중국명 「非洲孔果國」) ⑱ 509.22
「콩고릴라」(Congorilla 중국명 「非洲小人國」) ⑱ 510.23
『콰이지구기』(會稽舊記) ⑲ 523
『콰이지군 고서잡집』(會稽郡故書襍集) ⑫ 211.1, ⑬ 448.9, ⑰ 200.84, ⑲ 523
『콰이지기』(會稽記) ⑫ 222.1, 225.1, ⑲ 523
『콰이지 선현상찬』(會稽先賢象贊) ⑫ 219.1
『콰이지 선현전』(會稽先賢傳) ⑫ 214.1, ⑰ 182.59, ⑲ 523
『콰이지속지』(會稽續志) ⑫ 198.6
『콰이지왕씨은관록』(會稽王氏銀管錄) ⑲ 523
『콰이지전록』(會稽典錄) ⑫ 216.1, ⑰ 180.55, ⑲ 523
「『콰이지전록』 존의」(『會稽典錄』存疑) ⑫ 216.2
『콰이지지지』(會稽地志) ⑫ 226.1
『콰이지철영총집』(會稽掇英總集) ⑲ 523
『콰이지 토지기』(會稽土地記) ⑫ 221.1
『콰이지 후현전기』(會稽後賢傳記) ⑫ 218.1
『쾌심편』(快心編) ⑥ 159.8, ⑲ 523
「쾌활한 레코찬데기」(促狹鬼萊哥羌臺奇) ⑮ 558.1, ⑱ 583.190
「쿠바 화교계의 커다란 소요사태」(古巴華僑界之大風潮) ⑬ 659.5
『쿠프린 소설선』(古普林小說選) ⑲ 523
「쿵이지」(孔乙己) ⑲ 524
「쿵이지 다시 말하기」(再談孔乙己) ⑦ 342.2
『크리미아 시집』(Sonety Krymskie) ①

179.80
「크리스천」(The Christian) ⑥ 300.26
『크리스천 순교기』(切支丹殉教記) ⑲ 524
『큰바닷가』(大海のほとり) ⑲ 524
「클레오파트라」(CLEOPATRA) ⑱ 595.3
『클림 삼긴의 생애』(Жизнь Клима Самгина) ⑧ 742.2, ⑮ 644.8
『키에르케고르 선집』(キェルケゴール選集) ⑲ 524
『키케로 문록』(西塞羅文錄) ⑧ 391.9
『키호테전』(克訶第傳) ⑲ 524

【ㅌ】

『타고르전』(太戈爾傳) ⑲ 525
『타데우시 선생』 ① 179.86
『타라스 불바』(泰賴·波爾巴) ⑮ 507.4
『타민외편』(墮民猥編) ⑦ 295.3
「타오위안칭 씨 서양회화전시회 목록' 서」('陶元慶氏西洋繪畫展覽會目錄'序 ; 『집외집습유』) ⑤ 210.3
『타오위안칭의 출품』(陶元慶的出品) ⑲ 525
『타오위안칭 출품 도록』 ⑩ 472.1
『타이스』(Thaïs) ⑭ 132.2, ⑲ 525
『타이저우총서』(臺州叢書) ⑲ 525
「타잔과 그의 반려」(泰山情侶, Tarzan and His Mate) ⑱ 558.136
『타잡집』(打雜集) ⑧ 390.1, ⑱ 614.44, ⑲ 525
『탁강환존고』(濯絳宦存稿) ⑲ 525
「탁문군」 ⑰ 683.21
『탄백집』(坦白集) ⑲ 525
『탄인루서목』(蟫隱廬書目) ⑲ 526
『탈무드』(Talmud) ① 176.42
「탈출」(Escape) ⑱ 312.37
『탐구』(研求) ⑫ 545.5
「탑승객」(搭客) ⑮ 474.2
『태감인존』(蛻龕印存) ⑰ 311.19
『태공』(太公) ⑫ 70.3
『태공가교』(太公家敎) ⑦ 343.6
『태사공의년고』(太史公疑年考) ⑲ 526
「태산지왕」(泰山之王) ⑱ 516.34
「태산지자」(泰山之子) ⑱ 666.136
『태산진전이십구자』(泰山秦篆二十九字) ⑲ 526
『태상감응편』(太上感應篇) ⑦ 410.6
「태서」(太誓) ③ 356.8, 357.15
「태양쇄비고부」(太陽曬屁股賦) ① 371.6, 9
「태양 아래에서」 ⑫ 605.30
『태진외전』(太眞外傳) ⑩ 203.15
『태평광기』(太平廣記) ④ 306.28, ⑦ 43.4, ⑩ 203.12, ⑪ 198.7, ⑫ 233.2, ⑬ 685.3, ⑲ 526
『태평어람』(太平御覽) ① 49. 5, ③ 149.28, ⑤ 169.11, ⑪ 67.44, ⑫ 185.24, 207.6, ⑭ 200.8, ⑲ 526
『태평천국야사』(太平天國野史) ⑯ 277.1, ⑲ 526
『태평환우기』(太平寰宇記) ⑩ 121.6
「탬버린의 노래」(坦波林之歌) ⑨ 277.72, ⑱ 139.48
「테야」(推霞) ⑨ 308.7, ⑬ 488.1
「토궁비밀」(土宮秘密) ⑱ 694.27

「토끼와 고양이」 ⑱748.10
『토마스 캄파넬라』(Thomas Campanella) ⑨479.24
『토속완구집』(土俗玩具集) ⑮665.2, ⑲526
『토속품도록』(土俗品圖錄) ⑲526
『톨디』(Toldi) ①181.104
『톨스토이가 중국인에게 보낸 글』(托爾斯泰致中國人書) ⑲526
『톨스토이 연구』(托尔斯泰研究) ⑨277.74
『톨스토이와 도스토예프스키』(トルストイとドストエーフスキイ) ⑲527
『톨스토이와 맑스』(トルストイとマルクス) ⑨278.81, ⑫545.6, ⑭211.2, ⑲527
『톨스토이우언』(托爾斯泰寓言) ⑲527
「톨스토이 자신의 일」(托尔斯泰自己的事情) ⑨279.94
『톨스톨이전』(托爾斯泰傳) ⑲527
「톨스토이 회고 잡기」 ⑭191.1, 211.1
『톨스토이 회상기』 ⑨281.113
『통감』(通監) ⑧98.16
『통감목록』(通鑒目錄) ⑩142.9
『통감박론』(通鑒博論) ⑩294.8
『통계일석담』(統計一夕談) ⑲527
『통사』(痛史) ④200.14
『통속충의수호전』(通俗忠義水滸傳) ⑲527
『통속편』(通俗編) ⑯309.4, ⑲527
『통전』(通典) ⑫202.3
『통지』(通志) ⑫205.6
『퇴당집』(頹唐集) ⑮110.3
「퇴역」 ⑮579.3
「투고하는 제군들은 주의하시오」(投稿諸君注意) ⑮622.4
『투기』(妒記) ⑦366.8
『투르게네프 산문시』(ツルゲエネフ散文詩) ⑲527
『투르게네프 전집』(ツルゲーネフ全集) ⑲527
『투우사』(鬪牛士) ⑲528
『투필집전주』(投筆集箋注) ⑲528
『투할록』(投轄錄) ⑲528
「퉁화즈더우당 시집」(桐花芝豆堂詩集) ⑦714.4
「특권자의 철학과 과학」 ⑮253.6
『티베트어 역서』(藏文曆書) ⑲528
『티베트 유람기』(西藏遊記) ⑲528

【ㅍ】

「파괴자」(破壞者) ⑱323.61
「파라주의 야녀」(波羅洲之野女) ⑱474.173
『파루집』(破壘集) ⑲529
「파리의 여인」(A Woman of Paris) ⑥301.44
『파리의 우울』(巴黎的煩惱) ⑮489.1, 588.7, ⑱529.63, ⑲529
『파문수창집』(坡門酬唱集) ⑲529
『파사론』(破邪論) ⑲529
『파시즘에 대한 투쟁』(ファシズムに對する鬪爭)(Struggle of the trade unions against fascism) ⑲529
「파우스트」(Faust) ⑱164.10
『파우스트와 도시』(浮士德與城) ⑥131.10, ⑨478.1, ⑲529

「파처취사」(怕妻趣史) ⑱ 72.123
『판교가서』(板橋家書) ⑤ 282.22
『판교도정묵적』(板橋道情墨迹) ⑲ 529
판아이눙을 애도하는 시 ③ 230.25
『판화를 만드는 사람에게』(版畫を作る人へ) ⑲ 529
『판화를 배우는 사람에게』(給學版畫的人) ⑨ 456.7
『팔경실금석보정』(八瓊室金石補正) ⑲ 530
『팔룡산인화보』(八龍山人畫譜) ⑲ 530
『팔명숙초』(八銘塾鈔) ⑨ 305.13
『팔사경적지』(八史經籍志) ⑲ 530
『팔종강요』(八宗綱要) ⑲ 530
「팡룽(房龍)의 '지리'를 읽으며」 ⑮ 253.3
『팡산 윈쥐사 연구』(房山雲居寺研究) ⑲ 530
『패문운부』(佩文韻府) ⑯ 309.1
『패문재서화보』(佩文齋書畫譜) ⑲ 530
「패합」(捭闔) ④ 153.23
『팽공안』(彭公案) ⑤ 448.13, ⑩ 366.13
『팽이』(陀螺) ⑲ 530
『페르시아 훈장과 기타 이상한 이야기』 ⑫ 674.3
「페퇴피 샨도르 행장」(彼得斐 山陀爾行狀) ⑭ 255.2
「페퇴피 시론」 ⑨ 284.134
「페퇴피의 생애」(Petofi. Ein Lebensbild) ⑨ 284.132
『페퇴피 전기』 ⑥ 387.4
『페퇴피집』(裴象飛集) ⑱ 182.37
『펭귄섬』(L'Île des Pingouins) ⑯ 50.1, ⑲ 531
「편액 — 교겐을 흉내 내다」(匾額 — 擬狂言) ⑨ 271.13
「편지지 방문수집 잡기」(訪箋雜記) ⑭ 551.2
「편집을 끝내며」(編完寫起) ⑬ 117.1
「편집자 덧붙임」(編者附白) ⑨ 125.1
『평민천자문』(平民千字課) ⑧ 156.29
『평산냉연』(平山冷燕) ⑬ 584.3
『평요』(平妖) ① 239.33
『평요전』(平妖傳) ⑩ 289.21, ⑪ 357.72
『평제문집』(平齋文集) ⑦ 596.7, ⑲ 531
『평진관총서』(平津館叢書) ⑲ 531
「평화의 노옹 버나드 쇼 북소리 속에서 베이핑을 유람하다」(和平老翁蕭伯納, 鼙鼓聲中游北平) ⑦ 70.3
『포공안』(包公案) ⑦ 276.6
『포드인가 아니면 맑스인가?』(フォードかマルクスか)(Ford oder Marx) ⑲ 531
『포명원집』(鮑明遠集) ⑩ 154.1, ⑲ 531
『포박자』(抱樸子) ⑥ 540.3, ⑨ 349.3, ⑪ 109.81
『포박자교보』(抱朴子校補) ⑲ 531
『포송령집』(蒲松齡集) ⑪ 570.11
『포씨집』(鮑氏集) ⑰ 436.24
「포양조례」(褒揚條例) ① 199.6
「포위망 뚫기」(突圍) ⑦ 491.7
『포켓용 영일사전』(袖珍英和辭典) ⑲ 531
『포효하라, 중국이여!』(吼えろ支那) ⑲ 531
「폭군의 사랑」(暴帝情鴛) ⑮ 729.4
「폭력 학생에 대한 소감」(對於暴烈學生之感言) ⑩ 605.3, ⑬ 649.5
「폭죽」(爆竹) ⑤ 377.6

『폭탄』(バクダン) ⑲ 531
『폭탄과 날아가는 새』(炸彈與征鳥) ⑨ 281.111
『폴란드 문선』(Pola Antologio) ⑬ 513.9
『폴란드소설집』(波蘭說苑) ⑲ 531
「표고낭」(豹姑娘) ⑱ 540.90
『표주훈역수호전』(標注訓譯水滸傳) ⑲ 531
『표현도안집』(表現文様集) ⑲ 532
『표현주의 조각』(表現主義の彫刻) ⑲ 532
『표현주의 희곡』(表現主義の戱曲) ⑲ 532
「푸단대학에 대해 말한다」(談談復旦大學) ⑩ 395.2, ⑱ 124.38
『푸런학지』(輔仁學志) ⑲ 532
『푸른 꽃』(青い花) ⑲ 532
『푸른 하늘 끝에』(青い空の梢に) ⑲ 532
「푸젠 고을 이야기」(福建鄉談) ⑩ 593.4
「푸즈쿠이 군의 「축첩문제」를 읽고 난 뒤의 나의 의견」(我讀符致逵君的「蓄妾問題」後的意見) ⑬ 113.4
『풀잎』(草葉) ⑨ 275.49, ⑮ 603.3, ⑲ 532
『품화보감』(品花寶鑑) ⑪ 696.5
「풍경」(風景) ⑮ 611.1
『풍경은 움직인다』(風景は動く) ⑲ 532
『풍경화선집』(風景畵選集) ⑲ 532
『풍광심리』(瘋狂心理) ⑲ 532
『풍류인』(風流人) ⑲ 532
「풍부」(風賦) ⑫ 96.11
『풍성한 수확』(豊收) ⑧ 302.1, ⑮ 443.2, 523.1, ⑱ 597.8
『풍성한 수확』 목판화 삽화 ⑮ 443.5
『풍월이야기』(准風月談) ⑮ 449.3, ⑲ 532
「'풍자'란 무엇인가?」(什麽是"諷刺"?) ⑮ 670.2
『풍쟁오』(風箏誤) ⑩ 544.1
『프랑스문학사서설』(佛蘭西文學史序說) ⑲ 533
『프랑스문학 이야기』(佛蘭西文學の話) ⑲ 533
『프랑스시선』(佛蘭西詩選) ⑲ 533
『프랑스 신예작가집』(佛蘭西新作家集) ⑲ 533
『프랑스 정신사의 한 측면』(佛蘭西精神史の一側面) ⑲ 533
『프로이트주의와 변증법적 유물론』(フロイド主義と辨證法的唯物論) ⑲ 533
『프롤레타리아 문학강좌』(プロレタリヤ文學講座) ⑲ 533
『프롤레타리아 문학개론』(プロレタリヤ文學概論) ⑲ 534
『프롤레타리아문학의 이론과 실상』(無産階級文學の理論と實相) ⑲ 534
『프롤레타리아문화론』(無産者文化論) ⑲ 534
『프롤레타리아미술을 위하여』(プロレタリヤ美術の爲めに) ⑲ 534
『프롤레타리아 예술교정』(プロレタリヤ藝術教程) ⑲ 534
『프롤레타리아예술론』(無産階級藝術論) ⑲ 534
『프롤레타리아의 문화』(無産階級の文化) ⑲ 534
『프롤레타리아트문학론』(プロレタリヤ文學論) ⑲ 534
『프롤레타리아트와 문화의 문제』(プロレタ

リアートと文化の問題) ⑲ 534
「프리드리히 대왕」(Fridericus Rex) ⑥ 299.18
『프리머』(Primer) ③ 203.13
「프티부르주아계급 혁명문학의 깃발을 들고」 ⑧ 575.38
『플라잉 오시프』(Flying Osip: stories of new Russia) ⑧ 709.2
『플레하노프론』(プレハーノフ論) ⑫ 560.6, ⑲ 535
『플레하노프 선집』(プレハーノフ選集) ⑲ 535
『플로베르 전집』(フロオベエル全集) ⑲ 535
「피 꽃이 분분하고」(血花繽紛) ④ 140.17
『피눈물의 꽃』(血淚之花) ⑲ 535
『피에르와 장』(筆爾和哲安) ⑲ 535
『피와 천계 : 그들의 미신언행에 관하여』(血與天癸: 關於它們的迷信言行) ⑭ 137.2
『피자문수』(皮子文藪) ⑲ 535
『피쯔워』(貔子窩) ⑲ 535
『피터 팬』 ⑨ 503.20
『필경원』(筆耕園) ⑲ 535
『필기소설대관』(筆記小說大觀) ⑦ 663.8
『필률주년기념간』(觱篥周年紀念刊) ⑲ 535
『필리프 단편집』(フィリップ短篇集) ⑲ 535
『필리프 전집』(フィリップ全集) ⑲ 535
『필수 독일 동사 사전』(なくてならぬ獨和動詞辭典) ⑲ 536

【ㅎ】

『하녀의 아들』(下女の子) ⑲ 537
『하루의 일』(一天的工作) ⑨ 530.2, ⑭ 434.4, ⑮ 392.1, ⑱ 389.58
『하부』(Хабу) ⑫ 618.11
『하삭방고신록』(河朔訪古新錄) ⑲ 537
『하삽총담』(荷牐叢談) ⑲ 537
『하우젠슈타인론』 ⑨ 480.30
『하우프의 동화』(ハウフの童話) ⑲ 537
『하이네 연구』(ハイネ研究) ⑲ 537
「하이네와 혁명」(海納與革命) ⑭ 531.1, ⑱ 468.154
『하이닝왕충각공유서』(海寧王忠慤公遺書) ⑲ 537
『하전』(何典) ④ 383.2, ⑧ 116.8, ⑨ 401.1, ⑲ 538
『하지 무라트』(Хаджи-Мурат / Hadji Murat) ③ 102.8
『하프』(竪琴) ⑥ 327.1, ⑫ 602.1, ⑭ 421.2, ⑮ 392.1
「학계 신사상의 조류」(學界新思想之潮流) ⑬ 493.3
『학고재문집』(學詁齋文集) ⑲ 538
「학당가」(學堂歌) ① 173.10
『학당일기』(學堂日記) ⑲ 538
「학문의 도구」(做學文的工具) ④ 259.14, 17, 21, 23
「학비와 학벌」(學匪和學閥) ⑭ 32.3
『학산문초』(鶴山文鈔) ⑲ 538
『학산필담』(學算筆談) ⑦ 429.5
『학예론초』(學藝論鈔) ⑲ 538
『한간』(汗簡) ⑲ 538
『한간전정』(汗簡箋正) ⑲ 538
『한광전집』(漢壙專集) ⑮ 679.2

『한교사가』(漢郊祀歌) ⑯ 210.4
「한담」(閑話) ① 31. 8, ④ 167.9, 173.6, 210.3, 238.3, 257.3, 279.5, 313.4, 330.7, 365.2, ⑥ 54.13, 371.5, ⑱ 51.68
『한담』(閑話) ⑤ 81.19
「'한담'에서 나온 한담」('閑談'引出來的閑談) ④ 268.4, 6, 11, 330.6, ⑤ 468.8
「한담을 끝내자, 헛소리를 끝내자!」 ④ 313.3
「한담의 한담에 대한 한담」 ④ 304.11
「한담의 한담에 몇 마디 덧붙여 곤경에서 벗어나고자 한다」(再添幾句閑話的閑話乘便妄想解圍) ④ 313.9
『한대광전집록』(漢代壙磚集錄) ⑲ 538
「한 마리 어린 양」(一只小羊) ⑮ 587.1
『한무고사』(漢武故事) ⑧ 428.4
『한무량사화상고』(漢武梁祠畫像考) ⑲ 538
『한문연서목』(漢文淵書目) ⑲ 538
「한밤의 노래」 ⑧ 157.35
「한밤의 담화」 ⑯ 217.1
『한밤중』(子夜) ⑯ 33.2, ⑲ 538
「한번 언급할 가치가 있는 여사범의 학생 소요」(值得一說的女師學潮) ⑬ 273.3
「한부」(恨賦) ⑬ 459.2
『한비전액』(漢碑篆額) ⑲ 538
『한비징경』(漢碑徵經) ⑲ 538
『한산시』(寒山詩) ⑲ 539
『한상역전』(漢上易傳) ⑲ 539
『한서』(漢書) ⑥ 55.17, ⑧ 155.21
『한서』(漢書) 「예문지」(藝文志) ⑧ 431.20
『한서서역전보주』(漢書西域傳補注) ⑲ 539
『한서예문지거례』(漢書藝文志擧例) ⑲ 539
『한석경잔자』(漢石經殘字) ⑲ 539
『한송기서』(漢宋奇書) ⑲ 539
『한승상제갈충무후전』(漢丞相諸葛忠武侯傳) ⑲ 539
『한시외전』(韓詩外傳) ⑲ 539
『한약사진집성』(漢藥寫眞集成) ⑲ 539
『한어한한록』(閑漁閑閑錄) ⑮ 401.5, ⑲ 539
『한예자원』(漢隸字原) ⑲ 539
『한원군서』(翰苑群書) ⑫ 331.18
『한위육조명가집』(漢魏六朝名家集) ⑭ 200.5, ⑲ 539
『한위육조백삼명가집』(漢魏六朝百三名家集) ⑫ 249.4
『한위육조전문』(漢魏六朝專文) ⑲ 539
『한위총서』(漢魏叢書) ④ 306.26, ⑲ 539
『한유웅비』(漢劉熊碑) ⑲ 540
『한율고』(漢律考) ⑲ 540
「한정부」(閑情賦) ⑨ 199.21
『한진석각묵영』(漢晉石刻墨影) ⑲ 540
「한쪽 손」 ⑤ 423.16
『한 청년의 꿈』(一個青年的夢) ⑫ 408.1, ⑬ 768.1, ⑰ 485.30, ⑲ 540
『한 톨의 밀알이 죽지 않으면』(一粒の麥もし死なずば) ⑲ 540
「한형주에 주는 글」(與韓荊州書) ① 285.28
『한화』(漢畵) ⑲ 540
「한화상고」(漢畵象考) ④ 491.8
「할고」(割股) ⑧ 474.22
「할아버지는 왜 수수죽을 드시지 않았을까」 ⑯ 204.2

『함분루비급』(涵芬樓秘芨) ④ 422.10, ⑲ 540
『함청각금석기』(函靑閣金石記) ⑲ 540
『함하고문원의』(函夏考文苑議) ⑲ 540
『항농총묘유문』(恒農冢墓遺文) ⑲ 540
『항대종일사상』(杭大宗逸事狀) ⑤ 428.15
『항우와 유방』(項羽と劉邦) ⑲ 541
「항저우 방문기를 다시 쓰다」(遊杭再記) ⑧ 285.5
『해골의 미련』(骸骨之迷戀) ⑦ 429.2, ⑧ 642.2
「해바라기의 글」(向日葵の書) ⑲ 541
『해방된 돈키호테』(解放了的董吉訶德) ⑨ 545.14, ⑩ 643.1, ⑮ 153.1, ⑱ 248.52, 455.116, ⑲ 541
『해방된 돈키호테』 러시아어 삽화본 ⑮ 751.2
『해산기』(海山記) ⑩ 202.11
『해상』(海上) ⑲ 541
『해상명인화고』(海上名人畵考) ⑲ 541
『해상번화몽』(海上繁華夢) ⑬ 569.4
『해상번화보』(海上繁華報) ⑪ 757.2
『해상술림』(海上述林) ⑧ 728.1, ⑩ 661.1, ⑯ 229.2, ⑱ 690.11, 732.84, ⑲ 541
「『해상술림』 상권 소개」 ⑯ 223.1
『해상화열전』(海上花列傳) ⑦ 742.5, ⑪ 705.54, ⑬ 567.8, ⑲ 541
『해선화보』(海僊畵譜) ⑲ 541
『해외문학신선』(海外文學新選) ⑲ 541
「해저심금」(海底尋金) ⑱ 617.54
「해저탐험」(海底探險) ⑱ 572.172, 658.119
『해적』(The Corsair) ① 175.38
『해첩사십종』(楷帖四十種) ⑲ 541
『해한식방』(解寒食方) ⑤ 176.40
『해한식산방』(解寒食散方) ⑤ 176.40
「해후」(邂逅) ⑫ 696.3
『햄릿과 돈키호테』(Hamlet und Don Quichotte) ⑨ 270.2
「햄선생, 사람들 속으로 달린다」(火腿先生在人海中的奔走) ⑧ 354.73
「행복」(幸福) ⑰ 517.20
「행복한 왕자」(The Happy Prince, 安樂王子) ⑩ 587.3
『향동만필』(香東漫筆) ⑲ 541
『향보』(香譜) ⑲ 541
『향언해이』(鄕言解頤) ⑲ 541
『향조필기』(香祖筆記) ① 239.31
『향토완구집』(鄕土玩具集) ⑮ 665.2, ⑲ 542
「허난성여씨현(河南省廬氏縣), 차오선생공적현창비(曹先生功績顯彰碑)」 ⑮ 355.1
『허무로부터의 창조』(虛無よりの創造) ⑲ 542
『허백운선생문집』(許白雲先生文集) ⑲ 542
「허쉬(何徐)의 창작문제에 대한 감상」 ⑮ 166.14
「허자화이(何家槐)의 창작문제」 ⑮ 166.13
『허저(許褚)의 이야기』 ⑮ 539.1
『허접한 악마』(小鬼) ⑮ 768.1
『험방신편』(驗方新編) ① 373.26, ⑩ 519.4
「헛된 독학」(空しき篤學) ⑰ 690.33
「헤다 가블레르」(Hedda Gabler) ⑨ 275.44

『헨더씨 생물학』(亨達氏生物學) ⑲ 542
『혁명가의 수기』(革命家の手記) ⑮ 171.6
「혁명광고」(革命廣告) ⑤ 397.1
『혁명군』(革命軍) ① 338.12, ⑤ 411.4
『혁명기의 연극과 무용』(革命期の演劇と舞踊) ⑲ 542
『혁명러시아의 예술』(革命ロシアの藝術) ⑲ 542
「혁명문학과 준명문학」(革命文學與遵命文學) ⑨ 32.11, ⑭ 424.1, ⑮ 404.1
『혁명문학논집』(革命文學論集) ⑤ 403.4
『혁명문호 고리키』(革命文豪高爾基) ⑭ 479.2, ⑲ 542
「혁명신의 수난」(革命神的受難) ⑤ 469.22
『혁명예술대계』(革命藝術大系) ⑲ 542
『혁명의 딸』(革命の孃) ⑲ 542
『혁명의 부녀』(革命的婦女) ⑫ 513.6
『혁명의 이야기』 ⑮ 68.7, 8
『혁명의 전 1막』(革命的前一幕) ⑲ 543
『혁명적 부녀』(革命的婦女) ⑭ 126.4
『혁명 후의 러시아문학』(革命後のロシア文學) ⑲ 543
「혁명 후의 톨스토이 고향 방문기」 ⑨ 280.95
『현감이명록』(顯感利冥錄) ① 440.14
『현대 8대 사상가』(現代八大思想家) ⑲ 546
『현대독일문학』(現代の獨逸文學) ⑲ 543
『현대독일문화와 문예』(現代の獨逸文化及文藝) ⑲ 543
「현대 러시아의 비평문학」 ⑫ 556.17
『현대 러시아의 사조 및 문학』(露國現代之思潮及文學) ⑰ 375.12
『현대만화대관』(現代漫畫大觀) ⑲ 543
'현대문예총서'(現代文藝叢書) ⑱ 238.40, ⑲ 543
『현대문학』(現代文學) ⑲ 544
「현대미국시단개관」(現代美國詩壇概觀) ⑦ 543.10
『현대미술』(現代の美術) ⑲ 544
『현대미술논집』(現代美術論集) ⑲ 544
『현대미학사조』(現代美學思潮) ⑲ 544
『현대사료』(現代史料)(제1집) ⑲ 544
『현대산문가비평집』(現代散文家批評集) ⑲ 544
『현대서구도안집』(現代西歐図案集) ⑲ 544
『현대세계문학연구』(現代世界文學硏究) ⑲ 544
『현대소비에트 문학개론』(現代ソヴェト文學概論) ⑲ 544
『현대소설역총』(現代小說譯叢) ⑫ 389.1, ⑬ 539.5
『현대 신흥문학의 제 문제』(現代新興文學的諸問題) ⑫ 533.1, ⑮ 396.2, ⑱ 161.5
『현대엽기첨단도감』(現代獵奇尖端圖鑑) ⑲ 545
『현대영국문예인상기』(現代英國文藝印象記) ⑲ 545
『현대영문학강화』(現代英文學講話) ⑲ 545
『현대예술의 제 경향』(現代藝術の諸傾向) ⑲ 545
『현대 유럽문학과 프롤레타리아트』(現代歐洲文學とプロレタリアート) ⑲ 545
『현대유럽의 예술』(現代歐洲の藝術) ⑲ 545
「현대유럽의 예술과 문학 제 유파」(現代歐

洲的藝術與文學諸流派) ⑨ 286.161
『현대의 고찰』(現代の考察) ⑲ 545
『현대이상주의』(現代理想主義) ⑲ 545
『현대일본소설역총』(現代日本小說譯叢) ⑲ 545
『현대일본소설집』(現代日本小說集) ⑫ 448.1, ⑬ 534.3
『현대작가서간』(現代作家書簡) ⑲ 545
「현대 중국문학의 낭만적 추세」(現代中國文學之浪漫的趨勢) ⑨ 174.3
「현대 지나문학의 '행동적' 경향」(現代支那文学の"行動的"傾向) ⑯ 328.3
'현대총서'(Modern Library) ⑨ 442.2
『현대평론』(現代評論) ⑤ 238.8, ⑲ 546
「『현대평론』의 「여사대의 학생 소요」를 평함」(評現代評論「女師大的學潮」) ⑬ 61.7
'현대프랑스문예총서'(現代佛蘭西文藝叢書) ⑲ 546
『현대프랑스문학』(現代のフランス文學) ⑲ 546
『현미경 아래의 경이』(顯微鏡下の驚異) ⑲ 546
「'현 상태에 불만을 품고서', 그렇다면 어떻게 해야 하는가?」 ⑤ 256.3, ⑥ 90.2
『현실』(現實) ⑧ 728.2, ⑮ 637.2
『현양성교론』(顯揚聖教論) ⑲ 546
『현우인연경』(賢愚因緣經) ⑲ 546
「현재 중국회화를 논하다」 ⑯ 217.1
『현중기』(玄中記) ⑪ 107.61
『혈흔』(血痕) ⑲ 546
「협기의 예자노예」(俠女奴) ⑮ 174.3
「협도뢰삼」(俠盜雷森) ⑱ 229.16
『형남췌고편』(荊南萃古編) ⑲ 546
「형론」(衡論) ① 294.9
『형법사의 한 단면』(刑法史の或る斷層面) ⑲ 546
『형생』(荊生) ① 285.27, ⑤ 394.17
『형설총설』(螢雪叢說) ⑩ 191.4
『혜강집』(嵇康集) ⑫ 195.1, ⑭ 361.3, ⑰ 636.31, ⑲ 546
『혜면잡기』(蕙櫋雜記) ⑱ 90.2, ⑲ 547
「혜숙야여산거원절교서」(嵇叔夜與山巨源絶交書) ⑫ 234.6
『혜중산집』(嵇中散集) ⑮ 719.2, ⑰ 248.53, 530.8, ⑱ 742.2
『혜초의 바람』(蕙的風) ① 568.2, ③ 258.2
「『혜초의 바람』과 도덕문제」(『蕙的風』與道德問題) ① 568.2
「『혜초의 바람』을 읽고 나서」(讀了『蕙的風』以後) ① 568.2
『호구전』(好逑傳) ⑪ 510.4
『호당림관병체문』(湖唐林館駢體文) ⑲ 547
『호리유진』(蒿里遺珍) ⑲ 547
『호마왕』(虎魔王) ⑱ 522.48
『호법론』(護法論) ⑲ 547
『호설 1』(胡說一) ④ 188.8
『호아』(湖雅) ① 302.13, ⑲ 547
『호조론』(互助論) ⑲ 547
『호천록』(壺天錄) ① 200.15
『호해루총서』(湖海樓叢書) ⑲ 547
『혼인 및 가족의 발전과정』(婚姻及び家族の發展過程) ⑲ 547
『홀랜드파와 플랑드르파 4대 화가론』(オランダ派フランドル派の四大畫家論) ⑲ 547

『홍당무』(Poil de carotte) ⑦ 254.12, ⑭ 510.3, ⑮ 260.1, ⑲ 547
『홍당무 수염』(紅蘿卜須) ⑲ 548
『홍루몽』(紅樓夢) ① 284.20, ⑤ 280.15, ⑦ 169.2, 708.3, ⑧ 47.2, ⑩ 255.2, ⑪ 624.4, ⑲ 548
『홍루몽도영』(紅樓夢圖咏) ⑦ 708.5, ⑲ 548
『홍루몽본사변증』(紅樓夢本事辨證) ⑲ 548
『홍루몽색은』(紅樓夢索隱) ⑬ 567.9
「『홍루몽』의 신자료를 고증한다」 ⑮ 191.2
『홍명집』(弘明集) ⑭ 200.9, ⑲ 548
『홍설산방화품』(紅雪山房畵品) ⑲ 548
『홍수』(洪水) ⑤ 131.14, ⑲ 548
『화간집』(花間集) ⑥ 193.2, ⑲ 548
『화갑한담』(花甲閑談) ⑲ 548
『화개집』(華蓋集) ⑲ 548
『화개집속편』(華蓋集續編) ⑰ 785.79, ⑲ 548
「화개집속편의 속편」(華蓋集續編的續編) ⑲ 549
『화경』(花鏡) ③ 134.9
『화도취부용』(畵圖醉芙蓉) ⑲ 549
『화롯가』(爐邊) ⑲ 549
『화매가』(畵梅歌) ⑲ 549
『화암사선』(花庵詞選) ⑲ 549
『화양국지』(華陽國志) ⑲ 549
『화엄결의론』(華嚴决疑論) ⑲ 549
『화엄경』(華嚴經) ⑲ 549
『화엄권속삼종』(華嚴眷屬三種) ⑲ 549
『화엄일승결의론』(華嚴一乘决疑論) ⑲ 549
『화월흔』(花月痕) ①575.4
『화징록』(畵徵錄) ⑲ 550
『화초 도안』(草花模様) ⑲ 550
『화학감원』(化學鑒原) ⑦ 429.6
『화학위생론』(化學衛生論) ⑫ 507.14
『환경전』(奐卿傳) ⑲ 550
『환멸』(幻滅) ⑲ 550
『환우기』(寰宇記) ⑫ 225.7
『환우방비록교감기』(寰宇訪碑錄校勘記) ⑲ 550
『환우정석도』(寰宇貞石圖) ⑰ 246.47, 286.3, ⑲ 550
『환혼기』(還魂記) ⑲ 550
「활자와 사자」(活字與死字) ⑧ 379.4
「황금충」(黃金蟲) ⑮ 174.3
「황금호수」(黃金湖) ⑮ 729.3, ⑱ 653.110
「황도역험기」(荒島歷驗記) ⑱ 621.60
『황람』(皇覽) ⑫ 205.5
『황명세설신어』(皇明世說新語) ⑲ 550
『황명영렬전』(皇明英列傳) ⑪ 396.92
『황벽산 단제선사 전심법요』(黃檗山斷際禪師傳心法要) ① 426.7
『황색인의 피』(黃人之血) ⑦ 753.5
『황서』(The Yellow Book) ⑨ 460.3
『황석재부인수서효경』(黃石齋夫人手書孝經) ⑲ 550
『황석재수사시』(黃石齋手寫詩) ⑲ 550
『황소송소장한비 5종』(黃小松所藏漢碑五種) ⑲ 550
『황소양회두』(黃蕭養回頭) ① 337.11
『황영표인물책』(黃癭瓢人物冊) ⑲ 550
「황인종의 피」(黃人之血) ⑦ 112.3

「황인종의 피 앞에 쓰다」(寫在黃人之血前面) ⑥ 179.13
『황자구추산무진도권』(黃子久秋山無盡圖卷) ⑲ 550
『황제내경』(黃帝內經) ① 283.5, ④ 41.2
「황제에 관한 한담」(閑話皇帝) ⑮ 641.6
『황제 한담』(閑談皇帝) ⑦ 553.11
『황존고명산사진책』(黃尊古名山寫眞冊) ⑲ 551
『황초』(荒草) ⑲ 551
「황푸장」(黃浦江) ⑮ 611.1
'황한'(黃漢) ⑤ 427.5
'『황한의학』 출판 예고' ⑤ 427.4
『황화집』(黃花集) ⑫ 738.4, ⑭ 159.1, ⑲ 551
「황후사분기」(皇后私奔記, The Private Life of Helen of Troy) ⑱ 160.3
『회각서목』(匯刻書目) ⑧ 266.4
『회남구주교리』(淮南舊注校理) ⑲ 551
『회남왕가」(淮南王歌) ⑧ 155.20
『회남자』(淮南子) ③ 274.5, ⑲ 551
『회남자집증』(淮南子集證) ⑲ 551
『회남홍렬집해』(淮南鴻烈集解) ⑲ 551
『회상기』(回憶雜記) ⑨ 278.77
『회색말』(灰色馬) ⑲ 551
『회음금석근존록』(淮陰金石僅存錄) ⑲ 551
『회화 요재지이도영』(繪畵聊齋志異圖詠) ⑮ 610.5
『횡양찰기』(橫陽札記) ⑲ 551
『효경』(孝經) ① 221.23
『효당산화상』(孝堂山畵像) ⑮ 68.12
『효우경』(孝友鏡) ⑩ 594.13
『효행록』(孝行錄) ⑲ 551
『후갑집』(後甲集) ⑲ 551
『후베이선정유서』(湖北先正遺書) ⑲ 552
『후베이 학생계』(湖北學生界) ⑤ 61.20
『후산시화』(後山詩話) ⑦ 561.8
『후스문선』(胡適文選) ⑮ 195.1, ⑲ 552
『후저우총서』(湖州叢書) ⑲ 552
『후지부족재총서』(後知不足齋叢書) ⑲ 552
『후키야 고지 화보선』(蕗谷虹兒畵選) ⑮ 712.2
『후타바테이 전집』(二葉亭全集) ⑲ 552
『후한서』(後漢書) ⑫ 183.1
『후한서』 8가(家) ⑫ 184.10
『후한서보일』(後漢書補逸) ⑰ 157.21
『훈고학에서 우문설의 연혁과 그 추정』(右文說在訓詁學上之沿革及其推闡) ⑲ 552
「'훈'자의 뜻을 다시 풀이함」(再疏解輯義) ④ 280.8
『홍황』(洪荒) ⑲ 552
『훼멸』(毁滅) ⑫ 585.1, ⑭ 375.1, 389.1, ⑱ 651.103, ⑲ 552
『휘각서목』(彙刻書目) ⑲ 552
『휘진록』(揮塵錄) ⑲ 553
'흑백 그림 속 동물'(Animals in black and white) ⑨ 456.5
「흑옥」(黑屋) ⑱ 655.113
「흑의기사」(黑衣騎士) ⑱ 660.123
『흑인 노예 호소록』(黑奴籲天錄) ⑬ 442.7
『흙떡』(土餠) ⑲ 553
『흠정도서집성』(欽定圖書集成) ⑦ 356.5
『흠정원승화사략보도』(欽定元承華事略補圖) ⑲ 553

『희곡의 본질』(戱曲の本質) ⑲553
『희랍의 봄』(希臘の春) ⑲553
『희망』(希望) ⑲553
『희미한 꿈 및 기타』(飄渺的夢及其他) ⑲553
「희생」 ⑩475.3
『흰 종이와 검은 글자』(白紙黑字) ⑭462.2
『히로시게』(廣重) ⑲553
『히스테리』(ヒステーリ) ⑲553
「히틀러의 일도양단」(希特勒的大刀闊斧) ⑦288.4

【기타】

『A History of Wood Engraving』 ⑬409.3, ⑲556
『A Wanderer in Woodcuts』 ⑲556
'ABC 총서' ⑦370.5
「Abraham Lincoln」 ⑰786.85
『Abrechnung Folgt』 ⑲556
『Alay-Oop』 ⑲556
『Amerika im Holzschnit』 ⑲556
『Anders Zorn』 ⑲556
『Animals in Black and White』 ⑲557
『Anna, eine Weib und eine Mutter』 ⑲557
『Art and Publicity』 ⑲557
『Art Review』 ⑲557
『Art Young's Inferno』 ⑲557
『Asia』 ⑲557
『At the Sign of the Reìne Pédauque』 ⑲557
『Aubrey Beardsley』 ⑲557
『Auguste Renoir』 ⑲557
『Aus dem Briefwechsel mit meinen Freunden』 ⑲558
『Barbaren und Klassiker』 ⑲558
『Bauernkreig』 ⑲558
『BC 4ü, Erlebnìsse eines Eisenbahnwagens』 ⑲558
『Berliner Morgenpost』 ⑲558
『Bild und Gemeinschaft』 ⑲558
『Bilder der Grossstadt』 ⑲558
『Bildergalerie zur Russ. Lit.』 ⑲558
『Briefe an einen Jungen Dichter』 ⑲559
『Briefe an Maxim Gorki, 1908~1913』 ⑲559
『Briefe』(V. van Gogh) ⑲558
『Buch der Lieder』 ⑲559
『C.C.C.P.(サウェート社會主義共和國聯邦)』 ⑲559
『Caricature of Today』 ⑲559
『Caspar David Friedrich』 ⑲559
『Charles Meryon』 ⑲559
『China Forum』 ⑲560
『China Reise』 ⑲560
『China Today』 ⑲560
『Chinese Pottery of the Han Dynasty』 ⑲560
『Chinese Studies』(King Kang Hu's) ⑲560
『Contemporary European writers』 ⑲560

『Contemporary Figure Painters』 ⑲ 560
『Contemporary Movements in European Literature』 ⑲ 560
『D. I. Mitrohin版畵集』 ⑲ 560
『Dämonen u. Nachtgeschichte』 ⑲ 560
『Das Antlitz des Lebens』 ⑲ 561
『Das Attentat auf den Zaren Alexander II』 ⑲ 561
『Das Bein der Tiennette』 ⑲ 561
『Das Hirtenlied』 ⑲ 561
『Das Holzschnittbuch』 ⑲ 561
『Das Käthe Kollwitz-Werk』 ⑲ 561
『Das Neue Gesicht der herrschenden Klasse』 ⑲ 561
『Das Neue Kollwitz-Werk』 ⑲ 561
『Das Schloss der Wahrheit』 ⑲ 561
『Das Teuflische und Groteske in der Kunst』 ⑲ 561
『Das Tierbuch』 ⑲ 562
『Das Werk des Malers Diego Rivera』 ⑲ 562
『Daumier Mappe』 ⑲ 562
『Daumier und die Politik』 ⑲ 562
『Deine Schwester』 ⑲ 562
『Der alte Perdrix』 ⑲ 562
『Der Ausreisser』 ⑲ 562
『Der befreite Don Quichotte』 ⑲ 562
『Der Buchstabe "G"』 ⑲ 562
『Der Dom』 ⑲ 562
『Der dürre Kater』 ⑲ 563
『Der Fall Maurizius』 ⑲ 563
『Der Findling』 ⑲ 563
『Der Herr und sein Knecht』 ⑲ 563
『Der Körper des Menschen in der Geschichte der Kunst』 ⑲ 563
『Der Kubismus』 ⑲ 563
『Der Letzte Udehe』 ⑲ 563
『Der Maler Daumier』 ⑲ 563
『Der Nackte Mensch in der Kunst aller Zeiten』 ⑲ 563
『Der persische Orden und andere Grotesken』 ⑲ 564
『Der Pflanzensammler』 ⑲ 564
『Der russische Revolutionsfilm』 ⑲ 564
『Der Spiesser-Spiegel』 ⑲ 564
『Der stille Don』 ⑲ 564
『Desert』 ⑲ 564
『Deutsche Form, Betrachtungen über die deutsche Kunst』 ⑲ 564
『Deutsche Graphiker der Gegenwart』 ⑲ 564
『Deutschland, Deutschland über alles』 ⑲ 564
『Die Abenteuer des braven Soldaten Schwejk während des Weltkrieges』 ⑲ 565
『Die bildende Kunst der Gegenwart』 ⑲ 565
『Die Brusky』 ⑲ 565
『Die Gezeichneten』 ⑲ 565
『Die Graphik der Neuzeit』 ⑲ 565
『Die Jagd nach dem Zaren』 ⑲ 565
『Die Kunst der Gegenwart』 ⑲ 565

『Die Kunst ist in Gefahr』 ⑲ 565
『Die Kunst und die Gesellschaft』 ⑲ 565
『Die Letzten Tage von Peking』 ⑲ 566
『Die Linkskurve』 ⑲ 566
『Die literarische Welt』 ⑲ 566
『Die Literatur in der S. U.』 ⑲ 566
『Die Maler des Impressionismus』 ⑲ 566
『Die Malerei in 19 Jahrhundert』 ⑲ 566
『Die Neunzehn』 ⑲ 566
『Die ostasiatische Tuschmalerei』 ⑲ 566
『Die Passion eines Menschen』 ⑲ 566
『Die Pioniere sind da』 ⑲ 566
『Die Polnische Kunst von 1800 bis zur Gegenwart』 ⑲ 566
『Die Räuber』 ⑲ 567
『Die Schaffenden』 ⑲ 567
『Die Sonne』 ⑲ 567
『Die Uhr』 ⑲ 567
『Die ungewöhnlichen Abenteuer des Julio Jurenino und seiner Jünger』 ⑲ 567
『Die Wandlungen Gottes』 ⑲ 567
『Die Zerstörung der Persönlichkeit』 ⑲ 567
『Don Juan』 ⑲ 567
『Edvard Munchs graphische Kunst』 ⑲ 568
『Ein Blick in die Welt』 ⑲ 568
『Ein Ruf ertönt』 ⑲ 568
『Ein Weberaufstand』 ⑲ 568
『Ein Weberaufstand ; Bauernkrieg ; Krieg』 ⑲ 568
『Einblick in kunst』 ⑲ 568
『Eine Frau allein』 ⑲ 568
『Eine Woche』 ⑲ 568
『Einführung in die Kunstgeschichte』 ⑲ 568
『Einführung in die Psychologie』 ⑲ 568
『Elementargesetze der bildenden Kunst』 ⑲ 569
『Erinnerungen an Lenin』 ⑲ 569
『Ernst Barlach』 ⑲ 569
『Etching of Today』 ⑲ 569
『Eulenspiegel』 ⑲ 569
『Expressionismus』 ⑲ 569
『Expressionistische Bauernmalerei』 ⑲ 569
『F. Masereel's Bilder-Romane』 ⑲ 569
『Fairy Flowers』 ⑲ 570
『Faust』 ⑲ 570
『Fifty Caricatures』 ⑲ 570
『Flower and Still Life Painting』 ⑲ 570
『Francisco de Goya』 ⑲ 570
『Für Alle』 ⑲ 570
『G. Grosz畫集』 ⑲ 570
『George Grosz』 ⑲ 570
『Geschichten aus Odessa』 ⑲ 571
『Gesichter und Fratzen』 ⑲ 571
『Gewitter im Mai』 ⑲ 571
『God's Man』 ⑲ 571

『Goethes Reise-, Zerstreuungs-und Trostbu chlein』⑲571
『Goethes, Briefe und Tagebücher』⑲571
『Gogols sämtliche Werke in fünf Bänden』⑲571
『Great Russian Short Stories』⑲571
『Greek Studies』⑲571
『Gustave Doré』⑲571
『Hamsun小說』⑲571
『Hanga』⑲572
『Hans Baluschek』⑲572
『Hans Ohne Brot』⑲572
『Heines Werke in dreizehn Teilen』⑲572
『Hintergrund』⑲572
『Holzschnitte』⑲572
『Holzschnitte zu Carl Sternheim Chronik』⑲572
『Honoré Daumier』⑲572
『Hunger』⑲573
『Idylles』⑲573
「II Dec」⑤423.14, 15
『Illustrierte Geschichte der Weltliteratur』⑲573
『Illustrierte Kutur-und Sittengeschichte des Proletariats』(Bd. I) ⑲573
『Internationale Literatur』⑲573
『Japan Today and Tomorrow』⑲573
『Johano la Brava』⑲573
『José Clemente Orozco』⑲573
『Karl Marx's 'Capital' in Lithographs』⑲574
『Käthe Kollwitz Mappe』⑲574
『Käthe Kollwitz 版畵十二枚』⑲574
『Kinder der Strasse』⑲574
『Kinder-und Hausmärchen der Brüder Grimm』⑲574
『Koeber 박사 소품집』⑲574
『Künstler-Monographien』⑲574
『L'œuvre gravé de Gauguin』⑲576
『La Europa』⑲575
『La malgranda Johano』⑲575
『Landschaften und Stimmungen』⑲575
『Le bestiaire』⑲575
『Le Jaloux Garrizalès d'Estramadure』⑲575
『Le Miroir du livre d'art』⑲575
『Le Nouveau Spectateur』⑲575
『Les Artistes du Livre』⑲575
『Les Fleurs du Mal』⑲576
『Lettre à un ami』⑲576
『Literature and Revolution』⑲576
『Max Beckmann』⑲576
『Mein Milljoh』⑲576
『Mein Stundenbuch』⑲576
『Mit Pinsel und Schere』⑲577
『Mitjas Liebe』⑲577
MK목각연구회 제4회 전람회의 작품집 ⑮224.2
『Modern Book —Illustration in Great Britain & America』⑲577
『Modern French Literature』⑲577

『Moderne Illustratoren』 ⑲ 577
『Mutter und kind』 ⑲ 577
『My Method by the Leading European Black and White Artists』 ⑲ 577
『Neue Kunst in Russland, 1914~1919』 ⑲ 577
『Neues Wilhelm Busch Album』 ⑲ 578
『New Masses』 ⑲ 578
『Noa Noa』 ⑲ 578
『Notre ami Louis Jou』 ⑲ 578
『Origine et évolution de L'écriture hieroglyphique et de L'écriture chinoise』 ⑲ 578
『Ostraoomova-Ljebedeva』 ⑲ 578
『Pandora』 ⑲ 578
『Panzerzug Nr.14-69』 ⑲ 579
『Passagiere der leeren Plätze』 ⑲ 579
『Passion』 ⑲ 579
『Paul Cezanne』 ⑲ 579
『Peter Pan in Kensington Gardens』 ⑲ 579
『Petits Poèmes en Prose』 ⑲ 579
『Petöfi集』 ⑲ 579
『Photograms of the Year』 ⑲ 579
『Pioniere』 ⑲ 579
『Poems of W. Whitman』 ⑲ 580
『Poésies Complètes』 ⑲ 580
『Red Cartoons』 ⑲ 580
『Reineke Fuchs』 ⑲ 580
『Reise durch Russland』 ⑲ 580
『Rembrandt Handzeichnungen』 ⑲ 580
『Roter Trommler』 ⑲ 580
『Russia Today and Yesterday』 ⑲ 581
『San-Min-Chu-I』 ⑲ 581
『Scandinavian Art』 ⑲ 581
『Short Stories of 1928』 ⑲ 581
『Sittliche oder Unsittliche Kunst?』 ⑲ 581
『Studies from Ten Literatures』 ⑲ 581
『Ten Polish Folk Tales』 ⑲ 582
『Thaïs』 ⑲ 582
『The 7th Man』 ⑲ 582
『The Adventure of the Black Girl in her Search for God』 ⑲ 582
『The Art of Aubrey Beardsley』 ⑲ 582
『The Art of Rodin』 ⑲ 582
『The Best French Short Stories of 1923~24』 ⑲ 583
『The Bookman』 ⑨ 438.2
『The Chinese on the Art of Painting』 ⑲ 583
『The Chinese Soviets』 ⑲ 583
『The Concise Universal Encyclopedia』 ⑲ 583
『The Holy Bible Containing the Old and New Testaments』 ⑲ 583
『The Life of the Caterpillar』 ⑲ 583
『The Mind and Face of Bolshevism』 ⑲ 583
『The Modern Woodcut』 ⑲ 583
『The New Book-Illustration in France』 ⑲ 583
『The New Spirit』 ⑲ 583

『The New Woodcut』 ⑮674.6, ⑲583
『The Nineteen』 ⑲584
『The Outline of Art』 ⑲584
『The Outline of Literature』 ⑲584
『The Phaedo of Plato』 ⑲584
『The Power of a Lie』 ⑲584
『The Rubáiyát of Omar Khayyám』 ⑲584
『The Springtide of Life』 ⑲584
『The Story of the World's Literature』 ⑲584
『The True Story of Ah Q』 ⑲584
『The Woodcut of To-day at Home and Abroad』 ⑲585
『The Works of J. H. Fabre』 ⑲585
『Über alles die Liebe』 ⑲585
『Vater und Sohn』 ⑲585
『Verschwörer und Revolutionäre』 ⑲585
『Vincent van Gogh』 ⑲585
『Volksbuch 1930』 ⑲585
『Was Peterchens Freunde erzählen』 ⑲586
『Wesen und Veränderung der Formen/Künste』 ⑲586
『Wie Franz und Grete nach Russland Kamen』 ⑲586
『Wirinea』 ⑲586
『Wood Cuts』 ⑲586
『Woodcuts and Some Words』 ⑲586
『Zement』 ⑲586
『Zoology』 ⑲586
『А. П. Чехов, 25 лет со днясмерти』 ⑲587
『Андрон Непутёвый』 ⑲587
『Бела Читц』 ⑲587
『В. Ф. Комиссаржевская』 ⑲587
『Горе от ума』 ⑲587
『Гравёр-самоучка』 ⑲587
『Гравюра Детей』 ⑲587
『Гравюра на дереве』 ⑲587
『Гравюры И. Н. Павлова, 1886~1921』 ⑲587
『Гравюры на дереве』 ⑲588
『Дальние страны』 ⑲588
『Дмитрий Николаевич Кардовский』 ⑲588
『Дневники』 ⑲588
『Жан Франсуа Милле』 ⑲588
『Железный поток』 ⑲588
『Искусство』 ⑲588
『Исторический материализм』 ⑲588
『Карикатура на службе обороны СССР』 ⑲588
『Китайские судьбы』 ⑲588
『Книга тысячи и одной ночи』 ⑲589
『Крым』 ⑲589
『Ленинград. Новые пейзажи, 1917~1932』 ⑲589
『Литературная газета』 ⑲589
『Литературная энциклопедия』 ⑲589
『Литературное наследство』 ⑲589
『Лицо международного меньшевизма』 ⑲589

『Мы, наши Друзья и наши враги в рисунках Дени』 ⑲ 589
『Н. В. Гоголь в портретах и иллюстрациях』 ⑲ 589
『Неделя』 ⑲ 589
『Октябрь』 ⑲ 590
『Освобождённый Дон Кихот』 ⑲ 590
『Писатели』 ⑲ 590
『Плюнуть некогда』 ⑲ 590
『Политические рисунки』 ⑲ 590
『Портреты Максима Горького』 ⑲ 590
『Правдивая история А-Кея』 ⑲ 590
『Правдивое жизнеописание』 ⑲ 590
『Рассказы о животных』 ⑲ 590
『Роман-Газета』 ⑲ 590
『Русские писатели』 ⑲ 590
『С. Чехонин畵集』 ⑲ 591
『Собрание сочинений Горького』 ⑲ 591
『Собрание сочинений Серафимовича』 ⑲ 591
『Совре. Обложка』 ⑲ 591
『Сорок первый』 ⑲ 591
『Сто четыре рисунка к поэме Н. В. Гоголя『Мёртвые Души』』 ⑲ 591
『Теофиль Стейнлен』 ⑲ 591
『Тихий Дон』 ⑲ 591
『Фауст и город』 ⑲ 591
『Хлеб』 ⑲ 591

신문, 잡지, 부간 등 정기간행물 찾아보기

【ㄱ】

『가라앉은 종』(침종沉鐘) ⑤ 129.4, ⑧ 350.33, ⑨ 284.135, ⑬ 257.1, 690.1, ⑲ 290
『가요』(歌謠) ⑲ 290
『가이조』(改造) ⑦ 543.6, ⑧ 293.2, ⑨ 330.7, ⑮ 81.4, ⑯ 244.3, ⑲ 290
『갑인』(甲寅) ① 370.4, ④ 158.3, 275.13, ⑬ 661.6
『개척자』(拓荒者) ⑭ 301.3
『건국월간』(建國月刊) ⑩ 491.2
『경세보』(經世報) ① 554.4
『경제왕래』(經濟往來) ⑯ 351.2
『계간비평』(季刊批評) ⑲ 295
『고군주보』(孤軍週報) ⑬ 101.1
『고추와 감람』(辣椒與橄欖) ⑦ 112.5
『고토타마』(古東多万) ⑯ 252.3, ⑲ 301
'고향재'(古香齋) ⑦ 452.7, ⑮ 167.2
『곡풍』(谷風) ⑲ 302
『공상보』(工商報) ⑤ 60.12, →『공상일보』(工商日報)
『공상일보』(工商日報) ⑭ 70.2
『공언보』(公言報) ① 219.9
『공헌』(貢獻) ⑤ 470.27, ⑲ 303
『과벽』(戈壁) ⑤ 398.9, 404.10
『광명』(光明) ⑯ 231.2
『광풍』(狂飇) ⑤ 325.9, ⑬ 770.2, ⑲ 306
'괴테 기념호' ⑮ 45.10
『교간』(校刊) ⑬ 564.1
『교육공보』(教育公報) ⑬ 519.3, ⑲ 307
『교육부편찬처월간』(教育部編纂處月刊) ⑲ 307
『교육잡지』(教育雜誌) ① 439.11
『구국일보』(救國日報) ⑦ 61.2
『구랑』(鼓浪) ⑬ 312.3, 825.5
『국문주보』(國聞週報) ⑧ 719.2, ⑮ 651.2
『국민공보』(國民公報) ⑫ 409.4, ⑬ 91.5, 498.4
『국민신문』(國民新聞) ⑤ 279.8
『국수학보』(國粹學報) ① 554.7
『국어주간』(國語週刊) ⑬ 654.2
'국외문단소식' ⑥ 217.2
『국제문학』(國際文學) ⑮ 588.5

『국제통신』(國際通信) ⑥ 115.18
『국학계간』(國學季刊) ⑲ 310
『국혼』(國魂) ④ 274.2
『군강보』(群强報) ④ 53.11
『극』(戲) ⑧ 189.2, 206.2, ⑩ 648.1, ⑲ 312

【ㄴ】

『나이팅게일』(夜鶯, 밤꾀꼬리) ⑯ 134.3
『나 포스투』(На посту) ⑨ 272.18, ⑫ 555.7
『낙타』(駱駝) ⑬ 165.3
『낙타초』(駱駝草) ⑭ 303.1
『낭만 고전』(浪漫古典) ⑮ 698.2
『내일』(明日) ⑯ 278.2, ⑲ 324
『논어』(論語) ⑥ 309.9, ⑦ 365.3, 616.2, ⑧ 571.9, ⑲ 325
『니치니치신문』(日日新聞) ⑯ 313.3

【ㄷ】

『다궁바오』(大公報) ⑧ 522.3, ⑮ 41.11, ⑲ 327
『다궁바오 부간』(大公報副刊) ⑱ 646.93
『다메이완바오』(大美晩報) ⑥ 496.2, ⑮ 167.1
『다완바오』(大晩報) ⑥ 410.15, ⑦ 53.4, 468.2, ⑧ 293.5
『다장 월간』(大江月刊) ⑫ 530.3
『다퉁완바오』(大同晩報) ① 31. 7
「담언」(談言) ⑮ 258.2
『당대문학』(當代文學) ⑲ 328
『대동완바오』(大同晩報) ① 31. 7, →『다퉁완바오』
『대륙보』(大陸報) ⑤ 199.5
『대미만보』(大美晩報) ⑧ 577.51, →『다메이완바오』(大美晩報)
『대조화』(大調和) ⑲ 333
『대중문예』(大衆文藝) ⑥ 83.10, ⑩ 631.3, ⑫ 569.18, ⑬ 400.1, ⑭ 301.5, ⑲ 333
『대중예술』(大衆藝術) ⑩ 507.9
『대학』 월간 ⑥ 485.11
『도서평론』(圖書評論) ⑥ 454.3
『도호가쿠호』(東方學報) ⑯ 327.3, ⑲ 337
『도화주간』(圖畵週刊) ⑩ 602.3
『독서생활』(讀書生活) ⑮ 436.3, ⑲ 337
『독서잡지』(讀書雜誌) ⑲ 338
『동방잡지』(東方雜誌) ⑥ 364.2, ⑦ 34.3, ⑨ 331.10, ⑫ 435.2, ⑬ 392.1, 522.9, ⑲ 339
『동아일보』(東亞日報) ⑲ 340
「동향」(動向) ⑦ 553.5, ⑮ 147.6, ⑲ 341
『둥팅의 파도』(洞庭波) ① 30. 2

【ㄹ】

『량유』(良友) ⑬ 428.3, ⑲ 344
『량유도화잡지』(良友圖畵雜誌) ⑮ 397.3
『런던 머큐리』(The London Mercury) ⑨ 280.103
『런옌』(人言) ⑦ 543.7
『레닌청년』(列寧青年) ⑥ 161.31
『레프』(ΛΕΦ) ⑨ 359.5

『로이터 통신』 ⑦70.4
『루화』(鷺華) ⑩531.1
『뤄사』(叒社) ⑰146.2, ⑲348
『르몽드』(世界週刊) ⑮322.1

【ㅁ】

『만철지나월지』(滿鐵支那月誌) ⑲352
『만화생활』(漫畵生活) ⑧294.13, ⑮436.4, ⑲353
『망위안』(莽原) ③109.5, ④27.11, ⑤481.8, ⑬90.1, ⑲355
『망종』(芒種) ⑮281.2, 485.2, ⑲355
『매일국제문선』(每日國際文選) ⑧158.41
『매일평론』(每日評論) ⑭50.1
「매일필기」(每日筆記) ⑩494.3
『매주문학』(每週文學) ⑯35.4
『매주평론』(每週評論) ⑬489.4, ⑲356
『맹아』(萌芽) ⑥27.4, ⑥83.10, ⑫556.19, ⑲356
『맹진』(猛進) ①356.2, ④52.3, ⑬66.4, ⑲357
「모 간행물」(某刊物) ⑩561.3
『목각계』(木刻界) ⑯94.1
『무궤열차』(無軌列車) ⑨280.100
『무명문예』(無名文藝) ⑲362
『무엇을 할 것인가』(做什麼) ⑤279.9, ⑲362
『문반소품』(文飯小品) ⑧406.5, ⑩561.3
『문사』(文史) ⑮155.1
『문예』(文藝) ⑯313.2, ⑲364
『문예생활』(文藝生活) ⑫556.21
『문예신문』(文藝新聞) ⑥165.1, ⑩494.1, ⑭340.3, ⑱366.28, ⑲365
『문예연구』(文藝硏究) ⑤481.11, ⑥83.10, ⑩463.1, ⑲365
『문예월보』(文藝月報) ⑲365
『문예좌담』(文藝座談) ⑦255.17
『문예춘추』(文藝春秋) ⑯329.1, ⑲366
『문예풍경』(文藝風景) ⑦762.7, ⑧176.3
『문예화보』(文藝畵報) ⑧322.3
'문장병원'(文章病院) ⑬34.9
『문장세계』(文章世界) ⑫524.2
『문철학보』(文哲學報) ①554.4
『문학』(文學) ⑥309.9, ⑧294.12, ⑨566.5, ⑮41.9, ⑲367
『문학계간』(文學季刊) ⑮57.4, ⑲367
'문학논단' ⑧298.2, ⑱611.39
『문학도보』(文學導報) ⑮750.3, ⑯101.4
『문학보』(文學報) ⑱562.149
『문학사상연구』(文學思想硏究) ⑲368
『문학생활』(文學生活) ⑮479.1, ⑯130.2
『문학세계』 ⑭316.2
『문학순간』(文學旬刊) ⑨281.106, ⑲368
『문학신지』(文學新地) ⑮396.4
『문학신집』(文學新輯) ⑲368
『문학월보』(文學月報) ⑫641.49, ⑲369
『문학잡지』(文學雜誌) ⑭436.2, ⑲369
『문학전선』(文學戰線) ⑨281.106
『문학주간』(文學週刊) ⑨322.3, ⑲369
『문학주보』(文學週報) ④475.2, ⑨280.106, ⑮76.1, ⑲369
『문학총보』(文學叢報) ⑧642.4, ⑯132.4, ⑲370

『문헌』(文獻)(특집호) ⑲370
『문화비판』(文化批判) ⑤336.12, 404.6
『문화열차』(文化列車) ⑥555.2
『문화월보』(文化月報) ⑯272.2, ⑲371
『미술』(美術) ⑩160.1
『미술생활』(美術生活) ⑯115.2, ⑲372
『미싸』(彌灑, 『미쇄』) ⑮505.1, 653.1, ⑲372
『미언』(微言) ⑦488.8
『민국일보』(民國日報) ⑤279.8, ⑥28.8, ⑫425.4, ⑬54.5, 292.1
『민보』(民報) ①30. 3, ④305.21, ⑤5.15, 81.18, ⑦335.6, ⑧704.8, ⑲373
『민심주보』(民心週報) ①554.4
『민싱일보』(民興日報) ⑰26.20, ⑲373
『민중문예』(民衆文藝) ⑨356.3, ⑬141.6, 587.5
『민중문예주간』(民衆文藝週刊) ⑩599.2
『민중보』(民鐘報, 『민중일보』) ⑭67.1

【ㅂ】

『바다제비』(海燕) ⑧672.2, ⑯34.2, 72.1, 74.3, ⑲375
『반려』(伴侶) ⑲376
『백과 흑』(白と黑) ⑯298.3, ⑲377
『베니티페어』(Vanity Fair) ⑥301.42
『베이신』(北新) ⑤89.3, ⑩423.3, 627.2, ⑬817.1, ⑲380
『베이징고등사범학교 교우회잡지』(北京高等師範學校校友會雜誌) ⑲381
『베이징대학일간』(北京大學日刊) ⑲381
『베이징여자고등사범문예회간』(北京女子高等師範文藝會刊) ⑲381
『베이징쿵더학교순간』(北京孔德學校旬刊) ⑲381
『베이천바오』(北辰報) ⑲381
『보팅』(波艇) ⑨271.14, ⑬282.2, 761.10
『부녀생활』(婦女生活) ⑮691.3
『부녀잡지』(婦女雜誌) ⑨125.4, ⑬533.4, ⑲384
『부녀주간』(婦女週刊) ①392.16, ④140.16, ⑬61.5, ⑲384
『부인세계』(婦人世界) ⑲385
『북두』(北斗) ⑥236.1, 309.9, ⑧658.2, ⑨545.15, ⑲385
『분류』(奔流) ⑤481.10, ⑥27.3, ⑨270.1, ⑫546.19, ⑭158.4, ⑱120.31, 206.69, ⑲386
『붉은 장미』(紅玫瑰) ①555.8, ⑬404.3
『붉은 처녀지』(Красная новь) ⑨273.24, ⑫556.15
『뿌리 얕은 풀』(淺草) ⑲389

【ㅅ】

『사보이』(The Savoy) ⑨460.4
『사오싱교육회월간』(紹興教育會月刊) ⑲393
『사자춤』(醒獅) ⑬258.3
『사지학보』(史地學報) ①554.4
『사쿠힌』(作品) ⑯354.1
『사학계간』(詞學季刊) ⑮41.10
『사회과학계간』(社會科學季刊) ⑲395

『사회신문』(社會新聞) ⑦ 253.3, 542.1
『사회월보』(社會月報) ⑦ 750.3, ⑧ 158.44, 293.4
『사회일보』(社會日報) ① 372.19, ⑧ 642.5, ⑮ 746.3, ⑯ 37.2, 187.8
『산에 내리는 비』(山雨, 산우) ⑤ 467.3, ⑭ 193.1
『삼오일보』 부간 ⑭ 105.1
『상군』(湘君) ① 554.4
『상하이샤바오』(上海霞報) ⑥ 97.5
『상하이신보』(上海新報) ⑥ 221.5
『상하이일보』(上海日報) ⑥ 221.5
『상하이포커』(上海潑克) ① 488.6
『새마을』(新しき村) ⑲ 401
『새싹』(嫩芽) ⑲ 401
『새싹』(新苗) ⑯ 211.1
『생생』(生生) ⑧ 294.9, ⑮ 449.4
『생존선』(生存線) ⑲ 402
『생활』(生活) ⑥ 496.3
『생활지식』(生活知識) ⑲ 402
『샤대국학계간』(厦大國學季刊) ⑬ 267.5, 780.5
『샤오천바오』(小晨報) ⑮ 791.1
『선바오』(申報) ⑥ 158.2, ⑦ 30.2, 553.2, ⑧ 163.5, ⑲ 406
『선바오월간』(申報月刊) ⑥ 309.9, ⑲ 406
『선보』(選報) ⑤ 312.2
『선창재』(蠡蒼載) →『신청년』(新青年)
『성경시보』(盛京時報) ⑮ 91.1
『성화』 ⑧ 526.5
『세계』(世界) ⑧ 158.42
『세계문고』(世界文庫) ⑲ 409
「세계문단 조망대」(世界文壇了望臺) ⑦ 770.6
『세계문학』(世界文學) ⑧ 635.3
『세계문학평론』(世界文學評論) ⑲ 410
『세계문화』(世界文化) ⑲ 410
『세계월간』(世界月刊) ⑲ 412
『세계일보』(世界日報) ① 372.19, ④ 398.5, ⑬ 349.6, ⑲ 412
『세계화보』 ⑲ 412
『소공원』(小公園) ⑮ 712.4
『소년선봉』(少年先鋒) ⑤ 280.11, ⑲ 414
『소보』(小報) ⑧ 703.2
『소설세계』(小說世界) ⑥ 161.26, ⑩ 208.1, ⑬ 578.3
『소설월보』(小說月報) ① 336.2, ⑥ 161.25, ⑧ 474.4, ⑩ 201.2, ⑫ 521.2, ⑬ 522.4, ⑲ 418
『소품문과 만화』(小品文和漫畫) ⑯ 345.1, ⑲ 419
『소한록』(消閑錄) ④ 453.6
『쇼 특집호』 ⑥ 485.6
'수감'(隨感) ⑤ 324.4
「수감록」(隨感錄) ① 218.4, 426.5
『수호전』(水滸傳) ⑤ 447.10
『순톈시보』(順天時報) ① 373.19, ④ 139.9, 232.14, ⑤ 103.2
『순환일보』(循環日報) ⑤ 59.5, 80.10, 307.6, ⑭ 79.3, ⑱ 49.65, ⑲ 424
『쉐헝』(學衡) ① 533.4, 534.6
『스바오』(時報) ⑬ 476.3
『시가』(詩歌) ⑲ 425
『시나가쿠』(支那學) ⑯ 236.2

『시라카바』(白樺) ⑫ 449.18
『시무보』(時務報) ③ 204.29, ⑥ 358.2
『시민일보』(市民日報) ⑱ 109.20
『시보』(時報) ⑥ 221.2
『시분』(斯文) ⑯ 237.2, ⑰ 788.87, ⑲ 426
『시사신보』(時事新報) ① 219.5, 426.6, ⑤ 80.11, ⑨ 274.40, ⑲ 426
'시시콜콜 따지다'(掂斤簸兩) ⑮ 606.4
『신교육』(新教育) ⑲ 428
『신루』(新壘) ⑮ 165.7
『신문보』(新聞報) ⑤ 355.2
『신문학』(新文學) ⑮ 588.4
『신민총보』(新民叢報) ⑦ 335.6
『신사회반월간』(新社會半月刊) ⑮ 205.1
『신사회보』(新社會報) ① 372.19
『신상하이반월간』(新上海半月刊) ⑮ 180.3
『신생』(新生) ⑤ 129.3, ⑨ 132.9, ⑮ 513.1, ⑲ 429
『신생명』(新生命) ⑤ 338.30
『신생활』(新生活) ⑫ 545.7, 549.2
『신성』(新聲) ⑲ 430
『신세계』(新世界) ⑫ 547.25
『신소설』(新小說) ⑮ 256.5, 519.3, ⑲ 430
『신소식』(新消息) ⑲ 430
『신시가』(新詩歌) ⑮ 344.2, ⑲ 430
『신시대』(新時代) ⑫ 668.5
『신어림』(新語林) ⑮ 226.1, ⑲ 430
『신여성』(新女性) ⑬ 179.10, 818.2, ⑲ 430
『신월』(新月) ⑤ 467.2, ⑥ 53.3, ⑦ 411.10
『신조』(新潮) ⑧ 347.10, ⑨ 308.3, ⑬ 487.4, ⑲ 431
『신청년』(新青年) ① 198.5, 426.5, ④ 53.8, ⑥ 160.20, ⑦ 335.7, ⑧ 115.3, 349.20, ⑫ 408.3, ⑬ 473.7, ⑲ 431
『신초』(新潮) ⑫ 450.26
『신흥연극』(新興演劇) ⑲ 432
『신흥예술』(新興藝術) ⑥ 302.48, ⑯ 371.3, ⑲ 432
『십일담』(十日談) ⑦ 542.2
『십자가두』(十字街頭, 『사거리』) ⑥ 308.9, ⑭ 380.2
『싱가포르일보』(星洲日報) ⑮ 436.1, ⑲ 435
『쓰촨』(四川) ① 30. 2

【ㅇ】

『아동세계』(兒童世界) ③ 146.9
『아동주간』 ⑯ 214.1
『아사히신문』(朝日新聞) ⑫ 448.4, ⑮ 52.3, ⑯ 293.2, ⑲ 437
『아조프연안 신문』 ⑫ 638.22
『아주학술잡지』(亞洲學術雜誌) ① 554.4
'야광주'(明珠) ⑬ 870.4
『양쯔강백화신문』(揚子江白話報) ⑧ 157.38
『여론보』(輿論報) ① 373.19
『역문』(譯文) ⑨ 624.1, ⑩ 547.1, ⑫ 665.3, ⑮ 260.2, ⑱ 651.104, 106, 691.13, ⑲ 447
『역서회편』(譯書匯編) ③ 205.34
『역학회편』(譯學匯編) →『역서회편』(譯書匯編)

『연환』(連環) ⑮ 256.1
『예술』(藝術) ⑮ 45.3, 517.1
『예술신문』 ⑭ 461.1
『예술총편』(藝術叢編) ⑬ 509.6
『옌징시보』(燕京時報) ④ 232.14
『요미우리신문』(讀賣新聞) ① 340.25
『용광로』(熔爐) ⑱ 121.32
『용언보(庸言報) ⑲ 461
『우리』(我們) ⑤ 404.9
『우리의 길』 ⑩ 661.3
『우시백화신문』(無錫白話報) ⑧ 157.38
『웨둬일보』(越鐸日報) ③ 229.18, ⑩ 90.1, ⑲ 466
『웨이광』(微光) ⑲ 466
『웨이밍』(未明) ⑲ 466
『웨이밍』(未名) ⑫ 546.18, ⑲ 467
『웨이보』(微波) ⑲ 467
『웨펑』(越風) ⑧ 794.2, ⑲ 467
『위바오』(豫報) ④ 85.3
『위바오 부간』(豫報副刊) ⑮ 480.13, ⑲ 467
『위쓰』(語絲) ① 370.3, ⑤ 258.12, 481.9, ⑥ 27.2, ⑧ 642.6, ⑨ 32.9, ⑬ 66.5, ⑲ 467
『윈난』(雲南) ① 30. 2, ⑲ 468
『유사』(流沙) ⑤ 404.7
『유중월간』(友中月刊) ⑲ 471
『이렇게 하자』(這樣做) ⑤ 130.11, 279.6
『이스바오』(益世報) ① 373.19, ⑮ 651.1
『이스크라』(Iskra, Искра, 불꽃) ⑥ 114.11, ⑨ 478.12
『인간세』(人間世) ⑦ 617.7, 645.3, ⑧ 308.9, 10, 643.9, ⑮ 116.1, ⑲ 480
『인언』(人言) ⑮ 201.5
『일반』(一般) ⑤ 61.21, ⑬ 428.4
『일본문학 계간』(グオタリイ日本文學) ⑲ 483
『일주일』 ⑥ 359.16
『일화공론』(日華公論) ⑬ 525.10
『입센 특집호』(易卜生號) ⑨ 275.45, ⑰ 428.17

【ㅈ】

『자연』(自然) ⑲ 486
『자연계』(自然界) ⑲ 486
「자유담」(自由談) ⑥ 308.8, ⑦ 30.2, 553.2, ⑧ 294.7, ⑮ 187.3
『작가』(作家) ⑯ 93.1, 126.1, ⑲ 487
『작품』(作品) ⑲ 487
『잡문』(雜文) ⑧ 604.4, ⑮ 776.1, ⑲ 488
『장쑤』(江蘇) ① 30. 2
『장쑤청의』(江蘇淸議) ⑲ 489
『장청』(長靑) ① 555.8
'저우써 공격 특집호'(『천바오 부간』) ④ 313.2
『저장의 조수』(浙江潮) ① 30. 2, ⑧ 703.5, ⑨ 47.1, ⑮ 151.6
『전기』(戰旗) ⑫ 547.27
『전봉월간』(前鋒月刊) ⑥ 179.8
『전선』(戰線) ⑤ 393.3
『전초』(前哨, 전사자 기념특집호) ⑥ 134.2, ⑭ 353.3, ⑱ 321.56
『전후』 ⑥ 359.14

『제일소보』(第一小報) ④ 53.10
『조하문예』(朝霞文藝) ⑯ 83.2
『조화』(朝花) ⑥ 130.5, ⑨ 448.2, ⑬ 409.6, ⑲ 497
『조화순간』(朝花旬刊) ⑨ 283.129, ⑫ 603.9
『죽음의 승리』 ⑥ 359.15
『중국논단』(中國論壇) ⑱ 366.28
『중국문학월보』(中國文學月報) ⑯ 344.3
『중국백화신문』(中國白話報) ⑧ 157.38
『중국의 소리』(中國呼聲, The Voice of China) ⑯ 75.1, 116.3
『중국청년』(中國青年) ⑯ 324.4
『중국학보』(中國學報) ⑲ 502
『중류』(中流) ⑲ 502
『중앙미술』(中央美術) ⑲ 502
『중앙 부간』(中央副刊) ⑭ 63.1
『중앙사의 통신』 ⑦ 600.4
『중앙일보』(中央日報) ⑦ 542.4, ⑭ 65.2
『중앙일보 부간』(中央日報副刊) ⑬ 260.2, ⑱ 48.63, ⑲ 502
『중외서보신문』(中外書報新聞) ⑦ 255.21
『중용』 반월간 ⑥ 485.11
『중학생』(中學生) ⑥ 126.2, ⑦ 53.2, ⑧ 573.20, ⑯ 118.2, ⑲ 503
『중화신보』(中華新報) ① 554.3
『중화일보』(中華日報) ⑦ 553.5, ⑮ 416.3
『즈베즈다』(Zvezda, Звезда) ⑥ 115.14
『즈장일보』(之江日報) ⑲ 503
『지나 2월』(支那二月) ⑲ 506
『지나학』(支那學) ⑬ 531.12
『진다이문예』(今代文藝) ⑯ 148.1
『진미선』(眞美善) ⑲ 508
『징둬바오』(警鐸報) ⑲ 510
『징바오』(晶報) ① 371.6
『징바오』(京報) ④ 33.2, ⑩ 602.2, ⑬ 88.1, 587.4, ⑲ 510
『징바오 부간』(京報副刊) ④ 33.2, 274.2, ⑤ 469.18, ⑧ 351.50, ⑬ 96.10
『쯔린시바오』(字林西報, North China Daily News) ⑦ 83.7

【ㅊ】

『창조』(創造) ⑲ 512
『창조계간』(創造季刊) ⑥ 160.22
『창조월간』(創造月刊) ⑤ 404.5, ⑲ 512
『창조주보』(創造週報) ⑲ 512
『척황자』(拓荒者) ⑥ 59.39, 83.10
『천바오』(晨報) ① 533.2, ⑥ 94.7, ⑨ 87.5, ⑫ 425.2, ⑭ 459.1, ⑮ 415.5, ⑲ 512
『천바오 부간』(晨報副刊) ④ 304.12, ⑤ 60.14, 467.6, ⑧ 351.49
『천바오 부전』(晨報副鐫) ① 533.2, ⑬ 560.2, ⑰ 656.60
『천중』(沉鐘) →『가라앉은 종』(沉鐘)
『천중바오』(晨鐘報) ① 533.2
『천하편』(天下篇) ⑲ 514
『철마판화』(鐵馬版畵) ⑯ 66.1
『철보』(鐵報) ⑮ 165.8
『청년계』(青年界) ⑫ 604.26, ⑭ 341.4, ⑲ 515
『청년방위군』(Октябрь) ⑫ 617.6
『청년잡지』(青年雜志) →『신청년』(新青年)

『청의보』(清議報) ⑧ 422.6
『추야』(秋野) ⑤ 470.28
『춘광』(春光) ⑮ 78.1
『춘조』(春潮) ⑫ 546.10
『춘조월간』(春潮月刊) ⑥ 116.33
'출판계로 가면서'(走到出版界) ⑩ 251.1
『출판소식』(出版消息) ⑧ 604.9
『칭광』(青光) ① 569.9, ⑧ 571.8

【ㅋ】

『쾌활』(快活) ① 555.8, ⑩ 208.7
『쿵더월간』(孔德月刊) ⑩ 290.24
『쿵더학교주간』(孔德學校週刊) ⑬ 654.1

【ㅌ】

『타이완문예』(臺灣文藝) ⑯ 340.2, ⑲ 525
『타이완민보』(臺灣民報) ⑲ 525
『태백』(太白) ⑦ 553.6, ⑧ 294.8, 480.2, ⑩ 561.2, ⑮ 264.2, 291.1
『태양』(太陽) ⑤ 404.8
『톈줴바오』(天覺報) ⑲ 526
『토요일』(禮拜六) ① 555.8, ⑬ 405.4, 533.3
『톱밥』(木屑) ⑮ 710.9
『통속교육연구록』(通俗教育研究錄) ⑲ 527
『퉁런의학』(同仁醫學) ⑲ 528

【ㅍ】

『파도소리』(濤聲) ⑥ 309.9, 472.4, ⑦ 255.15, 315.4, 543.12, ⑲ 529
『판화예술』(版藝術) ⑮ 82.4, ⑯ 328.2, ⑲ 530
『평민보』(平民報) ⑬ 61.10
『평민주간』(平民週刊) ⑤ 307.3
『포커』(潑克) ① 472.3, 475.2
『프라우다』(Правда) ⑥ 115.15
『프랑스문예』(佛蘭西文藝) ⑲ 533
『프로문학』 ⑯ 252.7
'피억압민족 문학 특집'(소설월보) ⑥ 358.8
『핑바오』(平報) ⑲ 536

【ㅎ】

『하간전』(河間傳) ⑯ 354.1
『하이델베르크일보』(海兌培克日報) ⑲ 537
『하이빈월간』(海濱月刊) ⑲ 537
『학등』(學燈) ① 554.2, ⑤ 80.11, ⑨ 323.5, 330.8
『한성』(漢聲) ① 30. 2
『한혈월간』(汗血月刊) ⑮ 143.4, 174.5
『항저우백화신문』(杭州白話報) ⑧ 157.38
『향토연구』(鄉土研究) ⑲ 542
『허난』(河南) ① 30. 2
『혁명일보』(革命日報) ⑥ 95.9
『현대』(現代) ⑥ 309.9, ⑦ 623.5, ⑧ 176.5, ⑩ 552.6, ⑫ 417.8, ⑲ 545
『현대부녀』(現代婦女) ⑲ 544
『현대소설』(現代小說) ⑤ 404.11, ⑭ 301.4
『현대판화』(現代版畫) ⑮ 438.3, 534.1, 572.1, ⑲ 545

『현대평론』(現代評論) ④ 211.13, 336.4, ⑤ 238.8, ⑦ 206.3, 411.9, ⑧ 348.18, ⑩ 276.7, ⑬ 61.6
『현대평론』 '제1주년기념증간호' ④ 260.26
'현미경'(顯微鏡) ④ 98.6
『현실문예』(現實文藝) ⑯ 35.5
『현실문학』 ⑧ 696.29
『호토토기스』(子規) ⑫ 448.8
『홍』(紅) = 『홍잡지』(紅雜誌) ① 555.8
『홍기』(紅旗) ⑫ 700.2
『홍수』(洪水) ⑤ 131.14, 280.14
『화베이일보』(華北日報) ⑨ 182.2, ⑬ 428.1
『화베이일보 부간』(華北日報副刊) ⑲ 549
『환저우』(幻洲) ⑬ 320.1, 791.2
『황도』(荒島) ⑭ 170.1
『황바오』(黃報) ① 373.19
「횃불」(火炬) ⑩ 559.3
『후베이 학생계』(湖北學生界) ⑤ 61.20, ⑧ 268.25
『훙자오』(鴻爪) ⑯ 105.2
『홍황』(洪荒) ⑤ 404.12
『희망월간』 ⑭ 297.3

【기타】

『China Forum』(『中國論壇』) ⑯ 252.8
『China Today』(『現代中國』) ⑯ 37.4
『Deutsche Zentral Zeitung』(독일 중앙 신문) ⑧ 659.9
『Frankfurter zeitung und Handelsblatt』 ⑲ 570
『Nieva』(Нива, 밭) ⑨ 448.4
『Novaya Zhizn』 → 『신생활』(新生活)
『Pisateli』 ⑫ 721.2
『The Sphere』 ⑨ 280.97
『The Yellow Book』 ⑥ 328.4

국가, 민족, 지명, 기관, 단체, 유파 등 찾아보기

3월혁명(三月革命) ⑫538.6
5대(代) ①325.9
5호(五胡) ①294.11
5호16국 ①324.7
'10월단' ⑫618.6

【ㄱ】

가이조샤(改造社) ⑦671.6, ⑫665.4, ⑱427.34
가토양행(加藤洋行) ⑰28.26
강남수사학당(江南水師學堂) ②28.2, ③203.7
강북 ⑦660.6
개조파(改造派) ⑮618.3
게르만인(Germanen) ③123.9
게이세이도(鷄聲堂) ⑰435.23
경릉파 ⑯345.3
경사(京師)도서관 ⑰44.67
경사도시분관(京師圖書分館) ⑬483.7
'경사동문관'(京師同文館) ⑧474.17
경사통속도서관(京師通俗圖書館) ⑬483.10, ⑰130.87
경향소설(傾向小說) ⑨449.12
고구산(高丘) ⑨209.3
고궁(故宮) ⑥373.2
고궁박물관(故宮博物院) ⑧79.5
고등사범부속소학교(高等師範附屬小學校) ⑰196.79
고베(神戶) ③229.13
고베(神戶) 판화의 집 ⑱211.77
고분학원(弘文學院) ⑧423.12, ⑨132.8, ⑩683.2
고요샤(洪洋社) ⑱530.65 ⑱
공동 조계 경계 지점(洋涇浜) ⑮736.5
공림(孔林) ⑩456.3
공민단(公民團) ①472.2
공부국(工部局) ⑦70.6, ⑧84.6, 441.5
공안파(公安派) ⑯345.3
공화당 ⑰30.31
공화서국(共和書局) ⑭118.1
과학사(科學社) ⑱449.98
광뎬(廣甸) ④383.4
광둥대학 ⑬813.2

광둥성립여자사범학교(廣東省立女子師範學校) ⑬166.3
광무철로학당(礦務鐵路學堂) ②28.2, ③204.23, ⑨132.7, ⑩530.4
광복회(光復會) ④152.9
광저우시립사범학교 ⑱39.49
광저우 중화민국 ⑦184.3
광창융주장(廣昌隆綢庄) ⑫377.2
광풍사(狂飆社) ④485.2
광학회(廣學會) ⑬483.12, ⑱74.130
광허러우(廣和樓) ⑰28.25
광허쥐(廣和居) ⑰22.7
광화대학(光華大學) ⑱74.128
광화서국(光華書局) ⑩169.14, ⑮392.4, ⑱232.26
괴르츠(Görz) ⑬514.22
교무유지회(여사대) ⑰707.59, 60, 708.61, 62, 63, 65, 709.67, 710.68, 69, 70, 711.71, 72, 714.74, 736.2, 738.4
교육개진사(教育改進社) ⑨311.3
교육박물관(教育博物館) ⑬483.11
구랑위(鼓浪嶼) ⑬169.1, 699.2
구랑위(鼓浪嶼)의 일광암(日光岩) ④490.3
구미동학회(歐美同學會) ⑰456.4
구산(鼓山) ⑰291.8
구성주의(構成主義, Constructivism) ⑦649.5, ⑨360.6
구성파(Constructivism) ⑨452.6, 467.9
구시서원(求是書院) ③202.6
국가연구회(國歌研究會) ⑰495.1
국권당(國權黨) = 독일국가인민당(DNVP) ⑥299.17
국립경사대학교 ⑭109.1
국립고등사범학교(國立高等師範學校) ⑰309.18
국민당(國民黨) 저장성 당무지도위원회(黨務指導委員會) ⑤248.14
국민당(國民黨) 정부 ⑥28.9
국민당 중앙선전위원회 도서잡지심사위원회(國民黨中央宣傳委員會圖書雜誌審查委員會) ⑦554.12, ⑧220.11, 603.3, ⑫675.7, ⑮315.3, 361.2
국민신보관(國民新報館) ⑰728.107
국민정부 ⑬282.3
국부(國府) ⑩366.16
국산품제조소(國貨製造所) ⑰471.15
국어로마자촉진회(國語羅馬字促進會) ⑮303.1
국자감(國子監) ⑰30.33
국제연맹 ⑦61.6, 444.6, ⑧170.2
국제펜클럽(International PEN) ⑮554.1
국학전문연구소(國學專門研究所) ⑰619.6
'군자의 무리들'(君子之徒) ①31. 7
군정집법처(軍政執法處) ⑦142.6
군중도서공사 ⑮197.2
궁더린(功德林) ⑱308.31
궁페이(公啡) ⑱247.50
궁허서국(共和書局) ⑱58.86
궁허여관(共和旅館) ⑱65.104
궐리(闕里) ⑩456.11
귀도주의(鬼道主義) ⑩169.5
그리스협회 ①176.48
'극단주의자' ⑫639.30
극동반전회의 ⑮382.2

금릉각경처(金陵刻經處) ⑥ 268.34, ⑩ 208.5, ⑰ 183.60
기굉국(奇肱國) ③ 323.7
기독교청년회 ⑤ 267.2
기추도(其中堂) ⑰ 527.5, ⑱ 161.4

【ㄴ】

나우카사(ナウカ社) ⑭ 619.4, ⑱ 468.155
나카니시야(中西屋) ⑰ 393.28
난샤와쯔골목(南下窪子胡同) ⑨ 372.2
난위안(南苑) ⑥ 99.9
난정(蘭亭) ⑰ 111.60
난징(南京) ④ 98.12, ⑧ 696.30, ⑩ 536.3
난징(南京) 둥난(東南)대학 국학원(國學院) ⑬ 573.2
난징수사학당 ⑨ 132.6
난카이(南開)대학 ⑬ 243.5, 755.5
난코도(南江堂) ⑫ 496.8
난퉁저우(南通州) ⑩ 152.2, ⑰ 65.112
난푸퉈사(南普陀寺) ① 418.2, ⑰ 779.70
난하이즈(南海子) ⑰ 77.4
'남과 북' ⑫ 412.3
남사(南社) ⑤ 422.9, ⑥ 82.7, ⑧ 78.2
남양(南洋) ⑦ 557.6
남의사(藍衣社) ⑩ 519.2
남청서원(南菁書院) ⑤ 232.11
낭야국(琅邪國) ⑫ 190.6
내우이구(內右二區) ⑨ 142.5
'내지' ⑦ 146.5
'넓은 땅 풍부한 물산, 많은 인구'(地大物博, 人口衆多) ⑦ 444.4
네스토리우스파(Nestorians) ① 73. 15
노동대학(勞動大學) ⑱ 70.116
노동문(老同文) ⑮ 237.2
노동해방사(勞動解放社) ⑥ 115.20
노르망디(Normandie) ① 175.35, ⑬ 514.23
노예사(奴隸社) ⑧ 537.5
논어사(論語社) ⑱ 437.64
뇌라산방(磊砢山房) ⑧ 353.63
뇌봉탑(雷峰塔) ① 262.2
니암웨지(Nyamwezi) ⑦ 302.3
니치렌슈(日蓮宗) ⑥ 300.30
닛코(日光) ⑥ 297.3
닝보(寧波) ⑤ 427.13

【ㄷ】

다다이즘(dadaism) ⑤ 335.11
다다파(dadaism) ⑮ 121.7
다루대학(大陸大學) ⑱ 138.47
다루신춘(大陸新村) ⑱ 391.61
다산란(大柵欄) ⑰ 276.101
다샤대학(大夏大學) ④ 497.5, ⑱ 74.127
다수주의(多數主義) ④ 182.16
다오샹춘(稻香村) ⑬ 334.1
다오쉬(道墟) ⑬ 724.2
다장서포(大江書鋪) ⑤ 481.5, ⑭ 353.5, ⑱ 136.44, 328.71
다제사(大街社) ⑱ 487.203
다중공학(大中公學) ⑰ 715.80
단구이위안(丹桂園) ⑰ 28.25
대장간 → 쿠즈니차(Кузница)

더칭(德成) ⑰ 456.5
데카당 ⑬ 535.9
덴쓰샤(電通社) 212.5
도당(陶唐) ⑫ 169.27
도서분관(圖書分館) ⑰ 93.31
도서열람소(중앙공원) ⑰ 381.21
도오칸(東桜館) ⑬ 442.15
도쿄고분학원(東京弘文學院) ③ 214.3
도쿄도(東京堂) ⑰ 373.10
'도향촌'(稻香村) ⑤ 356.13
독일국가인민당 ⑦ 288.3
독일사회민주당(Sozialdemokratische Partei Deutschlands, SPD) ⑥ 299.23
동강(東江) ⑤ 436.3
동맹회(同盟會) ① 30. 3, ④ 152.9, ⑧ 704.8
동반자 작가 ⑫ 568.10
동북항일의용군 ⑮ 392.6
동삼성(東三省) ⑥ 165.2, ⑩ 484.2
동선사(同善社) ⑤ 308.11, ⑦ 491.5, ⑩ 365.5
동성파(桐城派) ⑥ 267.28, ⑩ 366.7
동아고고학회(東亞考古學會) ⑰ 766.56
동아일보사(東亞日報社) ⑱ 445.84
두번째 바닷가 ⑤ 109.2
둔황(敦煌) 천불동(千佛洞) ⑨ 549.3
둥베이(東北)대학 ⑥ 233.4
둥베이 삼성(東北三省) ⑦ 637.3
둥시베이다제(東西北大街) ⑰ 118.70
둥야공사(東亞公司) ⑰ 625.16
둥자오민샹(東交民巷) ④ 173.4, ⑨ 92.3, ⑰ 34.42
둥장(東江) ⑬ 682.2
둥지상파의 정인군자 ④ 232.13
드플랑슈(Deplanche)사 ⑨ 277.70
딕스웰로(Dixwell RD) 장서실 ⑱ 435.55

【ㄹ】

라두로(拉都路) = 라투르로(拉都路) ⑮ 442.2
라이진위쉬안(來今雨軒) ⑬ 399.2
라이칭거(來靑閣) ⑮ 311.2
라이프치히 ⑬ 487.8
라투르로(拉都路) ⑱ 622.61
라틴족(Latins) ⑥ 179.10
란상(蘭上) ⑩ 141.3
랴잔(Рязань) ⑤ 432.8
량위안 위차이관 ⑱ 580.185
량유도서인쇄공사(良友圖書印刷公司) ⑱ 390.60
러시아 사회혁명당 ⑫ 639.30
러시아 프롤레타리아계급작가연합회 ⑫ 641.45
러췬서점(樂群書店) ⑥ 74.3
러톈문예연구사(樂天文藝硏究社) ⑱ 230.21
런지리(仁濟里) ⑱ 96.2
레이츠(雷池) ⑫ 362.6
롄쯔(蓮姊) → 좌련 ⑮ 76.3
롄화가무단 ⑱ 310.33
롄화(聯華)서국 ⑮ 174.6
롄화영화공사(聯華影片公司) ⑮ 794.3
로스토프(Rostov) ⑫ 638.23

루즈사(綠幟社) ① 488.5
룽루탕(榮錄堂) ⑭ 592.2
룽먼(龍門) ① 294.13
룽바오자이(榮寶齋) ⑮ 40.2
뤄마시(騾馬市) ⑰ 53.85
뤄산(羅山) ⑭ 311.6
뤄수이(弱水) ① 481.2, 510.4
뤄예시(若耶溪) ⑦ 328.5
류리창(琉璃廠) ④ 259.19, ⑩ 112.5, ⑬ 402.1
류싼화원(六三花園) ⑱ 168.13
류화사(榴花社) ⑱ 452.106
류훠문예사(榴火文藝社) ⑱ 707.51
리밍(黎明)중학 ⑰ 714.78
리옹상공회의소(Chambre de commerce de Lyon) ⑩ 54.14
리옹화법(里昂華法)대학 ⑬ 503.3
리주취안(李竹泉) ⑰ 176.48
리쿠젠고쿠(陸前国) ⑬ 443.20
리하이관(瀝海關) ⑩ 96.4
린체이 아카데미(Accademia dei Lincei) ① 75. 40
링난대학(嶺南大學) ⑱ 37.45
링바오(靈寶) ⑰ 641.37

【ㅁ】

마루젠서점(丸善書店) ⑥ 387.6, ⑫ 496.4, ⑬ 463.3, ⑰ 160.26, 382.22
마시방죽(麻溪垻) ⑰ 91.25
마쓰시마(松島) ⑫ 481.27
마자르(Magyars) ① 173.12
만생원(萬生園) ③ 123.12, → 완성위안(萬生園)
만주국(滿洲國) ⑥ 371.10, ⑦ 62.7, ⑧ 384.10
망산(邙山) ⑦ 612.11
망위안사(莽原社) ⑥ 83.12, ⑧ 353.69
맹진사(猛進社) ⑰ 708.64
먀오펑산(妙峰山) ⑬ 394.6
먼로주의(Monroe Doctrine) ⑩ 552.5
메드허스트로(麦特赫司脱路) ⑦ 696.7
메이청(美成)인쇄소 ⑯ 197.2
멘셰비키(меньшевик) ⑨ 278.82
멘셰비키 청산파 ⑥ 115.13
명교(明教) ⑧ 196.4
명일(明日)서점 ⑥ 123.18
모간산(莫干山) ⑯ 180.2
모나코공국(The Principality of Monaco) ⑦ 324.6
모스크바 문학가 클럽 ⑫ 570.22
몰도바 ⑫ 744.4
'몽고 구제위원회'(蒙古救濟委員會) ⑦ 194.5
묘족(苗族) ⑤ 200.8
무당산(武當山) ⑥ 224.3
무링사(木鈴社) ⑧ 83.4
무명목각사(無名木刻社) ⑮ 134.1
무사사(瀰灑社) ⑧ 349.25
'무슨Y 무슨Y' ⑤ 80.15
무어(Moors) ① 180.97
무영전(武英殿) ⑰ 323.25
문예춘추사(文藝春秋社) ⑱ 459.129
문왕 주공의 묘 ⑦ 612.16

문학사(文學社) ⑧428.1, ⑱442.72
'문학을 위한 문학' 집단 ⑧349.24
문화생활사(文化生活社) ⑮705.1
문화생활출판사(文化生活出版社) ⑱667.137
문화성(文化城) ⑦40.6
미래파(Futurism) ①488.12, ⑨359.4, ⑮121.8
미모야(秘魔厓) ⑬575.2
미솔롱기(Missolonghi) ①177.51
미술생활사(美術生活社) ⑱616.50
미야가와 댁(宮川宅) ③214.9
미윈(密雲) ⑦198.3
미토(水戶) ③214.6
미풍사(微風社) ⑮345.6
민(閩) ⑩665.4
민국 4개 성 ⑥428.4
'민권보장동맹'(民權保障同盟) ⑦103.2 → 중국민권보장동맹(中國民權保障同盟)
민난불학원(閩南佛學院) ⑰786.83
민난불화청년회(閩南佛化青年會) ⑬235.2, 752.3
민족주의 문학 ⑨523.7, ⑭311.2
밀러로(密勒路) ⑱82.146
밍르서점(明日書店) ⑱289.1

【ㅂ】

바그다드(Baghdad) ①73. 18
바다오완(八道灣) ④452.2, ⑭42.2, ⑮278.1
바스크(Vasco)족 ⑫648.6
바오룽(寶隆) 병원 ⑭319.1
바오진자이(寶晉齋) ⑬407.1, ⑭229.2
바오징탕(抱經堂) ⑱123.37
바오쯔제(報子街) ⑰456.2
바이싱희원(百星戲院) ⑱66.108
바이윈러우(白雲樓) ⑱34.41
바이타사(白塔寺) ⑰624.14
반려잡지사(伴侶雜誌社) ⑱135.43
반조계(半租界) ⑨279.91
반파시즘통일전선조직 ⑧694.11
백러시아인 ⑦331.2
백옥불(白玉佛) ⑥372.3
백촌사(白村舍) ⑫466.2
범슬라브주의 ⑩85.26
베다족(Vedda) ①500.6
베이닝선(北寧線) ⑱397.70
베이망(北邙) ⑩112.2, ⑰81.11
베이신뎬(北新店) ⑱65.105
베이신서국(北新書局) ⑫692.2, ⑰747.22
베이신서옥(北新書屋) ⑭105.2, ⑱30.34, 52.69, 54.74, 58.85, 62.91
베이징 고아원(北京貧兒院) ⑰57.97
베이징교육회(北京教育會) ⑰727.103
베이징 구성(九城) ④269.12
베이징대학연구소(北京大學研究所) ⑰732.113
베이징대학 평민야학교(平民夜校) ⑰743.16
베이징대학 평의회 ⑤247.7
베이징리밍중학(北京黎明中學) ①373.20
베이징 에스페란토전문학교(世界語專門學校) ⑬76.1

베이징여자고등사범학교(北京女子高等師範學校) ⑬ 539.3, ⑰ 513.14
베이징외국어전문학교 ⑰ 715.81
베이징의학전문학교 ⑰ 266.81
베이쭝부후퉁 1호(北總布胡同一號) ⑮ 565.9
베이핑(北平) ③ 322.6, ⑤ 256.4, 421.3
베이핑고적소설간행회(北平古籍小說刊行會) ⑱ 448.94
베이핑대학(北平大學) 제1사범학원 ⑱ 177.30
베이핑대학(北平大學) 제2사범학원 ⑱ 177.29
베이핑서점(平店) ⑮ 361.1
베이핑 중독문화학회(中德文化學會) ⑮ 514.5
'변경' ⑦ 146.5
변하(汴河) ③ 249.3
병인의학사(丙寅醫學社) ⑱ 126.39
볘파양행(別發洋行) = 볘파서점(別發書店) ⑭ 175.2, ⑮ 336.3, ⑱ 108.17
보로네슈(Воронеж) ⑫ 640.40
보숙탑(保俶塔) ① 263.4
보이스카우트(童子軍) ⑦ 37.6
보헤미아 ⑩ 85.25
"복수설치(復讎雪恥) 고장" ⑩ 582.3
본조(本朝) ④ 181.9
볼로그다(Вологда) ⑨ 478.11
볼셰비즘 ④ 182.16
봄강(春江) ⑨ 207.2
봉갈단(棒喝團) ⑮ 416.1
부시맨(Bushman) ⑥ 116.26
북방(北方) ⑤ 319.3
분류사(奔流社) ⑩ 416.3
분큐도(文求堂) ⑰ 786.82
불자대약창(佛慈大藥廠) ⑦ 56.2
블라디보스토크 ⑫ 422.4
비윈사(碧雲寺) ⑬ 509.4
비종교대동맹(非宗教大同盟) ⑤ 325.17
빌노대학(빌뉴스대학Vilniaus universitetas) ① 179.75

【ㅅ】

'사'(社) ⑦ 622.3
사가미야(相模屋)서점 ⑰ 47.73
사마라 주(Самарская область) ⑨ 530.3
사열사묘 ① 571.3
사오싱(紹興) ③ 190.2, ⑥ 127.12, ⑰ 23.11
사오싱 중서학당(紹興中西學堂) ③ 202.3
사오싱현(紹興縣)교육회 ⑰ 114.66
사오싱현지편수위원회(紹興修誌委員會) ⑱ 639.81
사오싱회관(紹興會館) ② 28.5, ⑥ 415.4, ⑰ 304.14
사이렌사(サイレン社) ⑱ 640.85
'사적파'(士的派) ⑤ 81.16
사탄(沙灘) ④ 259.12
사토옥(佐藤屋) ③ 214.8
사회과학연구회 ⑱ 25.22
사회주의자동맹(일본) ⑫ 449.22
산둥금석보존소(山東金石保存所) ⑰ 288.6
산시탕(三希堂) ⑰ 678.15

산업파 ⑨467.8
산음도(山陰道) ③56.4
산저우(陝州) ④422.3, ⑰641.36
산콰이초급사범학당(山會初級師範學堂)
산콰이회관(山會邑館) ⑬498.2, ⑰21.2
산터우여자중학 ⑬324.1
삼한서옥(三閑書屋) ⑭390.3
상수이(湘水) ⑨209.2
상우인서관(商務印書館) ⑬541.3, ⑰48.78
상즈학회(尙志學會) ⑭138.4
상징주의(Symbolism) ⑦626.4, ⑨360.7
상추(商丘) ③432.14
상하이(滬) ⑬467.3
상하이가스공사(上海煤氣公司) ⑱254.59
상하이 공공조계 '공부국'(工部局) ⑤118.10
상하이 공동조계지 ⑦130.8
상하이공상학연합회(上海工商學聯合會) ④138.8
상하이도화미술학교(上海圖畵美術學校) ⑩160.2
상하이문예구국회(上海文藝救國會) ⑥187.9
상하이미술전과학교(上海美術專科學校) ⑱475.175
상하이보안회(上海保安會) ⑤117.3
상하이 북시 지방인민유지회(上海北市地方人民維持會) ⑦660.7
상하이아마추어연극인협회(上海業餘劇人協會) ⑱659.120
상하이예술대학 ⑤393.6
상하이 조계 ⑧162.3, ⑧632.7
상하이 중공 지하당 조직 ⑯132.8
상하이중학 ⑥233.6
상하이통속교육회(上海通俗教育會) ⑰34.40
생활서점 ⑱548.112
생활주간사(生活週刊社) ⑱462.136
생활지식사(生活知識社) ⑱663.130
샤먼대학(厦門大學) ⑰771.64
샤먼대학 학생자치회 ⑬374.2
샤오사두(小沙渡) ⑥265.11
샤오스(小市) ⑰57.98
샤오양이빈후퉁(小羊宜賓胡同) ⑮565.10
샤오진(嘯唫) ⑰526.2
샤오펑사(曉風社) ⑱447.91
샹펑리(祥豊里) 판형제작소 ⑱107.14
서우양산(首陽山) ③359.29
석류꽃예술사(榴花藝社) ⑭494.1
성령파 문학(性靈派文學) ⑩563.4
『성사』(醒獅)의 부류 ⑨285.151
'성인의 무리'(聖人之徒) ①218.2
성춘셴사(生存線社) ⑱668.140
성화(星火)문예사 ⑧498.8
세계어사(世界語社) ⑱555.130
세계어전문학교(世界語專門學校) ⑩519.8, ⑰582.19
세계어학회(世界語學會) ⑱256.61
세이조가쿠엔(成城學院) ⑱433.50
'세라피온 형제들'(Серапионовы братья) ⑥328.9, ⑫568.3, 11
센다이(仙台) ③214.5, ⑬442.4
센다이(仙台) 의학전문학교 ②28.4

셀메스(Selmec, 舍勒美支) ① 181.101
셋째의 집 ⑱ 66.107
셰잉쥐(擷英居) ⑰ 633.28
셴눙탄(先農壇) ⑰ 75.1
셴스백화점(先施公司, 셴스공사) ⑭ 311.5, ⑱ 264.69
소련대외문화협회(Всесоюзное общество культурной связи с заграницей, ВОКС) ⑮ 177.1
소련판화전람회 ⑯ 66.3, 93.4
소련화가·조각가협회 ⑱ 511.26
소분가쿠(叢文閣) ⑬ 518.5
소비에트작가연합회연맹 ⑫ 618.12
소설가좌담회 ⑯ 187.6
소제(蕭齊) ⑨ 151.7
소피아 ⑫ 401.8
쇠나무예술사(鐵木藝術社) ⑮ 332.2
쇼헤이가쿠(昌平学) ⑨ 427.2
수도전기공사(水電公司) ⑱ 75.132
수문(修門) ⑫ 98.26
수이모서점(水沫書店) ⑱ 224.7
수이양(睢陽) ③ 249.9
술리오트(Suliote) ① 177.52
쉬사(旭社) ⑰ 689.31
쉬안청현(宣城縣) ⑯ 342.4
쉬충칭(許崇淸) ⑭ 103.4
슈젠지(修善寺) 온천 ⑨ 279.90
슈체친(Stettin) ⑦ 112.11
스차하이(十刹海) ⑰ 44.68
스코트로(Scott Road) ⑯ 275.3
스탕쭈이(石塘嘴) ⑤ 59.6
스토아학파(Stoikoi School) ③ 205.33
스파르타 ⑨ 48.8
슬라브 민족 ⑫ 686.2
슬로바키아 ⑧ 675.2
시가노야 단카이 극단(志賀廼家淡海劇團) ⑱ 506.17
시노자키의원(篠崎醫院) ⑮ 338.3, ⑱ 351.4
시라카바파(白樺派) ① 514.4
시링인사(西冷印社) ⑭ 578.3, ⑰ 89.23, ⑱ 123.36
시베이(西北)대학 ⑰ 639.33
시사신보관(時事新報館) ⑰ 514.15
시산(西山) ⑭ 174.1
시산병원(西山病院) ⑱ 176.28
시산파(西山派) ⑩ 384.11
시스쿠(西什庫) 제5중학 ⑰ 194.76
시안(西安)호텔 ④ 230.2
시짱(西藏) ⑦ 194.6
시펑커우(喜峰口) ⑮ 469.3
시후예술원(西湖藝術院) ⑬ 422.2
신경(新京) ⑨ 511.5
신광사 (晨光社) ⑥ 130.2
신궁(新宮) ⑨ 203.3
'신당'(新黨) ⑦ 429.3
신부(新步) ⑩ 96.3
신분샤(辰文社) ⑰ 367.8
신사파 ⑥ 358.9
신생명서국(新生命書局) ⑱ 330.80
신여성사(新女性社) ⑰ 723.95
신요카이(申羊會) ⑱ 305.27
신월사(新月社) ⑤ 94.3, 257.9, 356.10, ⑥ 28.11, 53.2, ⑦ 169.5, ⑧ 533.8, ⑩

552.11, ⑫735.3
신월서점 ⑤431.3
신월파(新月派) ⑤467.2, ⑨32.10, 174.3, ⑭311.3, ⑮452.5
신조사(新潮社) ④304.3, ⑤454.2, ⑦407.5, ⑬587.3, ⑰497.2
신주국광사(神州國光社) ⑦544.19, ⑰43.64
'신천지' ⑥198.7
신초샤(新潮社) ⑫643.3
신초파(新潮派) ⑫458.2
신촌주의(新村主義) ⑬531.9
'실용주의'(實用主義) ①221.21
싱광사(星光社) ⑱729.77
싱싱사(星星社) ⑭349.2
싱쑤탕(行素堂) ⑬732.1
싱예(興業)은행 ⑰326.26
싼허커우(三河口) ⑰646.49
쌍젠(桑間) ①511.5
쑤이위안성(綏遠省) ⑩456.8
쑨원 능묘 ⑤381.2
쓰마로(四馬路) ⑦369.4, ⑧97.3
쓰치도이마치(土樋町) ⑬442.16

【ㅇ】

아동예술심사회(兒童藝術審査會) ⑰173.41
아리아인 ⑬442.11
아브루초(Abruzzo) ⑨479.27
안남(安南) ⑥179.12
안차오터우(安橋頭) ⑰112.63
알렉산드리아대학 ①73. 10
애국포(愛國布)(운동) ①526.5
애버딘(Aberdeen) ⑦112.12
야마모토 사진관 ⑰585.20
야마모토의원(山本醫院) ⑩520.10, ⑰509.8
야오족(瑤族) ⑦195.7
야초서옥(野草書屋) ⑱434.53
양강(兩江) ⑧716.3
양청(羊城) ⑬825.7
업(鄴) ⑩129.5
에도(江戶) ⑫363.21, ⑬442.2
에반스도서공사(上海伊文思圖書公司) ⑰235.31, 423.12
에스테르출판사(以士帖社) ⑱296.10
에토모 마을(惠曇村) ⑯287.1
엘 아리시(El Arish) ①180.90
여성운동인원훈련소(婦女運動人員訓練所) ⑬342.2
여성회관(婦女俱樂部) ⑬284.2
여자사범대학 동락회(同樂會) ⑰673.6
여자사범대학 평의회 ⑰747.23
역사박물관 ⑰105.49, 689.32
역사박물관(계획) ⑬90.2
역사언어연구소 ⑱393.65
역학관(譯學館) ⑬447.4
연구계(硏究系) ⑤90.8, ⑩276.6
영주(瀛州) ⑨216.2
'영차영차파'(杭育杭育派) ⑧156.31
영학파(靈學派; 영학회) ①198.4, ⑬476.5
'영혼의 전사'(Doukhobor) ⑨277.76
예수이사(野穗社) ⑱451.102

예술의 집(Дом искусств) ⑫569.12
예평사(野風社) ⑱383.51
예평화회(野風畫會) ⑮439.7
예후이사(野穗社) ⑮115.7
옌징대학(燕京大學) ⑮310.2, ⑱175.26
'옐로우 북' 문인 ⑥327.4
오(吳) 땅 ⑦571.4
오데사(Odessa) ①179.78, ⑫401.7
오룔(Орёл) ⑫403.2
오문(午門) ⑤233.21
오사카부립제일중학(大阪府立第一中學) ⑫463.4
오스만투르크 ⑫746.6
오인도(五印度) ⑩53.3
오차노미즈(御茶ノ水) ⑧423.13
오천축(五天竺) ⑩53.3
오호(五胡) ⑨350.7
'옹기당'(擁旗黨) ⑤325.8
와세다문학사(早稻田文學社) ⑫478.5
와코가쿠엔(和光學院) ⑱544.100
완성위안(萬牲園) ④423.24, ⑰24.12
왕마쯔(王麻子) ⑦96.9
요족(瑤族) ⑤200.8
요코하마(橫濱) ③228.9
우당산(武當山) ⑦324.4, ⑧88.5
우릉(禹陵) ⑰111.61
'우리 대청(大淸)' ⑧197.7
우린 ⑩28.2
우린사범학교(武林師校) ⑬450.9
우사(禹祠) ⑩95.2
우쉬사(無須社) ⑭56.1
우시(無錫) ①407.15
우에노(上野) ⑫481.26
우에노 공원(上野公園) ③214.2
우잉전(武英殿) 고문물진열소(古物陳列所) ⑰197.81
우창봉기(武昌起義)→신해혁명
우청(渝城) ⑰237.34
우치야마서점(內山書店) ⑦254.7, ⑧186.2, ⑮31.3, 68.11, 443.3, ⑱66.106
우치야마서점 잡지부 ⑱222.2
우토치과의원(宇都齒科醫院) ⑱186.41
운소도(芸草堂) ⑰569.6
워푸사(臥佛寺) ⑰540.19
원밍서국(文明書局) ⑰62.109
원샹(閿鄕) ⑰641.38
원시(聞喜) ②343.12
원앙호접파(鴛鴦胡蝶派) ①544.2, ⑦714.5, ⑧547.9
원원샹(汶汶鄕) ③391.12
원위(元魏) ⑧267.19
원화전(文華殿) ⑰148.5
월(粵) ⑤80.12
웨사(越社) ⑬459.4
웨이궁교(魏公橋) ⑯181.2
웨이난(渭南) ⑰645.47
웨이러위안(衛樂園) ⑦425.9
웨이밍사(未名社) ③258.6, ⑥83.12, ⑧109.2, 354.80, ⑬338.3, 768.4
'위관'(榆關) ⑦37.3
위구르족 ⑦194.4
위스극사(於是劇社) ⑰736.1
위쓰파(語絲派) ⑤90.8, ⑩343.3

위안밍위안(圓明園) ④357.4
위안칭기념당(元慶記念堂) ⑱254.58
위우팡(兪五房) ⑰110.57
위화타이(雨花臺) ⑨581.3
윈난성(滇) ⑬108.7
유대국 ①103.10
유대인(유태인) ①445.2, ⑦684.4
유럽전쟁협제회(歐戰協濟會) ⑰443.29
유미파(唯美派) ⑨360.10
유시마(湯島) ⑧422.2
유신파(維新派)(청말) ①283.11
'유심주의 일파'(神思一派) ①104.16
'육고천'(陸稿薦) ⑤356.13
'육군자'(六君子) ④284.2
읍(邑) ⑦425.7
의봉문(儀鳳門) ③203.10
의화권(義和拳) ⑦468.5
이동파(Передвижники, Peredvizhniki) ⑨466.4
이문(夷門) ⑫295.7
이바이사(一八藝社) ⑥164.1, ⑧83.3, ⑮113.1, 439.6, 310.34
이시카와분에이도(石川文榮堂) ⑰374.11
이싱쥐(義興局) ⑰377.17
이싼잡지사(一三雜誌社) ⑱725.72
이쑤사(易俗社) ⑰642.40
이징사(逸經社) ⑱687.6
이창(益錩) ⑰132.91
이췌(伊闕) ⑩134.10
이케다의원 ⑰42.63
이토(伊東)치과의원 ⑰519.21
이황(宜黃) ⑦198.2
인도 ①103.6
'인민의지당'(Народная воля) ⑥114.5
인상주의(印象主義, impressionism, 인상파) ⑦649.4, ⑨360.8, ⑮121.6
인상주의자(Impressionnist) ⑨460.7
'인생을 위한 문학' 집단 ⑧349.24
인예희극전문학교(人藝戲劇專門學校) ⑰599.36
인트로다콰(Introdacqua) ⑨479.27
일본기독교청년회 ⑱484.199
일본연예관(日本演藝館) ⑱70.117
일본 예수교회 ⑦381.3
일본인구락부 ⑱562.148
일어학회(日語學會) ⑱320.55
입시교육회의(臨時教育會議) ⑰34.41
입체파(Cubism) ①488.11, ⑨466.7, ⑫748.3, ⑮127.3
잉잉서옥(嚶嚶書屋) ⑭200.12
잉청(應城) ③433.17
잉환도서공사(瀛環圖書公司, Zcitgeist Book Store) ⑱273.77

【ㅈ】

자금성(紫禁城) ⑥373.2
자샹(嘉祥) ⑬558.6
자예탕(嘉業堂) ⑧245.29, ⑱525.56
자오상(招商) ⑭103.2
자오저우(膠州) ⑩54.10
자유대동맹(自由大同盟) ⑥94.8, 130.7 → 중국자유운동대동맹(中國自由運動大同盟)

작가협회 ⑯ 61.2, 113.2
장시성(江西省, 贛) ⑬ 483.4, ⑮ 76.4
장시청(江西廳) ⑬ 473.3
장시회관(江西會館) ⑰ 502.3
장쑤성(吳) ⑰ 40.57
장씨국학강습회(章氏國學講習會) ⑧ 481.12
장위안(張園) ⑥ 485.10
저먼(茄門) ⑯ 179.3
저우가(周家) ⑮ 359.4
저우롄(周連) 형 → 좌련
저장뤼진공학(浙江旅津公學) ⑰ 423.13
저장성(浙江省) ⑧ 659.15
저장성 동부 지역 ⑧ 794.3
저장성립(浙江省立) 제5중학 ⑰ 101.43
전국목판화연합전람회(全國木刻畵聯合展覽會) 주비처 ⑱ 570.170
전난관(鎭南關) ⑬ 858.7
전루진(眞茹鎭) ⑥ 225.5
전베이관(鎭北關) ④ 460.4
전칭(前淸) ⑤ 61.18
전통사(電通社) ⑥ 221.3
정씨(丁氏)의 팔천권루(八千卷樓) ⑫ 331.15
정인군자(正人君子) ① 31. 7, ③ 171.29, ④ 26.5, ⑩ 413.5, ⑫ 546.23
제(齊)나라 ⑫ 56.12
제네바(Geneva) ⑦ 88.4, ⑨ 480.28
'제3원'(第三院) ⑬ 134.2
제왕묘(帝王廟) ⑰ 581.16
조가(趙家) ⑥ 180.20
조지아 ⑫ 385.5
조쿄쇼인(藏經書院) ⑰ 160.25
조프르로(샤페이로霞飛路) ⑦ 696.7
조화사(朝花社) ⑥ 83.12, 130.4, ⑧ 83.2, ⑨ 461.15, ⑭ 246.3, ⑱ 156.1
종교수호단(護教團) ⑭ 431.2
좌련(左聯) → 중국좌익작가연맹
좐징탕(傳景堂) ⑱ 604.16
주관유심주의 학파 ① 104.17
주안(朱安)의 집 ⑭ 382.1
주안회(籌安會) ④ 284.2
중국대학(中國大學) ⑰ 716.84
중국문예가협회(中國文藝家協會) ⑧ 694.7, ⑯ 61.2, 113.2, 193.1
중국민권보장동맹(中國民權保障同盟) ⑩ 530.9, ⑱ 416.4
중국어라틴화연구회(中文拉丁化研究會) ⑱ 638.80
중국자유운동대동맹(中國自由運動大同盟) ⑧ 39.15, 632.6, ⑬ 34.5, ⑭ 292.2
중국좌익작가연맹 ⑧ 697.34, ⑩ 530.8, ⑬ 34.10
중국혁명호제회(中國革命互濟會) ⑱ 248.51
중궈공학(中國公學) ⑥ 233.6
중산(中山)공원 ④ 424.38
중산대학(中山大學) ⑰ 790.91
중산대학 조직위원회 ⑱ 37.46
중산중학(中山中學) ⑱ 21.10
중서학당(中西學堂) ③ 202.3
중소문화협회(中蘇文化協會) ⑱ 693.21
중앙공원 ④ 424.38, ⑰ 252.57, 702.53
'중앙사'(中央社) ⑦ 87.2

중앙선전위원회 ⑧220.9
중앙연구원 ⑱416.3
중앙영화검열위원회(中央電影檢查委員會) ⑦545.33
중앙학회 ⑰97.35
중일학원(中日學院) ⑬726.2
중일회화연합전람회(中日繪畫聯合展覽會) ⑰629.21
중하(中夏) ①302.9, ⑤60.9, 432.5, ⑦283.2
중화공화국 인민혁명정부 ⑧659.17
중화무사회(中華武士會) ①488.4
중화민국(中華民國) ①30. 5, ⑧805.3
중화서국(中華書局) ⑰110.54
중화예술대학(中華藝術大學) ⑭202.2, ⑱229.17
중화평민교육촉진회(中華平民教育促進會) ⑧156.29
줘쯔(卓姉) ⑮45.4
줴루판뎬(爵祿飯店) ⑱243.43
즈리(直隸) ⑩54.9
즈리관서국(直隸官書局) ⑰77.5
즈융중학(知用中學) ⑤71.1, ⑱54.76
지나(支那) ③203.15, ⑧359.2
지난(暨南)대학 ⑮659.1
지메이러우(集美樓) ③258.5, ⑰781.73
지메이학교(集美學校) ④498.11, ⑰792.96
지식노동자협회(智識勞動者協會) ⑥229.2
지쓰교노니혼샤(實業之日本社) ⑰329.27
지저우(冀州) ③324.17
지주(地柱) ④377.5
지주(砥柱) ⑤320.18
지학협회(地學協會) ⑰67.117
지현(薊縣) ⑦198.3
진(秦)과 호(胡) ⑫154.24
진단(震旦) ①72. 2, ⑤94.2, ⑬442.12
진양(晉陽) ⑩129.3
진지공사(金鷄公司) ⑱209.73
진푸철도(津浦鐵路) ⑦426.12, ⑭87.8
집성국제어언학교(集成國際語言學校) ⑰630.23
징룽산(青龍山)의 탄광 ③205.41
징원자이(靜文齋) ⑬407.1, ⑭229.2, ⑮54.5
징윈리(景雲里) 집 ⑱66.109
징타이야오(景泰窯) ⑰64.111
징한철로(京漢鐵路) ⑬390.8
쭝마오 골목(宗帽胡同) ④352.5

【ㅊ】

'차개'(且介) ⑧28.10
찬싱사(燦星社) ⑨188.6
창더(彰德) ⑰231.27
창뎬(廠甸) ⑬342.3, ⑰84.16
창성명지대학(倉聖明智大學) ④76.12
창안(長安) ①270.2
창오(蒼梧) ⑫95.7
창조사(創造社) ①286.33, ⑤257.7, 334.7, ⑦31.5, ⑧353.65, 643.7, ⑨270.4, ⑩413.2, ⑬839.5
천중사(沉鐘社) ⑬204.4, ⑭38.6, ⑱227.12

천축(天竺) ①73. 14, ⑨150.2
천하편(天下篇) 반월간사 ⑱510.25
첫번째 바닷가 ⑤109.2
청년회(YWCA) ⑰273.96
청당위원회(清黨委員會) ⑤136.2
청두(成都) ⑤403.2
청장(成章)여학교 ⑰111.59
체코 ⑧675.2
체팔로니아 섬(Cephalonia) ①176.50
첸차오사(淺草社, 천초사) ⑧349.31, ⑰686.28
첸추사(千秋社) ⑱530.67
첸탕강(錢塘江) ③327.41
초두(草頭) ④152.9
초현실주의 ⑧411.6
총리각국사무아문(總理各國事務衙門) ⑧182.2
추차이관(儲材館) ⑰645.45
춘광사(春光社) ⑰576.11
춘선(春申) ①561.14
춘양사진관(春陽照相館) ⑱221.1
춘징거(淳菁閣) ⑬407.1, ⑭229.2, ⑮54.2
충런(崇仁) ⑦198.2
충샤오사(崇孝寺) ⑰100.40
췌거리(鵲格利) ⑱393.64
취안예창(勸業場) ⑰25.18, 639.34
칭다오(青島) ⑦444.3
칭미거(清秘閣) ⑭541.2, ⑰60.106
칭윈거(青雲閣) ⑰25.17
칭타이(清泰) 제2여관 ⑭173.1

【ㅋ】

카이밍서점(開明書店) ⑬204.3, ⑰777.67
카자크(Казаки) ③46.5 → <u>코스크</u>
카잔(Казань) ⑫406.3
칼데아(Chaldaea) ⑦456.10
컬투어(科勒多) ①180.100
코르도바(Cordoba) ①73. 17
코뮤니즘 학원(Коммунистическая Академиа) ⑯228.1
코브노(Kowno) = 카우나스(Kaunas) ①179.77
코사크(Козаки) ⑨503.13, ⑫640.39
콰이지(會稽) ⑧785.2, ⑩120.1, 582.2
콰이지산(會稽山)에 있는 동굴 ⑦612.15
콰이훠린(快活林) ⑱228.13
쾅루(匡廬) ①535.17
쾨니히스베르크(Konigsberg) ⑩475.2
쿠룬(庫倫) ⑫393.2
쿠즈니차(Кузница) ⑨272.22, 531.4, ⑫555.12
쿠즈바스(쿠즈네츠크 탄전) ⑫641.46
쿵더(孔德)학교 ⑭156.1, ⑰473.19
쿵사(孔社) ⑰166.32
크리미아 = 크림(Krym) 반도 ① 179.79
크제미에니에츠(Krzemieniec) ①180.89
키이우(Київ) ⑨478.6

【ㅌ】

타오란정(陶然亭) ⑰24.13
타이가 ⑫585.5

타이구싱지윤선공사(太古興紀輪船公司) ⑬ 252.1, 765.2, ⑱ 63.97
타이둥서국(泰東書局) ⑰ 573.7
타이완(臺灣) ⑤ 46.2
타이핑후(太平湖)호텔 ④ 230.2
타타르인 ① 180.93, ⑫ 385.4
타히티(Tahiti) ⑨ 623.8
탁발씨(拓跋氏) ① 348.11, ② 312.19
탄인루(蟫隱廬) ⑮ 231.3
탐미파(眈美派) ⑨ 360.10
탐보프(Тамбов) ⑫ 637.7
탐페레(Tampere) ⑫ 398.3
탕찬러우(唐餐樓) ⑭ 48.1
태동(泰東) ⑫ 368.2
태릉(泰陵) ⑧ 79.7
태양사(太陽社) ⑤ 257.8, ⑥ 60.48, ⑦ 257.34, ⑧ 526.2, 643.7
톈마서점(天馬書店) ⑮ 692.1, ⑱ 417.5
톈줴바오사(天覺報社) ⑰ 58.100
토요일파(禮拜六派) ① 547.3, ⑦ 156.11
토지사(土地祠) ⑰ 154.15
'토지와 자유'당(Земля и воля) ⑥ 114.5
'토지재분배당'(均田黨) ⑥ 114.6
'토지평분사'(土地平分社, Чёрный передел) ⑥ 114.6
통속교육연구회(通俗教育研究會) ⑰ 254.60, 262.76, 265.80, 267.83, 270.90
투안청(團城) ⑰ 178.50
퉁런병원(同仁病院) ⑰ 504.6
퉁원서국(同文書局) ⑱ 517.35
퉁지독어의학교(同濟德文醫學校) ⑥ 217.7
튜턴족(Teutons) ⑥ 179.11
트랜실바니아(Transilvania) ① 181.111

【ㅍ】

파도소리사(濤聲社) ⑱ 450.99
파사데나 시(市) ⑤ 216.12
파위안사(法源寺) ⑰ 100.41
파퍼(Pápa)대학 ① 181.102
판장(樊江) ③ 169.5
팡자후퉁(方家胡同)도서관 ⑰ 254.61
펑융(馮庸)대학 ⑥ 233.5
펑톈(奉天) ⑰ 65.115
펜클럽(Pen Club, 筆會) ⑥ 397.6, ⑱ 426.30
펠라(Pella) ⑫ 652.4
평민학교(平民學校) ⑬ 338.1
평의부(評議部) ⑩ 604.2
평의회(評議會, 여사대 입법기구) ⑨ 273.25, ⑬ 85.2, 617.3
포공전(包公殿) ③ 169.8
폴란드 ① 103.6
폴타바(Poltava) ⑨ 478.5
표현주의(expressionism) ⑤ 335.10
푸단대학(復旦大學) ⑥ 233.6, ⑱ 71.119
푸단대학 부속실험중학 ⑥ 233.6, ⑱ 113.23
푸민의원(福民醫院) ⑱ 114.26
푸젠과 광둥(閩粵) ⑬ 173.1
푸젠성(민, 閩) ⑩ 665.4
프랑스병원(法國病院) ⑰ 575.9
프롤레타리아 문화협회 ⑫ 617.3

플로렌스(Florence) ⑨409.20
핀란드 ⑩158.5
핑수이(平水) ⑰512.13
핑진(平津) ⑮630.3, 662.3
핑푸철로(平浦鐵路) ⑬394.3

【ㅎ】

하겐베크(Carl Hagenbeck) 서커스단 ⑥ 519.5
하더먼(哈德門) ⑬72.7
하리코프(하르키우, Харків) ⑫386.7
하이닝(海寧) ⑦753.3
하이뎬(海甸) ⑮560.1
하이빈쉐사(海濱學社) ⑱567.160
하이톈춘(海天春) ⑰90.24
학계급진회(學界急振會) ⑰527.6
학술원(大學院) ⑱81.142
학원파 ⑨466.3
한구관(函谷關) ③411.15, ⑰646.51
함분루(涵芬樓) ⑫331.14
항위항위파(杭育杭育派) ⑮147.3
항일 민족통일전선 ⑧693.1
항일의용군 ⑦100.5
항저우(杭州)국립예술전문학교 ⑧659.12
항저우 양급사범학당(杭州兩級師範學堂) ⑰96.34
향토연구사(鄕土研究社) ⑰195.77
허난성(豫) ⑬230.3
허난 중서부(伊洛間) ⑨389.7
허백재(虛白齋) ⑭541.1
허우쑨공원(後孫公園) 의학원 ⑮639.1
허중서점(合衆書店) ⑭440.1, ⑮315.1, ⑱457.122
허지(合記) ⑭248.1
허지(和記) ⑰396.30
헌법수호(護法) ①491.2
헌원(軒轅) ⑦178.7
험윤(玁狁) ①294.10
헤브라이(Hebrai) ①173.6, ⑩84.14
헤이와양행(平和洋行) ⑱365.27
'혁명의 책원지(策源地)' ⑫507.3
'혁명의 후방' ⑤80.3
혁신학생회동맹회 ⑬330.2
현대목판화연구회(現代木刻研究會) ⑱ 324.63
현대서국(現代書局) ⑯221.2, ⑱138.46
현대창작판화연구회 ⑮411.6, 431.1
'현대파' ⑤90.8
현대평론파(現代評論派) ①31. 7, ③ 122.3, ④26.5
'현대학예강습소'(現代學藝講習所) ⑱ 262.67
'혈혼간흉제거단'(血魂除奸團) ⑦37.5
'협동'(Единство) ⑥115.16
형초(荊楚) ⑫97.18
호반시사(湖畔詩社) ⑯283.3
혼간지(本願寺) ⑥300.30
홍콩 ⑤320.21
홍콩중화기독교청년회 ⑱29.29
홍토구(紅土溝) ⑱91.7
'홍헌'(洪憲) ⑬61.12
화기(花旗) ⑧474.15
화산(華山) ③359.24

화위안좡(花園莊) ⑱ 290.3
화이빈(淮濱) ⑬ 545.6
화저우(華州) ⑰ 646.48
화토(華土) ① 173.14
화하(華夏) ③ 325.22
황족(黃族) ⑫ 363.11
황푸(黃埔) ⑱ 23.15
황푸군관학교(黃埔軍官學校) ⑤ 44.2, ⑬ 76.2, 611.2, ⑱ 38.48
후(滬) → 상하이
후관(侯官) ⑥ 267.30
후궈사(護國寺) ⑰ 469.12
후기인상파(Postimpressionism) ① 488.10
후닝선(滬寧線) ⑰ 109.53, ⑱ 397.68
후닝철로(滬寧鐵路) ⑬ 394.2
후이원탕(會文堂) ⑮ 120.3
후이펑(灰棚) ⑨ 72.4
후지산(富士山) ③ 214.4, ⑥ 297.3
후펑서국(湖風書局) ⑭ 340.2, ⑱ 323.60
후항(滬杭)선 ⑰ 110.56
홍황월간사(洪荒月刊社) ⑱ 458.124
훠선먀오(火神廟) ⑰ 83.14
흉노(匈奴) ① 294.10, ③ 326.29
흑토 ⑥ 359.18
흥중회(興中會) ④ 152.9

【기타】

ABC베이커리 ⑱ 500.4
Astro House ⑱ 487.204
CP(Communist Party, 공산당) ⑤ 80.14, 280.12
CY(Communist Youth, 공산주의청년단) ⑤ 80.14
L.Y.(좌파청년단) ⑤ 80.15
M.K.목각연구회(MK목각연구사) ⑧ 83.5, ⑮ 113.4, 211.1
New Masses잡지사 ⑱ 304.22
P.E.N.클럽 ⑨ 280.104
T.Y.(삼민주의 동지사同志社) ⑤ 80.15
'VOKS' → 소련대외문화협회

당대 사건, 사회 사항, 루쉰 행적 등 찾아보기

1·28사변 때 보낸 쉬서우창의 전보 ⑭ 358.1
1·28사변 전야 ⑱ 353.7
1·28상하이사변 ⑤ 256.2, ⑦ 37.4, 61.5, 100.5, ⑧ 69.2, 536.2, 632.5, ⑨ 216.1, 565.4, ⑩ 520.11, ⑬ 34.8
2월혁명 ⑨ 407.2
2차혁명(1913년) ① 406.10, ④ 152.12, ⑥ 351.4, ⑦ 142.4, ⑬ 66.2
3·18참사(1926년) ① 31. 10, ③ 109.7, 102.4, ④ 336.6, 339.2, ⑤ 44.3, ⑥ 94.6, 227.3, ⑩ 276.8
3·18참사 후 지명수배령 ④ 344.6
4·12반공(反共)정변 ③ 24.1, ⑤ 426.2, ⑩ 324.4, 530.7, ⑫ 496.15, ⑭ 64.4
4·15 학살 ③ 24.1, ⑤ 257.6
5·4신문화운동 ⑥ 351.2
5·7국치일 ④ 98.7, 154.28
5·7상신서 ④ 98.7
5·30참사(慘案) ① 357.15, ④ 137.2, 3, ⑬ 131.3, 134.3, ⑰ 698.45
5개년 계획(소련) ⑥ 317.2
'5분간의 열정' ④ 153.25
6명 제적(베이징 여사대) ⑩ 244.6
8개국 연합군 ⑨ 92.3
9·18사변(만주사변) ⑥ 165.3, 224.4, 233.3, 312.6, ⑨ 504.2
10월혁명 ⑬ 278.1
11월혁명(독일) ⑥ 347.7
12·9 운동 ⑮ 789.1
19로군 ⑥ 371.9, ⑦ 389.4, ⑧ 41.31, 801.4, ⑭ 607.1
21개조(二十一條) ⑧ 697.33
21개조 요구 ⑦ 190.3
21개조안 수용 ⑥ 423.6
50세 기념 ⑱ 263.68
50인 지명수배 ⑬ 676.1
1930년대 중국 사회 ③ 448.4
'4,465명의 대(大)시민' ⑦ 130.8

【ㄱ】

가네코 미쓰하루 우키요에전람회(金子光晴浮世繪展覽會) ⑱ 167.11

'가마꾼이 웃음을 짓는 것' ① 326.18
'가상의 적'(假想敵) ⑧ 575.39
가오(高) 살인 사건 ⑦ 657.10
가오쥔펑(高峻峰)의 원고료 대신 수령 ⑱ 162.7
'가위질 도사'(文剪公) ⑧ 792.3
가정(嘉定) 연간의 도륙 ② 81.3
가족을 베이징으로 데리고 오다(루쉰) ④ 452.2
간쑤(甘肅) 하이위안(海原) 지진 ⑰ 520.22
간토(關東)대지진 ⑨ 330.4, ⑫ 463.3
간행물 유통 금지(1928년) ⑩ 413.4
"감탄부호를 사용하지 말라" ④ 58.6
갑오전쟁 ④ 198.4, ⑫ 656.2
강당(康黨) ① 406.7, ④ 343.2
강철을 벼려서 군대에 보낸 일 ⑧ 167.3
'개방정권'(開放政權) ⑦ 173.7
'개행'(改行) ⑦ 256.27
거꾸로 매달기 금지 ⑦ 656.2
거란(擧亂) ⑫ 481.25
거북이 살생 금지 ⑦ 724.8
건괵(巾幗) ⑨ 47.5
「건국대강」(建國大綱) ⑧ 536.3
격치(格物) ② 28.3
'견벽청야'(堅壁淸野) ① 380.2
경로잔치(耆英會) ⑦ 595.3
경사도서관 이전 ⑰ 356.1
'경서를 읽자' ④ 180.2, 181.12
경서 읽기 부활 ⑧ 363.4
경역(硬譯) ⑦ 545.25
'경운가'(卿雲歌) ⑰ 390.26
경자년 러시아배상금반환위원회(차관위원회) ④ 344.8
'경자년 배상금'(庚子賠款, 경자배상금) ① 508.3, ④ 260.22, ⑦ 104.4, 206.5, 684.6, ⑧ 308.5
경자년 영국 배상금 ④ 422.15
'계집애'(毛丫頭) ④ 168.12, ⑭ 428.1
고궁박물관(故宮博物院) 문화재 도난 ⑧ 79.5
고대 무법 연구 ⑦ 724.9
고대 유물을 남쪽으로 운반 ⑦ 146.4, 571.9
고리키의 창작생활 40년 축하 ⑧ 514.7
고분학원 학생소요 ⑬ 450.7
'고상한 문학가' ⑦ 711.5
"'고아'함을 추구할지언정 '통달'을 기하지는 않겠다" ⑦ 283.9
고전주의자와 낭만주의자의 상호 매도 ⑧ 532.5
공거상서(公車上書) ④ 75.2
「공교를 국교로 정하기를 요청하는 청원서」(請定孔敎爲國敎請願書) ① 492.8
공교회(孔敎會) ③ 230.22, ⑰ 159.23
"공리(公理)가 강권(強權)을 이겼다" ① 459.6, ⑥ 322.6
'공리'(公理)와 '정의'(正義) ③ 123.10, ⑤ 94.4
공리유지회(公理維持會) ④ 27.9
공리의 승리 ⑬ 412.2, ⑭ 231.3
공리의 승리(公理戰勝) 기념비 = 공리전승패방(牌坊) ④ 151.2, ⑥ 322.6
공무원과 출판업자들 사이의 회의 ⑧ 220.10

공민단(公民團) ① 472.2
공부국(工部局) ⑦ 386.6
'공비당'(匪黨) ⑧ 40.28
공자묘 재건 ⑦ 684.8
공자 생일 ⑰ 125.78
공자 제사(祭孔) ① 374.28, ⑧ 424.20, ⑮ 288.3
공제조합(共濟講社) ② 274.4
공처주의(公妻主義) ⑩ 329.6
공화기념회(共和紀念會) 참석 ⑰ 54.91
과격주의 ① 494.2
'과부' 또는 '의사(擬似)과부'인 교장 및 사감 ① 392.11
"관료를 한다" ③ 147.15
관세 자주 시위(1925년) ① 372.18, ④ 216.6, 275.12
관세특별회의 ④ 211.14
광둥대학(廣東大學)을 중산대학(中山大學)으로 개명 ⑬ 212.2
광둥의 독립 선언 ⑬ 278.2
광복(光復) ③ 203.8
광서 연간에 학당을 열다 ② 274.3
광저우시 주최 경로회 ⑧ 527.11
광저우 중화민국 ⑦ 184.3
광저우 하기학술강연회 ⑤ 167.1
광풍사(狂飇社) ⑭ 120.1
광화대학(光華大學) 강연 ⑱ 75.131
광화(光華)서국의 일 ⑮ 187.2
광화(光華書局)의 지병 ⑮ 253.4
교무유지회(教務維持會) ④ 230.5
교무회의(중산대학) ⑱ 28.25, 27, 30.33, 31.35, 33.39, 36.43, 39.50
교민(教民) ① 459.4
'교육계 공리유지회' ③ 170.17, ④ 230.9
'교육부 관료' ⑥ 508.4
교육부와 교육계가 '소련의 금전' 때문에 갈등 ④ 370.8
'교육부 직원' ⑨ 132.11
교육부 첨사(僉事) ⑰ 44.69
교직원연석회의 ⑰ 739.9
'교통계'(交通系) ④ 122.7
구국대 이야기 ③ 434.25
구리야가와 하쿠손(廚川白村) 기념회 ⑰ 741.12
「구명단」(鉤命單) ⑩ 519.2
'구분진화'(俱分進化) ⑧ 704.9
"국가 사정이 특별하다" ④ 399.12
국가주의 ⑥ 90.3
국가 휘장 도안 ⑩ 100.1
국고권(國庫券) ⑰ 159.24
국고 정리(整理國故) ① 258.2, 311.11, ⑫ 516.2
"국군이 일치하여 돤치루이를 옹호한다"는 기사 ④ 269.7
국기 학예회(國技遊藝大會) ⑩ 369.4
'국난 후 제×쇄' ⑧ 69.2
'국립여자대학후원회' ④ 269.13
국립편역관(國立編譯館) ④ 211.12
'국민군' ④ 308.36
'국민군'과 펑톈파 군벌 간의 전쟁(1926년 4월) ③ 102.2
국민당(國民黨)의 군대 ⑦ 73.5
국민당의 백색테러 ⑮ 747.2
국민당의 '학살의 흉악' ⑮ 180.4

국민당(國民黨) 정부 ⑥ 28.9
국민당 정부 인사 ⑦ 199.6, 7
국민당 중앙선전위원회 도서잡지심사위원회 ⑦ 554.12
국민당 중앙선전위원회 도서잡지심사위원회 성립 ⑧ 303.6
국민복역조례(國民服役條例) ⑮ 405.5
국민연합군의 퉁관(潼關) 진격 ⑬ 304.2
'국민정부' ⑤ 426.2
국민혁명가(國民革命歌) ⑤ 356.6
국민혁명군(펑위샹) ⑬ 263.2
국민혁명군의 북벌(北伐) ⑤ 134.4
국민혁명군의 북벌 승리 ⑬ 396.2
국방문학 제창자들의 비판 ⑯ 169.3
"국사(國事)를 말하지 말라" ① 311.12
'국산품의 해'(1933년) ⑥ 423.7, ⑦ 130.12
국제연맹 ⑦ 61.6, ⑧ 170.2
『국학계간』의 겉표지 도안 디자인 ⑰ 663.67
국학연구원의 회의 ⑰ 798.106
국화성(國貨城) ⑧ 518.2
국회 개원 ⑰ 95.32
군국민주의(軍國民主義) ① 391.3
군대를 파견하여 장의를 잘라 버린 사건 ⑦ 276.4
군바리 나리(八大爺) ⑬ 145.1
'군벌을 욕하지 않다' ① 31. 8
군벌전쟁 ⑥ 179.9
군정복고시대(君政復古時代) ① 199.7
"군중의 지도자가 도의적인 책임을 져야 한다" ④ 357.3
"굴욕적인 조약에 서명하지 않기로 맹세한다" ⑦ 212.4
권법 붐(打拳熱) 비판 ⑩ 369.2
권비(拳匪) ① 252.5, 439.10, ④ 173.5, ⑩ 168.1, ⑰ 31.35
권비(拳匪) 사건 ⑤ 267.5
'권세 없는 자' ④ 174.8
'권위자' ⑤ 109.5
귀성신청 ⑰ 485.29
"귀신 다섯이 나라를 어지럽힌다" ⑦ 118.2
그들이 "남긴 역겨운 냄새는 만년 동안 계속될 것이다"(遺臭萬年) ⑦ 37.7
"그러지 않으면 무릎을 어디에 쓴단 말인가?" ④ 42.7
그리스의 독립운동 ④ 138.4
"그림자를 마주하니 세 사람이 되었도다" ⑨ 49.14
"그의 소설이 훌륭하다고 말하지 않을 수 없다" ③ 145.7
'근당 8문에 팔리는 아이'(每斤八文的孩子) ① 326.17
근무시간 변경 ⑰ 246.46
"근사한 빈자리" ④ 344.9
금관(金款) 할당 요구(사립대학) ④ 230.8
'금광명도장'(金光明道場) ⑥ 423.8
금석문 탁본 수집 ⑰ 219.6
'금아'(今雅) ⑦ 437.7
"'금아'(今雅)로써 나라를 세우려 하느냐" ⑥ 527.3
'금철주의'(金鐵主義) ① 103.12
'금후 교육은 민족주의에 주목해야 한다'

④ 431.6
기독교를 반대하는 외침 ④ 139.13
기독교사회주의(Christian Socialism) ⑥ 269.43
기영회(耆英會) ⑧ 527.11
기우제 ⑦ 730.2
"길길이 날뛰다" ③ 145.5
'깃발운동' ⑭ 131.1
'깨진 징'(破鑼) ⑥ 359.13

【ㄴ】

'나는 화내지 않는다' ⑥ 94.3
'나라 기둥님' ⑨ 511.8
"나라를 빛냈다"(發揚國光) ⑧ 73.2
나로드니키(Народники) ⑥ 114.3
나이카쿠분코(內閣文庫) 소설서목과 표 ⑰ 768.59
'나체시위' ⑥ 221.6
'낙오' ⑫ 531.10
'낙오자'(沒落者) ⑤ 258.10
'난당'(亂黨) ④ 343.4
난장뎬유(南江店友) ⑱ 294.7
난징(南京) 임시정부가 수립(1912년) ④ 53.12
난징판뎬(南京飯店) 만찬 ⑱ 649.99
난푸퉈사(南普陀寺) 사진 촬영 ⑱ 19.1
"날씨가 별로 좋지 않다" ⑭ 488.1
남강북조(南腔北調) ⑥ 308.2
'남과 북' ⑫ 412.3
남녀구분법 ⑦ 723.3
남북전쟁(미국) ⑥ 198.4
남의사(藍衣社) ⑩ 519.2
내전 시기(소련) ⑫ 637.12
'냄새 나는 측간' ④ 116.6
"넌 조종을 쳤어" ③ 295.10
'네번째 유한' ⑤ 397.3
노동대학 강의 ⑱ 73.125
노작가에 대한 '특별대우' ③ 412.28
녹림대학(綠林大學) ③ 229.20
녹림병 ④ 27.12
녹영(綠營) ① 492.7
농노제 폐지 ⑫ 742.3
농업구국론(장스자오) ④ 377.12
농촌부흥운동 ⑧ 411.7
농촌 파산 ⑦ 305.4
농학원(農學院) 포위 및 공산당원 체포수색 ⑭ 143.2
뇌봉탑(雷峰塔) 재건 ⑦ 684.8
뇌염(腦炎) ⑮ 86.1
뉴란 부부 구명운동 ⑱ 359.13
'늙은이' ⑤ 259.16
"니체식의 피차 모두 해석할 수 없는 격언식의 문장" ⑧ 353.71
'님 그리는 사내'(思士) ⑨ 190.2

【ㄷ】

다기인 가설(多基因假說, Multiple Factor Hypothesis) ⑥ 213.6
다루신춘(大陸新村) 새집 이사 ⑱ 437.66
다샤대학(大夏大學) 강연 ⑱ 75.133
다샤대학 러톈문예사 강연 ⑱ 233.30
다샤대학(大夏大學) 설립 ④ 497.5

다수에 관한 천시잉의 주장 ④ 233.18
다수주의(多數主義) ① 495.8, ④ 238.10
다장서포(大江書鋪)의 식사 초대 ⑱ 226.8
'단결한 자들' ⑥ 457.3
단의운동(短衣運動) ⑦ 276.4
"단장을 든 한 학자" ③ 323.6
단편소설 선정 ⑮ 480.12
'당고의 화'(黨錮之禍) ⑤ 168.4
'당국'(黨國) ⑦ 170.6
'당내숙청'(淸黨) ⑦ 173.6, ⑱ 40.51
"당으로써 나라를 다스린다"(以黨治國) ⑤ 237.2
당의(黨義) ⑥ 62.67
대구 연습 ③ 181.10
"대도 99자루를 특별 제작하여 전선의 장병들에게 증정하자" ⑥ 422.2
대 독일 전쟁에 참가(1917년) ① 495.4
대사형(大師兄) ④ 371.10
대살육 ④ 336.6
"대영제국의 덕정이 베풀어졌다" ⑤ 320.25
대중어 논쟁 ⑦ 696.4
대중어 문제(관련 토론) ⑮ 258.4, 268.1, 269.3
대중어문학 논쟁 ⑧ 158.43
"대중을 쟁취하다" ⑤ 335.9
'대중의 총의라는 관점' ⑮ 591.3
대학생 피난 금지 ⑦ 39.3
대학원 특약저술원 ⑭ 123.2
대학원 특약저술위원으로 임명 ⑭ 361.1
대학전문과정 토론회(大學專門課程討論會) ⑰ 47.76
'대형 잡지' ④ 211.13
'더 많은 빛' ⑦ 778.7
도독(都督) ③ 229.17
'도를 실은' 꿈과 '뜻을 말한' 꿈 ⑥ 364.3
도분서원(同文書院) 강연 ⑱ 301.18
도살 금지령 ⑦ 731.5
'도서목록' ⑤ 71.3
도필(刀筆) ⑤ 259.21
"독사가 자라로 변하다"(毒蛇化鱉) ⑩ 566.2
독음통일회(讀音統一會) ⑰ 84.18, 89.22
독일러시아목판화전람회 ⑱ 474.172
독일-오스트리아 합병 추진 ⑦ 292.9
독일판화전람회 관람 ⑱ 371.33
'돌연변이' ⑨ 282.118
'동기'(動機) ⑤ 306.2
'동기로써 작품의 좋고 나쁨을 평가하다' ③ 123.7
동맹회(同盟會) ⑤ 412.6
'동성 변종'(桐城謬種) ⑦ 430.15
동정(同情)문학 ⑤ 221.2
동홍(冬烘) 선생 ④ 211.9
돤치루이와 장쉰 사이의 전투 ⑰ 377.16
두번째 바닷가 ⑤ 109.2
둘째의 입원 ⑰ 532.11
둥난대학 사건 ⑬ 66.1
둥베이사변(東北事變) →9·18사변
둥안(東安)반점으로 피신 ⑰ 754.35
둥피(東皮) ⑭ 84.4
드레퓌스 사건 ⑥ 440.5
드레퓌스(Alfred Dreyfus)와 졸라(Émile Zola) 비유 ④ 269.9

"들풀 속으로 물러들어가다" ⑥ 556.12
딩링(丁玲)의 인세 ⑮ 49.2
딩링의 일 ⑮ 353.3
'따분하고 짤막한 글' ⑨ 315.2
'똥차' ④ 305.20
뚱보 여인 감상 ⑦ 724.8
'뜻있는 일부 인사' ④ 370.7

【ㄹ】

라이프치히 조각전람회 ⑰ 134.94
라틴화 신문자(新文字) ⑯ 79.3
량비(良弼) 폭격 ④ 357.4
량스추(梁實秋) 등의 비난과 조소 ⑧ 284.3
량유 습격 사건 ⑨ 557.7
러시아의 농민미술을 보존하자고 주장한 루나차르스키의 관점 ⑥ 83.15
러시아-투르크 전쟁 ⑫ 401.2, 725.3
러시아·프랑스 서적삽화전람회 관람 ⑱ 484.200
러우스(柔石) 구명 운동 ⑱ 294.7
러일전쟁 ③ 215.11
러허(熱河) 진공 ⑦ 73.2
로마와 고트족 ① 103.7
로마자병음 ⑧ 581.4
루블설(루블화를 받고 일한다는 모함) ④ 182.17, ⑧ 285.11, ⑨ 516.3, 557.8
"루쉰, 곧 교육부 첨사 저우수런 선생" ④ 306.23
루쉰 등 지명수배 요청 공문 ⑭ 295.2
루쉰 어머니 생신 ⑰ 37.34
"루쉰은 푸저우로(福州路)에서 체포됐다"는 소문 ⑭ 325.2
루쉰을 따라온 샤먼대학(廈門大學) 학생들 ⑱ 32.38
루쉰을 민족반역자(漢奸)라고 중상한 일 ⑮ 165.10
루쉰의 강연 ⑤ 256.5, ⑥ 27.5
루쉰의 '몰락' ⑦ 267.2
루쉰의 변발 ⑤ 103.5
루쉰의 복직과 '임시 첨사' ④ 306.24
루쉰의 죄상 10개 조 ⑤ 378.17
루쉰의 홍콩 강연 ⑤ 59.2
루쉰이 칭다오로 도망갔다는 유언비어 ⑯ 282.2
뤄광팅(羅廣廷)의 '생물 자연발생' 실험 ⑥ 485.8
뤄칭전(羅清楨) 제자들의 작품 ⑭ 507.1
류바이자오(劉百昭) 집에 숨겨 둔 공금 팔천 위안을 잃어버린 일(거짓 보고) ④ 259.18
류반눙(劉半農)의 몰락 자인 ⑦ 716.14
류반눙이 원작의 상당 부분을 삭제한 일 ⑭ 90.5
리다자오(李大釗)의 장례식 ⑥ 428.3
리다자오 장례식 기금 모금 ⑱ 443.76
리다학원(立達學院) 강연 ⑱ 71.118
리다학원 회화전람회 ⑱ 80.140
리샤오펑 방문 ⑱ 191.47
리지예(李季野)를 위한 학비 ⑱ 21.9
린수(林紓)의 백화문 공격 ④ 187.4
링난대학 강의 ⑭ 60.4
링수화(凌叔華)의 표절 ④ 307.30, 33

【ㅁ】

'마관조약'(馬關條約) ⑨ 336.3
마전화(馬振華)의 자살 ⑭ 324.4
막부 시대 ⑦ 43.2
"만나면 이야기 나누고 안 보면 전쟁을 한다" ④ 491.7
만담회 방문 ⑱ 257.63
만주국(滿洲國) ⑥ 371.10, ⑦ 62.7, ⑧ 126.2
만주사변 ⑦ 283.6, ⑦ 356.3
만찬 초대(야오커 소개 자리) ⑱ 439.69
"말하는 것처럼 이해할 수 있어야 한다" ⑧ 395.6
'맑스주의에서 문예 자유론을 발견하고 레닌주의에서 공비 섬멸설을 찾아낸 논객' ⑥ 335.2
망국병균(亡國病菌) ① 293.3
『망위안』(莽原) 주간 창간 ⑰ 688.29
매국노 ⑦ 203.9
매국노 제거단 ⑭ 587.1
'매판'의 백화문 ⑦ 688.2
매판의식(買辦意識) ⑧ 207.13
'머리 묶은 애송이' ④ 154.28, 260.25
"먼저 내부를 안정시킨 뒤 외적을 물리친다"(先安內而後攘外) ⑧ 694.8
메이지유신(明治維新) ⑤ 428.16, ⑮ 310.1
메이파(梅派) ⑭ 155.1
면직령 공표 ⑰ 709.66
'면화밀가루차관' 협정 ⑥ 464.2
'면화보리차관'(綿麥借款) 협정 ⑦ 305.2, ⑧ 73.5
모과 전쟁 ⑬ 449.3, 450.5
"모든 비평가는 학리와 사실에 바탕을 두며~" ④ 233.19
'모래황제를 이긴 자' ⑥ 457.3
'모 적, 모 계' ⑤ 247.6
목판화 강습회 ⑧ 83.3, ⑮ 439.6
"몰래 화살을 쏘았다" ④ 330.3
'몸과 마음이 병들게'(身心交病) ⑤ 90.13
묘산흥학(廟産興學) 운동 ⑩ 84.19
'무력으로 간하는 일' ④ 318.5
무료(無聊)와 유료(有聊) ⑬ 231.7
"무상의 처자들" ③ 171.30
무술변법(戊戌變法) ③ 205.38, ④ 199.5
"무슨 말을 하는지 알 수 없게 만들다" ⑦ 346.2
'무시비관'(無是非觀) ⑦ 491.4
무저항정책 ⑥ 312.6, 423.4, ⑦ 34.5, 61.5
무저항정책 항의 집회 ⑦ 331.3, ⑧ 220.6
무정부주의 ⑥ 90.4
'무행'(無行) ⑦ 256.27
"묵(默)을 기원합니다"(默安) ⑮ 36.3
문과·법과 학생의 모집을 제한 ⑦ 305.6
문과교수회의(중산대학) ⑱ 28.26
문관(文官) ⑮ 423.5
"문단을 농단"(壟斷文壇) ⑧ 349.28
'문단이야기 소설'과 '외사'(外史) ⑦ 487.4
문명희(文明戲) ⑫ 638.24
문물 약탈 ④ 75.6
『문밖의 글 이야기』(門外文談) 원고 검열 ⑮ 394.2
문사(文士) ④ 27.10

'문사'라는 호칭 ④305.19
'문사'와 아나톨 프랑스 ④305.16
문언문 ①535.13
'문예만담회'(文藝漫談會) ⑦300.8
'문예 분야' ⑤392.2
문의 그물(文網) ⑯70.6
'문인무문'(文人無文) ⑩523.5
'문인무행'(文人無行) ⑦126.2, ⑩523.2
'문인불행'(文人不行) ⑦126.13
"문장은 짜내는 것이다" ⑧473.6
'문제와 주의' 논쟁 ②28.6
『문학과 혁명』 압류 ⑧709.5
문학상금의 심사원 ⑯165.3
문학혁명 ③145.2, ⑥351.2
문학혁명운동 ⑧47.3
문화성(文化城) ③322.6, ⑦40.6
문화통제 ⑧98.14
'미국산 밀' ⑥464.2
미국에서 진화론 금지 ④200.16
미국의 독립전쟁 ①103.14
미술의 모델 금지 ④423.17
'미스'(密斯) 호칭 반대 ⑧116.11
'미친 개 짖는 소리' ⑥504.5
민국 2년(2차혁명) ⑤385.7
민국 원년 ⑤267.6
민국 원년의 혁명 ④200.19
민수주의(民粹主義) ⑥114.3
민원혁명(民元革命) ⑤267.5
민족반역자(漢奸) ⑮197.3
'민족영웅'의 초상 ⑦73.3
「민족주의 문예운동 선언」 ⑥179.7
민족주의문학(民族主義文學) ⑥178.5, ⑦54.6, 437.5, ⑧219.5
민족주의 문학가 ⑥472.3
민족혁명전쟁 시기 대중문학 ⑧693.2
민중바오관(民鍾報館) ⑱21.11
'민중 속으로'(Хождение в народ) ④140.19, ⑨279.89
민중주의(民衆主義) ⑥114.3

【ㅂ】

바다오완(八道灣)에서의 불화 ⑰586.23, 587.25
바다오완으로 이사 ⑰485.28
『바다제비』(海燕) 발행 ⑯72.1
『바다제비』 발행 금지 ⑯77.2, 3
바오두구(抱犢崮)의 토비 ⑭70.5
'반각석'(絆脚石) ⑤481.18
반공대학살 사건 ⑭607.2
'반도의 수괴' ⑤324.6
"반동분자들이 기회를 틈타 난동을 부린다" ⑦582.4
'반러운동' ⑤431.2
'반역자를 애도하는 조문객' ⑤91.16
반일 애국 저금운동 ⑥23.6
발매금지 ⑮69.2
발바리(叭兒) ⑧206.8
발역(髮逆) ⑨305.7
"방귀를 뀐다" ⑦173.5
'방식'과 '자체' ⑥58.36
방표(綁票) ①381.10
'방향전환' ⑥61.56
배빗의 신인문주의 ⑥66.4

"배짱을 부린다" ③ 203.22
백화문 ⑧ 395.6
백화문 논쟁 ⑧ 126.5
백화문 사용 금지령 ⑤ 130.12
백화시(白話詩) ④ 58.6
백화시운동 ⑦ 299.3
버나드 쇼 방문 ④ 313.4
번역가를 매파(媒婆)로 매도 ⑦ 369.3
'번역의 해' ⑧ 368.2
번지레한 '고백' ⑥ 555.10
베이다(北大) 29주년 기념회 ⑱ 80.139
베이신서국(北新書局)의 원고료 체납 ⑱ 185.39, 188.43, 192.51, 210.76
베이신서국 인세 청구 관련 회의 ⑭ 267.1
베이신서옥(北新書屋) 개설 ⑭ 47.1
베이신의 이사 ⑬ 737.3
베이쓰촨로 집으로 이사 ⑱ 244.45
베이양(北洋)군벌 ④ 140.20
베이양군벌 즈계(直系)와 환계(皖系) 사이의 전쟁(1920년 7월) ④ 365.5
베이징 가족 방문(1929년) ⑱ 173.23
베이징대학 강사 사임 ⑰ 623.13
베이징대학 국문과에서 강의 ⑰ 520.23
베이징대학의 초빙장 ⑰ 510.11
'베이징대학이 곧 대길관문(大吉關門)하다' ④ 383.9
베이징대학 제2원 강연(1932년) ⑱ 176.27, 399.71
베이징대학 학생들의 수강료 징수 반대 시위 ① 571.2
베이징대학 휘장 도안 ⑰ 379.19
베이징 동절기 빈민구제 ⑰ 270.91
베이징사범대학 국문과 강사 사임 ⑬ 573.1
'베이징에서 국사 논의를 금지' ③ 156.9
베이징여사대 사건 ⑨ 395.3, → 베이징여자사범대학 사건
베이징여사대 학생들을 폭행(1925년 8월 19일) ④ 222.12
베이징여사대 학생들의 선언 ⑬ 192.5
베이징여자사범대학 사건(소요사태) ② 343.10, ④ 97.5, 121.4, 258.7
베이징여자사범대학 학생들이 교장 양인위(楊蔭楡)를 반대한 사건 ① 346.2
베이징으로 이사(1919년 12월) ③ 215.14
베이징파(京派)와 상하이파(海派)에 관한 논쟁 ⑧ 406.2
베이징 학생들의 톈안먼 광장 집회(1925년) ④ 85.8
베이징 학생들이 장스자오 집에 가서 시위한 일 ⑬ 116.1
베이핑 경찰국의 루쉰 집 측량 ⑯ 44.1
베이핑의 고대유물 이동 ⑦ 39.2
베이핑의 비적 경찰 ⑮ 660.1
베이핑 인력거꾼의 폭동 ⑭ 277.2
'베이핑작가협회' 준비 ⑯ 132.9
벨기에의 의로운 전쟁 ① 475.5
'벽에 부딪히다'(碰壁) ③ 87.3, 169.10
변발 ⑤ 103.4
변발군 ② 92.2
변법(變法)운동 ③ 205.38
변호사 양정(楊鏗) 방문 ⑱ 190.44
『별을 향해』의 표지그림 ⑰ 725.98
병원으로 피신(1926년) ③ 109.7

보수서옥(補樹書屋)으로 이사 ⑰305.15
‘보잘것없는 첨사’ ①374.29
보황당(保皇黨) ④42.6
복희(伏羲) 시대의 소품 문학가 ③324.20
‘봉건 잔재’ ⑤258.10, ⑦711.3, ⑧505.7
봉급요구사건 ④65.4
봉번 ④260.24
봉안전례(奉安典禮) ⑬407.4, ⑭229.4
부녀의 해(婦女年) ⑧603.2
부동명왕(不動明王) ⑨48.11
‘부르주아의 악의’ ⑥59.44
“부유한 현자(聰明人)는 모두 어제 죽은 것과 같다” ⑤189.5
‘부잣집 데릴사위’(富家贅婿) ⑨566.17
“부형의 가르침을 앞세운다” ④166.5
「북방어 라틴화 방안」(北方話拉丁化方案) ⑱545.103
북방의 혁명 역량(천시잉의 풍자) ⑤247.9
『북쇄고의』(北瑣高議) 필사 ⑰531.10
『분류』 원고 교정 ⑱164.8
분서(焚書)와 매혈(賣血) ⑮64.2
불가리아-세르비아 전쟁 ⑫401.9
‘불격’(不隔) ⑧532.3
불교서적 구입 ⑰167.33
“붉은 머리 아싼’(紅頭阿三) ⑦195.10
‘붉은 모자를 씌우다’ ⑦256.26
붉은 조끼 ⑮142.2
브레스트(Brest)에서 맺은 강화조약 ⑥115.17
비밀결사 ⑥178.3
비수의 싸움(淝水之戰) ②312.18
‘비열한 설교자’ ⑭191.2
“비판의 무기로부터 무기에 의한 비판에 이르다” ⑤337.23
‘비행기의 폭탄 투척’ 사건 ⑬676.4
‘빨갱이 토벌’(討赤) ④360.2

【ㅅ】

사고진본 발행 ⑦685.8
“사람 무리 속의 좀벌레” ⑥555.8
사람을 잡아먹는 연회 ⑤90.5
‘사람의 피로써 모자꼭지를 붉게 물들인다’ ①406.8
‘사상계의 권위자’ ④305.21
‘사상의 자유’ ⑤450.5
“사상이 혼미”한 것은 “우리 민족이 일군 것” ①454.6
‘사소한 첨사 자리’ ④268.2
사오싱 귀향(1913년) ⑰108.50
‘사오싱 도필리’(紹興師爺) ③170.15
사(詞)의 해방 ⑦91.2, 299.4, 544.21
‘사자 몸속의 벌레’(獅子身中蟲) ⑨285.149
사직서 제출(중산대학) ⑱42.54
산둥문제 ①426.3
「산비탈에서」(山坡上) 삭제 사건 ⑯47.4
산시(陝西) 학계의 고발 ①495.5
살생부(블랙리스트) ⑥472.2
“살아서는 항복해도 죽어서는 항복하지 않는다”(生降死不降) ⑩188.2
‘삼교동원론’(三教同源論) ⑦491.5
삼미서옥(三味書屋) ③180.7

삼민주의(三民主義) ⑤412.5, ⑦100.2
『삼십년집』 출판 기획 ⑯145.2
삼한(三閑) ⑨448.6, ⑫530.2
삼흉(三凶) ⑮180.2
'상국'(上國) ⑦195.9
상령(湘靈) ⑨209.1
상례복 지정 ⑦605.5
'상류의 문장' ③449.14
상신서(다섯 사립대학 연명) ④230.7
상우인서관(商務印書館)의 보증 ⑱22.12
'상징주의' ⑧73.3
상품통과세(厘金稅) ⑦425.5
상하이강화 ⑦61.5
상하이미술구락부 전시회 ⑮48.1
'상하이 북시 지방인민유지회'(上海北市地方人民維持會) ⑦660.7
상하이사건에 대한 선교사의 공증 ④139.14
상하이사변 →1·28상하이사변
'상하이 신문학운동가 토론회'(上海新文學運動者底討論會) ⑱229.15
'상하이에서 치파오(旗袍)를 금지' ③156.8
상하이여관(上海旅館) 숙박 ⑱29.28
상하이예술전문학교(上海藝術專科學校) 전람회 ⑱312.38
상하이와 한커우의 희생자 ④140.18
상하이 일부 서점 강제 폐쇄 ⑭323.1
상하이 학생들의 지지 청원 ⑯47.2
상하이 학생 시위(무릎 꿇고 청원) ⑮789.2
상하이·한커우 열사 추도회 ①357.15
새로운 성도덕 문제의 논쟁 ⑨125.1
'새로운 시대의 청년' ④498.10
'새롭게 한 차례 분장하지 않을 수 없다' ⑦129.4
"생존경쟁은 진화의 공리다" ⑩268.10
생활비장부 ⑱231.24
생활서점 초대 ⑮729.2
샤먼대학 교직원들이 만든 루쉰에 관한 소문 ④498.6
샤먼대학의 '혁신 소식' ④491.6
샤먼대학 학생들의 결의안(린원칭林文慶의 사직을 요구) ⑬229.1
샤슈펑(夏秀峰)의 가두연설 중 체포 ⑬502.3
샤오춘진(蕭純錦)이 불량배를 사주하여 회의를 습격 ⑰728.106
"서사성령"(抒寫性靈) ⑧547.6
'서새'(西崽) ⑤421.4
서석린(徐錫麟)이 은명(恩銘)을 죽인 사건 ③227.2
서세동점(西勢東漸) ⑥543.3
서양 상인의 기름 ⑦340.2
'서양 열사' ⑦46.4
서양인의 중국요리 칭찬 ②258.9
서양 졸개(西崽) ⑦657.6
서양 종놈(西崽) ⑧473
서적 검열, 금지 ⑧220.9
『석병집』(石屛集) 필사 ⑰230.72
'선구'와 '낙오' ⑤344.6
『선바오』의 비평 ⑥70.4
선양사건(沈陽事件) ⑥181.23
선지(宣紙) ⑱364.23

'선학 요괴'(選學妖孽) ⑦430.15
선후회의(善後會議) ①311.9
설선(碟仙) ⑦637.4
성구연합회(省區聯合會) ①339.21
'성대한 장례식' ⑮41.7
'성령'(性靈) ⑦766.5
성령문자(性靈文字) ⑧99.18
'성성이' ⑥60.49
성안사 청소 ⑰275.99
'성(姓)을 가지고 장난을 치다' ⑥347.5
"세 번이나 한가한 틈을 타다" ⑤365.9
'세 분의 원로' ⑦203.6
세게슈바르 전투 ①181.112
세계고뇌(Weltschmerz) ⑤279.4
세계군축회의 ⑦444.7
세계어회 ⑱24.18
'세기말' ⑧350.36, ⑫716.5
세르반테스에 대한 천시잉의 언급 ④307.29
'세상물정에 밝은 늙은이' ⑤98.2, 394.15
'세줄박이'(三道頭) ⑥388.7
셋째와 요시코의 결혼 ⑰162.28
소련과의 국교 회복 ⑥359.17
소련 방문 초청을 받은 일 ⑭434.2
소련의 원유와 밀 수출 ⑥317.2
소련 제1차 5개년계획 도표 ⑮397.2, ⑱488.208
소련판화전람회 ⑨570.2
'소빈'(小貧) ⑦130.11
『소설사』 강의록 ⑰574.8
'소송문서 작성관리' ④305.18
"소송을 기다리라"는 편지 ⑬34.11
소품(小品) ⑫368.1
"소품문은 유유자적함을 그 격조로 삼는다" ⑦630.3
송별회 ⑱20.4
쇼(G. B. Shaw)의 홍콩대학 강연 ⑩506.4
수두자(手頭字) 운동 ⑧379.3
수레꾼이나 장사꾼들이 사용하는 말 ①285.30
'수박을 쪼개버리다' ⑥347.6
수상소설(繡像小說) ⑩545.6
수염의 색깔에 대한 경고 ⑤199.7
수입문구 사용 금지 ⑦417.2
'순문예' 제창 ④54.16
순즈(順直)의 수재 의연금 ⑰384.23
순즈재난 구제회(順直賑災會) ⑰516.18
'술에 담근 새우'(醉蝦) ⑤377.3
'숭성전례'(崇聖典例) ⑧424.20
쉬광핑과 같이 상하이로 ⑱64.103
쉬(徐)와 허(何)의 창작문제에 대한 논쟁 ⑮127.2
쉬즈모(徐志摩)의 신비담 ⑨96.2, 4, 6
쉬지상(許季上)의 장남 1개월 축하 ⑰275.100
쉬친원(許欽文)의 석방을 위해 도움 요청 ⑱355.10
쉬친원의 집에서 발생한 살인사건 ⑭361.4, ⑱371.34
쉬친원의 출옥 ⑮278.2
쉬친원이 다시 체포된 사건 ⑭523.1
"스스로를 믿는 용기가 있어야 일할 용기가 생기게 되나니!" ⑥337.10

스저춘(施蟄存)의 『집외집』 비평 ⑧570.2
스지싱(史濟行)의 죄과 ⑱609.32
스케이트대회 폭탄 투척 사건 ⑦79.3
'스파이의 눈' ⑫496.15
스판대학(師範大學) 강연 ⑱400.78
"시대를 앞서가다"(趨時) ⑦714.3
시대미술사(時代美術社) 전람회 ⑱252.56
'시대 역행'론 ④423.16
시륜금강법회(時輪金剛法會) ⑧170.3
시모노세키(馬關)조약 ⑦429.4
시사(西沙) 군도와 난사(南沙) 군도 병탄 (프랑스) ⑦356.3
시싼탸오(西三條) 구옥 매입 ⑰600.37
'시어미의 도리'(婆理) ①408.22
시(詩)의 해방 ⑦299.3
시잉(西瀅)과의 논쟁 ⑤393.4
시적(詩赤) ⑫507.2
시짱(西藏)에 대한 회유책 ⑦194.6
시청사 낙성 기념 경로회 ⑧527.8
시후(西湖)박람회 ⑤411.2
식객문학(幇閑文學) ⑧456.2
식목일(植樹節) ⑧484.4
신(新)라마르크주의 ⑥99.6
신경제정책(소련)(NEP) ⑥328.8, ⑫568.8
신계(神誡)의 내용 ⑨48.8
신극(新戲) ⑦452.3
신극(新劇) 시찰 ⑰27.24
신당(新黨) ②231.5, ⑦429.3
신당(新黨)과 구당(舊黨) ⑨312.5
"신문사를 불태운다" ③147.15
신반자이(新半齋) 만찬자리 초대 ⑱625.69
『신생』(新生) 사건 ⑫675.8, ⑯70.3
신생활운동 ⑮493.6
『신시가』 의연금 ⑮345.4
'신식 폭탄' ⑧709.6
'신약'을 파는 것 ⑧40.23
신장(新疆) 위구르족 항거 ⑦194.4
신주국광사(神州國光社) 습격 사건 ⑨557.7
신주국광사에 사기를 당한 것 ⑮378.5
'신진 작가 발탁' ③412.28
'신축조약'(辛丑條約) ⑦104.4
신해혁명 ①370.2, ③203.8, 229.14, ④357.4, ⑥351.3, ⑩90.5, ⑬61.9
신화은행의 저축표 ⑰203.87
'실업당' 사건 ⑥322.2
'실험주의'(實驗主義) ⑦83.6
'심리저항' ⑦46.5
'심신에 병이 교차로 든 상황' ⑤394.15
『심하현문집』(沈下賢文集) 정서 ⑰165.31
"십 년 공부하고 십 년 수양할 생각" ④304.6
"십여 년 동안 관직을 지낸 형사담당 막료이다" ④304.8
쌍십가절(雙十佳節) ⑥513.2
쌍십절(雙十節) ①370.2, ②81.2, 372.6, ⑦425.2
쑤위안(韋素園) 문병 ⑱176.28
'쑥대머리' ⑨49.15
쑨중산(孫中山) 서거 2주년 연설 ⑱33.40
'쑨중산이 중국 약을 복용하지 않았다' ⑨398.5

쑨촨팡(孫傳芳) 군대 ⑤44.7
쓰투차오(司徒喬) 그림 관람 ⑱105.11
쓰투차오 회화전람회 ⑤341.2, ⑰762.48, ⑱107.15

【ㅇ】

아가타(阿伽陀) ⑨151.9
아동의 해(兒童年) ⑦660.2, ⑧87.3
"아무것도 듣지 못해 사정을 알 수 없는 처지" ⑤377.10
'아이들의 소'(孺子牛) ⑨211.4
아편전쟁 ①103.4
아폴론(Apollon)전람회 ⑰581.17
'안을 안정시키는 것과 바깥을 물리치는 것'(安內與攘外) ⑦177.2
'알기는 어려워도 행하기는 쉽다'(知難行易) ⑥208.8
'알을 낳다'(下蛋) ⑦195.8
알파벳 병음 ⑧121.3
알파벳 사용에 관한 문제 ②258.5
암전(暗箭) ⑦553.8
"암중에서 사건을 책동하다" ④304.5
'애국 가무의 공연' ⑥186.5
애국포(愛國布) ⑨86.4
'애석하다'(可惜) ④258.4
야마모토의원으로 피신 ⑰751.30
양강총독(兩江總督) ③205.39
양광전쟁(兩廣戰爭) ⑧293.6
양무운동(洋務運動) ①103.8
양방(洋房) ⑦681.6
양산취안(楊善荃)의 이력서 ⑮662.1
양싱포 유해 납관식(納棺) ⑱452.105
양인위(楊蔭楡)의 학급 해산 선언 ⑰707.59
양인위의 행위에 대한 고발 ⑬38.1
'양장'(洋場) ⑥158.4, ⑦468.9
'양장악소'(洋場惡少) ⑧506.9
'양저우십일'(揚州十日) ⑦786.6, ⑧740.9
양저우(揚州)의 열흘 참사 ②81.3
'양 쫓기 운동' ⑬61.4
양춘관(陽春館) 사진 촬영 ⑱301.19
양취안(楊銓) 암살 ⑯278.3
양팔고(洋八股) ⑤80.6, ⑮617.3
'어느 계파'(某系) ⑨142.6
'어느 본적'(某籍) ⑨142.6
어록체 시문(詩文) ⑧769.2
'어린아이 입장 불가' ⑦592.3
어린이의 해 ⑧724.2, ⑩574.5
어부나 초부를 꿈꾸는 명사 ⑥365.6
어우양란(歐陽蘭)의 표절 ④307.32
'어제의 문학가' ⑤356.14
'어중이떠중이'(阿狗阿貓) ⑥61.58
어체(語體) ⑤325.10
언론자유의 통전 ⑮405.8
언행일치(言行一致) ③147.15, ⑧522.5
'엄정한 태도' ⑥61.65
에스페란토(Esperanto) ⑨73.3, ⑩580.2
엥겔스의 프롤레타리아에 대한 정의 ⑥94.4
'여론계의 새로운 권위' ⑦452.5
"여론의 보장" 요구 ⑧299.6
여사대 기숙사 화재 ⑬317.1
여사대 복교 ④352.6

여사대 사건 → 베이징여자사범대학 사건
여사대 파벌 간 충돌 ⑬ 418.1
여사대 학생들의 임시 학교 ④ 352.5
여사대 해산 명령 ④ 230.5
'여성 국산품 애용의 해' ⑦ 561.7
"여성의 재능이 남성과의 관계로 인해 영향을 받는다" ⑦ 754.12
여인의 다리 노출 금지 ⑦ 724.9
여자고등사범학교 소요 ⑰ 632.26
여자고등사범학교 초빙장 반송 ⑰ 647.52
여자대학 설립 결정 ④ 258.8
「여자대학 학생 2차 선언」 ④ 237.2
여자문리학원(女子文理學) 강연 ⑱ 399.74
여자북벌대 ⑥ 516.3
여자사범대학 기념회 ⑰ 739.7
여자사범대학에서 강의 ⑰ 760.45
여자사범대학 입학식 ⑰ 716.83
여자사범대학파괴 일주년 기념 ⑰ 776.65
여자사범대학 학생회 ⑰ 695.42
'여존남비' ④ 305.15
여학생이 오락 장소에 가는 것을 금지 ① 381.4
『역문』 계약서 ⑮ 714.1
'역문총서' 출판 일 ⑮ 707.1
연구계 ④ 121.6
"연구실로 들어가" "국고(國故)를 정리해야 한다" ⑤ 71.9
"연구실로 들어가라" ⑫ 516.2
연극 무대 구성법 ⑧ 190.7
'연극연감' ⑦ 778.6
연합고사(會考) 제도 ⑦ 305.7
연환도화(連環圖畫) ⑧ 53.8, ⑮ 647.1
영국 군함의 중국인 공격(1926년) ⑬ 167.4
'영국만을 비난하자' ⑨ 147.4
영국의 부르주아혁명 ① 103.14
영신제의 비극 ⑦ 731.6
"영혼의 모험" ③ 258.3
예로센코의 강연 ⑰ 567.5
예로센코 추방령(일본) ⑫ 422.3, 423.5, 709.2
예링펑(葉靈鳳)의 루쉰 초상화 ⑤ 398.9
예술대학(藝術大學) 강연 ⑱ 229.19
'예술을 위한 예술' ⑤ 385.4
"예술의 무기로부터 무기의 예술에 이르다" ⑤ 337.18
예펑화회(野風畫會) 강연 ⑱ 394.66
옌시산(閻錫山), 펑위샹(馮玉祥) 토벌전 ⑥ 179.9
옌징여학교(燕京女校) 학생연극 관람 ⑱ 748.11
오등가화장(五等嘉禾章) ⑰ 224.15
오색기(五色旗) ④ 258.5, ⑥ 122.6, ⑨ 282.117, ⑬ 216.4
오스트리아 인민혁명 ① 181.105
"오역을 날조" ④ 188.8
오역을 비평한 논문 ⑥ 160.23
오족공화(五族共和) ⑨ 350.8
옥중시 ⑯ 211.2
'온몸에 열이 난다' ③ 123.6
"온 입에 가득한 누런 치아"(滿口黃齒) ⑤ 398.8
'옹기당'(擁旗黨) ⑤ 325.8
완현(萬縣) 참사 ⑬ 258.5

왕궈웨이(王國維)의 자살 ⑤232.7
'왕도정치'(王道政治) ⑮405.7
왕롄잉 살해 사건 ⑩384.6
왕망(王莽)의 권력 찬탈 ①283.6
왕왕핑(王望平)의 식사 초대 ⑱69.113
"왕위안팡 군은 이미 고인이 되었다" 바로잡음 ④304.7
왕진파의 병사들이 웨둬일보사(越鐸日報社)를 부순 사건 ③230.23
왕쭤창 유족에게 위로금(恤金) 전달 ⑰141.98
'외국 문단의 건달' ⑦557.5
외국 유학을 한 뒤 몸값이 뛰는 상황 ④308.38
'요괴'(妖孼) ⑨198.15
'우대구제령' ④360.4
"우리 원나라가 유럽을 정복했다" ⑦753.5
우먼(午門)도서관 시찰 ⑰394.29
우생학(優生學, eugenics) ⑦586.6
'우스갯소리' ⑥336.8
'우유 길'(은하수의 오역) ⑥217.11
우즈후이(吳稚暉)와 차이쥔(蔡鈞)의 설전 ④279.4
우창봉기(武昌起義) ⑤231.3, ⑬215.3, →신해혁명
우치야마 가키쓰(內山嘉吉)의 목판화술 강의 ⑱319.50 ⑱
우치야마서점 문예만담회 ⑯248.2
우치야마서점으로 피신 ⑩520.11, ⑱353.8
우치야마 집으로 피신 ⑮288.5
우한(武漢) 국민당정부 ⑤60.15
'웃돈 쓱싹하기'(揩油) ⑦340.1
"원고를 삼키도록 강요받은" 사건 ⑦305.5
원나라 군대의 일본 침략 실패 ①271.9
원동(遠東)회의 ⑦359.3
원앙호접체(鴛鴦蝴蝶體) ①547.3
월급지불 요구 ⑰554.35
『웨둬일보』 신문회관 습격 ⑰41.61
웨이루소설(畏廬小說) ⑩594.12
웨이밍사(未名社) 설립 제안 ⑰712.75
웨이밍사의 영수증 ⑱428.37
웨이밍사(未名社), 조화사(朝花社) 창립 ⑮378.4
웨이밍사 탈퇴 선언 ⑱303.21
웨이밍사 회계 청산 목록 수령 ⑱364.22
웨이쑤위안(韋素園)의 편지 ⑱112.22
위다푸(郁達夫)와 왕잉샤(王映霞) 득녀 ⑱222.3
위다푸의 상하이 복귀 ⑭277.3
위다푸(郁達夫)의 저녁 초대 ⑱391.62
위쓰(『語絲』) 발행 금지 처분 ⑤248.14
위안샹청(袁項城)의 발인 ⑰313.21
위안스카이 암살 시도 ①571.3
위안스카이에게 폭탄테러 ④357.4
위안스카이와 국민당 토원군 사이의 전쟁 ①339.20
위안스카이 총통의 위임장 ⑰59.102
위안스카이 토벌전쟁 →2차혁명
위탕(玉堂)과 쑹녠(松年)에게 편지 ⑱44.56
위펀(俞芬)의 보증인 ⑰593.29

윈난(雲南) 봉기 ④ 308.36
'유럽풍 보슬비'(歐風美雨) ⑥ 543.3
'유럽풍의 동점' ⑦ 501.1
유로(遺老) ① 406.11, 459.3, 547.4, ④ 76.13, 181.9
유머 ⑦ 701.9
'유반사관'(唯飯史觀) ⑤ 248.11
'유불위'(有不爲) ⑩ 568.3
'유산'(流産) ④ 188.9
유소(遺少) ① 406.11, 547.4, ⑦ 264.3
유신운동(維新運動) ② 231.6
유총(有銃)계급 ④ 139.12
유한계급(有閑階級) ⑩ 401.2, ⑫ 530.6
"유한(有閑)은 곧 유전(有錢)이다!" ⑥ 543.2
'유한, 즉 돈 있는 계급'(有閑卽是有錢) ⑤ 258.10
"유흠은 유향의 아들이 아니다" ④ 221.6
육군학생들에게 소설사 강연 ⑰ 644.44
은완(殷頑)의 난리 ① 443.3
음력 사용 금지 ⑥ 65.2, ⑮ 464.3
의연금 모금 문제 ⑥ 504.6
"의표 밖으로 벗어났다"(出乎意表之外) ① 271.6
의화단(義和團) ④ 173.5, ⑤ 308.10
의화단(義和團)운동 ① 252.5, ④ 370.9
이름을 바꿔 글을 써서 자신의 작품을 변호하는 일 ⑨ 121.4
이바이사 목판화부에서의 강의 ⑱ 320.54
『이소』(離騷)에 나오는 대련 ⑮ 781.1
이쑤사(易俗社) 송별 연회 ⑰ 645.46
'이웃집 고양이가 새끼 낳는 것'까지 간섭 ④ 258.10
'이장'(夷場) ⑥ 158.4
이탈리아의 독립 ① 176.47
이화영화사(藝華影片公司), 량유도서인쇄공사(良友圖書印刷公司)가 파괴당한 일 ⑧ 220.8
이화제화(以華制華) ⑧ 299.3
인간다움(人氣) ④ 304.11
인도주의를 매도하는 풍조 ⑥ 123.17
"인민들은 일률적으로 변발을 자른다"라는 명령 ⑤ 104.6
인왕호국법회(仁王護國法會) ⑧ 170.3
인질(仁侄) ⑩ 457.17
인텔리겐치아(Интеллигенция) ⑤ 394.14
일본군의 진저우(錦州) 공격 ⑨ 505.3
일본군의 폭격(1·28사변) ⑥ 388.10
일본 막부가 기독교도를 찢어 죽인 일 ⑥ 123.16
일본 배척 풍조 ⑭ 355.1
일본상품 거부운동 ① 426.4
일본-영국 동맹 ⑫ 420.2
일본의 네이멍구(內蒙古) 침략 ⑦ 194.5
일본의 동북지역 침략 ⑦ 356.3, ⑧ 126.2
일본의 산하이관 침략 ⑦ 39.2
일본의 칭다오 철군 ⑧ 182.5
일본의 활화산 ⑧ 632.2
일본첩자라고 중상 ⑯ 310.2
일본 해군 병사가 상하이에서 피살 ⑧ 632.3
일중전회(一中全會) ⑨ 510.2
'임시 수도'(行都) ⑦ 62.10
'입 막기 방식' ⑦ 292.9

"입 밖에 내지 못하네"(說不出) ④168.15

【ㅈ】

자딩삼도(嘉靖三屠) ⑦786.6, ⑧740.9
'자본가의 주구' ⑥93.2
자오(趙)씨 댁의 수령증 ⑱372.35
「자유담」 신년 작가 초청 모임 ⑱500.2
"잠시도 광저우를 떠나지 말고 소송이 열리기를 기다릴 것" ⑱56.78
잡문(雜文) ⑧391.6, ⑩312.6
'장기저항' ⑦374.12
장발적(長髮賊, 長毛) ②81.4, ②289.4, ⑧269.27, ⑨305.6
장쉐량의 비행기 선물 ⑦184.5
장쉰(張勛)의 복벽(復辟) ④423.23, ⑰376.13, 377.18
장스자오(章士釗)와의 다툼 ⑮359.3
장스자오에 반대 ⑬664.3
장스자오의 백화문 반대 ④188.10
장스자오의 베이징대학 압력 ④216.7
장스자오의 불법 면직(탄압) ⑬673.2, 682.3, ⑯196.2
장스자오의 위패 ④238.5
장시(江西)성 수해 ⑰268.86
장쑤, 저장 등 각지의 전쟁 ②258.3
장완실험중학교(江灣實驗中學校) 강연 ⑱115.27
'『장자』(莊子)와 『문선』(文選)'에 관한 논쟁 ⑭572.2
장제스의 쿠데타 ⑤421.2
장천사(張天師)의 법 사용 ⑮288.4
"재산은 문명의 기초" ⑥56.30
'저우씨 공격 특집호' ④313.2
저우젠런(周建人)의 상우인서관 취업 ⑰548.26
저우쭤런(周作人)을 차이위안페이(蔡元培)에게 소개 ⑰362.7
저우쭤런(周作人)이 루쉰의 서적과 물품을 점유한 일 ⑫252.3
저장(浙江)·산시(陝西)에서의 전쟁 ⑤267.3
저장성의 수재 ⑰61.107
저장의 독립 선언 ⑬236.6
적화(赤化) ⑤319.8
적화대토벌(국민당) ⑭64.4
'적화 엄금' ④398.4
"전고를 사용하지 말자"(不用典) ⑥225.8
전국과학대회(1921년) ⑬538.2
전국목각연합전람회 ⑧448.1, ⑩575.2
전국아동예술전람회 ⑰93.30, 167.34
전도소설(全圖小說) ⑩545.7
'전략가들' ⑦61.4
전문학교 성적전람회 ⑰297.12
'전선 축소' ⑦88.5
전시공산주의(Военный коммунизм) ⑨359.2
'전쟁에 반대하는 선언' ⑫498.26
전족 금지 조서 ④53.13
"절망의 허망함" ⑥352.7
'절열을 표창한다' ①199.6
'젊어서 지은 글은 후회'(悔其少作) ⑨31.2
"정당한 여론 보장" ⑮784.1
"젖을 주면 제 어미"(有奶便是孃) ⑧739.6

제1차 세계대전 ④ 181.6, 318.5, ⑫ 603.16
제1차 세계대전 전후에 만들어진 나라 ① 508.5
제1차 소련작가대표대회 ⑮ 45.9
제1차 전국목각연합전람회 ⑮ 413.3, 476.2
'제2의 수도'(陪都) ⑦ 62.10
제2차 즈펑전쟁(直奉戰爭) ⑨ 313.10
제2회 전국목판화 이동전람회(第二回全國木刻流動展覽會) ⑯ 177.1, ⑱ 734.89
제3종인(第3種人) ⑥ 335.1, ⑦ 54.8, 13, 437.5, ⑧ 27.3, 220.7, ⑭ 572.1, ⑮ 710.5
제4계급 ⑤ 336.17
제4차 포위토벌전 ⑦ 149.4, ⑧ 659.16
제목이 없는 백 개의 운이 넘는 시(無題詩N百韻) ⑤ 377.8
'제재의 적극성 문제' ⑥ 464.3
'제정헌법초안'과 '국민대회 소집' ⑦ 129.4
제제(帝制) 복귀 ⑨ 423.2
조계지 ⑦ 331.3
"조국이 없는 문학" ⑨ 534.4
조두(鳥頭; 새대가리) 선생 ③ 323.6
'조무래기 계집애' 무리 ④ 448.5
조화사(朝花社) 업무 종결 ⑱ 224.5
조화사 주식 증자 ⑱ 180.34
존왕양이(尊王攘夷) ① 391.3
'종이로 만든 가짜 모자' ④ 485.4, ⑤ 80.9
종정(鐘鼎) 등의 문물 이동 ⑮ 771.2
'좋은 정부'(好政府) ④ 52.7, ⑦ 104.5, ⑦ 411.8
좌련 5열사 사건 ⑥ 130.1, 387.2, 440.6, ⑧ 219.3, 658.5, ⑯ 122.1
좌련의 편지 ⑮ 603.9
좌련 제2차 전체대회 참석 ⑱ 246.47 ⑱
"좌익작가들은 모두 루블을 위해서 일한다" ⑤ 258.15
좌익작가연맹 창립대회 ⑱ 231.25
좐타후퉁 61호로 이사 ⑰ 589.27
주간추천서(星期標準書) ⑧ 722.2
주음자모(注音字母) ⑧ 581.3
'죽어 버리다'(死去) ⑭ 312.2
『죽은 혼』 원고 일 ⑯ 81.1
준명문학(遵命文學) ⑨ 448.9
'준오'(踆烏) ⑨ 48.10
중국공학(中國公學) 분원(分院) 강연 ⑱ 234.32
중국 노동자 모집 후 전장 파견 ⑥ 322.5
'중국-독일 조약' ④ 448.4
'중국문망사'(中國文網史) ⑦ 264.9
「중국 문예공작자 선언」(中國文藝工作者宣言) ⑧ 696.24
중국민권보장동맹(中國民權保障同盟) ⑥ 472.2
중국민권보장동맹 회의 참석 ⑱ 417.7, 419.40, 422.21, 429.40, 432.48, 435.56, 435.58, 440.71
"중국 민족의 마음을 정복하는 것" ⑦ 684.7
『중국소설사략』 강의 ⑱ 315.41
『중국소설사략』 수정 작업 ⑱ 272.74
『중국소설사략』 표절 소문(천시잉의 낚시

질) ④ 306.25
중국 신화 수집에 관한 일 논의 ⑰ 664.70
중국을 떠나라는 편지 ④ 121.2
중국자유운동대동맹(中國自由運動大同盟) 창립대회 ⑱ 228.14
중국혁명동맹회 ⑤ 412.6
중궈대학(中國大學) ⑱ 400.79
중다 학생회 환영회 ⑱ 25.21
중 · 독 '자오아오(膠澳) 조계조약' ① 426.3
중러협정 ⑦ 206.5
중불전쟁 ⑧ 40.26
중산대학 개학식 ⑱ 32.36
중산대학 다중러우(大鍾樓) ⑱ 24.17
중산대학의 내부 갈등 ⑭ 70.3
'중앙영화검열위원회'(中央電影檢查委員會) ⑦ 545.33
'중영 경자년 배상금 교환각서'(中英庚子換文) ⑦ 426.14
중일전쟁(中日戰爭) ⑤ 267.5, ⑧ 40.27
"중학을 체(體)로 삼고 서학을 용(用)으로 삼는다" ④ 59.7, ⑦ 723.4
중화공화국 인민혁명정부 ⑧ 659.17
『중화목판화집』(中華木刻集)의 표지 제첨 622.5
중화민국약법 ⑰ 169.36
중화예술대학(中華藝術大學) ⑱ 232.28
즈펑(直奉)전쟁 ⑬ 174.4
즈환(直皖)전쟁 ⑰ 509.9
지난대학(暨南大學) 강연 ⑱ 73.124, 81.145
지난대학(暨南大學) 오락회 관람 ⑱ 101.8
지난참사(濟南慘案) ⑦ 184.2
지난학교(暨南學校) ⑱ 208.72
"지난해 마흔다섯이었습지요" ③ 294.10
지명수배령 해제 거부 ⑱ 717.63
지명수배로 피신 ⑥ 227.3
지식계급의 언론자유 요구 ⑦ 554.15
'지호자야'(之乎者也) ① 535.13, ⑤ 267.4, ⑬ 226.4, 584.1
'직접적인 행동' ⑤ 334.6
진보적 인사가 루블을 받았다 ⑧ 269.34
『진서』(晉書) 교정, 필사 ⑰ 92.27
진흙탕에 빠진 화난 개 ④ 305.14
집고서화금석전람회(集古書畵金石展覽會) 관람 ⑱ 378.44
'집안싸움'(勃谿) ⑬ 153.1, 653.2
『집외집』 검열 삭제 ⑮ 483.3
징윈리(景雲里) 17호 이사 ⑱ 162.6
'짧은 옷 입기 운동' ⑥ 450.5
쪼개기 설('碎割'之說) ⑮ 151.10
쫑마오 골목 ④ 352.5

【ㅊ】

차오바이(曹白)의 체포 ⑯ 104.3
차이양치(蔡洋其) 사건 ⑦ 657.10
차이위안페이(蔡元培)의 사직 ⑬ 496.7, ⑰ 30.32
창작 숭배 ① 258.3
"창작은 처녀에 비유하며, 번역은 중매쟁이에 불과하다" ⑥ 359.10
'창작의 충동' ④ 210.3
창장 강(長江)과 화이허 강(淮河) 유역 수

재 ⑩491.3
창조사(創造社)의 방문 ⑱73.126
창조사의 폐쇄 ⑭214.1
창티(槍替)의 과거 대리응시 ⑯53.1
창훙(長虹)과의 논쟁 ⑤393.4
'처녀가 수절하고 따라 죽어서는 안 된다' ①200.18
'처세술' ⑤142.2
천광쭝(陳光宗)이 그린 루쉰 초상 ⑱461.133
"천박한 인도주의" ⑤378.13
'천사의 방법' ⑦731.4
천시잉이 치밍에게 보낸 두 통의 편지 ④304.4
천식 발작 ⑱696.29
천완리(陳萬里) 등이 퍼뜨린 유언비어 ⑤90.12
천왕다오(陳望道)의 식사 초대 ⑱555.128
천위안(陳源) 교수가 뱉은 가래침 ⑥556.14
천위안의 모함(『중국소설사략』 표절) ⑫255.3
'천유운동'(天乳運動) ⑤104.7
천자(天王) ⑭493.3
천족(天足) ⑤103.3
"천한 농민과 노동자 대중" ⑤398.6
『철의 흐름』 교정 ⑱319.51
『철의 흐름』 판권 판매 ⑱374.37
첨사(僉事) ④168.14
첫번째 바닷가 ⑤109.2
"첫째도 냉정, 둘째도 냉정, 셋째도 역시 냉정" ⑤337.19
'청년 반역자의 영수' ⑤110.6
'청년필독서' ④243.2, ⑨336.2
청당(淸黨) ⑤60.13, 257.6, 377.5, ⑨174.9
청대 필화사건(文字獄) ⑤267.7, ⑦206.8
청방(靑幫) ⑥178.3, ⑦300.9
청원 운동(난징, 학생) ⑥312.7, ⑦37.2
청일전쟁 ④198.4, ⑩83.6
청조 청산위원회 ④344.7
청천백일기(靑天白日旗) ⑩384.4
청 황실에 대한 우대 ⑦308.3
"첸싱춘은 마오둔과 실랑이하고 있다" ⑥87.9
첸아이리(千愛里) 피신 ⑱552.124
'총이 없는 계급' ①31. 8, ④453.5
"총통은 늘 공복(公僕)으로 불렸다" ⑦142.5
"최후의 승리를 확보해 준다" ⑤335.9
춘디미술연구소(春地美術硏究所) 전람회 관람 ⑱375.38
'출국하여 고찰한다' ⑧182.3
'출판계로 진출' ④476.8
'충효인애신의화평'(忠孝仁愛信義和平) ⑥410.13
취추바이(瞿秋白)의 체포 ⑮603.7
취추바이 전집 출판 ⑮681.3
취추바이 피살 ⑮786.2
'측간' ④304.10
'치안유지법' ⑤451.6
치외법권 회수 ①508.2
'치욕적인 조약' ⑦191.5
'친선', '제휴' ⑧359.5

친신(琴心)의 의혹 ⑨366.3
친원(欽文)의 석방 ⑱456.120
"침통함을 유한함에 기탁"(寄沈痛于幽閑) ⑧411.3

【ㅋ】

카이펑(開封) 사건 ⑮483.4
컴프러더(康白度, Comprador) ⑦350.5
콩피에뉴(Compiègne) 휴전협정 ⑫748.4
쿨리(苦力, coolie) ⑦112.6 ⑦
큐피드(Cupid) ⑨64.1
크리스천 장군 ⑨389.8
큰 도마뱀 ⑮358.5
'큰칼부대'(大刀隊) ⑦165.3

【ㅌ】

"타고난 야만성"(天生蠻性) ⑩562.1
타고르의 중국 방문 ⑨121.2
'타락문인 루쉰 등'을 지명 수배하라 ⑬34.6
타오위안칭(陶元慶) 분묘 조성 ⑱192.52, 194.55
타오위안칭의 서양화전람회 ⑰683.23
타이구윤선공사(太古輪船公司) 선원 파업 ⑱63.97
타이둥서국(泰東書局)의 식사 초대 ⑱233.31
타이바오아수(太保阿書)를 참수한 일 ⑭333.2
타이완(臺灣) ⑤46.2
타이징눙(臺靜農) 체포 ⑭436.3, ⑮275.1, 348.1, 458.1, 498.2, ⑱547.107, 553.125
탄넨베르크(Tannenberg) 전투 ⑥300.24
탕구협정(塘沽協定) ⑦203.9
태평양학술회의 ⑦118.5
태평천국운동(태평천국의 난) ②81.4
터키혁명 ①371.13
톈마서점 일 ⑯80.5
톈안먼 집회(6월 10일) ④139.15
톈진(天津) 자치 요구 ⑮768.1
토비(土匪) ④27.12, 231.10
"톨스토이 견해의 모순" ⑫530.7
톨스토이가 러시아와 일본 황제에게 쓴 편지 ③215.12
톨스토이의 러일전쟁 비난 ⑦544.22
'통달한 이'(通人) ④26.6
통속교육 ⑧157.37
통속교육연구회의 창립대회 ⑰257.67
통일기념일 ⑰84.15
통품(通品) ④238.7
'투항' ⑥60.55
'특별한 나라 사정' ①311.10, ⑦70.7
'특수한 지식계급' ①311.9

【ㅍ】

파나마태평양만국전람회 ⑰175.45
파리강화회의 ①426.3, ④151.3, ⑫412.5
파리에 보낸 목판화 ⑮209.2

파리잡기 활동 ④422.4
파리코뮌(Commune de Paris) ⑥242.5
판권과 창작 동기의 문제 ④210.2
판아이눙(范愛農)의 죽음 ③230.26
판 · 우루(パン·ウル) 개인회화전람회 ⑱171.19
팔괘권(八卦拳) ②274.2
팔기군(八旗軍) ①492.6
펑계 군벌이 국민군에게 공격당할 때 ④377.10
펑위샹(馮玉祥) 국민군과 즈루(直魯) 연합군의 전쟁 ④360.2, ⑤47.8
펑위샹(馮玉祥) 군대 ④308.36
펑쯔의 전향 ⑮353.3
펑톈파 군대의 비행기 폭격(1926년 4월) ③109.2, ④360.3
펑톈파와 즈리파의 군벌전쟁 ⑥227.4
'페이신'(非心) ⑬116.2
편지 소각 ⑧110.11
편지지 구입(친원의 도움) ⑱164.9
평정원(平政院) ④168.17
평정원의 결재서 ⑰749.27
'평화를 사랑하자' ⑦34.5
폐력(廢曆) ⑦581.2
폐병 재발 ⑰595.31
폐병 재발(1925년) ⑰716.85
폐병 재발(상하이) ⑱114.25
'포위토벌' ⑤258.14
폭죽 금지 ⑦582.5
폴란드 11월 봉기의 실패 ①180.88
폴란드의 저항(1831년) ①178.62
표점(標點) ⑤325.10
푸단대학(復旦大學) 강연 ⑱72.120
푸런대학 강연(1932년) ⑱399.72
푸시킨의 유배 ①178.61
푸이의 성묘 요구 ⑦610.2
'푸이 제수씨의 간통사건' ⑦194.3
푸저우(福州) 참사(1919년) ①271.10, 426.4
푸젠사변(福建事變) ⑧40.31, ⑮165.11, ⑯293.4
'풍년 재난' ⑦305.3
풍월이야기(風月談) ⑮423.2
"풍자는 노인네의 잠꼬대" ⑦276.9
프랑스대혁명 ①77.60, 103.14, ⑤268.10
프랑스의원으로 피신 ⑰755.36 ⑰
프랑스의 의화단사건 배상금 요구 ④215.4
프로문학 ⑭392.1
프롤레타리아 커피 ⑫718.4
'프티부르주아계급 문학혁명' ⑥555.9
'피의 일요일' ④336.7, ⑨533.1
피휘(避諱) ①439.12
필냐크의 중국 방문 ⑫611.2
"필히 안을 먼저 안정시킨 뒤 바깥을 내쫓을 수 있으리라" ⑥371.6
핑진(平津) 푸커우(浦口) 기차 ⑱173.25

【ㅎ】

하겐베크 동물원(海京伯獸苑) 관람 ⑱176.182
하겐베크 서커스단 ⑦481.2

하계강연회 「미술약론」 강연 ⑰ 29.30
하계학술강연회(광저우시) ⑱ 53.73
하기문예강습회 강연 ⑱ 257.62
"하늘이 중국에 화를 내리다"(天禍中國) ⑨ 92.2
"하라! 하라! 하라!" ④ 221.4
하이닝로 사건(海寧路事件) ⑱ 730.82
「『하프』를 펴내며」(『豎琴』前記)가 삭제된 일 ⑮ 613.1
"학교는 가정과 같다" ④ 166.4
'학리와 사실' ④ 304.9
학비(學匪) ④ 27.12, ⑥ 95.10, 409.1, ⑦ 76.2
학생 백여 명 체포 사건(1933년 12월 21일) ⑮ 35.4
학생애국운동(국민당 중앙에 청원운동) ⑥ 233.2
학생자치회 임원 퇴학 ④ 352.4
'학자도적 무리' ④ 269.10
'학자들의 연구실로 들어가자는 주의' ① 311.11
'학풍 정돈령'(整頓學風令) ④ 166.5, 215.3, 275.9, 343.5
한국의 독립 원조 ⑬ 258.4
한국인과 중국인 사이의 유혈사태 ⑥ 180.18
한 다스 이상의 총장 ⑤ 98.5
「한담」(閑話)에서의 양더췬 언급 ④ 369.4
「한담」이 발표된 이후 일련의 논의 ④ 303.2
한스헝(韓侍珩)의 전당표 부탁 ⑱ 169.15
'한자의 라틴화' ⑧ 581.2, ⑮ 790.1
한적(閑適) ⑮ 151.3
한커우(漢口) 반제투쟁 ① 357.15
"한편으로는 교섭하고 한편으로는 저항한다" ⑦ 130.10
한학대회(漢學大會) ⑯ 326.1
항공구국 의연금 모집 ⑥ 423.3, ⑦ 46.3, 279.7, 198.4
항공도로건설복권(航空公路建設獎券) ⑦ 324.5, 350.3
항일십인단(抗日十人團) ⑨ 523.5
'항일영웅' ⑥ 504.6
항일 의연금 ⑨ 505.5
항일의용군 ⑦ 100.6
항일 청원 운동 ⑨ 505.4
항저우로 휴양 ⑱ 123.35
'해금'(海禁) ① 103.4, 443.2
'허 · 우메협정'(何梅協定) ⑮ 639.2
허난(河南)의 수재 ⑰ 457.6
허베이민중자위단(河北民衆自衛團) ⑮ 768.1
혁당(革黨) ① 406.7, ④ 343.3
혁명문학 논쟁 ⑦ 267.2
'혁명소판'(革命小販) ⑧ 506.10
"혁명은 아직 성공하지 못했다" ⑤ 378.15
'혁명의 책원지(策源地)' ⑫ 507.3
'혁명의 후방' ⑤ 80.3
"혁명이 성공했다" ⑤ 426.2
'혁명적 중국의 신예술' 전시회 ⑮ 52.1
'혁명정부 수립 12주년 기념' 대회 ⑦ 184.4
'현대문예총서'(現代文藝叢書) 계약 ⑱

238.40
현대서국 차압 ⑮ 774.4
'현대의 명인' ⑫ 365.3
『현대』 잡지 복간 ⑯ 140.1
『현대평론』이 보조금을 받는다는 논의 ④ 336.4
"현상에 불만스럽다" ⑥ 29.17, 90.2
『혜강집』(嵇康集) 집록(輯錄) ⑰ 126.81
호국군 정부(護國軍政府) ① 339.21
호인정부(好人政府) ⑥ 66.5
호조설(互助說) ⑥ 71.6
"혼자서 중국 문단의 토대를 세웠다"(쉬즈모) ⑤ 296.18
홍군 ⑧ 659.16
홍만자기(紅卍字旗) ④ 369.3
'홍방'(紅幫) ⑥ 178.3
홍콩 청년회에서의 강연 ⑭ 51.4
홍콩 총독 ⑦ 70.5
'홍헌'(洪憲) ⑤ 131.15
화강(華崗) 구명운동 ⑱ 490.212
화개(華蓋) ⑨ 211.2
화개운(華蓋運) ⑩ 334.2
화공(華工) ① 495.3
'화록두'(花綠頭) ⑧ 269.27
화베이 오성 자치(華北五省自治)(운동) ⑦ 554.16, ⑮ 771.1
화북자치(華北自治) ⑧ 299.5
화위안좡(花園莊)으로 피신 ⑥ 388.13
화지(花紙) ⑥ 415.5
환등기 ③ 215.13
황제가 아브라함이라는 고증 ④ 423.18
황제 푸이(溥儀)의 복벽 ① 459.3
황푸를 겨냥한 폭탄 투척 사건 ⑦ 202.3
'황한의학' ⑤ 426.1
황허(黃河) 제방 붕괴 ⑦ 356.4
황화론(黃禍論) ⑥ 180.16, ⑩ 85.28
황화절(黃花節) ⑤ 28.2, 385.3, ⑱ 36.44
황후이루와 루건룽의 연애 이야기 ⑭ 324.3
회교도 청원 사건 ⑭ 437.1
'효자'(孝子) ⑦ 257.36
후난(湖南) 재해민의 고발 ① 495.6
후닝(滬寧) 기차 ⑱ 173.24
후베이(湖北) 수재 의연금 ⑰ 220.10, 480.27
후베이 재해 ⑰ 208.93
후베이 재해 복구를 위한 자선 공연 ⑰ 215.1
'후보'(候補) ⑦ 386.8
후보도(候補道) ④ 98.13
후스의 '배금주의를 제창하는' 글 ⑤ 206.2
후쿠이(福井)사진관 사진 촬영(1931년) ⑱ 316.43
『후한서보일』(後漢書補逸) 필사 ⑰ 157.21
『후한서』(後漢書) 초록 ⑰ 88.21
'훈정시기약법'(訓政時期約法) ⑦ 129.4
『훼멸』 재정리 ⑱ 305.25
흠정사고전서(欽定四庫全書) ④ 199.6
「흠정학당장정」(欽定學堂章程) ④ 199.5
흠차대신(欽差大臣) ⑤ 447.11
흡입기 구입 ⑱ 201.62
'흰 코'(白鼻子) ⑦ 386.7
히틀러 정권의 분서 ⑦ 291.2

【기타】

CP(공산당) ⑧659.14, ⑩384.10
CY(공산주의청년단) ⑧659.14
'Don 루쉰' ⑤405.16
'Reds' ⑧747.2
SEKIR 그림 전람회 ⑱107.16

고적, 고사, 풍속, 인용 등 찾아보기

“3년 동안 아버지의 도를 고치지 않으면 효라 할 수 있다”(三年無改於父之道可謂孝矣) ① 219.12, ③ 326.32

“3천 년의 오랜 역사를 가진 고국”(三千餘年古國古) ① 324.6

‘5호 5표’(五虎五彪) ⑧ 196.5

“10년 동안 인구를 늘리고 10년 동안 교훈을 가르친다” ⑦ 166.9

12장(章) ⑩ 100.3

13경(經) ④ 182.18

28수(宿) ⑫ 56.8

【ㄱ】

“가게 한 채를 얻어서 백성이 되다” ⑤ 320.26

“가난하고 근심스러워야 글을 짓는다”(窮愁著書) ④ 107.2

가난한 집 고운 딸(小家碧玉) ⑦ 774.6

가람(伽藍) ⑤ 414.2

“가련하고 무익한 데 정신을 낭비하다”(可憐無益費精神) ⑤ 482.19

가르치지 않고 살해하는 것(不敎而殺) ⑬ 573.3

가마(抬閣) ③ 157.13

‘가사’(葭思) ① 463.2

‘가시풀’(迷陽) ⑬ 454.3

‘가오자오’(高照) ③ 156.12

가화(嘉禾) ⑩ 100.2

“각자 자기의 뜻을 말해 보지 않겠느냐” ⑥ 364.4

“간신히 죄를 면하다”(庶幾免於罪戾) ⑥ 28.10

갈천씨(葛天氏) ④ 181.11

‘감망왕배’(瞰亡往拜) ④ 181.7

감생(監生) ④ 151.8

‘감자격’(嵌字格) ⑤ 119.13

갑골문(甲骨文字) ⑧ 379.6

“갓끈을 매고 죽다”(結纓而死) ⑬ 50.3

강남도서관(江南圖書館) ⑫ 184.13

강즉동옹(絳卽東雍) ① 544.5

강호파(江湖派) ⑧ 547.5

“갖가지 무료한 일을 하다” ④ 211.10

“같은 패는 무리를 짓고 다른 패는 공격한

다"(黨同伐異) ① 407.21
개두(磕頭) ⑮ 214.2
"개를 그리려다 완성하지 못하다" ⑬ 81.4
개원(開元) ⑨ 428.12
'개의 피' ⑦ 203.10
개종명의(開宗明義) ④ 398.6
개천에서 목매어 죽은들 그 누가 알손가" ⑦ 642.5
'개 한 마리를 좇아 무리지어 짖어 대는 시골 개' ① 392.10
개황(開皇) ⑰ 320.24
객경(客卿) ⑦ 291.4, ⑧ 268.24
거교(鉅橋) ③ 358.19
'거꾸로 매달기'(倒懸) ⑦ 656.3
'거이기질'(居移其氣) ⑫ 97.20
거인(擧人) ⑩ 172.3
거짓으로 오석산을 먹은 이야기 ⑤ 174.34
거효(擧孝) ① 220.16
건괵(巾幗) ⑨ 47.5
'건안 칠자'(建安七子) ⑤ 171.23
검보(臉譜; 분장술) ① 455.11, ⑥ 398.9
검사관 ③ 412.19
검선(劍仙) ⑥ 201.5
"검은 달 살인하는 밤, 높은 바람 방화하는 낮" ⑦ 264.7
검을 빼들어 파리를 내쫓은 이야기 ⑤ 176.42
겁파(劫波) ⑨ 216.4
격물(格物) ④ 42.8, ⑦ 156.7
격물치지(格物致知) ③ 204.26
격오(格五) ⑫ 153.11
격치(格致) ③ 204.26
견당사(遣唐使) ⑫ 480.20
견자(犬子) ⑫ 166.3
결승(結繩) ⑫ 34.3
결필(缺筆) ⑥ 127.10, ⑩ 155.3
결획(缺劃) ④ 482.5
경명(景明) ⑩ 134.7
'경와기예'(京瓦技藝) ① 236.7
'계두육'(鷄頭肉) ⑤ 104.9
"고기를 먹고 가죽을 깔고 자다" ① 491.3, ⑥ 410.9
고두강장(高頭講章) ④ 211.11
고르고(Gorgo)가 외국의 여왕에게 대답했다는 말 ⑨ 49.16
고부간의 집안싸움(婦姑勃谿) ④ 108.10
고비(皐比) ⑨ 305.12
고사(鼓詞) ⑩ 208.8
'고성낙일'(孤城落日) ⑧ 767.4
"고시(高柴)는 어리석고 증삼(曾參)은 둔하다" ⑬ 81.3
'고양이 귀신' ③ 124.22
'곡죽생순'(哭竹生筍; 대숲에서 울어 눈물로 대순을 돋아나게 하다) ③ 148.21
곤(鯀)의 치수(治水) ③ 321.4, 326.31
골계희(滑稽戱) ⑩ 414.10
"골육이 땅으로 돌아오니 운명이로다~" ⑥ 540.2
공거(公車) ⑫ 153.12
공공(共工) ③ 274.5
공림(孔林) ⑩ 456.3
공묘(孔廟) ⑩ 456.2
공성계(空城計) ⑥ 83.11, ⑮ 487.7

'공영계'(空營計) ⑦256.29
공자(孔子)가 난신적자(亂臣賊子)를 두렵게 하다 ⑧424.19
"공자가 남자를 만나다" ⑤320.20
공자가 『서』의 서문을 썼다는 것 ⑫55.6
공자가 자로(子路)에게 맹세한 일 ①294.8
'공자가 천하가 작다고 한 곳' ⑦612.14
"공자는 괴이한 일, 힘으로 하는 일, 어지러운 일, 귀신에 관한 일은 말하지 않았다" ①294.8
"공자는 성인으로서 때에 맞는 사람이다" ⑦70.11
공자와 관우(關羽) 숭배 ①475.6
공자와 노자가 두 차례 만남 ③409.6
'과연'(果然) ⑧581.6
'곽거매인'(郭居埋儿, 郭居埋子, '곽거가 아들을 묻다') ③148.24, ④274.3
'관동의 강직한 곽자횡'(關東觥觥郭子横) ⑧505.4
관령 윤희(關令尹喜) ⑫71.6
"관리는 불을 놓아도 괜찮지만, 백성들은 등을 밝혀서는 안 된다" ④221.2
관상술 ⑧190.4
관악(關飛) ⑦668.4
관윤희(關尹喜) ③411.18, ⑧673.18
관제묘(關帝廟) ⑤358.2
"관직을 얻고자 하면 살인방화를 저질러 조정의 인정과 사면을 받아 내야 한다" ⑦571.7
관포(管鮑) ⑧498.4
관화(官話) ⑦353.3
"광대로 고용"(俳優蓄之) ⑧456.5
광서(光緒) ⑨549.6
괘각운(掛脚韻) ①535.15
괴성(魁星) ③146.11
괴성각(魁星閣) ②401.4
괴재(怪哉) ③180.9
교방(敎坊) ⑦296.5
'교활한 심보'(機心) ⑬237.2
구루봉의 우서(岣嶁禹書) ⑫35.8
구루비(岣嶁碑) ⑧153.10
구류운한기(九旒雲罕旗) ③356.9
"구사미회"(九死未悔) ⑫97.22
구주(九州) ⑦255.18
'국보'(國步) ⑦165.4
국자감생(國子監生) ②231.4
국조(國朝) ⑤232.9
국천척지(跼天蹐地) ⑮405.6
'국회성립기념일'을 위한 국경일 ⑰414.9
「군가」(軍歌) ⑩158.4
군신백관(臣工) ①518.2
"군자는 도를 근심하지 가난을 근심하지 않는다"(君子憂道不憂貧) ④65.7
"군자는 마음을 쓰고 소인은 힘을 쓴다"(君子勞心, 小人勞力) ①310.7
"군자는 원숭이와 두루미가 되었고, 소인은 벌레와 모래가 되었다" ⑥457.4
"군자는 죽을 때도 관을 떨어뜨려서는 안 된다"(君子死, 冠不免) ⑧424.17
"군자는 중용을 지키고 소인은 중용을 반대한다" ⑦130.13
"군자는 지나치게 심한 일은 하지 않는다" ⑥122.12

"군자는 크고 먼 것에 힘쓴다" ⑦374.10
"굶어 죽는 일은 대수롭지 않지만 절(節)을 잃는 일은 지극히 중대하다!" ①199.9
"굶주림이 찾아와 나를 내몬다"(饑來驅我去) ④108.5
궁기(窮奇) ⑬450.4
'궁인의 무덤'(宮人斜) ⑨324.15
궁중 문서(大內檔案) ⑤231.2
궁형(宮刑) ⑧243.20
권세가와 결탁한 대협객 ⑤447.6
궐자 ④482.5
궤향(跪香) ⑥457.2
"귀신은 음양의 자연스런 변화의 산물이다"(鬼神者二氣之良能也) ②232.13
"귀신을 공경하되 멀리하다" ⑤279.2
귀신이 둘러친 담(鬼打墻) ④108.11
"귀한 집 자식은 앉아도 처마 아래에 앉지 않는다"(千金之子坐不垂堂) ④85.6
"귓불이 달아오르자 소리 내어 노래 부른다" ④318.3
균천(鈞天) ⑤320.19
"그 귀신이 아닌데 제를 지내는 것은 아첨하는 것이다!" ⑦613.18
"그대의 창으로 그대의 방패를 공격한다" ⑦484.2
"그림자를 마주하니 세 사람이 되었도다" ⑨49.14
"그 부형이라도 죽인 것처럼"(若殺其父兄) ①392.8
"그 사람의 도리로 그 사람을 다스린다"(卽以其人之道, 還治其人之身) ⑤450.3, ⑧399.6
"그의 말을 들려주고 그의 행동을 보여 주다" ⑦315.3
"글 가운데 옥과 같은 여인이 있도다" ⑤454.4
"글은 천고에 이름을 남길 수 있다" ⑤171.20
"글자를 아는 것은 걱정거리의 시작"(人生識字憂患始) ⑧395.2
금강법회 ⑦660.5
금강역사(金剛力士)의 부릅뜬 눈 ⑧740.10
금낭묘계(錦囊妙計) ⑦646.10
금련(金蓮) ⑦126.11
금마와 벽계 ⑫172.39
금문(金文) ⑧379.8
"금산사는 물바다가 되었다"(水滿金山) ①262.3
'금석례'(金石例) ④461.8
"금인은 깔보지 않고, 고인 또한 아낀다"(不薄今人愛古人) ④59.8
기굉국(奇肱國) ③323.7
'기(杞)나라 사람의 하늘이 무너질 것에 대한 우려'(杞天之慮) ⑤104.10
기백(岐伯) ③191.10
"기쁨, 웃음, 분노, 욕설이 다 문장이 되다" ⑥347.8
"기술하되 짓지 않는다"(述而不作) ①200.17
'기승전합'(起承轉合) ⑥83.14
기어계(綺語戒) ①569.8
기인(旗人) ①338.16

기적(旗籍) ⑧97.6
기황(岐黃) ⑧481.7
"길에서 곁눈질만 하다" ⑥402.4
길 청소(淸道) ⑦312.3
"깊은 연못에 사는 물고기를 살펴보는 사람은 상서롭지 못하다" ⑬66.6
"꼴찌를 부끄러워하지 않는다"(不恥最後) ④154.29
"꽃 중에서 부귀를 의미하는 것"(花之富貴者也) ①347.6
"끈기 있게 끝까지 해내 가다"(鍥而不舍) ④201.23
끼룩끼룩(鉤輈格磔) ①544.3

【ㄴ】

"나는 남쪽으로 가서 놀아 보리라"(吾欲往乎南嬉) ⑫167.13
"나는 부득이해서일 따름이다" ⑦328.11
나무까치와 수레에 대한 대화 ③434.24
'나에게는 뜬구름과 같도다'(於我如浮雲) ⑥55.19
"나의 도는 외롭지 않구나" ⑦70.12
"나이 많은 어른들에게 세 가지 법령을 약속했다"(與父老約, 法三章耳) ⑤189.7
"나이 오십에 49년 동안의 잘못을 알다"(行年五十而知四十九年非) ①30. 4
난보(蘭譜) ⑤139.2
난양 화상 ⑮679.1
난우양(南武陽) 558.3
"난폭한 말이 말 무리 전체를 혼란에 빠뜨린다"(害群之馬) ⑥178.2
날아오는 화살을 이로 받아 무는 법(嚙鏃法) ③296.11
"낡은 병에 새 술을 담을 수 없다" ⑦730.13
"남녀가 주고받을 때에는 직접 하지 않는다"(男女授受不親) ①382.11, ④58.4
남녀의 구별(兩儀) ②311.14
'남녀칠세 부동석' ⑦723.2
"남에게 지배당하는 사람은 남을 먹여 살리고, 남을 지배하는 사람은 남이 먹여 살린다"(治於人者食人, 治人者食於人) ①310.8
'남우충수'(濫竽充數) ⑦487.3
남의 권력을 믿고 못된 짓을 하는 무리(城狐社鼠) ④233.22
남의 노예를 때려죽이면 소 한 마리를 배상해야 한다는 규정 ①324.4
"남의 아름다움이 이루어지게 하다"(成人之美) ④65.8
"남이 자기에게 잘못해도 따지고 다투지 않는다"(犯而不校) ①407.17
"남자는 하늘의 강함을 받고, 여자는 땅의 순함을 지키다" ⑤319.13
남진(南鎭) ⑮128.2
남화(南畵) ⑯283.1
납채(納采) ③124.17
낭인(浪人) ③228.7
'낮과 밤이 나뉘지 않은 혼돈상태'(冥昭瞢暗) ①49. 6
"낯가죽이 두꺼워도 부끄러움이 있다" ③123.11
"내가 얻은 것을 내가 잃겠다는데 후회할

것이 또 무엇이 있겠는가" ④323.4
"내가 태어난 것이 하늘의 명" ④323.5
내도량(內道場) ⑫454.2
"내려갈수록 더욱 나빠지고 있다"(每況愈下) ①371.5
"내 머리를 돌려다오"(還我頭來) ⑤377.7
냉궁(冷宮) ①338.17
'냉대를 당함'(冷板凳) ④108.8
'너의 에미는 종년이다'(而母婢也) ①347.9
'노래오친'(老萊娛親, 래 영감이 부모를 즐겁게 해주다) ③148.23
노부(鹵簿) ③169.3, ⑮213.2
'노상의 눈짓'(道路以目) ⑦112.7
노자(老子)가 서쪽으로 한구(函谷)관을 나간 이유 ③410.11
노자와 경상초의 대화 ③411.13
노자와 공자가 만난 기록 ③409.3
노재(奴才) ⑧514.9
녹대(鹿臺) ③358.19
녹림의 강도 ⑯162.3
"높낮이가 각기 다르다" ⑨131.2
'높은 투지' ⑬85.6
"뇌를 남에게 말달리도록 내맡긴다" ⑤71.11
'눈물 얼룩 화장' ⑥419.2
"눈에는 눈으로 갚고, 이에는 이로 갚는다"(以眼還眼以牙還牙) ①407.18
'눈으로 본 학문'(眼學) ③156.10
'늙어도 다시 장정이 되기'(老復丁) ①220.13
"늙어서도 죽지 않는다"(老而不死) ⑫735.7
"늙었어도 조심해야 한다" ⑧97.7
'늙은 개'(老狗) ①347.8
니오베(Niobe) ①180.91
'님 그리는 사내'(思士) ⑨190.2
닝구지타(寧古之塔) ①534.5

【ㄷ】

"다 더불어 유신하게"(咸與維新) ①406.9
'다 된 죽에 코 풀기'(功虧一簣) ④65.10
다멘(大面) ⑦389.2
'다섯 제후'(五侯) ⑤447.8
'다시 부뚜막을 새로 만든다'(另起爐灶) ⑦316.7
단(旦) ⑦616.4
"단단한 돌 눈" ⑬447.5
'단련주납'(鍛鍊周納) ⑤259.22
'단명한 진나라' ⑦292.6
단전 ③391.8
단주(丹朱) 태자의 무능 ③327.39
달기(妲己) ③358.22
"달 밝고 바람 서늘한데, 이 좋은 밤을 어찌할까나?" ⑦264.6
"달 속에는 두꺼비가 있다" ①301.3
"달이 지고 삼성(參星)이 가로놓이다' ⑨304.2
'달팽이집' ⑥28.7
닭갈비(계륵鷄肋) ⑤381.4
담각(潭腳) ⑥410.4
"담비가 부족하니 개꼬리가 이어진다" ⑦370.7

"담판을 짓다"(樽俎折衝) ⑮ 378.6
'당고의 화'(黨錮之禍) ⑤ 167.4
당나라 사람의 학살 방법 ⑮ 180.6
당대의 불경 번역 ⑥ 55.18
당동벌이(黨同伐異) ④ 27.8, ⑬ 338.4
당송 팔대가 ⑦ 596.9
당인비(黨人碑) ⑧ 576.44
당 태종이 건성(建成), 원길(元吉) 두 사람을 죽인 것 ⑧ 572.17
'대공책'(對空策) ⑤ 28.3
대관원(大觀園) ⑦ 173.3
대구 짓기(屬對) ⑨ 304.3
대규환(大叫喚) ④ 108.6
대동세계(大同世界) ⑥ 70.2
"대들보 티끌 튀어 오르다"(梁塵踊躍) ⑨ 220.2
대련(對聯) ⑤ 319.6
대리사경(大理寺卿) ⑧ 97.5
"대밭에서 울다" ① 221.22
"대변을 맛보다" ① 221.22
『대산』(大山)과 『소산』(小山) ⑫ 139.30
'대성지성문선왕'(大成至聖文宣王) ⑧ 423.7
대성지성선사(大成至聖先師) ⑨ 401.5
대악관(大樂官) ⑫ 152.8
대연(大衍) ⑭ 499.1
"대연의 숫자는 50이다"(大衍之數五十) ⑤ 247.10
'대옥장화'(黛玉葬花) ① 284.19
대전(大典) 편지지 ⑭ 538.2
대책(對策) ⑤ 28.3
'대체를 찾다'(討替代) ③ 203.16
대통력(大統曆) ① 302.11
'더러운 환관놈의 양자 무리'(贅閹遺醜) ① 348.9
"더불어 말을 해서는 안 될 사람인데도 그와 더불어 말을 하다"(不可與言而與之言) ⑤ 98.4, ⑥ 267.24
"덕으로 사람을 복종시키는 자는 왕이다" ⑦ 118.3
"덕 있는 선비라도 나서서 시비를 따지는 것"(處士來橫議) ① 325.16
델피(Delphi) 신 ⑨ 50.24
"도가 행해지지 않으면, 뗏목을 타고 바다를 떠다니겠다"(道不行, 乘桴浮於海) ⑥ 158.5
도관(道冠) ③ 447.3
"도도한 홍수의 물결이 갈라져 넘실넘실 산을 에워싸고 구릉을 삼키다" ③ 321.2
도량형 통일, 문자 통일 ⑦ 292.7
도사의 장생불로에 관한 이야기 ⑦ 501.3
도예(徒隷) ⑫ 105.8
도잠의 '죽음' 언급 ⑤ 183.71
도필리(刀筆吏) ⑫ 497.21
도학(道學) ① 455.9
도학선생(道學先生) ③ 149.31
"독재가 사람들을 냉소적으로 만든다" ⑥ 402.3
독학여비(獨鶴與飛) ⑩ 29.4
"동냥아치(墮民丐) 호적을 폐지하다" ⑦ 296.9
동림당(東林黨) ① 408.23, ⑧ 576.43
동생(童生) ⑦ 350.4

동악대제(東岳大帝) ③169.2
'동전을 땅에 묻다' ⑦579.7
"동쪽 오랑캐의 말"(齊東野語) ⑬640.3, ⑯120.3
"동쪽을 바라보며 정벌하면 서이(西夷)가 원망하고, 남쪽을 바라보고 정벌하면 북적(北狄)이 원망했다" ⑦195.11
"돼지가죽을 벗긴다" ③359.28
돼지고기는 먹으면서도 주방은 멀리하는 인애(仁愛) ⑥423.10
"되나 말을 만들어 용량을 재려 하면 되나 말마저 훔쳐 버리다" ⑥500.2
"두 귀가 어깨까지 내려오다"(兩耳垂肩) ⑦95.3
"두더지가 강물을 마시지만 작은 배만 채우면 되네" ⑫439.2
두 마리 돌사자(兩個石獅子) ⑦ 169.3
"두 번 만에 쇠퇴하고 세 번 만에 고갈되다" ⑥504.3
"두번째 북을 치고서는 쇠약해지고, 세번째 북을 치고서는 힘이 빠지다"(再而衰, 三而竭) ④139.11
'두 열녀의 합전' ①199.12
"두영(竇嬰)만이 조조와 논쟁을 벌였다" ⑫122.19
두타(頭陀; 행각승) ③156.5
둥관(東關) ③157.14
등도자(登徒子) ⑧242.14
'등백도가 자식을 버리고 조카를 구하다' ③149.29
'등용'(登龍) ⑦365.5
"땀이 감히 흘러나오지 않는다" ⑤219.4
"땅강아지와 개미라도 목숨 귀한 줄 안다"(螻蟻尙且貪生) ④221.3, ⑦146.2
"때리는 것은 때리지 않는 것이요, 때리지 않는 것이 때리는 것이다" ⑥402.7
"뗏목을 타고 바다를 항해하겠다" ⑤320.24
"또한 기쁘지 아니한가!"(不亦快哉) ⑧267.14
'똑똑한 아이'(寧馨兒) ④201.25
"뜻을 예측하고 따르다" ④498.12
"뜻을 제대로 전달할 수 있으면 그만이다"(辭達而已矣) ⑫72.14
'뜻하지 않은 영예' ⑤467.5

【ㄹ】

라마 ⑥358.5
라오단(老旦) ⑦173.4
라오성(老生) ⑦389.2
'롄푸'(臉譜) ⑦544.24
뤄수이(弱水) ①510.4
류하혜(柳下惠)와 도척(盜跖)이 설탕물을 본 이야기 ⑦264.5

【ㅁ】

마고(麻姑) ①284.17
마고자(馬褂) ⑰70.122
마과(馬褂) ⑦604.2
"마루뼈가 있소" ④151.6
마른 수레바퀴 자국에 빠진 붕어(涸轍之鮒) ①252.6

「마명사비」(馬鳴寺碑) ⑰332.28
"마음속으로 나쁜 생각을 하는 것만으로도 간음을 저지른 것으로 취급되었다" ⑦378.4
"마음에 하늘이 무너질까 하는 염려"(心上有杞天之慮) ④151.7
"마음은 대궐에 있다" ⑨516.4
"마음을 위로하기에는 없는 것보다는 낫다" ③124.27
"마음을 취하게 하는 크낙한 음악"(醉心的大樂) ③72.3
마음의 소리(心聲) ①172.2
"만물은 다 나를 위해 갖추어져 있다"(萬物皆備於我) ①283.8
만민산(萬民傘) ⑧182.6
많은 학인(莘莘學子) ④65.6
말대가리(馬頭) ①526.4, ③157.13
말 부스러기 ⑥509.7
"말은 마음의 소리이다" ③145.6
"말을 타고 천하를 가질 수는 있지만 말을 타고 천하를 다스릴 수는 없다" ⑧219.4
맘몬(Mammon) ⑤216.13
망령된 사람(妄人) ⑦334.5
"매실을 생각하며 갈증을 풀다" ⑥74.8
매하유황(每下愈況) ④158.4, 377.7
매화희신보(梅花喜神譜) ⑭541.3
매황유하(每況愈下) ①371.5
맹모(孟母) ②275.7
맹자가 묵자를 비판한 말 ③432.9
"맹종이 대나무 숲에서 울었다"(孟宗哭竹) ⑧87.2
"먼저 이름을 정확하게 하지 않으면 안 된다"(必也正名乎) ⑧498.3
멀리 있는 사람(遠人) ⑦195.12
멍진(盟津)을 건넌 이야기 ③357.14
멧돼지와 구렁이 ③293.5
"면전에서는 성의를 다하지만 등 뒤에서는 비웃는다" ④498.9
명교(名教) ①497.3, ⑫458.5
"명나라 사람은 고서를 판각하기 좋아하여 고서가 망하였다"(明人好刻古書而古書亡) ⑦356.6, ⑧268.22
명말 대신의 안난(安南) 피신 ⑮670.3
명말 소품문 ⑥490.4
"명산에 숨겨 둠"(藏之名山) ⑦334.3
"명산에 숨겨 후세 사람에게 전하다" ⑦299.2
"명을 아는 자는 금방이라도 무너져 내릴 담 아래에 서지 않는다"(知命者不立乎巖墻之下) ④85.5
명·청의 과거제도 ⑦ 130.9
멘파오(棉袍) ⑬101.4
모(末) ⑦616.4
"모기가 산을 업다" ⑬459.5
"모난 돌이 정 맞는다"(和光同塵) ④115.2
"모래를 품고 가라앉다" ⑬145.2
'모범현'(模範縣) ③169.13
'목'(牧) ⑦481.5
목간(木簡) ③412.21
목란(木蘭)이 아버지를 대신하여 군대에 나간 이야기 ③250.17, ④154.27, ⑦592.6
목련극(目連戲, 목련희) ③170.21, 252.33

'목련나투'(目連嗜頭) ③ 171.23
"목숨을 구차하게 부지" ⑦ 146.6
"몸을 담과 문에 들여놓기 어렵다" ⑥ 74.7
'몽천박과'(蒙泉剝果) ⑤ 320.16
묘모(廟謨) ⑫ 394.3
묘지기(廟祝) ② 232.16
묘회(廟會) ② 372.5
묘휘(廟諱) ⑬ 585.2
"무고한 백성을 위로하고 죄 있는 통치자를 징벌" ⑧ 176.6
무규환(無叫喚) ④ 108.6
"무늬(黻)는 화려한 문채(芠彰)"(黻, 芠彰也) ⑫ 36.21
"무덤 앞에 검을 걸어 놓다" ⑧ 742.6
무량사(武梁祠) 화상 ③ 251.27, ⑬ 557.2
무뢰한에게 보시한 스님 ① 504.3
'무를 멈추고 문을 닦는다'(偃武修文) ⑥ 207.2, ⑦ 126.7
"무릇 천하 국가를 다스리는 데에는 9경이 있다"(凡爲天下國家有九經) ① 293.7
무상(無常) ② 232.14, ③ 251.31, ⑬ 828.4
"무엇을 듣고 왔으며, 무엇을 보고 가는가" ⑦ 631.6
무여(無餘) ⑩ 90.4
무영전(武英殿) ⑰ 323.25
무예(牧野)의 전투 ③ 357.17
"무익할 뿐만 아니라 해를 끼친다"(非徒無益而又害之) ④ 65.9
무제가 흰 기린을 잡았다(武帝獲白麟) ⑫ 169.27
"무하유의 고향" ⑬ 122.7
무회씨(無懷氏) ④ 181.11
묵감재(墨憨齋) ① 239.33
묵자(墨子)가 길을 재촉한 상황 ③ 432.13
묵자(墨子)가 초왕(楚王)에게 책을 헌정한 것 ③ 433.20
묵자가 한 장소에 오래 앉아 있지 못하는 것 ③ 433.19
"묵자는 비행기를 만든 원조" ⑩ 484.3
묵자와 자하 제자들의 대화 ③ 431.6
묵형(墨刑) ⑬ 122.4
'문'과 '자'에 대한 해석 ⑧ 380.10
문곡성(文曲星) ⑦ 126.8
문란각(文瀾閣) ⑰ 240.38
문묘(文廟) ⑰ 258.69
문방사우(文房四寶) ⑧ 518.3
문선왕(文宣王) ⑧ 423.7
문선왕대성지성선사(文宣王大成至聖先師) ⑤ 319.2
문선체(文選體) ⑦ 701.5
문원전(文苑傳) ⑨ 324.16
문이재도(文以載道) ⑨ 517.6
"문인은 서로 경시한다"(文人相輕) ⑦ 734.3, ⑧ 398.4
문자옥(文字獄, 필화사건) ⑤ 118.5, ⑮ 118.4
'문장박학' ⑧ 156.30
"문장으로 천하에 이름을 날리게 되다"(文章冠天下) ⑫ 167.15
문창제군(文昌帝君) ⑮ 341.6
문학과(文學科) ⑨ 428.16
"물고기가 물을 마실 때 차가운지 뜨거운

지 절로 아는 것과 같다." ① 426.7, ⑮ 281.3
'물고기와 곰발바닥' ⑬ 108.4
물 요정(Nymph) ⑨ 443.3
미간척(眉間尺) 전설 ③ 389.2, ⑯ 67.2
"미래에서 현재를 보는 것은 역시 현재에서 옛날을 보는 것과 같으니~"(后之視今, 亦猶今之視昔) ⑧ 522.8
미륵보살(彌勒佛) ② 297.7
미무제자(米巫題字) ⑤ 307.9
미복(微服) ⑦ 184.6
미사와 요론(微詞窅論) ⑮ 147.4
'미월'(彌月) ⑰ 219.5
미점 산수(米點山水) ⑧ 53.6
미행(微行) ⑦ 279.2
'밑 빠진 술잔' ⑦ 417.4

【ㅂ】

"바다자라가 태산을 등에 짊어지고 손뼉을 쳤다는데 어찌하여 바다자라를 두었는가"(鰲載山抃, 何以安之) ① 49. 7
"바로 그 사람의 도로써 그 사람의 몸을 다스린다"(卽以其人之道還治其人之身) ① 408.24
바르지 않은지를 판단 ⑤ 34.2
'바야흐로 꽃 피는 나이'(年方花信) ⑦ 447.6
바이수이(白水) ⑩ 90.7
박도(博道) ⑫ 136.7
박만(撲滿) ⑦ 203.8
박태후(薄太後)와 우승유(牛僧孺)의 대화 ⑫ 330.2
박학(樸學) ⑦ 716.9, ⑨ 549.5
반고(盤古) ① 49. 5
발공(拔貢) ② 372.11
"발돋움하여 바라보다" ⑬ 798.1
발정 난 마소들(風馬牛) ① 569.7
발해(拔薤) ⑱ 92.14
"밤낮으로 고심하며"(念玆在玆) ⑤ 233.20
방건기(方巾氣) ⑧ 312.4
방명(榜名) ⑤ 312. 4
방송체(仿宋體) ⑬ 467.8
방염구(放焰口) ⑧ 739.3
"배우고 때때로 그것을 익힌다" ⑦ 264.2
"배우고 때로 익히니, 이 또한 기쁘지 아니한가?"(學而時習之, 不亦說乎?) ④ 198.3, ⑦ 696.5
"배우되 뛰어나면 벼슬을 한다"(學而優則仕) ④ 182.15
"배우로 대하다"(俳優蓄之) ⑬ 351.1
배해(裴楷) ③ 296.14
'백'(帛) ① 374.30
"백 가지 행동 가운데 으뜸"(百行之先) ③ 250.21
백량대(柏梁臺) ⑫ 153.19
"백발이 삼천 장이다"(白髮三千丈) ⑦ 96.4
"백성과 함께 즐기다" ⑦ 681.4
"백성들은 어찌되겠는가?" ④ 259.11
"백성 역시 수고롭기만 하니, 조금이나마 편안했으면" ⑥ 472.6
"백성의 어버이" ⑧ 527.12
"백성이 믿지 않으면 서지 못한다" ⑦ 481.4

"백성이 족하지 않으면, 군왕이 누구와 더 불어 족하리오?"(百姓不足, 君孰與足?) ⑥ 191.3
백이(伯夷)와 숙제(叔齊) ③ 355.2, 357.13, 360.36, ⑧ 39.20
"백장원이 탑에 제를 지내다"(白狀元祭塔) ① 262.3
'버들 잔'(桮棬) ⑬ 54.1
번사(藩司) ⑤ 59.7
변문(變文) ④ 159.5
변문(駢文) ⑦ 704.5
변발 ⑧ 269.31
"변방에 시집보내 화친을 맺었다"(和番) ⑦ 754.7
변체문(騈體文) ④107.3
변화무상(白雲蒼狗) ④ 244.7
'병이 없으면서도 신음하고 있다'(無病呻吟) ① 372.14
보(黼) ⑩ 100.7
보갑제도(保甲制度) ③ 448.13
"보지 말고, 듣지 말고, 말하지 말고, 움직이지 말라"(勿視勿聽勿言勿動) ① 311.13
복령(茯苓) ③ 359.24
복마대제 관성제군(伏魔大帝 關聖帝君) ③ 203.17
"복사꽃 화사하다" ④ 465.6
"복수가 바로 춘추의 대의이다" ⑬ 101.7
복시(復試) ⑬ 461.3
"보씨가 육서를 가르친다"(保氏敎國子) ⑫ 35.7
"복을 먼저 받으려 하지 않는다"(不爲福先) ④ 201.22
복지(福地) ⑫ 177.5
복희(伏羲) ③ 325.24, ⑧ 153.8
복희 이전 사람 ① 500.7
'본초가'(本草家) ⑦ 136.3
"봄은 나의 봄이 아니고 가을은 나의 가을이 아니다"(春非我春, 秋非我秋) ⑧ 350.40
봉몽(逢蒙) ③ 294.8
봉몽(逢蒙)이 예(羿)에게 활을 쏜 기록 ③ 294.9, ⑥ 532.2
봉성(鳳城) ⑥ 194.4
봉옹(封翁) ⑨ 391.3
'봉지신척'(奉旨申斥) ⑤ 423.18
'부'(賦) ⑦ 100.9
부계(扶乩) ⑦ 637.7
"부귀권세가 남쪽으로 이동하다" ⑦ 575.7
부동명왕(不動明王) ⑨ 48.11
'부들 채찍' ⑭ 620.3
"부뚜막을 건너뛰다" ⑥ 519.4
부뚜막을 부수는 것 ② 401.2
"부(婦)라는 것은 복종하다라는 뜻이다"(婦者服也) ① 200.14
부마(附馬) ⑦ 754.8
'부모의 명과 매파의 말'(父母之命媒妁之言) ① 356.6
부스럼 딱지를 먹는 괴벽(嗜痂之癖) ① 564.2
부엌신 ④ 318.2
"분개심이 있어도 날아온 기왓장을 원망하지 않는다" ③ 171.28

분류서(유서類書) ⑥ 533.7
분신한 스님 ① 504.2
불(黻) ⑩ 100.8
불구덩이(火聚) ③ 67.4
"불쑥 대답하다" ⑬ 55.6
"불의를 많이 저질러 반드시 스스로 망하기" ⑦ 404.11
불의 신 ⑧ 37.4
불치병(二豎) ⑨ 191.4
"불행히도 단명하여 일찍 죽었다" ⑦ 595.2
"불효에는 세 가지가 있는데, 후손이 없는 것이 가장 심하다" ① 221.25
"불효한 모모는 죄업이 무거워도 스스로 죽지 못하여 그 화를 죽은 아버지(어머니)에까지 미치게 한다" ① 338.18
'붉은 대문집'(朱門) ⑦ 370.9
"붓을 던지고 종군하다" ⑥ 504.2
비각(秘閣)과 삼관(三館) ⑧ 155.22
비간(比干) ③ 356.6
비나야카(Vinayaka, 毘奈夜迦) ⑫ 705.4
비로모(毗盧帽) ③ 203.19
비룡(飛龍) ⑱ 90.6
비색(屁塞) ② 401.7
"비속해지고 정도에서 어긋나게 되었다" ⑨ 550.10
'비익조'(比翼鳥) ⑦ 279.4
"비판의 무기로부터 무기에 의한 비판에 이르다" ⑤ 337.23
비휴(貔貅) ⑬ 148.4
"빈 구멍에는 바람이 새어 들고, 오동나무 열매에는 둥지가 있기 마련"(空穴來風, 桐乳來巢) ④ 122.11
"빈털터리로 염라왕 앞에 끌려오다" ③ 170.18
"빛이 사방을 뒤덮고 천지 상하에 이르다" (光被四表格於上下) ⑦ 194.2

【ㅅ】

'사'(詞) ⑦ 430.10
『사고전서』 편찬 ⑧ 97.2
'사대'(事大) ⑧ 473.11
사덕(四德) ⑤ 320.14
"사람과 거문고가 함께 죽었다" ⑥ 123.19
"사람은 나면서부터 성품이 착했도다"(人之初性本善) ③ 146.10
"사람은 멀리 생각하지 않으면 반드시 가까운 근심거리가 생긴다" ⑦ 374.9
"사람을 풀 베듯 소리 없이 죽이다" ⑤ 334.5
"사람의 머리를 달고 짐승 소리를 낸다" ⑩ 523.3
"사람의 타고난 다섯 가지 천부적 재능" ① 176.40
"사람이 글자를 알게 되면서 우환이 시작된다"(人生識字憂患始) ② 310.3
"사람이 먹을 가는 게 아니라 먹이 사람을 간다" ⑦ 417.3
"사람이 태어날 때의 본성은 원래 선하다" (人之初性本善) ① 371.12
"사람 젖을 돼지에게 먹였다" ① 219.10
사령문(四靈文) ⑰ 206.89

사륙변려체(四六騈儷體) ⑥446.3
"사리를 통달하면 마음이 편안하다"(事理通達心氣和平) ②231.10
사마상여(司馬相如)가 병을 핑계로 외출하지 않은 이야기 ⑨516.2
"사마천도 부를 지었다" ⑫171.37
사명대신(司命大神) ③448.5
사명대천존(司命大天尊) ③448.6
사문(司門) ⑨428.14
'사민'(四民) ⑤104.11
"사방의 변방으로 추방당하다"(投諸四裔) ⑤90.9
"사십이 되어 흔들리지 않는다"(四十而不惑) ⑧269.30
사안(謝安)의 말이 사실과 다르다는 것 ⑧430.13
"사야, 너는 양을 아끼느냐? 나는 예를 아끼노라!" ⑦404.9
사오싱희(紹興戲) ⑦273.2
사유(四乳) ⑰206.89
사유분(死有分) ①526.3
사이로 유배 보내는 것(放諸四夷) ①564.3
사일궁(射日弓) ③296.13
'사자 몸속의 벌레(해충)'(獅子身中蟲) ⑦257.35, ⑨285.149
'사조'(詞藻) ⑦491.6
사주단자(紅綠帖) ②401.10
사직(社稷) ①508.4
"사해가 하나가 되다"(四海一) ⑧581.7
사현(思賢) ⑩191.5
사회과학 번역에 대한 냉소 ⑥71.8
사흉(四凶) ⑨119.4
"산마루의 까투리, 때를 만났구나" ⑦668.2
"산 속에 호한이 없자 원숭이가 패왕이라 칭한다" ⑯159.1
'산 채로 뜬 당나귀 육회'(生封驢肉) ⑦656.4
'살신성인'(殺身成仁) ⑤204.6
'살아남는 사람이 없다'(無噍類) ⑬148.6
'살아남은 자'(孑遺) ⑦575.6
'살육서'(相斫書) ④42.12
'살쾡이로 태자 바꿔치기' ⑦452.4
"삶과 죽음에는 명이 따로 있는 법" ③448.10
삼교(三教) ④152.13
삼교변론(三教辯論) ⑦410.5
삼궤구고(三跪九叩) ⑩188.4
삼도강(三倒腔) ⑱90.5
삼두육비(三頭六臂) ④152.14
삼매(三昧) ⑥509.6
삼사(三司) ⑫223.4
삼세(三世) ④26.2
삼시신(三尸神) ④319.6
삼종지도(三從之道) ⑤319.11
삼줄(苧麻絲) ②344.14
삼황오제(三皇五帝) ①500.5
상견례를 할 때 거위 예물 ③410.10
상관대부(上官大夫) ⑫84.3
'상국'(上國) ⑦195.9
상대의 이(彝) ⑧270.37
상령(湘靈) ⑨209.1
"상반되면서도 서로 보완한다"(相反而實相成) ⑧285.6

상서(尙書) ⑫ 166.7
상서(象胥) ⑦ 545.27
"상소를 올려 정사에 대한 견해를 펼치다"(上書陳政事) ⑫ 122.11
상아(嫦娥) ③ 293.3
'상아탑' ③ 146.8
'상외(象外)에 초연' ④ 422.12
상유(上諭) ⑬ 215.2, 736.3
상의(象意) ⑧ 154.14
상호의존(輔車相依) ⑥ 114.10
"새 귀신이 나이가 많고 옛 귀신이 어리다" ⑦ 404.5
색루(索縷) ⑩ 149.8
"생각이 신분을 벗어나면 안 된다"(思不出其位) ⑧ 79.11
'생간'(生間) ⑮ 455.1
"생강 먹는 일을 끊지 않았다" ⑥ 410.11
"생강이 든 음식을 물리지 않다"(不撤姜食) ⑦ 411.12
'생계'(養生主) ⑧ 720.4
"생활의 부담을 지고 문을 나서다" ⑭ 332.1
"생황의 노랫소리 정원에 맴돌고, 등불은 누대 아래를 비추네"(笙歌歸院落, 燈火下樓臺) ⑤ 204.7
샤오성(小生) ⑦ 389.2
서경(西京) 마감사(磨勘司) ⑫ 344.2
서낭(徐娘) ⑦ 174.10
"서는 같다는 뜻이다"(書者, 如也) ⑫ 35.7
서동(書童) ⑦ 701.7
"서로를 촉촉하게 적셔 주다"(相濡以沫) ⑯ 381.2
"서로 읽고 웃으며 거리낌이 없게"(相視而笑, 莫逆於心) ⑤ 139.3
'서민 가의 딸내미'(小家碧玉) ⑥ 410.6
서방(書坊) ⑩ 498.2
서우산석 인장석(印章石) ⑰ 252.56
서우양산(首陽山) ③ 359.29
석굴서령(石窟署令) ⑩ 134.14
"선을 쌓았으나 보답이 없으므로 마침내 스스로 속고 말았구나"(積善不報, 終自欺人) ① 356.10
"선을 행하면 복을 받는다"(作善降祥) ① 356.9
선장본(線裝本) ⑤ 325.18
"선제께서는 백제성에서"(先帝爺, 在白帝城) ② 387.4
"선조의 발자취를 이어 가리라"(繩其祖武) ④ 43.14
선통(宣統) ⑨ 550.12
설결(齧缺)과 왕예(王倪) ⑫ 73.20
설독(褻黷) ① 392.15
설서(說書) ⑥ 268.41
'섬농'(纖穠) ⑦ 491.6
섬멸작전(聚而殲旃) ⑤ 378.12
"섭이 왕이 되다니. 오묘하구나" ⑧ 155.19
성(生) ⑦ 616.4
성덕단(盛德壇) ① 487.2
"성루에 올라" ⑬ 60.2
성무(聖武) ① 504.4
"성스러운 천자를 위해 깨끗이 제거하여 놓았다"(爲聖天子驅除云爾) ① 325.12
'성시'(省試) ⑧ 574.28

"성인으로서 시의에 따른다"(聖之時者也) ④167.10
성하지맹(城下之盟) ⑥181.24, ⑦118.4
"세 발 달린 자라" ③326.36
"세상에 영웅이 없으니 풋내기가 이름을 날리는구나" ⑥454.4, ⑦545.34
'세습운기위'(世襲雲騎尉) ⑧ 269.28
'세화'(歲畫) ⑮452.1
"소공(召公)과 주공(周公) 두 제상이 정사를 맡았는데, 이를 공화(共和)라 부른다." ①338.13
소대(昭代) ⑮101.2
소도(小道) ⑤171.21
소동파(蘇東坡)가 객에게 귀신 이야기를 해 달라고 한 이야기 ⑦96.6
"소들을 도림 들판에 풀어 주다" ③359.25
소릉(昭陵) ①301.5
소머리(牛頭) ①526.4
'소머리 아방'(牛首阿旁) ③73.6
소무와 이릉이 주고받은 시 ⑫154.21
소사(少師) ③356.5
'소소한 원한' ④377.9
소승(小乘) ⑧547.3
소승불교(小乘佛教) ③169.11
소악(韶樂) ⑧163.4
'소오줌과 말불버섯' ⑭627.3
'소요유' ⑦468.3
"소인이 없으면 군자를 봉양할 자가 없는 법" ⑧163.7
"소정묘(少正卯)를 죽이다" ⑤319.10
소천직일(小泉直一) ⑰429.19
소초재(小草齋) ⑫331.16
소학(小學) ⑦684.3
『소학대전』을 훼손한 일 ⑧98.12
소학가(小學家) ⑫507.8
"속마음이 바르지 않으면 눈동자가 흐리다" ⑦256.23
송대 민간 화본 ①238.26
"송아지가 제멋대로 미친 듯이 뛰흔든다" ⑫330.3
"송옥이 재능이 있어 처음으로 '대문'을 지었다"(宋玉含才, 始造'對問') ⑫98.31
"송조가 남쪽 사람을 재상으로 등용함을 허용하지 않았다" ④121.5
"쇠뇌를 짊어지고 선구가 된다"(負弩前驅) ⑦34.4
수도(首善之區) ②297.2, ④140.21, 230.6
수미산(須彌山) ⑩82.2
수상(繡像) ⑥159.12, ⑧585.4, ⑩487.2, ⑫586.13, ⑭512.2
수상소설(繡像小說) ⑧56.2
수성(壽星) ⑩536.4
수신제가치국평천하(修身齊家治國平天下) ⑦276.2
수인씨(燧人氏) ①408.26, ⑥519.2, ⑧37.3
수인씨(燧人氏)와 신농씨(神農氏) ⑦681.2
수재(秀才) ②50.2, ⑦665.4, ⑩301.4, ⑮269.2
'수정 꼭지'(水晶頂) ⑦353.2
'수종정침'(壽終正寢) ⑦545.26
수지상유(收之桑榆) ④244.8

"수치를 아는 건 용감함에 가깝다" ⑥ 533.6
수탄(獸炭) ③ 391.13
수희(隨喜) ① 467.5
'숙살'(肅殺) ⑦ 385.3
순무(巡撫) ③ 227.3
순(舜)임금 ③ 321.3
'순장용 인형 만들기'(作俑) ⑦ 353.5, 545.28
숭산삼궐(嵩山三闕) ⑮ 221.3
"숲 속의 소리 내는 화살"(林中的響箭) ⑧ 638.4
쉐디쯔(血滴子) ⑩ 395.6
"쉬지 않고 떠들어 대는 것"(强聒不舍) ⑥ 267.23
스님이 불태워졌다는 이야기 ⑤ 60.10
스님이 비결을 낭독할 때의 손짓 ③ 203.20
"스스로 복을 구하다"(自求多福) ④ 200.20
"슬프도다, 가을의 기운이여"(悲哉秋之爲氣也) ⑦ 414.4
"슬픔 가운데 마음이 죽는 것보다 더한 것은 없고, 몸이 죽는 것은 그다음이다"(哀莫大於心死, 而身死次之) ⑦ 149.3
"승냥이와 호랑이의 먹이로 내던져지다"(投畀豺虎) ④ 233.21
'승룡'(乘龍) ⑦ 365.5
승명(昇明) ⑩ 142.12
『시경』의 배열 문제 ⑫ 60.41
"시는 뜻을 말하는 것이다" ① 173.17
"시는 사람의 성정을 묶어 둔다" ① 174.18
"시대를 잘못 태어나다"(我生不辰) ④ 75.4
"시를 배우지 않으면 남과 할 말이 없다"(不學『詩』無以言) ⑫ 96.14
'시를 수집하는 관리' ⑧ 157.33
시사(詩史) ⑧ 28.9
"시 삼백 편을 한마디로 요약하면 생각함에 사악함이 없다" ① 174.18
시아귀(施餓鬼) ⑦ 374.5
"시어에 따라 운(韻)을 이루고 운에 따라 시의 맛을 이룬다" ⑫ 138.25
"시의 사상에 사악함이 없다"(思無邪) ⑦ 596.5
시일(時日) ① 325.10
"시일이 걸려 시든 꽃"(明日黃花) ⑬ 61.8
시첩시(試帖詩) ③ 134.7, ⑤ 204.8
식양(息壤) ③ 326.33
식형(識荊) ① 285.28
신계(神誡)의 내용 ⑨ 48.8
신농씨(神農氏) ⑧ 38.6
신농씨(神農氏), 우(虞), 하(夏)의 시대 ③ 360.35
'신도를 설교하다'(神道設教) ① 391.6
신맞이 제사놀이(迎神賽會) ③ 252.34
"신발이 구멍 나 있고 뒤꿈치가 터져 있다"(履穿踵決) ④ 108.4
'신부 차' ⑮ 534.2
신선(神仙)의 방법 ⑫ 139.28
신선(神仙)·황백(黃白)의 방법 ⑫ 139.28
'신을 맞이하는 제놀이' ③ 156.2
"신의 죄 죽어 마땅하오니, 천왕은 성명하시나이다"(臣罪當誅兮天王聖明) ④

168.16, ⑥ 29.15
"신이 불같이 노하다"(神赫斯怒) ⑬ 454.6
"신체발부는 부모에게 받은 것이니 감히 훼손해서는 안 된다"(身體髮膚受之父母不敢毁傷) ④ 85.7
"신하에게 사적인 군사가 없게 하다" ⑤ 319.9
"심사는 파도와 같다"(心事如波濤) ⑧ 269.29
'심인'(心印) ⑮ 634.2
심전(心傳) ① 459.5
'심판관'(推事) ⑦ 331.4
'십악불사'(十惡不赦) ⑬ 476.4
'십이만분'(十二萬分) ⑬ 39.3
'십이신경'(十二辰竟) ⑰ 225.16
"싸움에 앞장서지 않으면, 이 또한 좋지 아니한가?"(不爲戎首, 不亦善乎?) ④ 201.22
싸이쓰헤이(塞思黑) ⑦ 283.3
"썩은 밧줄로 여섯 마리의 말을 끌고 가다" ⑬ 324.2
'쑥대머리' ⑨ 49.15
'쓸데없는 군소리' ⑦ 700.3

【ㅇ】

'아가씨가 비단공을 던지는 것' ⑦ 350.6
아가타(阿伽陀) ⑨ 151.9
"아들 영부"(子靈符) ⑫ 225.3
아들이 아버지의 이름을 부르는 예 ⑤ 178.49
"아들이 아버지의 잘못을 덮어 주어 아버지의 죄를 없애 주었다" ③ 326.34
아라한(阿羅漢) ③ 49.5
"아랫사람에게 묻기를 부끄러워하지 않다"(不恥下問) ① 270.3
아리스토데모스(Aristodemos) ⑨ 49.22
"아무것도 하지 않으면서도 하지 않는 일이 없게 된다" ⑦ 589.2
"아무 일도 하지 않는 것이 곧 하지 않은 일이 없는 것" ⑨ 92.4
"아버지가 나를 낳아 주셨다"(父兮生我) ① 219.7
"아버지의 도를 고치지 않는다" ③ 252.37
"아버지의 잘못을 바로잡다"(幹父之蠱) ⑧ 379.9
아속공상(雅俗共賞) ⑬ 566.7
"아슬아슬 위태로울 것이다"(岌岌乎殆哉) ⑤ 219.3
'아이들의 소'(孺子牛) ⑨ 211.4
아치나(阿其那) ⑦ 283.3
아폴론(Apollon) ① 476.8
아하스바르(Ahasvar ; 또는 Ahasver) ① 252.7
'아홉 편'의 부(賦) ⑫ 98.28
"악을 제거하는 데는 철저해야 한다" ⑥ 410.8
악호(樂戶) ⑦ 296.5
"안 되는 것을 알면서도 그걸 하는"(知其不可爲而爲之) ⑤ 98.4
암사슴의 젖 ③ 360.37
압대희(壓臺戲) ⑦ 173.2
"앞으로는 고인을 보지 않고, 뒤로는 오는

자를 보지 않는다” ⑮ 41.6
“앞장서지 않고 꼴찌를 부끄러워하지 않는 것”(不爲最先, 不恥最後) ④ 200.21
‘애비지원’(睚眦之怨) ③ 146.14
야오얼(麼二) ⑥ 419.4
약수(弱水) ④ 75.7, ⑩ 53.5
‘약 찌끼’ ⑦ 181.4
‘양귀비의 붉은빛’(楊妃紅) ⑨ 66.2
양성소동(襄城小童) ⑫ 71.10
‘양저우십일’(揚州十日) ⑦ 684.5
‘어구’(禦溝) ⑫ 352.1
“어떻게 시름을 덜 것인가? 오직 두강밖에 없다”(何以解憂? 惟有杜康) ⑤ 172.25
“어리석은 자라도 천 번 생각하면 반드시 하나의 득은 있게 마련이다” ⑦ 645.4
“어릴 때 똑똑하다고 커서도 반드시 훌륭해지는 것은 아니다” ⑦ 203.7
‘어릿광대’(高蹺) ③ 156.13
“어머니 명을 받들어 임시로 도량을 만들다” ① 391.5
얼굴에 흰 분가루를 칠하는 것 ⑦ 701.8
얼사(臬司) ⑤ 59.7
“얼음에 눕다” ① 221.22
여경(女庚) ③ 293.4
여구척(慮丘尺) ⑩ 120.3
여대(輿台) ⑦ 657.5
“여덟 살에 소학에 들어가다”(八歲入小學) ⑫ 35.7
‘여덟째 덕목을 망각’(忘八) ⑥ 410.14
“여러 성의 합”(連城) ⑦ 62.12
여부인(如夫人) ① 285.29
여신(女辛) ③ 293.4
여와가 ‘돌을 녹여 하늘을 수리’(煉石補天) ③ 274.10
여을(女乙) ③ 293.4
“여인의 말은 내실에서 나가지 않는다”(內言不出於閫) ① 382.11
“여자와 소인은 다루기 어려우니 가까이 하면 불손해지고 멀리하면 원망한다” ⑦ 592.7
“여자와 소인은 부양하기 어렵다” ⑥ 516.2, ⑦ 203.5
“여전히 약간의 차이가 있다” ① 470.3
「여초묘지」(呂超墓誌) ⑰ 421.11
「여초묘지석」(呂超墓誌石) ⑩ 141.2
여치척(慮傂尺) ⑤ 210.4
여친(輿櫬) ⑥ 225.6
역서(黃曆) ② 289.2
연날리기 ⑦ 637.5
‘연반’(捐班) ⑧ 453.2
연성공(衍聖公) ⑩ 172.7
‘연화’(年畫) ③ 124.23
염괄(賺話) ⑨ 430.26
염라왕(閻羅王) ③ 169.9
염마천(閻摩天) ③ 169.12
‘염제와 황제의 후예’(炎黃之胄) ⑧ 79.10
영남(嶺南) ⑨ 428.13
영명(永明) ⑩ 142.7
‘영무의필’(永無意必) ⑧ 273.3
영분(靈氛)과 무함(巫咸) ⑫ 95.8
‘영아 살해’ ⑦ 448.7
영자(鬮子) ⑧ 9811
영조척(營造尺) ⑤ 210.5
영평(永平) ⑩ 134.13

예(羿) ③293.2
"예가 아니면 보지도 말고~" ⑦404.10
예는 서인에게 내려가지 않는다"(禮不下庶人) ⑦404.8, ⑧424.24
"예로부터 있었다"(古已有之) ⑬134.4
"예를 잃으면 오랑캐에서 구해야 한다"(失禮而求諸野) ①311.14
예배사(禮拜寺) ⑨375.2
예서(隸) ⑧380.11
"예의에 그친다"(止於禮義) ⑧570.5
"예의에는 밝지만 사람의 마음을 아는 데는 둔하다"(明於禮義而陋於知人心) ⑤181.62
'예의와 양보로써 다스리는 나라' ⑦404.6
예조(藝祖) ⑱91.9
예주선자(蕊珠仙子) ②311.12
"옌산의 눈꽃은 크기도 하여 자리를 깐 것 같네"(燕山雪花大如) ⑧320.7
"옛것을 그대로 쓰다"(仍舊貫) ⑨423.3
"옛것을 사용하면 어떠한가" ①430.4
"옛 교훈을 배워서"(學於古訓) ①221.24
"옛날부터 그래 왔다"(振古如玆) ④75.8
"옛날의 아득한 정을 그리워하는 것"(發思古之幽情) ⑦762.8
옛 도자기 문자(古陶文字) ⑰234.30
"옛사람 황학 타고 이미 사라졌는데, 여기 공터에는 황학루만 남았도다" ⑦571.8
'오경'(五經) 박사 ⑫151.2
'오경에 능통한 정대춘'(五經紛綸井大春) ⑧505.5
'오경조'(五更調) ⑦430.14
「오곡랑비」(吳谷朗碑) ⑰285.1
'오나라 미녀'(吳娃) ⑨594.2
오도신(五道神) ①476.7
오랏줄(縲絏)의 걱정 ⑤80.13
'오랑캐놈'(貉子) ①347.8
"오랑캐에게 군주가 있음이 중화 여러 나라에 군주가 없음만 못하다" ⑥180.21
"오래되어 어느덧 하루가 아니다"(久已夫非一日矣) ④167.6
'오륜'(五倫) ⑦115.5
오문(午門) ⑤233.21
오상(五常) ⑧498.2
오서도(五瑞圖) 석각(石刻) ⑩100.9
오서포도경(鼯鼠葡桃鏡) ⑰225.17
오세동당(五世同堂) ④152.16
"오십에 천명을 안다"(五十而知天命) ⑧280.10
'오이덩굴 엮기' ⑬33.4
"오직 임금만이 복을 누리고, 오직 임금만이 권세를 누리고, 오직 임금만이 진수성찬을 먹는다"(唯辟作福, 唯辟作威, 唯辟食) ①310.6
"오직 전심으로 정진"(惟精惟一) ⑧273.5
오초칠국(吳楚七國)의 반란 ⑫123.20
오통신(五通神) ③157.16
옥황향안리(玉皇香案吏) ②311.10
"온몸을 다 바쳐 죽을 때까지 한다" ⑦350.7
"온 세상에 황제의 것이 아닌 것이 없다" ④323.3
'온유돈후'(溫柔敦厚) ③359.33, ⑦91.3

온장군(瘟將軍) ① 476.7, ② 289.5
"온종일 배불리 먹고도 마음 쓰는 곳이 없다" ⑤ 296.16
올빼미 ⑫ 121.8
옴(om) ⑥ 509.8
'와빙구리'(臥冰求鯉; 얼음 강에 엎드려 잉어를 구하다) ③ 148.22
'와신상담'(臥薪嘗膽) ⑦ 96.5
'완민'(頑民) ⑧ 40.22
완샤오단(玩笑旦) ⑦ 173.9
완적이 술을 핑계로 혼인을 거부한 이야기 ⑤ 178.53
완적이 아들이 자기를 본받지 말기를 바란 이야기 ⑤ 181.63
왕도와 패도 ⑧ 39.17
왕령관(王靈官) ② 289.5
왕망의 왕위 찬탈 사건 ⑥ 533.4
"왕상이 얼음판에 누웠다"(王祥臥氷) ⑧ 87.2
"왕을 위해 선봉에 서다"(爲王前驅) ⑥ 178.6, ⑦ 165.5
'왕의 발톱과 이빨'(王之爪牙) ⑦ 76.5
"왕의 자취가 끊어지자 시가 사라졌다"(王者之迹熄而詩亡) ⑫ 70.1
외국 소시지를 먹다(吃外國火腿) ⑧ 182.7
'외모가 아름다움'(螓首) ⑮ 36.2
외사(外史) ⑫ 55.2
"요리사가 요리를 못한다고 제사장이 제기를 방치하고 요리를 대신하지는 않는다" ⑦ 374.11
"요와 순의 도를 근본으로 삼다"(祖述堯舜) ⑫ 71.10
용기(龍旂) ⑫ 59.38
용루(龍樓)와 봉궐(鳳闕) ⑩ 352.5
"용을 타고 승천하다" ⑤ 131.17
"우(禹)가 곰으로 둔갑했다" ③ 326.37
우(禹)가 무지기(無支祁)를 잡은 전설 ③ 327.38
우강(禺彊) ③ 274.7
우담발라(曇華) ⑧ 792.4
우란분(盂蘭盆) ⑦ 374.6
우란분재(盂蘭盆齋, 또는 盂蘭盆會) ③ 203.18
우릉(禹陵) ⑮ 128.2, ⑰ 111.61
"우리 취향에 맞으면 그것을 용납하고, 게다가 그것을 선전하기도 한다" ⑤ 216.7
우마주(牛馬走) ⑩ 572.5
우맹(優孟) ⑫ 363.15
"우물에 빠진 사람에게 돌을 던지다"(落井下石) ① 407.19
우수아방(牛首阿旁) ④ 108.6
"우(虞)야, 우야, 어찌할꼬?" ⑫ 111.6
"우임금도 벌거숭이 나라에 들어가면 벌거숭이로 돌아다닌다"(禹入裸國亦裸而游) ④ 65.3
우전차(雨前茶) ⑰ 223.13
「우쥔정만경」(吳郡鄭蔓鏡) ⑰ 428.16
우콰이(吳會) ⑯ 64.3
"울음을 머금다"(含哭) ① 575.7
원나라 때 시행한 민족 차별 정책 ⑧ 709.7
원대의 네 가지 백성 등급 ⑦ 575.4, ⑨ 424.6

원대의 조칙(詔勅) 번역 ⑥55.18
"원대한 일에 미친다면 막힐까 염려되다"(致遠恐泥) ⑫177.6
원령(園令) ⑫167.11
"원망하고 비방하지만 문란하지 않다"(怨誹而不亂) ⑫59.39
원소절(原宵節) ③124.26
원외(員外) ⑦166.7
원유(苑囿) ⑫166.8
"원한으로 은덕을 갚다" ⑥556.15
원화(院畵) ⑧53.5
"월경과 정액, 모발과 손톱 등을 약으로 쓸 수 있다" ①283.9
'월권행위를 한 것'(越俎代謀) ⑧79.12
월약계고(粤若稽古) ①544.4
위서(緯書) ⑫55.4
'위세를 부리다'(發標) ⑨76.2
"위태로운 막사 위에 제비가 둥지를 짓는다" ⑬349.8
"위태롭다"(汲汲乎殆哉) ⑥122.5
유검류(庾黔類) ③251.25
"유는 글로써 법을 어지럽게 하고, 협은 무로써 금기를 범한다"(儒以文亂法, 而俠以武犯禁) ⑤447.7
"유(儒)라는 것은 부드럽다는 뜻이다"(儒者柔也) ①200.16, ⑤447.4
"유란 부해져 천하를 갖는다는 것이고, '웨이'(위)란 귀해져 천자가 된다"(有者, 富有天下, 爲者, 貴爲天子) ④75.3
유령이 손님에게 벌거벗은 모습을 보여준 이야기 ⑤178.50
유로(遺老) ⑩172.2
유서(類書) ③251.30
유소씨(有巢氏) ⑧38.5
유원(留園) ⑦191.4
'유지'(維止)의 일 ⑯119.1
'유학자의 품행'(儒行) ①392.9
유희삼매(游戲三昧) ④210.5
육대(六大) ⑨581.2
육례(六禮) ②401.8
육마(六麻) ①535.16
육법(六法) ⑧481.8
육비(六臂) ④152.14
육예(六藝) ⑩320.7
육장(丈六) ⑧574.31
'육적회귤'(陸績懷橘; 육적이 귤을 품속에 넣다) ③147.20
윤기(倫記) ③149.30
'윤리를 돈후하게 한다'(敦倫) ⑧242.13
율연(慄然) ⑫365.4
은군자(隱君子) ⑧308.6
"은하수처럼 끝이 없다"(猶河漢而無極也) ①346.3
음수(陰壽) ⑦404.4
음양가(陰陽家) ⑥410.5
음양오행 ①455.10
'의(醫)는 의(意)이다' ③190.5
"의(義)는 이(利)다"(義, 利也) ⑧498.8
"의견이 같으면 무리가 되고 의견이 다르면 정벌한다" ③123.13
'의민'(蟻民) ⑦146.3
의(義)의 실천에 대한 묵자와 공수반의 대화 ③433.21
의장(儀仗) 우산 선물 ⑧182.6

의화본(擬話本) ① 238.27
"이규(李逵)가 사형장을 들이치다" 447.9
이금(厘金) ⑤ 119.15
"이랬다저랬다 죽지 않다"(二三其死) ⑨ 49.18
이루(離婁) ⑩ 320.11
"이름이란 실물에 대한 설명" ③ 252.36
"이를 잡으며 이야기하다"(捫虱而談) ⑤ 174.32
이릉(李陵)의 편지글 ⑫ 154.25
"이미 역류하고 있는 노도의 물결을 돌이켜 보려 하겠지" ⑦ 597.12
"이미 오래된 일이고, 하루아침에 생긴 일이 아니다"(久已夫, 已非一日矣) ⑦ 498.2
「이벽묘지」(李璧墓志) ⑰ 285.2
이사(利屣) ⑥ 410.3
'이소'(離騷) ⑫ 95.6
'이신'(貳臣) ⑧ 794.4
이신비가 아들을 인정하지 못한 고사 ④ 210.4
'이이제이'(以夷制夷) 165.2
"이전의 직업으로 되돌아왔다"(再作馮婦) ⑤ 99.6
이카로스(Icaros) ⑨ 191.3
이학(理學) ① 455.9, ⑦ 630.2, ⑨ 423.4
'인가'(印可) ⑦ 601.7
인드라(Indra) ⑩ 84.13
인류를 제도할 방법 ① 252.4
'인륜의 시작'(人倫之始) ① 219.6
"인물의 옳고 그름을 비평하지 않다" ⑤ 178.48
"인생은 백세가 차지 않으면서 늘 천세 걱정을 품고 있다" ④ 441.4
"인심(人心)은 위태롭고 도심(道心)은 쇠퇴하다" ⑥ 388.9
"인을 추구하여 인을 얻었는데 또 무얼 원망하겠는가"(求仁得仁又何怨) ① 408.27
"일개 지아비인 주(紂)를 죽였다는 말은 들었어도, 임금을 시해했다는 말을 듣지는 못했다" ⑥ 122.11
'일부러 들으라는 듯이' ④ 452.3
'일자'(日者) ⑧ 581.5
"일홍이 빠르게 날아간다"(逸興遄飛) ① 484.2
"임금께서는 나의 심중을 헤아리지 못한다" ⑦ 170.7
임용규정(功令) ⑦ 155.5
"임회가 천금의 구슬을 버리고서 갓난아이를 업은 채 달아나다"(林回棄千金之璧, 負赤子而趨) ④ 76.17
"입에 하늘의 법령을 머금고 있다" ⑥ 450.6
"입이 더러우면 입이 입을 해친다" ⑦ 646.8

【ㅈ】

'자고로 있었다'(自古有之) ⑧ 27.7
"자기만 못한 사람을 벗하지 말라"(毋友不如己者) ① 340.28
"자기의 뜻으로 남의 뜻을 미루어 짐작함으로써 스스로 그것을 깨달았다" ⑦ 309.6
"자네는 독 안에 들어가게"(請君入甕) ①

407.20
자단나무 ⑦774.7
'자로(子路)가 머물러 잔 곳' ⑦612.13
'자로부미'(子路負米; 자로가 쌀을 져 오다) ③147.18
자로의 전사(戰死) ⑧434.18
'자손이 승승장구'(子孫繩繩) ④336.8
"자신의 마음으로 남의 마음을 헤아리다" ⑦545.30, 592.5
자오(角) ②274.5
잡자(雜字) ⑧56.3
장구동(帳構銅) ⑩149.7
'장권'(長卷) ⑥468.2
장막극(大戲) ③170.21
장반(長班) ②372.3
장비새(張飛鳥) ③180.3
장사(長史) ⑫104.5
장삼(長衫) ⑦270.2, 452.8
장삼이사(張三李四) ①478.4
'장서실의 사(史)'(노자) ③410.7
장원(狀元) ①356.4
장의(長衣) ⑦276.3
"장인이 자신의 일을 잘 하려면, 반드시 먼저 자신의 도구를 예리하게 해야 한다" ⑥122.10
장자(莊子) 사후에 관이 쪼개진 이야기 ⑦436.3
장주(莊周)의 나비 ③448.11
장헌충(張獻忠)의 수재 시험에 대한 이야기 ⑦564.4
장헌충의 재동신(梓潼神)을 위한 제문 ⑧247.42
장헌충의 죽음 ⑧246.34
장화(章和) ⑬558.4
장휴양묘(張睢陽廟) ⑨305.8
"재물을 허술하게 숨기면 훔치려는 마음이 생기고, 얼굴을 야하게 꾸미면 음흉한 마음이 생긴다"(慢藏誨盜, 冶容誨淫) ①381.5
"재와 부재 사이에 처한다"(處於才與不才之間) ⑨350.10
재자가인(才子佳人) ①356.5
"저것도 하나의 이치이고, 이것도 하나의 이치다"(彼亦一是非, 此亦一是非) ④122.12, ⑧399.11
"저쪽도 잘잘못이 있고 이쪽도 잘잘못이 있다" ⑦335.9
"저팔계를 데릴사위로 들이다" ③124.24
"적대국과 외환이 없으면 그 나라는 항상 망한다" ⑦209.3
'전갈단지'(蠆盆) ⑬39.2
"전란으로 집집이 주검이 넘쳐 나다" ⑥471.5
전류(剪柳) ⑨218.2
전서(篆書) ⑦430.9, ⑧380.11
전서(篆書), 예서(隸書), 해서(楷書) ⑧154.15
전시(殿試) ⑤233.15, ⑰50.80
전욱(顓頊) ③274.5, ⑫36.14
전지(箋紙) ⑮61.7
절용(節用)을 주장하고 사치를 반대 ③431.5
'젊어서 지은 글은 후회'(悔其少作) ⑨31.2
점잖고 예의 바르다(郁郁乎文哉) ④99.7

“정(鄭)가네 다섯째가 재상이 되었으니, 세상일을 이로써 알 만하도다” ⑧767.5
‘정감을 지닌 이들’(有情) ⑨191.6
정강(靖康) ⑧268.20
“정강성은 술을 권하다 땅에 쓰러져 숨이 끊어졌다”(鄭康成行酒伏地氣絶) ⑤170.13
「정계선잔비」(鄭季宣殘碑) ⑩136.1
정광(正光) ⑩134.6
“정나라 음악을 없앤다” ⑫60.42
정단(正旦) ⑦389.2
‘정단사자’(淨壇使者) ⑦316.8
정시(正始) ⑤175.37, ⑩134.11
‘정시의 명사’(正始名士) ⑤175.37
정위(精衛) ⑨216.3
정장(亭長) ⑫111.4
정제(丁祭) ⑰360.6
“정치는 회오리바람 같고, 백성은 야생사슴 같다” ⑦70.8
정침(正寢) ⑤325.14
정화수(井華水) ③391.5
정훈(庭訓) ②274.6
제강(帝江) ③134.11
제곡(帝嚳) ⑫36.15
제괴(帝魁) ⑫55.4
제군(制軍) ⑤61.17
제부(諸父) ⑫139.29
“제사를 관장하는 사람이 제기를 버려두고 요리사를 대신하여 밥을 지으려는”(越俎代謀) ①372.17
“제사에 관한 일은 일찍이 들어 알고 있으나, 저(丘)는 군사에 관한 일은 배우지 못했습니다”(俎豆之事, 則嘗聞之矣, 軍旅之事, 丘未之學也) ①381.3
제예(制藝) ③134.7
‘제왕의 치술’(帝王之術) ⑫104.4
제천대성(齊天大聖) ⑮415.1
조(藻) ⑩100.6
조개를 먹는 구절 ④318.3
‘조나라에서는 여성을 존중했다’ ⑦291.5
조로(調露) ⑨428.7
“조상을 제사 지낼 때에는 생존해 있는 듯이 하고, 신을 제사 지낼 때에는 신이 앞에 있는 듯이 했다” ①294.8
조아(曹娥) ③251.22
조예(皂隸) ⑤450.4
조왕신 ④318.2
“조왕신을 보내는”(送竈) 일 ②230.2
조의대부(朝議大夫) ⑩188.3
조자앙의 말 그림 ⑤247.5
조조(曹操)가 공융(孔融)을 살해한 경위 ⑤173.26
조조의 유서 ⑤170.14
“조충서 체로 온갖 잡다한 잡배들을 묘사했다” ⑰54.87
조칙 16개조 ⑧56.4
족천(足串) ⑤247.4
‘종놈’(奴) ①347.7
종두법 ⑩519.3
종이(宗彝) ⑩100.5
“종일 근심이 떠나지 않는다”(日坐愁城) ⑦663.2
종회(鍾會)가 혜강(嵇康)을 방문한 일 ⑧

445.5
종횡가(縱橫家) ④ 153.21, ⑬ 463.5
“좌로 쏠려 창작은 하지 않다”(左而不作) ⑥ 336.6
좨주(祭酒) ③ 359.31
‘주고’(周誥) ⑦ 545.29
주나라 척도 ③ 357.12
주대의 정(鼎) ⑧ 270.37
주령(酒令) ⑦ 273.3
“주먹 위에 사람을 세울 수 있고, 어깨 위에 말을 태울 수 있다” ⑦ 328.8
‘주소이남’(周召二南) ⑫ 60.40
‘주역의 글’(籀繹之作) ① 534.9
“주(紂)왕은 선하지는 않지만 그렇게 심하지는 않았다” ④ 424.31
주왕의 병사들이 배반한 일 ③ 358.18
주왕이 분신자살하고 무왕이 상나라에 입성한 정황 ③ 358.21
주육(朱育)과 무측천(武則天)의 글자 창제 ⑧ 153.11
주자(朱子)가 관기에게 곤장을 친 일 ⑧ 284.2
“주절주절 말을 그치지 않았다”(強聒不舍) ④ 52.6
주조현무(朱鳥玄武) ⑬ 558.5
주천대제(朱天大帝)의 생일 ⑬ 595.6
“죽은 뒤의 명성보다는 살아 있을 때 한 잔 술이 낫다” ⑬ 288.1
‘죽을 놈’(死公) ① 347.7
“죽을 때까지 혼신의 힘을 다하다”(鞠躬盡瘁) ⑬ 204.1
‘죽음의 공포’ ⑤ 409.4
‘죽음의 설교자’ ⑧ 28.8, 533.9
죽지사(竹枝詞) ⑦ 773.5
‘준마의 뼈’(駿骨) ⑮ 165.3
‘준오’(踆烏) ⑨ 48.10
중국 연극 배역 이름 ④ 424.37
“중국 전통에 내재된 고통불감증을 족히 증빙할 만하다” ⑥ 402.5
‘중권’(中權) ⑦ 545.35
중대부(中大夫) ⑫ 122.17
중도(中道) ⑫ 480.14
“중도를 행하는 자를 얻어 함께할 수 없다면~” ⑥ 410.10
“중도에 포기하지 않는 것” ⑬ 85.5
“중용의 덕은 지극하도다!” ⑥ 122.14
중용의 도(中庸之道) ① 405.5
“중추에 달 없고”(中秋無月) ⑨ 391.4
‘쥐의 결혼’ ③ 124.25
증성(証聖) ⑨ 428.9
지갑(地甲) ⑨ 305.11
“지금이 옳고 옛날이 틀렸다는 것을 알았다” ⑦ 668.3
지석(誌石) ⑦ 612.12
지성선사(至聖先師) ⑩ 173.10
‘지우’(芝宇) ① 463.2
지인논세설(知人論世說) ⑫ 59.35
‘지자의 천 가지 고려’ ⑦ 365.6
지정(紙錠) ③ 169.7
지현(知縣) ⑧ 285.9
지호자야(之乎者也) ⑩ 321.21
“직접 주고받지 않는다”(接受不親) ① 568.5
진구(陳球) ⑨ 430.27

'진나라 조정에서 울다'(哭秦庭) ⑥ 225.7
'진노련(陳老蓮)의 인물' ⑮ 572.6
진시황이 신선의 산을 찾은 이야기 ③ 275.14
"진실로 그 중(中)을 붙잡는다" ⑥ 71.7
진인(眞人) ③ 274.6, ⑫ 177.5
'진충보국'(盡忠報國) ⑦ 96.5
진학(進學) ⑥ 83.13
'집안싸움'(勃谿) ① 220.14, ④ 124.2
'집착함이 없는 이들'(無著) ⑨ 191.6
징(淨) ⑦ 616.4

【ㅊ】

'차마 하지 못하는 마음'(不忍人之心) ⑦ 83.8
참최(斬衰) 흉복(凶服) ③ 169.6
창귀(倀鬼) ③ 252.38
창본(唱本) ⑩ 209.9
창술(蒼朮) ③ 359.24
창싼(長三) ⑥ 419.4
'창여화녀'(倡予和女) ⑦ 441.5
창오(蒼梧) ⑫ 95.7
'창을 베고 아침을 기다리다'(枕戈待旦) ⑦ 447.3
창파오(長袍) ⑦ 544.18
창힐(倉詰) ③ 325.25, ④ 31.9, ⑥ 265.10, ⑧ 153.4, ⑨ 74.4
"창힐은 황제의 사관(史)이다" ⑧ 153.7
"창힐(蒼頡)이 글자를 만들자 밤에 귀신이 울다" ① 311.15
책문(策問) ⑫ 151.3
책상자(書廚) ⑦ 626.2
'책 속에 황금 저택이 있다' ⑦ 366.9
"책을 읽기 좋은 자세"(看書的好姿勢) ⑧ 244.25
"책을 태우는 일은 진시황으로부터 시작되었다" ⑥ 532.3
"책을 펼치면 도움되는 바가 있다"(開卷有益) ⑨ 337.7
'처사횡의'(處士橫議) ① 325.16
처우(丑) ⑦ 616.4
'천'(天) ⑤ 446.2
천구(天球) ④ 76.16
천구(天狗) ⑦ 374.3
"천기가 맑다" ⑦ 630.4
'천녀산화'(天女散花) ① 284.18
"천도를 어찌 논하랴"(天道寧論) ① 510.3
천록(天祿)과 피사(辟邪) ① 301.4
"천 리만큼이나 어긋나 있다"(謬以千里) ④ 181.13
"천마가 하늘을 날아가듯이"(天馬行空) ⑧ 303.2
천새각석(天璽刻石) ⑩ 121.9
천서(天書) ⑥ 54.8
천수를 누리고 안방에서 죽다(壽終正寢) ④ 99.5
천안통(天眼通) ④ 26.3
천위(天位) ⑤ 180.58
천인사(天人師) ④ 26.4
'천자가 수렵과 아첨에 빠진 것' ⑫ 166.10
"천자를 등에 업고 제후에게 명령하다" ④ 323.2

천통(天統) ⑩ 129.4
"천하가 어지럽다. 언제 평안해질 것인고" ④ 498.7
"천하를 다른 사람에게 주기는 쉽다" ⑦ 174.12
"천하를 돗자리처럼 말다" ⑦ 719.3
"천하에 도리가 있다면, 서민들은 논하지 않네"(天下有道, 則庶人不議) ⑧ 384.5
'천하의 대로(大老)' ③ 359.27
"천하의 온갖 생물을 마구 죽이는"(暴殄天物) ⑤ 89.4
"천하의 흥망은 필부에게 책임이 있다" ⑬ 326.1
「천하」편의 작자 ⑫ 73.21
'천한 놈'(役夫) ① 347.7
'철 여의라' ③ 181.12
'철창부월'(鐵窓斧鉞) ⑤ 117.2
철현의 두 딸이 교방에 들어간 일 ⑧ 247.39
첨족소폐(尖足小幣) ⑰ 470.14
첩괄(帖括) ④ 274.4
'청도'(淸道) ⑤ 131.18
청류(淸流) ① 408.23
청안(靑眼) ⑯ 65.4
청안(靑眼)과 백안(白眼) ⑤ 177.47
체원(體元) ⑧ 245.33
초사(楚辭) ⑫ 84.2
촉석경(蜀石經) ⑤ 233.24
"촉(蜀)으로 가는 길의 험난함은 하늘로 오르는 것보다 심하다" ⑩ 334.3
"총명으로 그르치다"(聰明誤) ⑤ 482.20
"총명하고 정직한 것을 신이라 부른다" ③ 171.27
"추우가 맑은 못에서 뛰어놀다"(娵隅躍淸池) ⑧ 242.15
축복(祝福) ② 231.7
축생(畜生) ④ 108.6
춘추필법 ① 569.10
'출강재질'(出疆載質) ④ 181.7
출상(出相) ⑧ 585.4
충신의사 ⑦ 296.6
취보지문(聚寶之門) ① 534.5
취진판본(聚珍版本) ⑰ 105.47
'치맛바람 관직' ⑦ 56.3
치우(蚩尤) ⑦ 374.2, ⑫ 394.5
"친구란 의기가 투합하는 자다"(朋友, 以義合者也) ⑦ 607.2
"친척은 슬픔이 남아 있건만~" ④ 352.8
'침과대단'(枕戈待旦) ⑦ 96.5
'칭푸'(靑蚨) ⑦ 279.5

【ㅋ】

'칼나무'(劍樹) ③ 73.5
'칼산과 검나무' ④ 465.5
"커다란 바람이 일어나니 구름은 높이 날아오르고~" ⑫ 112.7
"콩을 먹고 있을 뿐이다"(食菽而已) ⑭ 402.3
"콰이지는 원수를 갚고 치욕을 씻는 고장" ⑯ 59.3
'콰이지 대나무화살' ④ 424.32
쿤룬산(崑崙山) ③ 274.11
쿤창(崑腔) ⑬ 813.8

큐피드(Cupid) ⑨64.1
크리슈나 ⑥358.5
"큰 가뭄에 구름과 무지개를 바라는 것" ⑬88.5
큰 건물을 지을 때의 미신 ③448.12

【ㅌ】

타민(惰民) ⑧267.12
타유시(打油詩) ⑦441.3, ⑭493.2
타이산석감당(泰山石敢當) ⑩112.3
'탁한 세상에 버팀목'(中流砥柱) ④65.5
'탄식하다'(感慨系之矣) ⑤295.6
'탕바오'(塘報) ③156.11
태극(太極) ⑩178.7
태뢰(太牢) ⑫111.3
태릉(泰陵) ⑧79.7
태부인(太夫人) ⑨391.3
태사(太師) ③356.5
'태사(太史)는 도가에서 나온 것' ⑫170.31
"태산석을 대적할 자 없노라"(泰山石敢當) ⑦579.6
태상노군(太上老君) ③448.9
태식(胎息) ⑤119.16
"태양은 어찌하여 사그라지지 않고 있는가~"(時日曷喪, 予及汝偕亡) ⑦596.4
태의원(太醫院) ⑤312.6
"태평 시기의 개가 돼도 무방하지만 전시에 유리걸식하는 사람이 되지 않는 것이 낫다" ⑦657.7
테바이(Thebai)인이 억류된 사실 ⑨48.6
'토사구팽'(兎死狗烹) ⑮452.6
토지신(社老爺) ②289.5
토행손(土行孫) ⑦328.10
통(通) ④275.10
'통로'(通虜) ⑥29.14
'통해'(通海) ⑥29.14
투호(投壺) ④452.4, ⑭492.5
"퉁소의 대나무를 제거하고, 화살을 당겨 가슴을 관통시킨다" ⑦321.13
퉁청파체(桐城派體) ⑦701.6
"특이하다"(奇觚) ⑬454.5
틈적(闖賊) ④238.6

【ㅍ】

판도라 ⑩56.26
팔고(八股)(팔고문) ③202.5, ⑤44.4, 312.5, ⑥83.14, 485.3, ⑦155.3, 264.4, 411.7, 657.9, 758.2, ⑧40.25, 423.9
팔고문 선집가 ④212.15
팔괘(八卦) ③325.24
팔괘진(八卦陣) ⑮792.3
'팔선'(八仙) ⑮521.9
"팔언, 칠언이 상하로 있다" ⑫153.18
"패도를 부끄러워하다" ⑧40.24
'패류'(悖謬) ⑧547.8
패방(牌坊) ⑤133.2, ⑬407.3
패사(稗史) ⑫573.2
패설(稗說) ①240.36
팽조(彭祖) ⑦324.3
'편안'(偏安) ⑬122.5

펌석(窆石) ⑩120.2
평호조(平湖調) ⑰337.36
포대화상(布袋和尙) ⑬560.5
포락(炮烙) ②232.19
'포면을 작두질하다'(鍘包勉) ①283.12
'포전인옥'(抛磚引玉) ⑨566.16
포천(布泉) ⑰429.19
포폐(布幣) ⑰294.9
폭죽 ③56.2
"폴짝폴짝 교활한 토끼, 개한테 붙잡혔네" ⑥371.11
'표범 같은 개 짖는 소리' ⑦337.2
푸른 소 전설 ③411.14
"풀잎에 맺힌 이슬은 쉽게 마른다" ⑩473.3
풍마우(風馬牛) ⑥216.1
풍부가 호랑이를 잡은 이야기 ⑦766.4
"풍월을 논한다" ④318.3
프로메테우스 ⑧37.2
프로크루스테스의 침대' ⑧303.5
"피할 수 없다" ⑦283.5
피황희(皮黃戲) ⑩414.9
피휘 ⑧245.31
필률(篳篥) ⑰649.53

【ㅎ】

하간부(河間婦) ⑯425.4
"하걸이 언제 죽을지, 내 너와 함께 죽고 말리라!"(時日曷喪, 予及汝偕亡) ①325.10
"하나라와 은나라가 망한 것의 본래 진실은 불문에 부치면서 포사와 달기만을 죽이고 있구나"(不聞夏殷衰, 中自誅褒妲) ⑦560.6
"하는 일 없이 바쁘다"(無事忙) ⑮233.2
"하늘과 땅이 아직 형성되지 않았다"(上下未形) ①49. 6
"하늘 아래에 임금의 땅 아닌 곳이 없다" ③360.34
「하늘에 의지해 밥을 먹는 그림」 ⑧484.2
"하늘은 무심하지 않아서"(昊天不弔) ①373.22
"하늘을 쏘다" ④323.6
'하늘의 개'(天狗) ⑰51.82
하늘의 벌을 받은 자(天之僇民) ③97.2
"하늘의 이치는 사사로이 친한 것이 없다" ③358.23
"하늘이 내려 준 것이지, 사람의 힘으로 되는 게 아니다"(是乃天授, 非人力也) ④153.24
"하늘이 무너지다"(石破天驚) ⑬311.2
"하늘이 무엇을 말하겠는가"(天何言哉) ⑧484.7
"하늘이 은총을 내리다" ①199.10
"하늘이 장차 어떤 사람에게 대임(大任)을 맡기려 할 때에는"(天之降大任於是人也) ①356.3
하도(河圖) ④76.16
'하리파인'(下里巴人) ④476.6
"하소연할 곳 없는 백성"(無告之民) ②275.9
하안(何晏)이 분을 바른 이야기 ⑤173.29
하안이 약을 복용한 이야기 ⑤174.30

하이카이(俳諧) ⑫ 448.7
'하정투석'(下井投石) ⑤ 324.7
하정표(賀正表) ⑤ 233.17
하한(河漢) ⑯ 90.2
「학당가」(學堂歌) ⑩ 158.4
"한가롭게 노닐다 어느새 생을 마감했네"(悠哉游哉, 聊以卒歲) ⑧ 307.3
'한관무위'(漢官武威) ⑤ 422.10
"한단(邯鄲)의 걸음걸이를 배우다" ⑨ 526.3
'한대 관리의 예의제도'(漢官威儀) ⑥ 83.8
한대 무씨(武氏)의 묘 ① 271.7
한무제(漢武帝)가 신선의 산을 찾은 이야기 ③ 275.15
"한번 다스려지고 한번 어지러워지다"(一治一亂) ① 325.11
"한 번 입 밖에 내놓은 말을 거둬들일 수 없다" ⑧ 116.9
"한 사람이 득도하면 닭과 개도 날아오르는 법' ⑥ 74.4
"『한서』에는 『사기』에 빠진 것이 있다" ⑫ 171.33
"한 여인이 고질병에 걸린 남편을 시중들다"(一女愿侍痼疾之夫) ① 356.13
한우충동(汗牛充棟) ⑧ 308.7
한(漢) 화상석(畵像石) ⑰ 256.65
"할미새가 들에 있도다"(鶺鴒在原) ② 387.8
'합생'(合生) ① 236.15
항아(姮娥) ③ 293.3
해군지마(害群之馬) ⑬ 126.6
해금(海禁) ⑧ 716.2
해산선관(海山仙館) ⑩ 197.5
"해와 달에 걸려 있어도 떨어지지 않는다"(懸諸日月而不刊) ⑧ 481.13
'행권'(行卷) ⑧ 431.21
행단(杏亶) ⑤ 325.11
향시(香市) ⑦ 601.9
'허군공화'(虛君共和) ⑦ 502.6
"허벅지 살을 베어 내어 어버이를 치료하다" ① 220.17
"허벅지에 살이 돋아난 것을 보고" ① 372.15
허유(許由) ⑫ 271.13
헌원(軒轅)(헌원씨) ① 102.2, ③ 191.10, ⑦ 178.7
"헤라클레스가 거인 안테우스를 꽉 끌어 안았다" ⑧ 445.6
헤이안조(平安朝) ⑫ 450.34
헤이터우(黑頭) ⑦ 616.3
현규(玄圭) ③ 327.40
현단(玄壇) ⑦ 579.3
'현애늑마'(懸崖勒馬) ⑧ 766.3
"현자가 아무리 주도면밀 사려를 해도, 한 번 실수는 반드시 있기 마련"(智者千慮, 必有一失) ⑦ 585.4
"현자는 속세를 피한다"(賢者避世) ⑧ 285.12
"현자를 나무라다"(責備賢者) ④ 65.2
"현자에게 더욱 엄격할 것을 요구"(責備賢者) ⑨ 398.3
현조(玄鳥) ⑫ 59.37
'현학'(顯學) ⑫ 70.2
협운(協韻) ⑫ 71.8

협(俠)의 정신 ⑤447.5
"형벌은 사대부에게 내리지 않는다" ④284.4
형설지공(囊螢照讀) ⑧87.4
"형제는 화기애애하다"(兄弟怡怡) ②387.7
형천(刑天) ①312.18, ③134.12
혜강이 종회를 푸대접한 이야기 ⑤181.65
호대왕릉(好大王陵) ⑰411.8
호신영(虎神營) ③191.9
호의적인 눈길(靑眼) ②311.13
호창(虎倀) ⑧391.10
'혼양부의 꿈속의 호소'(渾良夫夢中之噪) ⑤281.17
"혼자 하는 말을 언(言)이라 하고, 두 사람이 상대하는 말을 어(語)라 한다"(直言曰言, 論難曰語) ⑫36.16
'홍교를 만나다' ⑬136.1
홍려(鴻臚) ⑨428.8
화개(華蓋) ④27.7, ⑨211.2
화단(花旦) ⑦129.3, ⑦173.8
화산(華山) ③359.24
화산대왕(華山大王) 소궁기(小窮奇) ③359.26
화생(化生) ④108.6
화신보살(火神菩薩) ⑥519.3
"화염이 곤륜산을 태우니 옥석도 같이 탄다" ④365.4
화조(花調) ⑰337.35
화지(花紙) ⑥415.5, ⑮99.2
화충(華蟲) ⑩100.4
화택(火宅) ③67.2
화포(貨布)와 포천(布泉) ⑰269.89
화하(華夏) ③325.22
"환경은 기상을 바꾸고 의식주는 몸을 바꾼다" ⑯193.4
활무상(活無常) ①526.3
황건(黃巾) ⑤167.2
황건(皇建) ⑩129.2
"황로(黃老)가 천하를 다스린다" ⑦404.7
황방(黃榜) ⑤233.16
'황색 이마와 녹색 눈썹' ①302.12
'황실의 배우'(供奉) ⑦773.4
황장석(黃腸石) ⑰582.18
황제(黃帝) ⑫35.12, ⑬442.13
'황제(黃帝)와 기백(岐伯)의 일' ①283.5
'황제의 신'(黃神) ⑧273.4
"황토를 주물러 인류를 창조했다" ③273.2
"황학처럼 종적이 묘연"(杳如黃鶴) ④221.7
'황향선침'(黃香扇枕; 황향이 베개맡에서 부채질을 하다) ③147.19
"황혼 무렵 산사에 도착하니 박쥐가 난다" ⑦280.8
회관(會館) ②372.2
회남왕(淮南王) 유안(劉安) ⑫139.27
회재불우(懷才不遇) ①510.2
효녀행(孝女行) ②275.8
효렴방정(孝廉方正) ①220.16, ⑤312.8
"효로써 천하를 다스리다"(以孝治天下) ④153.18
효빈(效顰) ①574.3

효제역전(孝悌力田) ① 220.16
후보도(候補道; 후보도원候補道員) ③ 228.5
"훈련받지 않은 백성을 전쟁터로 내모는 것을 일러 그들을 버린다고 하는 것이다" ⑥ 371.8
휘자(諱字)를 듣고 대성통곡한 이야기 ⑤ 175.35
"흉노가 아직 멸망하지 않았는데 어찌 집 걱정을 하겠는가" ⑬ 72.3
희문(戱文) ② 289.7, ⑮ 778.3
희반(戱班) ⑩ 352.4
흰 종이(斜角紙) ② 344.13
"힘으로 사람을 복종시키는 것은 마음으로 복종시키는 것이 아니다" ⑦ 481.3

기타 사항 찾아보기

【ㄱ】

가랑잎나비(枯葉蝶, Kallima inachus) ① 488.8
가로장(橫板) ③ 410.8
가상(嘉祥) ⑨ 550.17
"가시 없는 장미란 없다~" ④ 330.2
가운데가 불록하고 양끝이 뾰족하다 ⑤ 80.7
가이완(蓋碗) ⑦ 414.2
'가정 연간의 흑구본'(嘉靖黑口本) ③ 87.8
가짜 뿔(義角) ① 405.3
각서(쫑쯔角黍) ⑰ 174.43, ⑱ 536.82, 603.19
갈자(蝎子) ④ 31.11
갑(甲) ① 179.82
강산(强酸) ⑦ 487.2
거우피(狗皮)연고 ⑰ 47.75
"건전한 육체에 건전한 정신이 깃든다" ⑦ 719.2
게르마늄(Germanium) ⑨ 60.10
게이샤(藝妓, 藝者) ⑥ 297.3
결승문자 ⑧ 153.9
경(頃) ③ 359.32
경시총감(警視摠監) ⑧ 423.15
경절(驚絶) ① 175.37
계구학(械具學) ① 73. 9
계단(乩壇) ② 311.11
고의백(高義伯) ④ 31.10
고타쓰(炬燵) ⑯ 338.3
'골기'(骨氣) ⑦ 554.13
공공영안실(義莊) ② 387.3
공매매 ⑦ 370.6
공방형(孔方兄) ⑬ 148.7
공수반(公輸般) ③ 432.10
공처주의(共妻主義) ④ 58.5
과두문자(蝌蚪文字) ③ 274.12, 323.13
과부(寡婦) ① 391.4
과산포(過山炮) ④ 99.21
과쯔(瓜子) ⑦ 663.5, ⑬ 390.2
관중규포(管中窺豹) ① 448.8
관탕바오쯔 ⑬ 430.1
관품(官品) ① 49. 4
교본(校本) ⑮ 719.4

교회슬라브어 ⑥ 264.3
구거(鉤距) ③ 432.11
구리잔(銅盞) ② 297.3
구미의 가정에 “결코 ‘불효한 자식’은 없다” ① 220.15
구미파(狗尾巴) ④ 31.11
口와 ㅁ ⑦ 646.7
구절강편(九節鋼鞭) ④ 99.18
구족(九族) ① 467.3, ⑬ 128.1
구천현녀(九天玄女) ① 448.4
‘군대 방망이’(軍棍) ⑮ 645.11
궈린카(郭林卡) ⑮ 696.5
권점(圈點) ⑰ 172.40
귀문관(鬼門關) ④ 31.11
글루보프(глупов) ⑫ 742.7
금석(金石) ⑦ 353.4
금석학(金石學) ③ 204.27
길상초(吉祥草) ⑩ 667.3
길트톱(gilt top) ⑨ 627.3
‘꼼꼼히 따지다’(挑剔) ④ 122.10
‘꽃테’(花邊) ⑦ 553.9

【ㄴ】

나부랭이(勞什子) ③ 391.7
나비 무늬 수건(百蝶巾) ③ 36.2
난쟁이 광대 ③ 391.11
난학(蘭学) ⑫ 480.18
납관(納棺) ③ 87.5
내자(乃玆) ④ 31.10
내자(奶子) ④ 31.11
냉소주의자(犬儒) ⑤ 188.2
‘넋을 흔들어’(使之人性茫然) ③ 39.3
넘버원(那摩溫) ⑧ 473.9
녠가오탕(年糕湯) ② 401.6
노래의 압운 ③ 392.14, 15, 16
노새 가마(騾車) ⑰ 44.70
‘노예’(奴隷) ④ 31.12
누에집(獨頭茧) ② 343.8
“눈물을 머금은 미소” ⑧ 488.2
늑구(仂句) ⑫ 546.17
니시키에(錦繪) ⑱ 475.177
닝보 특산 게 ⑱ 191.48

【ㄷ】

다빙(大餅) ⑧ 240.2
단군밤 ⑬ 334.2
단독(丹毒) ⑭ 192.3
단자쿠(短冊) ⑱ 402.80
‘단주천정사’(短柱天淨紗) ⑦ 91.5
단쥐안(蛋卷) ⑱ 524.54
담병(胆瓶) ⑰ 82.12
‘당신은 체면도 필요 없구려’(耐阿是勒浪要勿面孔哉) ① 516.3
대독(大纛) ⑦ 31.6
대삼방(大三房) ⑤ 308.15
대승불교 ⑤ 295.11
대전(大錢) ② 232.17
대지(臺地) ⑩ 57.35
데모크라시 ⑨ 479.26
도대(道臺) ② 105.4
도서구입권(書券) ② 372.10
도손(徒孫) ⑧ 751.2

도안(道安) ① 561.8
'도필'(刀筆)을 움직이다 ⑤ 110.7
도화지(桃華紙) ⑰ 242.41
동학서점(東學西漸) ① 470.5
된장에 담근 상추대(醬萵苣) ⑰ 239.35
드라이 포인트(dry point) ⑨ 468.22
'들백합'(野百合) ③ 64.3
들쑤시다'(挑剔) ④ 122.10
등패진법(藤牌陣法) ① 448.7

【ㄹ】

'라오반'(老板) ⑤ 469.17
라오주장(老九章) ⑦ 663.7
랑탕정기(莨菪丁幾) ⑱ 580.184
러시아 가극단 ① 538.2
러우쑹(肉松) ⑬ 231.5
레빈(Levin) ⑨ 138.5
로마의 별장 ⑧ 620.4
로직(邏輯) ④ 58.3
루시퍼(Lucifer) ① 176.42
루쓰 나으리(魯四老爺) ② 231.3
룬자오 케이크(倫敎糕) ⑦ 663.4
'룰렛' ⑤ 454.3
룽옌(龍眼) ⑬ 178.8
룽징야차(龍井芽茶) ⑦ 414.3
류하이찬(劉海蟾) ⑱ 370.32
륵구(仂句) ⑥ 53.6
리가오(梨膏) ⑰ 526.3
'리놀륨 조각'(油漆布彫刻) ⑨ 456.6
리디무쓰(裏位母斯, litmus) ⑩ 667.5
리소그래피(Lithography) ⑮ 411.4

【ㅁ】

마가오(麻糕) ⑰ 201.85
마마(娘娘) ① 283.4
마티니 총 ⑫ 371.7
만련(挽聯) ④ 80.2
만료(萬兩) ⑱ 403.82
"만물은 자신이 원하는 바를 얻지 못한다" (萬物不得其所) ④ 173.2
맏손자(承重孫) ② 343.2
말린 두부(豆腐乾) ⑰ 276.102
'말인'(末人, Der Letzte Mensch) ⑦ 370.8, ⑧ 354.77
망동판 ⑨ 435.6
매목(埋木) ⑦ 155.4
매실 주구뤼 싼원즈(黃枚朱古律三文治) ① 541.4
맥(貘, Tapir) ⑩ 56.30
'머리 묶은 애송이'(束髮小生) ① 371.8, ④ 221.10
면련지(棉連紙) ⑰ 631.25
명령(螟蛉) ① 310.3
모네라(monera) ① 52. 26
모노타이프(Monotype) ⑮ 411.5
모던(modern) ③ 326.35
모델(model) ⑥ 236.3
모래주머니(沙袋) ⑧ 472.4
모브(mob) ① 454.4
모아(Moa) ⑩ 56.32
모젤 총 ③ 90.2
몰약(沒藥, myrrh) ③ 42.4
무(武) ⑩ 96.5

무물의 물(無物之物) ③90.3
무물의 진(無物之陣) ③90.3
무사도(武士道) ⑫458.4
무산계급(無産階級) ⑤259.20
무송탈고권(武松脫銬拳) ①448.5
무쇳덩어리 ③390.4
무지(無地) ③31.3
묵합(墨盒) ⑨550.14
문소신(文素臣) ⑧473.12
문창제군(文昌帝君) ①391.7
물장군(桂花蟬) ⑬271.2
미국산 밀가루(花旗白麵) ⑥410.12
미정고(未定稿) ⑩677.4
미파(尾巴) ⑥265.12
'밀집돌격' ⑮729.1
밀타승(Lithargyrum) ⑫641.48

【ㅂ】

'바다에 빠진 자'(沒海者) ⑦571.6
바람개비(風輪) ③53.2
바보(阿木林) ⑧498.6
바오빙(薄餠) ⑰799.108
바오쯔(包子) ②297.5, ⑨523.8
바이바오단(百寶丹) ⑱564.155
바이허(百合) ⑱416.2 ⑱
바자로프 ⑧354.78
박물(博物) ⑤71.2
반야(板鴨) ⑱78.136, 406.91
'반하소집' ⑧758.1
'밝은 창에 깨끗한 책상'(窓明几淨) ③102.3
방퍄오(綁票) ②258.4
방형(旁形) ⑩53.2
백송(百宋) ④76.15
백지(白紙) ⑯109.2
백학표(白鶴票) ⑤308.14
백호(白虎) ⑤208.16
'뱃사공 칠근'(航船七斤) ⑧206.7
번각(飜刻) ⑮600.1, ⑰240.36
벌주놀음(猜拳) ①293.5
법사(法事) ②343.3
베고니아 꽃 ⑧240.3
벽락(碧落) ③205.42
벽시(劈柴) ④31.11
벽재(辟才) ④31.10
병음법(拼音法) ⑦743.7
벤푸(蝙蝠) ⑦279.3
보상화(寶相花) ①549.3
보이스카우트(Boy Scouts, 童子軍) ①425.2
'복거'(卜居) ⑬496.4
복귤 ③134.3
부(符) ④58.2
'부상'(扶桑) ⑦92.9
부지(府志) ④181.5
부첩(符牒) ⑫452.3
분젠측열기 ⑨61.19
불용지용(不用之用) ①174.24
불의 신 사당(火神廟) ④259.19
브란 ⑧422.4
"비범한 사람은 모름지기 비범한 일을 하게 된다"(且夫非常之人, 必能行非常之事) ②343.11

비연호(鼻煙壺) ②401.11
비타민 W ③324.19
빙얼(餅餌) ⑰386.25, ⑱83.149
빙탕후루(糖胡蘆) ⑨516.5

【ㅅ】

사닌 ⑧354.78, ⑭214.2, 619.2
사립학교 학예대회 ①540.2
사밀학(舍密學) ⑥54.11
사오마이(燒賣) ⑨523.8
사오빙(燒餅) ③79.3
사오양(小洋) ⑱26.23
사탕꼬치(氷糖壺盧) ③36.3
사톈유(沙田柚) ⑱487.205
살리실산 비스무트(Salicylic Acid Bismuth) 중(重)소다 ⑰315.22
삶은 고기(凍肉) ⑰152.9
삼가촌(三家村) ④211.9
삼각형 → 전족(纏足)
삼계(三界) ③73.4
삼색판(三色版) ⑬666.2
삼첨량인도(三尖兩刃刀) ④99.18
삼편주(三鞭酒) ⑦324.2
상아탑 ⑥27.6, ⑧532.2
상추절임(醬萵苣) ⑰646.50
'생선 대가리'(鯗頭) ③39.4
샤오양(小洋) ⑬212.4
샹가오(香糕) ⑱524.53
샹린댁(祥林嫂) ②232.12
서기(書記) ⑬215.1, 736.2
서뇌(書腦) ②311.16
서우터우마쯔(壽頭碼子) ⑦283.8
서적판매원 ⑰112.62
'석탄이나 씻으러 가는 것이 낫다' ①467.2
선거출(仙居朮) ②344.15
"선생은 하늘 가득 죄를 짓고, 벌 받아 서양에 가서 배움을 표류하니~" ⑦441.7
선저우(深州) 복숭아 ⑰190.70
선지(宣紙) ⑮516.7
선후(善後) ⑤247.2
설화(說話) ①235.2
"성지를 받들고 혁명하다"(奉旨革命) ⑤296.23
성황(城隍) ②247.2
세 개의 분홍빛 비파 ⑬416.1
세고(世故) ⑧758.2
세신(細辛) ④41.4
셰빌로프 ⑧354.79
셰헤라자데 ⑮330.1
셴빙(餡餅) ⑰155.17
소귀나무 열매(楊梅) ⑰110.58
소목(蘇木) ⑤282.20
소병군(小丙君) ③359.30
소심(素心) ⑩681.13
소주(小注) ⑭132.1
송기떡 ③325.26
쇠뇌 ③294.6
쇠실뱀(鐵線蛇) ③67.3
수민(水黽) ⑫508.15
수(銖)와 치(錙) ⑦70.10
수재(秀才) ⑩530.2
수종병 ③190.6

'수준'(水平線) ① 371.11
수필(水筆) ⑰ 259.70
수횡지(水横枝) ③ 109.4
순민(順民) ③ 358.20
'순수행주'(順水行舟) ⑦ 544.15
'스다이얼'(思黛兒) ④ 30.2
스디약수(十滴藥水) ⑰ 787.86
스케치(sketch) ⑥ 236.4
승장(繩匠) ④ 31.11
"시절에 맞추고 절충이 지당하다" ① 481.3
시학(視學) ⑰ 140.97
시화(蒔花) ⑩ 667.1
신녀(信女) ⑤ 308.12
'신도의 상' ① 271.8
"신령이 육체에 붙으면 총포가 들어오지 않는다" ① 448.9
신여(神輿) ① 481.4
실(鍒, '시') ④ 31.7
십번(十番) ① 293.4
싼롄(三廉) ⑤ 295.14
싼서경(三蛇羹) ⑱ 334.91
싼치펀(三七粉) ⑱ 564.154
싼허투(三合土) ⑨ 489.8
쌍구(雙鉤) ① 475.3
쏸메이탕(酸梅湯) ② 297.4
쑤저우식 머리(蘇州俏) ② 297.8
쑤탕(酥糖) ⑰ 798.104, ⑱ 157.2

【ㅇ】

아구(阿狗) ③ 324.15
아니오('咈哉'와 '不行') ⑨ 74.6
아라제프(Аладьев) ⑩ 268.6, ⑫ 386.12
아령(阿領) ③ 172.31
아루헤이토(有平糖) ⑯ 343.2, ⑱ 612.41
아르스페나민(Arsphenamine) ① 455.12
아묘(阿貓) ③ 324.15
아선약 ⑮ 606.2
아연판 ⑬ 428.2
아오터우(鼻頭) ⑬ 454.12
아우프헤벤(Aufheben, 奧伏赫變) ⑤ 337.21
아폴론(Apollon) ⑧ 573.26
악부(樂府) ① 219.8
안전주(安全周) ⑯ 187.3
암(唵) ⑥ 268.38
압생트 ⑬ 535.8
압운 ③ 392.14, 15, 16
애쿼틴트(aquatint) ⑨ 434.6
야고(野菰, Aeginetia indica) ⑩ 96.7
야래향(夜來香) ⑩ 195.3
야오니(幺匿) ⑦ 492.9
양방(洋房) ⑦ 681.6
양신사(洋紳士) ① 405.6
양장(洋場) ① 547.2
양지(洋紙) ⑮ 761.1
양타오(楊桃) ⑤ 295.13
양피지(羊皮紙) ⑨ 556.2
어간유(魚肝油) ① 31.6, ⑬ 267.6
어빙(歐文) ④ 30.3
언커트(uncut) ⑮ 576.2
에둘러 표현하는 법(諭法) ⑦ 738.4
에오존(Eozone) ⑩ 55.19

에칭(etching) ⑨434.6, ⑮411.4
에테르(ether) ⑬134.1
여지(輿地) ③204.27
역청우라늄(別及不蘭) ⑨60.7
연(鉛) ⑤365.10
연노(連弩) ③432.16
연반(捐班) ⑦129.2
연사지(連史紙) ①547.5
연지오자(宴之敖者) ③391.12
"열부가 되라 한다" ①382.12
'열탕'(熱湯) ⑦91.4
영문표점 ①554.5
영부(靈府) ①173.16
영신회(迎神會) ①481.4
영아자기알약(嬰兒自己藥片) ⑭311.4
영장(靈長) ①48. 3
예술에 관한 톨스토이의 견해 ⑥116.23
예훠판(野火飯) ⑱442.75
오귀(五鬼) ⑤308.17
'오늘날의 경전'(今典) ①371.7
"오늘의 나와 어제의 내가 싸운다"(今日之我與昨日之我戰) ④88.3
오랑캐력(夷歪) ⑬494.2
오룡소지(烏龍掃地) ①448.6
오리부리 몽둥이(鴨嘴棍) ⑩456.9
오봉선(烏篷船) ②401.5
오사란지(烏絲闌紙) ⑰93.29
오월인형 긴타로(五月人形金太郎) ⑱302.20
오향과즈 ⑦663.6
올리브(橄欖)나무의 열매 ⑤80.7
와송(瓦松) ③79.2
와앵(瓦罌) ⑩144.25
왕륜(王倫) ⑧695.16
용안(龍眼) ③49.4
우니(雲丹) ⑱610.36
'우리 집안 아무개' ④30.5
'우물에 빠진 사람에게 돌을 던진다'(投井下石) ⑦544.14
'우수한 빈자리'(優美的差缺) ⑤247.3
'우스꽝스럽다'(滑稽) ⑦447.5
우이(牛二) ①454.7
우인절(愚人節) ⑮118.1
우제류(偶蹄類) ⑥217.9
우키요에(浮世畵) ⑥159.14, ⑮495.2
운제(雲梯) ③432.12
"웃는 것의 막막함"(笑的渺茫) ③45.3
원앙호접체(鴛鴦蝴蝶體) ①547.3
원원상(汶汶鄕) ③391.12
원지(遠志) 풀 ④465.7
웨섹스(Wessex) ⑨138.7
웨이좡(未莊) ④99.20
위안샤오(元宵) ⑱277.81
유리판(琉璃版) → 콜로타이프(collotype)
'유머'(幽默) ⑦76.6
유어(油魚) ⑱431.46
유연체조(柔軟體操) ⑩169.15
유탸오(油條) ⑮579.2
유토피아(烏托邦) ⑤422.8
유화(流火) ⑯102.8
육합(六合) ⑤178.52
육형(肉刑) ①408.25
윤상(倫常) ①218.3
은서(隱鼠) ③124.19

은전 ③190.3
"의식이 풍족해야 예절을 안다"(衣食足而知禮節) ②343.9
이골산(離骨散) ④41.5
이규(李逵)와 장순(張順) ⑨32.14
'이불'(尸衾) ③87.4
'이 생 혹은 저 생'(此生或彼生) ⑦665.2
인도대마(印度大麻) ①470.2
인스피레이션(煙士披里純, inspiration) ④211.8, ⑦365.4
일광퇴색법(日光褪色法) ⑩622.4
임대옥(林戴玉) ⑩527.5

【ㅈ】

'자개선창' ③157.17
"자기는 굶을 수 있어도 마누라와 자식은 굶길 수 없다" ④370.5
자바의 원인(猿人) 화석 ①52. 27
자손마마(子孫娘娘) ①283.4
자시(子時) ③390.3
자연선택론 ①51. 20
자오옌빙(椒鹽餠) ⑱334.89
자자(孳孳) ③327.42
자채(榨菜) ①283.3
자쿠(シャク, 杓) ⑫507.11
'작은 나으리'(小東人) ④221.8
잡혼제 ⑦377.2
장(丈) ③411.17
장미포도(玫瑰葡萄) ⑰260.73
장체자(長體字) ⑯154.2
장투이 ⑭226.2
장팔사모(丈八蛇矛) ④99.19
재회(齋會) ①235.4
저본 그림 ⑨452.3
'전무행'(全武行) ⑦544.16
전문(專文) ⑰253.58
전장총(前裝銃) ⑥178.4
전족(纏足) ④200.17
전지(箋紙) ⑮61.7
점복(扶乩) ①488.2
점성술 ①73. 16
제단(神堂) ②387.5
제예(制藝) ⑩552.8
조로아스터교 ⑫452.2
조본(粗本) ⑰59.103
'조상'(造像) ⑰229.24
족탁(足拓) ⑰334.31
종정비판(鐘鼎碑版) ③204.27
'죄가 아주 중하면 화가 부모에게 미친다' ③191.12
주란쉰펜(珠蘭窨片) ⑦414.3
주탁(朱拓) ②231.9
'죽음의 공포' ⑤409.4
죽지(竹紙) ⑥158.3
중산쑹라오(中山松醪) ⑰253.59
중시여관(中西旅館) ⑰127.84
중식실(唐餐間) ⑬385.1
중외(中外) ⑤61.19
"중학을 본체로 하고 서학을 쓰임으로 한다" ①481.3
'지나통'(支那通) ③203.15
지린(稷林) ⑫641.51
지학(地學) ③204.27

지형(紙型) ⑮ 452.2
진(鎭) ① 520.3
진푸선(津浦線) ① 381.9
짜오단(糟蛋) ⑱ 596.6
짜오어(糟鵝) ⑰ 798.103
짜오지(糟鷄) ⑰ 411.7
쯔쯔(姊姊) ① 347.4

【ㅊ】

차(猹) ② 105.2
차투이(茶腿) ⑱ 300.16
참(槧) ⑥ 127.6
참본(槧本) ⑥ 127.6
“창녀가 손님을 잡아끌고 있었다”(姑娘勒浪做生意) ⑧ 372.4
척령(脊令) ⑩ 677.2
‘천경지의’(天經地義) ① 221.19
천구(天狗) ⑩ 559.4
천구성(天狗星) ⑤ 308.18
천마(天馬) ⑫ 463.8
천물학(天物之學) ⑬ 445.4
천사(天師) ① 439.9, ⑩ 384.3
천안통(天眼通) ① 439.6
천족(天足) ⑦ 742.3
천택론(天擇論) ① 51. 20
첨수자(簷首字) ⑰ 358.4
청나라 시대 부유한 계층의 풍습 ⑤ 268.12
청룡엄월도(青龍掩月刀) ④ 99.19
청일색(清一色) ② 312.20
초본(鈔本) ⑮ 719.3
초형기학(超形氣學) ① 103.13
“추위를 먹고”(中寒) ③ 75.2
춘련(春聯) ⑩ 416.2
춘빙(春餠) ⑱ 300.17
춘쥐안(春卷) ⑰ 391.27
‘취하’(醉蝦) ⑤ 90.6
치성(齒城) ③ 391.6
치자(梔子) ③ 28.3

【ㅋ】

카이바이진(凱白斬) ⑫ 507.10
카치카(Катькой) ⑨ 409.11
콜로타이프(collotype) ④ 75.9, ⑨ 627.2, ⑩ 660.3, ⑱ 305.26
쿠난주(苦南酒) ⑰ 644.43
쿠쥐안(庫劵) ⑱ 26.24
퀴닌(quinine) → 키니네(kinine)
크룩스관(Crookes tube) ⑨ 61.20
키니네(kinine, 規那丸) ⑫ 481.24, ⑬ 179.9, ⑭ 84.1, ⑰ 131.89, ⑱ 52.70

【ㅌ】

타마더(他媽的) ① 346.1, ⑦ 156.13
탕위안(湯圓) ⑰ 618.5
터키 닭 ⑤ 81.17
‘턱의 운’(顎運) ⑯ 261.1
텔레폰(德律風) ⑰ 148.4
토곡사(土穀祠) ④ 99.22
토붕와해(土崩瓦解) ④ 201.24
토신사(土紳士) ① 405.6

톨스토이(托爾斯泰) ④30.4
투각 ⑮452.3
투비뤄쓰(土秘羸斯, tuberose) ⑩667.2
퉁관(潼關)의 절인 음식 ⑰229.25
퉁위안(銅元) ⑦340.3

【ㅍ】

파우스트 ⑨480.29
파차실(巴且實) ⑰110.55
판권(牌子) ⑮427.1
판도리나(Pandorina) ①51. 22
팔고문 ⑩552.9
팔면봉(八面鋒) ④122.13
팔진(八珍) ④424.26
패왕편(霸王鞭) ④461.6
퍼티(Putty) ⑦700.4
펀주(汾酒) ⑬420.1, ⑭239.2
페니히(Pfennig) ⑫496.10
편안(偏安) ②311.15
평문(平文) ⑦704.4
평지목(平地木) ③190.8
폭죽(花爆) ⑦582.5
폴로늄 ⑨60.8
풀대(草標) ②372.8
풍문(風門) ⑨87.9
프로메테우스(Prometheus) ⑥60.50, ⑦302.2
플래시 라이트 ⑦638.8
피벗 총 ⑫371.7

【ㅎ】

하력(夏曆) ⑦753.2
"하루 못 본 것이 삼 년이나 못 본 것 같다"(一日不見, 如隔三秋) ②343.7
'하찮은 아내'(賤內) ①272.11
학슬풍(鶴膝風) ③325.28
한통속(一丘之貉) ④88.2
항바이쥐(杭白菊) ⑱352.5
'허물어지다'(爬塌) ⑦276.7
허자(虛字) ⑥268.36
헬프(海兒潑, Help) ⑱20.8, 258.64
현지(縣志) ④181.5
협자(協資) ④31.10
형의(刑衣) ②297.6
호랑이표 ⑤470.29
호모행(虎貌行) ⑤470.29
'호심경'(護心鏡) ③90.4
호인(胡人) ③145.4
호저(豪豬) ④284.3
화냥년(娘濫十十萬人生) ②401.9
화렌(花臉) ⑦73.6
화미조(畵尾鳥) ⑦34.2
활매(活埋) ④52.5
'황금만냥'(黃金萬兩) ④31.8
황두조(黃頭鳥) ⑦34.2
황련(黃連) ⑮710.11
황매화(山吹) ⑯336.3
황천(黃泉) ③205.42
황천패(黃天霸) ⑨544.2
'회화나무 자벌레'(槐蠶) ③39.2
후이터우(滙頭) ②401.3

훈툰 ⑦276.8
홍메이구이(紅玫瑰) ⑩395.7
홍짜오(紅糟) ⑰52.83
'훠투이'(火腿) ⑦331.5
흑적(黑籍) ④122.8
희(噫) ④187.5
흰독말풀 꽃(曼陀罗華) ⑫420.5
히스테리 증세 ⑦777.3

【기타】

Academia ⑦394.4
Ach ④187.2
Apetin ⑱717.62
Aufheben ⑤394.18
CAPSTAN ⑱595.4
Capstan 담배 ⑱332.84
Censors ⑥365.5
Cerase ⑱727.75
'Der Zentaur' ⑥217.5
estas ⑭316.3
Hana ⑧411.5
Help ⑰642.39
Huazaa! ⑤281.19, ⑦133.2
inspiration ⑦634.5
Karikatur ⑧320.4
nation ⑨284.133
Pectol ⑱725.73
Proletary ⑥54.9
Somotase ⑱704.47
Takamol ⑱714.60
Tiu-na-ma ⑤295.8
VOKS ⑮479.9
Wood-cut ⑨452.2

루쉰(魯迅, 1881.9.25~1936.10.19)

본명은 저우수런(周樹人), 자는 위차이(豫才)이며, 루쉰은 탕쓰(唐俟), 링페이(令飛), 펑즈위(豊之餘), 허자간(何家幹) 등 수많은 필명 중 하나이다.

저장성(浙江省) 사오싱(紹興)의 명문가에서 태어나 어린 시절 조부의 하옥(下獄), 아버지의 병사(病死) 등 잇따른 불행을 경험했고 청나라의 몰락과 함께 몰락해 가는 집안의 풍경을 목도했다. 1898년부터 난징의 강남수사학당(江南水師學堂)과 광무철로학당(礦務鐵路學堂)에서 서양의 신학문을 공부했고, 1902년 국비유학생 자격으로 일본으로 건너갔다. 고분학원(弘文學院)에서 일본어를 공부하고 센다이 의학전문학교(仙臺醫學專門學校)에서 의학을 공부했으나, 의학으로는 망해 가는 중국을 구할 수 없음을 깨닫고 문학으로 중국의 국민성을 개조하겠다는 뜻을 세우고 의대를 중퇴, 도쿄로 가 잡지 창간, 외국소설 번역 등의 일을 하다가 1909년 귀국했다. 귀국 이후 고향 등지에서 교원생활을 하던 그는 신해혁명 직후 교육부 장관 차이위안페이(蔡元培)의 요청으로 난징 중화민국 임시정부의 교육부 관리를 지냈다. 그러나 불철저한 혁명과 여전히 낙후된 중국 정치·사회 상황에 절망하여 이후 10년 가까이 침묵의 시간을 보냈다.

1918년 「광인일기」를 발표하면서 본격적인 작품 활동을 시작한 그는 「아Q정전」, 「쿵이지」, 「고향」 등의 소설과 산문시집 『들풀』, 『아침 꽃 저녁에 줍다』 등의 산문집, 그리고 시평을 비롯한 숱한 잡문(雜文)을 발표했다. 또한 러시아의 예로센코, 네덜란드의 반 에덴 등 수많은 외국 작가들의 작품을 번역하고, 웨이밍사(未名社), 위쓰사(語絲社) 등의 문학단체를 조직, 문학운동과 문학청년 지도에도 앞장섰다. 1926년 3·18 참사 이후 반정부 지식인에게 내린 국민당의 수배령을 피해 도피생활을 시작한 그는 샤먼(廈門), 광저우(廣州)를 거쳐 1927년 상하이에 정착했다. 이곳에서 잡문을 통한 논쟁과 강연 활동, 중국좌익작가연맹 참여와 판화운동 전개 등 왕성한 활동을 펼쳤으며, 55세를 일기로 세상을 등질 때까지 중국의 현실과 필사적인 싸움을 벌였다.

루쉰전집번역위원회 명단(가나다 순)

공상철, 김영문, 김하림, 박자영, 서광덕, 유세종,
이보경, 이주노, 조관희, 천진, 한병곤, 홍석표